HET GEBROKEN RAAM

Van Jeffery Deaver verschenen eerder:

Jeffery Deaver

Het gebroken raam

VAN HOLKEMA & WARENDORF
Unieboek BV, Houten/Antwerpen

Oorspronkelijke titel: *The Broken Window*
Vertaling: Mariëtte van Gelder
Omslagontwerp: Edd, Amsterdam
Omslagfoto: Roberto Pastrovicchio/Arcangel Images
Opmaak: ZetSpiegel, Best

www.unieboek.nl
www.jefferydeaver.com

ISBN 978 90 475 0797 0/NUR 332

Ik draag dit boek op aan een dierbare vriend,
het geschreven woord

Deel 1

Iets gemeenschappelijks

Donderdag 12 mei

De meeste schendingen van de privacy zullen niet worden veroor-
zaakt door de onthulling van grote persoonlijke geheimen, maar
door de publicatie van allerlei kleine feiten. [...] Hier geldt, net als
bij agressieve bijen, dat één exemplaar hinderlijk is, maar een
zwerm dodelijk kan zijn.

– Robert O'Harrow Jr., *No Place to Hide*

1

Er knaagde iets, maar ze kon er de vinger niet op leggen.

Als een zwakke, zeurende pijn ergens in je lichaam.

Of een man achter je op straat als je vlak bij huis bent... Was het dezelfde die in de ondergrondse naar je had gekeken?

Of een donkere spikkel die naar je bed komt, maar nu weg is. Een zwarte weduwe?

Maar toen glimlachte de bezoeker vanaf de bank naar haar en vergat Alice Sanderson haar bezorgdheid – als ze al bezorgd was geweest. Arthur had een scherpe geest en een stevig lijf, dat was waar, maar hij had ook een fantastische glimlach, wat veel belangrijker was.

'Wil je een glas wijn?' vroeg ze terwijl ze haar keukentje in liep.

'Ja, hoor. Wat je maar hebt.'

'Zo, dit is leuk, spijbelen op een doordeweekse dag. Twee volwassen mensen. Het bevalt me wel.'

'*Born to be wild,*' grapte hij.

Achter het raam, aan de overkant van de straat, stonden rijen bakstenen herenhuizen, sommige geschilderd. Ze konden ook een stuk van de skyline van Manhattan zien, wazig op deze aangename doordeweekse middag in de lente. Er zweefde een briesje naar binnen, fris genoeg voor de stad, dat de geur van knoflook en oregano meevoerde van een Italiaans restaurant verderop in de straat. Ze aten allebei het liefst Italiaans; het was een van de vele overeenkomsten tussen hen die ze hadden ontdekt sinds hun eerste ontmoeting een paar weken eerder bij een wijnproeverij in SoHo. Het was eind april en Alice had in een groep van rond de veertig mensen geluisterd naar een sommelier die over Europese wijnen vertelde, toen een man een vraag had gesteld over een bepaalde Spaanse rode wijn.

Ze had erom gegniffeld. Toevallig had ze zelf een doos van die wijn thuis (nou ja, nog een paar flessen), die van een onbekende wijngaard kwam. Het was misschien niet de beste rioja aller tijden, maar het bouquet had iets extra's: de dierbare herinneringen die het wekte. Een Franse geliefde en zij hadden veel van die wijn gedronken tijdens een week in Spanje; een volmaakte verhouding, net wat een vrouw van achter in de twintig die het net had uitgemaakt met haar vriendje nodig had. De vakantieliefde was gepassioneerd, heftig en uiteraard tot mislukking gedoemd geweest, wat het nog beter maakte.

Alice had naar voren geleund om te zien wie de vraag over de wijn had gesteld: een onopvallende man in pak. Na een paar glazen van de aangeboden wijn had ze moed gevat en was, jonglerend met een bord hapjes, door de zaal naar de man gelopen om hem te vragen waarom hij zo geïnteresseerd was in de wijn.

Hij had haar verteld over zijn vakantie een paar jaar eerder met een toenmalige vriendin. Hoe hij van de wijn was gaan houden. Ze waren aan een tafeltje gaan zitten praten. Arthur leek van hetzelfde eten te houden als zij, van dezelfde sporten. Ze jogden allebei en brachten elke ochtend een uur in een veel te dure sportschool door. 'Maar,' zei hij, 'ik draag de goedkoopste korte broeken en T-shirts die ik maar kan vinden. Geen merktroep voor mij...' Toen had hij beseft dat hij haar misschien beledigde en gebloosd.

Maar zij had erom gelachen. Zij dacht net zo over sportkleding (die ze bij Target kocht wanneer ze bij haar ouders in Jersey op bezoek was), maar had niet toegegeven aan de neiging het hem te vertellen, want dan kwam ze misschien te happig over. Ze hadden het populaire stadse flirtspel gespeeld: wat hebben we gemeenschappelijk? Ze hadden restaurants beoordeeld, afleveringen van *Curb Your Enthusiasm* vergeleken en zich over hun therapeut beklaagd.

Er volgde een afspraakje, en toen nog een. Art was geestig en hoffelijk. Een beetje stijfjes, soms verlegen, teruggetrokken, wat ze weet aan wat hij een helse breuk noemde; een langdurige relatie met een vriendin die in de mode zat. En zijn gruwelijke werktijden; hij was zakenman in Manhattan. Hij had weinig vrije tijd.

Zou het iets worden?

Hij was nog geen vaste vriend, maar je kon veel slechter gezelschap treffen en toen ze elkaar tijdens het laatste afspraakje hadden gekust, had ze die zachte tinteling gevoeld die haar zei dat het raak was; een vonk. Nu zou kunnen blijken of die vonk kon oplaaien. Het was haar opgevallen dat Arthur heimelijk (dat dacht híj tenminste) naar het strakke roze jurkje had gekeken dat ze speciaal voor hun afspraakje bij Bergdorf's had gekocht. Ze had ook een paar voorbereidingen getroffen in de slaapkamer voor het geval het kussen tot meer leidde.

Toen kwam dat onbehaaglijke gevoel terug, de angst voor de spin.

Waar zát ze mee?

Alice nam aan dat het alleen maar de nasleep was van de onaangename ervaring met een koerier die eerder die dag een pakketje had afgegeven. Hij had een kaalgeschoren kop en borstelige wenkbrauwen, rook naar sigaretten en had een zwaar Oost-Europees accent. Terwijl ze tekende voor ontvangst, had hij haar van top tot teen bekeken, duidelijk op de versiertoer, en toen had hij een glas water gevraagd. Ze had het onwillig voor hem gehaald en toen ze uit de keuken kwam, stond hij midden in haar woonkamer naar haar stereo te kijken.

Ze had gezegd dat ze bezoek verwachtte en hij was met een kwade kop vertrokken, alsof ze hem onheus had behandeld. Alice had door het raam gekeken en opgemerkt dat het bijna tien minuten duurde voordat hij in zijn foutgeparkeerde busje stapte en wegreed.

Wat had hij al die tijd in het appartementencomplex gedaan? Gecontroleerd of...

'Hallo, waar zit je met je gedachten?'

'Sorry.' Ze liep lachend naar de bank en ging naast Arthur zitten. Hun knieën streken langs elkaar en alle gedachten aan de koerier waren verdwenen. Ze proostten, die twee mensen die op alle belangrijke terreinen bij elkaar pasten: politiek (ze gaven allebei bijna evenveel aan de Democraten en stortten geld wanneer de Publieke Radio campagnes hield), films, eten, reizen. Ze waren allebei van hun geloof gevallen protestanten.

Toen hun knieën elkaar weer raakten, wreef hij verleidelijk met de zijne langs de hare, glimlachte en vroeg: 'Hé, dat schilderij dat je had gekocht, die Prescott? Heb je het al?'

Ze knikte stralend. 'Ja. Ik ben de trotse bezitter van een Harvey Prescott.'

Naar de maatstaven van Manhattan was Alice Sanderson niet rijk, maar ze had haar geld goed geïnvesteerd en gunde zichzelf haar passie. Ze had de carrière gevolgd van Prescott, een schilder uit Oregon die fotorealistische familieportretten maakte; geen bestaande mensen, maar personages die hij zelf verzon. De families konden traditioneel zijn, maar hij schilderde ook eenoudergezinnen, gezinnen van gemengd ras en homogezinnen. Er was vrijwel geen werk van hem op de markt dat binnen Alice' budget viel, maar ze stond op de mailinglists van de galeries die wel eens werk van hem aanboden. De vorige maand had een galerie in het westen haar laten weten dat er een klein, vroeg doek beschikbaar zou kunnen komen voor honderdvijftigduizend dollar. De eigenaar had inderdaad besloten het te verkopen en ze had haar beleggingsportefeuille aangesproken om het geld vrij te maken.

Dat was het pakketje dat ze vandaag had gekregen. De blijdschap om het schilderij werd nu echter weer overschaduwd door de oplaaiende angst voor de koerier. Ze herinnerde zich zijn geur en zijn wellustige blikken. Ze stond op onder het mom dat ze de gordijnen verder wilde openen en keek naar buiten. Geen bestelbusjes, geen skinheads die op de hoek naar haar appartement stonden te loeren. Ze overwoog het raam dicht te doen en af te sluiten, maar dat leek al te paranoïde en ze zou Art een verklaring schuldig zijn.

Ze ging weer bij hem zitten, keek naar haar muren en zei dat ze nog niet wist waar ze het schilderij moest ophangen in haar kleine appartement. Er speelde een fantasie door haar hoofd: Arthur zou op een zaterdag blijven slapen en haar op zondag na de brunch helpen de ideale plek voor het doek te vinden.

'Wil je het zien?' zei ze met een stem vol trots en blijdschap.

'Reken maar.'

Ze stonden op en ze liep naar de slaapkamer. Ze dacht voetstappen op de gang naar de voordeur te horen. Alle andere bewoners van het complex moesten op dit uur op hun werk zitten.

Kon het de koerier zijn?

Nou, ze was in elk geval niet alleen.

Ze waren bij de slaapkamerdeur.

En toen sloeg de zwarte weduwe toe.

Alice besefte met een schok wat haar dwars had gezeten, en het had niets te maken met de koerier. Nee, het ging om Arthur. Toen ze elkaar de vorige dag hadden gesproken, had hij haar gevraagd wanneer de Prescott kwam.

Ze had hem verteld dat ze een schilderij had gekocht, maar ze had de naam van de kunstenaar nooit genoemd. Ze hield haar pas in. Het zweet stond haar in de handen. Als hij dingen over het schilderij wist die zij hem niet had verteld, wist hij misschien ook meer van haar leven. Stel dat die vele dingen die ze gemeenschappelijk hadden allemaal leugens waren? Stel dat hij van tevoren had geweten dat ze die Spaanse wijn zo lekker vond? Stel dat hij naar die proeverij was gekomen om bij haar in de buurt te zijn? Alle restaurants die ze kenden, het reizen, de tv-programma's...

Mijn god, ze nam een man die ze nog maar een paar weken kende mee naar haar slaapkamer. Ze had geen enkel verweer...

Ze ademde moeizaam... Ze huiverde.

Hij keek langs haar heen de slaapkamer in. 'O, het schilderij,' fluisterde hij. 'Schitterend.'

Bij het horen van zijn kalme, prettige stem lachte Alice in zichzelf. Was ze niet goed wijs? Ze moest Prescotts naam hebben laten vallen, het kon niet anders. Ze stopte haar onbehagen weg. Relax. Je bent al te lang alleen. Denk aan zijn glimlach, zijn grapjes. Hij denkt net zoals jij.

Rustig maar.

Een zwakke lach. Alice keek naar het doek van zestig bij zestig centimeter, de gedempte kleuren, zes mensen aan een eettafel die naar de beschouwer keken, de een geamuseerd, de ander peinzend of zorgelijk.

'Ongelooflijk,' zei hij.

'De compositie is prachtig, maar hij weet vooral de gezichtsuitdrukkingen zo volmaakt te treffen, vind je ook niet?' Ze draaide zich naar hem om.

De glimlach bestierf haar op de lippen. 'Wat is dat, Arthur? Wat doe je?' Hij had beige, stoffen handschoenen aangetrokken en zocht iets in zijn zak. Toen keek ze in zijn ogen, die zich tot zwarte speldenprikjes hadden verhard onder zijn gefronste wenkbrauwen, in een gezicht dat ze amper herkende.

Deel II

Transacties

Zondag 22 mei

Je hoort vaak de oude legende dat de afzonderlijke onderdelen van ons lichaam samen vier dollar vijftig waard zijn. Onze digitale identiteit is vele malen meer waard.

– Robert O'Harrow Jr., *No Place to Hide*

2

Het spoor had van Scottsdale via San Antonio naar een parkeerplaats aan de 1-95 in Delaware geleid, vol truckers en ongedurige gezinnen, en ten slotte naar de onwaarschijnlijke eindbestemming Londen.

En de prooi deze die route had gevolgd? Een huurmoordenaar op wie Lincoln Rhyme al een tijd joeg, een man die hij ervan had kunnen weerhouden een gruwelijk misdrijf te plegen, maar die erin was geslaagd met een voorsprong van maar een paar minuten aan de politie te ontkomen. 'Hij is verdomme de stad uit gewalst als een toerist die op maandagochtend weer op zijn werk moet zijn,' had Rhyme verbitterd geconcludeerd.

Het spoor was opgedroogd als stof en de politie en de FBI konden er niet achter komen waar de moordenaar zich verborg of wat hij van plan was, maar een paar weken geleden had Rhyme van een informant in Arizona gehoord dat de man die hij zocht werd verdacht van de moord op een Amerikaanse soldaat in Scottsdale. Uit aanwijzingen bleek dat hij vermoedelijk naar het oosten was gegaan, eerst naar Texas en vervolgens naar Delaware.

De naam van de moordenaar, die ook een schuilnaam kon zijn, was Richard Logan. Hij kwam waarschijnlijk uit het westen van de Verenigde Staten of Canada. Intensief speurwerk had wel naar een aantal Richard Logans geleid, maar niet één ervan paste in het profiel van de moordenaar.

Toen had Lincoln Rhyme toevallig (hij zou het woord 'geluk' nooit gebruiken) van Interpol, de Europese organisatie die het uitwisselen van informatie tussen de politiediensten van de aangesloten landen faciliteert, gehoord dat een huurmoordenaar uit Amerika een klus in Engeland had gekregen. Hij had iemand in Arizona vermoord om de beschikking te krijgen over een militair paspoort en informatie, had handlangers getroffen in Texas en een voorschot op zijn honorarium gekregen bij een parkeerplaats voor truckers aan de Oostkust. Hij had een vlucht naar Heathrow genomen en zat nu ergens in het Verenigd Koninkrijk; waar precies was niet bekend.

Het doelwit van Richard Logans 'goed onderbouwde complot, ontstaan op de hoogste niveaus' – Rhyme kon alleen maar glimlachen bij het

17

lezen van de gepolijste omschrijving van Interpol – was een protestantse dominee die een vluchtelingenkamp in Afrika had geleid en daar op een grote zwendel was gestuit waarbij aidsmedicijnen werden gestolen en verkocht, waarna de opbrengst werd gebruikt voor de aanschaf van wapens. De dominee had drie moordaanslagen overleefd, een in Nigeria, een in Liberia en zelfs een in een overstaphal op luchthaven Malpensa in Milaan, waar de *polizia di stato*, gewapend met machinepistolen, veel in de gaten houdt en weinig over het hoofd ziet. Hij was omwille van zijn eigen veiligheid door de autoriteiten overgebracht naar Londen.

Dominee Samuel G. Goodlight (Rhyme kon zich geen betere naam voorstellen voor een geestelijke) zat nu op een onderduikadres in Londen, onder het waakzame oog van medewerkers van Scotland Yard, de thuisbasis van de Metropolitan Police Service, en hielp de Britse en buitenlandse inlichtingendiensten de puntjes van het medicijnen-voor-wapensplan te verbinden.

Via gecodeerde satellietverbindingen en e-mails die over de continenten reisden, hadden Rhyme en een zekere inspecteur Longhurst van de Metropolitan Police een val gezet voor de moordenaar. Het plan, dat de ingewikkelde scenario's van Logan zelf eer aandeed, omvatte dubbelgangers en de onmisbare assistentie van een groter dan levensgrote voormalige wapenhandelaar uit Zuid-Afrika die een heel netwerk aan door de wol geverfde informanten met zich meebracht. Danny Krüger had net zo efficiënt en onaangedaan wapens verkocht als andere zakenmensen airconditioners of hoestsiroop verhandelden, en er tonnen aan verdiend, tot hij een jaar geleden in Darfur met eigen ogen had gezien wat voor slachting zijn speeltjes aanrichtten. Het had hem zo diep geraakt dat hij de wapenhandel acuut de rug had toegekeerd en zich in Engeland had gevestigd. In de eenheid zaten verder nog medewerkers van MI5, de Londense vestiging van de FBI en een agent van de Franse versie van de CIA, La Direction Générale de la Sécurité Extérieure.

Ze wisten nog niet eens waar in Groot-Brittannië Logan zich schuilhield, maar de onstuimige Danny Krüger had gehoord dat de moordenaar de komende dagen zou toeslaan. De Zuid-Afrikaan, die nog veel connecties had in de internationale onderwereld, had hints gegeven over de 'geheime' locatie waar de ontmoetingen tussen Goodlight en de autoriteiten zouden plaatsvinden. Dit binnenplein was een ideale plek voor de moordenaar om de dominee te liquideren.

Het was ook een ideale plek om Logan te ontdekken en te overmeesteren. Het binnenplein werd geobserveerd en er stonden dag en nacht gewapende politiemensen en agenten van MI5 en de FBI paraat.

Rhyme zat nu in zijn rode elektrische rolstoel op de begane grond van zijn herenhuis aan Central Park West. Wat ooit een ouderwetse victoriaanse salon was geweest, was nu een goed uitgerust forensisch lab, groter dan veel labs in middelgrote steden. Hij deed wat hij de afgelopen dagen vaak had gedaan: naar de telefoon staren. Onder snelkiestoets 2 zat een nummer in Engeland.

'De telefoon doet het toch wel?' vroeg Rhyme.

'Waarom zou hij het niet doen?' zei Thom, Rhymes assistent, op een afgemeten toon die Rhyme gelijkstelde aan een gekwelde zucht.

'Weet ik veel. Overbelasting. Blikseminslag op de lijn. Er kan zoveel misgaan.'

'Misschien moet je het dan maar eens proberen. Gewoon voor de zekerheid.'

'Opdracht,' zei Rhyme, waarmee hij de aandacht trok van het spraakbesturingssysteem van de gecomputeriseerde omgevingscontrole-eenheid die zijn lichamelijke functioneren in veel opzichten verving. Lincoln Rhyme was dwarslaesiepatiënt; hij kon zich nauwelijks bewegen onder de plek waar zijn nek jaren geleden was gebroken bij een ongeluk op een plaats delict, de vierde wervel, vlak onder de schedelbasis. 'Opbellen, Inlichtingen,' commandeerde hij.

De kiestoon kwam uit de speakers, gevolgd door *piep, piep, piep.* Het ergerde Rhyme nog meer dan als de telefoon het niet had gedaan. Waarom had inspecteur Longhurst niet gebeld? 'Opdracht,' snauwde hij. 'Verbinding verbreken.'

'Hij lijkt het goed te doen.' Thom zette een koffiemok in de bekerhouder van Rhymes rolstoel en Rhyme zoog het sterke brouwsel door het rietje op. Hij keek naar een fles Glenmorangie, achttien jaar oude single malt whisky op een plank vlakbij, maar natuurlijk altijd net buiten zijn bereik.

'Het is ochtend,' zei Thom.

'Natuurlijk is het ochtend. Ik zie ook wel dat het ochtend is. Ik hoef niets... Alleen...' Hij had gewacht op een kans om Thom ermee te treiteren. 'Ik meen me te herinneren dat ik gisteravond vrij vroeg op een droogje ben gezet. Na twee glazen. Bijna niets.'

'Het waren er drie.'

'Maar als je de inhoud meet, de kubieke centimeters, bedoel ik, waren het maar twee kleintjes.' Sarren kon, net als drank, een kick geven.

'Nou, je krijgt 's ochtends geen whisky.'

'Het helpt me helderder denken.'

'Niet waar.'

'Wel waar. En creatiever.'

'Ook niet.'

Thom droeg een perfect gestreken overhemd, een das en een lange broek. Zijn kleren waren niet meer zo gekreukt als vroeger. Veel van het werk van een verpleger van een dwarslaesiepatiënt vergt kracht, maar Rhymes nieuwe stoel, een Invacare TDX voor 'de totale rijervaring', was uit te klappen tot een bed en had Thoms werk een stuk lichter gemaakt. De stoel kon zelfs lage treden beklimmen en haalde de snelheid van een joggende veertiger.

'Ik zeg je dat ik whisky wil. Zo, ik heb mijn wens uitgesproken. Wat zeg je nu?'

'Nee.'

Rhyme trok een kwaad gezicht en keek weer naar de telefoon. 'Als hij ontkomt...' Hij maakte zijn zin niet af. 'Nou, ga je nog doen wat iedereen doet?'

'Wat bedoel je, Lincoln?' De slanke jongeman, die al jaren bij Rhyme in dienst was, was wel eens ontslagen en had zelf ook wel eens ontslag genomen, maar hij was er nog steeds. Het getuigde van de persistentie, of de perversiteit, van zowel werkgever als werknemer.

'Ik zeg: "Als hij ontkomt..." en dan zeg jij: "O, maar hij ontkomt niet, wees maar niet bang." En dat moet mij geruststellen. Dat doen mensen, weet je: ze stellen je gerust terwijl ze geen idee hebben waar ze over praten.'

'Maar ik heb het niet gezegd. Gaan we nu ruziën over iets wat ik niet heb gezegd, maar had kunnen zeggen? Is dat niet zoiets als een vrouw die kwaad wordt op haar man omdat ze een knappe meid op straat heeft gezien en dacht dat hij naar haar zou hebben gekeken als hij erbij was geweest?'

'Ik weet het niet,' zei Rhyme afwezig. In gedachten was hij bij het Britse plan om Logan te vangen. Zaten er gaten in? Hoe zat het met de beveiliging? Kon hij erop vertrouwen dat de informanten geen gegevens zouden lekken die de moordenaar zou kunnen oppikken?

De telefoon ging en op het flatscreen naast Rhyme verscheen een venstertje met het nummer van de beller. Tot Rhymes teleurstelling was het geen nummer in Londen, maar dichter bij huis: het hoofdbureau van politie aan Police Plaza in Manhattan.

'Opdracht, opnemen.' *Klik.* 'Wat moet je?'

Een stem op acht kilometer afstand bromde: 'Heb je een pesthumeur?'

'Ik heb nog steeds niets uit Engeland gehoord.'

'Hoezo, ben je oproepbaar of zo?' vroeg rechercheur Lon Sellitto.

'Logan is spoorloos. Het kan elk moment raak zijn.'

'Alsof je op een bevalling wacht,' zei Sellitto.

'Als jij het zegt. Wat is er? Ik wil de lijn niet bezet houden.'

'Al die technische snufjes, maar je hebt niet eens wisselgesprek?'

'Lon...'

'Al goed. Ik moet je iets vertellen. Er is vorige week donderdag iemand door een inbreker vermoord, een vrouw in de Village. Alice Sanderson. De dader heeft haar doodgestoken en een schilderij gestolen. We hebben hem aangehouden.'

Waarom belde hij over zoiets? Een gewoon misdrijf en de dader was opgepakt. 'Hebben jullie problemen met de bewijslast?'

'Nee.'

'Waarom zou ik dan belangstelling hebben?'

'De rechercheur die het onderzoek leidde, heeft een halfuur geleden een telefoontje gekregen.'

'De jacht, Lon. De jacht.' Rhyme keek naar het whiteboard met het plan om de moordenaar in Engeland aan te houden. Het schema was behoorlijk ingewikkeld.

En kwetsbaar.

Sellitto wekte hem uit zijn gepeins. 'Hé, Linc, het spijt me, maar ik moet het je vertellen. De dader is je neef, Arthur Rhyme. Het is moord. Hij kan vijfentwintig jaar cel krijgen, en de aanklager zegt dat de zaak waterdicht is.'

3

'Dat is lang geleden.'

Judy Rhyme zat in het lab. Ze had haar handen gevouwen, zag grauw en deed haar uiterste best om alleen naar Rhymes ogen te kijken.

Er waren twee reacties op Rhymes invaliditeit die hem woedend maakten: wanneer bezoekers zich in bochten wrongen om te doen alsof er niets met hem aan de hand was, en wanneer ze er een reden in zagen om te doen alsof ze dikke maten waren, moppen vertelden en stoere praatjes verkochten alsof ze samen een oorlog hadden meegemaakt. Judy, die tot de eerste categorie behoorde, woog haar woorden op een goudschaaltje voordat ze ze Rhyme aanbood. Maar ze was familie, min of meer, dus probeerde hij geduldig te blijven en niet telkens naar de telefoon te kijken.

'Heel lang,' beaamde hij.

Thom zorgde voor de beleefdheden waar Rhyme zich nooit van bewust was. Hij had Judy een kop koffie aangeboden, die onaangeroerd, als een rekwisiet, voor haar op tafel stond. Rhyme had nog eens naar de whisky gekeken, maar Thom had zijn verlangende blik moeiteloos genegeerd.

De aantrekkelijke, donkerharige vrouw leek er beter aan toe te zijn, steviger en sportiever, dan de laatste keer dat hij haar had gezien, een jaar of twee vóór zijn ongeluk. Judy waagde het hem aan te kijken. 'Het spijt me dat we nooit zijn gekomen, echt. Ik was het wel van plan.'

Ze had het niet over een beleefdheidsbezoekje vóór het ongeluk, maar ziekenbezoek erna. Overlevenden van een ramp kunnen wat er ongezegd blijft in een gesprek net zo duidelijk horen als de woorden die wel worden uitgesproken.

'Heb je de bloemen gekregen?'

Destijds, na het ongeluk, was Rhyme als verdoofd geweest door de medicatie, het fysieke trauma en de psychische worsteling met het ondenkbare: het feit dat hij nooit meer zou lopen. Hij herinnerde zich geen bloemen van Arthur en Judy, maar ze hadden ze vast wel gestuurd. Veel mensen hadden bloemen gestuurd. Bloemen zijn makkelijk, bezoekjes moeilijk. 'Ja. Dank je wel.'

Stilte. Een onwillekeurige, bliksemsnelle blik op zijn benen. Mensen denken dat er iets aan je benen mankeert als je niet kunt lopen. Nee, die benen zijn prima. Het probleem is hoe je ze vertelt wat ze moeten doen.

'Je ziet er goed uit,' zei Judy.

Rhyme wist niet of hij er goed uitzag of niet. Hij stond er nooit bij stil.

'En je bent gescheiden, hoorde ik.'

'Ja.'

'Jammer.'

Waarom? vroeg hij zich af, maar het was een cynische gedachte en hij nam Judy's medeleven met een knikje in ontvangst.

'Wat doet Blaine tegenwoordig?'

'Ze woont op Long Island. Hertrouwd. We hebben weinig contact. Zo gaat dat meestal als er geen kinderen zijn.'

'Ik vond het leuk, die keer dat jullie een lang weekend bij ons in Boston waren.' Een glimlach die niet echt een glimlach was. Opgeschilderd, een masker.

'Ja, dat was leuk.'

Een weekend in New England. Winkelen, een uitstapje naar Cape Cod in het zuiden, een picknick aan het water. Rhyme herinnerde zich nog hoe mooi hij het er had gevonden. Bij het zien van de groene rotsen aan de kust had hij de geniale inval gekregen een collectie algen van rond de stad New York aan te leggen voor de database van het forensisch lab van de New Yorkse politie. Hij had een week rondgereden om monsters te nemen.

En tijdens dat weekend bij Arthur en Judy hadden Blaine en hij niet één keer ruzie gekregen. Zelfs de rit naar huis, met een tussenstop in een hotel in Connecticut, was gezellig geweest. Hij herinnerde zich dat ze hadden gevrijd op het achterterras van hun kamer, waar de geur van kamperfoelie overweldigend was geweest.

Dat bezoekje was het laatste persoonlijke contact met zijn neef geweest. Ze hadden nog een kort gesprek gevoerd, maar dat was telefonisch geweest. Toen was het ongeluk gekomen, en de stilte.

'Arthur is zo'n beetje van de aardbodem verdwenen.' Judy lachte gegeneerd. 'Je weet dat we naar New Jersey zijn verhuisd?'

'O ja?'

'Hij doceerde aan Princeton, maar hij werd ontslagen.'

'Hoe dat zo?'

'Hij was assistent-docent en onderzoeker. Ze besloten hem geen volledige aanstelling als hoofddocent te geven. Art zei dat het een politieke beslissing was. Je weet hoe dat gaat op de universiteit.'

Henry Rhyme, Arts vader, was een vermaard professor in de natuurkunde aan de universiteit van Chicago; de academische wereld was een gerespecteerde roeping in die tak van het geslacht Rhyme. Op de middelbare school hadden Arthur en Lincoln gedebatteerd over de deugden van het wetenschappelijk onderzoek en doceren in vergelijking met een baan in de particuliere sector. 'Als wetenschappelijk onderzoeker kun je een serieuze bijdrage leveren aan de maatschappij,' had Art gezegd terwijl ze samen een clandestien biertje dronken, en hij had zijn gezicht in de plooi weten te houden toen Lincoln met de obligate volgende zin kwam: 'Ja, en de assistenten in opleiding zien er vaak ook lekker uit.'

Het verbaasde Rhyme niet dat Art voor de universiteit had gekozen.

'Hij had assistent kunnen blijven, maar hij is weggegaan. Hij was in zijn wiek geschoten. Hij ging ervan uit dat hij zó een andere aanstelling zou krijgen, maar het liep anders. Hij was een tijd werkloos. Kwam bij een bedrijf terecht. Een fabrikant van medische apparatuur.' Weer zo'n onwillekeurige blik, nu op de gecompliceerde rolstoel. Ze bloosde alsof ze een racistische opmerking had gemaakt. 'Het was niet zijn droombaan en hij voelde zich niet echt happy. Ik weet zeker dat hij je wilde opzoeken, maar misschien schaamde hij zich ervoor dat hij het niet zo goed had gedaan. Ik bedoel, jij bent beroemd en alles.'

Ze nam eindelijk een slokje koffie. 'Jullie hadden heel veel gemeen. Jullie waren als broers voor elkaar. Ik herinner me Boston nog, al die verhalen van jullie. We hebben de halve nacht zitten lachen. Dingen die ik nooit van hem had geweten. En mijn schoonvader, Henry... Toen hij nog leefde, had hij het altijd over je.'

'Echt waar? We schreven elkaar wel regelmatig. Ik heb zelfs een paar dagen voor zijn dood nog een brief van hem gekregen.'

Rhyme had tientallen onuitwisbare herinneringen aan zijn oom, maar één beeld in het bijzonder sprong eruit. De lange, kalende man met zijn rode gezicht leunt achterover, schaterlachend, alle familieleden aan het kerstdiner in verlegenheid brengend, behalve Henry Rhyme zelf, zijn geduldige vrouw en de jonge Lincoln, die hartelijk meelacht. Rhyme mocht zijn oom graag en ging vaak op bezoek bij Art en zijn familie, die een kilometer of vijftig verderop woonden, aan de oever van Lake Michigan in Evanston, Illinois.

Rhyme was nu echter niet in de stemming voor nostalgie en het was een opluchting voor hem toen hij de voordeur hoorde opengaan, gevolgd door zeven ferme voetstappen, van de drempel naar het kleed. De tred zei hem wie het was. Er kwam een lange, slanke vrouw met rood haar in een spijkerbroek en een zwart T-shirt met een wijnrode blouse erover het lab in. Hoog op haar heup waren de strenge hoeken van een zwarte Glock zichtbaar onder het losvallende T-shirt.

Toen Amelia Sachs glimlachte en Rhyme op zijn mond kuste, zag die vanuit zijn ooghoek Judy's lichaamstaal. De boodschap loog er niet om en Rhyme vroeg zich af wat haar dwarszat: dat ze had nagelaten te vragen of hij een relatie had, of dat ze ervan uit was gegaan dat een gehandicapte geen liefdesrelatie kon hebben, althans niet met iemand die zo ontwapenend aantrekkelijk was als Sachs, die model was geweest voordat ze naar de politieacademie ging.

Hij stelde de vrouwen aan elkaar voor. Sachs luisterde bezorgd naar het verhaal over de arrestatie van Arthur Rhyme en vroeg hoe Judy zich eronder voelde. Toen vroeg ze: 'Hebben jullie kinderen?'

Rhyme besefte dat hij Judy's faux pas wel had opgemerkt, maar er zelf ook een had begaan door niet naar de zoon van Judy en Art te vragen, van wie de naam hem ontschoten was. En nu bleek het gezin nog groter te zijn geworden ook. Na Arthur junior, die op de middelbare school zat, waren er nog twee kinderen gekomen. 'Henry van negen en een dochter, Meadow. Ze is zes.'

'Meadow?' herhaalde Sachs verwonderd, al wist Rhyme niet waarom.

Judy lachte gegeneerd. 'En dan wonen we ook nog eens in Jersey, maar het heeft niets met die tv-serie te maken. Ze was al geboren voordat ik ook maar één aflevering had gezien.'

Tv-serie?

Judy verbrak de korte stilte. 'Je zult je wel afvragen waarom ik je nummer aan de politie heb gevraagd, maar ik moet je eerst vertellen dat Art niet weet dat ik hier ben.'

'Nee?'

'Eerlijk gezegd was ik zelf nooit op het idee gekomen. Ik was helemaal over mijn toeren, ik sliep niet en ik kon niet helder denken, maar toen ik Art een paar dagen geleden in het detentiecentrum sprak, zei hij: "Ik weet wat je denkt, maar je moet Lincoln niet bellen. Het moet een persoonsverwisseling zijn of zoiets. We lossen het wel op. Beloof me dat je hem niet zult bellen." Hij wilde jou er niet mee belasten... Je weet hoe Art is. Zo'n goed mens, hij denkt altijd eerst aan anderen.'

Rhyme knikte.

'Maar hoe langer ik erover nadacht, hoe logischer het leek. Ik zou je nooit vragen je invloed te misbruiken of iets te doen wat niet goed is, maar misschien zou je een paar mensen kunnen bellen. Me kunnen vertellen wat jij ervan vindt.'

Rhyme kon zich wel voorstellen hoe ze dát zouden opvatten op het hoofdbureau. Als forensisch adviseur van de politie van New York had hij de taak de waarheid te vinden, waar die reis ook naartoe mocht voeren, maar de hoge omes hadden liever dat hij hielp beklaagden te veroordelen dan ze vrij te pleiten.

'Ik heb wat van je knipsels doorgenomen...'

'Knipsels?'

'Art houdt plakboeken over de familie bij. Hij heeft krantenknipsels over jouw zaken. Tientallen. Je hebt verbluffende dingen gedaan.'

'O, ik ben maar een overheidsdienaartje,' zei Rhyme.

Nu toonde Judy eindelijk echte emotie: ze keek hem glimlachend in de ogen. 'Art zei dat hij er niet intrapte, die zogenaamde bescheidenheid van jou.'

'O?'

'Maar alleen omdat je er zelf óók niet in geloofde.'

Sachs grinnikte.

Rhyme lachte snuivend en hoopte dat het oprecht zou overkomen. Toen werd hij weer ernstig. 'Ik weet niet of ik veel kan doen, maar vertel maar wat er is gebeurd.'

'Het was vorige week donderdag, de twaalfde. Art neemt op donderdagmiddag altijd vroeg vrij. Op weg naar huis gaat hij altijd een eind hardlopen in een staatspark. Hij is gek op hardlopen.'

Rhyme herinnerde zich de tientallen keren dat de beide jongens, die binnen een paar maanden na elkaar waren geboren, om het hardst hadden gerend, op de stoep of door de groenig gele velden bij hun huis in het Middenwesten, waar sprinkhanen voor hen op de vlucht sloegen en de muggen aan hun bezwete huid plakten wanneer ze bleven staan om op adem te komen. Art leek altijd beter in vorm te zijn, maar Lincoln was in de hardloopploeg van zijn school gekomen; zijn neef had geen zin gehad om zich te kwalificeren.

Rhyme schoof de herinneringen opzij en concentreerde zich op Judy's verhaal.

'Hij kwam rond halfvier uit zijn werk, ging hardlopen en was om een uur of zeven, halfacht thuis. Hij leek niet anders dan anders, gedroeg zich normaal. Hij nam een douche en we gingen aan tafel. Maar de volgende dag kwam de politie aan de deur, twee man uit New York en iemand van de staatspolitie van New Jersey. Ze vroegen hem van alles en doorzochten zijn auto. Ze vonden bloed, ik weet het niet...' Haar stem droeg nog sporen van de ontzetting die ze die moeilijke ochtend moest hebben gevoeld. 'Ze doorzochten het huis en namen wat dingen mee. En toen kwamen ze terug en arresteerden hem.

Wegens moord.' Ze kon het woord bijna niet over haar lippen krijgen.

'Wat zou hij precies hebben gedaan?' vroeg Sachs.

'Ze beweerden dat hij een vrouw had vermoord en dat hij een kostbaar schilderij van haar had gestolen.' Ze lachte wrang. 'Een schilderij gestolen? Waarom in vredesnaam? En moord? Arthur doet geen vlieg kwaad. Dat kan hij niet eens.'

'Het bloed dat ze hebben gevonden, hebben ze daar DNA-onderzoek mee gedaan?'

'Ja, dat klopt. En het DNA leek overeen te komen met dat van het slachtoffer, maar zo'n test kan er toch ook naast zitten?'

'Soms,' zei Rhyme. Zelden, dacht hij, heel zelden.

'Of de echte moordenaar heeft dat bloed in Arts auto gesmeerd.'

'Dat schilderij,' vroeg Sachs, 'had Arthur daar een speciale belangstelling voor?'

Judy speelde met de brede zwarte en witte plastic armbanden om haar linkerpols. 'Toevallig wel, ja, want hij had vroeger een schilderij van dezelfde kunstenaar. Hij vond het mooi, maar hij moest het verkopen toen hij zonder werk kwam te zitten.'

'Waar is het schilderij gevonden?'

'Het is nog niet gevonden.'

'Hoe wisten ze dan dat het gestolen was?'

'Iemand, een getuige, had gezien dat iemand het van het appartement van de vrouw naar een auto droeg rond de tijd dat ze was vermoord. O, het is allemaal een verschrikkelijk misverstand. Toeval... Dat moet het zijn, een bizarre opeenvolging van toevalligheden.' Haar stem sloeg over.

'Kende Art haar?'

'Hij zei eerst van niet, maar later bedacht hij dat ze elkaar misschien toch hadden ontmoet, bij een galerie waar hij wel eens komt, maar voorzover hij zich herinnerde, had hij nooit een gesprek met haar gevoerd.' Judy's ogen gleden nu over het whiteboard met het schema van het plan om Logan in Engeland aan te houden.

Rhyme dacht terug aan andere momenten met Arthur samen.

Wie het eerst bij die boom is... Nee, watje, die es daarginds. Je moet de stam aanraken! Op drie. Een... twee... start!

Je hebt geen drie gezegd!

'Er is meer, hè, Judy? Vertel het maar.' Sachs moest iets in haar ogen hebben gezien, veronderstelde Rhyme.

'Ik ben gewoon van streek. Ook vanwege de kinderen. Het is een nachtmerrie voor ze. De buren gedragen zich alsof we terroristen zijn.'

'Het spijt me dat ik je onder druk moet zetten, maar het is belangrijk dat we alle feiten kennen. Alsjeblieft?'

Judy bloosde weer en ze had haar handen stijf om haar knieën geslagen. Rhyme en Sachs hadden een vriendin, Kathryn Dance, die agent was bij het California Bureau of Investigation. Ze was expert op het gebied van kinesica, lichaamstaal. Rhyme beschouwde dergelijke vaardigheden als ondergeschikt aan sporenonderzoek, maar hij had respect gekregen voor Dance en iets van haar specialisme opgestoken. Hij kon nu moeiteloos zien dat Judy Rhyme stijf stond van de stress.

'Toe maar,' zei Sachs bemoedigend.

'Het is alleen dat de politie nog meer bewijs heeft gevonden, of nee, niet echt bewijs, meer aanwijzingen... Ze hebben het idee dat Art iets met die vrouw gehad zou kunnen hebben.'

'Wat denk je zelf?' vroeg Sachs.

'Ik denk het niet.'

Rhyme merkte het afgezwakte werkwoord op. Judy ontkende minder overtuigd dan toen het over de moord en de diefstal ging. Ze wilde dolgraag dat het antwoord nee zou zijn, al had ze waarschijnlijk dezelfde conclusie getrokken als Rhyme kort tevoren: dat het in Arthurs voordeel zou werken als de vrouw zijn minnares was geweest. Je berooft eerder een onbekende dan iemand met wie je het bed deelt. Desondanks hunkerde Judy als echtgenote en moeder naar een andere uitkomst.

Ze keek op, minder bang om naar Rhyme te kijken, zijn ingewikkelde rolstoel en de andere apparatuur die zijn leven vormgaf. 'Wat er verder ook speelde, hij heeft die vrouw niet vermoord. Onmogelijk. Ik voel het in mijn ziel... Kunnen jullie iets doen?'

Rhyme en Sachs wisselden een blik. Hij zei: 'Het spijt me, Judy, maar we zitten midden in een grote zaak. We staan op het punt een uiterst gevaarlijke moordenaar aan te houden. Dat kan ik niet zomaar laten schieten.'

'Dat vraag ik ook niet van je, maar kun je niet íéts doen? Ik weet me geen raad meer.' Haar onderlip trilde.

'We zullen wat telefoontjes plegen om zoveel mogelijk aan de weet te komen,' zei Rhyme. 'Ik kan je geen informatie geven die je niet ook via je advocaat kunt krijgen, maar ik zal je eerlijk zeggen hoe groot ik de kans op een veroordeling acht.'

'O, dank je wel, Lincoln.'

'Wie is zijn advocaat?'

Ze gaf de naam en het telefoonnummer van de advocaat. Rhyme wist dat hij niet alleen bekend was, maar ook duur, dat hij veel te doen had en meer ervaring had op het gebied van witteboordencriminaliteit dan met geweldsmisdrijven.

Sachs vroeg wie de aanklager was.

'Bernhard Grossman. Ik heb zijn nummer wel.'

'Laat maar,' zei Sachs. 'Ik heb het al. Ik heb met hem samengewerkt. Hij is voor rede vatbaar. Ik neem aan dat hij je man strafvermindering in ruil voor een bekentenis heeft aangeboden?'

'Ja, en onze advocaat wilde erop ingaan, maar Art weigert. Hij houdt vol dat het een misverstand is, dat het allemaal wel op zijn pootjes terechtkomt, maar zo gaat het niet altijd, hè? Zelfs als je onschuldig bent, kom je soms in de gevangenis terecht, toch?'

Inderdaad, dacht Rhyme. 'We zullen een paar telefoontjes plegen,' zei hij.

Judy stond op. 'Het spijt me echt ontzettend dat we het contact hebben laten verwateren. Het is onvergeeflijk.' Tot Rhymes verrassing beende ze naar zijn rolstoel toe, zakte door haar knieën en streek met haar wang langs de zijne. Rhyme rook angstzweet en twee afzonderlijke geuren, mogelijk deodorant en haarlak, maar geen parfum. Daar leek ze het type niet voor. 'Dank je wel, Lincoln,' zei ze. Ze liep naar de deur, bleef staan en zei tegen Sachs en hem: 'Wat jullie verder ook te weten komen over Arthur en die vrouw, het maakt me niet uit. Het enige wat ik wil, is dat hij uit de gevangenis blijft.'

'Ik zal mijn best doen. Zodra we iets concreets hebben, bellen we je.' Sachs liet haar uit.

Toen ze terugkwam, zei Rhyme: 'Laten we eerst die advocaat en de aanklager bellen.'

'Het spijt me, Rhyme.' Hij keek haar verwonderd aan en ze voegde eraan toe: 'Ik bedoel gewoon, het moet voor jou ook moeilijk zijn.'

'Hoe dat zo?'

'Het idee dat een familielid is aangehouden wegens moord.'

Rhyme schokschouderde, een van de weinige gebaren waartoe hij in staat was. 'Ted Bundy had een moeder. Misschien ook wel een neef.'

'Ja, maar toch...' Sachs reikte naar de telefoon. Ze belde de advocaat, kreeg zijn antwoorddienst en gaf een boodschap door. Rhyme vroeg zich af bij welke hole van welke golfbaan hij op dat moment was.

Vervolgens nam Sachs contact op met de aanklager, Grossman, die niet van de rustdag genoot, maar op zijn kantoor zat. Hij had de achternaam van de verdachte nog helemaal niet in verband gebracht met de criminalist. 'Hé, het spijt me, Lincoln,' zei hij hartelijk, 'maar ik moet zeggen dat het een goede zaak is, en dat is geen grootspraak. Als er gaten in zaten, zou ik het zeggen, maar die zijn er niet. De jury zal hem ver-oordelen. Je zou hem een grote dienst bewijzen als je hem kon overha-len op ons aanbod in te gaan. Ik kan zijn straf misschien verminderen tot twaalf jaar zonder kans op vervroegde invrijheidsstelling.'

Twaalf jaar, zonder kans op voorwaardelijke vrijlating. Het zou Ar-thurs dood worden, dacht Rhyme.

'Ik stel het op prijs,' zei Sachs.

De aanklager vertelde dat hij de volgende dag een gecompliceerd pro-ces in moest en dus geen tijd meer had om met Rhyme en Sachs te pra-ten, maar als ze wilden, kon hij later die week nog eens bellen.

Hij zei nog wel wie de rechercheur was die de zaak leidde: Bobby La-Grange.

'Die ken ik,' zei Sachs. Ze belde hem thuis op en kreeg de voicemail, maar toen ze hem op zijn mobiel belde, nam hij prompt op.

'LaGrange.'

Het suizen van de wind en het geklots van water maakten duidelijk wat de rechercheur op deze warme, heldere dag uitvoerde.

Sachs noemde haar naam.

'O, ja, ik weet het weer. Alles goed, Amelia? Ik verwacht een telefoon-tje van een verlinker. Er kan elk moment iets gebeuren in Red Hook.'

Hij was dus niet aan het vissen.

'Misschien moet ik plotseling ophangen.'

'Begrepen. Ik heb je op de speaker gezet.'

'Rechercheur, ik ben Lincoln Rhyme.'

Een aarzeling. 'O. Goh.' Een telefoontje van Lincoln Rhyme wist al-tijd de onverdeelde aandacht op te eisen.

Rhyme vertelde over zijn neef.

'Wacht eens... "Rhyme". Ik vond het al een vreemde naam. Onge-bruikelijk, bedoel ik, maar ik had de link niet gelegd. En hij heeft het niet over je gehad. Tijdens geen van de verhoren. Je neef. Man, wat rot voor je.'

'Rechercheur, ik wil me niet in de zaak mengen, maar ik heb mijn neef beloofd uit te zoeken hoe het precies zit. De zaak ligt al bij de aan-klager, weet ik. Ik heb hem net gesproken.'

'Ik moet zeggen dat de aanhouding terecht was. Ik zit al vijf jaar bij Moordzaken en een zaak is zelden zo glashelder geweest. Het is zo dui-delijk als wanneer een surveillant een liquidatie had gezien.'

'Hoe zit het precies? Arts vrouw heeft me alleen de grote lijnen ver-teld.'

LaGrange zei op de formele, emotieloze toon waarin politiemensen vervallen wanneer ze over een misdrijf vertellen: 'Je neef vertrok vroeg van zijn werk. Hij ging naar het appartement van een vrouw, Alice Sanderson, in de Village. Zij was ook vroeg naar huis gegaan. We weten niet precies hoe lang hij daar is geweest, maar rond zes uur is zij doodgestoken en is er een schilderij ontvreemd.'

'Zeldzaam, begrijp ik?'

'Ja, maar geen Van Gogh.'

'Wie is de schilder?'

'Een zekere Prescott. O, en we hebben wat folders gevonden, je weet wel, die een paar galeries je neef over Prescott hadden gestuurd. Dat maakte geen gunstige indruk.'

'Vertel maar verder over de twaalfde mei,' zei Rhyme.

'Rond zes uur hoorde een getuige geschreeuw en een paar minuten later zag hij een man met een schilderij naar een lichtblauwe Mercedes lopen die in de straat geparkeerd stond. De auto reed snel weg. De getuige heeft alleen de eerste drie letters van het kenteken gezien, niet uit welke staat het kwam, maar we hebben alle kentekens van lichtblauwe Mercedessen uit de regio nagetrokken, de lijst geschoond en de overgebleven autobezitters gehoord. Je neef zat ertussen. Mijn partner en ik zijn naar Jersey gegaan om met hem te praten, samen met iemand van de staatspolitie vanwege de procedure, je weet wel. We zagen iets wat op bloed leek op het achterportier en de achterbank. Onder de stoel lag een washandje met bloed eraan. Het paste bij een handdoekenset in het appartement van het slachtoffer.'

'En de uitslag van het DNA-onderzoek was positief?'

'Het was haar bloed, ja.'

'Heeft de getuige hem bij een confrontatie aangewezen?'

'Nee, hij was anoniem. Hij belde vanuit een cel en wilde zijn naam niet geven. Hij wilde er niets mee te maken hebben. Maar we hadden geen getuigen nodig. De jongens van de technische recherche konden hun hart ophalen. Ze hebben in het halletje van het slachtoffer een schoenafdruk genomen die overeenkwam met het soort schoenen dat je neef droeg en goede monsters bij hem thuis genomen.'

'Geclassificeerd?'

'Ja, geclassificeerd. Sporen scheercrème, chips, kunstmest uit zijn garage. De monsters kwamen exact overeen met wat er bij het slachtoffer was gevonden.'

Nee, níet exact, dacht Rhyme. Sporen zijn onder te brengen in verschillende categorieën. 'Geïndividualiseerde' sporen, die naar één unieke bron te herleiden zijn, zoals vingerafdrukken en DNA. 'Geclassificeerde' sporen delen eigenschappen met vergelijkbare materialen, maar hebben niet noodzakelijkerwijs dezelfde herkomst. Hieronder vallen bijvoorbeeld tapijtvezels. Een DNA-onderzoek van bloed op een plaats delict kan onomstotelijk bewijzen dat het bloed afkomstig is van de dader, maar een vergelijking van tapijtvezels op een plaats delict met vezels die in het huis van de verdachte zijn aangetroffen, kan alleen uitwijzen dat de vezels overeenkomen, waaruit de jury mag afleiden dat de dader op de plaats delict is geweest.

'Had jij de indruk dat hij haar kende?' vroeg Sachs.

'Hij beweerde van niet, maar we hebben twee briefjes van haar gevonden, een op haar kantoor en een thuis. Op het ene stond "Art – borrelen" en op het andere alleen "Arthur", meer niet. O, en we hebben zijn naam in haar telefoonlijst gevonden.'

'Zijn nummer?' Rhyme fronste zijn voorhoofd.

'Nee. Een mobieltje met prepaidkaart. Geen gegevens.'

'Dus jullie denken dat ze meer waren dan vage kennissen?'

'We hebben het overwogen. Waarom zou hij haar anders alleen het nummer geven van zijn mobieltje, niet van zijn nummer thuis of op zijn werk?' LaGrange lachte. 'Ze zat er blijkbaar niet mee. Je zou ervan opkijken hoe mensen met zich laten sollen zonder iets te vragen.'

Niet echt, dacht Rhyme.

'En dat mobieltje?'

'Weg. Nergens te bekennen.'

'En jullie denken dat hij haar heeft vermoord omdat ze hem onder druk zette bij zijn vrouw weg te gaan?'

'Dat zal de aanklager aanvoeren. Iets in die trant.'

Rhyme zette wat hij wist van zijn neef, die hij meer dan tien jaar niet had gezien, af tegen deze informatie; hij kon de aantijging bevestigen noch weerleggen.

'Had er verder nog iemand een motief?' vroeg Sachs.

'Nee. Volgens familie en vrienden had ze wel eens een relatie, maar was het nooit serieus. Geen verschrikkelijke verbroken relaties. Ik heb me zelfs afgevraagd of zijn vrouw het kon hebben gedaan, Judy, maar ze had een alibi voor dat tijdstip.'

'En Arthur?'

'Die niet. Hij beweert dat hij aan het hardlopen was, maar geen mens heeft hem gezien. Clinton State Park. Een groot terrein. Vrij uitgestorven.'

'Gewoon uit nieuwsgierigheid,' zei Sachs. 'Hoe gedroeg hij zich tijdens de verhoren?'

LaGrange lachte. 'Grappig dat je daarover begint; dat is het vreemdste van de hele zaak. Hij maakte een verdwaasde indruk. Alsof hij helemaal overdonderd was toen hij ons zag. Ik heb veel mensen aangehouden in mijn tijd, en er zaten beroepscriminelen tussen. Met connecties, bedoel ik. En hij was met voorsprong de winnaar van het vermoordeonschuldspel. Een fantastische acteur. Was hij dat vroeger ook al, rechercheur Rhyme?'

Rhyme gaf geen antwoord. 'Waar is het schilderij gebleven?'

LaGrange zweeg even. 'Dat is ook zoiets. Het is nooit gevonden. Het was niet bij hem thuis of in de garage, maar de technische recherche heeft achter in de auto en in zijn garage aarde gevonden die overeenkwam met de grond in het staatspark bij zijn huis waar hij elke avond liep. We nemen aan dat hij het ergens heeft begraven.'

'Nog één vraag, rechercheur,' zei Rhyme.

In de stilte aan de andere kant van de lijn zei een stem onverstaanbare woorden en loeide de wind. 'Ja?'

'Mag ik het dossier inzien?'

'Het dossier?' Het was niet echt een vraag, meer een manier om tijd te rekken. 'De zaak is waterdicht. Alles is volgens het boekje gegaan.'

'Daar twijfelen we geen seconde aan,' zei Sachs, 'maar we hebben begrepen dat hij heeft geweigerd te bekennen in ruil voor strafvermindering.'

'O. En jullie willen hem overhalen? Ja, ik snap het. Dat zou het beste voor hem zijn. Tja, ik heb alleen maar kopieën, de rest ligt met de bewijslast bij de aanklager. Ik kan de processen-verbaal wel voor jullie regelen. Kunnen jullie daar een paar dagen op wachten?'

Rhyme schudde zijn hoofd en Sachs zei: 'Als jij toestemming kunt krijgen van het archief, wil ik het dossier zelf wel komen halen.'

De wind huilde weer door de speaker en toen werd het plotseling stil. LaGrange had kennelijk beschutting gezocht.

'Ja, goed, ik zal meteen bellen.'

'Dank je wel.'

'Niets te danken. Succes ermee.'

Toen de verbinding verbroken was, glimlachte Rhyme fijntjes. 'Dat had je goed bedacht. Die bekentenis in ruil voor strafvermindering.'

'Je moet je publiek bespelen,' zei Sachs. Ze hing haar tas over haar schouder en liep de kamer uit.

4

Sachs kwam een stuk sneller terug van haar tocht naar Police Plaza dan wanneer ze het openbaar vervoer had genomen – of op verkeerslichten had gelet. Rhyme wist dat ze een zwaailicht op het dashboard van haar auto had gezet, een Camaro SS uit 1969 die ze een paar jaar geleden vuurrood had laten spuiten, de kleur waaraan Rhyme de voorkeur gaf voor zijn rolstoelen. Als een tiener greep ze nog elke gelegenheid aan om de zware motor te laten brullen en het rubber van de banden te schroeien.

Ze kwam met een dikke map de kamer in. 'Ik heb alles gekopieerd,' zei ze. Toen ze de map op een onderzoektafel legde, vertrok ze haar gezicht.

'Gaat het wel?'

Amelia Sachs, die al haar hele leven artritis had, slikte glucosamine, chondroïtine, Advil en Aleve alsof het snoepjes waren, maar ze praatte zelden over haar aandoening, bang als ze was dat de korpsleiding haar bureauwerk zou geven of zou laten afkeuren als het aan het licht kwam. Zelfs als ze alleen was met Rhyme, deed ze er luchtig over, maar vandaag gaf ze toe: 'Sommige scheuten zijn erger dan andere.'

'Wil je zitten?'

Ze schudde haar hoofd.

'Goed. Wat hebben we?'

'Processen-verbaal, de inventaris van de sporen en kopieën van de foto's. De video's liggen bij de aanklager.'

'Laten we het allemaal op een bord zetten. Ik wil de plaats delict en Arthurs huis zien.'

Sachs liep naar een van de tientallen whiteboards in het lab en noteerde de gegevens onder Rhymes toeziend oog.

Appartement Alice Sanderson
- Sporen van Edge Advanced Gel-scheer- crème met aloë
- Kruimels van Pringles, vetarm, barbecue- smaak
- Chicago Cutlery-mes (middelgroot)
- TruGro-gazonmest
- Schoenafdruk Alton ez-Walk, maat 44
- Vlek latex handschoen
- Verwijzingen naar 'Art' en prepaidnum- mer in telefoonlijst, nummer niet langer in werking en niet te traceren (mogelijke verhouding?)
- Twee briefjes: 'Art – borrelen' (kantoor) en 'Arthur' (thuis)
- Getuige heeft lichtblauwe Mercedes gezien; letters kenteken: NLP

Auto Arthur Rhyme
- Lichtblauwe vierdeurs Mercedes, c-klas- se, kenteken: New Jersey, NLP 745, gere- gistreerd op naam van Arthur Rhyme
- Bloed op portier en vloer achterin (DNA komt overeen met dat van slachtoffer)
- Washandje met bloed, past bij handdoe- kenset in appartement slachtoffer (DNA komt overeen met dat van slachtoffer)
- Aarde van zelfde samenstelling als die in Clinton State Park

Huis Arthur Rhyme
- Edge Advanced Gel-scheercrème met aloë, in verband gebracht met op plaats delict aangetroffen scheercrème
- Pringles-chips, vetarm, barbecuesmaak
- TruGro-gazonmest (garage)
- Spade met aarde van dezelfde samenstel- ling als die in Clinton State Park (garage)
- Chicago Cutlery-messen, zelfde type als mes bij slachtoffer
- Alton EZ-Walk-schoenen, maat 44, profiel komt overeen met op plaats delict ge- vonden schoenspoor
- Folders van Wilcox Gallery in Boston en Anderson-Billings Fine Arts in Carmel over exposities werk van Harvey Prescott
- Doos Safe-Hand-handschoenen, latex, rubbercompositie komt overeen met die van op plaats delict gevonden vlek (garage)

'Man, als dat niet genoeg bewijs is...' zei Sachs, die een pas achteruit deed en haar handen in haar zij zette.

'En het gebruik van een prepaidkaart? En de verwijzingen naar "Art", maar geen woon- of werkadres. Dat doet inderdaad een verhouding vermoeden... Verder nog gegevens?'

'Nee, alleen de foto's.'

'Plak maar op het bord,' zei Rhyme terwijl hij naar het schema keek. Hij vond het jammer dat hij de plaats delict niet zelf had onderzocht – indirect dan, via Amelia Sachs, zoals ze vaak deden, met een micro- foon/headset of een hd-videocamera. De technische recherche leek de- gelijk werk te hebben afgeleverd, maar het was niet spectaculair. Er waren alleen foto's van de kamer waarin het slachtoffer was aangetrof- fen. En het mes... Hij keek naar de foto van het bebloede wapen, dat onder het bed lag. Een politieman tilde een overhangende sprei op voor de fotograaf. Was het mes onzichtbaar achter de sprei (wat inhield dat de dader het in zijn paniek over het hoofd had gezien) of was het zicht- baar, wat erop duidde dat het opzettelijk was achtergelaten, als mislei- dende aanwijzing?

Hij richtte zijn aandacht op de foto van het verpakkingsmateriaal op de vloer waar het schilderij van Prescott vermoedelijk uit was gekomen.

'Er klopt iets niet,' fluisterde hij.

Sachs, die nog met haar handen in haar zij bij het whiteboard stond, keek over haar schouder.

'Het schilderij,' vervolgde Rhyme.

'Wat is daarmee?'

'LaGrange noemde twee mogelijke motieven. Om te beginnen zou Arthur die Prescott gestolen kunnen hebben als dekmantel; in feite wilde hij Alice vermoorden om van haar af te zijn.'

'Ja.'

'Maar,' vervolgde Rhyme, 'om het te laten lijken alsof een moord een uitvloeisel is van een inbraak, zal een slimme dader niet het enige in het appartement stelen wat naar hem leidt. Vergeet niet dat Art zelf een Prescott had gehad. En dat hij folders over Prescotts werk kreeg.'

'Je hebt gelijk, Rhyme, het slaat nergens op.'

'En stel dat hij écht op het schilderij uit was en het niet kon betalen. Nou, dan had hij veel veiliger en makkelijker overdag kunnen inbreken en het meenemen, wanneer de eigenares aan het werk was, dan haar erom te vermoorden.' Ook het gedrag van zijn neef zat hem dwars, al stond gedrag niet hoog op zijn lijst voor het bepalen van schuld of onschuld. 'Misschien deed hij niet alsof hij onschuldig was, misschien is hij het wel echt... Genoeg bewijs, zei jij toch? Nee, het is te véél bewijs.'

Hij dacht: laten we ervan uitgaan dat hij het niet heeft gedaan. Die hypothese had niet geringe consequenties, want dan was het niet gewoon een kwestie van persoonsverwisseling; de aanwijzingen, waaronder de afdoende connectie tussen het bloed van het slachtoffer en Arthurs auto, waren te overtuigend. Nee, als Art onschuldig was, had iemand veel moeite gedaan om hem in de val te laten lopen.

'Ik denk dat hij erin is geluisd.'

'Waarom?'

'Het motief?' bromde Rhyme. 'Dat doet er op dit moment niet toe. De vraag waar het nu om draait, is hoe. Als we dat weten, komen we misschien uit bij wie. Al doende kunnen we op het waarom stuiten, maar dat is niet ons hoogste doel. Laten we dus beginnen met de vooronderstelling dat iemand anders, Mister X, Alice Sanderson heeft vermoord en het schilderij heeft gestolen, maar Arthur ervoor op laat draaien. Goed, Sachs, hoe heeft hij dat voor elkaar gekregen?'

Ze trok een grimas – het was de artritis weer – en ging zitten. Na enig nadenken zei ze: 'Mister X heeft Arthur en Alice gevolgd. Hij kwam erachter dat ze in kunst geïnteresseerd waren, koppelde ze in de galerie aan elkaar en achterhaalde wie ze waren.'

'Mister X weet dat ze een Prescott heeft. Hij wil er zelf een hebben, maar heeft er het geld niet voor.'

'Klopt.' Sachs knikte naar het schema. 'Hij breekt bij Arthur in en ziet dat hij Pringles in huis heeft, Edge-scheercrème, TruGro-gazonmest en Chicago Cutlery-messen. Hij steelt het een en ander om op de plaats delict achter te laten. Hij weet wat voor schoenen Arthur draagt, dus hij kan een schoenafdruk achterlaten, en hij smeert aarde uit het staatspark aan Arthurs spade...

Nu de twaalfde mei zelf. Mister X weet op de een of andere manier dat Art op donderdag altijd eerder weggaat van zijn werk om in een uitgestorven park te gaan hardlopen – en dus geen alibi heeft. Hij gaat naar het appartement van het slachtoffer, vermoordt haar en belt vanuit een cel om door te geven dat hij geschreeuw heeft gehoord en dat hij een man met een schilderij naar een auto heeft zien lopen die op die van Arthur lijkt, en hij geeft een paar letters van het kenteken. Dan gaat hij naar Arthurs huis in New Jersey om daar sporen achter te laten: het bloed, de aarde, het washandje, de spade.'

De telefoon ging. Het was Arthurs advocaat. Hij draaide gejaagd hetzelfde verhaal af dat ze al van de aanklager hadden gehoord. Hij deed geen enkele suggestie waar ze iets aan zouden kunnen hebben en probeerde zelfs verschillende keren hen over te halen Arthur ervan te overtuigen dat hij het aanbod van de aanklager moest aannemen. 'Ze maken gehakt van hem,' zei hij. 'Doe hem een lol. Ik maak er vijftien jaar van.'

'Daar gaat hij aan kapot,' zei Rhyme.

'Minder dan aan levenslang.'

Rhyme nam ijzig afscheid en hing op. Hij keek weer naar het schema.

Toen kreeg hij een inval.

'Rhyme, wat is er?' Amelia zag dat hij omhoogkeek.

'Zou hij dit eerder hebben gedaan, denk je?'

'Hoe bedoel je?'

'Aangenomen dat het stelen van het schilderij het doel was, het motíéf, dan hebben we het niet over een geval dat op zich staat, zoals wanneer je een Renoir voor tien miljoen verpatst en dan met de noorderzon verdwijnt. Dit ruikt naar een onderneming. De dader heeft een slimme manier gevonden om straffeloos misdrijven te plegen, en daar gaat hij mee door tot iemand hem een halt toeroept.'

'Ja, daar zeg je wat. We moeten dus uitkijken naar andere gestolen schilderijen?'

'Nee, waarom zou hij alleen schilderijen stelen? Het kan van alles zijn, maar er is één terugkerend element.'

Sachs dacht na en gaf het antwoord: 'Moord.'

'Precies. Aangezien de dader iemand anders voor de diefstal laat opdraaien, moet hij de slachtoffers vermoorden, want die kunnen hem identificeren. Bel iemand bij Moordzaken. Bel hem desnoods thuis. We zoeken naar telkens hetzelfde scenario: een onderliggend misdrijf, mogelijk diefstal, een moord en een sterke indirecte bewijslast.'

'En misschien een DNA-overeenkomst met ondergeschoven materiaal.'

'Goed,' zei Rhyme, die enthousiast werd bij het idee dat ze iets op het spoor konden zijn. 'En als hij zich aan zijn draaiboek houdt, is er ook telkens een anonieme getuige die de meldkamer specifieke informatie over de vermeende dader heeft gegeven.'

Sachs liep naar een bureau in de hoek van het lab, ging zitten en pakte de telefoon.

Rhyme leunde met zijn hoofd tegen de steun van zijn rolstoel en keek naar zijn telefonerende partner. Hij zag geronnen bloed onder de nagel van haar duim. Boven haar oor, half verborgen onder het gladde, rode haar, zat een wondje. Dat deed Sachs vaak, aan haar hoofd krabben, aan haar nagels pulken, zichzelf lichte verwondingen toebrengen; het was zowel een gewoonte als een graadmeter voor de spanning die haar dreef.

Ze knikte, kreeg een geconcentreerde blik in haar ogen en noteerde iets. Rhymes hart was sneller gaan slaan, al kon hij het zelf niet voelen. Ze was iets belangrijks aan de weet gekomen. Haar pen was leeg. Ze smeet hem op de vloer en pakte een andere, zo snel als ze haar pistool trok bij schietwedstrijden.

Na tien minuten hing ze op.

'Hé, Rhyme, moet je horen.' Ze ging op een rieten stoel naast hem zitten. 'Ik heb Flintlock gesproken.'

'Ha, goede keus.'

Joseph Flintick, wiens bijnaam opzettelijk of anderszins naar het ouderwetse geweermechanisme verwees, was al rechercheur Moordzaken geweest toen Rhyme net kwam kijken. De korzelige oude rot in het vak was op de hoogte van bijna elke moord die tijdens zijn lange loopbaan in de stad New York was gepleegd, en veel in de omgeving. Hij was op een leeftijd dat hij op zondag zijn kleinkinderen zou moeten bezoeken, maar hij was aan het werk. Het verbaasde Rhyme niet.

'Ik heb het hem allemaal voorgelegd en hij noemde zo uit zijn hoofd twee zaken die in ons profiel zouden kunnen passen. Een diefstal van zeldzame munten met een waarde van rond de vijftigduizend dollar en een verkrachting.'

'Een verkrachting?' Dit voegde een dieper, veel verontrustender element aan de zaak toe.

'Ja. In beide gevallen werd het misdrijf gemeld door een anonieme getuige die informatie gaf die van cruciaal belang was voor het aanhouden van de dader, net als de getuige die over de auto van je neef vertelde.'

'De getuige was telkens een man, natuurlijk.'

'Ja. En de stad had een beloning uitgeloofd, maar ze meldden zich niet.'

'En de aanwijzingen?'

'Flintlock herinnerde het zich niet zo precies meer, maar hij zei wel dat de sporen en indirecte verbanden klopten als een bus. Net als wat jouw neef is overkomen: vijf of zes geclassificeerde sporen op de plaats delict en in het huis van de dader. En in beide gevallen werd er bloed van het slachtoffer op een lap of kledingstuk in het huis van de verdachte aangetroffen.'

'En ik wil wedden dat er geen vloeibare sporen waren in de verkrachtingszaak.' De meeste verkrachters worden veroordeeld op grond van de sporen die ze achterlaten: sperma, speeksel of zweet.

'Nee. Niets.'

'En de anonieme getuigen, gaven die gedééltelijke kentekens door?'

Ze keek naar haar aantekeningen. 'Ja, hoe weet je dat?'

'Onze dader moest tijd zien te winnen. Als hij het hele kenteken gaf, zou de politie meteen naar het huis van de zondebok gaan, voordat hij kans had gezien de aanwijzingen daar achter te laten.' De moordenaar had aan alles gedacht. 'En de verdachten ontkenden bij hoog en bij laag?'

'Ja. Compleet. Ze waagden het erop met de jury en trokken aan het kortste eind.'

'Nee, nee, dit is allemaal te toevallig,' bromde Rhyme. 'Ik wil zien...'

'Ik heb iemand gevraagd de dossiers uit het archief met afgelegde zaken te pakken.'

Hij lachte. Ze was hem een stap voor, zoals zo vaak. Hij herinnerde zich hun eerste ontmoeting, jaren geleden. Sachs was een gedesillusioneerde surveillant geweest die op het punt stond haar carrière bij de politie op te geven, en Rhyme had zich erop voorbereid veel meer op te geven. Wat waren ze ver gekomen sinds die dag.

'Opdracht, bel Sellitto,' zei Rhyme in zijn microfoontje. Hij raakte opgewonden. Hij voelde die unieke roes, de kick van de naderende jacht. Neem op, verdomme, dacht hij kwaad. Hij was de zaak in Engeland even vergeten.

'Hé, Linc,' vulde Sellitto's stem met Brooklyns accent de kamer. 'Wat...'

'Luister. We hebben een probleem.'

'Ik heb het een beetje druk hier.' Rhymes vroegere partner, inspecteur Lon Sellitto, was de laatste tijd niet bepaald het zonnetje in huis. Een grote zaak waar hij met een speciale taakeenheid aan had gewerkt, was op niets uitgedraaid. Vladimir Dienko, een schurk van een Russische maffiabaas uit Brighton Beach, was een jaar eerder aangeklaagd wegens afpersing en moord. Rhyme had geassisteerd bij een deel van het technisch onderzoek. Tot ieders ontzetting was de zaak tegen Dienko en drie van zijn kompanen de afgelopen vrijdag niet ontvankelijk verklaard; de getuigen weigerden mee te werken of waren verdwenen. Sellitto had het hele weekend samen met FBI-agenten naar nieuwe getuigen en informanten gezocht.

'Ik zal het kort houden,' zei Rhyme. Hij vertelde wat Sachs en hij hadden ontdekt over zijn neef, de verkrachting en de gestolen munten.

'Twéé andere zaken? Dat is bizar. Wat zegt je neef?'

'Ik heb hem nog niet gesproken, maar hij ontkent alles. Ik wil dit laten onderzoeken.'

'Onderzoeken. Wat bedoel je daar verdomme mee?'

'Ik geloof niet dat Arthur het heeft gedaan.'

'Hij is je neef. Natuurlijk geloof je niet dat hij het heeft gedaan, maar heb je ook iets concreets?'

'Nog niet. Daarom vraag ik jouw hulp. Ik heb een paar mensen nodig.'

'Ik zit tot over mijn nek in de zaak-Dienko in Brighton Beach. Waar jij overigens aan zou meehelpen, maar nee, jij hebt het te druk met theedrinken met de Britten.'

'Dit kan een grote zaak zijn, Lon. Twee andere zaken die ruiken naar ondergeschoven bewijs? Ik wil wedden dat er meer zijn. Ik weet hoe jij aan je clichés hecht, Lon. Doet "straffeloos moorden" je dan niets?'

'Hoe je me ook met latitudes bestookt, Linc, ik heb het druk.'

'Platitudes, Lon. Latitudes zijn breedtegraden.'

'Ook goed. Ik probeer de zaak van de Russische Connectie te redden. Het stadhuis en de FBI zijn niet blij met hoe het is gegaan.'

'En ze hebben mijn innige deelneming. Laat je overplaatsen.'

'Het is een moordzaak. Ik ben van Ernstige Delicten.'

De afdeling Ernstige Delicten van de New Yorkse politie onderzocht inderdaad geen moorden, maar Sellitto's smoes bracht een cynische lach op Rhymes lippen. 'Jij onderzoekt moorden wanneer jíj dat wilt. Sinds wanneer trek jij je iets aan van de voorschriften?'

'Weet je wat?' mompelde Sellitto. 'Er is vandaag een commandant aan het werk, Joe Malloy. Op het hoofdbureau. Ken je hem?'

'Nee.'

'Ik wel,' zei Sachs. 'Hij deugt.'

'Hé, Amelia. Overleef je het een beetje in het koufront?'

Sachs lachte. 'Leuk, Lon,' snauwde Rhyme. 'Wie is die vent in vredesnaam?'

'Slim. Compromisloos. En geen greintje humor. Net iets voor jou.'

'Goh, wat zijn er veel komieken vandaag,' sputterde Rhyme.

'Hij is rechtdoorzee. En een man met een missie. Zijn vrouw is vijf of zes jaar geleden vermoord bij een inbraak...'

Sachs kromp in elkaar. 'Dat wist ik niet.'

'Ja, en hij geeft zich voor honderdvijftig procent in zijn werk.' Ze zeggen dat hij hard op weg is naar een hoekkamer op de bovenste verdieping. Of misschien zelfs bij de buren.'

Het stadhuis, bedoelde Sellitto.

Hij vervolgde: 'Bel hem maar, misschien kan hij een paar mensen voor je vrijmaken.'

'Ik wil dat jíj je vrijmaakt.'

'Dat zit er niet in, Linc. Ik leid hier een observatieteam. Het is een nachtmerrie. Maar hou me op de hoogte en...'

'Ik moet ophangen, Lon... Opdracht, verbinding verbreken.'

'Je hebt zomaar opgehangen,' zei Sachs.

Rhyme bromde iets en belde Malloy. Als hij zijn voicemail kreeg, zou hij des duivels zijn.

Malloy nam echter vrijwel meteen op. Nog een hoge politieman die op zondag werkte. Nou, dat had Rhyme ook vaak gedaan, en dat had hem zijn echtscheiding opgeleverd.

'Malloy hier.'

Rhyme stelde zich voor.

Een korte aarzeling. Toen: 'Zo, Lincoln... Ik geloof niet dat we elkaar ooit hebben gesproken, maar ik ken je natuurlijk wel.'

'Ik zit hier met een van je rechercheurs, Amelia Sachs. Je staat op de speaker, Joe.'

'Rechercheur Sachs, goedemiddag,' zei de vormelijke stem. 'Wat kan ik voor jullie doen?' Rhyme vertelde over de zaak en dat hij geloofde dat Arthur erin was geluisd.

'Je neef? Dat spijt me voor je,' zei Malloy, maar hij klonk niet bepaald spijtig. Waarschijnlijk was hij bang dat Rhyme wilde dat hij de aanklacht zou laten afzwakken. O-o, dat zou in het gunstigste geval de schijn van onfatsoenlijkheid wekken. Of, in het ongunstigste geval, tot een onderzoek door Interne Zaken en de media leiden. Daar stond uiteraard tegenover dat het geen pas gaf iemand die de politie diensten van onschatbare waarde verleende niet uit de brand te helpen. En die iemand zat nog in een rolstoel ook. Politiek correct gedrag gedijt binnen het stadsbestuur.

Rhymes verzoek was echter iets gecompliceerder. Hij vervolgde: 'Volgens mij is de kans groot dat deze dader meer misdrijven heeft gepleegd.' Hij vertelde over de muntendiefstal en de verkrachting.

Malloys politiekorps had dus niet één, maar drie mensen onterecht aangehouden. Wat inhield dat er in feite drie misdrijven niet waren opgelost en dat de echte dader nog op vrije voeten was. Dat voorspelde een grote nachtmerrie op pr-gebied.

'Tja, het is vrij vreemd. Afwijkend, begrijp je? Ik begrijp dat jij loyaal bent aan je neef...'

'Ik ben loyaal aan de waarheid, Joe,' zei Rhyme. Het klonk hoogdravend, maar dat maakte hem niet uit.

'Tja...'

'Ik wil alleen maar dat je ons een paar man geeft. Om de aanwijzingen in die zaken nog eens door te nemen. En misschien wat klusjes op te knappen.'

'O, op die manier... Nee, het spijt me, Lincoln. We hebben de mankracht gewoon niet. Niet voor zoiets. Maar ik zal het morgen aan de plaatsvervangend commissaris voorleggen.'

'Zou je hem nu niet kunnen bellen?'

Weer een aarzeling. 'Nee. Hij heeft vandaag iets.'

Een brunch. Een barbecue. Een zondagmatinee van *Young Frankenstein* of *Spamalot*.

'Ik zal het morgen bij het ochtendoverleg ter sprake brengen. Het is een merkwaardige toestand. Ik zou maar niets doen tot je weer iets van me hoort. Of van iemand anders.'

'Natuurlijk niet.'

Ze sloten het gesprek af. Rhyme en Sachs zwegen een poosje.

Een merkwaardige toestand...

Rhyme keek naar het whiteboard met daarop het lijk van een onderzoek dat net toen het tot leven kwam, was afgeschoten.

Sachs doorbrak de stilte. 'Waar zou Ron uithangen?'

'Zullen we dat uitzoeken?' Hij wierp haar een gemeende – en zeldzame – glimlach toe.

Ze pakte haar mobieltje koos een nummer en schakelde de speaker in.

'Ja, mevrouw, rechercheur,' knetterde een jeugdige stem.

Sachs probeerde al jaren de jonge agent Ron Pulaski zover te krijgen dat hij haar Amelia noemde, maar daar kon hij zich meestal niet toe zetten.

'Je staat op de speaker, Pulaski,' waarschuwde Rhyme.

'Ja, meneer.'

Het 'meneer' ergerde Rhyme, maar hij was niet van plan de jongen nu te verbeteren.

'Alles goed?' vroeg Pulaski.

'Maakt het iets uit?' kaatste Rhyme terug. 'Waar ben je mee bezig? Op dit moment. En is het belangrijk?'

'Nu?'

'Dat vroeg ik toch?'

'Ik doe de afwas. Jenny en ik hebben net de zondagse brunch met mijn broer en zijn vrouw achter de rug. We zijn met de kinderen naar de boerenmarkt geweest. Dikke pret. Gaan rechercheur Sachs en u wel eens naar...'

'Je bent dus thuis. En je hebt niets te doen.'

'Nou, de afwas.'

'Laat maar staan. Kom hierheen.' Rhyme, die burger was, had niet het gezag om iemand van het politiekorps iets op te dragen, al was het maar een verkeersagent, maar Sachs was rechercheur; ze kon Pulaski niet het bevel geven hen te helpen, maar ze kon wel een formeel verzoek indienen om zijn taak te wijzigen. 'Ron, we hebben je nodig. En morgen misschien ook nog.'

Ron Pulaski werkte regelmatig met Rhyme, Sachs en Sellitto. Rhyme had het grappig gevonden dat zijn opdrachten voor de quasiberoemde technisch rechercheur het aanzien van de jonge agent binnen het korps verhoogden. Hij wist zeker dat zijn chef bereid zou zijn Pulaski een paar dagen uit te lenen – zolang hij Malloy of iemand anders op het hoofdbureau maar niet belde en erachter kwam dat de zaak helemaal geen zaak was.

Pulaski gaf Sachs de naam van zijn chef op het bureau en vroeg: 'O,

meneer? Werkt inspecteur Sellitto ook aan deze zaak? Moet ik hem opbellen om de taken af te stemmen?'

'Nee,' riepen Rhyme en Sachs als uit één mond.

Er volgde een verbouwereerde stilte. Toen zei Pulaski weifelend:
'Nou, dan kom ik zo snel mogelijk. Mag ik eerst de glazen nog afdro-
gen? Jenny heeft de pest aan watervlekken.'

5

De zondagen zijn het mooist.

Op zondag kan ik namelijk meestal doen wat ik het liefste doe.

Ik ben een verzamelaar.

Ik verzamel alles wat je maar kunt verzinnen. Als het me aanspreekt en het past in mijn rugzak, of in mijn koffer, dan verzamel ik het. Ik ben geen hamsteraar, zoals sommige mensen zouden kunnen beweren. Die knaagdieren laten iets achter in ruil voor wat ze hebben gepakt. Als ik iets heb gevonden, is het van mij. Ik sta het niet meer af. Nooit.

De zondag is mijn lievelingsdag. Omdat het de rustdag is van de massa, de zestienen die deze verbijsterende stad hun thuis noemen. Mannen, vrouwen, kinderen, juristen, kunstenaars, fietsers, koning, keizer, admiraal (ik verzamel ook kinderversjes), politici, joggers en curatoren... het is verbluffend wat de zestienen allemaal doen om zich te vermaken.

Ze dolen als blije antilopen door de stad en de parken van New Jersey, Long Island en Upstate New York.

En ik ben vrij om op ze te jagen.

Waar ik nu mee bezig ben, want ik heb alle saaie afleidingen van de zondag ontdoken: een brunch, de film en zelfs een uitnodiging om te gaan golfen. O, en de kerk, altijd geliefd bij de antilopen, mits het bezoek aan de kerk natuurlijk wordt gevolgd door voornoemde brunch of negen holes balletje-tik.

Op jacht...

Ik denk nu aan mijn meest recente transactie, een herinnering die ik heb opgeborgen in mijn mentale verzameling – de transactie met de jonge Alice Sanderson, 3895-0967-7524-3630, die er goed uitzag, heel goed. Tot het mes, natuurlijk.

Alice 3895 in die leuke roze jurk die haar borsten accentueerde en strak om haar heupen sloot (in gedachten noem ik haar ook wel 95-65-90, maar dat is een binnenpretje). Knap genoeg, met een parfum dat naar oosterse bloemen rook.

Mijn plannen met haar hadden maar ten dele te maken met het schilderij van Harvey Prescott dat ze met veel geluk (of pech, naar later bleek) van de markt had weten te grissen. Zodra ik zeker wist dat het was afgeleverd, zou ik het brede plakband pakken en een paar uurtjes met haar in de slaapkamer doorbrengen, maar zij moest het zo nodig bederven. Net toen ik achter haar stond, draaide ze zich om en slaakte die helse kreet. Ik had geen andere keus dan haar keel door te snijden alsof het het vel van een tomaat was, mijn mooie Prescott te pakken en weg te glippen – door de achterdeur, bij wijze van spreken.

Nee, ik kan de gedachte aan Alice 3895, knap genoeg in haar strakke roze jurk, met een huid die naar bloemen geurde als een theehuis, maar niet uit mijn hoofd zetten. Het komt er dus op neer dat ik een vrouw moet hebben.

Ik slenter over de stoep en kijk door mijn zonnebril naar de zestienen. Zij, daarentegen, zien mij niet echt. Wat mijn bedoeling ook is: ik kleed me op onzichtbaarheid en er gaat niets boven Manhattan als je onzichtbaar wilt zijn.

Ik sla hoeken om, glip een steeg in, doe een aankoop – contant, uiteraard – en duik dan een verlaten deel van de stad in, een voormalig industriegebied dat nu in woon- en winkelgebied verandert, in de buurt van SoHo. Het is stil hier. Dat is gunstig. Ik zoek rust voor mijn transactie met Myra Weinburg, 9834-4452-6740-3418, een zestien waar ik al een tijdje een oogje op heb. (O, daar hebben we die discussie weer... iemand 'waarop' of iemand 'op wie'? Volgens de grammaticale voorschriften moet het 'op wie' zijn. Ik ben een purist en dus zou ik voor het laatste kiezen, maar in het openbaar doe ik mijn best om 'waarop' te zeggen, zoals de meeste mensen, en hoop ik dat ik me niet vergis. De taal is als een rivier: ze stroomt waar ze wil en als je tegen de stroom in zwemt, val je op. En opvallen is natuurlijk het laatste wat ik wil.)

Myra Weinburg, ik ken je door en door. De data hebben me alles over haar verteld: ze woont aan Waverly Place in Greenwich Village, in een gebouw met appartementen die de eigenaar via een uitzettingsplan wil verkopen (dat weet ik wel, maar die arme huurders nog niet, en te oordelen naar hun inkomens en kredietgeschiedenis zijn de meesten flink de klos).

De beeldschone, exotische, zwartharige Myra 9834 is afgestudeerd aan New York University en werkt al een paar jaar bij een reclamebureau. Haar moeder leeft nog, maar haar vader is dood. Degene die hem onder de auto heeft gekregen en is doorgereden, is na al die jaren nog steeds niet gevonden. De politie trekt niet alles uit de kast voor zulke delicten.

Op het moment zit Myra 9834 tussen twee vriendjes in, en haar vriendschappen moeten problematisch zijn, want ze heeft haar tweeëndertigste verjaardag onlang gevierd met maar één portie moo shu met varkensvlees van Hunan Dynasty aan West Fourth (geen slechte keus) en een fles witte Caymus Conundrum (achtentwintig dollar bij het veel te dure Village Wines). Het uitstapje naar Long Island de zaterdag daarop, dat samenviel met uitjes van andere familieleden en kennissen en een hoge rekening voor een etentje, rijkelijk overgoten met Brunello, bij een restaurant in Garden City waarvan *Newsday* hoog heeft opgegeven, zal de eenzame avond wel hebben goedgemaakt.

Myra 9834 slaapt in een T-shirt van Victoria's Secret, zo heb ik afgeleid uit het feit dat ze er vijf heeft in een maat die te groot voor haar is om ze in het openbaar te kunnen dragen. Ze wordt vroeg wakker en heeft dan zin in een Deens broodje van Entenmann's (nooit caloriearm, dat maakt me trots op haar) en zelfgezette koffie; ze gaat zelden naar een koffietent. Wat jammer is, want ik wil de antilope waarop ik een oogje heb graag observeren, en Starbucks is een van de meest geschikte plekken op het jachtterrein om dat te doen. Rond tien voor halfnegen verlaat ze haar appartement en gaat naar haar werk in Midtown bij reclamebureau Maple, Reed & Summers, waar ze junior account executive is.

Voorwaarts en opwaarts. Ik zet mijn tocht voort met op mijn hoofd een onopvallend honkbalpetje (87,3 procent van alle hoofddeksels voor mannen in de stad bestaat uit honkbalpetjes) en, zoals altijd, met mijn blik naar beneden gericht. Als je denkt dat een satelliet je glimlachende gezicht niet vanaf vijftig kilometer in de ruimte kan vastleggen, moet je nog maar eens goed nadenken; ergens in wel tien servers over de hele wereld zitten honderden foto's van jou die vanaf grote hoogte zijn genomen, en laten we hopen dat toen de sluiter klikte, jij niets ergers deed dan je ogen dichtknijpen tegen de zon terwijl je naar een reclamevliegtuigje of een gezicht achter een raam keek.

Mijn verzamelwoede behelst niet alleen zulke feitjes, maar ook de geest van de zestienen die mijn interesse hebben, en Myra 9834 is geen uitzondering. Ze gaat vrij regelmatig na het werk borrelen met vrienden, en het is me opgevallen dat zij vaak betaalt; te vaak, naar mijn mening. Het is wel duidelijk dat ze liefde koopt – ja toch, Dr. Phil? Mogelijk heeft ze acne gehad tijdens haar 'tumultueuze tienertijd'; ze gaat nog af en toe naar een dermatoloog, al zijn de rekeningen laag, alsof ze alleen over dermabrasie praat (volslagen onnodig, voorzover ik het heb gezien) of laat controleren of de puisten niet als ninja's in de nacht terugkomen.

Dan, na de drie rondjes cosmopolitans met de meiden of een bezoekje aan een sportschool, is het op naar huis, naar de telefoontjes, de alomtegenwoordige computer en de kabel-tv met niet al te veel zenders (ik hou graag bij waar ze naar kijkt; haar keuze doet een extreme loyaliteit vermoeden; ze is *Seinfeld* naar een andere zender gevolgd en heeft twee afspraakjes laten schieten om de avond met Jack Bauer te kunnen doorbrengen).

Vervolgens is het bedtijd, en soms geniet ze van een beetje verstrooiing (dat ze grootverpakkingen AA-batterijen koopt, zegt genoeg, want haar digitale camera en iPod zijn oplaadbaar).

Dat zijn natuurlijk de data van haar doordeweekse leven. Vandaag is het echter een luisterrijke zondag, en de zondagen zijn anders. Dan stapt Myra 9834 op haar dierbare en buitengewoon dure fiets om de straten van haar stad te verkennen.

De route varieert. Central Park kan erin voorkomen, evenals Riverside Park en Prospect Park in Brooklyn, maar welke weg ze ook volgt, Myra 9834 doet tegen het eind van haar reis steevast hetzelfde adres aan: dat van Hudson's Gourmet Deli aan Broadway. Dan lonken het eten en de douche en neemt ze de snelste fietsroute naar huis, die, door toedoen van het krankzinnige verkeer in het centrum, langs de plek voert waar ik nu sta.

Ik sta voor het pleintje dat toegang geeft tot de atelierwoning op de begane grond van Maury en Stella Griszinski (stel je voor: tien jaar geleden gekocht voor 278.000 dollar). De Griszinski's zijn echter niet thuis, want ze vermaken zich met een voorjaarscruise in Scandinavië. De post wordt op het kantoor achtergehouden en ze hebben niemand ingehuurd om de planten water te geven of op de huisdieren te passen. En ze hebben geen alarminstallatie.

Ze is nog in geen velden of wegen te bekennen. Hm. Is er iets tussengekomen? Ik zou me kunnen vergissen.

Maar dat doe ik zelden.

Er verstrijken vijf folterende minuten. Ik haal beelden van het schilderij van Harvey Prescott uit mijn mentale verzameling, geniet ervan en berg ze weer op. Ik kijk om me heen en weersta de mondwaterende drang in de volle afvalbak te wroeten om te zien wat voor schatten erin verborgen zitten.

In de schaduw blijven... Mijd het systeem. Zeker op momenten als deze. En mijd ramen, koste wat kost. Je zou ervan staan te kijken hoe aanlokkelijk voyeurisme is en hoeveel mensen je bespieden vanachter het glas dat voor jou alleen een weerspiegeling of een fel lichtvlak is.

Waar blijft ze? Nou?

Als ik niet snel mijn transactie krijg...

En dan, ha, voel ik de dreun in mijn binnenste waarmee ik haar zie: Myra 9834.

Ze fietst langzaam, in een lage versnelling, en haar mooie benen pompen. Een fiets van duizendtwintig dollar. Meer dan mijn eerste auto heeft gekost.

O, wat zit die fietskleding strak. Mijn ademhaling wordt gejaagd. Ik heb haar heel hard nodig.

Een blik naar links en naar rechts. De straat is leeg, op de naderende vrouw na, die nu vlak bij me is, op nog maar tien meter bij me vandaan. Met mijn uitgeschakelde, maar opengeklapte mobieltje aan mijn oor en een tas van Food Emporium aan mijn arm werp ik een blik op haar. Terwijl ik mijn geanimeerde, volslagen fictieve gesprek voer, loop ik naar de stoeprand. Ik blijf staan om haar erlangs te laten. Ik kijk verbaasd op. Dan glimlach ik. 'Myra?'

Ze mindert vaart. O, wat zit die fietskleding strak. Beheers je, beheers je. Doe gewoon.

Niemand achter de lege ramen aan de straatkant. Geen verkeer.

'Myra Weinburg?'

Piepende fietsremmen. 'Hallo.' De begroeting en de poging tot een flits van herkenning komen zuiver voort uit het feit dat mensen bijna alles liever doen dan voor schut staan.

Ik loop naar haar toe, helemaal de rijpe zakenman, zeg tegen mijn denkbeeldige vriend dat ik nog terugbel en klap de telefoon dicht.

'Sorry,' zegt ze glimlachend en met gefronste wenkbrauwen. 'Jij bent...?'

'Mike, de account executive van Ogilvie...? Ik geloof dat we elkaar hebben gezien bij... ja, ik weet het. Die opname voor National Foods bij David. Wij zaten in de tweede studio. Ik kwam langs en heb kennisgemaakt met jou en... hoe heet hij ook alweer? Richie. Jullie hadden een betere cateraar dan wij.'

Nu glimlacht ze van harte. 'O, ja.' Ze herinnert zich David, National Foods, Richie en de cateraar van de fotostudio, maar mij kan ze zich niet herinneren, want ik was er niet. Er was helemaal niemand die Mike heette, maar daar gaat ze aan voorbij omdat het toevallig de voornaam is van haar overleden vader.

'Leuk je te zien,' zeg ik met mijn mooiste wat-een-toevalgrijns. 'Woon je hier in de buurt?'

'In de Village. Jij?'

Een knikje naar het huis van de Griszinski's. 'Daar.'

'Wauw, een atelierwoning. Gaaf.'

Ik vraag naar haar werk, zij naar het mijne. Dan trek ik een geschrokken gezicht. 'Laat ik maar snel naar binnen gaan. De citroenen waren op.' Ik laat de tas met citroenen zien, mijn rekwisiet. 'Ik heb wat mensen op bezoek.' Mijn stem sterft weg en ik krijg een geniale inval. 'Hé, ik weet niet of je plannen hebt, maar we houden een late brunch. Eet je mee?'

'Goh, dank je, maar ik zie er niet uit.'

'Toe... wij zijn net terug van de sponsorloop tegen aids, mijn vriend en ik.' Leuk gevonden, vind ik. En helemaal geïmproviseerd. 'Wij zijn zweteriger dan jij, neem dat maar van me aan. Dit is heel informeel. Kom op. O, er is ook een account-manager van Thompson. En er zijn een paar jongens van Barston. Leuk, maar hetero.' Ik haal spijtig mijn schouders op. 'En we hebben een acteur, maar dat moet een verrassing blijven. Ik zeg niet wie het is.'

'Tja...'

'O, kom op, zeg. Zo te zien ben je aan een cosmo toe... Hebben we tijdens die fotosessie niet allebei vastgesteld dat dat onze lievelingscocktail was?'

6

De Tombs.

Oké, het was de Tombs niet meer, niet de echte uit de negentiende eeuw. Dat gebouw stond er al heel lang niet meer, maar iedereen gebruikte de naam nog voor de plaats: het detentiecentrum in Manhattan waar Arthur Rhyme nu zat. Zijn hart klopte met het radeloze *bonk, bonk, bonk* dat het vaak had laten horen sinds zijn arrestatie.

Of je het nu de Tombs noemde, het MDC of het Bernard Kerik Center (zoals het tijdelijk had geheten tot de voormalige hoofdcommissaris van politie, tevens hoofd van de Dienst Justitiële Inrichtingen, roemloos ten onder was gegaan), voor Arthur was het simpelweg de hel.

De totale hel.

Hij had net als alle anderen een oranje overall aan, maar daarmee hield elke overeenkomst met zijn medegedetineerden op. Arthur, die één meter achtenzeventig was, zesentachtig kilo woog en een keurig bruin kantoorkapsel had, zou niet meer kunnen verschillen van de andere zielen die hier hun proces afwachtten. Nee, hij was niet breed en getatoeëerd, of kaalgeschoren, of stom, of zwart, of latino. Het soort crimineel op wie Arthur zou lijken – een van witteboordencriminaliteit beschuldigde zakenman – zat niet tot aan zijn proces in de Tombs, maar werd op borgtocht vrijgelaten. Wat voor zonden ze ook hadden gedaan, ze waren niet zwaar genoeg voor de twee miljoen dollar borgtocht die Arthur was opgelegd.

De Tombs was dus sinds 13 mei zijn onderkomen; de langste, pijnlijkste, moeilijkste periode van zijn leven.

En verwarrend.

Arthur kon de vrouw die hij zou hebben vermoord best hebben ontmoet, maar hij herinnerde zich haar niet. Ja, hij was in die galerie in SoHo geweest waar zij kennelijk ook had rondgekeken, maar hij wist niets van een gesprek met haar. En ja, hij hield van het werk van Harvey Prescott en het was hem aan het hart gegaan dat hij zijn doek had moeten verkopen toen hij zijn baan was kwijtgeraakt, maar een schilderij stelen? Iemand vermoorden? Waren ze gek geworden? Zag hij eruit als een moordenaar?

Het was hem een ondoorgrondelijk raadsel, net als de stelling van

Fermat, het wiskundige bewijs dat hij na lezing van de uitleg nog steeds niet snapte. Haar bloed in zijn auto? Hij werd erin geluisd, natuurlijk. Hij kwam zelfs op de gedachte dat de politie het zelf had gedaan.

Na tien dagen in de Tombs heeft O.J.'s verdediging iets minder weg van de *Twilight Zone*.

Waarom, waarom, waarom? Wie zat hierachter? Hij dacht aan de boze brieven die hij had geschreven toen Princeton hem had gepasseerd. Er zaten erbij die stom, kleinzielig en dreigend van toon waren. Maar goed, labiele mensen genoeg in de academische wereld. Misschien wilden ze wraak nemen voor de stennis die hij had geschopt. En dan was er nog die studente die avances had gemaakt. Nee, had hij tegen haar gezegd, hij wilde geen verhouding. Ze was ontploft.

Fatal Attraction...

De politie had haar nagetrokken en geconcludeerd dat zij niet achter de moord zat, maar hadden ze wel echt hun best gedaan om haar alibi te verifiëren?

Hij keek om zich heen in de recreatieruimte, naar de tientallen 'poppetjes'; bajestaal voor gedetineerden. Ze hadden hem eerst als een curiositeit gezien. Hij was in aanzien gestegen toen ze hoorden dat hij was aangehouden op verdenking van moord, maar weer diep gezonken toen duidelijk werd dat het slachtoffer niet had geprobeerd zijn drugs te jatten of hem te bedriegen – de twee acceptabele redenen om een vrouw te doden.

Toen tot hen doordrong dat hij gewoon zo'n blanke was die er een zootje van had gemaakt, was het akelig geworden.

Geduw, gepest, zijn pakje melk afpakken – net als in de brugklas. Wat de seks betrof, was het niet zo erg als de mensen dachten. Hier niet. Deze mensen waren allemaal net gearresteerd en konden hun pik nog wel even in hun overall houden, maar een aantal van zijn nieuwe 'maten' had hem verzekerd dat hij zijn maagdelijkheid snel zou verliezen zodra hij naar een instelling voor langgestraften werd gestuurd, zoals Attica, zeker wanneer hij vijfentwintig jaar tot levenslang kreeg.

Hij had vier keer een stomp in zijn gezicht gekregen, was twee keer pootje gehaakt en uiteindelijk tegen de vloer gepind door die psychopaat van een Aquilla Sanchez, die zwetend boven hem hing en krijste in Spaans Engels tot een paar verveelde piewies (bewaarders, dus) hem weg hadden getrokken.

Arthur had twee keer in zijn broek gepiest en wel tien keer gekotst. Hij was een worm, uitschot, het verkrachten niet waard.

Nog niet.

En als zijn hart zo bleef bonken, kon het elk moment uit elkaar springen – wat Henry Rhyme, zijn vader, ook was overkomen, al was de vermaarde professor uiteraard niet in zo'n onwaardig oord als de Tombs gestorven, maar op een gepast voorname universiteitsstoep in Hyde Park in Illinois.

Hoe had dit kunnen gebeuren? Een getuige, bewijs... Het sloeg nergens op.

'Beken in ruil voor strafvermindering, meneer Rhyme,' had de officier van justitie gezegd. 'Ik raad het u aan.'

Zijn advocaat had hetzelfde gezegd. 'Ik weet precies hoe het zit, Art. Het is alsof ik een gps-kaart lees. Ik kan je precies zeggen waar dit heen gaat, en de naald is het niet. De staat New York zou de doodstraf nog niet kunnen invoeren als het een halszaak was. Sorry, slechte grap. Maar je hebt nog altijd vijfentwintig jaar in het vooruitzicht. Ik kan er vijftien van maken. Ga ervoor.'

'Maar ik heb het niet gedáán.'

'Hm, hm. Dat zegt niet echt iemand iets, Arthur.'

'Maar ik heb het écht niet gedaan!'

'Hm, hm.'

'Nou, ik ga níét bekennen. De jury begrijpt me wel. Als ze me zien, weten ze wel dat ik geen moordenaar ben.'

Het bleef even stil. 'Prima,' had zijn advocaat toen gezegd, maar het was helemaal niet prima. Het was wel duidelijk dat hij de pest in had, ondanks die zeshonderd en nog wat per uur die hij opstreek – en waar moesten zúlke bedragen vandaan komen? Hij...

Arthur keek op en zag twee gedetineerden naar hem kijken, latino's. Ze namen hem op zonder ook maar enige uitdrukking op hun gezicht. Niet vriendelijk, niet tartend en niet stoer. Ze leken nieuwsgierig.

Terwijl ze op hem af kwamen, dacht hij na. Opstaan of blijven zitten? Blijven zitten.

Maar naar beneden kijken.

Hij keek naar de vloer. Een van de mannen ging voor hem staan, zodat Arthur recht tegen zijn sjofele sportschoenen aankeek.

De andere man kwam achter hem staan.

Hij was er geweest. Arthur Rhyme wist het zeker. Als ze het maar snel deden, dan was het maar voorbij.

'Yo,' zei de man achter hem met een hoge stem.

Arthur keek op naar de man die voor hem stond. Die had bloeddoorlopen ogen, een grote oorring en een slecht gebit. Arthur kon geen woord uitbrengen.

'Yo,' klonk het weer.

Arthur slikte. Hij wilde het niet, maar hij kon er niets aan doen.

'We praten tegen je, mijn maat en ik. Je bent niet beleefd. Waarom ben je zo'n eikel?'

'Sorry, ik... Hallo.'

'Yo. Wat doe jij voor werk, man?' vroeg Piepstem aan zijn rug.

'Ik ben...' Zijn geest stond stil. Wat moest hij zeggen? 'Ik ben wetenschapper.'

'Fok,' zei Oorbel. 'Wetenschapper? Wat doe je dan, raketten bouwen of zo?'

Ze lachten allebei.

'Nee, medische apparatuur.'

'Zoals die shit, je weet wel, dan zeggen ze "bed los" en dan elektrocuteren ze je? Zoals in *ER*?'

'Nee, het is ingewikkeld.'

Oorbel fronste zijn wenkbrauwen.

'Zo bedoel ik het niet,' zei Arthur snel. 'Niet dat jullie het niet zouden begrijpen, het is gewoon moeilijk uit te leggen. Kwaliteitscontrolesystemen voor dialyse, en...'

'Dat verdient zeker wel lekker?' zei Piepstem. 'Ik heb gehoord dat je een mooi pak aanhad toen je werd verwerkt.'

'Toen ik werd...?' O, bij aankomst. 'Ik weet het niet. Ik heb het bij Nordstrom gekocht.'

'Nordstrom. Wat is Nordstrom in jezusnaam?'

'Een winkel.'

Arthur keek weer naar de voeten van Oorbel, die vervolgde: 'Dus je verdient lekker? Hoeveel?'

'Ik...'

'Ga je nou zeggen dat je het niet weet?'

'Ik...' Ja, dat was de bedoeling.

'Hoeveel?'

'Ik weet niet... Meer dan een ton, denk ik.'

'Fok.'

Arthur wist niet of dat wilde zeggen of hij veel of weinig verdiende. Toen lachte Piepstem. 'Heb je vrouw en kinderen?'

'Daar zeg ik niets over.' Het klonk opstandig.

'Heb jij vrouw en kinderen?'

Arthur Rhyme keek naar een muur vlakbij. Uit een voeg tussen de gasbetonblokken stak een spijker, voor een bord met een mededeling, veronderstelde hij, dat jaren geleden was verwijderd of gestolen. 'Laat me met rust. Ik heb geen zin om met jullie te praten.' Hij deed zijn best om het gedecideerd te zeggen, maar hij klonk als een meisje dat door een kneus ten dans wordt gevraagd.

'We proberen gewoon een beschaafde conversatie te voeren, man.'

Hoorde hij dat goed? *Een beschaafde conversatie?*

Toen dacht hij: godver, misschien willen ze écht aardig zijn. Misschien konden ze zijn vrienden zijn, hem beschermen. God wist dat hij om vrienden verlegen zat. Viel er nog iets te redden? 'Neem me niet kwalijk, maar dit is een bizarre toestand voor me. Ik heb nog nooit eerder moeilijkheden gehad. Ik ben gewoon...'

'Wat doet je vrouw? Is die ook wetenschapper? Is het een slimme tante?'

'Ik...' De woorden verdampten.

'Heeft ze grote tieten?'

'Neuk je haar in haar kont?'

'Luister goed, Wetenschapspikkie, het zit zo. Die slimme vrouw van jou gaat wat geld van de bank halen. Tien ruggen. En dan rijdt ze naar mijn neef in de Bronx. En dan...'

De hoge stem stierf weg.

Een kolossale zwarte gedetineerde van een meter negentig, een en al spieren en vet, liep met opgestroopte mouwen naar het drietal toe. Hij keek met gemene spleetoogjes naar de twee latino's.

'Yo, chihuahua's. Oprotten.'

Arthur Rhyme was verlamd. Hij had nog niet kunnen bewegen als iemand het vuur op hem had geopend, wat hem niets had verbaasd, zelfs niet in dit rijk van de metaaldetectoren.

'Pleur op, nikker,' zei Oorbel.

'Stuk stront,' voegde Piepstem eraan toe, wat de zwarte man een lach ontlokte. Hij sloeg een arm om Oorbels schouders, fluisterde iets in zijn oor en nam hem mee. De ogen van de latino werden glazig en hij knikte naar zijn maat, die zich bij hem voegde. Ze liepen gemaakt verontwaardigd naar de verste hoek. Als Arthur niet zo bang was geweest, had hij het komisch gevonden, die op hun nummer gezette pestkoppen die op de school van zijn kinderen konden zitten.

De zwarte man rekte zich uit en Arthur hoorde een gewricht kraken. Zijn hart bonsde nog harder. Er viel hem een schietgebedje in: of die hartaanval hem nu maar mocht meenemen.

'Dank je.'

'Val dood, man. Die twee, die eikels, die moeten weten hoe het zit. Volg je me wel?'

Nee, Arthur Rhyme had geen idee, maar hij zei: 'Toch bedankt. Ik ben Art.'

'Ik weet wel hoe je heet, man. Iedereen hier weet alles. Behalve jij. Jij weet geen ene reet.'

Maar er was één ding dat Arthur Rhyme wel wist, en heel zeker: hij was er geweest. Dus zei hij: 'Oké, zeg dan maar wie jij bent, klootzak.'

Het grote gezicht keek hem aan. Arthur, die zweet en een rokerige adem rook, dacht aan zijn gezin, eerst aan zijn kinderen en toen aan Judy. Aan zijn ouders, eerst zijn moeder en toen zijn vader. Toen dacht hij gek genoeg aan zijn neef Lincoln. Hij herinnerde zich een hardloopwedstrijdje door een veld in Illinois op een warme zomerdag toen ze nog tieners waren.

Wie het eerst bij die eik is. Zie je hem, die daar? Ik tel tot drie. Klaar voor de start? Een... twee... drie... Start!

De man draaide zich om en beende naar een andere zwarte gedetineerde. Ze tikten met hun vuisten tegen elkaar en Arthur Rhyme was vergeten.

Hij keek naar hun kameraadschap en voelde zich steeds eenzamer. Toen deed hij zijn ogen dicht en boog zijn hoofd. Arthur Rhyme was wetenschapper. Hij geloofde dat het leven zich ontwikkelde via het proces van natuurlijke selectie, waarin de goddelijke gerechtigheid geen rol speelde, maar nu, verzonken in een depressie die zo niet-aflatend was als het wintertij, moest hij zich wel afvragen of er niet toch een systeem van vergelding bestond, net zo echt en onzichtbaar als de zwaartekracht, dat hem nu strafte voor alle slechte dingen die hij in zijn leven had gedaan. O, hij had ook veel goeds gedaan: kinderen opgevoed, die hij ruimdenkende waarden en verdraagzaamheid had bijgebracht; hij was een goede levensgezel geweest voor zijn vrouw, die hij door kanker heen had gesleept; en hij had bijgedragen aan het wetenschappelijke onderzoek dat de wereld verrijkte.

Toch waren er ook slechte dingen. Die zijn er altijd.

Daar zat hij dan in zijn stinkende oranje overall zijn uiterste best te doen om te geloven dat hij door de juiste gedachten en geloften – en het vertrouwen in het systeem dat hij bij elke verkiezing plichtsgetrouw uitsprak – de balans van Vrouwe Justitia weer naar de andere kant zou kunnen laten doorslaan en de weg terug zou kunnen vinden naar zijn gezin en het leven.

Hij wilde geloven dat hij met de juiste instelling en intentie het lot te snel af kon zijn met diezelfde ademloze inspanning waarmee hij Lincoln op dat warme, stoffige veld had verslagen in de stormloop op de eik.

Hij wilde geloven dat hij nog te redden was. Misschien...

'Oprotten.'

Hij schrok op van het woord, al was het met zachte stem uitgesproken. Een gedetineerde, blank, met een slordige bos haar, vol tatoeages maar zonder tanden, zenuwachtig bewegend doordat de drugs zijn lichaam verlieten, had Arthur van achteren beslopen. Hij keek naar de bank waarop Arthur zat, hoewel hij overal kon gaan zitten. Zijn ogen stonden door en door gemeen.

Arthurs vluchtige hoop op een meetbaar, wetenschappelijk stelsel van morele gerechtigheid ging in rook op. De nek omgedraaid door dat ene woord van die tengere, maar beschadigde en gevaarlijke man.

Oprotten...

Arthur Rhyme hield met moeite zijn tranen binnen en rotte op.

7

De telefoon ging, tot Lincoln Rhymes ergernis. Hij zat te denken aan hun Mister X en het mechanisme van de achtergelaten valse aanwijzingen, als het echt zo in elkaar zat, en wilde niet gestoord worden.

Toen drong de werkelijkheid echter tot hem door; hij zag de 44 op het scherm, de landcode van Engeland. 'Opdracht, telefoon opnemen,' gebood hij meteen.

Klik.

'Ja, inspecteur Longhurst?' Hij had de hoop op tutoyeren laten varen. De betrekkingen met Scotland Yard vereisten een bepaalde correctheid.

'Hallo, rechercheur Rhyme,' zei ze. 'Er begint hier schot in de zaak te komen.'

'Vertel,' zei Rhyme.

'Danny Krüger heeft van een van zijn vroegere wapenkoeriers gehoord. Het schijnt dat Richard Logan uit Londen is vertrokken om iets in Manchester op te halen. We weten niet wat, maar we weten wel dat er in Manchester een overvloed aan clandestiene wapenhandelaars is.'

'Hebben jullie enig idee waar hij precies zit?'

'Daar probeert Danny nog achter te komen. Het zou magnifiek zijn als we hem daar konden pakken in plaats van op Londen te moeten wachten.'

'Pakt Danny het wel subtiel aan?' Rhyme had aan de videovergadering de herinnering overgehouden van een grote, gebruinde, luidruchtige Zuid-Afrikaan met een pens en een gouden pinkring die allebei schrikbarend bol waren. Rhyme had ooit een zaak gehad die in Darfur speelde, en Krüger en hij hadden een tijdje over het tragische conflict in dat land gepraat.

'O, hij weet wat hij doet. Als het moet, kan hij subtiel zijn, maar als het nodig is, is hij zo fel als een bloedhond. Als het ook maar enigszins mogelijk is, krijgt hij die informatie. We hebben overleg met onze collega's in Manchester, zodat er een arrestatieteam paraat kan worden gehouden. Zodra we meer weten, bellen we u terug.'

Hij bedankte haar en ze sloten het gesprek af.

'We krijgen hem wel, Rhyme,' zei Sachs, en niet alleen voor zijn plezier. Ze was er zelf ook op gebrand Logan te vinden, want een van zijn intriges was haar bijna fataal geworden.

Sachs kreeg telefoon, nam op, luisterde even en zei dat ze er binnen tien minuten kon zijn. 'De dossiers van die andere zaken die Flintlock noemde? Ze liggen klaar. Ik ga ze halen. O, en Pam zou langs kunnen komen.'

'Wat doet ze tegenwoordig?'

'Ze studeert bij een vriend in Manhattan – haár vríéndje.'

'Wat leuk voor haar. Wie is het?'

'Een jongen van school. Ik sta te trappelen om hem te zien. Ze heeft het nergens anders meer over. Ze verdient een fatsoenlijk iemand in haar leven, maar ik wil niet dat ze te hard van stapel loopt. Ik zou me prettiger voelen als ik hem had gezien en hem zelf aan een kruisverhoor had onderworpen.'

Rhyme knikte naar Sachs voordat ze wegging, maar in gedachten was hij elders. Hij keek naar het whiteboard met de gegevens van de zaak-Alice Sanderson en gaf de telefoon opdracht iemand te bellen.

'Hallo?' zei een zachte mannenstem. Op de achtergrond klonk een wals. Luid.

'Mel, ben jij het?'

'Lincoln?'

'Wat is dat voor takkemuziek? Waar zit je?'

'Bij de stijldanswedstrijd van New England,' antwoordde Mel Cooper.

Rhyme zuchtte. Afwassen, musicals, stijldansen. Hij haatte de zondag. 'Nou, maar ik heb je nodig. Ik zit met een zaak. Een uniek geval.'

'Jouw zaken zijn altijd uniek, Lincoln.'

'Deze is nog unieker dan anders, als je me de semantische overtreding wilt toestaan. Kun je hierheen komen? Je had het over New England. Zeg nou niet dat je in Boston of Maine zit.'

'Nee, in Midtown. En ik ben bang dat ik tijd heb, want Gretta en ik zijn net uitgeschakeld. Rosie Talbot en Bryan Marshall gaan winnen. Het is een schandaal,' zei Mel nadrukkelijk. 'Hoe snel moet ik komen?'

'Nu.'

Cooper grinnikte. 'Hoe lang heb je me nodig?'

'Een tijdje.'

'Tot etenstijd, bedoel je? Of tot woensdag?'

'Bel je chef maar om te zeggen dat je een nieuwe opdracht hebt. Ik hoop dat we vóór woensdag klaar zijn.'

'Ik zal een naam moeten noemen. Wie leidt het onderzoek? Lon?'

'Laat ik het zo zeggen: hou het vaag.'

'Lincoln, je weet toch nog wel hoe het bij de politie gaat? Met "vaag" kom je er niet. Met "heel specifiek" wel.'

'Er is niet echt een rechercheur die het onderzoek leidt.'

'Ben je op eigen houtje bezig?' vroeg Mel weifelend.

'Niet echt. Amelia doet mee, en Ron.'

'Verder niemand?'

'Jij.'

'Aha. Wie is de verdachte?'

'De verdachten zitten toevallig al achter de tralies. Er zijn er twee veroordeeld en de derde is in afwachting van zijn proces.'

'En jij betwijfelt of we de juiste mensen hebben aangehouden.'

'Zoiets.'

Technisch rechercheur Mel Cooper was gespecialiseerd in labwerk en hij was niet alleen een van de meest briljante leden van het korps, maar ook een van de pienterste. 'O, dus ik moet je helpen uitzoeken hoe mijn bazen het zo hebben kunnen verprutsen dat ze tot drie keer toe de verkeerde hebben gearresteerd, en dan moet ik ze overhalen drie nieuwe, dure onderzoeken naar de echte daders te openen, die trouwens ook niet dolblij zullen zijn wanneer ze erachter komen dat ze hun straf uiteindelijk toch niet ontlopen. Dit is een soort verlies-verliessituatie, hè, Lincoln?'

'Zeg je vriendin dat het me spijt, Mel. Kom zo snel mogelijk.'

Sachs was bijna bij haar vuurrode Camaro SS toen ze iemand 'hé, Amelia!' hoorde roepen.

Ze keek om en zag een knappe tiener met lang, kastanjebruin haar met rode strepen erin en een paar smaakvolle ringetjes in beide oren die twee linnen tassen met zich mee zeulde. Haar gezicht, dat bedekt was met een sproetenwaasje, straalde van geluk. 'Ga je weg?' vroeg ze.

'Een grote zaak. Ik ga naar het hoofdbureau. Wil je een lift?'

'Graag, dan neem ik daar de ondergrondse wel.' Pam stapte in de auto.

'Heb je lekker gestudeerd?'

'Gewoon.'

'Waar is je vriend?' Sachs keek om zich heen.

'Je bent hem net misgelopen.'

Stuart Everett zat op dezelfde middelbare school in Manhattan als Pam. Ze hadden nu een paar maanden verkering. Ze hadden elkaar op school leren kennen en op slag hun gezamenlijke liefde voor lezen en muziek ontdekt. Ze zaten allebei op de poëzieclub van de school, wat

Sachs een geruststellend idee vond; hij was tenminste geen motorduivel of aapachtige sportjongen.

Pam slingerde een van de tassen, waarin schoolboeken zaten, op de achterbank en maakte de andere open. Er kwam een pluizige hondenkop uit tevoorschijn.

'Hé, Jackson,' zei Sachs, en ze aaide de hond over zijn kop.

Het piepkleine havaneesje pakte de Milk Bone die Sachs hem aanbood uit de op het dashboard geplakte bekerhouder die alleen als bewaarplaats voor hondenlekkers diende; Sachs' manier van gas geven en bochten nemen was niet bevorderlijk voor het in een beker houden van vloeistoffen.

'Kon Stuart je niet wegbrengen? Mooie heer is dat.'

'Hij moest naar zijn voetbalwedstrijd. Hij is gek op sport. Dat zijn alle kerels toch?'

Sachs voegde in en lachte wrang. 'Klopt.'

Het leek een vreemde vraag voor een meisje van die leeftijd, want die wisten doorgaans alles over mannen en sport, maar Pam Willoughby was geen gewoon meisje. Toen ze nog heel jong was, was haar vader omgekomen bij een vredesmissie van de VN. Haar labiele moeder had zich in de politiek en religieus rechtse ondergrondse gestort en was steeds militanter geworden. Ze zat nu levenslang uit wegens moord (ze was verantwoordelijk voor de bomaanslag op het hoofdkwartier van de VN in Manhattan een paar jaar terug, die zes mensen het leven had gekost). Amelia Sachs en Pam hadden elkaar destijds leren kennen toen Sachs het meisje uit handen van een serieontvoerder had gered. Daarna was ze weer verdwenen, maar zuiver toevallig had Sachs haar opnieuw gered, niet al te lang geleden.

Toen Pam eenmaal was bevrijd van haar psychopathische moeder, was ze bij een pleeggezin in Brooklyn geplaatst, maar niet voordat Sachs het echtpaar had nagetrokken alsof ze van de Geheime Dienst was en een presidentieel bezoek voorbereidde. Pam had het naar haar zin bij die mensen, maar ze bleef met Sachs omgaan, met wie ze een hechte band had. Pams pleegmoeder had haar handen vol aan de zorg voor vijf jongere kinderen, dus had Sachs de rol van grote zus op zich genomen.

Het mes sneed aan twee kanten. Sachs had altijd kinderen gewild, maar er waren complicaties. Ze had een gezin willen stichten met haar eerste serieuze relatie, maar die collega-politieman, die bij haar was ingetrokken, bleek zo ongeveer de slechtst denkbare keus te zijn (afpersing, geweldpleging en uiteindelijk de gevangenis, om maar wat te noemen). Na hem was ze alleen geweest tot ze Lincoln Rhyme leerde kennen, bij wie ze sindsdien was gebleven. Rhyme begreep niet veel van kinderen, maar hij was een goed mens, redelijk en slim, en hij kon zijn gevoelloze beroepshouding scheiden van zijn privéleven; veel mannen konden en deden dat niet.

Een gezin stichten zou echter moeilijk zijn op dit punt van hun leven: ze hadden te kampen met de eisen en gevaren die het politiewerk met zich meebrengt, de rusteloze energie die ze allebei voelden en de onzekerheid aangaande Rhymes gezondheid in de toekomst. Ze moesten ook een zekere lichamelijke barrière overwinnen, al was dat meer een probleem van Sachs dan van Rhyme, hadden ze van de artsen gehoord (hij was prima in staat kinderen te verwekken).

De band met Pam was dus voorlopig voldoende. Sachs genoot van haar rol, die ze serieus opvatte; het meisje begon langzamerhand weer te leren volwassenen te vertrouwen. Rhyme stelde haar gezelschap ook echt op prijs. Hij hielp haar nu met de opzet van een boek over haar ervaringen in de rechtse ondergrondse met de werktitel *Gevangenschap*. Thom had tegen Pam gezegd dat ze ermee in *Oprah* zou kunnen komen.

Sachs scheurde een taxi voorbij en zei: 'Je hebt geen antwoord gegeven. Heb je lekker gestudeerd?'

'Heerlijk.'

'Zit dat proefwerk van donderdag erin?'

'Helemaal. Geen probleem.'

Sachs lachte. 'Je hebt vandaag geen boek ingekeken, hè?'

'Amelia, kom op. Het was zo'n mooie dag! Het is de hele week rotweer geweest. We moesten er gewoon uit.'

Sachs' voelde de drang Pam erop te wijzen hoe belangrijk het was dat ze goede eindexamencijfers haalde. Pam was slim, een alleslezer met een hoog IQ, maar na haar bizarre schoolloopbaan zou het moeilijk voor haar worden om op een goede universiteit te worden toegelaten. Het meisje zag er echter zo blij uit dat Sachs met haar hand over haar hart streek. 'Wat hebben jullie gedaan?'

'Gewoon gelopen. Helemaal naar Harlem, om het stuwmeer heen. O, en er was een concert bij het botenhuis, gewoon een coverbandje, je weet wel, maar ze klonken echt net zoals Coldplay...' Pam dacht terug. 'Maar Stuart en ik hebben toch vooral gepraat. Over niets. Dat zijn de beste gesprekken, als je het mij vraagt.'

Amelia Sachs kon het niet tegenspreken. 'Is het een lekker ding?'

'O, zeker. Een kanjer.'

'Heb je een foto van hem?'

'Amelia! Dat zou echt niet cool zijn.'

'Zullen we na deze zaak uit eten gaan, wij drieën?'

'Echt? Wil je hem echt zien?'

'Een jongen die iets met jou begint, kan maar beter weten dat er iemand op je past. Iemand met een pistool en handboeien. Oké, hou je hond vast; ik heb zin om te rijden.'

Sachs schakelde hard terug, gaf gas en zette twee rubberen uitroeptekens op het matzwarte asfalt.

8

Sinds Amelia af en toe een nacht of weekend bij Rhyme doorbracht, waren er bepaalde veranderingen in het victoriaanse herenhuis opgetreden. Toen Rhyme er nog alleen woonde, na het ongeluk en vóór Sachs, was het er min of meer netjes geweest, afhankelijk van de regelmaat waarmee hij verzorgers en huishoudsters ontsloeg, maar 'huiselijk' was niet het goede woord. Er had niets persoonlijks aan de muren gehangen; niet een van de diploma's titels, aanbevelingen en onderscheidingen die hij tijdens zijn gevierde periode als hoofd van de technische recherche van de politie New York had mogen ontvangen. Ook foto's van zijn ouders, Teddy en Anne, en van het gezin van zijn oom Henry schitterden door afwezigheid.

Sachs had het niet goedgekeurd. 'Het is belangrijk,' had ze hem de les gelezen, 'je verleden, je familie. Je hebt je hele geschiedenis uitgewist, Rhyme.'

Hij had haar huis nooit gezien, want het was niet toegankelijk voor rolstoelers, maar hij wist dat de kamers uitpuilden van de getuigenissen van háár geschiedenis. Veel foto's kende hij natuurlijk: van Amelia Sachs als knap jong meisje (met al lang geleden verdwenen sproeten) dat zelden glimlachte; als middelbare scholier met monteursgereedschap in haar hand; en als studerende dochter, tijdens vakanties geflankeerd door een grinnikende politievader en een strenge moeder; als model in tijdschriften en reclames, met de chique kilte in haar blik die de mode was (maar waarvan Rhyme wist dat het minachting was voor het feit dat modellen als niet meer dan kleerhangers werden gezien).

En hij had honderden andere kiekjes gezien, de meeste genomen door haar vader, de man die zo schietgraag met zijn Kodak omging.

Sachs had naar Rhymes kale wanden gekeken en zich daar gewaagd waar geen assistent had durven komen, zelfs Thom niet: in de kelder, waar tientallen dozen stonden met aandenkens aan Rhymes vroegere leven, zijn leven van Ervoor, zo verstopt en verzwegen als een eerste echtgenote voor een tweede. De diploma's, getuigschriften en familiekiekjes vulden nu de muren en de schoorsteenmantel.

Ook de foto waar hij nu naar keek, waarop hij als slanke tiener in hardloopkleding stond, vlak na een wedstrijd genomen. Hij stond erop met warrig haar en een in het oog springende Tom Cruise-neus, voorovergebogen met zijn handen op zijn knieën nadat hij vermoedelijk een kilometer had gelopen. Rhyme was nooit iemand van de korte baan geweest; de lyriek, de elegantie van de langere afstanden sprak hem meer aan. Hij zag hardlopen als een 'proces'. Soms rende hij na de finish gewoon door.

Zijn familie zou wel op de tribune hebben gezeten. Zijn vader en zijn oom woonden allebei in een voorstad van Chicago, zij het op de nodige afstand van elkaar. Lincoln woonde in het westen, in de vlakke, kalende stadsuitbreiding die toen nog deels boerenland was, een doelwit van zowel onnadenkende projectontwikkelaars als angstwekkende tornado's. Henry Rhyme en zijn gezin, die in Evanston aan het meer woonden, waren min of meer immuun voor beide.

Henry maakte twee keer per week de lange tocht met twee treinen over de vele sociale scheidslijnen naar de universiteit van Chicago, waar hij natuurkunde aan gevorderde studenten doceerde. Zijn vrouw Paula doceerde aan Northwestern. Het echtpaar had drie kinderen; Robert, Marie en Arthur, alle drie vernoemd naar een wetenschappelijk onderzoeker. Oppenheimer en Curie waren het beroemdst. Art was vernoemd naar Arthur Compton, die in 1942 de leiding had over het beroemde Metallurgisch Laboratorium van de universiteit van Chicago, de dekmantel voor de bouw van de kernreactor waarin de eerste beheerste nucleaire kettingreactie plaatsvond. Alle kinderen hadden goede universiteiten bezocht: Robert Northwestern Medical, Marie de University of California in Berkeley en Arthur het Massachusetts Institute of Technology.

Robert was jaren geleden omgekomen bij een ongeluk in Europa. Marie werkte in China aan milieukwesties. Van de vier ouders Rhyme was er nog maar één in leven: tante Paula, die in een verzorgingshuis woonde, omringd door levendige, samenhangende herinneringen aan zestig jaar geleden, terwijl ze het heden in verwarrende flarden beleefde.

Rhyme keek weer naar de foto waar hij zelf op stond. De herinnering aan de wedstrijd maakte dat hij zijn ogen er niet van af kon houden... Tijdens zijn colleges liet professor Henry Rhyme zijn goedkeuring blijken door subtiel een wenkbrauw op te trekken, maar op het sportveld sprong hij altijd op van de tribune, floot en schreeuwde naar Lincoln dat hij moest doorzetten, *kom op, kom op, je kunt het!* Met die aanmoedigingen joeg hij hem als eerste over de finish (hij werd vaak eerste).

Na die wedstrijd was hij waarschijnlijk met Arthur weggegaan, dacht

Rhyme. De jongens brachten zoveel mogelijk tijd met elkaar door om het gemis van een broer goed te maken. Robert en Marie waren een stuk ouder dan Arthur en Lincoln was enig kind.

Lincoln en Art hadden elkaar dus geadopteerd. De surrogaatbroers gingen de meeste weekends en elke zomer samen op avontuur uit, vaak in Arthurs Corvette (oom Henry verdiende een paar keer zoveel als Rhymes vader, ook al was hij professor; Terry was ook wetenschapper, maar bleef liever buiten de schijnwerpers). De jongens richtten zich op de typische tienerdingen: meisjes, sportwedstrijden, de bioscoop, ruzies, hamburgers en pizza's, stiekem bier drinken en het leven verklaren. En nog meer meisjes.

Nu, zittend in zijn nieuwe TDX-rolstoel, vroeg Rhyme zich af waar Arthur en hij na die wedstrijd precies naartoe waren gegaan.

Arthur, zijn surrogaatbroer...

Die hem nooit was komen opzoeken nadat zijn ruggengraat als een stuk ondeugdelijk hout was geknakt.

Waarom, Arthur? Leg het me uit...

De herinneringen werden verstoord door de bel van het herenhuis. Thom zwenkte uit naar de hal en even later kwam er een tengere, kalende man in smoking de kamer in. Mel Cooper schoof zijn dikke bril hoger op zijn smalle neus en knikte naar Rhyme. 'Middag.'

'Formeel?' vroeg Rhyme met een blik op de smoking.

'De danswedstrijd. Als we in de finale hadden gezeten, was ik niet gekomen, zoals je weet.' Hij trok het jasje uit, maakte het strikje los en rolde de mouwen van het overhemd met ruches op. 'Zo, vertel eens over die uníéke zaak die je voor me had?'

Rhyme bracht hem op de hoogte.

'Het spijt me van je neef, Lincoln. Ik geloof niet dat je het ooit over hem hebt gehad.'

'Wat vind jij van de werkwijze?'

'Als het waar is, is het geniaal.' Cooper keek naar het schema.

'Ideeën?' vroeg Rhyme.

'Nou, de helft van de aanwijzingen bij je neef is in de auto en in zijn garage aangetroffen. Veel makkelijker dan iets in het huis neerleggen.'

'Dat dacht ik nou ook.'

Er werd weer gebeld. Even later hoorde Rhyme zijn assistent alleen terugkomen. Hij vroeg zich af of er iemand een pakje had bezorgd, maar toen maakte hij een gedachtesprong: zondag. Een bezoeker zou straatkleren en sportschoenen kunnen dragen, die geen geluid maakten op de vloer in de hal.

Natuurlijk.

De jonge Ron Pulaski kwam binnen en knikte verlegen. Hij zat al een aantal jaar in de uniformdienst en was dus geen groentje meer, maar zo zag hij er nog wel uit en dus was hij het ook, vond Rhyme. En waarschijnlijk zou hij het altijd blijven.

Hij liep inderdaad op geluidloze Nikes, maar verder droeg hij een spijkerbroek met een bijzonder schreeuwerig hawaïhemd erop. Hij had modieus piekhaar en een opvallend litteken op zijn voorhoofd, een souvenir van een bijna fatale aanval tijdens zijn eerste zaak met Rhyme en Sachs. Het geweld was zo extreem geweest dat Pulaski herseneletsel had opgelopen en bijna zijn ontslag had ingediend. Hij had echter besloten zich door de revalidatieperiode heen te slaan en bij het korps te blijven, vooral geïnspireerd door Rhyme (iets wat hij natuurlijk alleen Sachs had toevertrouwd, niet de criminalist zelf; die had het van haar gehoord).

Hij keek verwonderd naar Coopers smoking en knikte nog eens naar de beide mannen.

'Is je servies smetteloos, Pulaski? Hebben de planten water? Zijn de kliekjes netjes in diepvrieszakjes gestopt?'

'Ik ben meteen vertrokken, meneer.'

Toen ze de zaak zaten door te nemen, hoorden ze Sachs' stem vanuit de deuropening zeggen: 'Hé, een gekostumeerd bal.' Ze keek van Coopers smoking naar Pulaski's lawaaihemd. 'Je ziet er piekfijn uit,' zei ze tegen Cooper. 'Zo noem je dat toch, als iemand een smoking aanheeft? Piekfijn?'

'Helaas is "semifinalist" het enige woord dat bij mij opkomt.'

'Vatte Gretta het goed op?'

Coopers mooie Scandinavische vriendin was, zo meldde hij, 'bij vriendinnen haar verdriet aan het verdrinken met aquavit. De drank van haar geboorteland, maar volgens mij is het niet te zuipen.'

'Hoe is het met je moeder?'

Cooper woonde bij zijn moeder, een pittige tante die al heel lang in Queens woonde.

'Goed. Ze is aan het brunchen bij Boat House.'

Sachs informeerde ook naar Pulaski's vrouw en hun twee jonge kinderen. Toen zei ze: 'Fijn dat je op zondag wilde komen.' Ze wendde zich tot Rhyme. 'Je hebt hem toch wel gezegd hoezeer we dat waarderen?'

'Vast wel,' bromde Rhyme. 'Goed, als we dan nu aan het werk kunnen... Wat heb je bij je?' Hij keek naar de grote bruine map die ze bij zich had.

'De inventarislijst van meegenomen aanwijzingen en foto's van de muntendiefstal en de verkrachting.'

'Waar zijn de materiële sporen zelf?'

'Opgeslagen in het magazijn op Long Island.'

'Nou, laten we maar eens kijken.'

Sachs pakte een stift en begon op een tweede whiteboard een schema op te stellen, zoals ze ook had gedaan voor de zaak van Rhymes neef.

MOORD/DIEFSTAL – 27 MAART

27 maart
Misdrijf: Moord en ontvreemding van zes dozen met zeldzame munten
Doodsoorzaak: bloedverlies en shock ten gevolge van een aantal steekwonden
Locatie: Bay Ridge, Brooklyn
Slachtoffer: Howard Schwartz
Verdachte: Randall Pemberton

Aanwijzingen aangetroffen in huis slachtoffer
• Vet
• Sporen uitgedroogde haarlak
• Polyestervezels
• Wolvezels
• Schoenafdruk Bass-wandelschoen maat 43$^1/_2$

Getuige meldde man in okerkleurig vest naar zwarte Honda Accord te hebben zien vluchten

Aanwijzingen aangetroffen in woning en auto verdachte
• Vet op paraplu op terras, overeenkomend met aangetroffen vet in woning slachtoffer

• Paar Bass-wandelschoenen, maat 43$^1/_2$
• Clairol-haarlak, overeenkomend met vlokjes op pd
• Mes; sporen op heft:
  – Stof, geen overeenkomst gevonden op plaats delict of in woning verdachte
  – Stukjes oud karton
• Mes; sporen op lemmet:
  – Bloed slachtoffer. DNA-test positief
• Verdachte heeft zwarte Honda Accord, model 2004
• Munt, geïdentificeerd als afkomstig uit collectie slachtoffer
• Een Culberton Outdoor Company-vest, okerkleurig, materiaal komt overeen met op plaats delict aangetroffen polyestervezels
• Een wollen deken in de auto. Materiaal komt overeen met op plaats delict aangetroffen wolvezels

NB: Voorafgaand aan het proces hebben rechercheurs grote muntenhandelaren in en om de stad en op internet gecontroleerd, maar niemand gevonden die probeerde de gestolen munten te helen.

'Dus de dader heeft de munten gehouden. En "stof, geen overeenkomst gevonden op plaats delict of in woning verdachte"… Dat houdt in dat het waarschijnlijk afkomstig was uit het huis van de echte dader, maar wat voor stof is het in vredesnaam? Hebben ze het niet geanalyseerd?' Rhyme schudde zijn hoofd. 'Goed, ik wil de foto's zien. Waar zijn ze?'

'Ik pak ze al. Moment.'

Sachs vond een rol plakband en plakte de afdrukken op een derde whiteboard. Rhyme manoeuvreerde zijn stoel erheen en tuurde naar de tientallen foto's van de plaatsen delict. De woonruimte van de muntenverzamelaar was netjes, die van de dader minder. De keuken, waar de munt en het mes waren gevonden, onder het aanrecht, was rommelig. Op tafel stonden vuile borden en afhaaldozen. Er lag ook een berg post, zo te zien voornamelijk reclame.

'Volgende zaak,' zei Rhyme. 'Kom op.' Hij probeerde niet al te ongeduldig te klinken.

MOORD/VERKRACHTING – 18 APRIL

18 april
Misdrijf: moord, verkrachting
Doodsoorzaak: verwurging
Locatie: Brooklyn
Slachtoffer: Rita Moscone
Verdachte: Joseph Knightley

Aanwijzingen aangetroffen in appartement slachtoffer
- Sporen van Colgate-Palmolive Softsoap-handzeep
- Glijmiddel condoom
- Touwvezels
- Breed plakband, merk American Adhesive
- Stof aan breed plakband, komt niet overeen met monsters uit appartement
- Spoor latex
- Zwarte vezels, mengsel wol/polyester
- Tabak op slachtoffer (zie bijlage)

Aanwijzingen aangetroffen in woning verdachte
- Durex-condooms met glijmiddel dat overeenkomt met op slachtoffer aangetroffen glijmiddel
- Rol touw, materiaal komt overeen met op plaats delict aangetroffen vezels
- Zestig centimeter van hetzelfde touw met bloed slachtoffer eraan, plus vijf centimeter BASF B35 nylon 6, hoogstwaarschijnlijk poppenhaar
- Colgate-Palmolive Softsoap
- Breed plakband, merk American Adhesive
- Latex handschoenen, materiaal komt overeen met op plaats delict aangetroffen sporen
- Mannensokken, wol/polyester, overeenkomend met op plaats delict gevonden vezels. Identiek paar aangetroffen in garage, met sporen bloed slachtoffer eraan
- Tabak van Tareyton-sigaretten (zie bijlage)

'De vermeende verdachte heeft zijn sokken met bloed eraan bewaard en meegenomen naar huis? Gelul. Misleidende aanwijzingen.' Rhyme nam het materiaal nog eens door. 'Wat is die "bijlage"?'

Sachs vond het: een briefje van de rechercheur die de zaak had geleid aan de aanklager over mogelijke problemen met de zaak. Ze liet het aan Rhyme zien.

Stan,
Een paar mogelijke onregelmatigheden die de verdediging zou kunnen proberen aan te voeren:

– Mogelijke vervuiling: er zijn vergelijkbare tabakkruimels gevonden op de plaats delict en bij de verdachte thuis, maar noch de verdachte, noch het slachtoffer rookte. Het aanhoudingsteam en de recherche zijn gehoord, maar hebben me verzekerd dat zij niet de herkomst waren.

– Afgezien van het bloed van het slachtoffer is er geen DNA-connectie tussen verdachte en slachtoffer gevonden.

– Verdachte heeft een alibi: een ooggetuige heeft hem rond het tijdstip van de moord bij zijn huis gezien, op zes kilometer van de plaats delict. Deze getuige is een dakloze die wel eens geld krijgt van de verdachte.

'Hij had een alibi,' merkte Sachs op. 'Dat de jury niet geloofde. Vanzelfsprekend.'

'Wat denk jij, Mel?' vroeg Rhyme.

'Ik blijf bij mijn verhaal. Het zit allemaal te gladjes in elkaar.'

Pulaski knikte. 'Haarlak, zeep, vezels, glijmiddel... alles.'

'Het zijn voor de hand liggende keuzes als je valse aanwijzingen wilt achterlaten. En kijk eens naar het DNA: niet dat van de verdachte op de pd, maar dat van het slachtoffer bij de verdachte thuis. Dat is veel makkelijker te regelen.'

Rhyme liet zijn blik langzaam over de schema's glijden.

'Maar niet alle aanwijzingen kloppen als een bus,' merkte Sachs op. 'Dat oude karton en het stof zijn verder nergens aangetroffen.'

'Net als die tabak,' zei Rhyme. 'Noch het slachtoffer, noch de zondebok rookte. Het zou dus van de echte dader afkomstig kunnen zijn.'

'En die poppenhaar?' zei Pulaski. 'Betekent dat dan dat hij kinderen heeft?'

'Plak die foto's ook maar op,' zei Rhyme. 'We zullen eens kijken.'

Het appartement van het slachtoffer en het huis en de garage van de vermeende dader waren ruimschoots gedocumenteerd door de technische recherche. Rhyme bekeek de foto's. 'Geen poppen. Helemaal geen speelgoed. Misschien heeft de echte moordenaar kinderen of komt hij op de een of andere manier in contact met speelgoed. En hij rookt of komt in contact met sigaretten of tabak. Goed. Ja, wij zijn iets op het spoor.

Laten we een profiel opstellen. We hebben onze man tot nog toe "Mister X" genoemd, maar we moeten iets beters verzinnen... De hoeveelste is het vandaag?'

'De tweeëntwintigste mei,' zei Pulaski.

'Oké. Verdachte Tweeëntwintig-vijf. Sachs, als je zo vriendelijk zou willen zijn...' Hij knikte naar een whiteboard. 'Laten we aan het profiel beginnen.'

Profiel dader 225	Onopzettelijk achtergelaten sporen
• Man	
• Mogelijk roker, wonend/werkend met iemand die rookt of ergens bij bron van tabak	• Stof
	• Oud karton
	• Stukje BASF B35 nylon 6; poppenhaar
• Heeft kinderen, woont/werkt bij kinderen of ergens bij bron van speelgoed	• Tabak van Tareyton-sigaretten
• Geïnteresseerd in kunst, munten?	

Tja, het was een begin, dacht Rhyme, al stelde het niet veel voor.

'Zullen we Lon en Malloy bellen?' opperde Sachs.

'Wat hebben we hun te melden?' schamperde Rhyme met een knikje naar het profiel. 'Ik denk dat ze ons clandestiene operatietje snel de nek om zouden draaien.'

'Dus dit is niet officieel?' vroeg Pulaski.

'Welkom in de ondergrondse,' zei Sachs.

De jonge agent liet het even bezinken.

'Daarom zijn we ook in vermomming,' zei Cooper, en hij wees naar de zwartsatijnen bies langs zijn smokingbroek. Misschien knipoogde hij erbij, maar dat was niet goed te zien achter zijn dikke brillenglazen. 'Wat zijn onze volgende stappen?'

'Sachs, bel de technische recherche in Queens. De aanwijzingen van de zaak van mijn neef kunnen we niet te pakken krijgen, want die liggen in afwachting van het proces bij het OM, maar misschien kan iemand van de opslag ons de aanwijzingen in die eerdere zaken sturen, de verkrachting en de muntendiefstal. Ik wil het stof, het karton en het touw zien. En Pulaski, jij gaat naar het hoofdbureau. Ik wil dat je de dossiers van alle moordzaken van het afgelopen halfjaar bekijkt.'

'Allemáál?'

'De burgemeester heeft de stad gezuiverd, heb je het niet gehoord? Wees blij dat we niet in Detroit of Washington zitten. Flintlock heeft aan deze twee zaken gedacht, maar ik wil wedden dat er meer zijn. Zoek naar een achterliggend delict, diefstal of mogelijk verkrachting, dat op moord is uitgedraaid. Let op geclassificeerde sporen en een anonieme melding kort na het delict. O, en een verdachte die zweert onschuldig te zijn.'

'Ja, meneer.'

'En wij?' vroeg Mel Cooper.

'Wij wachten,' prevelde Rhyme op een toon alsof het een vies woord was.

9

Een heerlijke transactie.

Ik ben nu voldaan. Ik loop over straat, blij en tevreden. Ik blader in de beelden die ik zojuist aan mijn collectie heb toegevoegd. Beelden van Myra 9834. De visuele beelden zijn opgeslagen in mijn geheugen; de rest staat op mijn digitale recorder.

Ik loop over straat en kijk naar de zestienen om me heen.

Ik zie ze over de stoepen stromen. In auto's, bussen, taxi's en vrachtwagens.

Ik zie ze achter ramen, waar ik ze ongemerkt bespied.

Zestienen... Ik ben natuurlijk niet de enige die mensen zo noemt. Helemaal niet. Het is gangbaar steno in de branche. Maar ik ben vermoedelijk wel de enige die er de voorkeur aan geeft mensen zo te noemen, die het een geruststellende gedachte vindt.

Een getal van zestien cijfers is veel nauwkeuriger en efficiënter dan een naam. Namen maken me nerveus. Daar hou ik niet van. Het is niet goed voor mij, voor niemand, als ik nerveus word. Namen... nee, verschrikkelijk. Zo draagt 0,6 procent van de Amerikaanse bevolking de achternaam Jones. Voor Brown geldt hetzelfde. 0,3 procent van de bevolking heet Moore en ieders favoriet, Smith, is de naam van maar liefst een heel procent. Er zijn er bijna drie miljoen van. (En mocht je nu benieuwd zijn naar voornamen: John is niet de winnaar, als je dat misschien dacht. Die naam staat met 3,2 procent op de tweede plaats. James wint, met 3,3 procent.)

Sta eens stil bij de consequenties: ik hoor iemand 'James Smith' noemen. Welke James Smith wordt er bedoeld? Er zijn er honderdduizenden, en dan heb ik het nog alleen over de levenden. Tel alle James Smiths door de eeuwen heen eens bij elkaar op.

O, mijn god.

De gedachte alleen drijft me al tot waanzin.

De zenuwen...

En een vergissing kan ernstige gevolgen hebben. Laten we zeggen dat we in het Berlijn van 1938 zijn. Is Herr Wilhelm Frankel de joodse Wilhelm Frankel of de niet-joodse? Het was een groot verschil en hoe je verder ook over ze dacht, die bruinhemden waren absoluut geniaal in het achterhalen van iemands identiteit (waar ze toen al computers voor gebruikten!).

Namen leiden tot fouten. Fouten geven ruis. Ruis is vervuiling. Vervuiling moet worden uitgebannen.

Er zouden tientallen vrouwen kunnen zijn die Alice Sanderson heten, maar er is er maar één, Alice 3895, die haar leven heeft gegeven opdat ik een portret van een Amerikaanse familie van die beste meneer Prescott zou kunnen bezitten.

Myra Weinburg? Daar zijn er vast minder van, maar meer dan één. Toch heeft alleen Myra 9834 zich opgeofferd om mij te bevredigen.

Ik wil wedden dat er genoeg DeLeon Williams' rondlopen, maar alleen 6832-5794-8891-0923 krijgt levenslang voor het verkrachten en vermoorden van Myra 9834 opdat ik de vrijheid hou om het nog eens te doen.

Ik ben nu op weg naar zijn huis (dat officieel van zijn vriendin is, heb ik ontdekt) met genoeg aanwijzingen om er zeker van te kunnen zijn dat die arme stakker na een uurtje juryoverleg schuldig wordt bevonden aan de verkrachting/moord.

DeLeon 6832...

Ik heb het alarmnummer al gebeld, een transactie waarbij ik een oude beige Dodge heb genoemd, de auto waarin hij rijdt, die wegscheurde van de plaats delict, met achter het stuur een man, een zwarte man. 'Ik kon zijn handen zien! Ze zaten onder het bloed! O, jullie moeten meteen iemand sturen! Het gegil was verschrikkelijk.'

Wat een perfecte verdachte zul jij zijn, DeLeon 6832. Ongeveer de helft van de verkrachtingen wordt gepleegd door een dader die onder invloed verkeert van alcohol of drugs (hij is nu een gematigde bierdrinker, maar een paar jaar geleden liep hij bij de AA). Het overgrote deel van de verkrachtingen wordt gepleegd door een bekende van het slachtoffer (DeLeon 6832 heeft ooit timmerwerk gedaan voor de supermarkt waar nu wijlen Myra 9834 regelmatig haar inkopen deed, dus het is logisch te veronderstellen dat ze elkaar kenden, al was dat waarschijnlijk niet het geval).

De meeste verkrachters zijn dertig of jonger (en laat DeLeon 6832 nu precies dertig zijn). In tegenstelling tot dealers en drugsgebruikers hebben ze doorgaans geen strafblad, hooguit wegens huiselijk geweld, en mijn jongen is een keer veroordeeld wegen mishandeling van een vriendin – kan het mooier? De meeste verkrachters komen uit de lagere klassen en zijn economisch achtergesteld (hij zit al maanden zonder werk).

En nu, dames en heren van de jury, vraag ik uw aandacht voor het feit dat de beklaagde twee dagen voor de verkrachting een doos Trojan Enz-condooms heeft gekocht, precies dezelfde als de twee exemplaren die bij het lichaam van het slachtoffer zijn aangetroffen. (De twee gebruikte condooms, de mijne, zijn natuurlijk al lang weg. Dat DNA-gedoe is heel gevaarlijk, zeker nu New York monsters neemt bij elk delict, niet alleen bij verkrachting. En in Groot-Brittannië mag je straks al speeksel af-staan wanneer je een bekeuring krijgt wegens hondenpoep op de stoep of omdat je hebt gekeerd waar dat niet mag.)

Als de rechercheurs hun huiswerk goed deden, zouden ze nog iets kunnen opmerken. DeLeon 6832 heeft in Irak gevochten, en toen hij afzwaaide, was het niet duidelijk wat er met zijn legerpistool, een .45, was gebeurd. Hij kon het niet inleveren. Het was 'verloren gegaan' in de strijd.

Gek genoeg heeft hij een paar jaar geleden wel .45-munitie gekocht.

Als de politie hierachter komt, wat niet moeilijk is, zou de conclusie kunnen zijn dat de verdachte gewapend is. Graven ze nog iets dieper, dan komen ze aan de weet dat DeLeon in een veteranenziekenhuis is behandeld voor een posttraumatische stress-stoornis.

Een labiele, gewapende verdachte?

Welke politieman zou níét de neiging hebben als eerste te schieten?

Laten we het hopen. Ik ben niet altijd helemaal gerust op de zestien-cijferigen die ik uitkies. Je weet nooit of ze met een onverwacht alibi aankomen. De jury kan geschift zijn. Misschien eindigt DeLeon 6832 vandaag in een lijkzak. Waarom niet? Verdien ik niet een béétje geluk als compensatie voor die nervositeit die God me heeft gegeven? Het is niet altijd een makkelijk leven, hoor.

De wandeling naar zijn huis hier in Brooklyn duurt ongeveer een halfuur, maar ik geniet ervan, nog nagloeiend van mijn transactie met Myra 9834. De rugzak drukt zwaar op mijn wervels. Ik heb er niet al-leen de bewijslast en de schoen die DeLeons 6832's verraderlijke afdruk heeft achtergelaten in gestopt, maar ook een paar schatten die ik van-daag tijdens het afschuimen van de straten heb gevonden. Helaas heb ik alleen maar een kleine trofee van Myra 9834 in mijn zak, een afge-knipte nagel. Ik had graag iets persoonlijkers gehad, maar in Manhat-tan wordt veel drukte gemaakt van sterfgevallen, en ontbrekende li-chaamsdelen trekken de aandacht.

Ik versnel mijn pas een beetje en geniet van de driekwartsmaat van de rugzak op mijn wervelkolom. Ik doe me tegoed aan de heldere, koele voorjaarszondag en de herinneringen aan mijn transactie met Myra 9834.

Ik koester me in de geruststellende wetenschap dat ik dan mogelijk de gevaarlijkste persoon van de stad New York mag zijn, maar dat ik ook onkwetsbaar ben, zo goed als onzichtbaar voor alle zestienen die me kwaad zouden kunnen doen.

Het licht trok zijn aandacht.

Een flits op straat.

Rood.

Nog een. Blauw.

DeLeon Williams liet zijn mobieltje zakken. Hij belde een vriend in een poging de man te traceren voor wie hij had gewerkt, de man die de stad uit was gevlucht nadat zijn timmerbedrijf failliet was gegaan en alleen maar schulden had achtergelaten, waaronder de meer dan vierduizend dollar die hij nog moest betalen aan zijn betrouwbaarste werknemer, DeLeon Williams.

'Leon,' zei degene aan de andere kant van de lijn, 'ik weet zelf ook niet waar die klootzak zit. Ik krijg zelf nog...'

'Ik bel je terug.'

Klik.

De grote man keek met het zweet in zijn handen door het gordijn dat Janeece en hij net die zaterdag hadden opgehangen (Williams vond het heel erg dat zij het had moeten betalen; hij vond het verschrikkelijk dat hij zonder werk zat). Hij zag dat de flitsen afkomstig waren van de zwaailichten die voor op twee burgerauto's van de politie waren gezet. Er stapten een paar rechercheurs uit. Ze knoopten hun jas open, en niet omdat het zo'n warme lentedag was. De auto's scheurden weg om de kruispunten te versperren.

Ze keken waakzaam om zich heen en boorden DeLeons laatste hoop dat het een vreemd toeval was de grond in door naar zijn beige Dodge te lopen. Ze noteerden het kenteken en keken naar binnen. Een van de mannen praatte in zijn portofoon.

Williams deed wanhopig zijn ogen dicht en een radeloze zucht bevrijdde zich uit zijn longen.

Ze was weer bezig.

Zij...

Williams had een jaar geleden iets gehad met een vrouw die niet alleen sexy was, maar ook nog eens slim en lief. Zo had het in het begin althans geleken. Kort nadat hun verhouding serieus werd, was ze echter in een gruwelijke feeks veranderd. Humeurig, jaloers, wraaklustig. Labiel... Het had maar een maand of vier geduurd, maar het waren de ergste van zijn leven, en hij had het een groot deel van die tijd druk gehad met het beschermen van de kinderen van het mens tegen hun eigen moeder.

Door die goede daden was hij zelfs in de gevangenis beland. Op een avond had Leticia haar vuist naar haar dochter geheven omdat ze een pan niet schoon genoeg had geschrobd. Williams had haar in een reflex bij haar arm gepakt en het snikkende kind was gevlucht. Hij had de moeder tot bedaren gebracht en daarmee leek de kous af, maar toen hij een paar uur later op de veranda zat te piekeren hoe hij de kinderen bij haar weg kon krijgen, misschien terug naar hun vader, was de politie gekomen en hadden ze hem ingerekend.

Leticia had aangifte gedaan van mishandeling en de blauwe plek op haar arm laten zien die hij daar had gemaakt in zijn poging haar in bedwang te houden. Williams was onthutst. Hij legde uit wat er was gebeurd, maar de politiemannen hadden geen andere keus dan hem te arresteren. De zaak kwam voor, maar Williams weigerde de dochter als getuige à decharge op te laten roepen, al wilde het meisje het zelf. Hij was schuldig bevonden aan lichte mishandeling en had een taakstraf gekregen.

In de loop van het proces had hij echter ook melding gemaakt van Leticia's wreedheid. De aanklager, die hem geloofde, gaf haar naam door aan het bureau Jeugdzorg. Er was een maatschappelijk werkster bij haar gekomen om de omstandigheden waaronder de kinderen leefden te beoordelen. Ze waren bij haar weggehaald en bij hun vader geplaatst.

Leticia begon Williams te treiteren. Het was lang doorgegaan, maar maanden geleden was ze eindelijk verdwenen, en Williams begon net te denken dat hij veilig was...

En nu dit. Hij wist dat zij erachter zat.

God, lieve Heer, hoeveel kan een mens verdragen?

Hij keek nog eens. Nee! De rechercheurs hadden hun wapens getrokken!

Hij werd overspoeld door angst. Had ze een van haar kinderen iets aangedaan en hem de schuld gegeven? Hij zou er niet van opkijken.

Willams' handen beefden en hij huilde dikke tranen, die over zijn brede wangen rolden. Hij voelde dezelfde paniek die hem had overmand in de woestijnoorlog, toen hij net op tijd naar zijn maat had gekeken om te zien hoe die grinnikende jongen uit Alabama door toedoen van een granaatwerper van de Irakezen in een rode massa niets veranderde. Tot dat moment had Williams zich min of meer goed gevoeld. Hij was beschoten, met zand uit kogels bespat en wel eens bewusteloos geraakt van de hitte. Dat hij Jason in een ding zag veranderen, had hem echter in zijn diepste wezen geraakt. De posttraumatische stress-stoornis waarmee hij sindsdien worstelde, kwam nu op volle kracht terug.

Volslagen, machteloze angst.

'Nee, nee, nee, nee.' Hij snakte naar adem, bijna stikkend. Hij was maanden geleden met zijn medicijnen gestopt in de veronderstelling dat hij genezen was.

Nu, terwijl hij zag hoe de rechercheurs zich om het huis verspreidden, dacht DeLeon Williams blindelings: wegwezen, rennen!

Hij moest afstand nemen. Om duidelijk te maken dat Janeece niets met hem te maken had, om haar en haar zoontje te redden, de twee mensen van wie hij echt hield, zou hij verdwijnen. Hij deed de dieven-ketting op de deur, draaide hem op het nachtslot, rende naar boven, pakte een tas en smeet er alles in wat hij kon bedenken. Het sloeg ner-gens op: wel scheercrème, maar geen mesjes, wel ondergoed, maar geen overhemden, wel schoenen, maar geen sokken.

En hij pakte nog iets uit de kast.

Zijn legerpistool, een Colt .45. Het was niet geladen, en hij zou het niet in zijn hoofd halen op iemand te schieten, maar hij kon het ge-bruiken om zich langs de politie te bluffen of een auto te kapen, mocht het nodig zijn.

Het enige wat hij kon denken, was: rennen! Wegwezen!

Williams wierp een laatste blik op de foto van Janeece en hem samen, met haar zoontje, tijdens een uitstapje naar Six Flags. Hij begon weer te huilen, veegde de tranen uit zijn ogen, hing de tas over zijn schouder, omklemde de kolf van het zware pistool en liep de trap af.

10

'Is de voorste scherpschutter op zijn post?'

Bo Haumann, voormalig sergeant-instructeur en tegenwoordig aanvoerder van de arrestatieteams van de stad, gebaarde naar een gebouw dat uitkeek over het achtertuintje van de vrijstaande woning waar De-Leon Williams woonde en dus de ideale locatie was voor een schutter.

'Ja, chef,' zei een AT'er die vlakbij stond. 'En Johnny geeft rugdekking.'

'Mooi zo.'

Haumann, een grijzende man met een borstelkop en zo taai als leer, droeg de twee arrestatieteams op hun positie in te nemen. 'En blijf ongezien.'

Haumann was in zijn eigen achtertuin, niet ver bij dit adres vandaan, bezig geweest de houtskool van vorig jaar te verleiden vlam te vatten, toen er een melding was gekomen over een verkrachting met moord en concrete aanwijzingen naar een verdachte. Hij had het brandstichten aan zijn zoon overgedragen, zijn uitrusting aangetrokken en weggespoed, God dankend dat hij dat eerste biertje nog niet had opengemaakt. Haumann kroop nog wel eens met een paar glazen op achter het stuur, maar hij vuurde nooit een wapen af binnen acht uur nadat hij had gedronken.

En de kans bestond, deze mooie zondag, dat er een vuurgevecht zou ontstaan.

Zijn mobilofoon knetterde en hij hoorde in zijn oortje: 'O en B-1 aan basis, over.' Aan de overkant van de straat stond een opsporings- en bewakingsteam, samen met de tweede scherpschutter.

'Hier basis. Zeg het maar, over.'

'We nemen warmte waar. Er zou iemand binnen kunnen zijn. Geen geluid.'

Het zóú kunnen, dacht Haumann geërgerd. Hij had het bedrag gezien dat was vrijgemaakt voor de apparatuur. Voor dat geld moest je met zekerheid kunnen zeggen of er iemand binnen was, als je niet ook nog eens zou moeten weten wat voor schoenmaat die persoon had en of hij die ochtend wel had geflost.

'Controleer nog eens.'

Het leek een eeuwigheid te duren voordat hij hoorde: 'o en b-1. Oké, er is maar één persoon binnen. En we zien hem door een raam. We herkennen DeLeon Williams van de foto van het rijbewijs, geen twijfel mogelijk, over.'

'Goed. Sluiten.'

Haumann riep de twee tactische teams op, die hun posities rond het huis innamen, waarbij ze zo goed als onzichtbaar bleven. 'We hebben niet veel tijd gehad voor instructies, maar luister. De dader is een verkrachter en een moordenaar. We willen hem levend hebben, maar hij is te gevaarlijk om te laten lopen. Als hij zich vijandig opstelt, hebben jullie groen licht.'

'Aanvoerder b, begrepen. We zijn in positie. Straat achterom, wegen naar het noorden en achterdeur zijn gedekt, over.'

'Aanvoerder a aan basis. Groen licht, begrepen. We zijn in positie bij de voordeur en dekken alle wegen in zuidelijke en oostelijke richting.'

'Sluipschutters,' zei Haumann. 'Groen licht, begrepen?'

'Begrepen.' Ze voegden eraan toe dat ze 'de grendel teruggetrokken en geladen' hadden (een uitdrukking waar Haumann zich aan ergerde, aangezien je alleen van het oude m-1-legergeweer de grendel naar achteren moest halen voordat je een magazijn van bovenaf kon laden; moderne wapens hoefde je niet open te maken om ze te laden, maar dit was niet het moment voor verhandelingen).

Haumann klikte de gesp van het riempje aan zijn Glock open en glipte het weggetje achter het huis in, waar zich nog meer politiemensen bij hem voegden die net als hij hun plannen voor deze idyllische lentezondag snel en dramatisch hadden moeten omgooien.

Op dat moment knetterde er een stem in zijn oortje. 'o en b-2 aan basis. Ik geloof dat we iets hebben.'

DeLeon Williams, die op zijn knieën zat, keek voorzichtig door een kier in de deur, een echte kier in het hout waar hij iets aan had willen doen, en zag dat de politiemensen weg waren.

Nee, verbeterde hij zichzelf, ze waren niet meer zichtbaar. Dat was iets heel anders. Hij zag metaal of glas flitsen in de struiken. Misschien was het een van die rare kabouters of herten waarmee de buren hun tuin volzetten.

Het kon ook een politieman met een wapen zijn.

Hij kroop met de tas achter zich aan naar de andere kant van het huis en gluurde weer naar buiten, nu door het raam, een groot risico. Hij moest zijn uiterste best doen om de paniek te bedwingen.

De achtertuin en het weggetje erachter waren uitgestorven.

Hij verbeterde zichzelf weer: het léék er uitgestorven.

Hij voelde weer een siddering van PTSS-paniek en de drang de deur uit te rennen, zijn wapen te trekken en de weg achter het huis in te stormen, iedereen bedreigend die hij zag en schreeuwend dat ze achteruit moesten gaan.

Het duizelde hem en in een reflex reikte hij naar de deurknop.

Nee...

Slim zijn.

Hij leunde achterover, met zijn hoofd tegen de muur, en probeerde bewust zijn ademhaling tot bedaren te brengen.

Toen hij iets was gekalmeerd, besloot hij het op een andere manier te proberen. In de kelder zat een raam naar een klein zijtuintje. Tweeënhalve meter futloos gazon verderop zat net zo'n raam, dat toegang bood tot de kelder van de buren. De Wongs waren het weekend weg – hij gaf hun planten water – en Williams dacht dat hij naar binnen zou kunnen glippen, de trap op lopen en hun achterdeur nemen. Als hij geluk had, hield de politie dat zijtuintje niet in de gaten. Dan zou hij langs de weg achterom naar de straat lopen en naar de ondergrondse rennen.

Het was geen geweldig plan, maar op die manier had hij meer kans dan wanneer hij hier bleef zitten wachten. Daar kwamen de tranen weer. En de paniek.

Niet doen, soldaat. Kom op.

Hij stond op en wankelde de trap naar de kelder af.

Gewoon wegwezen, verdomme. Ze konden nu elk moment zijn voordeur intrappen.

Hij maakte het raam open, hees zich op en klom naar buiten. Toen hij naar het kelderraam van de Wongs kroop, keek hij naar rechts en verstijfde.

O, lieve god...

Op het strookje gras stonden twee in elkaar gedoken rechercheurs, een man en een vrouw, met hun wapen in de rechterhand. Ze keken niet naar hem, maar hielden de achterdeur en de weg achter het huis in de gaten.

De paniek kwam weer hard aan. Hij kon zijn Colt pakken en het tweetal onder schot nemen. Ze dwingen te gaan zitten, zichzelf te boeien en hun portofoons weg te gooien. Hij vond het vreselijk, want dat zou echt tegen de wet zijn, maar hij had geen keus. Ze waren er duidelijk van overtuigd dat hij iets gruwelijks had gedaan. Ja, hij zou ze ontwapenen en vluchten. Misschien hadden ze een burgerauto vlakbij staan. Hij zou de sleutels pakken.

Werden ze door iemand gedekt, iemand die hij niet kon zien? Een sluipschutter, misschien?

Tja, hij moest het er maar op wagen.

Hij trok geluidloos de tas naar zich toe en wilde het wapen pakken.

Op dat moment keek de vrouw zijn kant op. Williams snakte naar adem. Ik ben er geweest, dacht hij.

Janeece, ik hou van je...

De vrouw keek echter naar een stukje papier en tuurde toen naar hem. 'DeLeon Williams?'

'Ik...' Zijn stem gorgelde. Hij knikte en liet zijn schouders hangen. Hij kon niet meer doen dan naar haar knappe gezicht kijken, de rode paardenstaart, de kille ogen.

Ze hield de penning die om haar nek hing naar hem op. 'Politie. Hoe ben je je huis uit gekomen?' Toen zag ze het raam en knikte. 'Meneer Williams, we zitten midden in een operatie. Wilt u weer naar binnen gaan? Daar bent u veiliger.'

'Ik...' De paniek kneep zijn stem af. 'Ik...'

'Nu,' zei ze gebiedend. 'Zodra alles weer in orde is, komen we naar u toe. Maak geen geluid. Probeer niet nog eens weg te gaan. Nu, alstublieft.'

'Ja. Ik... Goed.'

Hij liet de tas liggen en kroop terug naar het kelderraam.

'Sachs hier,' zei de vrouw in haar portofoon. 'Ik zou het terrein vergroten, Bo. Hij zal op zijn hoede zijn.'

Wat was er in godsnaam aan de hand? Williams verspilde geen tijd aan gespeculeer. Hij wurmde zich onhandig door het raam en nam de trap naar boven. Daar aangekomen liep hij regelrecht naar de wc, tilde het deksel van het waterreservoir en liet het pistool erin vallen. Hij liep naar het raam om nog eens naar buiten te kijken, maar voordat hij er was, rende hij terug naar de wc, net op tijd om te braken tot zijn keel er pijn van deed.

Een merkwaardige uitspraak, gezien deze mooie dag en wat ik met Myra 9834 heb uitgehaald, maar ik mis kantoor.

Om te beginnen hou ik van werken, altijd al gedaan. En ik hou van de sfeer, de vriendschappelijke omgang met de zestienen om me heen, bijna alsof we familie zijn.

Dan is er ook nog het gevoel dat je productief bent. Deel uitmaken van de snelle New Yorkse zakenwereld. ('Op het scherp van de snede', hoor je wel eens, en daar heb ik wel de pest aan, die kantoortaal, wat ook weer kantoortaal is. Nee, de grote leiders – Roosevelt, Truman, Caesar, Hitler – hoefden zich niet in de mantel van onnozele retoriek te hullen.)

Het belangrijkste is natuurlijk hoe mijn baan me helpt bij het beoefenen van mijn hobby. Nee, het is meer. Mijn baan is er onmisbaar voor.

Mijn situatie is goed, heel goed. Ik kan meestal weg wanneer ik wil. Als ik een beetje met mijn verplichtingen schuif, kan ik doordeweeks de tijd vinden om mijn passie na te jagen. En gezien mijn openbare persoonlijkheid – mijn beroepsmatige gezicht, zou je kunnen zeggen – is het hoogstonwaarschijnlijk dat iemand zou vermoeden dat ik diep in mijn hart heel iemand anders ben. Op zijn zachtst gezegd.

In het weekend ben ik ook vaak op mijn werk, en dan ben ik er het liefst – mits ik natuurlijk niet bezig ben met een transactie met een prachtmeid als Myra 9834 of het bemachtigen van een schilderij, stripboeken, munten of een zeldzaam stuk porselein. Al zijn er maar weinig andere zestienen op kantoor op zaterdag, zondag of met de feestdagen, de gangen zoemen van de witte ruis van de raderen die de maatschappij langzaam vooruithelpen – op weg naar een heerlijke nieuwe wereld.

Ha, een antiekzaak. Ik blijf staan om de etalage te bekijken. Er zijn een paar schilderijen, gedenkborden, kopjes en posters die me aanspreken. Helaas zal ik hier niet terug kunnen komen om iets te kopen, want het is te dicht bij het huis van DeLeon 6832. De kans dat iemand verband legt tussen de 'verkrachter' en mij is minimaal, maar waarom zou ik het risico nemen? (Ik schuim de straten af en verder koop ik alleen in winkels. eBay is leuk om te snuffelen, maar iets via internet kopen? Je zou wel gek moeten zijn.) Voorlopig is contant geld nog veilig, maar binnenkort kunnen ze het traceren via RFID-tags in de bankbiljetten. In sommige landen doen ze het al. De bank weet dan welk biljet van twintig dollar je bij welke geldautomaat of bank hebt opgenomen. En de bank weet ook of je het geld hebt besteed aan coke, een beha voor je minnares of als aanbetaling aan een huurmoordenaar. We kunnen beter terug naar het goud, denk ik soms.

Niet opvallen.

O, die arme DeLeon 6832. Ik ken zijn gezicht van de foto op zijn rijbewijs, een welwillende blik in de lens van de ambtenaar. Ik kan me voorstellen hoe hij kijkt wanneer de politie op zijn stoep staat en hem het arrestatiebevel wegens verkrachting en moord laat zien. Ik kan ook voor me zien hoe ontzet hij naar zijn vriendin zal kijken, Janeece 9810, en naar haar tienjarige zoontje, als ze thuis zijn wanneer het zover is. Zou hij een janker zijn?

Nog drie straten. En...

Hé, wacht even. Dit is ongewoon.

Er staan twee nieuwe Crown Victoria's in deze lommerrijke zijstraat. Statistisch gezien is het niet waarschijnlijk dat je zo'n auto, in zo'n maagdelijke staat, in deze buurt tegenkomt. Twee identieke auto's is helemaal onwaarschijnlijk, en dan staan ze ook nog vlak achter elkaar, zonder resten blad of stuifmeel op de kap, zoals de andere auto's. Ze staan er dus nog maar net.

En ja, een blik op het interieur, gewone nieuwsgierigheid van een voorbijganger, onthult dat het politieauto's zijn.

Niet de geijkte procedure voor een huiselijke twist of een inbraak. Ja, die overtredingen komen statistisch gezien regelmatig voor in dit deel van Brooklyn, maar volgens de gegevens zelden op dit uur van de dag – voordat de blikken bier worden opengetrokken. En dan zou je waarschijnlijk nog geen verdekt opgestelde burgerauto's zien, maar alleen goed zichtbare surveillancewagens. Even denken. Ze staan op drie straten van DeLeon 6832... Ik moet er rekening mee houden. Het is niet ondenkbaar dat de aanvoerder tegen zijn mensen heeft gezegd: 'Het is een verkrachter. Hij is gevaarlijk. We gaan over tien minuten naar binnen. Zet de auto drie straten verderop en kom hier terug. En snel een beetje.'

Ik kijk zogenaamd terloops de dichtstbijzijnde zijstraat in. Oké, het wordt nog erger. Daar staat een busje van een arrestatieteam in de schaduw. Die teams worden vaak ingezet bij arrestaties van mensen zoals DeLeon 6832, maar hoe zijn ze hier zo snel gekomen? Ik heb nog maar een halfuur geleden het alarmnummer gebeld (dat is altijd een risico, maar als je te lang na een transactie belt, kunnen ze zich afvragen waarom je pas nu doorgeeft dat je geschreeuw hebt gehoord of een verdacht iemand hebt gezien).

Goed, er zijn twee verklaringen voor de aanwezigheid van de politie. De meest logische is dat ze na mijn anonieme melding alle beige Dodges van meer dan vijf jaar oud in de database hebben opgezocht (het waren er gisteren 1.357) en de goede op de een of andere manier snel hebben gevonden. Ze zijn ervan overtuigd, ook zonder de belastende materialen die ik in de garage wilde achterlaten, dat DeLeon 6832 de moordenaar en verkrachter van Myra 9834 is en ze arresteren hem nu, of ze liggen op de loer tot hij terugkomt.

De andere verklaring is aanzienlijk verontrustender: de politie heeft besloten dat hij erin wordt geluisd. En nu liggen ze míj op te wachten.

Het zweet breekt me uit. Dit is niet goed, niet goed, niet goed...

Geen paniek. Je schatten zijn veilig, je Kast is veilig. Ontspan.

Maar wat er ook aan de hand is, ik moet het weten. Als de aanwezigheid van de politie hier zuiver toevallig is en niets met DeLeon 6832 of met mij te maken heeft, breng ik de bewijslast naar de garage en maak ik dat ik weer in mijn Kast kom. Maar als ze mij moeten hebben, kunnen ze erachter komen wat ik nog meer heb gedaan. Met Randall 6794 en Rita 2907 en Arthur 3480...

Met het petje iets verder over mijn voorhoofd getrokken en mijn zonnebril hoog op mijn neus verander ik drastisch van koers. Ik loop met een grote boog om het huis heen, door achterstraten en tuinen en over plaatsjes. Ik hou me aan de straal van drie straten; de politie is zo behulpzaam geweest die af te bakenen met de Crown Vics.

Zo loop ik in een halve cirkel naar de met gras begroeide dijk langs de snelweg. Als ik erbovenop sta, kan ik de minuscule achtertuintjes en veranda's van de huizen in DeLeon 6832's straat zien. Ik tel de huizen af om het zijne te vinden.

Maar het hoeft al niet meer, want ik zie een politieman op het dak van een eengezinswoning tegenover het huis. Hij heeft een geweer. Een scherpschutter! En ik zie er nog een, ook met een verrekijker. En in de struiken naast het huis hebben zich politiemensen in pak en vrijetijdskleding verstopt.

Dan wijzen er twee mijn kant op en zie ik dat er nóg iemand op het dak aan de overkant zit. Hij wijst ook mijn kant op. En aangezien ik geen man van één meter tweeënnegentig en honderdvier kilo met een huid zo donker als ebbenhout ben, wachten ze níét op DeLeon 6832. Ze wachten op míj.

Mijn handen beginnen te beven. Stel je voor dat ik daar zomaar doorheen was gebanjerd, met de sporen in mijn rugzak.

Een stuk of tien politiemensen rennen naar hun auto's of draven mijn kant op. Als een troep wolven. Ik draai me om en krabbel de dijk op, hijgend, panisch. Nog voordat ik helemaal boven ben, hoor ik de eerste sirene.

Nee, nee!

Mijn schatten, mijn Kast...

Het is druk op de vierbaansweg, wat gunstig is, want de zestienen moeten langzaam rijden. Ik kan ze goed ontwijken, zelfs met mijn hoofd gebogen; ik weet zeker dat niemand mijn gezicht goed te zien krijgt. Ik spring over de vangrail en strompel de dijk aan de andere kant op. Mijn verzamelwoede en andere bezigheden houden me fit, en binnen de kortste keren sprint ik naar het dichtstbijzijnde metrostation. Ik blijf maar één keer staan, om katoenen handschoenen aan te trekken en de plastic tas met de sporen die ik wilde achterlaten uit de rugzak te halen. Ik prop hem in een afvalbak. Ze mogen me er niet mee pakken. Dat mág niet. Een halve straat verder duik ik de steeg achter een restaurant in. Ik draai mijn aan twee kanten draagbare jack om, zet een andere pet op, stop mijn rugzak in een boodschappentas en kom weer tevoorschijn.

Dan ben ik eindelijk bij het metrostation en voel – goddank – de muffe tunnelwind die voorafgaat aan een aankomende trein. Dan het denderen van de logge trein zelf en het gierende geluid van metaal op metaal.

Voordat ik bij het draaihek ben, blijf ik weer staan. De schrik is gezakt, maar nu heb ik de zenuwen. Ik weet dat ik nog niet weg kan gaan.

Met een schok besef ik de volle omvang van het probleem. Ze weten misschien niet wie ik ben, maar ze hebben door wat ik aan het doen was.

Wat betekent dat ze me iets willen afnemen. Mijn schatten, mijn Kast... Alles.

En dat is natuurlijk onaanvaardbaar.

Ik loop achteloos in mijn tas zoekend de trap op, het station uit, waarbij ik ervoor zorg dat ik uit de buurt blijf van de bewakingscamera's.

'Waar?' klonk Rhymes stem in Amelia Sachs' oortje. 'Waar zit hij, verdomme?'

'Hij zag ons en is ervandoor gegaan.'

'Weet je zeker dat hij het was?'

'Vrij zeker. De surveillance zag iemand een paar straten verderop. Zo te zien herkende hij de burgerauto's en veranderde hij van route. We hebben hem naar ons zien kijken, en hij rende weg. Er zitten een paar teams achter hem aan.'

Sachs stond met Pulaski, Bo Haumann en een stuk of vijf AT'ers in DeLeon Williams' voortuin. Een paar technisch rechercheurs en agenten in uniform zochten langs de ontsnappingsroute naar sporen en getuigen.

'Leek hij een auto te hebben?'

'Geen idee. Hij was te voet toen we hem zagen.'

'Godver. Nou, laat het maar horen als jullie iets hebben gevonden.'

'Ik...'

Klik.

Ze trok een gezicht naar Pulaski, die net als Haumann met zijn portofoon aan zijn oor naar de achtervolging luisterde. Voorzover ze het kon horen, werd er weinig resultaat geboekt. Niemand op de snelweg had de verdachte gezien of was bereid toe te geven hem gezien te hebben. Sachs draaide zich om naar het huis en zag een hoogst ongeruste, en hoogst verwarde, DeLeon Williams door de gordijnen voor een raam gluren.

Dat ze hem ervoor hadden behoed dat hij de volgende zondebok van Tweeëntwintig-vijf werd, was zowel aan het toeval als aan degelijk recherchewerk te danken.

En aan Ron Pulaski. De jonge agent in het schreeuwerige hawaïhemd had gedaan wat Rhyme vroeg: hij was regelrecht naar het hoofdbureau gegaan om andere zaken te zoeken die overeenkwamen met de werkwijze van dader Tweeëntwintig-vijf. Hij vond er geen, maar terwijl hij met een rechercheur Moordzaken praatte, kwam er een melding binnen van een anoniem telefoontje. Iemand had geschreeuw gehoord vanuit een atelierwoning in SoHo en een zwarte man in een oude beige Dodge zien vluchten. De surveillant die op de melding af was gegaan, had een jonge vrouw gevonden, Myra Weinburg, die verkracht en vermoord was.

Het was Pulaski opgevallen dat het weer een anoniem telefoontje was, net als in de eerdere zaken, en hij had Rhyme onmiddellijk gebeld. Die was ervan uitgegaan dat als Tweeëntwintig-vijf inderdaad achter het misdrijf zat, hij zich waarschijnlijk aan zijn strategie zou houden: hij zou belastend bewijs achterlaten om iemand anders ervoor op te laten draaien en ze moesten uitzoeken welke van de meer dan dertienhonderd oudere beige Dodges hij had uitgekozen. Toegegeven, Tweeëntwintig-vijf hoefde er niet achter te zitten, maar dan hadden ze nog de kans een verkrachter en moordenaar aan te houden.

Op verzoek van Rhyme had Mel Cooper gegevens van de dienst Wegverkeer gecombineerd met strafbladen. Hij had zeven zwarte mannen gevonden die waren veroordeeld voor méér dan verkeersovertredingen, en een van hen kwam het meest in aanmerking: een veroordeling wegens mishandeling van een vrouw. DeLeon Williams was de ideale zondebok.

Toeval en recherchewerk.

Voor een tactische operatie was toestemming nodig van iemand met de rang van inspecteur of hoger. Joe Malloy had nog steeds geen idee van de clandestiene zaak-225, dus belde Rhyme Sellitto, die onwillig toezegde Bo Haumann te bellen en toestemming te geven voor de aanhouding.

Amelia Sachs had zich bij Pulaski en het team bij het huis van Williams gevoegd, waar ze van o en b hadden gehoord dat alleen Williams binnen was, niet Tweeëntwintig-vijf. Ze hadden besloten de moordenaar te pakken wanneer hij zijn belastende bewijs kwam brengen. Het was een riskant plan, ter plekke bedacht, en het was dan ook mislukt, al hadden ze wel een onschuldige behoed voor aanhouding wegens verkrachting en moord en mogelijk aanwijzingen gevonden die naar de echte dader konden leiden.

'En?' vroeg ze aan Haumann, die met een paar van zijn mensen had beraadslaagd.

'Niets.'

Toen knetterde zijn portofoon weer. Sachs kon de luide stem goed horen. 'Eenheid 1, we zitten aan de andere kant van de snelweg. Het ziet ernaar uit dat hij het hazenpad heeft gekozen. Hij zal wel naar de metro zijn gevlucht.'

'Shit,' bromde ze.

Haumann trok een grimas, maar zei niets.

De stem vervolgde: 'Maar we hebben zijn vermoedelijke route gevolgd. Hij zou onderweg iets in een afvalbak gegooid kunnen hebben.'

'Dat is nog iets,' zei ze. 'Waar?' Ze noteerde het opgegeven adres. 'Laat het gebied afzetten. Ik ben er binnen tien minuten.' Ze liep de treden van het huis op en klopte op de deur. DeLeon Williams deed open en ze zei: 'Sorry dat ik het niet eerder kon uitleggen. Een man die we proberen te pakken, was op weg naar je huis.'

'Het mijne?'

'Dat denken we. Maar hij is ontsnapt.' Ze vertelde over Myra Weinburg.

'O, nee toch. Is ze dood?'

'Ik ben bang van wel.'

'Dat spijt me echt.'

'Kende je haar?'

'Nee, nooit van gehoord.'

'We denken dat de dader jou ervoor wilde laten opdraaien.'

'Mij? Waarom?'

'We hebben geen idee. Als we meer onderzoek hebben gedaan, willen we je misschien horen.'

'Prima.' Hij gaf haar zijn nummer thuis en zijn mobiele nummer. Toen fronste hij zijn voorhoofd. 'Mag ik iets vragen? Jullie schijnen er vrij zeker van te zijn dat ik het niet heb gedaan. Hoe wisten jullie dat ik onschuldig was?'

'Door je auto en de garage. Ze zijn doorzocht en er is niets gevonden wat afkomstig kon zijn van de plaats delict. We zijn er vrij zeker van dat de moordenaar er dingen wilde achterlaten om jou te belasten. Als we hier pas waren gekomen toen hij dat al had gedaan, had jij uiteraard een probleem gehad.'

Ze dacht even na. 'O, en nog iets, DeLeon?'

'Ja, rechercheur?'

'Zomaar een weetje dat je zou kunnen interesseren. Wist je dat het bezit van een niet-geregistreerd vuurwapen in de stad New York een zwaar delict is?'

'Ik geloof dat ik het gehoord heb.'

'En nog een weetje: jouw wijkbureau houdt een inzamelingsactie. Als je daar je wapen inlevert, krijg je geen straf... Oké, pas goed op jezelf en geniet van de rest van je weekend.'

'Ik zal mijn best doen.'

11

Ik kijk naar de politievrouw, die de afvalbak doorzoekt waarin ik de aanwijzingen heb gegooid. Ik schrok ervan, maar toen besefte ik dat ik het had kunnen weten. Als Ze slim genoeg waren om uit te zoeken hoe het zat met mij, moesten Ze ook slim genoeg zijn om het afval te vinden.

Ik denk niet dat Ze me goed hebben gezien, maar ik doe heel voorzichtig. Ik ben natuurlijk niet ter plekke; ik zit in een restaurant aan de overkant van de straat met tegenzin een hamburger te eten en water te drinken. De politie heeft een afdeling die 'Antimisdaad' heet, wat ik altijd absurd heb gevonden: alsof de andere afdelingen promisdaad zouden zijn. De rechercheurs van de afdeling Antimisdaad lopen in burger en zoeken op plaatsen delict naar getuigen. Soms vinden ze zelfs daders die terug zijn gekomen. De meeste criminelen komen terug omdat ze stom zijn of zich irrationeel gedragen, maar ik ben hier om twee specifieke redenen. Ten eerste omdat het tot me is doorgedrongen dat ik een probleem heb. Aangezien ik er niet mee kan leven, moet ik het oplossen. En zonder kennis kun je een probleem niet oplossen. Ik ben al een paar dingen aan de weet gekomen.

Zo ken ik al een paar van de mensen die achter me aan zitten. Zoals die politievrouw met het rode haar die zich in haar witte plastic overall op de plaats delict concentreert zoals ik me op mijn gegevens concentreer.

Ik zie haar met een stel zakken uit het met politielint afgezette gebied komen. Ze legt de zakken in grijze plastic kratten en trekt de witte overall uit. Hoewel ik de ramp van de middag nog niet te boven ben, voel ik die tinteling vanbinnen bij het zien van haar strakke spijkerbroek. De bevrediging van mijn transactie met Myra 9834 van eerder vandaag ebt weg.

Terwijl de politiemensen teruglopen naar hun auto's, belt ze iemand op.

Ik reken af en loop nonchalant naar buiten, een klant als alle andere op deze mooie zondagnamiddag.

Niet opvallen.

O, en de tweede reden waarom ik hier ben?

Doodsimpel. Om mijn schatten te beschermen, mijn leven, wat inhoudt dat ik al het nodige zal doen om te zorgen dat Ze weggaan.

'Wat heeft Tweeëntwintig-vijf weggegooid?' vroeg Rhyme in de handsfree telefoon.

'Niet veel, maar we weten zeker dat het van hem afkomstig is. Een papieren handdoekje met bloed eraan en wat nat bloed in plastic zakken; waarschijnlijk om in Williams' auto of garage achter te laten. Ik heb al een monster naar het lab gestuurd voor een voorlopige DNA-bepaling. Een foto van het slachtoffer uit een computerprinter. Een rol breed plakband, het huismerk van Home Depot. En een sportschoen. Nieuw, zo te zien.'

'Eentje maar?'

'Ja. De rechter.'

'Misschien heeft hij die bij Williams thuis gestolen om een schoenspoor op de plaats delict te zetten. Heeft iemand hem gezien?'

'Een scherpschutter en twee jongens van O en B, maar hij was vrij ver weg. Hij is vermoedelijk blank of lichtgetint, normaal postuur. Een beige pet, een zonnebril en een rugzak. Geen leeftijd, geen haarkleur.'

'Is dat alles?'

'Ja.'

'Goed, breng de aanwijzingen onmiddellijk hierheen en ga dan het raster lopen bij Weinburg. Ze houden de plaats delict afgesloten tot je er bent.'

'Ik heb nog een aanwijzing gevonden, Rhyme.'

'Echt? Wat dan?'

'Onder in de plastic zak met aanwijzingen zat een Post-it. Tweeëntwintig-vijf wilde de tas lozen, maar ik vraag me af of hij dat briefje ook kwijt wilde.'

'Wat staat erop?'

'Het kamernummer van een pension in Manhattan, in Upper East Side. Ik wil erheen.'

'Denk je dat Tweeëntwintig-vijf daar zit?'

'Nee, ik heb de receptie gebeld en ze zeiden dat de huurder de hele dag op zijn kamer was geweest. Hij heet Robert Jorgensen.'

'Goed, maar de plaats delict van die verkrachting moet onderzocht worden, Sachs.'

'Stuur Ron maar. Hij kan het wel aan.'

'Ik heb liever dat jij het doet.'

'Ik vind echt dat we moeten nagaan of er een connectie is tussen die Jorgensen en Tweeëntwintig-vijf, en snel ook.'

Hij was het met haar eens. Bovendien hadden ze Pulaski allebei genadeloos bijgebracht hoe hij het raster moest lopen, de term die Rhyme had uitgevonden voor het doorzoeken van een plaats delict, die was afgeleid van de methode waarbij je eerst over de lengte van de plaats delict heen en weer loopt en dan over de breedte, de zorgvuldigste manier om naar aanwijzingen te zoeken.

Rhyme, die zich zowel een baas als een vader voelde, wist dat Ron vroeg of laat voor het eerst in zijn eentje een plek zou moeten doorzoeken waar een moord was gepleegd. 'Goed dan,' bromde hij. 'Laten we hopen dat die Post-it iets oplevert.' Hij kon niet nalaten eraan toe te voegen: 'En geen complete tijdverspilling is.'

Sachs lachte. 'Dat hopen we toch altijd, Rhyme?'

'En zeg tegen Pulaski dat hij het niet verknalt.'

Ze verbraken de verbinding en Rhyme zei tegen Cooper dat de aanwijzingen onderweg waren. 'Hij is ontsnapt,' pruttelde hij terwijl hij naar de schema's keek.

Hij gaf Thom opdracht de weinige gegevens die ze over het uiterlijk van Tweeëntwintig-vijf hadden op het whiteboard te zetten.

Vermoedelijk blank of lichtgetint...

Wat heb je dáár nou aan?

Amelia zat voor in haar Camaro, met het portier open. Een lentebriesje zweefde de auto in, die naar oud leer en olie rook. Ze maakte aantekeningen voor haar plaats delict-verslag. Dat deed ze altijd zo snel mogelijk nadat ze een plaats delict had onderzocht. Je kon binnen de kortste keren verbluffend veel vergeten. Kleuren veranderden, links werd rechts en deuren en ramen schoven van de ene muur naar de andere of verdwenen helemaal.

Ze werd weer afgeleid door de vreemde feiten van de zaak. Hoe had de moordenaar er bijna in kunnen slagen een onschuldige voor een weerzinwekkende verkrachting en moord op te laten draaien? Ze had nog nooit zo'n crimineel meegemaakt; de politie misleiden met valse aanwijzingen was niet ongebruikelijk, maar deze vent zette hen op een geniale manier op het verkeerde been.

Haar auto stond in een beschaduwde, uitgestorven straat op twee straten van de vuilnisbak.

Haar blik werd getrokken door een beweging. Bij de gedachte aan Tweeëntwintig-vijf voelde ze zich angstig worden. Ze keek op en zag iemand in de achteruitkijkspiegel naderen. Ze tuurde door haar wimpers om hem goed te zien, al leek hij onschuldig: een keurige zakenman. Hij had een tas van een afhaalrestaurant in zijn ene hand en hield met de andere een mobieltje bij zijn oor. Hij praatte en glimlachte. Een gewone burger die chinees of mexicaans voor het eten had gehaald.

Sachs richtte zich weer op haar aantekeningen.

Toen ze klaar was, stopte ze ze in haar koffertje. Pas toen viel het haar op: de man op de stoep had de Camaro inmiddels voorbij moeten zijn, maar dat was niet het geval. Was hij ergens naar binnen gegaan? Ze keek weer naar de stoep.

Nee!

Links achter de auto stond de afhaaltas op de stoep. Het was maar een rekwisiet!

Haar hand schoot naar haar Glock, maar voordat ze het wapen kon trekken, werd het zijportier opengerukt en keek ze in het gezicht van de moordenaar, die zijn ogen tot spleetjes kneep en een pistool naar haar gezicht bracht.

Er werd aan de voordeur gebeld en even later hoorde Rhyme weer kenmerkende voetstappen. Zwaar, deze keer.

'Ik ben hier, Lon.'

Rechercheur Lon Sellitto knikte. Zijn gezette figuur was verpakt in een spijkerbroek en een donkerpaars Izod-overhemd en hij had sportschoenen aan, tot Rhymes verbazing. Hij zag Sellitto zelden in vrijetijdskleding, Wat hem ook opviel, was dat hoewel Sellitto alleen maar over danig verfomfaaide pakken leek te beschikken, zijn kleding nu nog warm van het strijkijzer leek te zijn. Er zaten alleen een paar plooitjes in de stof waar zijn buik over zijn broeksband hing, en rond de bult op zijn rug van het niet al te doeltreffend verborgen wapen dat hij buiten diensttijd bij zich droeg.

'Hij is 'm gesmeerd, hoorde ik?'

'Van de aardbodem verdwenen,' grauwde Rhyme.

De vloer kraakte onder Sellitto's gewicht toen hij naar de schema's drentelde om ze te bekijken. 'Dus zo noemen jullie hem? Tweeëntwintig-vijf?'

'De tweeëntwintigste mei. Hoe is het met de Russische zaak?'

Sellitto gaf geen antwoord. 'Heeft meneer Tweeëntwintig-vijf nog iets achtergelaten?'

'Dat gaan we nu uitzoeken. Hij heeft een tas met aanwijzingen gedumpt die nu onderweg is.'

'Wat hoffelijk van hem.'

'IJsthee, koffie?'

'Ja,' mompelde Sellitto naar Thom. 'Graag. Koffie. Heb je halfvolle melk?'

'Magere.'

'Goed zo. En nog van die koekjes van laatst? Met stukjes chocola erin?'

'Alleen havermoutkoekjes.'

'Die zijn ook goed.'

'Mel?' vroeg Thom. 'Wil je ook iets?'

'Als ik bij een onderzoektafel eet of drink, word ik uitgefoeterd.'

'Het is niet bepaald mijn schuld dat advocaten er zo op gebrand zijn vervuild bewijs uit te sluiten. Ik heb de regels niet gemaakt,' snauwde Rhyme.

'Je humeur is er nog niet beter op,' merkte Sellitto op. 'Hoe gaat het in Londen?'

'Daar wil ik echt niet over praten.'

'Nou, misschien kan ik je stemming verbeteren. We hebben nog een probleem.'

'Malloy?'

'Ja. Hij heeft gehoord dat Amelia een plaats delict liep en dat ik toestemming had gegeven voor een tactische operatie. Hij was helemaal blij, want hij dacht dat het de zaak-Dienko was, maar toen hij erachter kwam dat het om iets anders ging, was hij niet blij meer. Hij vroeg of het iets met jou te maken had. Ik wil wel een stomp voor je incasseren, Linc, maar geen kogel. Ik heb je verlinkt... O, dank je.' Hij knikte naar Thom, die hem zijn koffie en koekjes bracht en eenzelfde offerande op een tafel niet ver van Cooper neerzette, die latex handschoenen aantrok en een koekje pakte.

'Een glas whisky, graag,' zei Rhyme snel.

'Nee,' zei Thom, en weg was hij.

Rhyme trok een kwaad gezicht en zei: 'Ik dacht wel dat Malloy ons door zou hebben zodra we Haumann erbij betrokken, maar nu het spannend wordt, moeten we de korpsleiding aan onze kant zien te krijgen. Wat zullen we doen?'

'Bedenk maar gauw iets, want hij wil ons spreken. Een halfuur geleden al.' Sellitto nam een slok koffie en legde met enige tegenzin de laatste helft van zijn koekje neer, kennelijk met het voornemen het niet op te maken.

'Nou, ik moet de bazen achter ons hebben. Er moeten mensen naar die vent zoeken.'

'Laten we dan maar bellen. Ben je zover?'

'Ja, ja.'

Sellitto koos een nummer en zette het toestel op de speaker.

'Zet hem maar wat zachter,' zei Rhyme. 'Ik denk dat het lawaaiig kan worden.'

'Met Malloy.' Rhyme hoorde de wind, stemmen en het gekletter van borden of glazen op de achtergrond. Misschien zat Malloy op een terras.

'Hoofdinspecteur, met Sellitto. Rhyme is er ook en u staat op de speaker.'

'Oké, wat is er in vredesnaam aan de hand? Je had wel eens kunnen zeggen dat het die tactische operatie was waar ik Rhyme eerder over had gesproken. Wist je dat ik de beslissing over een eventuele operatie tot morgen had uitgesteld?'

'Nee, dat wist hij niet,' zei Rhyme.

'Nee, maar ik wist genoeg om het te begrijpen,' zei Sellitto snel.

'Ik vind het ontroerend dat jullie elkaar proberen vrij te pleiten, maar de vraag is: waarom hebben jullie het niet aan mij verteld?'

'Omdat we een goede kans hadden een verkrachter en moordenaar aan te houden. Ik besloot dat we ons het uitstel niet konden veroorloven,' zei Sellitto.

'Ik ben geen kind, inspecteur. Jij legt me je zaak voor en ík beslis. Zo hoort dat te gaan.'

'Sorry, hoofdinspecteur. Op het moment leek het de juiste beslissing.'

Stilte. 'Maar hij is ontkomen.'

'Inderdaad,' zei Rhyme.

'Hoe?'

'We hebben zo snel mogelijk een team samengesteld, maar de dekking was niet opperbest. De man die we zochten was dichterbij dan we dachten. Hij heeft een burgerauto of iemand van het team gezien, denk ik, en is ervandoor gegaan, maar hij heeft aanwijzingen geloosd waar we wat aan zouden kunnen hebben.'

'Die nu op weg zijn naar het lab in Queens? Of naar jullie?'

Rhyme keek naar Sellitto. Mensen klimmen op in de gelederen van instituten als de New Yorkse politie op grond van hun ervaring, gedrevenheid en snelle geest. Malloy was hun zeker een halve stap voor.

'Ik heb gevraagd of het hierheen gebracht kon worden, Joe,' zei Rhyme.

Nu bleef het niet stil. Er klonk een berustende zucht door de speaker. 'Lincoln, je begrijpt wat het probleem is, hè?'

Een belangenconflict, dacht Rhyme.

'Er is duidelijk sprake van een belangenconflict als jij als adviseur van de politie probeert je neef vrij te pleiten. Dat impliceert bovendien dat de aanhouding onterecht is geweest.'

'Maar zo is het toch ook? En er zijn twee mensen onterecht veróórdeeld.' Rhyme herinnerde Malloy aan de verkrachting en de muntendiefstal waarover Flintlock hun had verteld. 'En ik zou er niet van staan te kijken als het vaker is gebeurd... Ken je de wet van Locard, Joe?'

'Daar stond iets over in je boek, het boek van de politieacademie, toch?'

De Franse crimineel Edmond Locard had gesteld dat er bij elk misdrijf overdracht van aanwijzingen plaatsvindt tussen de dader en de plaats delict of het slachtoffer. Hij doelde specifiek op kleine deeltjes, maar het principe gaat op voor allerlei materialen. De connectie kan moeilijk te vinden zijn, maar ze is er altijd.

'Wij laten ons leiden door de wet van Locard, Joe, maar nu hebben we te maken met een dader die er een wapen van heeft gemaakt. Het is zijn werkwijze. Hij kan straffeloos moorden, want iemand anders wordt ervoor veroordeeld. Hij weet precies wanneer hij moet toeslaan, wat voor aanwijzingen hij moet achterlaten en wanneer. De technische recherche, de rechercheurs, de analisten, de aanklagers en rechters... Hij gebruikt iedereen, iedereen is zijn handlanger. Dit staat helemaal los van mijn neef, Joe. Het gaat erom dat we een uiterst gevaarlijk iemand een halt moeten toeroepen.'

Een stilte zonder zucht. 'Goed dan, ik geef toestemming.'

Sellitto trok een wenkbrauw op.

'Maar ik waarschuw je. Je houdt me op de hoogte van alle ontwikkelingen in de zaak, en dan bedoel ik ook alles.'

'Afgesproken.'

'En, Lon, als je me er nog eens in laat lopen, plaats ik je over naar Budgettering, begrepen?'

'Ja, hoofdinspecteur. Absoluut.'

'En aangezien je bij Lincoln zit, Lon, veronderstel ik dat je van de zaak-Vladimir Dienko af wilt?'

'Petey Jimenez is helemaal bij. Hij heeft meer veldwerk gedaan dan ik en hij heeft de undercoveroperatie persoonlijk opgezet.'

'En Dellray gaat over de informanten, toch? En de federale jurisdictie?'

'Ja.'

'Goed, dan haal ik je van de zaak af. Voorlópig. Leg een dossier aan van deze dader. Ik bedoel, stuur een memo rond over het dossier dat je stiekem al hebt aangelegd. En luister goed: je zult mij niet horen over onschuldige mensen die onterecht zijn veroordeeld. Tegen niemand. En daar begin jij ook niet over. Die kwestie speelt niet. Het enige misdrijf dat jij onderzoekt, is de verkrachting met moord van vanmiddag. Punt. Het zou kunnen dat de dader heeft geprobeerd iemand anders schuldig te laten lijken, maar dat is het enige wat je kunt zeggen en dan nog alleen als iemand je ernaar vraagt. Breng het niet zelf ter sprake en zeg in godsnaam niets tegen de pers.'

'Ik praat niet met de pers,' zei Rhyme. Wie wel, als je het ook maar enigszins kon vermijden? 'Maar we moeten die andere zaken onderzoeken om een idee te krijgen van zijn manier van werken.'

'Ik heb niet gezegd dat dat niet mocht,' zei de hoofdinspecteur gedecideerd, maar niet verbolgen. 'Hou me op de hoogte.' Hij hing op.

'Nou, we hebben een zaak,' zei Sellitto, die bezweek voor het afgedankte halve koekje en het met koffie wegspoelde.

Amelia Sachs stond op de stoep te praten met de compacte man die het portier van haar Camaro had opengerukt en haar met zijn wapen had bedreigd. Er waren nog drie anderen bij gekomen. De man bleek niet Tweeëntwintig-vijf te zijn, maar een federaal agent van de DEA.

'We proberen de stukjes nog in elkaar te passen,' zei hij met een blik op zijn baas, de special agent die de leiding had over de vestiging van de DEA in Brooklyn.

Die zei: 'Over een paar minuten weten we meer.'

Toen Sachs werd bedreigd, had ze langzaam haar handen opgestoken en gezegd dat ze van de politie was. De agent had haar wapen afgenomen en twee keer naar haar legitimatiebewijs gekeken. Toen had hij hoofdschuddend zijn wapen in de holster gestoken. 'Ik snap het niet,' zei hij. Hij verontschuldigde zich, maar keek niet alsof het hem speet. Zijn gezicht zei vooral dat, nou ja, dat hij het gewoon niet snapte.

Even later was zijn chef met twee andere agenten gearriveerd.

De special agent kreeg telefoon, nam op en luisterde een paar minuten. Hij klapte zijn mobieltje dicht en gaf door wat er blijkbaar was gebeurd: kort tevoren was er een anonieme melding binnengekomen. Een vrouw die voldeed aan Sachs' signalement zou zojuist iemand hebben neergeschoten tijdens een ruzie om drugs.

'We hebben hier momenteel een operatie lopen,' vertelde de special agent. 'We doen onderzoek naar een paar aanslagen op dealers en leveranciers.' Hij knikte naar de agent die Sachs had willen aanhouden. 'Anthony woont een straat verderop. Het hoofd van de operatie had hem hierheen gestuurd om poolshoogte te nemen terwijl hij zijn manschappen verzamelde.'

'Ik dacht dat je weg wilde rijden, dus pakte ik een paar oude tassen van afhaalrestaurants en kwam in actie,' voegde Anthony eraan toe.

'Man...' Het drong nu pas tot hem door wat hij op een haar na had gedaan. Hij zag lijkbleek en Sachs bedacht dat je weinig druk op de trekker van een Glock hoeft te zetten. Ze vroeg zich af hoe dicht ze bij de dood door de kogel was geweest.

'Wat deed je hier?' vroeg de special agent.

'We werken aan een verkrachting met moord.' Ze zei er niet bij dat het de bedoeling was geweest dat een onschuldige ervoor zou opdraaien. 'Ik denk dat de dader me heeft gezien en die melding heeft gedaan om de achtervolging op te houden.'

Of me tijdens een schietincident te laten vermoorden door mijn eigen collega's.

De special agent schudde zorgelijk zijn hoofd.

'Wat is er?' vroeg Sachs.

'Die vent is echt doortrapt. Als hij de politie had gebeld, wat de meeste mensen hadden gedaan, hadden ze daar van jullie operatie geweten en jou herkend. Dus belde hij ons. Wij zouden alleen weten dat je had geschoten en je voorzichtig benaderen, bereid je uit te schakelen zodra je een wapen trok.' Hij fronste zijn voorhoofd. 'Dat is leep.'

'En godvergeten beangstigend,' zei Anthony, die nog steeds bleek zag.

De agenten vertrokken en Sachs koos een sneltoets.

Rhyme nam op en ze vertelde hem over het incident.

De criminalist liet het even op zich inwerken en zei toen: 'Hij had de DEA gebeld?'

'Ja.'

'Je zou bijna denken dat hij wist dat ze midden in een drugsoperatie zaten. En dat de agent die jou wilde aanhouden in de buurt woonde.'

'Dat kon hij niet weten,' bracht ze ertegen in.

'Misschien niet, maar één ding wist hij verdomme wel.'

'En dat is?'

'Hij wist precies waar je was. Wat betekent dat hij je in de gaten hield. Pas op je tellen, Sachs.'

Rhyme vertelde Sellitto hoe hun dader Sachs er in Brooklyn in had geluisd.

'Heeft hij dat echt gedaan?'

'Het lijkt er wel op.'

Net toen ze bespraken hoe Tweeëntwintig-vijf aan zijn informatie gekomen kon zijn, en ongunstige conclusies trokken, tjilpte de telefoon. Rhyme keek naar het scherm en nam snel op. 'Inspecteur.'

De stem van Longhurst vulde de speaker. 'Rechercheur Rhyme, hoe is het met u?'

'Goed.'

'Uitstekend. Ik wilde u even laten weten dat we Logans onderduikadres hebben gevonden. Hij zat toch niet in Manchester, maar in Oldham, iets ten oosten van Manchester.' De inspecteur vertelde dat Danny Krüger van een paar van zijn mensen had gehoord dat iemand die Richard Logan zou kunnen zijn, had geïnformeerd naar wapenonderdelen. 'Geen wapens, denk erom, maar als je onderdelen hebt om vuurwapens te repareren, kun je ze vermoedelijk ook maken.'

'Geweren?'

'Ja. Zwaar kaliber.'

'Hebben jullie een identiteit?'

'Nee, al werd aangenomen dat Logan in het Amerikaanse leger zat. Hij scheen te hebben beloofd dat hij in de toekomst grote voorraden munitie kon leveren met korting. Hij scheen officiële militaire documenten over voorraden en specificaties te hebben.'

'Dus de schietzone in Londen komt in beeld.'

'Het lijkt erop. Goed, over dat onderduikadres: we hebben connecties in de Hindi-gemeenschap in Oldham. Mensen van onbesproken gedrag. Ze hadden gehoord dat een Amerikaan een oud huis aan de rand van de stad had gehuurd. We hebben het gevonden, maar het nog niet doorzocht. Het had gekund, maar het leek ons beter eerst met u te overleggen.'

Longhurst zweeg even en vervolgde toen: 'Goed, rechercheur, mijn gevoel zegt me dat hij niet weet dat we zijn adresje hebben gevonden, en ik vermoed dat we er goede informatie kunnen vinden. Ik heb een paar collega's van MI5 opgebeld en een duur speeltje van ze geleend, een hd-videocamera. Wat we willen doen, is een van onze mensen met die camera door u laten rondleiden in het huis, dan kunt u ons vertellen wat u ervan denkt. We zouden de apparatuur binnen drie kwartier ter plekke moeten hebben.'

Een degelijk onderzoek van het onderduikadres, compleet met in- en uitgangen, laden, wc's, kasten, matrassen... Het zou het grootste deel van de nacht kosten.

Waarom moest dit juist nu gebeuren? Rhyme was ervan overtuigd dat Tweeëntwintig-vijf een reële dreiging vormde. Gezien de tijdlijn – de eerdere zaken, de zaak van zijn neef en de moord van vandaag – leken de misdrijven elkaar sneller op te volgen. En vooral het laatste incident baarde hem zorgen: dat Tweeëntwintig-vijf zich tegen hen had gekeerd, waardoor Sachs bijna was doodgeschoten.

Ja of nee?

Na een korte, maar martelende innerlijke tweestrijd besloot hij: 'Inspecteur, het spijt me, maar we zitten hier met een reeks moorden. Daar moet ik me nu op concentreren.'

'Juist.' Onverstoorbare Britse terughoudendheid.

'Ik zal de zaak aan u moeten overdragen.'

'Natuurlijk, rechercheur. Ik begrijp het.'

'U hebt alle beslissingsvrijheid.'

'Dank u voor uw vertrouwen. We regelen het en ik hou u op de hoogte. Laat ik nu maar snel ophangen.'

'Veel succes.'

'U ook.'

Het viel Lincoln Rhyme zwaar zich terug te trekken uit de jacht, zeker nu deze dader de prooi was, maar zijn besluit stond vast. Tweeëntwintig-vijf was nu zijn enige doelwit.

'Mel, pak de telefoon en zoek uit waar die aanwijzingen uit Brooklyn blijven, verdomme.'

12

Hé, dit is een verrassing.

Gezien het adres in de chique Upper East Side en het feit dat Robert Jorgensen orthopedisch chirurg was, had Amelia Sachs verwacht dat Henderson House, het adres op de Post-it, een stuk netter zou zijn.

Het was echter een walgelijk doorgangshuis, bevolkt door junks en alcoholisten. In de groezelige lobby vol met niet bij elkaar passende, beschimmelde meubelen stonk het naar knoflook, goedkoop ontsmettingsmiddel, zinloze luchtverfrisser en ongewassen lijven. De meeste onderkomens voor daklozen waren nog gerieflijker.

Ze bleef bij de smerige voordeur staan en keek om. Ze voelde zich nog steeds niet op haar gemak door Tweeëntwintig-vijfs spionage en het gemak waarmee hij de federale agenten in Brooklyn een rad voor ogen had gedraaid. Ze keek aandachtig de straat in. Niemand leek veel belangstelling voor haar te hebben, maar de moordenaar moest ook vlak bij het huis van DeLeon Williams zijn geweest, en toen had ze hem nergens gezien. Ze keek naar een leegstaand pand aan de overkant. Keek iemand door een van de smoezelige ramen naar haar?

Of daar! Op de eerste verdieping was een groot raam kapot, en ze wist zeker dat ze iets zag bewegen in het donker. Was het een gezicht? Of viel er licht door een gat in het dak?

Sachs liep naar het gebouw toe en inspecteerde het zorgvuldig, maar ze zag niemand en stelde vast dat haar ogen haar hadden bedrogen. Ze draaide zich weer om naar het pension, probeerde oppervlakkig adem te halen en stapte over de drempel. Bij de balie liet ze haar penning zien aan de hopeloos dikke receptionist. Het leek hem totaal niet te verbazen of van zijn stuk te brengen dat er een smeris aankwam. Hij wees haar de lift, waaruit een weerzinwekkende stank kwam. Goed, de trap dan maar.

De belasting van haar reumatische gewrichten maakte dat ze met een van pijn vertrokken gezicht de deur van de vijfde verdieping opende en naar kamer 572 liep. Ze klopte aan en stapte opzij. 'Politie. Meneer Jorgensen? Doe open, alstublieft.' Ze wist niet wat voor connectie deze man met de moordenaar had, dus liet ze haar hand bij de kolf van haar Glock zweven. Het was een goed wapen, zo betrouwbaar als de zon.

Er kwam geen antwoord, maar ze dacht het metalen dekseltje van het kijkgaatje te horen.

'Politie,' zei ze weer.

'Schuif je legitimatie onder de deur door.'

Ze deed het.

Even later werden er verschillende dievenkettingen losgemaakt. En een grendel. De deur ging een stukje open, maar werd tegengehouden door een veiligheidsbalk. De kier was groter dan die van een dievenketting, maar niet groot genoeg om doorheen te komen.

Het hoofd van een man van middelbare leeftijd werd zichtbaar. Hij had lang, vervuild haar, een gezicht dat werd ontsierd door een weerbarstige baard en schichtige ogen.

'Bent u Robert Jorgensen?'

Hij tuurde van haar gezicht naar haar legitimatiebewijs, dat hij omdraaide en tegen het licht hield, al was het gelamineerde, rechthoekige kaartje ondoorschijnend. Hij gaf het haar terug en haakte de veiligheidsbalk los. De deur zwaaide open. Hij keek in de gang achter haar en wenkte haar naar binnen. Sachs liep behoedzaam door de deur, met haar hand nog bij haar wapen. Ze keek naar de kamer en de kasten. Er was verder niemand, en Jorgensen was niet gewapend. 'Bent u Robert Jorgensen?' vroeg ze nog eens.

Hij knikte.

Toen keek ze iets beter naar de trieste kamer. Er stonden een bed, een tafel met een stoel, een leunstoel en een mottige bank. De donkergrijze vloerbedekking zat vol vlekken. De enige verlichting, een staande lamp, gaf een gedempte, gelige gloed, en de gordijnen waren dicht. Jorgensen leek uit vier grote koffers en een sporttas te leven. Hij had geen keuken, maar er stonden een koelkastje en twee magnetrons in een hoek van de kamer. En een koffiepot. Zijn dieet leek voornamelijk uit soep en instantnoedels te bestaan. Tegen de wand stonden wel honderd dossiermappen in een nette rij.

Zijn kleren stamden uit een andere periode van zijn leven, een betere. Ze zagen er duur uit, maar waren tot op de draad versleten en vlekkerig. De hakken van zijn chique schoenen waren afgesleten. Een gokje: hij was zijn medische praktijk kwijtgeraakt door een drugs- of drankprobleem.

Op het moment werd hij in beslag genomen door een vreemd project: het ontleden van een groot, ingebonden studieboek. Hij had een vergrootglas waar een scherf uit was op een scharnierende arm aan de tafel geklampt en was bezig geweest bladzijden uit het boek te snijden en in repen te knippen.

Misschien was hij door een geesteziekte geveld.

'Je komt voor de brieven. Dat werd tijd ook.'

'Brieven?'

Hij nam haar achterdochtig op. 'Niet?'

'Ik weet van geen brieven.'

'Ik heb ze naar Washington gestuurd. Maar je praat wel, hè? Jullie wetsdienaren. Jullie veiligheidsbewakers. Vast wel. Je moet wel, iedereen praat. Criminele databases en alles...'

'Ik weet echt niet waar u het over hebt.'

Hij leek haar te geloven. 'Tja, dan...' Zijn blik viel op haar heup en hij zette grote ogen op. 'Wacht even, staat je mobiele telefoon aan?'

'Eh, ja?'

'Jezus christus in de hemel, wat mankeert jou?'

'Ik...'

'Je kunt toch net zo goed naakt over straat lopen en elke wildvreemde die je ziet je adres geven? Haal de accu eruit. Niet alleen uitzetten. De batterij eruit!'

'Dat doe ik niet.'

'Haal hem eruit, anders donder je maar op. En die pda. En je pieper.'

Het leek alles of niets te zijn, maar Sachs zei gedecideerd: 'Ik wis mijn geheugen niet. Ik doe de telefoon en de pieper.'

'Goed dan,' bromde hij en hij leunde naar voren om te zien hoe ze de batterijen uit de apparaatjes haalde en de pda uitzette.

Toen vroeg ze naar zijn legitimatie. Hij dacht even na en diepte een rijbewijs op met een adres in Greenwich, Connecticut, een van de welvarendste steden in de omgeving. 'Ik kom hier niet voor brieven, meneer Jorgensen. Ik wil u een paar vragen stellen. Ik zal u niet lang ophouden.'

Hij wees naar de onwelriekende bank en ging zelf op de wankele stoel aan de tafel zitten. Alsof hij zich niet kon bedwingen, pakte hij een stanleymes en sneed een stuk uit de rug van het boek. Hij hanteerde het mes vaardig, snel en zeker. Sachs was blij dat de tafel tussen hen in stond en dat ze haar wapen zó kon pakken.

'Meneer Jorgensen, ik ben hier vanwege een misdrijf dat vanochtend is gepleegd.'

'O, ja, natuurlijk.' Hij perste zijn lippen op elkaar en keek weer naar Sachs. Zijn gezichtsuitdrukking was duidelijk: berusting en weerzin. 'En wat heb ik déze keer gedaan?'

Deze keer?

'Het gaat om een verkrachting met moord, maar we weten dat u er niets mee te maken hebt. U was hier.'

Een sardonische grijns. 'O, jullie houden me in de gaten. Natuurlijk.' Toen een grimas. 'Godver.' Het was een reactie op iets wat hij had gevonden, of niet had gevonden, in het deel van de rug van het boek dat hij ontleedde. Hij gooide het in de prullenmand. Sachs zag restanten van verminkte kleren, boeken, kranten en doosjes, ook aan stukken gesneden, in halfopen vuilniszakken. Toen keek ze naar de grootste magnetron en zag dat er een boek in lag.

Smetvrees, vermoedde ze.

Hij volgde haar blik. 'Je kunt ze het beste met microgolven vernietigen.'

'Bacteriën? Virussen?'

Hij lachte om haar vraag alsof ze een grap had gemaakt en knikte naar het boek op tafel. 'Maar soms zijn ze heel goed verstopt. Toch moet je ze vinden. Je moet de vijand kennen.' Hij knikte naar de magnetron. 'En straks maken ze ze zo dat je ze niet eens meer kunt vernietigen. Ja, neem dat maar van me aan.'

Ze... de vijand... Sachs was een paar jaar surveillant geweest – portofoon, in politiejargon. Ze had op Times Square gewerkt toen het nog, nou ja, Times Square was, voordat het Disneyland-noord werd. Surveillant Sachs had veel ervaring opgedaan met daklozen en geesteszieken. Ze herkende symptomen van een paranoïde persoonlijkheid, misschien zelfs schizofrenie.

'Kent u een zekere DeLeon Williams?'

'Nee.'

Ze noemde de namen van de andere slachtoffers en zondebokken, onder wie Rhymes neef.

'Nee, nooit van gehoord.' Hij leek de waarheid te spreken. Het boek eiste een eindeloze halve minuut al zijn aandacht op. Hij sneed er een bladzij uit, hield hem onder de lamp en grimaste weer. Hij gooide de bladzij weg.

'Meneer Jorgensen, dit kamernummer is vandaag op een briefje bij de plek van het misdrijf gevonden.'

De hand met het mes erin verstijfde. Hij keek haar met angstige, gloeiende ogen aan. 'Waar?' vroeg hij ademloos. 'Waar heb je het in godsnaam gevonden?'

'In een afvalbak in Brooklyn. Het zat aan wat aanwijzingen geplakt. Het is mogelijk dat de moordenaar het heeft weggegooid.'

Hij vroeg maniakaal fluisterend: 'Heb je een naam? Hoe ziet hij eruit? Zeg op!' Hij kwam half overeind en zijn gezicht werd rood. Zijn lippen trilden.

'Rustig maar, meneer Jorgensen. Kalm. We weten niet zeker of hij het briefje heeft weggegooid.'

'O, hij was het wel. Reken maar. Die klootzak!' Hij leunde naar voren. 'Heb je zijn náám?'

'Nee.'

'Zeg op, verdomme! Doe eens een keer iets vóór mij. Niet tégen mij!'

'Als ik iets voor u kan doen, zal ik het niet laten,' zei ze beslist, 'maar u moet wel kalm blijven. Over wie hebt u het?'

Hij legde het mes neer en leunde achterover, met hangende schouders. Een verbitterde glimlach trok over zijn gezicht. 'Wie? Wie? Nou, God, natuurlijk.'

'God?'

'En ik ben Job. Ken je Job? De onschuldige die door God werd gekweld. Alle beproevingen die Hij hem liet doorstaan? Dat is nog niets vergeleken bij wat ik heb moeten verduren... Ja, hij is het. Hij heeft ontdekt waar ik nu ben en het op dat briefje van jou geschreven. Ik dacht dat ik ontsnapt was, maar nu heeft hij me weer te pakken.'

Sachs dacht tranen te zien. 'Waar hebt u het over?' vroeg ze. 'Alstublieft, vertel het me.'

Jorgensen wreef over zijn gezicht. 'Goed dan... Tot een paar jaar geleden had ik een chirurgische praktijk, en ik woonde in Connecticut met een vrouw en twee fantastische kinderen. Ik had geld op de bank, een pensioenplan, een tweede huis. Een comfortabel leven. Ik was gelukkig. Maar toen gebeurde er iets vreemds. Niets wereldschokkends, in het begin niet. Ik vroeg een nieuwe creditcard aan om airmiles te verdienen. Ik verdiende drie ton per jaar. Ik had nog nooit van mijn leven een creditcardbetaling of hypotheekaflossing gemist, maar mijn aanvraag werd afgewezen. Een vergissing, dacht ik, maar het bedrijf zei dat ik een kredietrisico was omdat ik het afgelopen halfjaar drie keer was verhuisd. Alleen was ik helemaal niet verhuisd. Iemand had mijn naam, mijn burgerservicenummer en creditcardinformatie te pakken gekregen en huurde appartementen op mijn naam. Toen betaalde hij de huur niet meer, maar eerst had hij voor bijna honderdduizend dollar spullen gekocht en op die adressen laten bezorgen.'

'Identiteitsdiefstal?'

'O, de hoorn des overvloeds van de identiteitsdiefstal. God nam creditcards op mijn naam, maakte enorme schulden en liet de rekeningen naar verschillende adressen sturen. Niet dat hij ooit iets betaalde, natuurlijk. En zodra ik iets had opgelost, deed hij weer iets anders. En hij bleef maar informatie over me verzamelen. God wist alles! De meisjesnaam van mijn moeder, haar geboortedatum, de naam van mijn eerste hond, het merk van mijn eerste auto... al die dingen waar bedrijven naar vragen om je te identificeren. Hij bemachtigde mijn telefoonnummers en het nummer van mijn telefoonkaart. Hij zorgde dat ik een telefoonrekening van tienduizend dollar kreeg. Hoe? Door de tijd en het weerbericht in Moskou, Singapore of Sydney te bellen en de telefoon vier uur van de haak te laten liggen.'

'Waarom?'

'Waarom? Omdat hij God is. En ik ben Job... Die hufter kocht zelfs een huis op mijn naam! Een heel huis! En toen loste hij de hypotheek niet af. Ik kwam er pas achter toen een jurist van een deurwaarderskantoor me in mijn kliniek in New York wist op te sporen en me vroeg een afbetalingsregeling te treffen voor de driehonderdzeventigduizend dollar schuld die ik had openstaan. God maakte ook een kwart miljoen dollar schuld met gokken op internet.

Hij deed valse claims bij de verzekering op mijn naam en mijn aansprakelijkheidsverzekering liet me vallen. Ik kon niet onverzekerd in mijn kliniek werken, maar niemand wilde me verzekeren. We moesten het huis verkopen en alles ging natuurlijk tot de laatste cent op aan de schulden die ík had gemaakt – het ging inmiddels om twee miljoen dollar.'

'Twee miljóén?'

Jorgensen deed zijn ogen even dicht. 'En toen werd het nog erger. Mijn vrouw was me blijven steunen. Het was moeilijk, maar ze stond achter me... tot God cadeautjes liet sturen, dure cadeautjes, naar een paar voormalige verpleegkundigen in de kliniek, gekocht op mijn creditcard en voorzien van uitnodigingen en suggestieve opmerkingen. Een van de vrouwen sprak op mijn antwoordapparaat thuis in om me te bedanken en te zeggen dat ze dolgraag een weekendje met me weg wilde. Mijn dochter hoorde het bericht het eerst. Ze vertelde het snikkend aan mijn vrouw. Volgens mij geloofde ze in mijn onschuld, maar toch is ze vier maanden geleden bij haar zus in Colorado ingetrokken.'

'Dat spijt me voor u.'

'Het spijt je? Goh, dank je wel, maar ik ben nog niet klaar. O, nee. Kort nadat mijn vrouw bij me weg was gegaan, begonnen de aanhoudingen. Naar het scheen werden er wapens die gekocht waren met een creditcard en een vervalst rijbewijs op mijn naam, gebruikt bij roofovervallen in East New York, New Haven en Yonkers. Er raakte een bankbediende zwaargewond. Ik werd door het Bureau of Investigation van New York gearresteerd. Ze hebben me uiteindelijk laten lopen, maar ik heb nu een strafblad. Dat is definitief. Net als die keer toen de

DEA me arresteerde omdat er met een cheque van mij illegaal geïmporteerde medicijnen zouden zijn aangeschaft. O, en ik heb zelfs een tijdje in de gevangenis gezeten... Of nee, niet ikzelf: iemand aan wie Gód vervalste creditcards en een rijbewijs op mijn naam had verkocht. De gevangene was natuurlijk heel iemand anders. Wie weet hoe hij in het echt heette? Maar wat de rest van de wereld betreft, blijkt uit de overheidsdocumenten dat Robert Samuel Jorgensen, burgerservicenummer 923674182, destijds wonende te Greenwich, Connecticut, gedetineerd is geweest. Dat staat ook in mijn strafblad. Voor eeuwig.'

'U hebt de politie toch zeker wel gebeld?'

'Kom op, zeg,' zei hij honend. 'Je zit zelf bij de politie. Weet je hoe hoog dit op de prioriteitenlijst staat? Net boven oversteken door rood.'

'Bent u iets te weten gekomen wat ons zou kunnen helpen? Iets over hem? Zijn leeftijd, ras, opleiding, verblijfplaats?'

'Nee, niets. Waar ik ook zocht, ik vond maar één iemand: mezelf. Hij heeft me mezelf afgenomen... Ja, ze zeggen dat er beveiliging is, dat je beschermd bent. Gelul. Oké, als je je creditcard kwijtraakt, ben je misschien tot op zekere hoogte beschermd, maar als iemand je leven wil verwoesten, sta je machteloos. De mensen geloven wat de computers zeggen. Als die zeggen dat je schulden hebt, heb je schulden. Als ze zeggen dat je een risico bent voor de verzekering, ben je dat. Als er wordt gemeld dat je geen krediet hebt, heb je geen krediet, ook al ben je multimiljonair. We geloven de dáta; de waarheid interesseert ons niet. Trouwens, zal ik je laten zien waar ik het laatst heb gewerkt?'

Hij sprong op en maakte zijn kast open, waarin het uniform van een fastfoodketen hing. Hij ging weer aan de tafel zitten en begon weer in het boek te snijden. 'Ik zal je vinden, klootzak,' mompelde hij. Hij keek op. 'En zal ik je eens vertellen wat het ergste was?'

Ze knikte.

'God woonde nooit in de appartementen die hij op mijn naam huurde. Hij nam de illegale medicijnen niet in ontvangst, net zomin als de andere dingen die hij bestelde. Het is allemaal door de politie gevonden. En hij heeft nooit in dat schitterende huis gewoond dat hij had gekocht. Vat je 'm? Hij deed het alleen maar om mij te kwellen. Hij is God, ik ben Job.'

Sachs zag een foto op de tafel staan. Ze herkende Jorgensen met een blonde vrouw van zijn leeftijd. Ze stonden met hun armen om een tienermeisje en een jongetje heen. Het huis op de achtergrond was bijzonder mooi. Ze vroeg zich af waarom Tweeëntwintig-vijf al die moeite zou doen om iemands leven kapot te maken, áls Tweeëntwintig-vijf hierachter zat. Testte hij technieken om dicht bij zijn slachtoffers te komen en anderen voor zijn misdrijven te laten opdraaien? Was Robert Jorgensen zijn proefkonijn?

Of was Tweeëntwintig-vijf een wrede psychopaat? Wat hij Jorgensen had aangedaan, zou je een verkrachting zonder seks kunnen noemen.

'Ik denk dat u beter kunt verhuizen, meneer Jorgensen.'

Een gelaten glimlach. 'Ja. Dat is veiliger. Zorg dat je altijd moeilijk te vinden bent.'

Sachs dacht aan een uitdrukking die haar vader altijd had gebruikt en die haar eigen levensvisie goed samenvatte: *Zolang je in beweging blijft, kunnen ze je niet pakken...*'

Hij knikte naar het boek. 'Weet je hoe hij me heeft gevonden? Hierdoor, zegt mijn gevoel. Kort nadat ik het had gekocht, ging alles mis. Ik blijf maar denken dat het antwoord erin is te vinden. Ik heb het in de magnetron gestopt, maar dat hielp dus niet. Er moet een antwoord in zitten. Het móét!'

'Wat zoekt u precies?'

'Weet je dat niet?'

'Nee.'

'Nou, een zendertje natuurlijk. Ze stoppen ze in boeken. En in kleren. Straks zitten ze bijna overal in.'

Het ging dus niet om ziektekiemen.

'In de magnetron kun je zendertjes vernietigen?' speelde ze het spelletje mee.

'De meeste wel. Je kunt de antenne er ook afbreken, maar ze zijn zo klein, tegenwoordig. Bijna microscopisch klein.' Jorgensen zweeg en ze besefte dat hij aandachtig naar haar keek, alsof hij over iets nadacht. 'Neem jij het maar mee,' zei hij toen.

'Wat?'

'Het boek.' Zijn ogen flitsten manisch door de kamer. 'Het antwoord zit erin, de verklaring voor alles wat me is overkomen... Alsjeblieft? Jij bent de eerste die niet zijn schouders ophaalde toen ik mijn verhaal vertelde, de eerste die me niet aankijkt alsof ik gek ben.' Hij leunde naar voren. 'Jij wilt hem net zo graag pakken als ik. Jullie hebben vast allerlei apparatuur. Scanmicroscopen, sensoren... Jullie kunnen het vinden! En dan leidt het jullie naar hem toe. Ja!' Hij stak haar het boek toe.

'Tja, maar ik weet niet wat we zoeken.'

Hij knikte begrijpend. 'O, dat hoef je mij niet te vertellen. Dat is het probleem. Ze veranderen alles continu. Zo blijven ze ons altijd een stap voor. Maar alsjeblieft...'

Ze...

Ze nam het boek aan en overwoog het in een plastic monsterzak te stoppen en er een registerkaartje bij te schrijven. Ze vroeg zich af hoe hard ze zou worden uitgelachen in Rhymes herenhuis. Waarschijnlijk kon ze het beter onverpakt meenemen.

Jorgensen leunde naar voren en kneep in haar hand. 'Dank je wel.' Hij huilde weer.

'Dus u gaat verhuizen?' vroeg ze.

Hij beloofde het en gaf haar de naam van een ander pension, een in de Lower East Side. 'Niet opschrijven. Tegen niemand zeggen. Noem mijn naam niet aan de telefoon. Ze luisteren altijd mee, hoor.'

'Bel me als u nog iets te binnen schiet over... God.' Ze gaf hem haar kaartje.

Hij prentte de gegevens in zijn geheugen. Toen verscheurde hij het kaartje, liep naar de badkamer en spoelde de helft van de snippers door de wc. Hij zag haar kijken. 'De andere helft trek ik later door. Iets in zijn geheel doorspoelen is net zo stom als rekeningen in je open brievenbus laten liggen. De mensen zijn zo dom.'

Hij liep met haar mee naar de deur en leunde dicht naar haar over. De weerzinwekkende geur van ongewassen kleren drong zich in haar neusgaten. Zijn roodomrande ogen keken haar priemend aan. 'Rechercheur, luister naar me. Ik weet dat je dat grote pistool op je heup hebt, maar daar begin je niets mee tegen zo iemand als hij. Jij moet dicht bij hem komen voordat je hem kunt doodschieten, maar hij hoeft niet eens in jouw buurt te komen. Hij kan ergens in een donkere kamer een glas wijn drinken terwijl hij je leven aan scherven gooit.' Jorgensen knikte naar het boek in haar hand. 'En nu je dat hebt, ben je ook besmet.'

13

Ik heb het nieuws bijgehouden – er zijn tegenwoordig heel veel efficiënte manieren om informatie te verzamelen – en niets gehoord over een roodharige rechercheur die in Brooklyn is neergeschoten door collega's, maar Ze zijn in elk geval bang gemaakt.

Ze zijn nu nerveus.

Net goed. Waarom zou ik de enige zijn?

Onder het lopen vraag ik me af: hoe heeft dit kunnen gebeuren? Hoe heeft dit in hemelsnaam kunnen gebeuren?

Dit is niet goed, niet goed, niet...

Ze leken precies te weten waar ik mee bezig was, wie mijn slachtoffer was.

En dat ik op weg was naar DeLeon 6832, precies op dát moment. Hoe?

Ik neem de data door, combineer ze anders, analyseer ze. Nee, ik begrijp niet hoe Ze het hebben gedaan.

Nog niet. Ik moet er nog over nadenken.

Ik heb niet genoeg informatie. Hoe kan ik conclusies trekken als ik niet over de dáta beschik? Hoe?

Nee, niet zo snel, niet zo snel, vermaan ik mezelf. Wanneer de zestienen snel gaan, laten ze data vallen, geven ze allerlei informatie prijs, althans aan degenen die slim zijn, die goed kunnen deduceren.

Van de ene grijze stadsstraat naar de andere, op een zondag die niet mooi meer is. Een lelijke, verpeste dag. Het zonlicht is fel en bezoedeld. De stad is koud met rafelranden. De zestienen honen, spotten en hebben pretenties.

Ik haat ze allemaal!

Maar hou je hoofd gebogen, doe alsof je van de dag geniet.

En bovenal: denk na. Wees analytisch. Hoe zou een computer, geconfronteerd met een probleem, de data analyseren?

Denk na. Goed, hoe kunnen Ze erachter zijn gekomen?

Een kruispunt, twee, drie, vier...

Geen verklaringen. Alleen de conclusie: Ze zijn goed. En nog een vraag: wie zijn Ze precies? Ik denk...

Ik word getroffen door een verschrikkelijke gedachte. Alsjeblieft niet...

Ik blijf staan en wroet in mijn rugzak. Nee, nee, het is weg! De Post-it zat aan de tas met aanwijzingen geplakt en ik ben vergeten hem eraf te trekken voordat ik alles weggooide. Het adres van mijn favoriete zestien: 3694-8938-5330-2498, mijn oogappeltje, in de buitenwereld bekend als dokter Robert Jorgensen. Ik had net ontdekt waar hij naartoe was gevlucht, waar hij probeerde onder te duiken, en ik had het op een Post-it gekrabbeld. Ik ben woest op mezelf. Waarom heb ik het niet uit mijn hoofd geleerd en het briefje weggegooid?

Ik vervloek mezelf, ik vervloek alles. Hoe heb ik zo achteloos kunnen zijn?

Ik wil schreeuwen, krijsen.

Mijn Robert 3694! Hij is al twee jaar mijn proefkonijn, mijn menselijke experiment. Overheidsgegevens, identiteitsdiefstal, creditcards...

Maar bovenal was het een enorme kick om hem kapot te maken. Orgastisch, onbeschrijflijk. Als coke of heroïne. Een volkomen normale, gelukkige huisvader uitkiezen, een goede, zorgzame chirurg, en hem vernietigen.

Goed, ik mag geen risico nemen. Ik moet ervan uitgaan dat iemand het briefje zal vinden en contact met hem zal opnemen. Dan slaat hij op de vlucht... en ik zal hem moeten laten gaan.

Er is me vandaag nog iets afgenomen. Ik kan niet beschrijven hoe ik me voel als dat gebeurt. Het is een pijn als een verzengend vuur, het is een angst als blinde paniek, het is vallen in het besef dat je elk moment met de wazige aarde kunt botsen maar nog... niet... helemaal.

Ik stommel door kuddes antilopen, die zestienen die grazen op hun rustdag. Mijn geluk is verwoest, mijn genoegen verdwenen. Nog maar een paar uur geleden keek ik met welwillende belangstelling of begeerte naar de mensen, maar nu wil ik gewoon op iemand af rennen en zijn bleke huid, zo dun als het vel van een tomaat, met een van mijn negenentachtig scheermessen aan repen snijden.

Misschien mijn laatnegentiende-eeuwse model van Krusius Brothers. Het heeft een extra lang lemmet en een mooi hertshoornen heft en het is het pronkstuk van mijn verzameling.

'Aanwijzingen, Mel. Laten we maar eens kijken.'

Rhyme doelde op de oogst uit de afvalbak bij DeLeon Williams' huis. 'Papillairlijnen?'

Het eerste wat Cooper op vingerafdrukken onderzocht, waren de plastic tassen; die met de aanwijzingen erin die Tweeëntwintig-vijf vermoedelijk bij Williams had willen achterlaten en de tassen erin, die een papieren handdoekje met bloed eraan en nog nat bloed bevatten. Er waren echter geen afdrukken op het plastic te vinden, wat een teleurstelling was, want op plastic blijven ze zo goed geconserveerd (ze zijn vaak zichtbaar, niet latent, en waarneembaar zonder speciale chemicaliën of belichting). Cooper vond wel aanwijzingen dat de verdachte de tassen met katoenen handschoenen had aangeraakt, het soort dat doorgewinterde criminelen liever gebruiken dan latex handschoenen, die de vingerafdrukken hoogst efficiënt ín de vingers opslaan.

Mel Cooper onderzocht de andere voorwerpen met verschillende sprays en lichtbronnen, maar vond ook hier geen vingerafdrukken op.

Rhyme besefte dat deze zaak, net als de andere waar Tweeëntwintig-vijf vermoedelijk achter zat, anders was dan de meeste, in die zin dat er twee soorten aanwijzingen waren. Ten eerste de valse aanwijzingen waarmee de moordenaar DeLeon Williams had willen belasten; hij zou er ongetwijfeld voor hebben gezorgd dat die niet naar hem terug te voeren zouden zijn. Ten tweede de echte aanwijzingen die hij per ongeluk had achtergelaten en die heel goed naar zijn huis zouden kunnen leiden, zoals de tabak en het poppenhaar.

Het bebloede papieren handdoekje en het natte bloed vielen in de eerste categorie; hij had ze willen achterlaten. Het brede plakband, dat hij in Williams' garage of auto had willen leggen, zou ongetwijfeld overeenkomen met de repen die waren gebruikt om Myra Weinburg te knevelen of vast te binden. Het zou goed tegen Tweeëntwintig-vijfs omgeving beschermd zijn, zodat het geen sporen kon oppikken.

De Sure-Track-sportschoen maat 47 was vermoedelijk niet bij Williams terechtgekomen, maar het was toch 'vals' bewijs in die zin dat Tweeëntwintig-vijf hem ongetwijfeld had gebruikt om een schoenspoor achter te laten dat té herleiden was tot een paar van Williams' schoenen. Mel Cooper testte de schoen toch maar en vond sporenmateriaal: bier in het profiel. Volgens de database van ingrediënten van gegiste alcoholische dranken die Rhyme jaren eerder had opgezet voor de New Yorkse politie was het waarschijnlijk Miller-bier. Het kon in beide categorieën vallen: vals of echt. Ze zouden moeten afwachten wat Pulaski op de plaats delict van Myra Weinburg vond voordat ze het met zekerheid konden zeggen.

In de tas zat ook een print van Myra's foto, vermoedelijk om de suggestie te wekken dat Williams haar via internet had gestalkt en dus ook 'vals' bewijs. Desondanks liet Rhyme hem goed nakijken door Cooper, maar opdampen met ninhydrine bracht geen vingerafdrukken aan het licht. Uit microscopische en chemische analyse bleek dat het papier merkloos was, niet te traceren, en dat de afdruk was gemaakt met HP-lasertoner, ook niet verder te traceren dan de merknaam.

Toch deden Rhyme en Cooper een ontdekking die iets zou kunnen opleveren: ze vonden sporen *stachybotrys chartarum* in de vezels van het papier; de beruchte schimmel die het 'sick building syndrome' veroorzaakt. De hoeveelheid was dermate gering dat het niet aannemelijk was dat Tweeëntwintig-vijf opzettelijk papier met de schimmel erin had gebruikt. Het was waarschijnlijker dat het afkomstig was uit de woning van de moordenaar of van de plek waar hij werkte. De aanwezigheid van deze schimmel, die vrijwel alleen binnen voorkomt, hield in dat in elk geval een deel van zijn onderkomen donker en vochtig moest zijn. Schimmel gedijt alleen als er vocht is.

Het Post-it-briefje, dat vermoedelijk ook niet opzettelijk was achtergelaten, was van het merk 3M, geen goedkoop huismerk, maar toch onmogelijk te traceren. Cooper had er geen ander sporenmateriaal op aangetroffen dan nog wat deeltjes van de schimmel, wat in elk geval duidelijk maakte dat de Post-it waarschijnlijk afkomstig was van Tweeëntwintig-vijf. De inkt was afkomstig uit een wegwerpbalpen die in talloze winkels door het hele land werd verkocht.

Dat was het dan, maar terwijl Cooper de resultaten noteerde, belde er een analist van het externe lab dat Rhyme inschakelde voor medisch spoedonderzoek om te zeggen dat de eerste tests bevestigden dat het bloed in de tassen van Myra Weinburg was.

Sellitto kreeg een telefoontje, praatte even en verbrak de verbinding. 'Mis... De DEA heeft de melding over Amelia nagetrokken. Hij kwam uit een cel. Niemand heeft de beller gezien, en niemand heeft iemand op de snelweg zien rennen. Het onderzoek in de twee dichtstbijzijnde stations van de ondergrondse heeft geen getuigen opgeleverd die iets verdachts hebben gezien rond de tijd dat hij ontvluchtte.'

'Tja, hij zal ook niet snel iets verdáchts doen, toch? Wat dachten die rechercheurs? Dat een moordenaar op de vlucht over een draaihek zou springen of zijn kleren zou verruilen voor een supermanpak?'

'Ik geef alleen maar door wat ze hebben gezegd, Linc.'

Rhyme trok een grimas en gaf Thom opdracht de resultaten van de zoektocht op het whiteboard te noteren.

- Drie plastic zakjes, Ziploc-vriezerstijl, 4 liter
- Een Sure-Track-sportschoen maat 47, opgedroogd bier in profiel (waarschijnlijk Miller), geen sporen van gebruik. Geen ander waarneembaar sporenmateriaal. Gekocht om afdruk op plaats delict te zetten?
- Papieren handdoek met bloed eraan in plastic tas. Voorlopige tests bevestigen dat het afkomstig is van het slachtoffer.
- 2cc bloed in plastic zakje. Voorlopige tests bevestigen dat het afkomstig is van het slachtoffer

- Post-it met adres Henderson House, kamer 572, bewoond door Robert Jorgensen. Briefje en pen niet te traceren, papier evenmin. Sporen stachybotris chartarum-schimmel op papier
- Foto van slachtoffer, zo te zien van de computer geprint, kleur. HP-printerinkt. Verder niet te traceren. Papier niet te traceren. Sporen stachybotris chartarum-schimmel op papier
- Breed plakband, huismerk Home Depot, niet te traceren naar bepaalde vestiging
- Geen papillairlijnen

Er werd gebeld. Ron Pulaski beende de kamer in met twee melkkratten met de aanwijzingen van de plek waar Mary Weinburg was vermoord erin.

Rhyme zag meteen dat zijn gezichtsuitdrukking anders was, star. Pulaski kromp vaak in elkaar, keek perplex en soms zelfs trots – hij bloosde zelfs wel eens – maar nu stonden zijn ogen hol, in schril contrast met zijn eerder zo vastberaden blik. Hij knikte naar Rhyme, sjokte naar de onderzoektafels, droeg de aanwijzingen aan Cooper over en gaf hem de registerkaartjes ter parafering.

Het groentje stapte achteruit en keek naar het schema op het whiteboard dat Thom had opgesteld. Hij stond met zijn handen in de zakken van zijn spijkerbroek en zijn hawaïhemd hing uit zijn broek. Hij leek geen woord te zien.

'Gaat het wel, Pulaski?'

'Ja hoor.'

'Zo zie je er niet uit,' zei Sellitto.

'Nee, er is niks.'

Maar het was niet waar. Iets aan zijn eerste solo-onderzoek van een plek waar een moord was gepleegd had hem van streek gemaakt.

Ten slotte zei hij: 'Ze lag daar maar met haar gezicht omhoog naar het plafond te staren. Het was net alsof ze nog leefde en iets zocht. Met een gefronst voorhoofd, peinzend, weet je wel? Ik had eigenlijk verwacht dat ze bedekt zou zijn.'

'Tja, je weet dat we dat niet doen,' mompelde Sellitto.

Pulaski keek door het raam. 'Waar het om ging... Nou ja, het is maf. Ze leek gewoon een beetje op Jenny.' Zijn vrouw. 'Vrij bizar.'

Lincoln Rhyme en Amelia Sachs waren in veel opzichten hetzelfde als het op hun werk aankwam. Ze vonden allebei dat je je moest inleven bij plaats delict-onderzoek, want dan kun je delen in de ervaringen van de dader en het slachtoffer. Zo kreeg je meer inzicht in de plaats delict en kon je aanwijzingen vinden die je anders misschien over het hoofd had gezien.

Degenen die dat konden, waren meesters in het lopen van het raster, hoe aangrijpend de gevolgen ook konden zijn.

Er was echter ook een belangrijk verschil tussen Rhyme en Sachs: Sachs vond het belangrijk dat je nooit afstompte voor de gruwel van de misdaad. Die moest je voelen, elke keer wanneer je op een plaats delict was, en ook daarna. Anders verhardde je hart, zei ze, dan kwam je dichter bij het duistere in de mensen op wie je joeg. Rhyme daarentegen vond dat je je emoties zoveel mogelijk op afstand moest houden. Alleen door de tragedie kil opzij te zetten, kon je de best mogelijke rechercheur worden – en zo toekomstige tragedies voorkomen. ('Het is geen menselijk lichaam meer,' bracht hij zijn nieuwe rekruten bij. 'Het is een bron van aanwijzingen. En een verrekt goeie ook.')

Pulaski had het in zich om meer zoals Rhyme te worden, geloofde de criminalist, maar in dit beginstadium van zijn carrière hoorde hij nog bij het kamp van Amelia Sachs. Rhyme leefde met de jongen mee, maar ze moesten een zaak oplossen. Vanavond mocht Pulaski thuis zijn vrouw vasthouden en in stilte rouwen om de dood van de vrouw op wie ze leek.

'Ben je er nog, Pulaski?' vroeg hij bars.

'Ja, meneer. Niets aan de hand.'

Het was niet helemaal waar, maar Rhymes boodschap was duidelijk. 'Heb je het lichaam onderzocht?'

Een knikje. 'De schouwarts was er ook. We hebben het samen gedaan. Ik heb hem elastiekjes om de voeten van zijn overall laten dragen.'

Rhyme had het beleid zijn technisch rechercheurs elastiekjes om hun schoenen te laten dragen om verwarring met betrekking tot schoensporen te voorkomen, ook als ze de plastic overalls met capuchon en voeten droegen die moesten voorkomen dat ze de plaats delict vervuilden met hun eigen haar, huidcellen en andere sporen.

'Goed zo.' Rhyme keek gretig naar de melkkratten. 'Aan de slag. We hebben een van zijn plannen doorkruist. Misschien is hij daar kwaad om en heeft hij het al op iemand anders gemunt. Of misschien koopt hij een enkele reis naar Mexico. Hoe dan ook, we moeten snel zijn.'

Pulaski sloeg zijn notitieboekje open. 'Ik...'

'Thom, hier komen. Thom, waar zit je verdomme?'

'Al goed, Lincoln,' zei de assistent, die vrolijk glimlachend de kamer in liep. 'Ik laat alles altijd met plezier vallen voor zo'n beleefd verzoek.'

'We hebben je weer nodig. Een nieuw schema.'

'O ja?'

'Alsjeblieft?'

'Je meent het niet.'

'Thóm...'

'Vooruit dan maar.'

'"De moord op Myra Weinburg".'

Thom noteerde de kop en bleef met de stift in de aanslag staan.

'Zo, Pulaski, ik heb begrepen dat het niet haar eigen appartement was?' vroeg Rhyme aan Pulaski.

'Nee, meneer. Het is van een echtpaar dat met vakantie is, een cruise. Ik heb ze kunnen bereiken. Ze hadden nog nooit van Myra Weinburg gehoord. Man, je had ze moeten horen; ze waren finaal overstuur. Ze hadden geen idee wie het geweest kon zijn. En hij had het slot geforceerd om binnen te komen.'

'Hij wist dus dat het leegstond en dat er geen alarm was,' zei Cooper. 'Interessant.'

'Wat denk je?' vroeg Sellitto hoofdschuddend. 'Heeft hij het alleen vanwege de locatie gekozen?'

'Het was daar echt uitgestorven,' zei Pulaski gedienstig.

'En wat deed zij daar, denken jullie?'

'Haar fiets stond buiten. Ze had een Kryptonite-sleuteltje in haar zak en het paste.'

'Op de fiets. Het zou kunnen dat hij haar route kende en wist dat ze daar op een bepaald tijdstip langs zou komen. En hij wist op de een of andere manier dat de bewoners weg waren en hij dus niet zou worden gestoord... Oké, groentje, vertel maar eens wat je hebt gevonden. Thom, als je zo vriendelijk zou willen zijn het op te schrijven...'

'Je legt het er te dik bovenop.'

'Ha. Doodsoorzaak?' vroeg Rhyme aan Pulaski.

'Ik heb tegen de schouwarts gezegd dat de patholoog-anatoom spoed achter de autopsie moest zetten.'

Sellitto lachte snuivend. 'En wat zei hij daarop?'

'Zoiets als "ja, vast". En nog een paar dingen.'

'Je moet iets meer stijfsel in je kraag hebben voordat je zo'n verzoek kunt doen, maar ik waardeer de poging. Wat was het voorlopige oordeel?'

Pulaski keek naar zijn aantekeningen. 'Een aantal slagen op het hoofd. Om haar in bedwang te houden, dacht de schouwarts.' De jonge politieman zweeg even. Misschien dacht hij aan zijn eigen, vergelijkbare letsel van een paar jaar eerder. Toen vervolgde hij: 'De doodsoorzaak was verstikking. Ze had petechiën in haar ogen en aan de binnenkant van de oogleden, dat zijn puntbloedinkjes...'

'Dat weet ik wel, groentje.'

'O, goh, ja. En veneuze distentie in hoofdhuid en gezicht. Dit is het vermoedelijke moordwapen.' Hij liet een plastic monsterzak zien met een stuk touw van ongeveer een meter lang erin.

'Mel?'

Cooper nam het touw aan, ontrolde het behoedzaam boven een groot vel wit papier en kwastte het om sporen los te maken. Toen keek hij naar het papier en nam een paar vezelmonsters.

'Wat doe je nou?' vroeg Rhyme ongeduldig.

'Ik onderzoek het gewoon.'

Het groentje vluchtte weer in zijn aantekeningen. 'Wat de verkrachting betreft, die was vaginaal en anaal. Postmortaal, dacht de schouwarts.'

'Had hij het lichaam geposeerd neergelegd?'

'Nee... maar er is me wel iets opgevallen, rechercheur,' zei Pulaski. 'Al haar nagels waren lang, op één na, die heel kort was geknipt.'

'Bloed?'

'Ja, hij was tot op het leven afgeknipt.' Hij aarzelde even. 'Vermoedelijk premortaal.'

Tweeëntwintig-vijf is dus een beetje een sadist, dacht Rhyme. 'Hij geniet van pijn.'

'Kijk naar de andere plaats delict-foto's, die van de eerdere verkrachting.'

Pulaski haastte zich naar de foto's, bladerde ze door, vond er een en tuurde er door zijn wimpers naar. 'Moet u zien, rechercheur. Ja, toen heeft hij ook een nagel afgeknipt. Van dezelfde vinger.'

'Onze jongen houdt van trofeeën. Goed dat we het weten.'

Pulaski knikte enthousiast. 'En moet je zien... De vinger voor de trouwring. Het zal wel iets met zijn verleden te maken hebben, hè? Misschien is zijn vrouw bij hem weggegaan, misschien is hij verwaarloosd door zijn moeder of een moederfiguur...'

'Goed opgemerkt, Pulaski. Nu je het zegt... We zijn nog iets vergeten.'

'Wat dan, meneer?'

'Heb je vanochtend je horoscoop wel gelezen voordat we aan dit onderzoek begonnen?'

'Mijn...?'

'O, en wie zou de theebladeren laten lezen? Het is me ontschoten.'
Sellitto grinnikte. Pulaski bloosde.

'Aan een psychologisch profiel hebben we niets,' zei Rhyme bits. 'Wat die nagel ons wél zegt, is dat Tweeëntwintig-vijf nu een DNA-connectie met het misdrijf in zijn bezit heeft. Om er nog maar van te zwijgen dat als we kunnen vaststellen met wat voor werktuig hij de trofee heeft verwijderd, we hem misschien kunnen vínden. Aanwijzingen, groentje. Geen psychobabbels.'

'Ja, rechercheur. Begrepen.'

'Zeg maar Lincoln.'

'Oké. Goed.'

'Mel, het touw?'

Cooper zocht in de vezeldatabase. 'Merkloos henneptouw. Verkrijgbaar in duizenden winkels in het hele land.' Hij deed een chemische analyse. 'Geen sporen.'

Shit.

'Wat nog meer, Pulaski?' vroeg Sellitto.

Hij nam zijn lijst door. Vislijn, die was gebruikt om haar handen vast te binden en in de huid had gesneden, wat het bloeden had veroorzaakt. Haar mond was afgeplakt met breed plakband, van Home Depot, uiteraard, en van de rol gescheurd die Tweeëntwintig-vijf had geloosd; de scheurranden pasten perfect op elkaar. Bij het lichaam waren twee condooms gevonden, nog in de verpakking, vertelde Pulaski terwijl hij de monsterzak liet zien. Het merk was Trojan Enz.

'En hier zijn de monsters.'

Mel Cooper nam de monsterzakjes aan om de vaginale en rectale monsters te onderzoeken. Het pathologisch-anatomisch lab zou gedetailleerder verslag uitbrengen, maar de monsters bevatten in elk geval sporen van een zaaddodend glijmiddel dat overeenkwam met dat van de condooms. Er was nergens op de plaats delict sperma gevonden.

Een ander monster, van de vloer, waar Pulaski het profiel van een sportschoen had gevonden, bleek bier te bevatten, merk Miller. Het elektrostatische beeld van het profiel kwam natuurlijk overeen met een Sure-Track-sportschoen, de rechter, maat 47 – de schoen die Tweeëntwintig-vijf in de afvalbak had gegooid.

'En de eigenaars van de atelierwoning hadden geen bier in huis, toch? Je hebt toch in de keuken en de bijkeuken gezocht?' vroeg Rhyme.

'Klopt, ja, meneer. En ik heb geen bier gezien.'

Lon Sellitto knikte. 'Ik wed om tien dollar dat DeLeon het liefst Miller drinkt.'

'Ik pas, Lon. Wat heb je nog meer?'

Pulaski liet een plastic zak zien met een bruin sliertje erin dat hij vlak boven het oor van het slachtoffer had gevonden. Uit analyse bleek dat het tabak was. 'Hoe zit dat, Mel?'

Coopers onderzoek onthulde dat het fijngesneden tabak was, het soort dat voor sigaretten wordt gebruikt, maar het kwam niet overeen met de Tareyton-tabak in de database. Rhyme was een van de weinige niet-rokers in het land die tegen het rookverbod waren; as en tabak waren fantastische forensische links tussen crimineel en plaats delict. Cooper kon het merk niet achterhalen, maar stelde aan de mate van uitdroging vast dat de tabak oud moest zijn.

'Rookte Myra? Of de bewoners van de atelierwoning?'

'Dat bleek nergens uit, en ik heb gedaan wat u altijd zegt. Ik heb op de plaats delict geroken zodra ik er was. Het rook niet naar tabak.'

'Goed zo.' Rhyme was tevreden over Pulaski's werk tot nog toe. 'Hoe zit het met de papillairlijnen?'

'Ik heb de vingerafdrukken van de bewoners, die ik had genomen van het medicijnkastje en dingen op het nachtkastje, vergeleken...'

'Je hebt geen prutswerk geleverd. Je hebt mijn boek echt gelezen.' Rhyme had een aantal alinea's in zijn studieboek over plaats delict-onderzoek gewijd aan het belang van vergelijkende vingerafdrukken op een plaats delict, en waar je die het best kunt vinden.

'Ja, meneer.'

'Dat doet me deugd. Krijg ik nog royalty's van je?'

'Ik heb het van mijn broer geleend.' Pulaski's tweelingbroer werkte op Bureau 6, in Greenwich Village.

'Laten we dan maar hopen dat híj het zelf heeft gekocht.'

Pulaski vertelde dat de meeste vingerafdrukken die hij in de woning had aangetroffen afkomstig waren van het echtpaar, wat hij aan de hand van de vergelijkingsafdrukken had vastgesteld. De andere waren vermoedelijk van bezoekers, maar het was niet onmogelijk dat Tweeëntwintig-vijf onvoorzichtig was geweest. Cooper scande ze allemaal in AFIS, een computersysteem om vingerafdrukken te identificeren. Ze zouden niet lang op de uitslag hoeven te wachten.

'Goed, Pulaski, vertel eens, wat was je indruk van de plaats delict?'

De vraag leek hem van zijn stuk te brengen. 'Mijn indruk?'

'Dit zijn de bomen.' Rhyme liet zijn blik over de aanwijzingen glijden. 'Wat vond je van het bos?'

De jonge politieman dacht even na. 'Nou, er viel me wel iets op, maar dat is stom.'

'Je weet dat ik de eerste zal zijn om het te zeggen als jij met een stomme theorie op de proppen komt, groentje.'

'Nou, toen ik er net was, had ik de indruk dat er iets niet klopte aan de worsteling.'

'Hoe bedoel je?'

'Weet u, haar fiets stond aan een lantaarnpaal voor het huis. Alsof ze hem daar zelf had neergezet, alsof er niets aan de hand was.'

'Hij heeft haar dus niet zomaar van de straat gesleurd.'

'Nee. En om in het huis te komen, moest je door een hek en dan door een lange gang naar de voordeur. Het was er heel smal en het stond er vol spullen die de bewoners buiten bewaarden: potten en blikken, sportspullen, dingen die gerecycled moesten worden, tuingereedschap. Het stond er allemaal heel netjes.' Hij tikte tegen een foto. 'Maar als je dan binnen kijkt... Daar is de worsteling pas begonnen. De tafel en de vazen. Meteen achter de voordeur.' Zijn stem werd weer zacht. 'Zo te zien heeft ze zich uit alle macht verzet.'

Rhyme knikte. 'Juist. Dus Tweeëntwintig-vijf lokt haar met gladde praatjes naar het huis. Ze zet haar fiets op slot, loopt door het gangetje en ze gaan naar binnen. Achter de voordeur ziet ze dat hij liegt en probeert weg te komen.'

Hij dacht erover na. 'Hij moet dus genoeg van Myra hebben geweten om haar op haar gemak te stellen en haar het gevoel te geven dat ze hem kan vertrouwen... Ja, ga maar na: hij beschikt over al die informatie – waar mensen zijn, wat ze kopen, wanneer ze met vakantie zijn, of ze een alarminstallatie hebben, waar ze naartoe gaan... Niet slecht, groentje. Nu weten we iets concreets over hem.'

Pulaski deed moeite om zijn glimlach te bedwingen.

Coopers computer piepte. Hij keek naar het scherm. 'Geen treffers voor de vingerafdruk. Niets.'

Rhyme haalde gelaten zijn schouders op. 'Wat mij boeit, is het idee dat hij zoveel weet. Kan iemand DeLeon Williams bellen? Klopten alle aanwijzingen van Tweeëntwintig-vijf?'

Sellitto voerde een kort gesprek waaruit bleek dat Williams inderdaad Sure-Track-schoenen droeg, maat 47, dat hij regelmatig Trojan Enz-condooms kocht, een spoel vislijn met een treksterkte van achttien kilo had, Miller-bier dronk en kortgeleden breed plakband en henneptouw bij Home Depot had gekocht om bagage vast te binden.

Rhyme keek naar het schema van de eerdere verkrachting en zag dat Tweeëntwintig-vijf toen Durex-condooms had gebruikt. Die had hij gekozen omdat het Joseph Knightly's merk was.

'Ben je een schoen kwijt?' vroeg hij aan Williams.

'Nee,' klonk het door de speaker.

'Hij heeft dus een paar gekocht,' zei Sellitto. 'Hetzelfde merk en dezelfde maat als de jouwe. Hoe wist hij dat? Heb je onlangs iemand op je terrein gezien, of in je garage, die in je auto of je afval rommelde? Of is er kortgeleden bij je ingebroken?'

'Nee, beslist niet. Ik zit zonder werk en ik ben meestal thuis, dus dat had ik wel gemerkt. En het is niet de beste buurt van de wereld; we hebben een alarm en het staat altijd aan.'

Rhyme bedankte hem en ze beëindigden het gesprek. Hij legde zijn hoofd in zijn nek en keek naar het schema terwijl hij Thom dicteerde wat hij moest opschrijven.

PLAATS DELICT MYRA WEINBURG

- Doodsoorzaak: verwurging. In afwachting definitief verslag pathologisch-anatomisch lab
- Geen verminking of geposeerde houding slachtoffer, maar nagel ringvinger linkerhand was kort afgeknipt. Mogelijk trofee. Waarschijnlijk premortaal
- Glijmiddel condoom van Trojan Enz
- Ongeopende condooms (2), Trojan Enz
- Geen gebruikte condooms of lichaamssappen

- Sporen Miller-bier op vloer (niet afkomstig van plaats delict)
- Vislijn, trekkracht 18 kilo, nylon, merkloos
- 1,20 m bruin henneptouw
- Breed plakband op mond
- Sliertje tabak, oud, merk niet geïdentificeerd
- Schoenspoor, Sure-Track-sportschoen maat 47
- Geen vingerafdrukken

'Onze jongen heeft het alarmnummer toch gebeld?' vroeg Rhyme. 'Om die Dodge te melden?'

'Ja,' bevestigde Sellitto.

'Trek dat gesprek na. Wat hij zei, hoe hij klonk.'

Sellitto voegde eraan toe: 'Ook de meldingen in de eerdere zaken. Die van je neef, de muntendiefstal en de eerste verkrachting.'

'O ja, daar had ik niet aan gedacht.'

Sellitto nam contact op met de meldkamer. Telefoontjes naar de alarmcentrale worden opgenomen en soms voor langere tijd bewaard. Hij verzocht om de informatie. Tien minuten later werd hij teruggebeld. De meldingen over Rhymes neef en de moord van die dag zaten nog in het systeem, zei het hoofd van de meldkamer, en waren als .wav-bestanden naar Cooper gemaild. De eerdere zaken waren op cd in het archief opgeslagen. Het kon dagen kosten om ze te vinden, maar een assistent had een schriftelijk verzoek ingediend.

Toen de audiobestanden aankwamen, speelde Cooper ze af. Ze hoorden een mannenstem die de politie aanspoorde snel naar een adres te komen waar hij geschreeuw had gehoord. Hij beschreef de vluchtauto's. De stemmen klonken identiek.

'Een stemafdruk?' vroeg Cooper. 'Als we een verdachte pakken, hebben we vergelijkingsmateriaal.'

Stemafdrukken worden in de forensische wereld hoger aangeslagen dan leugendetectors, en soms zijn ze toelaatbaar bewijs, afhankelijk van de rechter, maar Rhyme schudde zijn hoofd. 'Luister maar. Hij praat door een *box*, hoor je dat niet?'

Een 'box' is een apparaatje dat de stem van de beller vervormt. Het wordt geen vreemd, Darth Vader-achtig geluid; het timbre is normaal, hooguit een tikje hol. Veel callcenters en telefonische inlichtingendiensten gebruiken ze om de stemmen van de medewerkers hetzelfde te laten klinken.

Op dat moment ging de deur open en liep Amelia Sachs met grote passen het lab in. Ze had iets groots onder haar arm, maar Rhyme kon niet zien wat het was. Ze knikte, keek naar het schema en zei tegen Pulaski: 'Zo te zien heb je het goed gedaan.'

'Dank je.'

Nu zag Rhyme dat ze een boek vasthield. Het zag er half uit elkaar gehaald uit. 'Wat is dat in godsnaam?'

'Een cadeautje van onze medische vriend, Robert Jorgensen.'

'Wat is het? Bewijsmateriaal?'

'Moeilijk te zeggen. Het was echt een heel vreemde ervaring om met hem te praten.'

'Wat bedoel je daarmee, Amelia?' vroeg Sellitto.

'Denk aan Batboy, Elvis en de ruimtemannetjes die achter de aanslag op Kennedy zitten. Zo'n soort vreemd.'

Pulaski proestte, wat hem op een vernietigende blik van Lincoln Rhyme kwam te staan.

14

Ze vertelde het verhaal van een gekweld man, wiens leven was verwoest door identiteitsdiefstal. Een man die zijn wraakengel God noemde, en zichzelf Job.

Hij had ze duidelijk niet allemaal op een rijtje; 'excentriek' ging niet ver genoeg. Maar zelfs als zijn verhaal maar ten dele waar was, was het aangrijpend en pijnlijk om aan te horen. Een leven dat aan gruzelementen lag, en dat door een zinloze misdaad.

Toen eiste Sachs Rhymes onverdeelde aandacht op door te zeggen: 'Jorgensen beweert dat degene die hierachter zit, hem volgt sinds hij dit boek heeft gekocht, twee jaar geleden. Hij lijkt alles te weten wat hij doet.'

'Alles,' herhaalde Rhyme met een blik op de schema's. 'Daar hadden we het een paar minuten geleden net over. Hij komt al het nodige te weten over de slachtoffers en de zondebokken.' Hij vertelde Sachs wat ze hadden ontdekt.

Ze gaf het boek aan Mel Cooper en zei dat Jorgensen geloofde dat er een zendertje in verstopt was.

'Een zendertje?' zei Rhyme spottend. 'Hij heeft te veel films van Oliver Stone gezien... Nou ja, onderzoek het maar als je wilt, maar laten we de echte aanwijzingen niet vergeten.'

Sachs' telefoongesprekken met de politie in de verschillende jurisdicties waar Jorgensen slachtoffer was geworden, leverden weinig op. Ja, er was onmiskenbaar sprake geweest van identiteitsdiefstal, maar, zo merkte een politieman in Florida op: 'Weet je wel hoe vaak dat voorkomt? We achterhalen een vals adres en doen een inval, maar tegen de tijd dat wij er aankomen, staat het alweer leeg. De dader is al met alle handelswaar die hij op rekening van het slachtoffer heeft gekocht naar Texas of Montana vertrokken.'

De meeste mensen die ze sprak, hadden van Jorgensen gehoord ('Wat schrijft die man veel brieven') en leefden met hem mee, maar niemand had aanwijzingen in de richting van een persoon of bende die achter de misdrijven zou kunnen zitten, en ze konden niet half zoveel tijd aan dit soort zaken besteden als ze zouden willen. 'We zouden er nog eens honderd man op kunnen zetten zonder een stap verder te komen.'

Toen Sachs klaar was, vertelde ze dat aangezien Tweeëntwintig-vijf op de hoogte was van Jorgensens adres, ze de receptionist van het pension had gevraagd haar te waarschuwen zodra er iemand belde of langskwam die naar hem informeerde. Als hij het deed, zou Sachs het pension niet onder de aandacht brengen van de bouwinspectie.

'Goed gedaan,' zei Rhyme. 'Wist je dat ze in overtreding waren?'

'Pas toen hij beloofde dat hij me met de snelheid van het licht zou bellen.' Sachs liep naar de aanwijzingen die Pulaski in de atelierwoning had verzameld en keek ernaar.

'Nog ideeën, Amelia?' zei Sellitto.

Ze keek naar de schema's, de ene nagel met de andere bewerkend terwijl ze probeerde iets af te leiden uit de onsamenhangende verzameling sporen.

'Waar heeft hij die vandaan?' Ze liep naar de tafel en pakte de monsterzak met de uitgeprinte foto van Myra Weinburg, die lief en geamuseerd in de camera keek die haar foto had genomen. 'Dat moeten we uitzoeken.'

Goed idee. Rhyme had zich niet afgevraagd waar de foto vandaan kwam; hij had gewoon aangenomen dat Tweeëntwintig-vijf hem van de een of andere website had gedownload. Het papier had hem meer geboeid als bron van aanwijzingen.

Myra stond op de foto naast een bloeiende boom, met een glimlach op haar gezicht. Ze had een roze drankje in een martiniglas in haar hand.

Rhyme zag dat Pulaski ook naar de foto keek, en dat zijn ogen weer triest werden.

Ze leek gewoon een beetje op Jenny...

Rhyme zag duidelijke randen en halen, waarschijnlijk van letters, die rechts buiten het kader verdwenen. 'Hij moet hem van internet hebben gehaald, om de schijn te wekken dat DeLeon Williams haar volgde.'

'Misschien kunnen we hem traceren via de site waarop hij de foto heeft gevonden. Hoe komen we daarachter?'

'Je kunt haar naam googelen,' opperde Rhyme.

Cooper deed het en kreeg een stuk of tien treffers, waarvan er een paar betrekking hadden op een andere Myra Weinburg. De sites die het slachtoffer vermeldden, waren allemaal van beroepsorganisaties, en niet één van de geplaatste foto's kwam overeen met het exemplaar dat Tweeëntwintig-vijf had uitgeprint.

'Ik heb een idee,' zei Sachs. 'Ik bel mijn computerexpert.'

'Wie, die vent van onze afdeling Computerdelicten?' vroeg Sellitto.

'Nee, iemand die nog beter is.'

Ze pakte de telefoon en koos een nummer. 'Pammy, hoi, waar zit je? Goed. Ik heb een opdracht voor je. Ik wil even online met je chatten. We doen het geluid via de telefoon.'

Sachs keek naar Cooper. 'Mel, kun je je webcam aanzetten?'

Cooper toetste een commando in en even later verscheen Pams kamer bij haar pleegouders in Brooklyn op zijn scherm. Toen Pam ging zitten, kwam haar knappe gezichtje in beeld, licht vervormd door de groothoeklens.

'Hallo, Pam.'

'Hallo, meneer Cooper,' klonk haar zangerige stem door de speaker van de telefoon.

'Ik neem het van je over,' zei Sachs, en ze nam Coopers plaats achter het toetsenbord in. 'Lieverd, we hebben een foto gevonden die volgens ons van internet is geplukt. Wil jij even kijken? Misschien kun jij zien waar hij vandaan komt.'

'Oké.'

Sachs hield de plastic zak voor de webcam.

'Ik zie alleen de reflectie van het licht. Kun je hem uit het plastic halen?'

Sachs trok latex handschoenen aan, schoof de foto behoedzaam uit de zak en hield hem weer op.

'Dat is beter. Ja, die komt van OurWorld.'

'Wat is dat?'

'Je weet wel, een netwerksite, zoiets als Facebook en MySpace. Hier moet je tegenwoordig bij zijn. Iedereen is lid.'

'Ken je die sites, Rhyme?' vroeg Sachs.

Hij knikte. Gek genoeg had hij er pas nog aan gedacht. Hij had een artikel gelezen in *The New York Times* over netwerksites en virtuele werelden, zoals Second Life. Het had hem verbaasd te lezen dat de mensen steeds minder tijd doorbrachten in de echte wereld en steeds meer in de virtuele, van avatars tot van die netwerksites tot telewerken. Naar het scheen had de Amerikaanse tiener in geen enkele periode van de geschiedenis zoveel tijd binnenshuis doorgebracht. Gek genoeg werd Rhyme door zijn trainingsregime en veranderende mentaliteit zelf juist minder virtueel, en kwam hij vaker buiten de deur. De scheidslijn tussen gezonden en gehandicapten vervaagde.

'Weet je zeker dat het om die site gaat?' vroeg Sachs aan Pam.

'Ja. Zij hebben die rand. Als je goed kijkt, zie je dat het geen gewone lijn is; het zijn kleine wereldbolletjes, telkens herhaald.'

Rhyme tuurde naar de rand. Ja, het klopte. Hij dacht terug aan wat hij in het artikel over OurWorld had gelezen. 'Hallo, Pam... Ze hebben veel leden, hè?'

'Hé, hallo, meneer Rhyme. Ja, iets van dertig of veertig miljoen mensen. Van wiens domein komt die foto?'

'Domein?' vroeg Sachs.

'Zo wordt je pagina genoemd, je "domein". Wie is dat?'

'Ik ben bang dat ze vandaag is vermoord,' zei Sachs effen. 'Die zaak waarover ik je eerder vandaag heb verteld.'

Rhyme zou een tiener nooit over de moord hebben verteld, maar het was Sachs' eigen beslissing; ze wist wel wat ze wel en niet kon doorvertellen.

'O, wat erg.' Pam leefde mee, maar de harde waarheid schokte of ontstelde haar niet.

'Pam, kan iedereen inloggen en in jouw domein komen?' vroeg Rhyme.

'Nou, je moet eigenlijk lid worden, maar als je niets wilt posten of geen eigen domein wilt hebben, kun je gewoon rondkijken.'

'Denk je dat de man die dit heeft geprint iets van computers weet?'

'Ja, dat zal wel moeten, denk ik. Alleen heeft hij die foto niet uitgeprint.'

'Hoezo?'

'Je kunt niets printen of downloaden, ook niet als je "print screen" aanklikt. Er zit een filter op het systeem, om stalkers tegen te houden, zie je. En dat kun je niet kraken. Zo worden boeken met copyright ook beschermd op internet.'

'Hoe is hij dan aan die foto gekomen?' vroeg Rhyme.

Pam lachte. 'O, hij zal wel hebben gedaan wat we allemaal op school doen als we een foto willen hebben van een lekkere jongen of een rare goth-meid. Je neemt gewoon een foto van het scherm met een digitale camera. Dat doet iedereen.'

'Maar natuurlijk,' zei Rhyme hoofdschuddend. 'Het was nooit bij me opgekomen.'

'Geeft niets, hoor, meneer Rhyme,' zei Pam. 'Mensen zien zo vaak het voor de hand liggende over het hoofd.'

Sachs keek naar Rhyme, die glimlachte om de geruststellende woorden van het meisje. 'Oké, Pam. Bedankt en tot ziens.'

'Dag!'

'Laten we het portret van onze vriend maar eens aanvullen.'

Sachs pakte een stift en liep naar het whiteboard.

Profiel dader 225
- Man
- Mogelijk roker, wonend/werkend met iemand die rookt of ergens bij bron van tabak
- Heeft kinderen, woont/werkt bij kinderen of ergens bij bron van speelgoed
- Geïnteresseerd in kunst, munten?
- Vermoedelijk blank of lichtgetint
- Normaal postuur
- Sterk: kan slachtoffers wurgen
- Heeft de beschikking over apparatuur om stem te vervormen
- Mogelijk computerkennis; kent Our-World. Andere netwerksites?

- Neemt trofeeën van slachtoffers. Sadist?
- Deel woning/werkplek donker en vochtig

Onopzettelijk achtergelaten sporen

- Stof
- Oud karton
- Stukje BASF B35 nylon 6; poppenhaar
- Tabak van Tareyton-sigaretten
- Oude tabak, geen Tareyton, merk onbekend
- Sporen stachybotrys chartarum-schimmel

Rhyme keek naar het schema toen hij Mel Cooper in de lach hoorde schieten. 'Nee, maar.'

'Wat is er?'

'Dit is interessant.'

'Kan het iets specifieker? "Interessant" zegt me niets. Feiten wil ik horen.'

'Toch is het interessant.' De analist had de opengesneden rug van Robert Jorgensens boek met fel licht beschenen. 'Jij dacht dat die chirurg gek was met zijn verhaal over zendertjes? Nou, misschien zit er tóch een film in voor Oliver Stone... Er is echt iets in dat boek verstopt. In het plakband van de rug.'

'Echt waar?' zei Sachs hoofdschuddend. 'Ik dacht dat hij gestoord was.'

'Laat zien,' zei Rhyme. Zijn nieuwsgierigheid was gewekt, en hij zette zijn scepsis even in de wacht.

Cooper richtte een kleine hd-camera op de onderzoektafel en bescheen het boek met de infraroodlamp. Onder de band was een rechthoekje met kriskras lopende lijnen zichtbaar.

'Haal het eruit,' zei Rhyme.

Cooper sneed voorzichtig de rug open en haalde er een stukje geplastificeerd papier uit, een soort printplaatje van ongeveer tweeënhalve centimeter lang. Er stond ook een reeks cijfers op en de naam van de fabrikant: DMS, Inc.

'Kolere, wat is dát?' zei Sellitto. 'Is het echt een zendertje?'

'Ik zou niet weten hoe het werkt,' zei Cooper. 'Ik zie geen batterij of andere energiebron.'

'Mel, zoek die fabrikant op.'

Een snelle zoektocht leidde naar Data Management Systems vlak buiten Boston. Cooper las een beschrijving van de onderneming voor, die een afdeling had waar deze dingetjes werden gemaakt, die RFID-tags werden genoemd, een afkorting van radiofrequentie-identificatie.

'Daar heb ik van gehoord,' zei Pulaski. 'Het was op CNN.'

'O, de absolute bron van forensische kennis,' zei Rhyme sarcastisch.

'Nee, dat is CSI,' zei Sellitto, wat Ron Pulaski weer een proestlach ontlokte.

'Wat kun je ermee?' vroeg Sachs.

'Dit is interessant.'

'Daar ga je weer. "Interessant".'

'Het in wezen een programmeerbare chip die door een radioscanner kan worden afgelezen. Er hoeft geen batterij in; de antenne pikt de radiogolven op en die leveren genoeg energie,' zei Cooper.

'Jorgensen had het over het afbreken van antennes om ze onschadelijk te maken,' zei Sachs. 'Hij zei ook dat je ze soms in de magnetron kapot kon krijgen, maar met die...' – ze wees naar de chip – '... lukte het niet. Dat zei hij tenminste.'

Cooper vervolgde: 'Fabrikanten en winkeliers gebruiken ze voor hun voorraadbeheer. In de komende jaren zal bijna elk product dat binnen de Verenigde Staten wordt verkocht zijn eigen RFID-tag krijgen. Grote winkelbedrijven nemen nu al geen producten zonder tag meer in hun assortiment op.'

Sachs lachte. 'Dat was precies wat Jorgensen ook tegen me zei. Misschien was hij minder van de wereld dan ik dacht.'

'Elk product?' vroeg Rhyme.

'Ja. Zodat winkels weten waar de spullen zijn, hoeveel voorraad ze hebben, wat sneller verkoopt dan iets anders, wanneer de vakken moeten worden bijgevuld, wanneer er een nieuwe bestelling moet worden geplaatst. Luchtvaartmaatschappijen gebruiken ze ook voor bagage, zodat ze weten waar je koffer is zonder dat ze het etiket hoeven te scannen. En ze worden gebruikt voor creditcards, rijbewijzen en personeelslegitimatiebewijzen. Dan heten het "smart cards".'

'Jorgensen wilde mijn politielegitimatie zien. Hij inspecteerde hem heel aandachtig. Misschien was het hem daarom te doen.'

'Ze zijn overal,' vervolgde Cooper. 'In van die kortingskaarten van de supermarkt, in airmileskaarten en in pasjes om langs tolhuizen te komen.'

Sachs knikte naar de schema's. 'Stel je voor, Rhyme. Jorgensen had het erover dat die man die hij God noemde alles van zijn leven wist. Genoeg om zijn identiteit te stelen, spullen op zijn naam te kopen, geld te lenen, creditcards aan te vragen en te achterhalen waar hij was.'

Rhyme voelde de opwinding van de jager die dichter bij zijn prooi komt. 'En Tweeëntwintig-vijf wist genoeg van zijn slachtoffers om dicht bij ze te komen, hun verdedigingslinies te doorbreken. Hij wist genoeg van de zondebokken om valse aanwijzingen achter te laten die identiek waren aan wat ze thuis hadden.'

'En,' vulde Sellitto aan, 'hij wist precies waar ze op het tijdstip van het misdrijf waren. Zo voorkwam hij dat ze een sluitend alibi hadden.'

Sachs keek naar het piepkleine chipje. 'Jorgensen zei dat zijn leven begon in te storten rond de tijd dat hij dat boek kocht.'

'Waar had hij het gekocht? Zit er een bonnetje in, of een prijssticker, Mel?'

'Nee, en anders heeft hij het eruit gehaald.'

'Bel Jorgensen terug. We laten hem hier komen.'

Sachs pakte haar mobieltje en belde het pension waar ze Jorgensen had opgezocht. Ze fronste haar voorhoofd. 'Nu al?' zei ze.

Dat voorspelt niets goeds, dacht Rhyme.

'Hij is vertrokken,' zei Sachs toen ze had opgehangen, 'maar ik weet waarheen.' Ze pakte een stukje papier en belde nog eens. Na een kort gesprek hing ze op en zuchtte. Jorgensen zat niet in het nieuwe pension, zei ze; hij had niet eens opgebeld om een kamer te reserveren.

'Heb je zijn mobiele nummer?'

'Hij heeft geen mobiele telefoon. Die vertrouwt hij niet. Maar hij heeft mijn nummer. Met een beetje geluk belt hij mij op.' Sachs liep naar de chip. 'Mel, knip de draad eraf. De antenne.'

'Hè?'

'Nu wij het boek hebben, zijn we ook besmet, zei Jorgensen.'

Cooper haalde zijn schouders op en keek naar Rhyme, die het een bespottelijk idee vond. Daar stond tegenover dat Amelia Sachs niet snel bang was. 'Ja, doe maar. Als je maar een notitie op het registerkaartje zet: "Aanwijzing onschadelijk gemaakt".'

Een zinsnede die doorgaans voorbehouden bleef aan bommen en vuurwapens.

Rhyme, die geen belangstelling meer had voor de chip, keek op. 'Goed, laten we met ideeën spelen tot we iets van hem horen. Kom op, jongens. Een beetje pit. Ik wil ideeën horen! We hebben een dader die verdomme al die informatie over mensen in handen kan krijgen. Hoe? Hij wist exáct wat de zondebokken hadden gekocht. Vislijn, keukenmessen, scheercrème, kunstmest, condooms, breed plakband, touw, bier... Er zijn vier slachtoffers geweest en vier zondebokken – minimaal. Hij kan niet iedereen volgen, hij breekt niet bij deze mensen in.'

'Misschien werkt hij in zo'n grote discountwinkel,' opperde Cooper.

'Maar DeLeon had een paar dingen bij Home Depot gekocht. Daar hebben ze geen condooms en scheercrème.'

'Misschien werkt hij bij een creditcardmaatschappij?' bedacht Pulaski. 'Dan kan hij zien wat mensen kopen.'

'Niet slecht, groentje, maar de slachtoffers moeten ook wel eens iets contant hebben betaald.'

Gek genoeg was Thom degene die met een oplossing kwam. Hij pakte zijn sleutelring. 'Ik hoorde Mel iets over kortingskaartjes zeggen.' Hij liet een paar kleine plastic kaartjes aan zijn sleutelring zien. Een van A&P en een van Food Emporium. 'Als ik zo'n pasje laat scannen, krijg ik korting. Ook al betaal ik contant, de winkel weet wat ik heb gekocht.'

'Goed,' zei Rhyme, 'maar hoe verder? We hebben het nog steeds over tientallen winkels waar de slachtoffers en zondebokken inkopen hebben gedaan.'

'Aha.'

Rhyme keek naar Sachs, die met een flauwe glimlach op haar gezicht naar een schema keek. 'Ik denk dat ik het weet.'

'Wat?' vroeg Rhyme, die een slimme toepassing van een forensisch principe verwachtte.

'Schoenen,' zei ze simpelweg. 'De oplossing is schoenen.'

15

'Het gaat er niet om wat mensen ongevéér kopen,' verklaarde Sachs, 'het gaat om de specifieke gegevens. Kijk maar naar drie van de misdrijven. De zaak van je neef, de zaak-Myra Weinburg en de muntendiefstal. Tweeëntwintig-vijf wist niet alleen wat voor merk schoenen de zondebokken droegen, hij wist hun maat ook.'

'Juist,' zei Rhyme. 'We zoeken uit waar DeLeon Williams en Arthur hun schoenen kopen.'

Een snel telefoontje naar Judy Rhyme en Williams wees uit dat de schoenen per postorder waren gekocht: het ene paar uit een catalogus, het andere via een website, maar allebei rechtstreeks van de fabrikant.

'Goed,' zei Rhyme. 'Kies er een uit, bel op en zoek uit hoe de schoenenbusiness in elkaar zit. Gooi maar een munt op.'

Het werd Sure-Track, en er waren maar vier telefoontjes voor nodig om iemand van het bedrijf aan de lijn te krijgen, de president-directeur, maar liefst.

Op de achtergrond was klaterend water te horen en er lachten kinderen. 'Gaat het om een misdrijf?' vroeg de directeur onzeker.

'Er is geen rechtstreeks verband met u,' stelde Rhyme hem gerust. 'Een van uw producten dient als bewijsmateriaal.'

'Het gaat toch niet om die vent die een vliegtuig wilde opblazen met een bom in zijn schoen?' Hij zweeg alsof hij de landelijke veiligheid al in gevaar bracht door het ter sprake te brengen.

Rhyme vertelde hoe het zat: de moordenaar die privégegevens van de slachtoffers bemachtigde, ook over Sure-Track-schoenen, de Altons van zijn neef en de Bass-wandelschoenen van de derde zondebok. 'Verkoopt u via de detailhandel?'

'Nee, alleen via internet.'

'Wisselt u informatie uit met uw concurrenten? Over de consument?'

Een aarzeling.

'Hallo?' zei Rhyme in de stilte.

'Nee, we kunnen geen informatie uitwisselen. Dat is in strijd met de antitrustwet.'

'Hoe kan iemand dan de beschikking hebben gekregen over kopers van Sure-Track-schoenen?'

'Dat ligt gecompliceerd.'

Rhyme trok een grimas.

Sachs zei: 'Meneer, de man die wij zoeken, is een moordenaar en een verkrachter. Hebt u ook maar enig idee hoe hij aan informatie over uw klanten gekomen kan zijn?'

'Nou, nee.'

'Dan halen we een opsporingsbevel en laten we uw boekhouding tot op de cent uitpluizen,' blafte Lon Sellitto.

Het was niet de subtiele aanpak die Rhyme zou hebben gekozen, maar de mokerslagbenadering werkte prima.

'Wacht, wacht,' zei de man snel. 'Misschien heb ik toch een idee.'

'Namelijk?' zei Sellitto bars.

'Misschien heeft hij... Goed, als hij informatie van verschillende bedrijven had, heeft hij die misschien van een *data-miner*.'

'Wat is dat?' vroeg Rhyme.

De stilte die nu viel, leek verbazing uit te drukken. 'Hebt u daar nog nooit van gehoord?'

Rhyme keek vertwijfeld naar het plafond. 'Nee. Wat is dat?'

'Het woord zegt het al. Bedrijven die informatie verkopen. Ze wroeten in de gegevens van consumenten, hun aankopen, huizen en auto's, kredietgeschiedenis, alles. Ze analyseren en verkopen de gegevens. U weet wel, om bedrijven te helpen trends in de markt te zien, nieuwe klanten te werven, voor direct mailing en om hun reclame te plannen, zulke dingen.'

Hij weet alles van ze...

Misschien zijn we iets op het spoor, dacht Rhyme. 'Verkrijgen ze hun informatie via RFID-chips?'

'Ja, dat is een van de grote bronnen van informatie.'

'Welke data-miner gebruikt uw bedrijf?'

'O, dat weet ik niet. Verschillende.' Hij klonk terughoudend.

'We moeten het echt weten,' zei Sachs, die de goede smeris uithing in contrast met Sellitto's slechte. 'We willen niet dat er meer slachtoffers vallen. Die man is uiterst gevaarlijk.'

De directeur dacht na en verzuchtte: 'Tja, we doen vooral zaken met SSD, eigenlijk. Dat is een groot bedrijf. Maar als u denkt dat een van hun mensen zich heeft ingelaten met een misdrijf... Onmogelijk. Het zijn fantastische mensen. En ze hebben beveiliging, ze hebben...'

'Waar zitten ze?' onderbrak Sachs hem.

Weer een aarzeling. Schiet op, verdomme, dacht Rhyme.

'In New York.'

Het speelterrein van Tweeëntwintig-vijf. Rhyme ving Sachs' blik en glimlachte. Het zag er veelbelovend uit.

'Zijn er nog meer in de omgeving?'

'Nee. Axciom, Experian en Choicepoint, de andere grote jongens, zitten niet hier. Maar neem maar van mij aan dat er onmogelijk iemand van SSD bij betrokken kan zijn. Daar sta ik voor in.'

'Waar staat die afkorting voor?' vroeg Rhyme.

'Strategic Systems Datacorp.'

'Hebt u daar connecties?'

'Niet met iemand in het bijzonder,' zei de directeur snel. Té snel.

'Nee?'

'Nou, we doen zaken met de vertegenwoordigers, maar hun namen willen me nu even niet te binnen schieten. Ik kan het voor u uitzoeken.'

'Wie leidt het bedrijf?'

Weer een stilte. 'Dat moet Andrew Sterling zijn. Hij is de oprichter en directeur. Hoor eens, ik garandeer u dat niemand daar iets illegaals zou doen. Onmogelijk.'

Toen drong er iets tot Rhyme door: de man was bang. Niet voor de politie, maar voor SSD zelf. 'Wat is uw probleem?'

'Nou, het is gewoon...' Hij vervolgde op vertrouwelijke toon: 'We zouden niet kunnen functioneren zonder SSD. We zijn eigenlijk... zakelijke partners.'

Uit zijn toon bleek dat hij in feite bedoelde dat hij afhankelijk was van het bedrijf.

'We zullen discreet zijn,' zei Sachs.

'Dank u. Ik meen het. Dank u wel.' Het klonk duidelijk opgelucht.

Sachs bedankte hem beleefd voor zijn medewerking, wat haar op een afkeurende blik van Sellitto kwam te staan.

Rhyme sloot het gesprek af. 'Data-miners? Hadden jullie er ooit van gehoord?'

'Ik ken SSD niet, maar ik heb wel van zulke bedrijven gehoord,' zei Thom. 'Het is dé bedrijfstak van de eenentwintigste eeuw.'

Rhyme keek naar het schema. 'Dus als Tweeëntwintig-vijf voor SSD werkt of een van hun klanten is, kan hij precies achterhalen wie wat voor scheercrème, touw, condooms of vislijn heeft gekocht... alle aanwijzingen die hij kan achterlaten.' Toen kreeg hij een inval. 'De directeur van de schoenfabriek zei dat ze de gegevens verkopen voor direct mailing. Arthur was benaderd over dat schilderij van Prescott, weten jullie nog? Tweeëntwintig-vijf kan hem via die mailinglist hebben gevonden. Misschien stond Alice Sanderson ook op zo'n lijst.'

'En kijk eens naar de plaats delict-foto's.' Sachs liep naar de white-boards en wees een paar foto's aan van de plek van de muntendiefstal. Er lag goed zichtbaar geadresseerde reclame op de tafels en de vloer.

'Meneer?' zei Pulaski. 'Rechercheur Cooper had het over de E-ZPass voor tolwegen. Als ssd die gegevens ook beheert, kan de moordenaar precies hebben geweten wanneer uw neef in de stad was en wanneer hij weer naar huis ging.'

'Jezus,' pruttelde Sellitto. 'Als het waar is, heeft die vent een onge-looflijke werkwijze te pakken.'

'Ga die data-miners na, Mel. Googel het maar. Ik wil zeker weten of ssd het enige bedrijf in de regio is.'

Een paar toetsaanslagen later zei Cooper: 'Hm. Ik krijg meer dan twintig miljoen treffers op "data-mining".'

'Twintig miljóén?'

Het uur daarna keek het team toe terwijl Cooper de lijst data-miners in het land terugbracht tot de vijf belangrijkste. Hij downloadde hon-derden bladzijden informatie van hun sites en andere bedrijven. Toen hij hun klantenbestanden vergeleek met de producten die als vals bewijs waren gebruikt door Tweeëntwintig-vijf, bleek dat ssd waarschijnlijk de enige bron van alle informatie was geweest. Het was ook de enige data-miner in New York en omgeving.

'Ik kan hun verkoopbrochure voor je downloaden, als je wilt,' zei Cooper.

'Ja, dat wil ik, Mel. Laat zien.'

Sachs ging naast Rhyme zitten en ze keken naar het scherm, waarop de website van ssd verscheen, bekroond door het bedrijfslogo, een vuurtoren met een raam bovenin waar licht uit straalde.

Strategic Systems Datacorp
Vind het uitzicht op uw kansen

'Kennis is macht...' Het waardevolste product van de eenentwintigste eeuw is informatie, en SSD loopt voorop in het gebruiken van kennis om op u toegespitste strategieën uit te zetten, uw doelstellingen opnieuw te definiëren en u te helpen oplossingen te structureren voor de talloze uitdagingen waarvoor u zich in de moderne wereld gesteld ziet. Met meer dan vierduizend cliënten in de Verenigde Staten en daarbuiten zet SSD de toon als de meest vooraanstaande kennisleverancier ter wereld.

De database
innerCircle® is de grootste particuliere database ter wereld, met cruciale informatie over 280 miljoen Amerikanen en 130 miljoen inwoners van andere landen. innerCircle® bevindt zich op ons gedeponeerde Massively Parallel Computer Array Network (MPCAN®), het krachtigste commerciële computersysteem dat ooit is gebouwd.

innerCircle® bevat nu meer dan 500 petabyte aan informatie, wat gelijkstaat aan biljoenen bladzijden gegevens, en we verwachten dat het systeem binnenkort een exabyte aan gegevens zal bevatten, een immense hoeveelheid: vijf exabyte is voldoende om elk woord op te slaan dat ooit in de geschiedenis van de mensheid is uitgesproken!

We hebben een rijke schat aan persoonlijke en publieke informatie: telefoonnummers, adressen, kentekenregistratie, vergunningen, koopgeschiedenissen en voorkeuren, reisprofielen, overheidsgegevens, bevolkingsstatistieken, krediet- en inkomensgeschiedenissen en nog heel veel meer. We brengen u die gegevens met de snelheid van het licht, in makkelijk toegankelijke, direct bruikbare vorm, toegespitst op uw specifieke wensen.

innerCircle® groeit met een snelheid van honderdduizenden tref-woorden per dag.

De instrumenten

• Watchtower DBM®, het meest uitgebreide database manage-mentsysteem van de wereld. Watchtower®, uw partner in stra-tegische planning, helpt u uw doelen te bereiken, de belangrijk-ste data uit innerCircle® te verzamelen en u een succesvolle strategie te bezorgen, vierentwintig uur per dag en zeven dagen per week, via onze bliksemsnelle, superveilige servers. Watch-tower® voldoet aan de normen die SQL jaren geleden heeft ge-steld en overtreft die zelfs.

• Xpectation® gedragsvoorspellende software, gebaseerd op de nieuwste kunstmatige intelligentie en modeling-technologie. Fa-brikanten, dienstverlenende bedrijven, groothandelaren en win-kels... Wilt u weten waar het met uw markt naartoe gaat en wat uw klanten in de toekomst willen? Dan is dit het product voor u. En, wetshandhavers, let op: met Xpectation® kunt u voorspellen waar en wanneer misdrijven zich zullen voordoen en, nog be-langrijker, wie de vermoedelijke daders zijn.

• FORT® (Finding Obscure Relationship Tool), een uniek, revolu-tionair product dat miljoenen schijnbaar onsamenhangende feiten analyseert om verbanden te leggen die een mens onmogelijk zelf zou kunnen vinden. Of u nu een commerciële onderneming hebt en meer over de markt (of de concurrentie) wilt weten, of de wet handhaaft en een lastige zaak moet oplossen, FORT® geeft u een voorsprong!

• ConsumerChoice® volgsoftware en apparatuur stellen u in staat de reactie van consumenten te meten op reclame, marketingpro-gramma's en nieuwe of eventueel uit te brengen producten. Ver-geet die subjectieve oordelen van focusgroepen. U kunt nu door middel van biometrische controle de echte gevoelens van indivi-duele personen aangaande uw plannen verzamelen en analyseren – vaak zonder dat die personen zelf weten dat ze worden gevolgd!

• Hub Overhue® informatie-consolideringssoftware. Dit gebrui-kersvriendelijke product geeft u de mogelijkheid elke database binnen uw organisatie te controleren – en, in voorkomende gevallen, ook die van andere ondernemingen.

• SafeGuard® beveiligings- en identificatiesoftware en -diensten. Of u nu bang bent voor de dreiging van terrorisme, bedrijfskidnapping, industriële spionage of klantendiefstal, SafeGuard® garandeert u dat uw faciliteiten veilig blijven, zodat u zich op uw kernactiviteiten kunt richten. Aan deze divisie wordt bijgedragen door de meest vooraanstaande bedrijven op het gebied van achtergrondverificatie, beveiliging en substantiescreening, die hun diensten verlenen aan ondernemingen en overheden over de hele wereld. De SafeGuard® Divisie van SSD omvat ook de koploper op het gebied van biometrische hard- en software, Bio-Chek®.

• NanoCure® medische onderzoekssoftware en dienstverlening. Welkom in de wereld van de microbiologische intelligente systemen voor de diagnose en behandeling van ziekten. Onze nanotechnologen werken samen met medisch specialisten aan oplossingen voor de gangbare gezondheidsproblemen van de hedendaagse bevolking. Van genetisch onderzoek tot het ontwikkelen van injecteerbare tags tot het helpen opsporen en behandelen van dodelijke ziekten, onze NanoCure® Divisie werkt aan het creëren van een gezonde samenleving.

• On-Trial® rechtsbijstand en dienstverlening. Van aansprakelijkheid voor producten tot antitrustzaken, On-Trial® stroomlijnt het documentenverkeer en het beheer van getuigenverklaringen en bewijslast.

• PublicSure® ondersteuningssoftware voor wetshandhaving. Dit is hét systeem voor de consolidering en het beheer van criminele en aanverwante overheidsgegevens die zijn opgeslagen in internationale, federale, staats- en lokale databases. Met behulp van PublicSure® kunnen zoekresultaten binnen luttele seconden worden gedownload naar kantoren, computersystemen in politieauto's, pda's of mobiele telefoons, wat rechercheurs helpt zaken snel op te lossen en de bereidheid en veiligheid van de mensen in het veld verhoogt.

- EduServe®, ondersteuningssoftware en dienstverlening voor scholen. Toezicht op wat kinderen leren is van wezenlijk belang voor een succesvolle samenleving. EduServe® helpt schoolbesturen en onderwijzend personeel van basisscholen tot en met het middelbaar onderwijs hun middelen op de meest efficiënte wijze in te zetten en biedt diensten die de garantie bieden voor de beste opleiding per bestede belastingdollar.

Rhyme lachte ongelovig. 'Als Tweeëntwintig-vijf die informatie allemaal in handen kan krijgen... Tja, dan is hij de man die alles weet.'

'Oké, moet je horen,' zei Cooper. 'Ik heb gekeken naar de dochtermaatschappijen van SSD en raad eens?'

'Ik hou het op dat bedrijf met die afkorting – DMS. De maker van die RFID-tag in dat boek, hè?' zei Rhyme.

'Ja. Je snapt het.'

Het bleef even stil. Rhyme zag dat iedereen naar het lichtende logo van SSD op het computerscherm keek.

'Dus,' mompelde Sellitto, die naar het schema keek. 'Hoe pakken we dit aan?'

'Observatie?' stelde Pulaski voor.

'Dat lijkt me logisch,' zei Sellitto. 'Ik zal O en B bellen, er een paar teams op laten zetten.'

Rhyme wierp hem een cynische blik toe. 'Observatie bij een bedrijf met – hoeveel? – duizend werknemers?' Hij schudde zijn hoofd en zei toen: 'Heb je wel eens van Ockhams scheermes gehoord, Lon?'

'Wie is Ockham in jezusnaam? Een barbier?'

'Een filosoof. Het scheermes is een metafoor; je snijdt onnodige verklaringen voor een verschijnsel weg. Hij zei dat van een veelheid aan verklaringen of benaderingen de eenvoudigste bijna altijd de juiste is.'

'En wat is jouw eenvoudige theorie, Rhyme?' vroeg Sachs

Rhyme keek naar de brochure op het scherm en antwoordde: 'Ik vind dat Pulaski en jij morgenochtend eens een bezoekje moeten brengen aan SSD.'

'Wat gaan we daar doen?'

Hij schokschouderde. 'Vraag of een van de werknemers de moordenaar is.'

16

Ha, eindelijk thuis.

Ik trek de deur dicht.

En sluit de wereld buiten.

Ik haal diep adem, zet mijn rugzak op de bank, loop naar de smetteloze keuken en drink wat zuiver water. Geen stimulerende middelen voor mij op dit moment.

Die zenuwen spelen weer op.

Het is een mooi herenhuis. Vooroorlogs, gigantisch groot (dat moet wel als je zo leeft als ik, met mijn verzamelingen). Het valt niet mee om de perfecte plek te vinden. Het heeft me wat tijd gekost, maar hier zit ik nu, grotendeels ongezien. Het is kinderlijk eenvoudig om zo goed als anoniem te zijn in New York. Wat een fantastische stad! Hier is het leven buiten het systeem de norm. Hier moet je vechten om op te vallen. Dat doen veel zestienen natuurlijk ook, maar de wereld heeft altijd meer dan zijn portie dwazen gekend.

Toch moet je de schijn ophouden, hoor. De voorkamers van mijn herenhuis zijn simpel en smaakvol ingericht (met dank aan Scandinavië). Ik kom er niet vaak, maar je moet een façade hebben om normaal te lijken. Je moet in de echte wereld functioneren, anders gaan de zestienen zich afvragen of er iets aan de hand is, of je niet bent wie je lijkt.

En dan duurt het niet lang meer of er komt iemand langs die in je Kast gaat wroeten en je alles afpakt. Alles waar je zo hard voor hebt gewerkt.

Alles.

En dat is het ergste van het ergste.

Je zorgt er dus voor dat je Kast geheim blijft. Je zorgt dat je schatten achter gordijnen of afgeplakte ramen verstopt zijn, terwijl je je andere leven in het volle zicht leidt, aan de zonverlichte kant van de maan. Als je buiten het systeem wilt blijven, kun je het best een tweede onderkomen hebben. Doe zoals ik: hou dat Deens-moderne vernisje van normaalheid schoon en ordelijk, ook al voelt het als een nagel over een schoolbord om er te zijn.

Je hebt een normaal huis, want dat heeft iedereen.

En je gaat prettig om met vrienden en kennissen, want dat doet iedereen.

En zo nu en dan ga je met een vrouw uit, haalt haar over te blijven slapen en doet wat nodig is.

Want dat is ook wat iedereen doet. Al krijgt ze je niet zo stijf als wanneer jij je met gladde praatjes haar slaapkamer in hebt gewerkt, glimlachend, zijn we geen zielsverwanten, kijk toch wat we allemaal gemeen hebben, met een recordertje en een mes in je jaszak.

Nu trek ik de gordijnen voor de erkerramen dicht en loop terug naar de andere kant van de woonkamer.

'*Wauw, wat een gaaf huis... Van buiten lijkt het groter.*'

'*Ja, gek hè?*'

'*Hé, er zit een deur in je woonkamer. Waar gaat die heen?*'

'*O, die. Opbergruimte. Een kast. Niets aan te zien. Glaasje wijn?*'

Tja, Debby-Sandra-Susan-Brenda, wat er achter die deur zit, daar ga ik nu naartoe. Mijn echte huis. Mijn Kast, zoals ik het noem. Het is als een donjon, dat laatste bolwerk van een middeleeuws kasteel, het toevluchtsoord in het midden. Als al het andere had gefaald, trokken de koning en zijn gezin zich terug in de donjon.

Ik betreed de mijne door die magische deur. Het is écht een kast, een inloopkast, en binnen zie je kleren op hangers en schoenendozen, maar als je die opzij duwt, zie je nog een deur. Die leidt naar de rest van het huis, dat veel, veel groter is dan de façade van het afschuwelijke, blondhouten Zweedse minimalisme.

Mijn Kast...

Ik loop er nu binnen, sluit de deuren achter me af en doe het licht aan.

Ik probeer met te ontspannen, maar na de ramp van vandaag kan ik de zenuwen moeilijk afschudden.

Dit is niet goed, niet goed, niet...

Ik zak op mijn bureaustoel en terwijl ik de computer opstart, kijk ik naar het schilderij van Prescott voor me, dat ik te danken heb aan Alice 3895. Wat een penseelvoering had die man! De ogen van de familieleden zijn fascinerend. Prescott is erin geslaagd ze allemaal een andere blik te geven. Het is duidelijk dat ze familie zijn; in dat opzicht zijn de gezichtsuitdrukkingen verwant. Toch zijn ze ook verschillend, alsof ze zich allemaal een ander aspect van het gezinsleven voorstellen: blij, zorgelijk, boos, perplex, overheersend, overheerst.

Daar draait het om in families.

Denk ik.

Ik maak de rugzak open en haal er de schatten uit die ik vandaag heb opgedaan. Een trommeltje, een potloodset, een oude kaasrasp. Waarom zou iemand die dingen weggooien? Ik pak er ook wat praktische dingen uit die ik de komende weken ga gebruiken: goedgekeurde kredietaanvragen die mensen achteloos hebben weggegooid, creditcardvouchers, telefoonrekeningen... Ze zijn gek, zoals ik al zei.

Ik heb nog iets voor mijn verzameling, natuurlijk, maar ik kom pas later aan de geluidsopname toe. Dat is een minder goede vondst dan hij had kunnen zijn, aangezien ik Myra 9834's schorre kreten met plakband moest smoren toen ik haar nagel losmaakte; ik was bang voor voorbijgangers. Maar goed, niet elk stuk van een verzameling kan een kroonjuweel zijn; je hebt het alledaagse nodig om het bijzondere te laten schitteren.

Ik drentel door mijn Kast, de schatten op de daartoe bestemde plekken opbergend.

Van buiten lijkt het groter...

Per heden heb ik 7402 kranten, 3234 tijdschriften (met *National Geographic* als hoeksteen, natuurlijk), 4235 luciferdoosjes... en, ik laat de aantallen even zitten, kleerhangers, keukengerei, lunchtrommeltjes, frisdrankflesjes, lege mueslidozen, scharen, scheerbenodigdheden, schoenlepels en -spanners, knopen, doosjes met manchetknopen, kammen, polshorloges, kleren, bruikbare en sterk verouderde gereedschappen. Grammofoonplaten, zwarte en gekleurde. Flessen, speelgoedjes, jampotten, kaarsen en kandelaars, snoepschaaltjes, wapens. Er komt geen eind aan.

De Kast bestaat uit (wat anders?) zestien toonzalen, als in een museum, ingericht met alles van vrolijk speelgoed (al is die Howdy Doody verdomd eng) tot de kamers met dingen die ík koester, maar die de meeste mensen, nu ja, onaangenaam zouden vinden. Afgeknipte lokken haar en nagels en verschrompelde aandenkens aan verschillende transacties. Zoals die van vanmiddag. Ik leg de nagel van Myra 9834 op een opvallende plek. En hoewel dat me anders genoeg genot zou schenken om weer een stijve te krijgen, is het moment nu duister en bedorven.

Ik haat Ze zo ontzettend...

Ik sluit met bevende handen het sigarenkistje, want ik kan nu geen vreugde putten uit mijn schatten.

Haat haat haat...

Als ik weer achter de computer zit, peins ik: misschien is er geen bedreiging. Misschien is het gewoon een vreemde reeks toevalligheden die Ze naar het huis van DeLeon 6832 heeft geleid.

Ik mag echter geen enkel risico nemen.

Het probleem: ik word nu verteerd door de angst dat mijn schatten me zullen worden afgenomen.

141

De oplossing: doen waar ik in Brooklyn mee ben begonnen. Terug-slaan. Elke bedreiging uitschakelen.

Wat de meeste zestienen, ook mijn achtervolgers, niet beseffen, en wat hun een beklagenswaardige achterstand bezorgt, is het volgende: ik geloof in de onwrikbare waarheid dat het in ethisch opzicht absoluut niet verkeerd is om een leven te nemen. Ik weet namelijk dat er een eeu-wig bestaan is dat compleet losstaat van die zakken huid en organen die we tijdelijk met ons meesjouwen. Ik heb het bewijs: kijk maar naar de schat aan gegevens over je leven, opgebouwd vanaf het moment van je geboorte. Het is allemaal blijvend, op wel duizend plekken opgeborgen, gekopieerd, met reservekopieën, onzichtbaar en onverwoestbaar. Nadat het lichaam is heengegaan, zoals alle lichamen moeten heengaan, blij-ven de data eeuwig doorleven.

En als dat niet de definitie is van een onsterfelijke ziel, weet ik het niet meer.

17

Het was stil in de slaapkamer.

Rhyme had Thom naar huis gestuurd, zodat hij de zondagavond kon doorbrengen met Peter Hoddins, die al jaren zijn vaste partner was. Rhyme maakte het zijn assistent vaak moeilijk. Hij kon het niet helpen en soms speet het hem, maar hij probeerde het goed te maken, dus wanneer Amelia Sachs bij hem sliep, zoals vannacht, gaf hij Thom vrij. De jongeman moest meer van het leven buiten het herenhuis proeven, meer doen dan voor een lichtgeraakte oude invalide zorgen.

Uit de badkamer klonken de geluiden van een vrouw die op het punt staat naar bed te gaan. Getinkel van glas, geklik van plastic deksels, gesis van spuitbussen, stromend water, geuren die op de vochtige lucht uit de badkamer ontsnapten.

Hij hield van dit soort momenten. Ze herinnerden hem aan zijn leven van Ervoor.

Wat hem weer herinnerde aan de foto's beneden in het lab. Naast die van Lincoln in zijn hardloopkleding hing een andere, een zwart-witfoto van twee mannen van in de twintig, zij aan zij, met een pak om hun slungelige gestaltes en met hun armen recht naar beneden hangend, alsof ze zich afvroegen of ze elkaar moesten omhelzen of niet.

Rhymes vader en zijn oom.

Hij dacht vaak aan zijn oom Henry. Aan zijn vader dacht hij minder vaak. Zo was het zijn hele leven geweest. Niet dat Teddy Rhyme een laakbare figuur was; de jongste van de twee broers was gewoon in zichzelf gekeerd, dikwijls verlegen. Hij hield van zijn vaste baan als analist in verschillende labs en hij las graag, wat hij elke avond deed in een comfortabele, doorleefde leunstoel, terwijl zijn vrouw Anne verstelwerk deed of tv-keek. Teddy gaf de voorkeur aan geschiedenisboeken, vooral over de Burgeroorlog, een belangstelling waar Rhyme, zo veronderstelde hij, zijn voornaam aan te danken had.

De jongen leefde gemoedelijk samen met zijn vader, al herinnerde Rhyme zich veel drukkende stiltes wanneer ze alleen waren. Wat je last bezorgt, trekt je ook aan. Wat je uitdaagt, geeft je het gevoel dat je leeft. En Teddy Rhyme veroorzaakte nooit last en stelde zijn zoon nooit voor een uitdaging.

Oom Henry wel. In overvloed.

Je kon niet langer dan een paar minuten met hem in een kamer zijn of hij richtte zijn aandacht op je, als een zoeklicht. Dan kwamen de grappen, de weetjes, het laatste nieuws uit de familie. En altijd de vragen, soms omdat hij oprecht benieuwd was naar het antwoord, maar meestal als inleiding tot een discussie. O, wat was Henry Rhyme dol op het intellectuele steekspel. Je kon in elkaar krimpen, blozen of woest worden, maar je gloeide ook van trots wanneer hij je een van zijn zeldzame complimenten gaf, want je wist dat het verdiend was. Er kwam nooit een ongemeende loftuiting of onnodige bemoediging over oom Henry's lippen.

'Je bent warm. Denk na! Je hebt het in je. Einstein was maar iets ouder dan jij nu toen hij zijn belangrijkste werk al had gedaan.'

Als je het goed had, werd je gezegend met een goedkeurend opgetrokken wenkbrauw, het equivalent van het winnen van de Westinghouse Science Fair-prijs. Helaas kwam je maar al te vaak met drogredenen, aannames die zó omvergeblazen konden worden, emotioneel getinte kritiek, feiten die niet klopten... Het ging hem er echter niet om het van je te winnen; zijn enige doel was de waarheid vinden en zich ervan verzekeren dat je de weg ernaartoe begreep. Als hij eenmaal gehakt had gemaakt van je argumenten en zeker wist dat je begreep waarom ze niet deugden, was de kwestie van de baan.

Begrijp je nou waar je de mist in bent gegaan? Je bent van de verkeerde veronderstellingen uitgegaan toen je de temperatuur berekende. Precies! Goed, laten we eens wat mensen bellen, zaterdag met een groep naar de White Sox kijken. Ik heb zin in een hotdog en die kun je in oktober echt niet krijgen in Comiskey Park.

Lincoln, die dol was geweest op de verbale strijd, was vaak helemaal naar Hyde Park gereden om de colleges van zijn oom of de informele discussies op de universiteit bij te wonen; hij ging er zelfs vaker heen dan Arthur, die meestal andere bezigheden had.

Als zijn oom nog had geleefd, was hij nu ongetwijfeld Rhymes kamer binnengekomen om zonder zijn bewegingloze lichaam een blik waardig te keuren naar de gaschromatograaf te wijzen en uit te roepen: 'Waarom gebruik je die troep nog?' Vervolgens zou hij tegenover de schema's zijn gaan zitten en had hij Rhyme uitgehoord over zijn aanpak van de zaak-225.

Ja, maar is het lógisch dat die figuur zich zo gedraagt? Noem de feiten nog eens.

Hij dacht terug aan de avond die hij zich eerder had herinnerd: de kerstavond van zijn laatste jaar op de middelbare school, bij zijn oom in Evanston. Henry en Paula waren er geweest met hun kinderen Robert, Arthur en Marie; Teddy en Anne met Lincoln en nog wat andere ooms en tantes, neven en nichten. Een paar buren.

Lincoln en Arthur hadden een groot deel van de middag in de biljartkamer in het souterrain doorgebracht, waar ze hadden gepraat over hun plannen voor de herfst en hun studie. Lincoln had zijn zinnen op het MIT gezet, waar Arthur ook naartoe wilde. Ze waren er allebei van overtuigd dat ze aangenomen zouden worden en die avond bespraken ze wat beter was: een kamer in een studentenhuis op de campus delen of een appartement buiten de campus zoeken (mannelijke kameraadschap versus een versierhol).

De familie had zich rond de kolossale tafel in de eetkamer van oom Henry geschaard, vlak bij het woelige water van Lake Michigan, waar je de wind door de kale, grijze takken in de achtertuin hoorde gieren. Henry had de leiding over de tafel zoals hij zijn studenten leidde, gezaghebbend en alert, met een flauwe glimlach onder waakzame ogen en alle gesprekken rondom hem volgend. Hij vertelde grappen en anekdotes en informeerde naar het welzijn van zijn gasten. Hij was belangstellend, nieuwsgierig en soms geraffineerd. 'Zo, Marie, nu we allemaal bij elkaar zijn, moet je ons maar eens alles vertellen over die promotieplek aan Georgetown University. Volgens mij waren we het erover eens dat het een uitstekende post voor je was. En Jerry kan je in de weekends opzoeken in die nieuwe luxeauto van hem. Trouwens, wanneer moet je uiterlijk beslissen? Al snel, meen ik me te herinneren.'

En zijn vlasharige dochter meed zijn blik en zei dat ze er nog niet aan toe was gekomen door de drukte van Kerstmis en de eindtentamens, maar ze zou ernaar kijken. Beslist.

Henry was er natuurlijk op uit te zorgen dat zijn dochter zich vastlegde in het bijzijn van getuigen, of ze het nu nog een halfjaar zonder haar verloofde moest stellen of niet.

Rhyme had altijd gedacht dat zijn oom een uitstekende strafpleiter of politicus had kunnen worden.

Nadat de resten van de kalkoen en de pastei waren afgeruimd en de Grand Marnier, koffie en thee waren opgediend, loodste Henry iedereen naar de woonkamer, die werd overheerst door een enorme boom, drukke vlammen in de schouw en een streng portret van Lincolns grootvader, die drievoudig doctor en professor aan Harvard was geweest.

De wedstrijd kon beginnen.

Henry stelde wetenschappelijke vragen en de eerste die het goede antwoord gaf, verdiende een punt. De beste drie kregen prijzen die waren uitgezocht door Henry en zorgvuldig waren ingepakt door Paula.

De spanning was om te snijden, zoals altijd wanneer Henry de leiding had, en de competitie was serieus. Lincolns vader kon altijd de nodige scheikundige vragen beantwoorden en als het om cijfers ging, kon zijn moeder, die deeltijds wiskundeles gaf, sommige vragen beantwoorden voordat Henry de hele vraag had gesteld, maar de hele wedstrijd door liepen de neven en nichten – Robert, Marie, Lincoln en Arthur – en Maries verloofde aan kop.

Tegen het eind, toen het bijna acht uur was, zaten de deelnemers letterlijk op het puntje van hun stoel. De score veranderde per vraag. Handpalmen werden zweterig. Toen er nog maar een paar minuten over waren op de klok van Paula, die de tijd bijhield, beantwoordde Lincoln drie vragen achter elkaar goed, waarmee hij op de eerste plaats kwam. Marie werd tweede, Arthur derde.

Lincoln maakte een theatrale buiging voor het applaus en nam de hoofdprijs uit handen van zijn oom in ontvangst. Hij herinnerde zich nog hoe verrast hij was geweest toen hij het donkergroene papier openmaakte: een transparant plastic doosje met een kubus van beton erin, met ribben van tweeënhalve centimeter. Het bleek geen grap te zijn. Wat Lincoln in zijn hand hield, was een stukje van Stagg Field op het terrein van de University of Chicago, waar de eerste atomische kettingreactie was opgewekt onder leiding van de naamgenoot van zijn neef, Arthur Compton, en Enrico Fermi. Henri had kennelijk een stukje bemachtigd toen het stadion werd afgebroken, in de jaren vijftig. Lincoln was heel ontroerd geweest door de historische prijs, en hij was opeens blij dat hij serieus had meegespeeld. Hij had het brokje beton nog ergens, weggestopt in een kartonnen doos in de kelder.

Maar Lincoln had geen tijd gehad om zijn prijs te bewonderen.

Want hij had die avond laat een afspraakje met Adrianna.

Net als zijn familie, die vandaag onverwacht in zijn gedachten was opgedoken, figureerde de beeldschone, roodharige turnster ook in zijn herinneringen.

Adrianna Waleska, uitgesproken met een zachte v aan het begin in een echo van haar Poolse afkomst, werkte op het kantoor van de studiedecaan op Lincolns middelbare school. Toen hij eerder in zijn eindexamenjaar een paar aanmeldingen voor universiteiten bij haar afgaf, had hij een beduimeld exemplaar van *Vreemdeling in een vreemd land* van Robert Heinlein op haar bureau zien liggen. Ze hadden het volgende uur over het boek gediscussieerd; ze waren het vaak met elkaar eens, maar soms ook niet, en uiteindelijk besefte Lincoln dat hij de scheikundeles had gemist. Het gaf niet. Prioriteiten zijn prioriteiten.

Ze was lang en slank, met een onzichtbare beugel en een aantrekkelijk figuur onder haar wollige trui en wijd uitlopende spijkerbroek. Haar glimlach varieerde van uitbundig tot verleidelijk. Al snel hadden ze verkering, de eerste verkenning van de serieuze romantiek voor hen beiden. Ze woonden elkaars sportieve evenementen bij, bekeken de Thorne Rooms in het Art Institute, waagden zich in de jazzclubs in Old Town en soms ook op de achterbank van haar Chevy Monza, die nauwelijks een achterbank was en dus precies goed. Adrianna woonde dicht bij Lincolns huis, als je zijn hardloopnormen aanhield, maar dat kon niet – je kunt niet bezweet aankomen – dus leende hij als het enigszins kon de auto van zijn ouders om haar te bezoeken.

Ze praatten uren met elkaar. Hij kruiste de degens met haar, net als met oom Henry.

Er waren obstakels, ja. Hij zou na zijn eindexamen naar Boston gaan om te studeren; zij ging naar San Diego om biologie te studeren en in de dierentuin te werken. Dat waren echter maar complicaties, en Lincoln Rhyme vond complicaties toen ook al geen excuus.

Later – na het ongeluk en na zijn scheiding van Blaine – had Rhyme zich vaak afgevraagd hoe het was gegaan als Adrianna en hij bij elkaar waren gebleven en hadden afgemaakt waar ze aan begonnen waren. Hij was die kerstavond zelfs dicht bij een aanzoek gekomen. Hij had overwogen haar geen ring aan te bieden maar, zoals hij gevat had gerepeteerd, 'een andere steen': de prijs van zijn oom voor het winnen van de wetenschappelijke weetjesquiz.

Hij was er echter voor teruggeschrokken, dankzij het weer. Toen ze in een omhelzing op een bank zaten, was de sneeuw suïcidaal uit de stille lucht van het Middenwesten begonnen te vallen, en binnen een paar minuten waren hun haar en jassen met een natte witte deken bedekt. Ze had nog maar net naar haar huis kunnen komen, en Lincoln naar het zijne, voordat de wegen onbegaanbaar waren. Die nacht had hij met het plastic doosje met beton naast zich in bed gelegen en op zijn aanzoek geoefend.

Dat hij nooit had gedaan. Er waren dingen tussengekomen die hen in verschillende richtingen hadden gestuurd, schijnbaar minuscule gebeurtenissen, maar alleen klein in de zin van onzichtbare atomen die tot splitsing worden verlokt in een kil stadion, waardoor de wereld voorgoed verandert.

Alles was anders gelopen als...

Rhyme ving een glimp op van Sachs, die haar lange rode haar borstelde. Hij keek even naar haar, blij dat ze bleef slapen – nog blijer dan anders. Rhyme en Sachs waren niet onafscheidelijk. Ze volhardden allebei in hun onafhankelijkheid en gingen vaak het liefst hun eigen gang, maar die nacht wilde hij haar bij zich hebben. Genieten van haar lichaam naast het zijne, een gevoel – op die weinige plekken waar hij gevoel had – dat des te intenser werd doordat het zo zelden voorkwam.

Zijn liefde voor haar was een van zijn redenen voor zijn trainingsregime op de gecomputeriseerde loopband en de Electrologic-fiets. Als de medische wetenschap over die finishlijn schoof – als hij weer zou kunnen lopen – zouden zijn spieren er klaar voor zijn. Hij overwoog ook een nieuwe operatie die zijn conditie zou kunnen verbeteren tot het zover was. Het ging om omleiding van de perifere zenuwen, een experimentele, omstreden behandeling waar al jaren over werd gesproken, en die ook een paar keer was uitgevoerd, maar zonder veel positief resultaat. Onlangs was de operatie echter in het buitenland met enig succes uitgevoerd, al bleef het medisch bolwerk in Amerika zich terughoudend opstellen. Tijdens de operatie werden zenuwen boven het letsel verbonden aan zenuwen eronder. Een omweg rond een weggeslagen brug, daar kwam het op neer.

De successen waren vooral geboekt bij mensen die minder letsel hadden dan Rhyme, maar de resultaten waren spectaculair: patiënten kregen weer controle over hun blaas, konden armen en benen weer bewegen en zelfs lopen. Dat laatste zat er voor Rhyme niet in, maar gesprekken met een Japanse arts, de pionier van de operatie, en een van zijn collega's in het universitair medisch centrum van een prestigieuze universiteit boden enige hoop op vooruitgang. Mogelijk zou hij weer gevoel krijgen in zijn armen, handen en blaas.

Dan zou hij ook kunnen vrijen.

Verlamde mannen en zelfs mannen met een hoge dwarslaesie zijn heel goed in staat gemeenschap te hebben. Als de prikkeling geestelijk is – het zien van een aantrekkelijke man of vrouw – komt de boodschap niet langs het beschadigde ruggenmerg, maar het lichaam is een geniaal mechanisme, en er is een magisch circuit van zenuwen dat zelfstandig opereert, onder het letsel. Wat plaatselijke prikkeling en zelfs de zwaarst gehandicapte man kan vaak de liefde bedrijven.

Het licht in de badkamer klikte uit en hij zag hoe haar silhouet naar hem toe kwam en in het gerieflijkste bed van de wereld stapte, zoals ze het ooit had genoemd.

'Ik...' begon hij, maar hij werd prompt gesmoord door een harde kus van haar mond.

'Wat zei je?' fluisterde ze terwijl ze haar lippen over zijn kin naar zijn hals liet glijden.

Hij wist het niet meer. 'Ik ben het kwijt.'

Hij nam haar oor tussen zijn lippen en merkte dat de dekens naar beneden werden geschoven. Het kostte haar enige moeite: Thom maakte het bed op als een soldaat die bang is voor zijn sergeant-instructeur, maar al snel lagen de dekens op een hoop aan het voeteneind, met Sachs' T-shirt bovenop.

Ze kuste hem weer. Hij beantwoordde haar kus hartstochtelijk.

Toen ging haar telefoon.

'O, nee,' fluisterde ze. 'Dat heb ik niet gehoord.' Toen het toestel vier keer was overgegaan, nam de voicemail het goddank over, maar even later ging de telefoon weer.

'Het zou je moeder kunnen zijn,' zei Rhyme.

Rose Sachs was aan haar hart geopereerd. De prognose was goed, maar ze had de laatste tijd wat tegenslag gehad.

Sachs kreunde en klapte haar mobieltje open, hun lichamen in het blauwe schijnsel badend. Ze keek naar het schermpje en zei: 'Het is Pam. Ik kan maar beter opnemen.'

'Ja.'

'Hallo daar. Alles kits?'

Terwijl hij naar het eenzijdige gesprek luisterde, stelde Rhyme vast dat er iets aan de hand was.

'Oké... Goed... Maar ik ben bij Lincoln. Wil je hierheen komen?' Ze keek vragend naar Rhyme, die knikte. 'Goed, schat. Ja, natuurlijk zijn we wakker.' Ze klapte het toestel dicht.

'Wat is er?'

'Ik weet het niet precies. Ze wilde het niet vertellen. Ze zei alleen dat Dan en Enid twee crisisgevallen opvangen vannacht. Alle oudere pleegkinderen moesten dus bij elkaar op de kamer slapen. Ze moest daar weg, en ze wil niet in haar eentje bij mij slapen.'

'Ik vind het best, dat weet je.'

Sachs ging weer liggen en haar mond begon een energieke verkenningstocht. 'Ik heb het uitgerekend,' fluisterde ze. 'Ze moet spullen inpakken, haar auto uit de garage halen... Ze is hier op zijn vroegst over drie kwartier. We hebben nog even.'

Ze leunde naar voren en kuste hem weer.

Op dat moment snerpte de bel van de voordeur en kraste het door de intercom: 'Meneer Rhyme? Amelia? Ik ben het, Pam. Laten jullie me binnen?'

Rhyme schoot in de lach. 'Ze kan ook vanaf de stoep hebben gebeld.'

Pam en Sachs zaten in een van de slaapkamers boven.

Pam mocht er altijd logeren wanneer ze dat wilde. Een paar knuffeldieren zaten vergeten op een plank (als je moeder en stiefvader op de vlucht zijn voor de FBI, is speelgoed geen belangrijk deel van je jeugd), maar ze had een paar honderd boeken en cd's op de kamer ondergebracht. Dankzij Thom waren er altijd genoeg schone sweatshirts, T-shirts en sokken. Er stonden een Sirius-satellietradio en een cd-speler. En ze had hier ook haar hardloopschoenen staan; Pam vond het heerlijk om over het tweeënhalve kilometer lange pad rond het waterbekken in Central Park te rennen. Ze rende omdat ze ervan hield en omdat ze ernaar hunkerde.

Ze zat nu op het bed haar teennagels zorgvuldig goud te lakken, met watjes tussen haar tenen. Haar moeder had het haar verboden, evenals make-up ('Uit respect voor Jezus', wat ze daar ook mee bedoelde), en toen ze eenmaal uit de extreem rechtse ondergrondse bevrijd was, had ze kleine, troostende toetsen aan haar persoonlijkheid toegevoegd, zoals de nagellak, rossige haarverf en drie oorpiercings. Sachs was blij dat ze niet overdreef; als iemand reden had om in de wereld van het bizarre te duiken, was het Pamela Willoughby wel.

Sachs hing in een stoel, met haar voeten op de zitting en ongelakte teennagels. Een briesje voerde de samengestelde geuren van de lente uit Central Park naar binnen: muls, aarde, bedauwd groen en uitlaatgassen. Ze nam een slokje warme chocolademelk. 'Au. Eerst blazen.'

Pam floot boven haar kop en nipte ervan. 'Lekker. Ja, heet.' Ze richtte haar aandacht weer op haar nagels. Haar gezicht, dat eerder die dag vrolijk had gestaan, had nu een zorgelijke uitdrukking.

'Weet je hoe je dat noemt?' Sachs wees.

'Voeten? Tenen?'

'Nee, de onderkant?'

'Ja, hoor. Voetzolen en teenkussentjes.' Ze lachten.

'Het plantaire deel van de voet. Dat heeft ook een unieke afdruk, net als vingerafdrukken. Lincoln heeft ooit iemand veroordeeld weten te krijgen die iemand met zijn blote voet bewusteloos had geschopt. Hij had een keer gemist en tegen de deur getrapt, en daar stond een voetafdruk op.'

'Gaaf. Hij zou weer een boek moeten schrijven.'

'Dat zeg ik ook steeds tegen hem,' zei Sachs. 'Zo, wat is er aan de hand?'

'Stuart.'

'Vertel.'

'Misschien had ik niet moeten komen. Het is stom.'

'Kom op, ik ben smeris, weet je nog? Ik weet het wel uit je te trekken.'

'Nou, Emily belde en dat was gek, want ze belt nooit op zondag, en ik dacht: oké, er is iets. En het was alsof ze eigenlijk niets wilde zeggen, maar toen zei ze het toch. Ze zei dat ze Stuart vandaag met een ander had gezien. Een meid van school. Na de voetbalwedstrijd. Alleen had hij tegen mij gezegd dat hij meteen naar huis zou gaan.'

'Goed, wat zijn de feiten? Heeft hij alleen met haar gepraat? Daar is niets mis mee.'

'Ze zei dat ze het niet zeker wist, maar, nou ja, het zag er zo'n beetje uit alsof hij zijn armen om haar heen sloeg, en toen zag hij iemand kijken en liep heel snel met haar weg. Alsof hij zich wilde verstoppen, zeg maar.' Het half voltooide teennagelproject werd afgebroken. 'Ik vind hem echt heel leuk. Het zou balen zijn als hij me niet meer wilde.'

Sachs en Pam waren samen naar een therapeut gegaan, en Sachs had Pams toestemming gekregen om de vrouw ook alleen te spreken. Pam zou nog lang last houden van posttraumatische stress, niet alleen door haar langdurige opsluiting bij een psychopathische moeder, maar ook door het incident waarbij haar stiefvader haar leven bijna had opgeofferd tijdens een poging politiemensen te vermoorden. Wat andere mensen een kleinigheid vonden, zoals dit voorval met Stuart Everett, werd door Pam enorm opgeblazen en kon desastreuze gevolgen hebben. Sachs had het advies gekregen haar angsten niet te vergroten, maar ze ook niet te bagatelliseren. Ze moest elk geval aandachtig bekijken en proberen te analyseren.

'Hebben jullie het erover gehad of jullie nog met anderen uit zouden gaan?'

'Hij zei... Nou ja, vorige maand heeft hij gezegd dat hij dat niet deed. Ik ook niet, dat heb ik tegen hem gezegd.'

'Nog meer inlichtingen?' vroeg Sachs.

'Inlichtingen?'

'Ik bedoel, heeft een van je andere vriendinnen er iets over gezegd?'

'Nee.'

'Ken je zíjn vrienden?'

'Zo'n beetje, maar niet goed genoeg om ernaar te vragen. Dat zou totaal niet cool zijn.'

Sachs glimlachte. 'Dus met spionnen lukt het niet. Nou, dan moet je het hem maar gewoon vragen. Op de man af.'

'Denk je?'

'Dat denk ik.'

'Maar als hij dan zegt dat hij echt iets met haar heeft?'

'Dan mag je blij zijn dat hij eerlijk tegen je is. Dat is een goed teken. En vervolgens praat je op hem in tot hij die slet dumpt.' Ze lachten. 'Je zegt tegen hem dat je een exclusieve relatie wilt.' De kortgeleden in Sachs ontwaakte moeder voegde er snel aan toe: 'We hebben het niet over trouwen of samenwonen, hoor. Gewoon over verkering.'

Pam knikte snel. 'Ja, absoluut.'

Sachs vervolgde opgelucht: 'En hij is degene met wie je die relatie wilt, maar je verwacht van hem hetzelfde. Jullie hebben iets belangrijks samen, het klikt, jullie kunnen met elkaar praten, er is een band, en dat komt niet zo vaak voor.'

'Net als meneer Rhyme en jij.'

'Ja, zoiets. Maar als hij dat niet wil, is het ook goed.'

'Nee, niet goed.' Pam fronste haar voorhoofd.

'Nee, ik zeg alleen wat je moet zeggen. Vervolgens zeg je tegen hem dat jíj ook met andere mensen wilt omgaan. Hij kan het niet allebei hebben.'

'Nee, maar stel dat hij het prima vindt?' Haar gezicht betrok bij het idee.

Sachs lachte en schudde haar hoofd. 'Ja, het is balen als ze je overtroeven, maar ik denk niet dat hij dat zal doen.'

'Goed dan. Ik zie hem morgen na school, dan zal ik met hem praten.'

'Bel me. Hou me op de hoogte.' Sachs stond op, pakte het potje nagellak en draaide de dop erop. 'Ga slapen. Het is laat.'

'En mijn nagels dan? Ik ben nog niet klaar.'

'Trek maar dichte schoenen aan.'

'Amelia?'

Ze bleef in de deuropening staan.

'Ga jij met meneer Rhyme trouwen?'

Sachs glimlachte en trok de deur dicht.

Deel III

De waarzegger

Maandag 23 mei

Computers kunnen met een griezelige accuratesse gedrag voorspellen door bergen gegevens uit te ziften die bedrijven over consumenten hebben verzameld. Dit geautomatiseerde kristallen bol-kijken, dat voorspellende analyse wordt genoemd, is in de Verenigde Staten nu een bedrijfstak waarin 2,3 miljard dollar omgaat, en de 3 miljard zal in 2008 worden gehaald.

– Chicago Tribune

18

Ze zijn best groot...

Amelia Sachs zat in de torenhoge lobby van Strategic Systems Datacorp. Ze vond dat de directeur van de schoenfabriek een nogal, nou ja, bescheiden beschrijving had gegeven van de data-miningonderneming.

Het dertig verdiepingen tellende gebouw in Midtown was een grijze, puntige kolos met gevels van glad graniet waarin mica flonkerde. De ramen waren smalle spleten, wat vreemd was, gezien het verbluffende uitzicht over de stad vanaf deze locatie en deze hoogte. Ze kende het gebouw wel, dat de Grijze Rots werd genoemd, maar had niet geweten van wie het was.

Ron Pulaski en zij zaten, niet meer in vrijetijdskleding, maar in een donkerblauw uniform en een donkerblauw mantelpak, tegenover een immense muur waarop de locaties van de vestigingen van SSD over de hele wereld waren aangegeven: Londen, Buenos Aires, Bombay, Singapore, Beijing, Dubai, Sydney en Tokio, onder andere.

Best groot...

Boven de lijst met vestigingen stond het bedrijfslogo: de vuurtoren met het raam.

Haar maag verkrampte bij de gedachte aan de ramen in de verlaten gebouwen tegenover Robert Jorgensens appartement. Ze herinnerde zich wat Lincoln Rhyme naar aanleiding van het incident met de DEA-agent in Brooklyn had gezegd.

Hij wist precies waar je was. Dat betekent dat hij je in de gaten hield. Pas op je tellen, Sachs.

Ze keek om zich heen in de lobby en zag een stuk of vijf wachtende zakenmensen. Ze leken zich niet op hun gemak te voelen, en ze herinnerde zich hoe bang de directeur van de schoenfabriek was geweest SSD kwijt te raken. Toen zag ze de hoofden vrijwel synchroon naar een plek achter de receptioniste draaien. Een kleine, jeugdige man met donkerblond haar kwam de lobby in en liep regelrecht over de zwart-witte karpetten naar Sachs en Pulaski. Zijn houding was volmaakt en zijn passen waren lang. Hij knikte en begroette vrijwel alle aanwezigen met hun naam.

Een presidentskandidaat, was Sachs' eerste indruk.

De man bleef echter pas staan toen hij hen had bereikt. 'Goedemorgen, ik ben Andrew Sterling.'

'Rechercheur Sachs. Dit is agent Pulaski.'

Sterling was een stuk kleiner dan Sachs, maar hij leek fit en had brede schouders. De boord en manchetten van zijn smetteloos witte overhemd waren gesteven. Zijn armen leken gespierd; zijn colbert zat strak. Geen sieraden. Zijn moeiteloze glimlach tekende kraaienpootjes in de hoeken van zijn groene ogen.

'Gaat u mee naar mijn kantoor?'

Het hoofd van zo'n enorm bedrijf... en toch was hij naar hen toe gekomen in plaats van hen door een onderdaan naar zijn troonzaal te laten brengen.

Sterling liep losjes door de brede, stille gangen. Hij begroette alle werknemers die ze tegenkwamen en vroeg er een paar naar hun weekend. Ze smulden van zijn glimlach wanneer het weekend leuk was geweest en van zijn frons bij het noemen van zieke familieleden of afgelaste wedstrijden. Het waren er tientallen, en hij had voor iedereen een persoonlijk woord.

'Hallo, Tony,' zei hij tegen een conciërge die de inhoud van een papierversnipperaar in een grote plastic zak leegde. 'Heb je de wedstrijd nog gezien?'

'Nee, Andrew, ik heb hem gemist. Ik had het te druk.'

'Misschien moeten we het driedaagse weekend instellen,' grapte Sterling.

'Daar ben ik helemaal voor, Andrew.'

Ze liepen verder door de gang.

Sachs dacht dat zij niet eens zoveel mensen kende bij de New Yorkse politie als Sterling tijdens hun wandeling van vijf minuten groette.

De inrichting van het bedrijf was minimalistisch: de paar kleine, smaakvolle foto's en tekeningen (niet één in kleur) leken nog kleiner aan de maagdelijk witte muren. Het meubilair, dat net als de karpetten zwart of wit was, was eenvoudig: een dure variant op Ikea. Het bracht een soort boodschap over, vermoedde ze, maar zij vond het deprimerend.

Onder het lopen nam ze door wat ze de vorige avond te weten was gekomen nadat ze Pam welterusten had gewenst. Ze had een biografie van Sterling opgesteld aan de hand van fragmenten van internet, maar die was niet uitgebreid. Sterling was een kluizenaar; een Howard Hughes, geen Bill Gates. Het begin van zijn leven was een raadsel. Ze had niets over zijn jeugd of ouders kunnen vinden. Op zijn zeventiende had

hij zijn eerste baantjes gehad, als huis-aan-huisverkoper en telemarke-
teer. Hij had zich op steeds grotere, duurdere producten gericht, tot hij
uiteindelijk bij computers was uitgekomen. Voor een jongen die '7/8
van een bacheloropleiding in de avonduren heeft gedaan', zoals Sterling
in de eerste, oppervlakkige kranteninterviews zei, vond hij zichzelf een
succesvol zakenman. Hij had het laatste achtste deel van zijn studie afgemaakt en had vervolgens in hoog tempo een masterstitel in informa-
tica en computertechniek gehaald. Het waren allemaal van die 'van
krantenjongen tot miljonair'-verhalen vol met details die zijn gewiekst-
heid en status als zakenman opkrikten.

Toen hij in de twintig was, was het 'grote ontwaken' gekomen, zei hij,
wat Sachs aan een citaat van Mao deed denken. Sterling verkocht veel
computers, maar niet genoeg om tevreden te zijn. Waarom had hij niet
meer succes? Hij was niet lui. Hij was niet dom.

Toen besefte hij wat het probleem was: hij was inefficiënt.

Net als veel andere verkopers.

Sterling had dus geleerd programma's te schrijven en weken met dagen van achttien uur in een donkere kamer software te zitten ontwer-
pen. Hij had al zijn bezittingen beleend om een nieuw bedrijf te beginnen, gebaseerd op een concept dat óf onzinnig was, óf geniaal: het
waardevolste bezit zou niet in handen zijn van de onderneming, maar
van miljoenen andere mensen, die het grotendeels gratis kregen: informatie over henzelf. Sterling begon aan het opzetten van een database
van potentiële klanten voor een aantal takken van dienstverlening en industrie, met de demografie van hun woonomgeving, hun inkomen,
burgerlijke staat, het goede of slechte nieuws over hun financiële, juridische en fiscale situatie en alle andere informatie – persoonlijk en beroepsmatig – die hij maar kon kopen, stelen of op andere manieren te
pakken kon krijgen. 'Als er een feit bestaat, wil ik het hebben,' zou hij
hebben gezegd.

De software die hij had gemaakt, de eerste versie van het beheersysteem van de database van Watchtower, was destijds revolutionair, een
exponentiële sprong over de fameuze programmeertaal SQL – uitgesproken als 'sequel', had Sachs gelezen. Watchtower stelde binnen een paar
minuten vast welke klanten de moeite van het benaderen waard waren
en hoe ze konden worden verleid, en welke klanten die moeite niet
waard waren (maar hun namen konden verkocht worden aan andere
bedrijven, voor hun eigen doeleinden).

Het bedrijf groeide als een monster in een sciencefictionfilm. Sterling
veranderde de naam in SSD, verhuisde naar Manhattan en begon klei-

nere ondernemingen in de informatiebranche op te kopen die hij aan zijn imperium toevoegde. Hoewel het bedrijf niet in de smaak viel bij organisaties die zich bezighielden met de bescherming van persoonsgegevens, deed nooit iets ook maar een schandaal à la Enron vermoeden. De werknemers moesten hun salaris verdienen en niemand kreeg wanstaltig hoge Wall Street-bonussen, maar als het bedrijf floreerde, profiteerde het personeel mee. ssd hielp bij studiekosten en de aanschaf van een huis, bood stages aan kinderen en gaf ouders een jaar moeder- of vaderschapsverlof. Het bedrijf stond erom bekend dat de personeelsleden als familie werden behandeld, en Sterling moedigde partners, ouders en kinderen van werknemers aan er ook te komen werken. Hij sponsorde maandelijks weekends om de motivatie te bevorderen en de teamgeest te versterken.

De president-directeur deed geheimzinnig over zijn privéleven, maar Sachs had achterhaald dat hij niet rookte of dronk en dat niemand hem ooit schuttingtaal had horen bezigen. Hij leefde bescheiden, nam genoegen met een verrassend laag salaris en stopte zijn rijkdom in aandelen ssd. Hij meed het jetsetleven van New York. Geen snelle auto's, geen privévliegtuigen. Ondanks het respect voor het gezin dat hij ten opzichte van de werknemers van ssd tentoonspreidde, was hij twee keer gescheiden en momenteel vrijgezel. Er waren tegenstrijdige verhalen over kinderen die hij in zijn jonge jaren zou hebben verwekt. Hij bezat verschillende huizen, maar hield de locaties buiten de openbaarheid. Andrew Sterling kende de gevaren van informatie, mogelijk doordat hij de kracht ervan ook kende.

Sterling, Sachs en Pulaski bereikten het eind van een lange gang en betraden een voorkantoor waar twee assistenten hun bureau hadden. Beide bureaus waren bedekt met keurig geordende stapels papier, mappen en prints. Er was maar één assistent aanwezig, een knappe jongeman in een vormelijk pak. *Martin Coyle*, stond er op zijn naamplaatje. Zijn werkplek was het ordelijkst – zelfs de boeken achter hem waren op aflopende hoogte gerangschikt, merkte Sachs geamuseerd op.

'Andrew.' Hij knikte naar zijn baas, maar besteedde geen aandacht aan diens gasten, die niet aan hem waren voorgesteld. 'Je telefonische berichten staan op je computer.'

'Dank je.' Sterling wierp een blik op het andere bureau. 'Is Jeremy het restaurant aan het inspecteren voor het persuitje?'

'Dat heeft hij vanochtend al gedaan. Hij is nu documenten aan het terugbrengen naar het advocatenkantoor. Over die andere kwestie.'

Sachs verwonderde zich erover dat Sterling twee persoonlijk assistenten had. Kennelijk was er een voor het interne werk en een voor externe zaken. Bij de politie deelden de rechercheurs hun assistenten, als ze die al hadden.

Ze liepen door naar Sterlings eigen kantoor, dat niet veel groter was dan de andere werkruimtes die ze in het bedrijf had gezien. En de wanden waren kaal. In weerwil van het ssd-logo met het voyeuristische venster in de vuurtoren, hingen er gordijnen voor Andrew Sterlings eigen ramen, die het waarschijnlijk schitterende uitzicht over de stad buitensloten. Ze voelde een lichte claustrofobie opkomen.

Sterling ging op een eenvoudige houten stoel zitten, geen leren troon op wieltjes. Hij bood Pulaski en Sachs net zulke stoelen aan, al waren die gestoffeerd. Achter hem stond een lage kast met boeken, die vreemd genoeg met de rug naar boven in plaats van naar voren stonden. Gasten konden niet zien wat hij las zonder langs hem heen te lopen en naar beneden te kijken of een boek uit de kast te trekken.

Sterling knikte naar een karaf en een stuk of vijf op hun kop staande glazen. 'Dat is water, maar als u liever koffie of thee hebt, kan ik dat ook laten presenteren.'

Presenteren? Ze dacht niet dat ze iemand dat woord ooit op die manier had horen gebruiken.

'Nee, dank u.'

Pulaski schudde zijn hoofd.

'Neem me niet kwalijk. Moment.' Sterling pakte zijn telefoon en toetste een nummer. 'Andy? Had je gebeld?'

Sachs leidde uit zijn toon af dat Andy iemand was die hem na stond, al was het duidelijk een zakelijk gesprek over het een of andere probleem. Toch klonk zijn stem emotieloos. 'Aha. Ja, je zult wel moeten, denk ik. We moeten die cijfers hebben. Zíj zitten ook geen duimen te draaien, hoor. Ze kunnen nu elk moment toeslaan... Goed.'

Hij hing op en zag Sachs' onderzoekende blik. 'Mijn zoon werkt bij het bedrijf.' Hij knikte naar een foto op zijn bureau, waarop hij naast een knappe, magere jongen stond die op hem leek. Ze hadden allebei een ssd-shirt aan; het was een bedrijfsuitje, misschien zo'n inspiratieweekendje. Ze stonden naast elkaar, maar raakten elkaar niet aan. Ze glimlachten geen van beiden.

Eén vraag over zijn privéleven was nu in elk geval beantwoord.

'Zo,' zei hij, en hij richtte zijn groene ogen op Sachs, 'waar gaat het eigenlijk over? U had het over een misdrijf.'

Sachs vertelde: 'Er zijn de afgelopen maanden verschillende moorden gepleegd in de stad. We denken dat iemand de informatie uit uw databases zou kunnen hebben gebruikt om dicht bij de slachtoffers te komen, ze te vermoorden en vervolgens onder andere uw informatie te gebruiken om onschuldige mensen voor het misdrijf te laten opdraaien.'

De man die alles weet...

'Informatie?' Hij leek oprecht bezorgd, maar ook perplex. 'Ik begrijp niet hoe dat heeft kunnen gebeuren, maar gaat u door.'

'Tja, de moordenaar wist precies welke toiletartikelen en dergelijke de slachtoffers gebruikten, en daar liet hij sporen van achter in het huis van onschuldigen om die in verband te brengen met de moord.' Sterling fronste af en toe zijn wenkbrauwen. Hij leek zich alles wat ze hem vertelde over de muntendiefstal, de diefstal van het schilderij en de twee zedendelicten echt aan te trekken.

'Wat vreselijk...' Hij wendde zijn blik af. 'Verkrachtingen?'

Sachs knikte kort en vertelde toen dat SSD het enige bedrijf in de regio leek te zijn dat kon beschikken over alle informatie die de dader had gebruikt.

Sterling knikte bedachtzaam en wreef over zijn gezicht.

'Ik begrijp uw bezorgdheid... maar zou het niet eenvoudiger voor de dader zijn om zijn slachtoffers gewoon te volgen en te zien wat ze kochten? Of zelfs hun computer te kraken, hun brievenbus open te maken, bij ze thuis in te breken en op straat hun kenteken te noteren?'

'Ziet u, dat is nu juist het probleem. Dat had hij kunnen doen, maar dan had hij dat allemáál moeten doen om de informatie te krijgen die hij nodig had. Hij heeft minimaal vier misdrijven gepleegd, we vermoeden dat het er meer zijn, en dat betekent dat hij de nieuwste informatie moest hebben over de vier slachtoffers en de vier mensen die hij erin liet lopen. De meest efficiënte manier om die informatie te krijgen, is via een data-miner.'

Sterling glimlachte en kromp licht in elkaar.

Sachs fronste haar wenkbrauwen en hield haar hoofd schuin.

'Er is niets mis met die uitdrukking, "data-miner",' zei Sterling. 'De pers is ermee begonnen en nu zegt iedereen het.'

Twintig miljoen treffers...

'Maar ik noem SSD liever een dienstverlenend bedrijf op kennisgebied. Zoiets als een internetprovider.'

Sachs kreeg het vreemde gevoel dat ze hem bijna had gekwetst. Ze wilde zeggen dat ze de uitdrukking niet meer zou gebruiken.

Sterling legde een stapel papieren op zijn ordelijke bureau recht. Ze dacht eerst dat ze blanco waren, maar zag toen dat ze met de bedrukte kant onder lagen. 'Nou, neem maar van mij aan dat als hier iemand van SSD bij betrokken is, ik dat net zo graag wil weten als u. Dit kan heel nadelig voor ons zijn – de dienstverlenende bedrijven op kennisgebied vallen de laatste tijd niet zo goed bij de pers en in het Congres.'

'Om te beginnen,' zei Sachs, 'heeft de moordenaar alle spullen contant gekocht. Daar zijn we vrij zeker van.'

Sterling knikte. 'Hij wil geen sporen achterlaten die naar hem leiden.'

'Juist. Maar hij heeft de schoenen per postorder of via internet gekocht. Hebt u een lijst van iedereen die deze schoenen in deze maten in New York en omgeving heeft gekocht?' Ze gaf hem een lijstje met de gegevens van de Alton-, de Bass- en de Sure-Track-schoenen. 'Ze moeten allemaal door dezelfde persoon zijn gekocht.'

'Over welke periode hebben we het?'

'De afgelopen drie maanden.'

Sterling pakte de telefoon en sprak met iemand. Nog geen minuut later keek hij naar zijn computerscherm. Hij draaide het naar Sachs toe, zodat ze kon meekijken, al wist ze niet precies waar ze naar keek: rijen codes en productinformatie.

Sterling schudde zijn hoofd. 'Er zijn ongeveer achthonderd paar Altons verkocht, twaalfhonderd paar Bass-schoenen en tweehonderd paar Sure-Tracks, maar niemand heeft van alle drie een paar gekocht, of zelfs maar van twee merken.'

Rhyme had het vermoeden gehad dat als de moordenaar zijn informatie van SSD betrok, hij zijn sporen zou uitwissen, maar ze hadden gehoopt dat deze aanwijzing iets zou opleveren. Terwijl Sachs naar de cijfers keek, vroeg ze zich af of de moordenaar gebruik had gemaakt van identiteitsdiefstal, een techniek die hij op Robert Jorgensen had geoefend, om de schoenen te bestellen.

'Het spijt me.'

Ze knikte.

Sterling draaide de dop van een gehavende zilveren pen en schoof een notitieblok naar zich toe. Hij maakte in een net handschrift een paar aantekeningen die Sachs niet kon lezen, keek ernaar en knikte bedachtzaam. 'Ik neem aan dat u denkt dat het probleem een indringer is, een werknemer, een cliënt of een kraker, nietwaar?'

Ron Pulaski keek even naar Sachs en zei toen: 'Precies.'

'Goed. We gaan dit tot op de bodem uitzoeken.' Hij keek op zijn Seiko-horloge. 'Ik wil er een paar mensen bij halen. Het kan een paar minuten duren. We hebben elke maandag rond deze tijd een Spirit Circle.'

'Spirit Circle?' herhaalde Pulaski vragend.

'Inspirerende bijeenkomsten van de groepsleiders. Ze moeten bijna klaar zijn. We beginnen stipt om acht uur, maar soms duurt het wat langer. Afhankelijk van de leider.' Hij vervolgde: 'Opdracht, intercom. Martin.'

Sachs gniffelde. Hij gebruikte hetzelfde spraakbesturingssysteem als Lincoln Rhyme.

'Ja, Andrew?' klonk het uit een kastje op het bureau.

'Ik zoek Tom, Tom van de beveiliging, en Sam. Zitten ze in een Spirit Circle?'

'Nee, Andrew, maar Sam zit waarschijnlijk de hele week in Washington. Hij komt vrijdag pas terug. Mark, zijn assistent, is er wel.'

'Stuur hem dan maar.'

'Goed, Andrew.'

'Opdracht, intercom, verbinding verbreken.' Sterling wendde zich tot Sachs. 'Ze zullen zo wel komen.'

Ze stelde zich zo voor dat wie bij Andrew Sterling werd ontboden, snel zijn gezicht liet zien. Sterling maakte nog een paar aantekeningen. Intussen keek zij naar het logo aan de wand. Toen hij klaar was, zei ze: 'Ik ben nieuwsgierig. Die toren met het raam. Waar staat dat voor?'

'Oppervlakkig gezien voor het waarnemen van gegevens, maar er is een onderliggende betekenis.' Hij glimlachte vergenoegd omdat hij het mocht uitleggen. 'Kent u het concept van het gebroken raam in de sociale filosofie?'

'Nee.'

'Ik heb het jaren geleden opgepikt en ik ben het nooit meer vergeten. Het komt erop neer dat als je de maatschappij wilt verbeteren, je je op kleine dingen moet richten. Als je die in de hand houdt, of opknapt, volgen de grote veranderingen vanzelf. Neem een achterstandswijk met veel misdaad. Je kunt miljoenen in meer politiesurveillance en beveiligingscamera's pompen, maar zolang de wijk er vervallen en gevaarlijk uit blijft zien, blijft hij vervallen en gevaarlijk. In plaats van die miljoenen kun je ook duizenden dollars steken in het vervangen van ramen, schilderwerk en het schoonmaken van portieken. Het lijkt een oppervlakkige verbetering, maar de mensen zien het. Ze worden trots op hun buurt. Ze zullen mensen gaan aangeven die een bedreiging vormen en hun huizen niet onderhouden.

U weet vast wel dat dat het speerpunt was van de misdaadpreventie in het New York van de jaren negentig, en het heeft gewerkt.'

'Andrew?' zei Martins stem door de intercom. 'Tom en Mark zijn er.'

'Laat maar binnenkomen,' gebood Sterling. Hij legde zijn aantekeningen recht voor zich en glimlachte strak naar Sachs. 'We zullen eens zien of er iemand door ons raam heeft gegluurd.'

19

Er werd aangebeld en Thom liet een nieuwe bezoeker binnen, een man van begin dertig met warrig bruin haar in een spijkerbroek en een Weird Al Yankovic-shirt onder een sjofele bruine blazer.

Je kon tegenwoordig geen technisch onderzoek meer doen zonder iets van computers te weten, maar Rhyme en Cooper kenden hun beperkingen. Toen duidelijk werd dat de zaak-225 digitale implicaties had, had Sellitto de hulp ingeroepen van de afdeling Computerdelicten, een elitegroep van tweeëndertig rechercheurs en ondersteunend personeel.

Rodney Szarnek beende de kamer in, keek naar de dichtstbijzijnde monitor en zei 'hé', alsof hij het tegen het scherm had. Toen hij naar Rhyme keek, toonde hij geen enkele interesse in diens lichamelijke toestand, alleen in het draadloze omgevingscontrolepaneel aan de armleuning van zijn rolstoel. Hij leek ervan onder de indruk te zijn.

'Heb je een vrije dag?' vroeg Sellitto met een blik op de kleding van de jongeman. Zijn stem liet er geen twijfel over bestaan dat hij die afkeurde. Rhyme wist dat Sellitto van de oude stempel was: politiemensen horen zich fatsoenlijk te kleden.

'Vrije dag?' zei Szarnek, die de steek onder water niet hoorde. 'Nee, waarom zou ik een vrije dag hebben?'

'Ik vroeg het maar.'

'O. Goed, wat is er aan de hand?'

'We moeten een val zetten.'

Lincoln Rhymes idee gewoon bij ssd binnen te lopen en naar een moordenaar te informeren was minder naïef dan het leek. Toen hij op de website van het bedrijf zag dat de PublicSure-divisie politiekorpsen ondersteunde, had hij zo'n gevoel gehad dat de politie van New York tot de clientèle behoorde. In dat geval zou de moordenaar toegang kunnen hebben tot de dossiers van het korps. Eén telefoontje volstond om erachter te komen dat het New Yorkse korps inderdaad een cliënt van ssd was. De stad maakte gebruik van software van PublicSure en adviseurs van ssd voor het gegevensbeheer, waaronder ook het combineren van informatie over zaken, processen-verbaal en verslagen viel. Als een surveillant op straat wilde nagaan of er een aanhoudingsbevel tegen iemand liep, of als een rechercheur die net een moordzaak had overgenomen de informatie moest hebben, zorgde PublicSure dat de gegevens binnen enkele minuten op de computer in de surveillanceauto binnenkwamen, op het bureau van de rechercheur of zelfs in een pda of mobiele telefoon.

Doordat Rhyme Sachs en Pulaski naar het bedrijf had gestuurd om te vragen wie er kon hebben ingebroken in de gegevens over de slachtoffers en zondebokken, zou Tweeëntwintig-vijf erachter kunnen komen dat ze hem op het spoor waren. Misschien zou hij via PublicSure proberen binnen te dringen in het computersysteem van de politie van New York om de dossiers te lezen. In dat geval zouden ze hem kunnen traceren.

Rhyme legde zijn plan uit aan Szarnek, die wijs knikte, alsof hij dagelijks zulke vallen zette. Hij schrok echter toen hij hoorde met welk bedrijf de moordenaar connecties zou kunnen hebben. 'SSD? De grootste data-miner van de wereld. Die weten alles van al Gods kinderen.'

'Is dat een probleem?'

Zijn uitstraling van zorgeloze nerd liet hem even in de steek. 'Ik hoop het niet,' zei hij zacht.

Hij ging aan het werk met de val, waarbij hij uitlegde wat hij deed. Hij haalde alle details uit de dossiers die voor Tweeëntwintig-vijf verborgen moesten blijven, en zette die gegevens op een computer zonder toegang tot internet. Vervolgens zette hij een *visual traceroute*-programma met alarm op het bestand over de zaak-Myra Weinburg op de server van de New Yorkse politie en voegde er subbestanden aan toe om de moordenaar lekker te maken, zoals 'Verblijfplaats verdachten', 'Technisch onderzoek' en 'Getuigen', die alleen algemene gegevens over plaats delict-procedures bevatten. Wanneer iemand een van de bestanden opende, of hij het nu kraakte of de legale weg bewandelde, kreeg Szarnek prompt het ip-adres en de locatie van de gebruikte computer door. Zo konden ze meteen zien of degene die het bestand bekeek iemand van de politie was die legitiem onderzoek deed, of iemand van buiten. In het laatste geval zou Szarnek Rhyme of Sellitto waarschuwen en werd er onmiddellijk een arrestatieteam naar het betreffende adres gestuurd. Szarnek voegde ook veel gecodeerd materiaal aan de bestanden toe, zoals voor iedereen toegankelijke informatie over SSD, om de moordenaar bezig te houden en de politie meer tijd te geven hem op te sporen.

'Hoe lang gaat het duren?'

'Een kwartier, twintig minuten.'

'Oké. En als dat klaar is, wil ik ook nagaan of iemand het systeem van buitenaf kan hebben gekraakt.'

'Het systeem van SSD?'

'Ja.'

'Haha. Die hebben firewalls op de firewalls op hun firewalls.'

'Toch moeten we het weten.'

'Maar als een van hun mensen de moordenaar is, wilt u zeker niet dat ik hen bel om dit met hen te bespreken?'

'Nee.'

Szarneks gezicht betrok. 'Dan zal ik maar gewoon proberen in te breken, denk ik.'

'Kun je dat legaal doen?'

'Ja en nee. Ik test alleen de firewalls. Het is geen misdaad als ik niet echt in het systeem inbreek en het laat crashen zodat er een gênante mediavertoning van komt en wij allemaal de bak in draaien.' Hij voegde er onheilspellend aan toe: 'Of nog erger.'

'Goed, maar ik wil eerst die val hebben. Zo snel mogelijk.' Rhyme keek op de klok. Sachs en Pulaski verspreidden het nieuws over de zaak al in de Grijze Rots.

Szarnek haalde een lijvige laptop uit zijn tas en zette hem op een tafel. 'Zou ik misschien een... Hé, bedankt.'

Thom kwam net met een koffiepot en koppen binnen.

'Dat wilde ik net vragen. Veel suiker, geen melk. Een nerd blijft een nerd, ook al werkt hij bij de politie. Ik heb nooit aan dat slaapgedoe kunnen wennen.' Hij mikte suiker in zijn koffie, roerde en dronk de helft op. Thom schonk hem nog eens bij. 'Dank je. Zo, wat hebben we hier?' Hij keek naar Coopers computer. 'Au.'

'Au?'

'Werk jij nog met een kabelmodem met 1,5 Mb per seconde? Wist je dat ze tegenwoordig kleurenschermen voor computers hebben, en dat er zoiets als internet bestaat?'

'Je meent het,' bromde Rhyme.

'Kom maar naar me toe als deze zaak achter de rug is. Dan zorgen we voor nieuwe bedrading en een aanpassing van het netwerk. Ik regel FE voor jullie.'

Weird Al, netwerken, FE...

Szarnek zette een getinte bril op, sloot zijn computer aan op die van Rhyme en begon op het toetsenbord te rammelen. Rhyme zag dat de veelgebruikte letters waren afgesleten en dat er ernstige zweetplekken opzij van het touchpad zaten. Het toetsenbord leek bestrooid te zijn met kruimels.

Sellitto keek Rhyme aan met een blik die zei: elke trol zijn eigen lol.

De eerste die zich bij hen voegde in Andrew Sterlings kamer, was een slanke man van middelbare leeftijd met een ondoorgrondelijk gezicht. Hij leek op een gepensioneerde politieman. De tweede die binnenkwam, was jonger en waakzaam, een echt aanstormend kaderlid. Hij leek op Niles uit *Frasier.*

Wat de eerste man betrof, Tom O'Day, zat Sachs bijna goed: hij had niet bij de politie gewerkt, maar wel bij de FBI, en hij was tegenwoordig het hoofd beveiliging van SSD. De andere man heette Mark Whitcomb en was het assistent-hoofd van de afdeling Compliance.

Sterling vertelde: 'Tom en zijn beveiligingsjongens zorgen dat mensen van buitenaf ons geen kwaad kunnen doen. Marks afdeling zorgt ervoor dat wij de burgers geen kwaad doen. We manoeuvreren door een mijnenveld. Jullie onderzoek naar SSD zal vast wel duidelijk hebben gemaakt dat we ons moeten houden aan honderden wetten op het gebied van de bescherming van de privacy: de wet van Graham-Leach-Bliley op misbruik van privégegevens en valse voorwendsels, de wet Eerlijke Kredietmelding, de regels voor privacybescherming binnen de gezondheidszorg van de HIPAA, de wet Bescherming Persoonsgegevens Bestuurders. Dan zijn er ook nog veel wetten op staatsniveau. Onze afdeling Compliance zorgt dat we de regels kennen en binnen de grenzen blijven.'

Mooi zo, dacht Sachs. Deze twee waren ideaal om het nieuws over het onderzoek naar Tweeëntwintig-vijf te verspreiden en de moordenaar aan te sporen op zoek te gaan naar de val.

Mark Whitcomb, die op een blocnote zat te pennen, zei: 'We willen voorkomen dat als Michael Moore een film maakt over gegevensleveranciers, wij de hoofdrol krijgen.'

'Daar mag je niet eens grapjes over maken,' zei Sterling lachend, maar met oprechte bezorgdheid op zijn gezicht. 'Mogen zij weten wat u me hebt verteld?' vroeg hij aan Sachs.

'Natuurlijk, ga uw gang.'

Sterling deed op bondige, heldere wijze verslag. Hij had alles onthouden wat ze hem had verteld, tot de merken van de verschillende producten aan toe.

Whitcomb luisterde met gefronst voorhoofd. O'Day nam het allemaal zwijgend en met een ernstig gezicht in zich op. Sachs was ervan overtuigd dat die terughoudendheid van FBI'ers geen aangeleerd gedrag was, maar al in de baarmoeder ontstond.

'Zo. Dat is het probleem,' besloot Sterling gedecideerd. 'Als SSD er op de een of andere manier bij betrokken is, wil ik dat weten en dan wil ik het probleem oplossen. We hebben vier mogelijke bronnen geïdentificeerd: krakers, indringers, werknemers en cliënten. Ideeën?'

O'Day, de voormalige FBI'er, richtte zich tot Sachs. 'Laten we met de krakers beginnen. Wij hebben de beste firewalls van iedereen. Beter dan die van Microsoft en Sun. Onze internetbeveiliging is in handen van ICS, even buiten Boston. Ik kan u wel zeggen dat we een gewild doelwit zijn: elke hacker op aarde wil ons kraken, maar sinds de verhuizing naar New York, nu vijf jaar geleden, is het niemand gelukt. Er is wel eens iemand tien minuten, een kwartier in onze administratieve servers geweest, maar er is nooit iemand in innerCircle binnengedrongen, en daar zou uw dader moeten zijn om de informatie te vinden die hij nodig had voor die misdrijven. En hij zou er niet door één enkele opening in kunnen komen; hij zou minstens drie of vier afzonderlijke servers moeten binnendringen.'

Sterling voegde eraan toe: 'Voor een indringer van buitenaf is het een onmogelijke opgave om hier binnen te komen. Wij zijn net zo goed bewaakt als het National Security Agency. We hebben vijftien voltijds bewakers en twintig parttimers. En dan nog zou geen buitenstaander bij de servers van innerCircle kunnen komen. Iedereen wordt geregistreerd en niemand mag vrijelijk rondlopen, zelfs cliënten niet.'

Sachs en Pulaski waren door een van die bewakers naar de lobby begeleid: een humorloze jongeman wiens waakzaamheid totaal niet afnam door de wetenschap dat ze van de politie waren.

'We hebben drie jaar geleden één incident gehad,' vulde O'Day aan, 'maar dat was het laatste.' Hij keek naar Sterling. 'Die verslaggever.'

Sterling knikte. 'Een wijsneus van een stadskrant. Hij werkte aan een artikel over identiteitsdiefstal en haalde het in zijn hoofd dat wij de duivel in eigen persoon waren. Axciom en Choicepoint waren zo verstandig hem niet in hun hoofdkantoor toe te laten, maar ik geloof in de vrije pers, dus ik stond hem te woord... Hij ging naar de wc en toen hij uiteindelijk terugkwam, beweerde hij dat hij verdwaald was, maar hij was me te vrolijk. Onze bewakers controleerden zijn koffertje en vonden een camera met foto's van geheime bedrijfsplannen en zelfs wachtwoorden.'

O'Day nam het van hem over. 'Hij raakte niet alleen zijn baan kwijt, maar werd ook vervolgd wegens schending van onze eigendommen. Hij heeft een halfjaar gezeten en voorzover ik weet, heeft hij sindsdien geen vaste baan als journalist meer gehad.'

Sterling boog zijn hoofd iets en zei tegen Sachs: 'Wij nemen onze beveiliging uiterst serieus.'

Er verscheen een jongeman in de deuropening. Sachs dacht eerst dat het Martin was, de assistent, maar dat kwam alleen door het vergelijkbare postuur en het zwarte pak. 'Andrew, neem me niet kwalijk dat ik stoor.'

'Ha, Jeremy.'

Dat was dus de tweede assistent. Hij keek naar Pulaski's uniform en toen naar Sachs. Toen hij besefte dat hij niet werd voorgesteld, negeerde hij iedereen in de kamer, behalve zijn baas, net als Martin had gedaan.

'Carpenter,' zei Sterling. 'Ik moet hem vandaag spreken.'

'Goed, Andrew.'

Toen hij weg was, vroeg Sachs: 'Werknemers? Hebt u disciplinaire problemen met mensen gehad?'

'We doen een uitgebreid antecedentenonderzoek naar onze mensen,' zei Sterling. 'Ik sta niet toe dat er iemand wordt aangenomen die ooit is veroordeeld voor iets anders dan een verkeersovertreding. En antecedentenonderzoek is een van onze specialiteiten. Maar zelfs als een werknemer in innerCircle wilde komen, zou hij nog geen gegevens kunnen stelen. Mark, vertel haar maar over de hokken.'

'Goed, Andrew,' zei Mark. Hij richtte zich tot Sachs. 'We hebben betonnen firewalls.'

'Ik ben niet zo technisch,' zei Sachs.

Whitcomb lachte. 'Nee, het is ook helemaal niet technisch. Ik heb het letterlijk over beton. Muren en vloeren. De gegevens die we binnenkrijgen, worden verdeeld en op verschillende plaatsen opgeborgen. Misschien begrijpt u het beter als ik eerst vertel hoe SSD te werk gaat. We gaan ervan uit dat gegevens onze grootste schat zijn. Als iemand innerCircle kon kopiëren, zouden we binnen een week geen markt meer hebben. Dat bezit beschermen komt dus op de eerste plaats. Goed, waar komen al die gegevens vandaan? Van duizenden bronnen: creditcardmaatschappijen, banken, overheidsarchieven, winkels, internetbedrijven, rechtbanken, bureaus Kentekenregistratie, ziekenhuizen en verzekeringsmaatschappijen. We noemen elke gebeurtenis die tot gegevens leidt een transactie, zoals een gesprek met een gratis nummer, de registratie van een auto, een claim bij een ziektekostenverzekering, het aanspannen van een proces, een geboorte of huwelijk, een aankoop, een ruil of het indienen van een klacht. In uw bedrijfstak zou een transactie een verkrachting kunnen zijn, een moord... elk soort misdrijf. Of het aanleggen van een dossier, het kiezen van een jurylid, een proces en een veroordeling.'

Whitcomb vervolgde: 'Gegevens met betrekking tot een transactie die bij SSD binnenkomen, gaan eerst naar het Intake Centrum, waar ze worden beoordeeld. Om veiligheidsredenen vervangen we de naam van een persoon door een code.'

'Het burgerservicenummer?'

Voor het eerst zag Sachs een vleugje emotie op Sterlings gezicht. 'O, nee. Die nummers zijn alleen in het leven geroepen voor belastingdoeleinden. Een eeuwigheid geleden. Het is zuiver toeval dat het een identificatienummer is geworden. Onnauwkeurig, makkelijk te stelen of te kopen. Gevaarlijk: alsof je een geladen wapen in huis laat slingeren. Wij werken met een zestiencijferige code. Achtennegentig procent van de volwassen Amerikanen heeft een SSD-code. Momenteel krijgt elk kind, waar dan ook in Amerika, bij de aangifte van de geboorte automatisch een code.'

'Waarom zestien cijfers?' vroeg Pulaski.

'Dat geeft ons ruimte om uit te breiden,' zei Sterling. 'We hoeven niet bang te zijn dat de nummers opraken. We kunnen bijna een triljoen codes toewijzen. De leefruimte op aarde is op voordat SSD door de codes heen is. De codes maken ons systeem een stuk veiliger en zo kunnen we gegevens veel sneller verwerken dan wanneer we een naam of burgerservicenummer zouden gebruiken. Daar komt nog bij dat een code het menselijke element neutraliseert en vooroordelen uitsluit. We hebben onze mening over Adolf, Britney, Shaquilla of Diego al klaar voordat we hem of haar hebben gezien, domweg op basis van die naam. Een getal maakt dat onmogelijk. En het verbetert de efficiency. Ga verder, Mark.'

'Ja, Andrew. Wanneer de naam eenmaal is vervangen door de code, beoordeelt het Intake Centrum de transactie, deelt hem in en stuurt hem naar een of meer van drie afzonderlijke opslagplaatsen; onze datahokken. In Hok A slaan we persoonlijke gegevens met betrekking tot levensstijl op. Hok B is voor financiële gegevens zoals salarisgeschiedenis, bankieren, kredietgegevens en verzekeringen. Hok C is voor openbaar toegankelijke gegevens, overheidsdocumenten en officiële stukken.'

'Vervolgens worden de gegevens gezuiverd,' nam Sterling het weer over. 'De onzuiverheden worden eruit gewied en de gegevens worden gestandaardiseerd. Op sommige formulieren vul je bijvoorbeeld een V of M in bij je geslacht, op andere schrijf je het voluit, maar het kan ook een 1 of een 0 zijn. Je moet consequent zijn.'

'We halen ook de ruis weg, de onzuivere gegevens. Die kunnen onjuist zijn, te schetsmatig of juist te gedetailleerd. Ruis is vervuiling, en

170

vervuiling moet worden uitgebannen.' Hij zei het vastbesloten, met weer een sprankje emotie. 'De gezuiverde data blijven in onze hokken opgeslagen tot een cliënt een waarzegger nodig heeft.'

'Hoe bedoelt u?' vroeg Pulaski.

'In de jaren zeventig gaven databases een analyse op basis van het verleden. In de jaren negentig boden de data een momentopname. Veel bruikbaarder. Nu kunnen we voorspellen wat consumenten in de toekomst zullen doen en onze cliënten daarvan laten profiteren.'

'Dan voorspelt u niet alleen de toekomst, u probeert die ook te beïnvloeden,' zei Sachs.

'Precies. Waarom zou je anders naar een waarzegger gaan?'

Zijn ogen stonden kalm, bijna geamuseerd, maar Sachs voelde zich onbehaaglijk bij de herinnering aan de aanvaring met de DEA-agent de vorige dag in Brooklyn. Het was alsof Tweeëntwintig-vijf precies had gedaan wat Sterling beschreef: een schietpartij voorspellen.

Sterling gebaarde naar Whitcomb, die vervolgde: 'Oké, dus de gegevens gaan, zonder namen maar met nummers, naar die drie afzonderlijke opslagen op verschillende verdiepingen in verschillende beveiligingszones. Iemand die bij de overheidsgegevens zit, kan niet bij de gegevens over levensstijl of financiële situatie komen. En niemand die in een hok zit, kan bij de gegevens in het Intake Centrum komen en een zestiencijferige code aan een naam en adres koppelen.'

Sterling zei: 'Dat bedoelde Tom toen hij zei dat een kraker die afzonderlijke servers zou moeten binnendringen.'

'En we houden alles vierentwintig uur per dag, zeven dagen per week in de gaten,' voegde O'Day eraan toe. 'Als een onbevoegde fysiek een hok binnen wil dringen, merken we dat meteen. Zo iemand wordt ter plekke ontslagen en vermoedelijk gearresteerd. Je kunt ook niets van de computers in de hokken downloaden, want ze hebben geen poorten, en zelfs al zou je bij een server binnendringen en er iets op aansluiten, dan zou je het nog niet naar buiten kunnen krijgen. Iedereen wordt gecontroleerd, elke werknemer, van de directie tot de beveiliging en van de brandwachten tot de schoonmakers. Zelfs Andrew. We hebben metaaldetectors en röntgenpoortjes bij elke in- en uitgang van de hokken en het Intake Centrum, zelfs bij de nooduitgangen.'

Whitcomb nam het verhaal over. 'En je moet door een magnetisch-veldgenerator. Die wist alle digitale gegevens op elk medium dat je bij je hebt, of het nu een iPod, een mobieltje of een harddisk is. Nee, geen mens komt hier met ook maar een kilobyte aan informatie weg.'

'Het stelen van de gegevens uit die hokken, door krakers van buitenaf of indringers of werknemers van binnenuit, is dus zo goed als onmogelijk.'

Sterling knikte. 'Gegevens zijn ons enige bezit. We bewaken ze nauwgezet.'

'Hoe zit het met de andere mogelijkheid, iemand die bij een cliënt werkt?'

'Zoals Tom al zei, zou zo iemand toegang moeten hebben tot de innerCircle-dossiers van alle slachtoffers en degenen die voor de misdrijven zijn aangehouden.'

'Juist.'

Sterling hief zijn handen, als een professor. 'Maar onze cliënten hebben geen toegang tot dossiers. Ze hebben er ook geen behoefte aan, want de dossiers bevatten ruwe gegevens waar ze niets aan hebben. Wat zij willen, is onze analyse van die gegevens. Cliënten loggen in op Watchtower, ons beheersysteem, en andere programma's, zoals Xpectation of FORT. Die zoeken de relevante gegevens op in innerCircle en gieten ze in bruikbare vorm. Als je in de mijnbouwanalogie wilt blijven, kun je zeggen dat Watchtower de goudklompjes uit tonnen aarde en steen zeeft.'

'Maar als een cliënt een aantal mailinglists koopt,' zei Sachs, 'kan hij toch genoeg gegevens over een van onze slachtoffers vinden om die misdrijven te plegen?' Ze knikte naar de lijst met aanwijzingen die ze Sterling eerder had gegeven. 'Onze dader kan een lijst hebben van iedereen die dat merk scheercrème heeft gekocht, die condooms, dat plakband, die schoenen en ga zo maar door.'

Sterling trok een wenkbrauw op. 'Hm. Het is gigantisch veel werk, maar in theorie is het mogelijk... Goed. Ik zal een lijst laten maken van al onze cliënten die gegevens hebben gekocht die betrekking hebben op uw slachtoffers. Hoe ver zal ik teruggaan, drie maanden? Nee, ik maak er zes van.'

'Dat moet voldoende zijn,' zei Sachs. Ze wroette in haar koffertje, dat aanzienlijk minder ordelijk was dan Sterlings bureau, en gaf hem een lijst van de slachtoffers en zondebokken.

'Onze contracten geven ons het recht informatie over onze cliënten met derden te delen. Juridisch gezien is het geen probleem, maar het opstellen van de lijst gaat een paar uur duren.'

'Dank u. Nog een laatste vraag over de medewerkers. Ook al kunnen ze niet in de hokken komen, kunnen ze wel een dossier voor hun kantoor downloaden?'

Sterling knikte. Hij leek onder de indruk te zijn van de vraag, al wekte die de suggestie dat een medewerker van SSD de moordenaar kon zijn. 'De meeste medewerkers niet, want nogmaals, we moeten onze gegevens beschermen, maar een paar van ons hebben een zogenaamd "algeheel toegangsrecht".'

Whitcomb glimlachte. 'Goh, wie zouden dat nou zijn, Andrew?'

'Als er hier een probleem is, moeten we alle mogelijke oplossingen onder de loep nemen.'

Whitcomb wendde zich tot Sachs en Pulaski. 'Ziet u, alleen mensen in hoge functies hebben hier een algeheel toegangsrecht. Ze werken hier al jaren. We zijn net een familie. We gaan naar dezelfde feestjes, we hebben onze inspiratieweekends...'

Sterling stak een hand op om hem tot zwijgen te brengen en zei: 'We moeten het toch onderzoeken, Mark. Ik wil de onderste steen boven hebben, koste wat kost. Ik wil weten hoe het zit.'

'Wie hebben er algeheel toegangsrecht?' vroeg Sachs.

Sterling schokschouderde. 'Ik. Het hoofd Verkoop, het hoofd Technische Operaties. Het hoofd Personeelszaken zou een dossier kunnen samenstellen, denk ik, al weet ik zeker dat hij het nog nooit heeft gedaan. En Marks chef, ons hoofd Compliance.' Hij gaf haar de namen.

Sachs keek vragend naar Whitcomb, die zijn hoofd schudde. 'Ik heb geen toegangsrecht.'

O'Day had het evenmin.

'Uw assistenten?' vroeg Sachs aan Sterling. Ze doelde op Jeremy en Martin.

'Nee... Goed, wat de monteurs betreft, de technische jongens: de gewone computermonteurs kunnen geen dossier samenstellen, maar we hebben twee systeembeheerders die het zouden moeten kunnen. Een in de dagdienst, een 's nachts.' Hij gaf Sachs hun namen ook.

Sachs bekeek de lijst. 'Er is een makkelijke manier om vast te stellen of ze onschuldig zijn.'

'Hoe dan?'

'We weten waar de moordenaar zondagmiddag was. Als ze een alibi hebben, gaan ze vrijuit. Ik wil ze spreken. Nu meteen, als het kan.'

'Goed,' zei Sterling, die haar idee leek te waarderen: een simpele 'oplossing' voor een van zijn 'problemen'. Toen drong er iets tot haar door: telkens wanneer hij die ochtend zijn blik op haar had gericht, had hij haar recht in de ogen gekeken. In tegenstelling tot veel, zo niet de meeste mannen die Sachs kende, had Sterling zijn blik niet één keer over haar lichaam laten dwalen en totaal niet met haar geflirt. Ze vroeg zich af wat zijn slaapkamerverhaal was. 'Mag ik de beveiliging van de hokken zelf zien?'

'Ja, hoor. Als u uw pieper, telefoon en pda maar buiten laat. En usb-sticks. Anders wordt alles wat erop staat gewist. En u wordt gefouilleerd voordat u weggaat.'

'Goed.'

Sterling knikte naar O'Day, die de kamer uit liep en terugkwam met de strenge bewaker die Sachs en Pulaski vanuit de immense lobby beneden had begeleid.

Sterling printte een pasje voor haar, tekende het en gaf het aan de bewaker, die met haar de gang in liep.

Sachs was blij dat Sterling haar verzoek niet had afgewezen. Ze had zo haar redenen om de hokken zelf te willen zien. Niet alleen kon ze zo nog meer mensen op de hoogte brengen van het onderzoek, in de hoop dat ze zouden happen, ze kon de bewaker ook vragen naar de beveiligingsmaatregelen, om te verifiëren wat O'Day, Sterling en Whitcomb haar hadden verteld.

De bewaker zei echter alleen het hoognodige, als een kind dat van zijn ouders niet met vreemden mag praten.

Door deuren en gangen, een trap af, een trap op. Ze had al snel geen idee meer waar ze was. Haar spieren trilden. De ruimtes werden steeds kleiner, smaller en schemeriger. Haar claustrofobie begon op te spelen; de ramen van de Grijze Rots waren al klein, maar hier, in de buurt van de datahokken, waren er helemaal geen ramen meer. Ze haalde diep adem. Het hielp niet.

Ze keek naar het naamplaatje van de bewaker. 'Hé, John?'

'Ja, mevrouw?'

'Hoe zit dat met de ramen? Of ze zijn klein, of ze zijn er helemaal niet.'

'Andrew is bang dat mensen van buitenaf informatie fotograferen, zoals toegangscodes. Of bedrijfsplannen.'

'Echt waar? Is dat mogelijk?'

'Ik weet het niet. We moeten het wel eens controleren, observatieplatforms scannen, de ramen van gebouwen die op het bedrijf uitkijken. We hebben nog nooit iets verdachts opgemerkt, maar Andrew wil dat we het blijven doen.'

De datahokken waren griezelige ruimtes, allemaal met hun eigen kleurcode. Persoonlijke levensstijl was blauw, financiën rood en overheid groen. Het waren enorme ruimtes, maar dat deed niets af aan Sachs' claustrofobie. De plafonds waren laag, de ruimtes schemerig en de gangpaden tussen de rijen computers smal. Een aanhoudend gonzen vulde de lucht, laag, als een grauw. Ze vermoedde dat de airconditioning op volle toeren draaide, gezien het aantal computers en de elektriciteit die ze verbruikten, maar de lucht was bedompt en verstikkend.

Ze had nog nooit zoveel computers bij elkaar gezien. Het waren grote, witte kasten die gek genoeg niet herkenbaar waren aan cijfers of letters, maar aan stickers met stripfiguren als Spiderman, Batman, Barney, Road Runner en Mickey Mouse.

'SpongeBob?' zei ze met een knikje naar een computer.

Er kon voor het eerst een lachje af bij John. 'Dat is ook een extra beveiligingsmaatregel die Andrew heeft bedacht. We hebben mensen die op internet zoeken naar uitlatingen over ssd en innerCircle. Als we een verwijzing vinden naar het bedrijf én een stripfiguur, zoals Wile E. Coyote of Superman, kan dat betekenen dat iemand iets te nieuwsgierig is naar de computers zelf. Die namen vallen meer op dan nummers.'

'Slim,' zei ze. Ze vond het ironisch dat Sterling mensen een nummer gaf en zijn computers een naam.

Ze kwamen bij het Intake Centrum, dat streng grijs was geschilderd. Het was kleiner dan de andere ruimtes, waardoor haar claustrofobie nog sterker werd. Net als in de datahokken bestond de enige wandversiering uit het logo van de vuurtoren met het verlichte raam en een groot portret van Andrew Sterling met een gekunstelde glimlach op zijn gezicht en daaronder de tekst: 'Jij bent nummer één!'

Misschien verwees het naar het marktaandeel of een onderscheiding die de onderneming had gekregen. Misschien ging het ook om het belang van de werknemers. Sachs vond het hoe dan ook onheilspellend, alsof je boven aan een lijst stond waar je niet op wilde staan.

Het gevoel opgesloten te zitten werd sterker en ze begon gejaagd te ademen.

'Het vliegt je aan, hè?' zei de bewaker.

Ze glimlachte. 'Een beetje.'

'We lopen onze rondes, maar niemand blijft langer in de hokken dan nodig is.'

Nu ze het ijs had gebroken en John meer zei dan alleen ja en nee, vroeg ze hem naar de beveiliging om te controleren of Sterling en de anderen eerlijk waren geweest.

Het leek er wel op. John herhaalde wat de directeur had gezegd: niet één van de computers of terminals in de hokken had een poort of aansluiting om gegevens te downloaden; er waren alleen schermen en toetsenborden. En de ruimtes waren afgeschermd, vertelde hij: er konden geen draadloze signalen door de muren komen. Hij vertelde ook wat Sterling en Whitcomb haar al hadden uitgelegd: de gegevens uit het ene hok waren onbruikbaar zonder die uit de andere hokken en die van Intake. De computermonitors zelf werden niet echt gecontroleerd, maar om in een hok te komen moest je een pasje en een toegangscode hebben en je werd biometrisch gescand – alsof je continu door een grote bewaker in de gaten werd gehouden (precies zoals John deed, en niet al te subtiel).

De beveiliging buiten de hokken was ook streng, zoals de directieleden haar hadden verteld. De bewaker en zij werden zorgvuldig gefouilleerd wanneer ze een hok verlieten, en dan moesten ze nog door een metaaldetector en een poort die een Data Clear-unit werd genoemd. Er stond een waarschuwing op: *Dit systeem wist onherroepelijk alle digitale gegevens op computers, disks, mobiele telefoons en andere apparatuur.*

Op de terugweg naar Sterlings kantoor zei John dat er bij zijn weten nog nooit was ingebroken bij SSD. Desondanks liet O'Day de bewakers regelmatig oefeningen houden om te voorkomen dat er iemand door de beveiliging heen brak. John was niet gewapend, maar Sterling wilde dat er vierentwintig uur per dag minstens twee gewapende bewakers aanwezig waren.

Toen ze weer bij Sterlings kantoor kwam, zat Pulaski op een grote leren bank bij Martins bureau in het voorkantoor. Hoewel hij niet bepaald klein was, leek hij hier nietig, als een leerling die naar de rector is gestuurd. Tijdens haar afwezigheid had de jonge agent op eigen initiatief Samuel Brockton nagetrokken, de chef van Whitcomb, die algehele toegang tot de gegevens had. Hij zat in Washington; uit hotelgegevens bleek dat hij ten tijde van de moord de vorige dag in de eetzaal aan de brunch had gezeten. Ze maakte er een notitie van en keek toen naar de lijst met anderen die algehele toegang hadden.

Andrew Sterling, directeur, hoofd raad van bestuur
Sean Cassel, hoofd Verkoop en Marketing
Wayne Gillespie, hoofd Technische Operaties
Samuel Brockton, hoofd Compliance (alibi: hotelgegevens bevestigen aanwezigheid in Washington)
Peter Arlonzo-Kemper, hoofd Personeelszaken
Steven Shraeder, hoofd Technische Dienst, dagploeg
Faruk Mameda, hoofd Technische Dienst, nachtploeg

'Ik wil hen zo snel mogelijk spreken,' zei ze tegen Sterling.

Sterling belde zijn assistent Martin. Iedereen behalve Brockton bleek in de stad te zijn, al werd Shraeder in beslag genomen door een hardwarecrisis in het Intake Centrum en zou Mameda pas om drie uur 's middags komen. Sterling vroeg Martin iedereen naar boven te laten komen voor een gesprek. Hij zou een lege vergaderzaal zoeken.

Sterling gaf de intercom opdracht de verbinding te verbreken en zei: 'Zo, rechercheur, nu is het verder aan u. Zuiver onze naam... of vind uw moordenaar.'

20

Rodney Szarnek had de val gezet en nu probeerde hij opgewekt de servers van SSD te kraken. Hij wipte met zijn knie en floot van tijd tot tijd, wat Rhyme ergerde, maar hij zei er niets van. Hij wist dat hij in zichzelf praatte bij het onderzoeken van een plaats delict en wanneer hij mogelijke benaderingen van een zaak overwoog.

Elke trol zijn eigen lol...

De bel ging; het was iemand van het technisch lab in Queens die aanwijzingen van een van de eerdere zaken kwam afgeven: het moordwapen, een mes, dat was gebruikt bij de muntendiefstal. De rest van de materiële sporen lag 'ergens in de opslag'. Er was een verzoek ingediend, maar niemand wist of, en zo ja wanneer, de aanwijzingen boven water zouden komen.

Rhyme liet Cooper het registerkaartje tekenen – zelfs na een proces moet iedereen zich aan de procedures blijven houden. 'Vreemd. De rest van de aanwijzingen is zoek,' zei Rhyme, hoewel hij besefte dat het mes, aangezien het een wapen was, achter slot en grendel zou zijn bewaard, niet in een archief met andere onschuldige aanwijzingen.

Rhyme keek naar het schema van de misdaad. 'Ze hadden wat stof in het heft van het mes aangetroffen. Misschien kunnen wij erachter komen wat het is, maar laten we beginnen met het mes zelf.'

Cooper haalde de informatie over de fabrikant door de wapendatabase van de New Yorkse politie. 'In China gemaakt, en het wordt in bulk aan duizenden winkels verkocht. Goedkoop, dus we mogen ervan uitgaan dat hij het contant heeft betaald.'

'Tja, ik had al geen hoge verwachtingen. Laten we dan maar naar het stof kijken.'

Cooper trok handschoenen aan en maakte de zak open. Hij kwastte voorzichtig het heft van het mes, dat roestbruin was van het bloed van het slachtoffer. Er dwarrelde wat wit stof op het onderzoekpapier.

Stof fascineerde Rhyme. Binnen het technisch onderzoek is 'stof' de term voor vaste deeltjes van minder dan 500 micrometer doorsnede, bestaand uit vezels van kleding, meubelstoffering, menselijke en dierlijke huidschilfers, fragmenten van planten en insecten, gedroogde uitwerpselen, zand en alle mogelijke chemicaliën. Sommige types zweven, andere landen snel op oppervlakken. Stof kan gezondheidsklachten ver-oorzaken, zoals stoflongen, gevaarlijk explosief zijn (zoals meelstof in graansilo's) en zelfs het klimaat beïnvloeden.

Dankzij statische elektriciteit en andere hechtende eigenschappen wordt stof vaak overgedragen van dader op plaats delict en andersom, wat de politie goede diensten bewijst. Toen Rhyme de technische re-cherche van de politie van New York nog leidde, had hij een grote data-base opgezet met stof dat was verzameld in de vijf wijken van de stad en delen van New Jersey en Connecticut.

Er kleefde niet veel stof aan het heft van het mes, maar Mel Cooper vond genoeg om een monster door de gaschromatograaf/massaspectro-meter te halen. De gaschromatograaf scheidt stoffen in de componen-ten waaruit ze zijn opgebouwd, en de massaspectrometer identificeert ze. Het duurde even, wat niet aan Cooper lag, want zijn handen, die verbazend groot en gespierd waren voor zijn tengere bouw, bewogen snel en efficiënt; de apparaten zelf sleepten zich traag door het proces van hun toverij. In afwachting van de uitslag voerde Cooper andere che-mische tests uit op een monster van het stof op zoek naar materialen die de GC/MS misschien niet zou kunnen vinden.

Toen de uitslag binnenkwam, noteerde Mel Cooper alle componen-ten op een whiteboard en gaf er uitleg bij. 'Goed, Lincoln. We hebben vermiculiet, gips, synthetisch schuim, deeltjes glas en verf, minerale wolvezels, glasvezels, korrels calciet, en papiervezels, korrels kwarts, ma-teriaal dat bij een lage temperatuur ontbrandt, vlokken metaal, witte as-best en wat chemicaliën, zo te zien polycyclische aromatische koolwa-terstoffen, paraffine, olefine, nafteen, octaan, pcb's, dibenzodioxinen – die kom je zelden tegen – en dibenzofuran. O, en nog wat pbde's.'

'Het World Trade Center,' zei Rhyme.

'Denk je?'

'Ja.'

Het stof van de in 2001 ingestorte Twin Towers was een bron van ge-zondheidsklachten geweest voor mensen die op en om Ground Zero werkten, en variaties van de samenstelling waren de laatste tijd in het nieuws. Rhyme was zich maar al te goed bewust van de componenten.

'Hij zit dus in Manhattan?'

'Mogelijk,' zei Rhyme, 'maar je kunt het stof in alle vijf de wijken vin-den. Laten we er voorlopig een vraagteken bij zetten...' Hij trok een gri-mas. 'Ons profiel tot nu toe is dus: een man die blank of lichtgetint zóú kunnen zijn. Die misschíén munten verzamelt en mógelijk van kunst houdt. En hij zóú in Manhattan kunnen wonen of werken. Hij zóú kinderen kunnen hebben en misschíén rookt hij.' Rhyme tuurde naar het mes. 'Laat het eens van dichtbij zien?' Cooper hield hem het wapen voor en Rhyme bekeek elke millimeter van het heft. Zijn lichaam weigerde dienst, maar hij had het gezichtsvermogen van een tiener. 'Daar. Wat is dat?'

'Waar?'

'Tussen het metaal en het been.'

Het was een piepklein, licht flintertje. 'Dat valt jou op?' fluisterde Cooper. 'Ik had het finaal gemist.' Hij werkte de flinter los met een naaldsonde en legde hem op een objectiefglaasje om hem onder de microscoop te bekijken. Hij begon met een lage vergrotingsfactor, die meestal voldoende is; van factor 4 tot 24, tenzij je de magie van de scanning elektronenmicroscoop nodig hebt. 'Zo te zien is het iets eetbaars. Gebakken. Een oranje tint. Het spectrum doet aan olie denken. Misschien een snack, zoals Doritos of chips.'

'Het is niet genoeg om te vergassen.'

'Op geen stukken na,' bevestigde Cooper.

'Zoiets kleins kan hij niet opzettelijk bij de zondebok hebben achtergelaten. Het is weer een stukje echte informatie over Tweeëntwintigvijf.'

Wat was het in godsnaam? Een deel van zijn lunch op de dag van de moord?

'Ik wil het proeven.'

'Hè? Er zit bloed aan.'

'Het heft, niet het lemmet. Alleen de plek waar die flinter zat. Ik wil weten wat het is.'

'Er is niet genoeg om iets te proeven. Dat kruimeltje? Je ziet het amper. Ik had het niet eens gezien.'

'Nee, het mes zelf. Misschien proef ik een smaak of een specerij die ons iets duidelijk maakt.'

'Lincoln, je mag niet aan een moordwapen likken.'

'Waar staat dat, Mel? Ik kan me niet herinneren dat ik dat ergens heb gelezen. We moeten meer over die vent weten!'

'Nou... goed dan.' Mel hield het mes bij Rhymes gezicht, en Rhyme boog zijn hoofd en drukte zijn tong op de plek van de kruimel.

'God allemachtig.' Hij trok zijn hoofd met een ruk terug.

'Wat is er?' zei Cooper geschrokken.

'Water, snel!'

Cooper smeet het mes op de onderzoektafel en riep Thom. Rhyme, wiens mond in brand stond, spuugde op de vloer.

Thom rende de kamer in. 'Wat is er?'

'Man... dat doet pijn. Water, zei ik! Ik heb hete saus gegeten.'

'Hete saus, zoiets als tabasco?'

'Weet ik veel!'

'Nou, dan moet je geen water drinken, maar melk of yoghurt.'

'Haal dat dan!'

Thom kwam terug met een pak yoghurt en voerde Rhyme een paar lepels. Tot zijn verbazing zakte de pijn prompt. 'Poe. Dat deed pijn... Oké, Mel, we weten weer iets – misschien. Onze jongen houdt van chips met salsasaus. Laten we het op snacks met hete saus houden. Zet het in het schema.'

Terwijl Cooper het noteerde, wierp Rhyme een blik op de klok. 'Waar zit Sachs, verdomme?' snauwde hij.

'Die zit toch bij ssd?' zei Cooper niet-begrijpend.

'Dat weet ik ook wel. Ik bedoel: waarom is ze nog niet terug, verdomme? En Thom, geef me nog wat yoghurt!'

Profiel dader 225

- Man
- Mogelijk roker, wonend/werkend met iemand die rookt of ergens bij bron van tabak
- Heeft kinderen, woont/werkt bij kinderen of ergens bij bron van speelgoed
- Geïnteresseerd in kunst, munten?
- Vermoedelijk blank of lichtgetint
- Normaal postuur
- Sterk: kan slachtoffers wurgen
- Heeft de beschikking over apparatuur om stem te vervormen
- Mogelijk computerkennis; kent Our-World. Andere netwerksites?
- Neemt trofeeën van slachtoffers. Sadist?

- Deel woning/werkplek donker en vochtig
- Woont in (omgeving van) Manhattan?
- Eet snacks/hete saus

Onopzettelijk achtergelaten sporen

- Oud karton
- Stukje BASF B35 nylon 6; poppenhaar
- Tabak van Tareyton-sigaretten
- Oude tabak, geen Tareyton, merk onbekend
- Sporen stachybotrys chartarum-schimmel
- Stof van aanslag op World Trade Centre, kan op woning/werk in Manhattan duiden
- Snack met hete saus

21

De vergaderzaal waar Sachs en Pulaski naartoe gingen, was net zo minimalistisch als Sterlings kantoor. Sachs stelde vast dat het hele bedrijf zich goed liet beschrijven als *sober deco.*

Sterling bracht hen er persoonlijk naartoe en gebaarde naar een paar stoelen onder het logo van het raam in de vuurtoren. 'Ik verwacht niet dat ik een andere behandeling krijg dan de anderen. Aangezien ik algeheel toegangsrecht heb, ben ik ook verdacht, maar ik heb wel een alibi voor gisteren: ik was de hele dag op Long Island. Dat doe ik vaak: naar grote discountzaken of coöperatieve winkels rijden om te zien wat de mensen kopen, hoe ze het kopen en op welke tijdstippen van de dag. Ik ben altijd op zoek naar manieren om onze onderneming efficiënter te maken, en dat kun je alleen doen als je weet waar je cliënten behoefte aan hebben.'

'Met wie was u?'

'Met niemand. Ik vertel nooit wie ik ben. Ik wil een zaak zien zoals hij echt werkt, met onvolkomenheden en al, maar u moet aan de gegevens van mijn E-ZPass kunnen zien dat ik om een uur of negen 's ochtends langs het tolhuis van de Midtowntunnel ben gekomen en dat ik rond halfzes ben teruggekomen. U kunt het natrekken via de Dienst Wegverkeer.' Hij dreunde zijn kenteken op. 'O, en gisteren heb ik mijn zoon ook gebeld. Hij was met de trein naar Westchester gegaan om een trektocht te maken in een natuurgebied. Hij ging alleen en ik wilde weten hoe het met hem was. Ik heb hem om een uur of twee gebeld. U moet kunnen zien dat ik vanuit mijn huis in de Hamptons heb gebeld, maar u kunt het ook in de lijst inkomende gesprekken op zijn mobieltje zien. De datum en tijd moeten erbij staan. Hij heeft hetzelfde mobiele nummer als ik, maar dan met de eindcijfers 7187.'

Sachs noteerde het, evenals het telefoonnummer van Sterlings tweede huis, en bedankte hem. Jeremy, de 'externe' assistent, kwam binnen en fluisterde zijn chef iets toe.

'Ik moet iets regelen. Als ik iets voor u kan doen, wat dan ook, zegt u het maar.'

Een paar minuten later kwam de eerste verdachte binnen, Sean Cassel, het hoofd Verkoop en Marketing. Sachs vond hem nog vrij jong, een jaar of vijfendertig, maar ze had maar weinig mensen van boven de veertig bij SSD gezien. Misschien was de informatiebranche het nieuwe Silicon Valley, een wereld van jonge ondernemers.

Cassel, die een lang, klassiek aantrekkelijk gezicht had, zag er sportief uit. Stevige armen, brede schouders. Hij droeg het SSD-uniform, in zijn geval een donkerblauw pak. Zijn smetteloos witte overhemd was getooid met zware, gouden manchetknopen en een gele das van dichtgeweven zijde. Hij had krullend haar en een rozige teint en hij keek Sachs strak aan door zijn bril. Ze wist niet dat er ook Dolce & Gabbana-brilmonturen bestonden.

'Hallo.'

'Hallo, ik ben rechercheur Sachs en dit is agent Pulaski. Gaat u zitten.' Ze gaf hem een hand en merkte op dat hij zijn stevige greep bij haar langer volhield dan bij Pulaski.

'Dus u bent rechercheur?' De verkoopdirecteur toonde geen greintje belangstelling voor Pulaski.

'Inderdaad. Wilt u mijn penning zien?'

'Nee, ik geloof u wel.'

'Goed. We willen informatie verzamelen over een aantal personeelsleden. Kent u een zekere Myra Weinburg?'

'Nee, moet dat?'

'Ze is vermoord.'

'O.' Het hippe masker zakte even en er trok wroeging over zijn gezicht. 'Ik had iets over een misdrijf gehoord, maar ik wist niet dat het om een moord ging. Wat erg. Werkte ze hier?'

'Nee, maar haar moordenaar had mogelijk toegang tot de informatie in de systemen van uw bedrijf. Ik weet dat u toegang hebt tot de gegevens in innerCircle; zou een van uw personeelsleden een individueel dossier kunnen samenstellen?'

Cassel schudde zijn hoofd. 'Voor een kast heb je drie wachtwoorden nodig, of een biometrische scan en een wachtwoord.'

'Een kast?'

Hij aarzelde even. 'O, zo noemen we een dossier hier. We gebruiken veel jargon in de informatiedienstverlening.'

Het was afgeleid van geheimen in een kast, vermoedde ze.

'Maar niemand kan mijn wachtwoord te pakken krijgen. We houden ze allemaal zorgvuldig geheim, daar staat Andrew op.' Cassel zette zijn bril af en poetste de glazen met een zwart doekje dat als bij toverslag in zijn hand was verschenen. 'Hij heeft mensen ontslagen die wachtwoorden van anderen hadden gebruikt, ook als die anderen toestemming hadden gegeven. Op staande voet.' Hij concentreerde zich op het poetsen. Toen keek hij op. 'Maar laten we eerlijk zijn. Waar u écht naar vraagt, is niet een wachtwoord, maar een alibi, heb ik gelijk?'

'Dat willen we ook graag weten, ja. Waar was u gisteren van twaalf tot vier uur 's middags?'

'Aan het hardlopen. Ik ben aan het trainen voor een minitriatlon. Loopt u zelf ook? U ziet er sportief uit.'

Als stilstaan en gaten in doelwitten schieten sportief is, klopte dat. 'Kan iemand dat bevestigen?'

'Dat u sportief bent? Ik vind het een uitgemaakte zaak.'

Ze glimlachte. Soms kon je het spelletje maar beter meespelen. Pulaski keek haar vragend aan – Cassel zag het en leek het grappig te vinden – maar ze zei niets. Niemand hoefde Sachs' eer te verdedigen.

Cassel wierp een blik op de agent in uniform en vervolgde: 'Nee, ik ben bang van niet. Er was een vriendin blijven slapen, maar die is rond halftien weggegaan. Verdenken jullie mij soms?'

'We verzamelen gewoon informatie,' zei Pulaski.

'Is dat zo?' Hij klonk neerbuigend, alsof hij het tegen een kind had. 'Alleen de feiten, dame. Alleen de feiten.'

Een citaat uit een oude tv-serie. Sachs wist niet meer welke.

Ze vroeg hem waar hij ten tijde van de andere moorden was geweest: die op de muntenhandelaar, de eerste vrouw die was verkracht en vermoord, en de bezitster van het schilderij van Prescott. Hij zette zijn bril weer op en zei dat hij het zich niet herinnerde. Hij leek zich volkomen op zijn gemak te voelen.

'Hoe vaak komt u in de datahokken?'

'Misschien een keer per week.'

'Neemt u informatie mee naar buiten?'

Hij fronste zijn voorhoofd. 'Nee, dat kan niet. Dat staat het beveiligingssysteem niet toe.'

'En hoe vaak downloadt u dossiers?'

'Ik weet niet eens óf ik dat wel ooit heb gedaan. Het zijn alleen maar ruwe gegevens. Te veel ruis voor de dingen die ik doe.'

'Goed, bedankt voor uw tijd. Dat was het wel, voorlopig.'

De glimlach verflauwde. 'Is er een probleem?' vroeg hij. 'Moet ik me zorgen maken?' Hij flirtte ook niet meer met haar.

'Dit is gewoon een voorlopig onderzoek.'

'O, u verklapt niets.' Hij wierp een blik op Pulaski. 'U laat uw kaarten niet zien, brigadier Friday?'

Ja, dat was het, dacht Sachs. *Dragnet.* Die oude politieserie waarvan ze de herhalingen jaren geleden met haar vader had gezien.

Cassel vertrok en een nieuwe verdachte kwam binnen: Wayne Gillespie, die de leiding had over de technische kant van de onderneming – de hard- en software. Hij voldeed niet echt aan Sachs' beeld van een nerd. Niet meteen. Hij was gebruind en fit, en hij had een dure zilveren – of platina – armband om. Hij gaf haar een stevige hand. Bij nader inzien besloot ze echter dat hij toch aan het klassieke beeld van de techneut voldeed, iemand die door zijn moeder in de kleren werd gestoken voor de klassenfoto. Hij was klein en mager en hij droeg een gekreukt pak en een stropdas die niet goed was gestrikt. Zijn schoenen waren versleten en hij had afgebeten nagels met rouwrandjes. Hij mocht wel eens naar de kapper. Het was alsof hij speelde dat hij in de directie zat, maar veel liever in een donker kamertje met zijn computer speelde.

In tegenstelling tot Cassel was Gillespie nerveus. Hij prutste continu aan drie elektronische apparaatjes aan zijn riem: een BlackBerry, een pda en een ingewikkelde mobiele telefoon. Hij maakte geen oogcontact; flirten was wel het laatste waar hij nu aan dacht, hoewel hij net als de directeur Verkoop geen trouwring omhad. Misschien had Sterling het liefst alleenstaande mannen op de machtsposities binnen zijn bedrijf. Loyale prinsen, geen ambitieuze hertogen.

Sachs had de indruk dat Gillespie minder had gehoord over hun aanwezigheid hier dan Cassel, en haar beschrijving van de misdaden trok zijn aandacht. 'Interessant. Ja, boeiend. Uitgekookt, data pianoën om misdaden te plegen.'

'Wat?'

Gillespie drukte vol nerveuze energie zijn vingers tegen elkaar. 'Data zoeken, bedoel ik. Gegevens verzamelen.'

Hij reageerde niet op het feit dat er mensen waren vermoord. Speelde hij toneel? De echte moordenaar had afgrijzen en medeleven kunnen veinzen.

Sachs vroeg hem waar hij zondag was geweest. Hij had evenmin een sluitend alibi, al hield hij een lang verhaal over een code die hij thuis aan het debuggen was en een rollenspel waaraan hij meedeed.

'We kunnen dus nagaan of u gisteren online bent geweest?'

Nu aarzelde hij. 'O, ik was maar aan het oefenen. Ik was niet online. Toen ik opkeek, was het opeens laat. Je krijgt zo'n flash dat de rest gewoon verdwijnt.'

'Flash?'

Hij begreep dat hij een vreemde taal sprak. 'O, ik bedoel dat je flow krijgt. Je gaat helemaal op in het spel. Alsof de rest van je leven verdwijnt.'

Hij beweerde eveneens Myra Weinburg niet te kennen. En niemand had zijn wachtwoorden kunnen bemachtigen, verzekerde hij haar. 'Ik wens je veel geluk als je die wilt kraken. Ze zijn allemaal willekeurig gekozen en ze bestaan uit zestien cijfers. Ik heb ze nooit opgeschreven. Gelukkig heb ik een goed geheugen.'

Gillespie zat altijd 'in het systeem'. Hij verklaarde afwerend: 'Ik bedoel, het is mijn werk.' Toen ze hem vroeg of hij individuele dossiers downloadde, reageerde hij verbaasd. 'Dat heeft toch geen zin? Lezen wat zomaar iemand de afgelopen week bij de supermarkt heeft gekocht? Hallo... Ik heb wel wat beters te doen.'

Hij gaf toe dat hij veel tijd doorbracht in de datahokken om 'de dozen te stemmen'. Ze had het idee dat hij het er prettig vond, dat hij zich thuisvoelde op de plek waar zij zo snel mogelijk weg had gewild.

Gillespie kon zich ook niet meer herinneren waar hij was geweest op de tijdstippen van de andere moorden. Ze bedankte hem en hij liep weg. Nog voordat hij bij de deur was, pakte hij zijn pda van zijn riem en begon een bericht te tikken met zijn duimen, sneller dan Sachs met tien vingers.

Toen ze op de volgende verdachte met algeheel toegangsrecht wachtten, vroeg Sachs aan Pulaski: 'Wat zijn je indrukken?'

'Nou, ik mag Cassel niet.'

'Daar kan ik inkomen.'

'Maar ik vind hem zo onhebbelijk dat hij volgens mij niet Tweeëntwintig-vijf kan zijn. Te veel een yup, snap je? Als hij iemand met zijn ego kon vermoorden, ja, dan was het zo gepiept... Van Gillespie ben ik niet zo zeker. Hij deed alsof hij het heel erg vond dat Myra was vermoord, maar het leek niet echt. En "pianoën" en "flash"? Ken je die termen? Ze komen van de straat. "Pianoën" is naar crack zoeken, verwoed tasten met je vingers. En een "flash" is de kick die je van heroïne krijgt.'*

'Zou hij drugs gebruiken?'

'Nou, ik vond hem flink nerveus, maar weet je wat mijn indruk was?'

'Daar vroeg ik naar.'

'Hij is niet verslaafd aan drugs, maar hieraan.' Pulaski gebaarde om zich heen. 'De data.'

Ze dacht erover na en was het met hem eens. De sfeer bij ssd was bedwelmend, maar niet op een prettige manier. Griezelig en verwarrend. Het was écht alsof je drugs had gebruikt.

Er kwam weer iemand binnen. Het was het hoofd Personeelszaken, een jonge, goedverzorgde, lichtgetinte man. Peter Arlonzo-Kemper vertelde dat hij zelden in de datahokken kwam, maar er wel mocht komen, zodat hij personeelsleden op hun werkplek kon spreken. Hij logde van tijd tot tijd in op innerCircle, maar alleen voor kwesties die betrekking hadden op het personeel van SSD.

Hij had dus wel degelijk dossiers gelicht, wat Sterling ook had gezegd.

De gedreven man plakte een glimlach op zijn gezicht en antwoordde op vlakke toon. Hij veranderde vaak van onderwerp, maar de kern van zijn boodschap was dat Sterling – die altijd 'Andrew' werd genoemd, was Sachs opgevallen – de 'vriendelijkste, attentste baas was die je je maar kon wensen'. Geen mens zou het in zijn hoofd halen hem of de 'idealen' van SSD, wat die ook mochten zijn, te verraden. Hij kon zich niet voorstellen dat er een crimineel in de gewijde gangen van de onderneming liep.

Zijn idolatie was vervelend.

Toen ze hem eenmaal van zijn verering had afgeleid, vertelde hij dat hij de hele zondag bij zijn vrouw was geweest (waarmee hij de enige getrouwde werknemer was die ze had gesproken). Op de dag van de moord op Alice Sanderson had hij het huis van zijn kortgeleden gestorven moeder in de Bronx leeggehaald. Hij was alleen geweest, maar hij dacht dat hij wel iemand kon vinden die hem had gezien. Waar hij ten tijde van de andere moorden was geweest, wist hij niet meer.

Na de gesprekken bracht de bewaker Sachs en Pulaski terug naar Sterlings voorkantoor. De directeur was in gesprek met een grote man van zijn eigen leeftijd, met donkerblond, over zijn kale schedel gekamd haar. Hij hing in een van de rechte houten stoelen. Het was geen personeelslid van SSD: hij droeg een poloshirt en een blazer. Sterling keek op, zag Sachs, sloot het gesprek af, stond op en liet zijn bezoeker uit.

Sachs keek naar wat de gast bij zich had: een stapel papier met de kop 'Associated Warehousing'. Het was waarschijnlijk de naam van zijn bedrijf.

'Martin, wil je een auto voor meneer Carpenter laten komen?'

'Goed, Andrew.'

'We zijn het toch eens, hè, Bob?'

'Ja, Andrew.' Carpenter, die boven Sterling uittorende, gaf hem ernstig een hand, draaide zich om en vertrok, begeleid door een bewaker.

Sachs en Pulaski liepen met Sterling mee zijn kantoor in.

'Wat zijn jullie te weten gekomen?' vroeg hij.

'Niets concreets. Sommige mensen hebben een alibi, andere niet. We blijven de zaak onderzoeken. Wie weet zetten de aanwijzingen of getuigen ons op het goede spoor. Ik vroeg me af of ik een kopie van een dossier zou kunnen krijgen? Arthur Rhyme.'

'Wie?'

'Hij is een van de mensen op de lijst. We denken dat hij ten onrechte is aangehouden.'

'Natuurlijk.' Sterling ging aan zijn bureau zitten, legde zijn duim op een gids naast het toetsenbord en typte iets. Hij keek wachtend naar het scherm en typte door. De eerste vellen rolden uit de printer. Het werden er een stuk of dertig, die hij aan Sachs gaf – Arthur Rhymes 'kast'.

Dat ging makkelijk, merkte ze op. Ze knikte naar de computer. 'Wordt dit ergens geregistreerd?'

'Geregistreerd? O, nee. We registreren onze interne downloads niet.' Hij keek weer naar zijn lijst. 'Ik zal Martin de cliëntenlijst laten samenstellen. Het zou twee tot drie uur kunnen duren.'

Net toen ze het kantoor uit liepen, kwam Sean Cassel binnen. Hij lachte niet. 'Hoezo, een cliëntenlijst, Andrew? Wil je die aan de politie geven?'

'Inderdaad, Sean.'

'Waarom cliënten?'

'We dachten dat iemand die bij een cliënt van ssd werkt informatie heeft opgezocht die hij voor de misdrijven heeft gebruikt,' zei Pulaski.

'Dat denken júllie,' zei Cassel honend, 'maar waaróm? Niemand heeft rechtstreeks toegang tot innerCircle. Ze kunnen geen kasten downloaden.'

'Ze kunnen mailinglists hebben gekocht waar de informatie in stond,' legde Pulaski uit.

'Mailinglists? Weet je wel hoe vaak een cliënt in het systeem zou moeten komen om alle informatie waar jullie het over hebben bij elkaar te krijgen? Daar heb je een dagtaak aan. Denk na.'

Pulaski bloosde en sloeg zijn ogen neer. 'Eh...'

Mark Whitcomb van Compliance stond bij Martins bureau. 'Sean, hij weet niet hoe het in elkaar zit.'

'Nou, Mark, volgens mij is het gewoon een kwestie van logisch denken, toch? Elke cliënt zou honderden mailinglists moeten kopen, en waarschijnlijk zijn er drie-, vierhonderd in de kasten geweest van de zestienen waarvoor ze interesse hebben.'

'Zestienen?' zei Sachs vragend.

'Mensen, bedoel ik.' Hij gebaarde vaag naar de smalle ramen, mogelijk om de mensheid buiten de Grijze Rots aan te duiden. 'Het is afgeleid van onze code.'

Nog meer jargon. Kasten, zestienen, pianoën... De uitdrukkingen hadden iets zelfvoldaans, zo niet minachtends.

'We moeten al het mogelijke doen om de waarheid te achterhalen,' zei Sterling koeltjes.

Cassel schudde zijn hoofd. 'Het is geen cliënt, Andrew. Niemand zou onze data durven te gebruiken voor een misdaad. Het zou gelijkstaan aan zelfmoord.'

'Sean, als SSD hierbij betrokken is, moeten we het weten.'

'Goed dan, Andrew. Wat jou het beste lijkt.' Sean Cassel negeerde Pulaski, wierp Sachs een kille, niet-verleidelijke glimlach toe en vertrok.

'We nemen die cliëntenlijst wel mee wanneer we de technische hoofden hebben gesproken,' zei Sachs tegen Sterling.

Terwijl Sterling Martin instructies gaf, hoorde Sachs Mark Whitcomb tegen Pulaski fluisteren: 'Let maar niet op Cassel. Gillespie en hij zijn de wonderjongens van de zaak. Jonge honden en zo. Ik ben een sta-in-de-weg. Jullie ook.'

'Geeft niet,' zei Pulaski vrijblijvend, maar Sachs zag dat hij dankbaar was. Hij is allesbehalve zelfbewust, dacht ze.

Whitcomb vertrok en Sachs en Pulaski namen afscheid van Sterling.

Toen legde de directeur zijn arm licht op die van Sachs. 'Ik wil nog iets zeggen, rechercheur.'

Ze keek naar de man, die met zijn armen over elkaar en zijn voeten wijd naar haar opkeek met zijn diepgroene ogen. Het was onmogelijk zijn strakke, hypnotiserende blik te ontwijken.

'Ik zal niet ontkennen dat ik in de informatiedienstverlening zit om geld te verdienen, maar ik doe het ook om de wereld te verbeteren. Denk maar aan wat we doen. Denk aan de kinderen die voor het eerst fatsoenlijke kleren en leuke kerstcadeaus krijgen van het geld dat hun ouders dankzij SSD hebben bespaard. Of aan de pasgetrouwde stellen die nu een bank kunnen vinden die ze een hypotheek voor hun eerste huis wil geven doordat SSD kan voorspellen dat ze wél een aanvaardbaar kredietrisico vormen. Of aan de identiteitsdieven die worden gepakt doordat onze algoritmes een afwijking in het uitgavenpatroon op je creditcard opmerken. Of aan de RFID-tags in een kinderarmband of -horloge die de ouders dag en nacht vertelt waar hun kind is. De intelligente wc's die diabetes diagnosticeren terwijl je niet eens wist dat je het risico liep de ziekte te krijgen.

'En kijk eens naar uw eigen werk, rechercheur. Stel dat u onderzoek doet naar een moord. Er zijn sporen van cocaïne gevonden op een mes, het moordwapen. Ons PublicSure-programma kan u vertellen welke mensen die ooit met cocaïne zijn aangehouden in de afgelopen twintig jaar een mes hebben gebruikt bij het plegen van een delict. U geeft het zoekgebied aan, of de persoon links- of rechtshandig moet zijn en wat zijn schoenmaat is. Voordat u het kunt vragen, hebt u de vingerafdrukken al op het scherm, samen met de foto's, informatie over de werkwijze, opvallende kenmerken, in het verleden gebruikte vermommingen, kenmerkende stempatronen en tientallen andere gegevens.

'We kunnen u ook vertellen wie dat merk mes hebben gekocht, of misschien zelfs wie dát mes heeft gekocht. Mogelijk weten we ook waar de koper was op het tijdstip van het misdrijf en waar hij nu is. Als het systeem hem niet kan vinden, kan het u vertellen hoe groot de kans is dat hij bij een bekende handlanger is en u zíjn vingerafdrukken en kenmerken doorgeven. En dat hele pakket gegevens bereikt u in alles bij elkaar een seconde of twintig.

'Onze maatschappij heeft hulp nodig, rechercheur. Weet u nog, de gebroken ramen? Nou, ssd biedt hulp...' Hij glimlachte. 'Dat was de aanloop. Nu het verkoopverhaal. Ik vraag u discretie te betrachten bij dit onderzoek. Ik zal al het mogelijke doen, zeker als de dader iemand van ssd lijkt te zijn. Maar als er geruchten ontstaan over lekken hier, over slechte beveiliging, springen onze concurrenten en critici er bovenop. En hard ook. Dat zou de belangrijkste missie van ssd ernstig kunnen belemmeren: zoveel mogelijk ramen repareren en de wereld verbeteren. Zijn we het eens?'

Amelia Sachs schaamde zich opeens voor haar eigen, achterbakse missie: geruchten verspreiden om de dader aan te sporen de val te zoeken, zonder het aan Sterling te vertellen. Ze deed haar uiterste best om oogcontact te blijven houden toen ze zei: 'Ik denk dat we het volkomen eens zijn.'

'Fantastisch. Martin, wil je onze gasten uitlaten?'

22

'Gebroken ramen?'

Sachs vertelde Rhyme over het logo van SSD.

'Dat bevalt me wel.'

'Echt?'

'Ja. Ga maar na. Het is een metafoor voor wat wij hier doen. We zoeken de kleine aanwijzingen en die leiden ons naar de oplossing van het grote geheel.'

Sellitto knikte naar Rodney Szarnek, die in een hoek zat, alleen oog had voor zijn computer en nog steeds floot. 'Dat joch met zijn T-shirt heeft de val gezet. En nu probeert hij in te breken.' Hij riep: 'Lukt het al, jongen?'

'Haha. Die lui weten wat ze doen, maar ik heb een hele trukendoos.'

Sachs vertelde dat het hoofd van de beveiliging niet geloofde dat iemand innerCircle kon kraken.

'Dat maakt het des te leuker,' zei Szarnek, die de zoveelste kop koffie leegdronk en weer zachtjes begon te fluiten.

Sachs vertelde over Sterling, het bedrijf en hoe data-mining in zijn werk ging. Ondanks wat Thom de vorige dag had gezegd en hun eerste onderzoek had Rhyme niet beseft dat het zo'n enorme bedrijfstak was.

'Deed hij verdacht?' vroeg Sellitto. 'Die Sterling?'

Rhyme kreunde om de in zijn ogen onzinnige vraag.

'Nee. Hij wil ons helpen. En gelukkig voor ons is hij een echte gelovige. Hij aanbidt de god van de gegevens. Hij wil alles uitroeien wat zijn bedrijf in gevaar kan brengen.'

Sachs deed verslag van de strenge bewaking bij SSD. Ze vertelde dat maar weinig mensen in alle drie de datahokken konden komen en dat je onmogelijk gegevens kon stelen, ook al kwam je er toch binnen. 'Ze hebben één indringer gehad, een verslaggever die alleen een artikel wilde schrijven. Hij was er helemaal niet op uit bedrijfsgeheimen te stelen. Hij heeft gezeten en zijn carrière is afgelopen.'

'Wraaklustig, hm?'

Sachs dacht er even over na. 'Nee. Ik zou het beschermend noemen... Wat de werknemers betreft: ik heb bijna iedereen gehoord die bij individuele dossiers kan komen. Er waren er een paar die geen alibi hadden voor gistermiddag. O, en ik heb gevraagd of ze downloads registreren, maar dat is niet het geval. En we krijgen een lijst van alle cliënten die gegevens over de slachtoffers en zondebokken hebben gekocht.'

'Maar waar het om gaat, is dat je hebt laten weten dat er een onderzoek loopt en dat je iedereen de naam Myra Weinburg hebt gegeven.'

'Juist.'

Toen haalde Sachs een bundel papieren uit haar koffertje. Het was Arthurs dossier, vertelde ze. 'Ik dacht dat het nuttig zou kunnen zijn. En anders zou het boeiend kunnen zijn om te zien wat je neef uitspookt.' Ze haalde het nietje eruit en zette de vellen papier op het leesframe naast Rhyme, een apparaatje dat bladzijdes voor hem omdraaide.

Hij wierp er een blik op en keek weer naar de schema's.

'Wil je het niet bekijken?' vroeg ze.

'Later misschien.'

Ze haalde nog iets uit haar koffertje. 'Hier heb je de lijst van SSD-werknemers die toegang hebben tot de dossiers – kasten, worden ze genoemd.'

'Zoals in geheimen?'

'Ja. Pulaski gaat de alibi's na. We moeten de twee technisch directeuren nog spreken, maar dit is wat we tot nog toe hebben.' Ze schreef de namen met opmerkingen op een whiteboard.

Andrew Sterling, directeur, hoofd raad van bestuur
  (alibi: op Long Island, nog nagaan)
Sean Cassel, hoofd Verkoop en Marketing
  (geen alibi)
Wayne Gillespie, hoofd Technische Operaties
  (geen alibi)
Samuel Brockton, hoofd Compliance
  (alibi: hotelgegevens bevestigen aanwezigheid in Washington)
Peter Arlonzo-Kemper, hoofd Personeelszaken
  (alibi: bij echtgenote, nog nagaan)
Steven Shraeder, hoofd Technische Dienst, dagploeg
  (nog horen)
Faruk Mameda, hoofd Technische Dienst, nachtploeg
  (nog horen)
Cliënt SSD (?) – wachten op lijst van Sterling

'Mel?' riep Rhyme. 'Trek die namen na bij NCIC en het bureau.'

Cooper haalde de namen door het National Crime Information Center, het equivalent daarvan bij de New Yorkse politie en door VICAP, het Violent Criminal Apprehension Program van het ministerie van Justitie.

'Wacht... ik zou een treffer kunnen hebben.'

'Wat?' vroeg Sachs, die naar het scherm liep.

'Arlonzo Kemper. Hij heeft in Pennsylvania in de jeugdgevangenis gezeten wegens geweldpleging, vijfentwintig jaar geleden. Het dossier is nog verzegeld.'

'De leeftijd klopt wel. Hij is nu een jaar of vijfendertig. En hij heeft een lichtgetinte huid.' Sachs knikte naar het profiel van Tweeëntwintig-vijf.

'Nou, laat dat dossier openen, of zoek ten minste uit of het dezelfde Arlonzo is.'

'Ik doe mijn best.' Cooper sloeg toetsen aan.

'Iets over de rest gevonden?' vroeg Rhyme met een knikje naar de lijst met verdachten.

'Nee, alleen over hem.'

Cooper zocht nog in verschillende databases van de staat, de federale overheid en beroepsorganisaties. Hij keek naar het scherm en zei schouderophalend: 'Hij heeft in Hastings gestudeerd, aan de University of California. Ik kan geen connectie met Pennsylvania vinden. Hij lijkt me een individualist: afgezien van de universiteit kan ik hem alleen terugvinden bij de National Organisation of Human Resource Professionals. Hij heeft twee jaar geleden in hun taakeenheid Technologie gezeten, maar daarna heeft hij niet veel meer gedaan.

Goed, dit heb ik over de jeugdgevangenis gevonden. Hij ging een ander kind te lijf terwijl hij in tijdelijke hechtenis zat... Oeps.'

'Hoezo, oeps?'

'Het is hem niet. Geen streepje. Het is een andere naam. Die jongen heette Arlonzo van zijn voornaam, achternaam Kemper.' Cooper keek naar de lijst. 'Dit is Peter, achternaam Arlonzo-Kemper. Ik had het verkeerd ingetikt. Als ik het streepje niet was vergeten, was dit helemaal niet bovengekomen. Sorry.'

'Het is geen doodzonde.' Rhyme schokschouderde. Het was een ontnuchterende les over het wezen van gegevens, vond hij. Ze leken een verdachte te hebben, en zelfs Coopers beschrijving – *Hij lijkt me een individualist* – deed vermoeden dat hij het zou kunnen zijn, maar de aanwijzing zat er finaal naast door toedoen van een minuscule fout: één enkele toetsaanslag. Ze hadden het hem moeilijk kunnen maken – en hun middelen verkeerd kunnen inzetten – als Cooper zijn fout niet had gezien.

Sachs ging naast Rhyme zitten, die haar ogen zag en vroeg: 'Wat is er?'

'Het is gek, maar nu ik terug ben, voelt het alsof er een soort ban is verbroken. Ik geloof dat ik de mening van een buitenstaander wil horen. Over SSD. Ik raakte mijn gevoel voor perspectief daar kwijt... Je raakt er gedesoriënteerd.'

'Hoezo?' vroeg Sellitto.

'Ben je wel eens in Vegas geweest?'

Sellitto was er geweest, samen met zijn ex. Rhyme lachte schamper. 'Las Vegas, waar de vraag alleen is hoe érg je in het nadeel bent. En waarom zou ik mijn geld willen weggooien?'

Sachs vervolgde: 'Nou, het was net een casino. De buitenwereld bestaat er niet. Kleine of helemaal geen ramen. Geen gesprekken bij de waterkoeler, niemand die lacht. Iedereen wordt helemaal in beslag genomen door zijn werk. Het is alsof je in een andere wereld bent.'

'En jij wilt horen wat iemand anders ervan vindt,' zei Sellitto.

'Ja.'

'Een journalist?' opperde Rhyme. Peter Hoddins, Thoms levensgezel, had als verslaggever voor *The New York Times* gewerkt en schreef tegenwoordig non-fictieboeken over politiek en maatschappij. Hij kende vast wel mensen op de economische redactie die over de data-miningsector schreven.

Sachs schudde haar hoofd. 'Nee, iemand die zelf contact met ze heeft gehad. Een ex-werknemer, bijvoorbeeld.'

'Prima. Lon, wil je iemand van het CWI bellen?'

'Doe ik.' Sellitto belde het CWI in New York. Nadat hij tien minuten lang van het kastje naar de muur was gestuurd, kreeg hij de naam van een voormalig assistent-technisch directeur van SSD die een aantal jaren voor de data-miner had gewerkt, maar anderhalf jaar terug was ontslagen. Hij heette Calvin Geddes en woonde in Manhattan. Sellitto noteerde zijn gegevens en gaf ze aan Sachs, die hem opbelde en een afspraak voor over een uur met hem maakte.

Rhyme had geen uitgesproken mening over haar missie. Je moet je in elk onderzoek op alle fronten indekken, maar een gesprek met Geddes of het natrekken van alibi's, zoals Pulaski nu deed, zag Rhyme als beelden die werden gereflecteerd door een ondoorzichtig raam: suggesties van de waarheid, maar niet de waarheid zelf. Alleen de harde bewijzen, hoe schamel die ook mochten zijn, konden zeggen wie de moordenaar was. Hij richtte zijn aandacht dus weer op de schema's.

Oprotten...

Arthur Rhyme was niet meer bang voor de latino's, die hem trouwens toch geen blik waardig keurden, en hij wist dat die grote zwarte geen bedreiging vormde.

Het was die blanke met de tatoeages die hem zorgen baarde. Die speedfreak, want zo werden de gebruikers van pep kennelijk genoemd, joeg Arthur veel angst aan. Mick, heette hij. Zijn handen trokken, hij krabde de hele tijd aan zijn bultige huid en zijn griezelige witte ogen sprongen rond als belletjes in kokend water. Hij fluisterde in zichzelf.

Arthur had de hele vorige dag zijn best gedaan om hem te ontlopen, en de afgelopen nacht had hij wakker gelegen en tussen de aanvallen van depressie door veel tijd besteed aan het wegwensen van Mick. Misschien diende zijn proces de volgende dag en verdween hij voorgoed uit Arthurs leven.

Het mocht niet zo zijn. Hij was er die ochtend weer, en hij leek dichtbij te blijven. Hij keek telkens naar Arthur. 'Jij en ik,' prevelde hij een keer, en de rillingen liepen over Arthurs rug.

Zelfs de latino's leken Mick niet tegen de haren in te willen strijken. Misschien moest je je aan een bepaalde gedragslijn houden in de gevangenis, waren er ongeschreven wetten van goed en kwaad. Mensen zoals die magere, getatoeëerde junk hielden zich mogelijk niet aan die wetten, en dat leek iedereen te weten.

Iedereen hier weet alles. Behalve jij. Jij weet geen ene reet...

Mick had een keer gelachen en Arthur aangestaard alsof hij hem herkende. Hij was half opgestaan, maar leek toen te vergeten wat hij van plan was, zakte weer op zijn stoel en begon aan zijn duim te pulken.

'Yo, Jersey Man,' klonk een stem in Arthurs oor. Hij schrok.

De grote zwarte stond achter Arthur. Hij kwam naast hem zitten. De bank kraakte onder zijn gewicht.

'Ik ben Antwon. Antwon Johnson.'

Moest hij een vuist maken en ermee tegen die van Antwon slaan? Doe niet zo idioot, vermaande hij zichzelf en hij knikte gewoon. 'Arthur...'

'Weet ik.' Johnson wierp een blik op Mick en zei: 'Die speedfreak heeft het verkloot. Begin er niet aan. Je wordt nooit meer normaal.' Hij zweeg even en zei toen: 'Zo, heb jij hersens?'

'Zoiets.'

'Wat wil je daarmee zeggen?'

Geen spelletjes spelen. 'Ik heb natuurkunde gestudeerd. En scheikunde. Ik heb op het MIT gezeten.'

'Het emmietee?'

'Een universiteit.'

'Een goeie?'

'Best wel.'

'Dus jij weet alles van wetenschap? Scheikunde en natuurkunde en alles?'

De vragen gingen een heel andere richting op dan die van de twee latino's, die hem alleen hadden willen afpersen. Johnson leek oprechte belangstelling te tonen. 'Sommige dingen, ja.'

'Dus jij kunt bommen maken,' zei de kolos toen. 'Een bom die groot genoeg is om die klotemuur omver te blazen.'

'Ik...' Zijn hart bonsde weer, nog harder dan tevoren. 'Nou...'

Antwon Johnson schoot in de lach. 'Ik zit maar met je te dollen, man.'

'Ik...'

'Te dóllen.'

'O.' Arthur lachte en vroeg zich af of zijn hart nu meteen zou springen of pas later. Hij had niet alle genen van zijn vader, maar zaten de defecte hartsignalen in het pakket?

Mick mompelde iets in zichzelf en vatte een intense belangstelling op voor zijn rechterelleboog, die hij openkrabde.

Johnson en Arthur keken ernaar.

Speedfreak...

Toen zei Johnson: 'Yo, yo, Jersey Man, ik moet je wat vragen.'

'Toe maar.'

'Mijn mama, die is godsdienstig, weet je? En zij zei op een keer dat de Bijbel gelijk had. Ik bedoel dat alles precies zo is als het daar staat geschreven. Oké, maar moet je horen: ik zit te denken, waar zijn de dinosaurussen dan in de Bijbel? God heeft man en vrouw geschapen, de aarde, de rivieren, de ezels en de slangen en alles, maar waarom staat er niet dat God de dinosaurussen heeft geschapen? Ik bedoel, ik heb de skeletten gezien en zo, dus ze waren echt. Hoe zit dat nou, man?'

Arthur Rhyme keek naar Mick. Toen naar de in de muur geramde spijker. Het zweet stond hem in de handen. Van alle dingen die hem in de gevangenis konden overkomen, zou hij uitgerekend worden vermoord omdat hij als wetenschapper een moreel standpunt innam tegen *intelligent design*.

O, wat kon het hem ook verrekken?

Hij zei: 'Dat de aarde pas zesduizend jaar oud zou zijn, is in strijd met alle gangbare natuurwetten, wetten die door alle moderne beschavingen op aarde worden erkend. Het zou zijn alsof jij zomaar vleugels kreeg en door dat raam daar vloog.'

Johnson fronste zijn voorhoofd.

Ik ben er geweest.

Johnson keek hem indringend aan en knikte. 'Ik wist het, verdomme. Het sloeg nergens op, zesduizend jaar. Tering.'

'Ik weet wel een boek dat je erover kunt lezen. Het is van Richard Dawkins en hij...'

'Ik hoef goddomme geen boek te lezen. Ik geloof je op je woord, Jersey Man.'

Arthur had nu echt zin om de vuisten tegen elkaar te slaan, maar hij zag ervan af. 'Wat zou je moeder zeggen als je het haar vertelt?' vroeg hij.

Het ronde zwarte gezicht kreeg een verblufte uitdrukking. 'Dat ga ik haar toch niet vertellen? Dat zou ziek zijn. Van je moeder win je het nooit.'

Van je vader ook niet, dacht Arthur.

Johnson werd weer ernstig. 'Yo,' zei hij. 'Ik heb gehoord dat je niet hebt gedaan waarvoor je bent opgepakt.'

'Natuurlijk niet.'

'Maar je bent toch opgesloten?'

'Ja.'

'Hoe kan dat?'

'Wist ik het maar. Ik zit er al sinds mijn arrestatie over te piekeren. Ik denk nergens anders aan. Hoe hij het voor elkaar heeft gekregen.'

'Wie bedoel je?'

'De echte moordenaar.'

'Yo, net als in *The Fugitive*. Of OJ.'

'De politie heeft allerlei aanwijzingen gevonden die mij aan de misdaad koppelen. De echte dader wist op de een of andere manier alles van me. Wat voor auto ik heb, waar ik woon, hoe mijn dag eruitziet. Hij wist zelfs wat ik had gekocht, en hij heeft spullen neergelegd die als bewijs konden dienen. Ik weet zeker dat het zo is gegaan.'

Antwon Johnson dacht erover na en lachte. 'Man. Dát is jouw probleem.'

'Wat?'

'Dat je spullen hebt gekócht. Je moet ze gewoon jatten. Dan weet niemand ene reet van je.'

23

Weer een lobby.

Maar heel anders dan die van ssd.

Amelia Sachs had nog nooit zo'n rommeltje gezien. Misschien toen ze nog wijkagent was en op meldingen van huiselijk geweld van junks in Hell's Kitchen afging, maar zelfs die mensen hadden vaak hun waardigheid; ze deden hun best. Hier kreeg ze de kriebels. De stichting Privacy Now, die in een oude pianofabriek in de wijk Chelsea zat, kreeg de hoofdprijs voor slonzigheid.

Stapels uitdraaien en boeken – veel wetboeken en vergeelde overheidsvoorschriften – kranten en tijdschriften. En kartonnen dozen met meer van hetzelfde erin. Telefoonboeken. De Handelingen.

En stof. Bergen stof.

Een receptioniste in een spijkerbroek en een sjofele trui rammelde als een dolle op een oud toetsenbord en praatte gedempt in een handsfree telefoon. Mensen in spijkerbroek en t-shirt of in ribbroek en gekreukt werkoverhemd kwamen gejaagd door de gang de lobby in, ruilden dossiers of pakten telefoonmemo's en haastten zich weer weg.

De wanden waren behangen met goedkope kopieën en posters.

BOEKHANDELAREN:
VERBRAND DE AANKOOPBONNEN VAN UW KLANTEN
VOORDAT DE REGERING HUN BOEKEN VERBRANDT!

Op een kreukelig opgespannen doek stond de vermaarde zin uit *1984* van George Orwell over de totalitaire samenleving:

Big Brother is watching you

En op een prominente plek aan de schurftige muur tegenover Sachs:

GUERRILLAGIDS VOOR DE PRIVACYOORLOG
* *Geef nooit je burgerservicenummer*
* *Geef nooit je telefoonnummer*
* *Geef je nooit vrijwillig op voor statistisch onderzoek*

- *Hou je overal buiten*
- *Vul geen productregistratiekaartjes in*
- *Vul geen 'garantiebewijzen' in. Zonder heb je ook garantie. Ze worden alleen gebruikt om informatie te verzamelen!*
- *Denk erom: het gevaarlijkste wapen van de nazi's was informatie*
- *Blijf zoveel mogelijk buiten het systeem*

Ze was het nog aan het verwerken toen er een gehavende deur openging en er een kleine, gedreven ogende man met een bleke huid op haar af beende, haar een hand gaf en haar meenam naar zijn kamer, die nog rommeliger was dan de lobby.

Calvin Geddes, de ex-werknemer van ssd, werkte nu bij deze stichting voor het recht op privacy. 'Ik ben overgestapt naar de duistere kant,' zei hij met een glimlach. Hij had de behoudende kledingvoorschriften van ssd ook achter zich gelaten en droeg nu een geel overhemd zonder das, een spijkerbroek en sportschoenen.

Toen Sachs hem over de moorden vertelde, bestierf de vriendelijke glimlach hem op de lippen.

'Ja,' fluisterde hij. Zijn ogen stonden nu hard en geconcentreerd. 'Ik wíst dat het een keer zou gebeuren. Ik wist het absoluut zeker.'

Geddes vertelde dat hij een technische achtergrond had en dat hij als programmeur bij Sterlings eerste onderneming, de voorganger van ssd, in Silicon Valley had gewerkt. Hij was naar New York verhuisd en had er goed van geleefd toen ssd een torenhoge vlucht nam.

Tot de keerzijde zichtbaar werd.

'We kregen problemen. We codeerden de data toen nog niet, en wij waren verantwoordelijk voor een paar ernstige gevallen van identiteitsdiefstal. Een aantal mensen pleegde zelfmoord. En er schreven zich wel eens stalkers bij ons in die alleen maar op informatie uit innerCircle uit waren. Twee vrouwen die ze zochten, werden belaagd en eentje was bijna dood geweest. Toen gebruikten ouders die in een gevecht om de voogdij verwikkeld waren onze gegevens om hun ex op te sporen en ontvoerden de kinderen. Het was zwaar. Ik voelde me net die vent die had geholpen de atoombom uit te vinden en er toen spijt van kreeg. Ik probeerde meer beveiliging in te bouwen. En dat hield in dat ik niet in de – haakjes openen – visie van ssd – haakjes sluiten – geloofde, volgens mijn baas.'

'Sterling?'

'Uiteindelijk wel, maar hij heeft me niet ontslagen. Andrew maakt zijn handen niet vuil. De rotklusjes schuift hij af. Zo kan hij de meest

199

fantastische, vriendelijkste baas van de wereld blijven... Bovendien is er minder bewijs tegen hem als anderen het smerige werk voor hem opknappen... Goed, na mijn ontslag sloot ik me aan bij Privacy Now.'

De organisatie was vergelijkbaar met EPIC, het Electronic Privacy Information Center, vertelde hij. Privacy Now kwam in het geweer tegen bedreigingen van de privacy van individuen door de overheid, bedrijven en financiële instellingen, internetproviders, telefoonmaatschappijen en commerciële data-brokers en -miners. De organisatie lobbyde in Washington, daagde de regering voor het gerecht op grond van de wet Openbaarheid van Bestuur om meer te weten te komen over het toezicht op de burger en klaagde particuliere bedrijven aan die zich niet hielden aan de wet op de privacy en openbaarmaking.

Sachs vertelde hem niet over de dataval die Rodney Szarnek had gezet, maar legde in algemene bewoordingen uit dat ze op zoek waren naar werknemers en cliënten van SSD die in staat zouden kunnen zijn dossiers samen te stellen. 'De beveiliging lijkt heel streng, maar dat heb ik alleen van Sterling en zijn mensen gehoord. Ik wilde de mening van een buitenstaander horen.'

'Met alle genoegen.'

'Mark Whitcomb heeft ons verteld over de betonnen firewalls en hoe de gegevens worden opgesplitst.'

'Wie is Mark Whitcomb?'

'Hij zit op de afdeling Compliance.'

'Nooit van gehoord. Die moet nieuw zijn.'

'Het is een afdeling op het gebied van consumentenrechten binnen het bedrijf,' legde Sachs uit. 'Om ervoor te zorgen dat SSD zich aan alle regels houdt.'

Het leek Geddes plezier te doen, maar hij maakte er een kanttekening bij: 'Dat heeft Andrew Sterling niet uit de goedheid van zijn hart gedaan. Waarschijnlijk kregen ze net iets te vaak een proces aan hun broek en wilden ze een wit voetje halen bij het volk en het Congres. Sterling geeft geen duimbreed toe als het niet hoeft... Maar wat die datahokken betreft, dat klopt. Voor Sterling is informatie zo kostbaar als de heilige graal. Kraken? Waarschijnlijk onmogelijk. En je kunt met geen mogelijkheid bij het gebouw inbreken en gegevens stelen.'

'Sterling zei dat er maar weinig mensen zijn die dossiers uit inner-Circle kunnen downloaden. Klopt dat, voorzover jij weet?'

'Ja, zeker. Er zijn er een paar die toegang hebben, maar verder niemand. Ik heb nooit toegang gehad, en ik heb er vanaf het begin gewerkt.'

'Heb jij ideeën? Misschien ken je werknemers met een verontrustend verleden? Gewelddadigheid?'

'Ik ben er al een tijd weg, en ik heb nooit gedacht dat er een uitgesproken gevaarlijk type rondliep. Maar al doet Sterling wel graag alsof we één grote, blije familie zijn, ik heb er nooit iemand echt leren kennen.'

'Wat denk je van deze mensen?' Ze liet hem de lijst met verdachten zien.

Geddes keek naar de namen. 'Ik heb met Gillespie gewerkt. Ik kende Cassel. Ik mocht ze geen van beiden. Ze zitten verstrikt in die hele opgaande lijn van het data minen, net als Silicon Valley in de jaren negentig. Binken. De anderen ken ik niet, sorry.' Hij nam haar aandachtig op. 'Dus je bent er geweest?' vroeg hij met een ironische glimlach. 'Wat vond je van Andrew?'

Ze probeerde haar indrukken kort samen te vatten, maar haar gedachten bleven steken. Uiteindelijk zei ze: 'Vastberaden, beleefd, onderzoekend en intelligent, maar...' Haar stem stierf weg.

'Maar je kreeg geen hoogte van hem.'

'Nee.'

'Omdat hij niets van zichzelf laat zien. In al die jaren dat ik met hem heb gewerkt, heb ik hem nooit leren kennen. Geen mens kent hem. Ondoorgrondelijk. Mooi woord. Dat is Andrew. Ik zocht altijd naar aanwijzingen... Is je iets aan zijn boekenkast opgevallen?'

'Je kon de ruggen van de boeken niet zien.'

'Precies. Ik heb een keer gesnuffeld, en raad eens? Die boeken gaan niet over computers, privacy, data of bedrijfskunde. Het waren vooral historische boeken, filosofie en politiek: het Romeinse Rijk, Chinese keizers, Franklin Roosevelt, John Kennedy, Stalin, Idi Amin, Chroesjtsjov. Hij heeft veel over de nazi's gelezen. Niemand gebruikte informatie zoals zij, en hij deinst er niet voor terug je dat te vertellen. Zij waren de eersten die op grote schaal computers gebruikten om etnische groeperingen te volgen. Zo consolideerden ze hun macht. Sterling doet hetzelfde in het bedrijfsleven. Is de naam je opgevallen, ssD? Het gerucht gaat dat hij die opzettelijk heeft gekozen: ss voor het eliteleger van de nazi's, en sD voor hun geheime dienst en inlichtingendienst. Weet je waar de afkorting volgens zijn concurrenten voor staat? *Selling Souls for Dollars*.' Geddes lachte wrang.

'O, begrijp me niet verkeerd,' vervolgde hij. 'Andrew heeft niets tegen joden, of welke andere groepering dan ook. Politiek, nationaliteit, godsdienst of ras zeggen hem niets. Ik heb hem een keer horen zeggen dat data geen grenzen hebben. In de eenentwintigste eeuw is informatie de zetel van de macht, niet olie of geografie. En Andrew Sterling wil de machtigste man op aarde worden... Hij heeft je vast wel zijn data-mining-is-God-preek gegeven.'

'Omdat het ons behoedt voor diabetes, ons helpt kerstcadeautjes en huizen te kopen en zaken oplost voor de politie?'

'Die preek, ja. En het is allemaal waar, maar zijn al die voordelen het waard dat iemand alles van je leven weet? Misschien maakt het je niet uit als je daardoor een paar dollar bespaart, maar wil je echt dat ConsumerChoice-lasers je ogen scannen in de bioscoop en je reactie vastleggen op de reclame die voor de hoofdfilm wordt vertoond? Wil jij dat de politie via de RFID-tag in je autosleutel kan zien dat je vorige week honderdvijftig hebt gereden terwijl je alleen op wegen bent geweest waar de maximumsnelheid tachtig was? Wil je dat wildvreemden weten wat voor ondergoed je dochter draagt? Of wanneer jij precies seks hebt?'

'Wát?'

'Nou, SSD weet dat jij vanmiddag condooms en glijmiddel hebt gekocht en dat je man de trein van kwart over zes naar huis heeft genomen. Dat jullie het rijk alleen hebben, want jullie zoon is naar een wedstrijd van de Mets en jullie dochter is kleren aan het kopen bij The Gap in de Village. Dat jullie om achttien over zeven een pornofilm op de kabel hebben opgezocht. En SSD weet dat jullie om kwart voor tien een lekkere postcoïtale maaltijd hebben besteld bij de Chinees. Die informatie is allemaal beschikbaar. O, en SSD weet het als je kinderen onaangepast gedrag vertonen op school en wanneer ze je folders op naam moeten sturen over bijles en therapie voor kinderen. Of je man problemen in de slaapkamer heeft en wanneer ze hem discrete brochures moeten sturen over middeltjes tegen erectiestoornissen. Wanneer je familiegeschiedenis, koopatronen en afwezigheid van je werk je in een presuïcidaal profiel plaatsen...'

'Maar dat is toch goed? Dan kun je naar een therapeut.'

Geddes lachte cynisch. 'Fout. Want de behandeling van mogelijke zelfmoordenaars is niet winstgevend. SSD stuurt je naam naar plaatselijke uitvaartondernemingen en rouwbegeleiders – die de hele familie als klant kunnen binnenhalen, niet maar één depressief iemand. En trouwens, dat was een bijzonder lucratieve onderneming.'

Sachs was ontzet.

'Heb je wel eens van netwerken gehoord?'

'Ja, maar je bedoelt vast iets anders.'

'SSD heeft een netwerk gedefinieerd op basis van jou alleen. Noem het "De wereld van rechercheur Sachs". Jij bent de naaf en de spaken lopen naar je partner op het werk, je echtgenoot, ouders, buren, collega's, iedereen van wie SSD graag meer zou weten om van die kennis te profiteren. Iedereen die een connectie met jou heeft, zit in jouw netwerk. En die mensen zijn allemaal weer hun eigen naaf met tientallen spaken.'

Hij kreeg weer een inval. Zijn ogen lichtten op. 'Weet je wat metadata zijn?'

'Nee?'

'Data over data. Elk document dat op een computer wordt gemaakt of bewaard, of het nu een brief is, een dossier, een verslag, een pleitinstructie, een spreadsheet, een website, een e-mail of een boodschappenlijstje, zit vol verborgen data. Wie het heeft gemaakt, waar het naartoe is gestuurd, alle veranderingen die erin zijn aangebracht, door wie en wanneer; het wordt allemaal seconde voor seconde vastgelegd. Als jij een brief aan je baas voor de grap begint met "Stomme eikel" en het dan wist, blijft dat "stomme eikel" op de harde schijf staan.'

'Echt waar?'

'Zeker weten. Een gewoon tekstverwerkingsbestand neemt veel meer schijfruimte in beslag dan de tekst alleen. Waar bestaat die rest uit? Metadata. Het databasebeheersysteem van Watchtower heeft speciale bots, programmarobots die niets anders doen dan metadata opsporen en opslaan uit alle documenten die worden verzameld. We noemden het de "schaduwafdeling" omdat metadata een soort schaduw van de hoofddata zijn, en vaak veel meer onthullen.'

Schaduw, zestienen, hokken, kasten... Er ging een wereld open voor Amelia Sachs.

Geddes, die van zijn ontvankelijke publiek genoot, leunde naar voren. 'Wist je dat SSD ook een onderwijsafdeling heeft?'

Ze dacht terug aan het schema in de brochure die Mel Cooper had gedownload. 'Ja, EduServe.'

'Maar hij heeft je er zeker niet over verteld, hè?'

'Nee.'

'Omdat hij niet graag verklapt dat de belangrijkste functie van het programma is dat het alle mogelijke informatie over kinderen vanaf vier jaar te vergaart. Wat ze kopen, waar ze naar kijken, welke sites ze bezoeken, de cijfers die ze halen, medische dossiers van school... En dat is uiterst waardevolle informatie voor de commercie. Maar wat ik nog enger vind aan EduServe, is dat een school dankzij SSD voorspellende software op leerlingen kan loslaten en het onderwijsprogramma daarop kan afstemmen – in termen van wat het beste is voor de samenleving, of de maatschappij, als je het orwelliaans wilt zien. Gezien Billy's achtergrond zou hij volgens ons een beroepsopleiding moeten volgen. Suzy kan arts worden, maar alleen op het terrein van de volksgezondheid... Stuur de kinderen en je stuurt de toekomst. Ook een element van Hitlers filosofie, trouwens.' Hij lachte. 'Oké, geen preken meer... Maar begrijp je nu waarom ik er niet meer tegen kon?'

Zijn gezicht betrok. 'Nu ik aan je zaak denk... We hebben jaren geleden een incident gehad bij SSD, vóór de verhuizing naar New York. Een sterfgeval. Het kan zuiver toeval zijn, maar...'

'Nee, vertel.'

'In het begin besteedden we het verzamelen van gegevens grotendeels uit aan *scroungers*.'

'Wat?'

'Bedrijven of particulieren die data zoeken. Een apart soort mensen. Denk aan die mensen die vroeger op eigen houtje naar olie zochten. Of goudzoekers. Zie je, gegevens hebben een vreemde aantrekkingskracht. Je raakt verslaafd aan de jacht. Je kunt nooit genoeg bij elkaar sprokkelen. Hoeveel ze ook verzamelen, ze willen altijd meer, en ze zoeken altijd naar nieuwe manieren om ze te krijgen. Het zijn genadeloze strebers. Zo is Sean Cassel ook begonnen, als scrounger.

Maar goed, we hadden er eentje die echt ongelooflijk was. Hij werkte bij een klein bedrijf, Rocky Mountain Data heette het geloof ik, in Colorado... Hoe heette hij ook alweer?' Geddes fronste zijn voorhoofd. 'Gordon, denk ik. Dat kan ook zijn achternaam geweest zijn. Maar goed, we hoorden dat hij niet blij was dat SSD zijn bedrijf overnam. Het verhaal wil dat hij alles bij elkaar zocht wat hij kon vinden over het bedrijf en Sterling zelf – hij gaf ze een koekje van eigen deeg. We dachten dat hij probeerde een schandaal te vinden waarmee hij Sterling kon chanteren, zodat hij van de overname af zou zien. Je weet dat Andy Sterling, de zoon van Andrew, ook bij het bedrijf werkt?'

Ze knikte.

'We hadden geruchten gehoord dat Sterling zijn zoon jaren geleden had verstoten en dat die hem had opgespoord, maar toen hoorden we weer dat hij misschien een ándere zoon had verstoten. Misschien van zijn eerste vrouw, of van een scharrel. Iets wat hij geheim wilde houden. Misschien zocht Gordon naar zo'n soort schandaal, dachten we.

Maar goed, terwijl Sterling met een paar van zijn mensen in Colorado onderhandelt over de overname van Rocky Mountain, gaat die Gordon dood... Het was een ongeluk, dacht ik. Meer weet ik er niet van. Ik was er niet bij. Ik zat in de Valley programma's te schrijven.'

'En de overname ging door?'

'Ja, als Andrew ergens zijn zinnen op heeft gezet, krijgt hij het... Mag ik een balletje opgooien over de mogelijke moordenaar? Andrew Sterling zelf.'

'Hij heeft een alibi.'

'O ja? Nou, vergeet niet dat hij de informatiekoning is. Als je gegevens beheert, kun je ze ook aanpassen. Hebben jullie dat alibi heel goed nagetrokken?'

'Daar zijn we nu mee bezig.'

'Nou, zelfs al het klopt, heeft hij mannetjes die voor hem werken en die alles doen wat hij zegt. Dan bedoel ik ook alles. Denk erom dat hij het vuile werk door anderen laat opknappen.'

'Maar hij is multimiljonair. Waarom zou hij munten of een schilderij willen stelen en de eigenaar vervolgens vermoorden?'

'Waarom?' Geddes verhief zijn stem alsof hij een docent was en zijn leerling de les maar niet wilde begrijpen. 'Omdat hij de machtigste mens op aarde wil worden. Hij wil dat zijn verzamelingetje gegevens iedereen op de wereld omvat. En hij is vooral geïnteresseerd in de misdaadbestrijding en overheidscliënten. Hoe meer misdrijven er met innerCircle worden opgelost, hoe meer politieorganisaties hier en in het buitenland er ook gebruik van willen maken. Het eerste wat Hitler deed toen hij aan de macht kwam, was het consolideren van alle politiekorpsen in Duitsland. Wat was ons grootste probleem in Irak? We ontbonden het leger en de politie, terwijl we ze juist hadden moeten inzetten. Zulke fouten zal Andrew niet maken.'

Hij lachte. 'Je vindt me zeker een fanaticus? Maar ik zit er de hele dag middenin. Als er echt iemand elke minuut van de dag in de gaten houdt wat je doet, ben je niet paranoïde. En dát is ssd in een notendop.'

24

In afwachting van Sachs' terugkeer luisterde Lincoln Rhyme afwezig naar Lon Sellitto, die vertelde dat de overige aanwijzingen van de eerdere zaken, die van de verkrachting en de muntendiefstal, onvindbaar waren, 'Bizar.'

Rhyme was het met hem eens, maar zijn aandacht zwenkte heen en weer tussen de zure constatering van Sellitto en het ssd-dossier van zijn neef, dat naast hem op het leesframe stond.

Hij probeerde er niet aan te denken, maar het dossier trok hem zoals een naald door een magneet wordt aangetrokken. Terwijl hij naar de zwarte letters op het witte papier keek, maakte hij zichzelf wijs dat er misschien echt iets bruikbaars in zou kunnen staan, zoals Sachs had geopperd. Toen bekende hij zichzelf dat hij gewoon nieuwsgierig was.

STRATEGIC SYSTEMS DATACORP NV
INNERCIRCLE® DOSSIERS

Arthur Robert Rhyme
ssd Subjectnr. 3480-9021-4966-2083

Levensstijl
Dossier 1A. Producten, voorkeuren
Dossier 1B. Dienstverlening, voorkeuren
Dossier 1C. Reizen
Dossier 1D. Medisch
Dossier 1E. Vrijetijdsbesteding

Financiën/Opleiding/Beroep
Dossier 2A. Opleidingshistorie
Dossier 2B. Beroepshistorie met inkomen
Dossier 2C. Krediethistorie/huidige toestand en classificatie
Dossier 2D. Zakelijke producten en diensten, voorkeuren

Overheid/Juridisch
Dossier 3A. Personalia
Dossier 3B. Kiesregister

Dossier 3C. Juridische historie
Dossier 3D. Strafblad
Dossier 3E. Compliance
Dossier 3F. Immigratie en naturalisatie

Rhyme gaf het leesframe opdracht de bladzijden een voor een om te slaan. Hij bekeek alle dertig dichtbedrukte pagina's. Sommige categorieën waren uitgebreid, andere beknopt. De kiesregistratie was bewerkt, en bij het dossier compliance en delen van de kredietgeschiedenis werd naar andere dossiers verwezen, vermoedelijk vanwege wetgeving die de beschikking over dergelijke informatie beperkte.

Hij keek lang naar de uitgebreide lijsten van producten die Arthur en zijn gezinsleden (die werden aangeduid met de griezelige term 'individuen in netwerk') hadden gekocht. Het leed geen twijfel dat iemand met dit dossier genoeg te weten kon komen over zijn koopgedrag en waar hij winkelde om hem verdacht te maken in de moord op Alice Sanderson.

Rhyme las dat Arthur lid was geweest van een golfclub, maar zijn lidmaatschap een paar jaar geleden had opgezegd, waarschijnlijk toen hij werkloos werd. Hij zag welke verzorgde vakanties Arthur had geboekt en verbaasde zich erover dat zijn neef kennelijk had leren skiën. Hij kwam er ook achter dat Arthur of een van de kinderen een gewichtsprobleem zou kunnen hebben; een van de gezinsleden had zich aangesloten bij een dieetprogramma. Het hele gezin was ook lid van een fitnesscentrum. Rhyme zag dat er rond Kerstmis een aankoop op afbetaling was gedaan bij een vestiging van een grote juwelier in een winkelcentrum in New Jersey. Kleine steentjes in een grote zetting, vermoedde Rhyme; een cadeau om het mee te doen tot er betere tijden aanbraken.

Bij een van de producten schoot hij in de lach. Arthur leek net als hij graag single malt whisky te drinken, en Rhymes nieuwe lievelingsmerk nog wel: Glenmorangie.

Hij reed in een Toyota Prius en een Jeep Cherokee.

Rhymes glimlach verflauwde toen hij het las, want het bracht de herinnering aan een andere auto boven. Hij zag Arthurs rode Corvette voor zich, de auto die hij op zijn zeventiende verjaardag van zijn ouders had gekregen – de auto waarin Arthur naar Boston en het MIT was gereden.

Rhyme dacht terug aan hoe ze allebei naar hun universiteit waren vertrokken. Voor Arthur was het een mijlpaal geweest, net als voor zijn vader; Henry Rhyme was in de wolken dat zijn zoon door zo'n uitstekende universiteit was aangenomen. De plannen van de neven om samen op kamers te gaan, achter de meiden aan te zitten en de andere nerds te overtreffen, waren echter in het water gevallen. Lincoln was niet aangenomen op het MIT, maar ging naar de University of Illinois in Urbana/Champaign, die hem een volledige beurs had aangeboden (en destijds een zekere faam had omdat HAL, de narcistische computer uit Kubricks *2001: A Space Odyssey* er het licht had gezien).

Teddy en Anne waren blij dat hun zoon naar een universiteit in de staat ging, evenals zijn oom; Henry had tegen zijn neef gezegd dat hij hoopte dat de jongen vaak naar Chicago zou komen en dat hij hem zou blijven helpen met zijn onderzoek. Misschien kon hij van tijd tot tijd zelfs bij zijn colleges assisteren.

'Het is jammer dat Arthur en jij niet bij elkaar kunnen wonen,' zei Henry, 'maar jullie zien elkaar in de zomers en met de feestdagen, en je vader en ik kunnen je vast wel eens meenemen naar Boston.'

'Dat zou fijn zijn,' had Lincoln gezegd.

Wat hij er niet bij zei, was dat hij er weliswaar kapot van was dat hij niet was aangenomen op het MIT, maar dat de afwijzing ook een zonzij had, want hij wilde zijn rotneef nooit meer zien.

Allemaal vanwege die rode Corvette.

Het incident had zich voorgedaan kort na het feest op kerstavond waarbij hij het betonnen brokje geschiedenis had gewonnen, op een adembenemend koude dag in februari dat, of het nu zonnig is of bewolkt, de hardvochtigste maand is in Chicago. Lincoln deed mee aan een natuurkundecompetitie op Northwestern University in Evanston. Hij vroeg Adrianna of ze mee wilde, met in zijn achterhoofd het idee dat hij haar daarna ten huwelijk zou kunnen vragen.

Adrianna had echter al afgesproken dat ze met haar moeder naar Marshall Field's in de Loop zou gaan, want daar werd een grote uitverkoop gehouden. Lincoln was teleurgesteld geweest, maar had er verder niets achter gezocht en zich op zijn project geconcentreerd. Hij behaalde de eerste plaats van de eindexamenkandidaten, en daarna pakten zijn vrienden en hij hun werkstukken in en zeulden ze naar buiten. Met blauwe vingers en wolkjes adem uitblazend in de bijtend koude lucht laadden ze hun spullen in de bus en renden naar het portier.

Op dat moment riep iemand: 'Hé, moet je zien. Wat een mooi karretje.'

Er flitste een rode Corvette over het universiteitsterrein.

Zijn neef Arthur zat achter het stuur. Wat niet zo vreemd was; zijn ouders woonden in de buurt. Wat Lincoln wel verbaasde, was dat hij Adrianna meende te herkennen in het meisje naast Arthur.

Ja of nee?

Hij wist het niet zeker.

De kleren klopten: een bruinleren jack en een bontmuts die sprekend leek op de muts die Lincoln haar met Kerstmis had gegeven.

'Linc, godver, instappen. De bus moet weg.'

Maar Lincoln bleef staan waar hij stond en keek naar de auto, die slippend een bocht in de grijzig witte straat nam.

Had ze tegen hem gelogen? Het meisje dat hij een aanzoek wilde doen? Het leek onmogelijk. En bedroog ze hem met uitgerekend Arthur?'

Hij was geoefend in wetenschappelijk onderzoek en bekeek de feiten objectief.

Feit 1: Arthur en Adrianna kenden elkaar. Zijn neef had haar maanden geleden gezien op het kantoor van de decaan van Lincolns school, waar ze na schooltijd werkte. Ze hadden maar zo telefoonnummers kunnen uitwisselen.

Feit 2: Arthur, zo besefte Lincoln nu pas, vroeg niet meer naar haar, wat vreemd was. De jongens praatten vaak over meisjes, maar Art had haar naam de laatste tijd niet één keer genoemd. Verdacht.

Feit 3: Achteraf gezien stelde hij vast dat Adrianna ontwijkend had geklonken toen ze zei dat ze niet meeging naar de competitie. Hij had niet gezegd dat het in Evanston was, wat betekende dat ze niet zou aarzelen de rechte straten met Art te doorkruisen. Lincoln zag groen van jaloezie. Hij had haar een stukje van Stagg Field willen geven, godbetert! Een fragmentje van het ware kruis van de moderne wetenschap! Hij dacht terug aan andere keren dat ze afspraken met hem had afgezegd om redenen die nu vreemd leken. Hij telde er drie of vier.

Toch weigerde hij nog het te geloven. Hij knerpte door de sneeuw naar een telefooncel, belde Adrianna's moeder op en vroeg of hij haar kon spreken.

'Het spijt me, Lincoln, ze is met vrienden op stap.'

Vrienden...

'O, dan probeer ik het later nog wel een keer... Trouwens, mevrouw Waleska, zijn jullie nog naar de uitverkoop van Marshall Field's geweest?'

'Nee, dat is pas volgende week... Ik moet koken, Lincoln. Pak je warm in. Het is ijskoud buiten.'

'Zeg dat wel.' Lincoln wist het zeker. Hij stond in een telefooncel te klappertanden en was niet van plan de zestig cent op te rapen die uit zijn bevende handen in de sneeuw waren gevallen tijdens zijn herhaalde pogingen de munten in de gleuf te duwen.

'Godver, Lincoln, stap eens in die bus!'

Later die avond had hij Adrianna opgebeld en een tijdje normaal met haar gepraat voordat hij vroeg hoe haar dag was geweest. Ze vertelde dat ze lekker met haar moeder had gewinkeld, maar dat het verschrikkelijk druk was geweest. Ze ratelde maar door, vol uitweidingen. Ze klonk zo schuldig als wat.

Toch mocht hij het niet zomaar aannemen.

Dus hield hij de schijn op. De volgende keer dat Art op bezoek kwam, liet hij zijn neef bij de tv zitten en glipte naar buiten met een kleefroller voor hondenhaar, precies dezelfde die nu door de technische recherche wordt gebruikt, en verzamelde aanwijzingen van de voorstoel van de Corvette.

Hij stopte het vel van de roller in een plastic zakje en de volgende keer dat hij Adrianna zag, nam hij monsters van het bont van haar muts en jas. Hij voelde zich goedkoop, gloeiend van schaamte en gêne, maar dat weerhield hem er niet van de vezels op school onder een samengestelde microscoop te leggen. Ze waren identiek, zowel de bontvezels van de muts als de synthetische vezels van de jas.

De vriendin met wie hij had willen trouwen, bedroog hem.

En aan de hoeveelheid vezels in Arthurs auto te zien had ze vaker een ritje met hem gemaakt.

Een week later zag hij hen eindelijk samen in de auto en was er geen twijfel meer mogelijk.

Lincoln trok zich niet waardig of kwaad terug. Hij trok zich gewoon terug. Hij had het hart niet om de confrontatie aan te gaan, dus liet hij de relatie met Adrianna verwateren. De paar keren dat ze elkaar nog zagen, gedroegen ze zich houterig en vielen er onbehaaglijke stiltes. Wat hem nog wanhopiger maakte, was dat ze zich zijn toenemende afstandelijkheid leek aan te trekken. Verdomme. Dacht ze dat ze van twee walletjes kon eten? Ze leek boos op hém te zijn, terwijl zij hem bedroog.

Hij distantieerde zich ook van zijn neef. Zijn excuses waren het eindexamen, de hardlooptrainingen en het geluk bij een ongeluk: zijn afwijzing door het MIT.

De jongens zagen elkaar nog wel eens bij familiebijeenkomsten en diploma-uitreikingen, maar alles tussen hen was fundamenteel veranderd.

En geen van beide jongens repte met een woord over Adrianna. Dat zou pas jaren later komen.

Mijn hele leven werd anders. Zonder jou was het allemaal anders gelopen...

Zelfs nu nog voelde Rhyme zijn slapen bonzen. Hij kon zijn handpalmen niet voelen, maar vermoedde dat ze zweterig waren. Die pijnlijke gedachten werden echter onderbroken door Amelia, die het lab in beende.

'Nog ontwikkelingen?' vroeg ze.

Een slecht teken. Als haar gesprek met Calvin Geddes tot een doorbraak had geleid, had ze dat wel meteen gezegd.

'Nee,' bekende hij. 'Ik wacht nog op nieuws van Ron over de alibi's. En er is niemand in Rodneys val gelopen.'

Sachs nam de door Thom aangeboden koffie aan en pakte een halve kalkoensandwich van een dienblad.

'De tonijnsalade is lekkerder,' zei Lon Sellitto. 'Die heeft hij zelf gemaakt.'

'Ik red me wel.' Ze ging naast Rhyme zitten en bood hem een hap aan, maar hij had geen trek en schudde zijn hoofd. 'Hoe is het met je neef?' vroeg ze met een blik op het open dossier op het leesframe.

'Mijn neef?'

'Hoe redt hij zich in het detentiecentrum? Het moet zwaar voor hem zijn.'

'Ik heb nog geen kans gezien hem te spreken.'

'Waarschijnlijk neemt hij uit schaamte geen contact met jou op. Je zou hem echt moeten bellen.'

'Dat doe ik nog wel. Wat heb je van Geddes gehoord?'

Ze vertelde dat het gesprek geen grootse onthullingen had opgeleverd. 'Het was vooral een tirade over de uitholling van de privacy.' Ze noemde een paar verontrustende feiten: de persoonlijke gegevens die dagelijks werden verzameld, de inbreuk op de privacy, het gevaar van EduServe, de onsterfelijkheid van gegevens en de metadata die op computers werden opgeslagen.

'Zat er nog iets bij waar wíj iets aan hebben?' vroeg Rhyme bits.

'Twee dingen. Om te beginnen is hij er niet van overtuigd dat Sterling onschuldig is.'

'Je zei dat hij een alibi had,' merkte Sellitto op terwijl hij nog een sandwich pakte.

'Misschien heeft hij het niet zelf gedaan. Hij zou iemand anders kunnen gebruiken.'

'Waarom? Hij staat aan het hoofd van een grote onderneming. Wat heeft hij erbij te winnen?'

'Hoe meer misdaad, hoe harder de maatschappij behoefte heeft aan de bescherming van ssd. Geddes zegt dat Sterling op macht uit is. Hij noemde hem de Napoleon van de gegevens.'

'Hij heeft dus een huurling die de ramen breekt, zodat hij ze kan repareren.' Rhyme, die wel onder de indruk was van het idee, knikte. 'Alleen pakt het averechts uit. Hij had nooit gedacht dat we zouden ontdekken dat de database van ssd achter de misdrijven zat. Oké. Zet het op de lijst van verdachten. Een onbekende dader die voor Sterling werkt.'

'Geddes vertelde ook dat ssd een paar jaar geleden een databedrijf uit Colorado heeft overgenomen. Hun belangrijkste scrounger, dat is iemand die data verzamelt, kwam te overlijden.'

'Was er een verband tussen Sterling en zijn dood?'

'Geen idee, maar het is de moeite van het natrekken waard. Ik zal een paar mensen bellen.'

De bel ging en Thom deed open. Ron Pulaski kwam binnen. Hij keek nors en hij zweette. Rhyme voelde soms de aanvechting tegen hem te zeggen dat hij het rustiger aan moest doen, maar aangezien hij dat zelf ook niet kon, leek het hem een hypocriet advies.

Het groentje meldde dat de meeste alibi's voor de afgelopen zondag klopten. 'Ik heb contact opgenomen met E-ZPass en ze bevestigden dat Sterling de Midtowntunnel had genomen op de tijdstippen die hij noemde. Ik heb geprobeerd zijn zoon te bellen om te zien of zijn vader hem vanaf Long Island had gebeld, voor de zekerheid, maar hij was er niet.'

Pulaski vervolgde: 'Iets anders... Het hoofd Personeelszaken? Zijn vrouw was zijn enige alibi. Ze steunde hem, maar ze gedroeg zich als een bange muis. En ze was al net als haar man: ssd is de beste plek op aarde, bla, bla...'

Rhyme, die getuigen sowieso wantrouwde, hechtte er weinig waarde aan; als hij iets had geleerd van Kathryn Dance, de expert op het gebied van lichaamstaal en kinesica van het California Bureau of Investigation, was het wel dat ook mensen die de politie de zuivere waarheid vertellen, vaak schuldig overkomen.

Sachs liep naar de lijst van verdachten en werkte hem bij.

Andrew Sterling, directeur, hoofd raad van bestuur
  (alibi: op Long Island, geverifieerd. Wachten op bevestiging zoon)

Sean Cassel, hoofd Verkoop en Marketing
  (geen alibi)
Wayne Gillespie, hoofd Technische Operaties
  (geen alibi)
Samuel Brockton, hoofd Compliance
  (alibi: hotelgegevens bevestigen aanwezigheid in Washington)
Peter Arlonzo-Kemper, hoofd Personeelszaken
  (alibi: bij echtgenote, door haar geverifieerd – partijdig?)
Steven Shraeder, hoofd Technische Dienst, dagploeg
  (nog horen)
Faruk Mameda, hoofd Technische Dienst, nachtploeg
  (nog horen)
Cliënt SSD (?) – wachten op lijst van Sterling
Onbekende, ingehuurd door Andrew Sterling (?)

Sachs keek op haar horloge. 'Ron, Mameda zou er nu moeten zijn. Wil jij teruggaan om Shraeder en hem horen? Vraag waar ze gisteren op het tijdstip van de moord op Weinburg waren. En Sterlings assistent zou die lijst met cliënten klaar moeten hebben. Zo niet, blijf dan op zijn kantoor hangen tot je hem krijgt. Doe alsof je belangrijk bent. Nee, nog beter, doe alsof je ongeduldig bent.'

'Moet ik terug naar SSD?'

'Ja.'

Rhyme zag dat hij er om de een of andere reden geen zin in had.

'Oké. Ik bel eerst Jenny even om te vragen hoe het thuis gaat.' Hij pakte zijn mobieltje en koos een sneltoets.

Rhyme leidde uit een deel van het gesprek af dat hij zijn zoontje aan de lijn had. Toen hij nog kinderlijker ging praten, had hij het vermoedelijk tegen de baby, een meisje. Rhyme sloot zich voor het gesprek af.

Toen ging zijn eigen telefoon. Het nummer op het scherm begon met 44.

Ha, mooi.

'Opdracht, telefoon opnemen.'

'Rechercheur Rhyme?'

'Inspecteur Longhurst.'

'Ik weet dat u aan die andere zaak werkt, maar ik dacht dat u misschien wilde horen hoe ver we waren.'

'Natuurlijk. Vertel, alstublieft. Hoe is het met dominee Goodlight?'

'Goed, al is hij een beetje bang. Hij wil niet dat er nieuwe bewakers of politiemensen op het onderduikadres komen. Hij vertrouwt alleen de mensen die al weken bij hem zijn.'

'Je kunt het hem niet bepaald kwalijk nemen.'

'Ik laat iedereen die in de buurt komt natrekken door een voormalige SAS'er. Dat zijn de besten... Goed, we hebben het onderduikadres in Oldham van onder tot boven doorzocht. Ik wilde u vertellen wat we hebben gevonden. Sporen koper en lood die overeenkomen met afgeschaafde of afgevijlde kogels. Een paar korrels kruit. En een paar minieme sporen kwik. Mijn ballistisch deskundige zegt dat hij misschien dumdumkogels maakt.'

'Ja, dat kan kloppen. Je vult de kern met vloeibaar kwik. De schade is afgrijselijk.'

'Ze hebben ook vet gevonden dat wordt gebruikt om het mechaniek van geweren te smeren. En sporen blondeermiddel in de wastafel. En een aantal donkergrijze vezels – katoen, vrij dik, met stijfsel erin. Volgens onze databases zou het uniformstof kunnen zijn.'

'Denkt u dat de aanwijzingen opzettelijk zijn achtergelaten?'

'Volgens onze technisch rechercheurs niet. Het waren minuscule sporen.'

Blond, sluipschutter, uniform...

'Maar er was een incident dat hier de alarmbellen deed rinkelen: een poging tot inbraak bij een stichting in de buurt van Piccadilly, het East African Relief Agency van dominee Goodlight. Er kwamen bewakers langs en de dader sloeg op de vlucht. Hij heeft zijn gereedschap om het slot open te peuteren in een put gegooid, maar we hadden toch een meevaller. Iemand op straat had gezien waar. Kort en goed: onze mensen vonden het en ontdekten aarde op het gereedschap. Er zaten sporen van een soort hop in die alleen in Warwickshire wordt verbouwd. Die hop was voorbewerkt om bitter van te maken.'

'Bitter? Bier, bedoelt u?'

'Sterk gehopt bier, ja. Toevallig hebben we hier bij de Met een database van alcoholische dranken. En de ingrediënten.'

Net als de mijne, dacht Rhyme. 'Echt waar?'

'Ik heb hem zelf opgezet,' zei ze.

'Uitstekend. En?'

'De enige brouwerij die dit soort hop gebruikt, zit ergens bij Birmingham. We hebben beelden van de inbreker op de bewakingscamera en ik besloot de opnames van de bewakingscamera's in Birmingham ook te bekijken, vanwege die hop. En ja, hoor, dezelfde man kwam een paar uur later met een grote rugzak op station New Street de trein uit. Helaas zijn we hem in de menigte kwijtgeraakt.'

Rhyme dacht erover na. De grote vraag was: was de hop bedoeld om hen op een dwaalspoor te brengen? Zoiets kon hij alleen aanvoelen wanneer hij de plaats delict zelf had doorzocht of de aanwijzingen in handen had. Nu moest hij het maar aan zijn water zien te voelen, zoals Sachs het noemde.

Vals bewijs of niet?

Rhyme hakte de knoop door. 'Inspecteur, ik geloof er niets van. Ik denk dat Logan bluf op bluf stapelt. Hij heeft het vaker gedaan. Hij wil dat wij ons op Birmingham richten, terwijl hij zijn aanslag in Londen pleegt.'

'Fijn dat u het zegt, rechercheur. Ik helde zelf ook over naar die mening.'

'We moeten meespelen. Waar is iedereen van het team?'

'Danny Krüger zit met zijn mensen in Londen, net als jullie man van de FBI. De Franse agent en die kerel van Interpol hebben aanwijzingen in Oxford en Surrey nagetrokken, maar dat heeft niets opgeleverd.'

'Ik zou iedereen naar Birmingham sturen. Onmiddellijk. Op subtiele, maar opvallende wijze.'

De inspecteur lachte. 'Zodat we zeker weten dat hij denkt dat we hebben gehapt.'

'Precies. Hij moet denken dat we geloven dat we hem daar kunnen pakken. En stuur wat tactische mensen mee. Maak er een toestand van, wek de schijn dat ze zijn weggeroepen van de schietzone in Londen.'

'Terwijl we de bewaking daar in feite versterken.'

'Juist. En zeg tegen ze dat hij alles op alles zet. Hij is blond en draagt een grijs uniform.'

'Geniaal, rechercheur. Ik ga meteen aan de slag.'

'Hou me op de hoogte.'

'Tot ziens.'

Net toen Rhyme de telefoon opdracht gaf de verbinding te verbreken, kwam een stem vanuit de andere kant van het lab tussenbeide. 'Hé, het komt er kort en goed op neer dat jullie vriendjes van SSD goed zijn. Ik kom nergens door.' Het was Rodney Szarnek. Rhyme was hem helemaal vergeten.

Rodney stond op en voegde zich bij de anderen. 'InnerCircle wordt beter bewaakt dan Fort Knox. Net als Watchtower, hun databasebeheersysteem. Het lijkt me sterk dat iemand kan inbreken zonder een hele reeks supercomputers, en die kun je niet zomaar bij Best Buy of Radio Shack kopen.'

'Maar?' zei Rhyme, die Rodneys bezorgde gezicht zag.

'Nou, SSD heeft wat beveiligingen op het systeem die ik nog nooit heb gezien. Ze zijn krachtig. En griezelig, moet ik zeggen. Ik had een anonieme identiteit en ik wiste mijn sporen achter me, maar wat gebeurt er? Hun beveiligingsbot brak in op míjn systeem en probeerde me te identificeren aan de hand van wat hij op de vrije ruimte vond.'

'En wat houdt dat precies in, Rodney?' Rhyme probeerde zijn geduld te bewaren. 'Vrije ruimte?'

Szarnek legde uit dat er fragmenten van data en zelfs gewiste data te vinden zijn op de vrije ruimte van harde schijven. Er zijn programma's waarmee je ze vaak weer tot een leesbare vorm kunt samenvoegen. Het beveiligingssysteem van ssp wist dat Szarnek zijn sporen had gewist, dus was het zijn computer binnengeglipt om de data op de vrije ruimte te lezen om zo uit te vissen wie hij was. 'Het is bizar. Ik merkte het toevallig, maar anders...' Hij haalde zijn schouders op en zocht soelaas bij zijn koffie.

Rhyme kreeg een inval. Hoe langer hij erover nadacht, hoe meer zin hij kreeg om het plan uit te voeren. Hij keek naar de magere Szarnek. 'Hé, Rodney, hoe zou je het vinden om eens echt voor politieagentje te spelen?'

Het zorgeloze techneutengezicht betrok. 'Weet u, ik geloof niet dat ik dat aankan.'

Sellitto slikte de laatste hap van zijn sandwich door. 'Je leeft pas echt als een kogel vlak bij je oor de geluidsbarrière doorbreekt.'

'Wacht, wacht... Ik schiet alleen in rollenspellen en...'

'O, maar jíj zou geen gevaar lopen,' zei Rhyme tegen de computerjongen. Zijn geamuseerde blik gleed naar Ron Pulaski, die zijn telefoon dichtklapte.

'Hè?' zei het groentje wantrouwig.

25

'Verder nog iets nodig, agent?'

Ron Pulaski, die in de vergaderzaal van ssd zat, keek op in het emotieloze gezicht van Jeremy Mills, Sterlings tweede assistent, die voor externe zaken, herinnerde de jonge agent zich nog. 'Nee, niets, bedankt, maar kun je aan meneer Sterling vragen waar dat bestand blijft dat hij voor ons zou maken? Een lijst van cliënten. Ik dacht dat Martin ervoor zou zorgen.'

'Ik wil het graag aan Andrew voorleggen wanneer hij uit zijn bespreking komt.' De breedgeschouderde assistent begon aan een tocht door het vertrek, waarbij hij de airconditioning en de lichtschakelaars aanwees als de piccolo die Jenny en Pulaski naar de chique kamer had gebracht die ze voor hun huwelijksreis hadden geboekt.

Wat Pulaski er weer aan deed denken hoe sterk Jenny op Myra leek, de vrouw die de vorige dag was verkracht en vermoord. Hoe haar haar viel, die wat scheve glimlach waar hij zo gek op was, die...

'Agent?'

Pulaski schrok op uit zijn gemijmer. 'Pardon.'

De assistent nam hem op terwijl hij een barkoelkast aanwees. 'Hier vindt u spuitwater en gewoon water.'

'Dank je. Ik heb alles.'

Opletten, riep hij zichzelf kwaad tot de orde. Vergeet Jenny. Vergeet de kinderen. Er staan mensenlevens op het spel. Amelia denkt dat jij die mensen kunt verhoren. Doe dat dan.

Ben je er nog, groentje? We hebben je nodig.

'Als u wilt bellen, kunt u dit toestel gebruiken. Eerst de 9 intoetsen voor een buitenlijn. U kunt ook deze toets indrukken en het nummer zeggen. Het toestel heeft spraakbesturing.' Hij wees naar Pulaski's mobieltje. 'Die zal het hier wel niet zo goed doen. Er is veel afgeschermd, ziet u. Voor de veiligheid.'

'O? Goed.' Pulaski dacht terug: had hij niet iemand een mobieltje of BlackBerry zien gebruiken? Hij wist het niet meer.

'Ik zal de werknemers naar binnen sturen. Als u zover bent.'

'Graag.'

Jeremy liep de gang in. Pulaski pakte zijn notitieboekje uit zijn aktetas en keek naar de namen van de werknemers die hij moest horen.

Steven Shraeder, hoofd Technische Dienst, dagploeg

Faruk Mameda, hoofd Technische Dienst, nachtploeg

Hij stond op en gluurde de gang in. Een schoonmaker was prullen-bakken aan het legen. Hij herinnerde zich dat hij hem eerder had ge-zien; het leek alsof Sterling bang was dat uitpuilende prullenbakken zijn bedrijf een slechte naam zouden bezorgen. De grote man wierp een on-aangedane blik op Pulaski's uniform en richtte zich weer op zijn taak, die hij systematisch uitvoerde. Verderop in de gang stond een bewaker in de houding. Pulaski kon niet eens naar de wc zonder langs hem heen te lopen. Hij keerde terug naar zijn stoel in afwachting van de twee mensen op zijn lijst met verdachten.

Faruk Mameda kwam als eerste binnen. Hij was jong en van Midden-Oosterse afkomst, dacht Pulaski. Hij was bijzonder aantrekkelijk, had een plechtig gezicht en een zelfbewuste uitstraling. Hij keek Pulaski moeiteloos in de ogen toen hij vertelde dat hij bij een kleine onderne-ming had gewerkt die een jaar of vijf, zes geleden door ssd was overge-nomen. Hij had de leiding over de technische dienst. Hij was een vrij-gezel zonder kinderen en werkte het liefst 's nachts.

Tot Pulaski's verbazing had Mameda geen spoortje van een buiten-lands accent. Hij vroeg Mameda of hij over het onderzoek had ge-hoord. Hij beweerde er het fijne niet van te weten, wat waar kon zijn, aangezien hij 's nachts werkte en nog maar net op zijn werk was aan-gekomen. Hij wist alleen dat Andrew Sterling had gebeld om te zeg-gen dat hij de politie te woord moest staan in verband met een mis-drijf.

Hij fronste zijn voorhoofd toen Pulaski uitlegde: 'Er is recent een aantal moorden gepleegd. We denken dat er informatie van ssd is ge-bruikt bij de voorbereiding.'

'Informatie?'

'Over de verblijfplaats van de slachtoffers, artikelen die ze hadden aangeschaft.'

Merkwaardig genoeg vroeg Mameda: 'Gaat u met alle medewerkers praten?'

Wat moest hij vertellen, wat verzwijgen? Het was iets wat Pulaski nooit wist. Amelia zei altijd dat het belangrijk was de raderen van het wiel te smeren, het gesprek gaande te houden, maar nooit te veel prijs te geven. Hij geloofde dat zijn beoordelingsvermogen was verslechterd door zijn hoofdletsel en was zenuwachtig voor gesprekken met getuigen en verdachten. 'Niet met allemaal, nee.'

'Alleen degenen die verdacht zijn. Of van wie u van tevoren hebt besloten dat ze verdacht zijn.' Mameda klonk afwerend en zijn kaakspieren stonden strak. 'Ik snap het al. Oké. Het gebeurt zo vaak tegenwoordig.'

'Degene die we zoeken is een man die volledige toegang heeft tot innerCircle en Watchtower. We praten met iedereen die aan die voorwaarden voldoet.' Pulaski begreep al wat Mameda dwarszat. 'Het heeft niets te maken met uw nationaliteit.'

De poging tot geruststelling trof geen doel. 'Nou, ik heb toevallig de Amerikaanse nationaliteit,' snauwde Mameda. 'Ik ben Amerikaans staatsburger. Net als u. Of daar ga ik althans van uit. Maar het hoeft niet. Tenslotte zijn er maar heel weinig oorspronkelijke bewoners in dit land.'

'Neem me niet kwalijk.'

Mameda haalde zijn schouders op. 'Er zijn dingen in het leven waar je gewoon aan moet wennen. Het is jammer. Het land van de vrijheid is ook het land van de vooroordelen. Ik...' Zijn stem stierf weg en hij keek langs Pulaski heen naar boven, alsof daar iemand stond. Pulaski keek over zijn schouder. Er was geen mens te bekennen.

'Andrew wil dat we onze volledige medewerking verlenen,' zei Mameda. 'Dat doe ik dus. Kun u alsjeblieft uw vragen stellen? Het wordt een drukke avond.'

'De dossiers... Kasten, noemen jullie ze toch?'

'Ja. Kasten.'

'Downloadt u die wel eens?'

'Waarom zou ik een dossier downloaden? Dat zou Andrew niet toestaan.'

Boeiend: de toorn van Andrew Sterling werd het meest gevreesd. Niet de politie of de rechtbank.

'Dus dat hebt u nooit gedaan?'

'Nooit. Als er een virus zit, of de data zijn niet zuiver of er is een interfaceprobleem, kijk ik soms naar een deel van de invoer of koppen, maar dat is dan ook alles. Net genoeg om te zien wat het probleem is en een patch te schrijven of het virus te verwijderen.'

'Kan iemand met uw wachtwoord in innerCircle gekomen zijn? En zo dossiers hebben gedownload?'

Hij dacht even na. 'Ze kunnen mijn wachtwoorden niet achterhalen. Ik heb ze nergens opgeschreven.'

'En u komt regelmatig in de datahokken, in alle drie? En bij Intake?'

'Ja, uiteraard. Dat is mijn werk. De computers repareren. Zorgen dat de data soepel stromen.'

'Kunt u me vertellen waar u zondagmiddag was? Tussen twaalf en vier?'

'Aha.' Hij knikte. 'Dus daar gaat het eigenlijk om. Was ik op de plaats delict?'

Pulaski vond het moeilijk om in Mameda's donkere, boze ogen te kijken.

Mameda legde zijn handen vlak op het tafelblad, alsof hij verontwaardigd wilde opstaan en de vergaderkamer uit stormen, maar hij leunde achterover en zei: 'Ik heb 's ochtends ontbeten met vrienden... Van de moskee. Dat wilt u vast weten.'

'Ik...'   .

'De rest van de dag ben ik alleen geweest. Ik ben naar de bioscoop gegaan.'

'Alleen?'

'Minder afleiding. Ik ga meestal alleen. Het was een film van Jafar Panahi, een Iranese regisseur. Hebt u...' Zijn mond verstrakte. 'Laat maar.'

'Hebt u het kaartje nog?'

'Nee... Na de film heb ik wat gewinkeld. Ik denk dat ik om een uur of zes thuis was. Ik heb gevraagd of ik hier nodig was, maar alles liep op rolletjes, dus ben ik met een vriend uit eten gegaan.'

'Hebt u 's middags iets met een creditcard betaald?'

Mameda zette zijn stekels op. 'Ik heb gewoon etalages gekeken. Ik heb ergens koffiegedronken, een broodje gegeten, contant afgerekend...' Hij leunde naar voren en fluisterde fel: 'Ik geloof echt niet dat u iedereen al die vragen stelt. Ik weet wel hoe jullie over ons denken. Jullie denken dat wij vrouwen als beesten behandelen. Ongelooflijk dat u me van verkrachting durft te beschuldigen. Het is barbaars. En u beledigt me!'

Pulaski deed zijn uiterste best om Mameda recht aan te kijken en zei: 'Nee, meneer, we vragen echt iedereen met toegang tot innerCircle waar hij gisteren was, zelfs meneer Sterling. We doen gewoon ons werk.'

Mameda kalmeerde iets, maar werd weer ziedend toen Pulaski vroeg waar hij ten tijde van de andere moorden was geweest. 'Weet ik veel.' Hij weigerde nog iets te zeggen, knikte strak, stond op en liep de kamer uit.

Pulaski probeerde na te gaan wat er nu precies was gebeurd. Gedroeg Mameda zich schuldig of onschuldig? Hij kwam er niet uit. Hij had vooral het gevoel dat Mameda hem te slim af was geweest.

Harder nadenken, zei hij tegen zichzelf.

Shraeder, de tweede werknemer die hij moest horen, was Mameda's tegenpool: je reinste nerd. Hij was een slungel in gekreukte, slecht passende kleren. Hij had inktvlekken op zijn handen en droeg een uilenbril met smoezelige glazen. Geen modelwerknemer van ssd. Terwijl Mameda in de verdediging was geschoten, leek Shraeder zich van geen kwaad bewust te zijn. Hij verontschuldigde zich omdat hij zo laat was – wat hij niet was – en vertelde dat hij bezig was een programmeerfout uit een patch te halen. Vervolgens begon hij aan een ingewikkelde uitleg, alsof Pulaski was afgestudeerd in computerwetenschap, en moest Pulaski hem weer op het rechte spoor zetten.

Terwijl hij zijn vingers bewoog alsof hij op een denkbeeldig toetsenbord tikte, luisterde Shraeder verbaasd – of geveinsd verbaasd – naar Pulaski's verslag van de moorden. Hij betuigde zijn deelneming en antwoordde op Pulaski's vragen dat hij regelmatig in de hokken kwam en dossiers zou kunnen downloaden, maar dat nooit deed. Ook hij was ervan overtuigd dat niemand zijn wachtwoorden kon bemachtigen.

Hij had een alibi voor de zondagmiddag: hij was rond één uur naar kantoor gegaan om te zien hoe het was afgelopen met een groot probleem dat zich de vrijdag ervoor had voorgedaan. Hij begon weer aan een uitleg die Pulaski moest afkappen. Shraeder liep naar een computer in een hoek van de vergaderzaal, tikte een paar commando's en draaide het scherm naar Pulaski. Het waren zijn urenrapportages. Pulaski keek naar de zondag. Shraeder had inderdaad om 12.58 uur ingeklokt en was pas na vijven weggegaan.

Aangezien Shraeder ten tijde van de moord op Myra op kantoor was geweest, vroeg Pulaski niet meer naar de andere misdrijven. 'Dat was het wel,' zei hij. 'Dank u.' Shraeder ging weg en Pulaski leunde achterover en keek door een smal raam. Hij had zweethanden en zijn maag zat in de knoop. Hij pakte zijn mobieltje uit de holster aan zijn riem. Jeremy, de gemelijke assistent, had gelijk. Geen bereik, verdomme.

'Hallo daar.'

Pulaski schrok, keek snakkend naar adem op en zag Mark Whitcomb in de deuropening staan. Hij had wat kladblokken onder zijn arm en een kop koffie in elke hand. Hij trok een wenkbrauw op. Naast hem stond een iets oudere man met voortijdig grijzend haar. Pulaski nam aan dat het een werknemer van ssd moest zijn, gezien het uniform van het donkere pak met spierwit overhemd.

Wat kwamen ze doen? Hij plakte met moeite een nonchalante glimlach op zijn gezicht en knikte.

'Ron, ik wilde je voorstellen aan Sam Brockton, mijn chef.'

Ze gaven elkaar een hand. Brockton nam Pulaski aandachtig op en zei met een wrange glimlach: 'Dus jij hebt me door de kamermeisjes laten controleren in het Watergate Hotel in Washington?'

'Ik ben bang van wel.'

'Ik ben tenminste geen verdachte meer,' zei Brockton. 'Als wij van Compliance iets kunnen doen, zeg je het maar tegen Mark. Hij heeft me alles verteld over jullie zaak.'

'Dank u.'

'Succes.' Brockton vertrok en Whitcomb bood Pulaski een kop koffie aan.

'Voor mij? Dank je wel.'

'Hoe gaat het?' vroeg Whitcomb.

'Het gaat.'

Whitcomb lachte en streek zijn blonde kuif van zijn voorhoofd. 'Jullie zijn net zo ontwijkend als wij.'

'Dat zal wel, maar ik kan je zeggen dat iedereen hier heeft meegewerkt.'

'Mooi zo. Ben je klaar?'

'Ik moet alleen nog iets van meneer Sterling krijgen.'

Hij deed suiker in zijn koffie, roerde te hard van de zenuwen en dwong zichzelf ermee op te houden.

Whitcomb hief zijn kopje en stootte ermee tegen dat van Pulaski alsof hij met hem proostte. Hij keek naar de heldere dag, de blauwe lucht en de volle groen- en bruintinten van de stad. 'Ik heb altijd iets tegen die kleine ramen gehad. We zitten midden in New York en we hebben geen uitzicht.'

'Waarom is dat eigenlijk, vroeg ik me af?'

'Andrew is bezorgd om de veiligheid. Mensen zouden van buitenaf foto's kunnen nemen.'

'Echt?'

'Het is niet alleen maar paranoïde,' zei Whitcomb. 'Er gaat veel geld om in data-mining. Gigantische bedragen.'

'Het zal wel.' Pulaski vroeg zich af wat voor geheimen iemand door een raam een paar honderd meter verderop zou kunnen zien, want daar stond de dichtstbijzijnde kantoortoren.

'Woon je in de stad?' vroeg Whitcomb.

'Ja. We zitten in Queens.'

'Ik zit nu op Long Island, maar ik ben opgegroeid in Astoria. Bij Ditmars Boulevard, dicht bij het station.'

'Goh, ik zit drie straten verderop.'

'Echt waar? Ga je naar St.-Tim?'

'St.-Agnes. We zijn een paar keer naar St.-Tim gegaan, maar de preken bevielen Jenny niet. Ze zadelen je daar met te veel schuldgevoel op.'

Whitcomb lachte. 'Eerwaarde Albright.'

'O, ja, die is het.'

'Mijn broer – hij zit bij de politie in Philadelphia – heeft eens gezegd dat je een moordenaar kunt laten bekennen door hem gewoon bij eerwaarde Albright op te sluiten. Na vijf minuten bekent hij alles wat je maar wilt.'

Pulaski lachte. 'Dus je broer is politieman?'

'Bij de narcoticabrigade.'

'Rechercheur?'

'Ja.'

'Mijn broer is surveillant bij Bureau 6, in de Village.'

'Hoe is het mogelijk. Jouw broer en de mijne... Zijn jullie samen bij de politie gegaan?'

'Ja, we doen eigenlijk alles samen. We zijn een tweeling.'

'Boeiend. Mijn broer is drie jaar ouder en hij is een stuk groter dan ik. Misschien zou ik wel door de keuring komen, maar ik zou niet graag een zakkenroller onderuithalen.'

'Dat komt niet zo vaak voor. We praten vooral op de boeven in. Het zal wel net zoiets zijn als wat jullie bij Compliance doen.'

Whitcomb lachte. 'Ja, daar komt het wel zo'n beetje op neer.'

'Ik denk...'

'Hé, wie hebben we daar! Brigadier Friday.'

Pulaski kreeg een hol gevoel in zijn maag toen hij opkeek en de gladde, knappe Sean Cassel zag, samen met zijn aangever, technisch directeur Wayne Gillespie, die aanvulde: 'Teruggekomen om meer feiten te verzamelen, dame? Alleen de feiten.' Hij salueerde.

Doordat hij met Whitcomb over de kerk had gepraat, waande Pulaski zich plotseling weer op de katholieke middelbare school, waar zijn broer en hij constant op voet van oorlog hadden verkeerd met de jongens van Forest Hill. Ze waren rijker, hadden mooiere kleren en waren slimmer. En ze hadden een scherpe tong. ('Hé, daar heb je die mutantenbroertjes!') Het was een nachtmerrie geweest. Soms vroeg Pulaski zich af of hij niet alleen maar bij de politie was gegaan om met een uniform en een wapen respect te kunnen afdwingen.

Whitcomb klemde zijn lippen op elkaar.

'Hé, Mark,' zei Gillespie.

'Alles goed, brigadier?' vroeg Cassel.

Pulaski had vernietigende blikken ondergaan op straat, was uitgevloekt, had spuug en stenen ontweken en was er soms door geraakt, maar niet één van die incidenten had hem zo van zijn stuk gebracht als

223

de pesterige woorden die hij nu naar zijn hoofd geslingerd kreeg. Met een glimlach en speels, maar speels op de manier waarop een haai zijn maaltje tart voordat hij het verslindt. Pulaski had 'brigadier Friday' op zijn BlackBerry gegoogeld en was erachter gekomen dat het een personage uit *Dragnet* was, een tv-serie van vroeger. Friday was de held, maar hij werd gezien als een 'square', wat scheen in te houden dat hij alles precies volgens het boekje deed en het tegendeel van cool was.

Pulaski had met gloeiende oren de informatie op het schermpje gelezen. Pas toen had hij begrepen dat Cassel hem had beledigd.

'Alsjeblieft.' Cassel gaf Pulaski een cd in een doosje. 'Hopelijk heb je er wat aan, brigges.'

'Wat is dat?'

'De lijst van cliënten die informatie hebben gedownload over je slachtoffers. Daar had je toch om gevraagd?'

'O, ik had meneer Sterling verwacht.'

'Nou, Andrew is een drukbezet man. Hij heeft mij gevraagd je de lijst te geven.'

'O. Dank u.'

'Je krijgt het druk,' zei Gillespie. 'Het zijn meer dan driehonderd cliënten in de omgeving, en niet één ervan heeft minder dan tweehonderd mailinglists gedownload.'

'Dat had ik al gezegd,' zei Cassel. 'Dat wordt nachtwerk. Krijgen we nou een speldje?'

Brigadier Friday werd vaak beschimpt door de mensen die hij verhoorde...

Pulaski grinnikte, al wilde hij het niet.

'Kom op, jongens.'

'Relax, Whitcomb,' zei Cassel. 'We dollen maar wat. Jezus. Niet zo gestrest.'

'Wat doe je hier eigenlijk, Mark?' zei Gillespie. 'Moet je geen nieuwe wetten zoeken die we overtreden?'

Whitcomb keek vertwijfeld naar het plafond en grinnikte zuur, maar Pulaski zag dat hij zich ook geneerde – en gekwetst was.

'Mag ik er hier even naar kijken? Voor het geval ik nog vragen heb?' vroeg Pulaski.

'Ga je gang.' Cassel liep met hem mee naar de computer in de hoek en logde in. Hij laadde de cd en stapte achteruit, terwijl Pulaski ging zitten. Op het scherm werd hem gevraagd wat hij wilde doen. Tot zijn verwarring kreeg hij een aantal mogelijkheden voorgelegd die hem allemaal niets zeiden.

Cassel keek over zijn schouder. 'Maak je de lijst niet open?'

'Ik vroeg me gewoon af welk programma het beste was.'

Cassel lachte. 'Veel keus heb je niet,' zei hij op een toon alsof het vanzelfsprekend was. 'Excel.'

'X-L?' herhaalde Pulaski. Hij wist dat zijn oren rood waren. Hij haatte het. Hij haatte het gewoon.

'De spreadsheet,' verklaarde Whitcomb behulpzaam, al had Pulaski er niets aan.

'Ken je Excel niet?' Gillespie leunde naar voren en tikte zo snel dat zijn vingers een waas werden.

Het programma werd geladen en er verscheen een tabel met namen, adressen, data en tijden.

'Je hebt toch wel eens een spreadsheet gelezen?'

'Ja hoor.'

'Maar niet in Excel?' Gillespie trok verbaasd zijn wenkbrauwen op.

'Nee. In andere programma's.' Pulaski wist dat hij hen in de kaart speelde en vervloekte zichzelf. Kop dicht en aan het werk.

'Andere programma's? Serieus?' zei Cassel. 'Boeiend.'

'Ga je gang, brigadier Friday. Succes ermee.'

'O, dat is E-X-C-E-L,' spelde Gillespie. 'Nou ja, het staat op het scherm. Kijk er maar eens naar. Je leert het zo. Ik bedoel, een kind kan de was doen.'

'Ik kom er wel uit.'

Gillespie en Cassel liepen de kamer uit.

'Zoals ik eerder al had gezegd, ze zijn hier niet erg geliefd,' zei Whitcomb. 'Maar het bedrijf zou ze niet kunnen missen. Ze zijn geniaal.'

'Wat ze je vast wel inpeperen.'

'Nou en of. Goed, ik zal je rustig laten werken. Zit je hier goed?'

'Ik red me wel.'

'Als je nog langs de slangenkuil komt, kom dan even bij me langs.'

'Doe ik.'

'We kunnen ook in Astoria afspreken. Een keer koffiedrinken. Hou je van Grieks eten?'

'Ik ben er gek op.'

Pulaski zag het al voor zich, een keer lekker uit. Na zijn hoofdletsel had hij een paar vriendschappen laten verwateren uit angst dat zijn gezelschap niet op prijs zou worden gesteld. Hij zou het leuk vinden om weer eens met een andere kerel op stap te gaan, een biertje pakken, misschien een actiefilm zien, dingen waar Jenny niets om gaf.

Nou ja, hij zou er later over nadenken, als het onderzoek was afgesloten, natuurlijk.

Toen Whitcomb weg was, keek Pulaski om zich heen. Er was niemand, maar hij herinnerde zich hoe Mameda zenuwachtig over zijn schouder naar boven had gekeken. Hij dacht aan de documentaire over een casino in Las Vegas die hij kortgeleden met Jenny had gezien, over 'de ogen in de lucht', de beveiligingscamera's overal. Hij herinnerde zich ook de bewaker op de gang en de verslaggever wiens leven was verwoest nadat hij bij ssd had gespioneerd.

Ron Pulaski hoopte maar dat hier vandaag geen beveiliging was, want zijn missie behelsde veel meer dan het verhoren van verdachten en het in ontvangst nemen van een cd; Lincoln Rhyme had hem hierheen gestuurd om in te breken bij de waarschijnlijk zwaarst beveiligde computerfaciliteit van de stad New York.

26

De negenendertigjarige Miguel Abrera zat in een café tegenover de Grijze Rots sterke, zoete koffie te drinken terwijl hij een brochure doorbladerde die hij pas had gekregen. Het was de zoveelste in een reeks ongebruikelijke gebeurtenissen in zijn leven. De meeste waren alleen vreemd of hinderlijk; deze was zorgwekkend.

Hij keek nog eens, sloeg de brochure dicht, leunde achterover en keek op zijn horloge. Hij had nog tien minuten voordat hij weer naar zijn werk moest.

Abrera was onderhoudsspecialist, zoals dat bij SSD werd genoemd, maar hij zei zelf altijd dat hij conciërge was. Wat zijn titel ook was, hij verrichtte conciërgewerkzaamheden. Hij deed het goed en hij hield van zijn werk. Waarom zou hij zich ervoor schamen?

Hij had zijn pauze ook in het gebouw kunnen houden, maar de gratis koffie van SSD was niet te drinken en je kreeg er niet eens echte melk bij. Bovendien vond hij het prettiger om in zijn eentje koffie te drinken en de krant te lezen, al miste hij het roken. Hij had op de spoedeisende hulp zijn sigaretten ingeruild en hoewel God zich niet aan zijn kant van de afspraak had gehouden, was Miguel toch maar gestopt.

Hij keek op en zag een collega in het café, Tony Petron, die meer dienstjaren had en op de directieverdieping werkte. Ze knikten naar elkaar. Miguel was bang dat Petron bij hem wilde komen zitten, maar hij liep naar een tafeltje in een hoek om zijn e-mail of sms'jes te lezen. Miguel keek weer naar de aan hem persoonlijk geadresseerde brochure die hij per post had gekregen. Toen dacht hij aan de andere vreemde dingen die er de laatste tijd waren gebeurd.

Zoals zijn urenrapportage. Bij SSD liep je gewoon door het draaihek en de computer zag aan je pasje wanneer je was gekomen en wanneer je weer was weggegaan, maar de afgelopen maanden was er een paar keer een fout in de rapportage geslopen, had hij gezien. Hij had altijd veertig uur per week gewerkt en daar had hij ook altijd voor betaald gekregen, maar volgens zijn rapportage was hij een paar keer vroeger gekomen en eerder vertrokken dan anders, of had hij een doordeweekse dag overgeslagen en op zaterdag gewerkt, wat hij nog nooit had gedaan. Hij had het aan zijn opzichter voorgelegd, die zijn schouders had opgehaald. 'Een programmeerfout, misschien. Zolang ze je niet op je loon korten, is er niets aan de hand.'

Dan was er nog de kwestie van zijn bankrekening. Een maand geleden had hij tot zijn verbijstering ontdekt dat hij tienduizend dollar te veel op zijn rekening had staan, maar tegen de tijd dat hij naar het kantoor was gegaan om het recht te zetten, klopte zijn saldo weer. Dat was nu drie keer gebeurd. Er was een keer ten onrechte zeventigduizend dollar op zijn rekening bijgeschreven.

En dat was nog niet alles. Hij was onlangs door een bedrijf gebeld over zijn hypotheekaanvraag, maar hij wilde helemaal geen hypotheek. Hij woonde in een huurhuis. Zijn vrouw en hij hadden wel ooit een huis willen kopen, maar nadat ze, samen met hun zoontje, was omgekomen bij een auto-ongeluk, had hij het hart niet meer om aan een koophuis te denken.

Hij had ongerust in zijn kredietgeschiedenis gezocht, maar geen hypotheekaanvraag gevonden. Er stond niets bijzonders in, al had hij opgemerkt dat het maximumbedrag dat hij kon lenen was verhoogd – aanzienlijk, wat op zich al vreemd was, maar je hoorde hem natuurlijk niet klagen over zo'n mazzeltje.

Niet één van die dingen had hem echter zo verontrust als die brochure.

Geachte heer Abrera,

Zoals u maar al te goed weet, maken we op verschillende tijden in ons leven traumatische ervaringen mee en moeten we moeilijke verliezen verwerken. Het is begrijpelijk dat het mensen op zulke momenten zwaar valt verder te gaan met hun leven. Soms denken ze zelfs dat de last te zwaar is en overwegen ze impulsieve, betreurenswaardige maatregelen.

Wij van Survivor Counseling Services weten voor welke lastige uitdagingen mensen zoals u staan, mensen die een zwaar verlies hebben geleden. Onze gekwalificeerde staf kan u helpen die moeilijke tijd door te komen met een combinatie van medische interventie, individuele en groepstherapie, zodat u weer van het leven kunt genieten en beseft dat het echt de moeite waard is.

Miguel Abrera had nooit aan zelfmoord gedacht, zelfs niet op het dieptepunt, kort na het ongeluk, nu anderhalf jaar geleden; het was voor hem ondenkbaar dat hij zich van het leven zou beroven.

Dat hij die brochure had gekregen, was op zich al zorgwekkend, maar er waren nog twee aspecten die hem angst inboezemden. Het eerste was dat die brochure rechtstreeks naar zijn nieuwe adres was gestuurd, niet doorgestuurd vanaf het oude. Zijn rouwbegeleider en de mensen in het ziekenhuis waar zijn vrouw en zoon waren gestorven, wisten niet dat hij een maand geleden was verhuisd.

Het tweede was de laatste alinea.

Nu u die belangrijke eerste stap hebt gezet en ons om hulp hebt gevraagd, mijnheer Abrera, willen we graag een gratis evaluatiesessie met u houden op een tijdstip dat u schikt. Wacht niet langer. Wij kunnen je helpen!

Hij had nooit stappen ondernomen om met het bedrijf in contact te komen.

Hoe waren ze aan zijn naam gekomen?

Ach, misschien was het gewoon een vreemde aaneenschakeling van toevalligheden. Hij kon er later over piekeren. Nu was het tijd om terug te gaan naar ssd. Andrew Sterling was de vriendelijkste, zorgzaamste baas die je je maar kon wensen, maar Miguel twijfelde er niet aan dat de geruchten klopten: hij controleerde de urenrapportages van al zijn werknemers persoonlijk.

Ron Pulaski ijsbeerde door de vergaderzaal van ssd, kijkend naar het scherm van zijn mobieltje. Hij liep in het rasterpatroon, besefte hij, alsof hij een plaats delict onderzocht. Maar hij had geen bereik, zoals Jeremy al had gezegd. Hij zou de vaste lijn moeten gebruiken. Werd die afgeluisterd?

Opeens drong het tot hem door dat hij door Lincoln Rhyme te helpen serieus het risico liep datgene te verliezen wat na zijn gezin het belangrijkst voor hem was: zijn baan bij de politie van New York. Andrew Sterling was een machtig man. Als hij het leven van een verslaggever bij een grote krant had kunnen ruïneren, had een jong agentje geen schijn van kans tegen hem. Als ze hem betrapten, zou hij gearresteerd worden. Dan was het afgelopen met zijn carrière. Wat moest hij dan tegen zijn broer zeggen, tegen zijn ouders?

Hij was woedend op Lincoln Rhyme. Waarom had hij zich niet verzet tegen het plan om de gegevens te stelen? Hij hóéfde dit niet te doen. *O, goed hoor, rechercheur, u zegt het maar.*

Hij was compleet geschift.

Maar toen zag hij de dode Myra Weinburg weer voor zich, met haar ogen omhooggericht en een lok haar over haar voorhoofd, net Jenny. En hij leunde naar voren, klemde de telefoon onder zijn kin en toetste de 9 in voor een buitenlijn.

'Met Rhyme.'

'Rechercheur, met mij.'

'Pulaski,' blafte Rhyme. 'Waar heb je in godsnaam gezeten? En waar bel je vandaan? Het nummer is afgeschermd.'

'Ik ben nu pas voor het eerst alleen,' zei Pulaski snibbig. 'En mijn mobiel doet het hier niet.'

'Nou, laten we dan maar beginnen.'

'Ik zit aan een computer.'

'Oké, ik geef je Rodney Szarnek.'

Het doel van de diefstal was datgene waar Lincoln Rhyme hun computergoeroe over had horen praten: de vrije ruimte op de harde schijf van een computer. Sterling had gezegd dat de computers niet bijhielden of werknemers dossiers downloadden, maar toen Szarnek vertelde over de informatie die in de ether van SSD's computers zweefde, had Rhyme gevraagd of daar ook gegevens bij zaten over wie er dossiers hadden gedownload.

Het leek Szarnek heel goed mogelijk. Het was ondoenlijk om in innerCircle te komen, zei hij, want hij had het geprobeerd, maar voor de administratie van dingen als urenrapportages of downloads zou een veel kleinere server worden gebruikt. Als Pulaski in het systeem kon komen, kon Szarnek hem misschien flarden data van de vrije ruimte laten halen die hij vervolgens weer kon samenvoegen om te zien of de dossiers van de slachtoffers en zondebokken door een werknemer waren gedownload.

Szarnek kwam aan de lijn. 'Oké,' zei hij. 'Zit je in het systeem?'

'Ik zit een cd te lezen die ze me hebben gegeven.'

'Ha. Ze hebben je dus alleen passieve toegang gegeven. Dat moet beter.' Szarnek liet Pulaski een paar onbegrijpelijke commando's tikken.

'Hij zegt dat ik hier geen toestemming voor heb.'

'Ik probeer je in de *root* te krijgen.' Szarnek gaf Pulaski een reeks nog ingewikkelder commando's op. Hij verhaspelde ze een paar keer en kreeg het benauwd. Hij was kwaad op zichzelf omdat hij letters omdraaide of de verkeerde slash intikte.

Hoofdletsel...

'Kan ik niet gewoon met de muis werken om te zoeken wat ik moet vinden?'

Szarnek legde uit dat de computer op Unix draaide, niet op een gebruikersvriendelijk systeem als dat van Microsoft of Apple. Je moest lange commando's foutloos intikken.

'O.'

Ten slotte verschafte de computer hem toegang. Pulaski zwol van trots.

'Nu de harddisk aansluiten,' zei Szarnek.

De jonge agent haalde een harddisk van 80 GB uit zijn zak en sloot hem aan op een USB-poort van de computer. Hij volgde Szarneks aanwijzingen op en laadde een programma dat de vrije ruimte op de harde schijf opdeelde in afzonderlijke bestanden, die gecomprimeerd op de harddisk werden opgeslagen.

Afhankelijk van de omvang van de vrije ruimte kon het een paar minuten of een paar uur duren.

Er kwam een venstertje op het scherm en het programma vertelde Pulaski dat het bezig was.

Pulaski leunde achterover en keek naar de cliëntgegevens van de cd, die nog op het scherm te zien waren. Voor hem was het grotendeels abracadabra. De namen van de cliënten kon hij wel lezen, evenals de adressen, telefoonnummers en namen van degenen die toegang hadden tot het systeem, maar de overige informatie, die vermoedelijk uit gecomprimeerde mailinglists bestond, was grotendeels verpakt in .rar- of .zip-bestanden. Hij scrolde naar de laatste pagina – 1.120.

O, man... Het zou heel veel tijd kosten om alles door te nemen en uit te zoeken of een cliënt informatie over de slachtoffers bij elkaar had gezocht en...

Pulaski schrok op van stemmen in de gang die de vergaderzaal naderden.

O, nee, niet nu. Hij pakte voorzichtig de kleine, zoemende harddisk en stopte hem in zijn broekzak. Hij klikte. Zacht, maar Pulaski wist zeker dat het door de hele ruimte te horen was. De USB-kabel was duidelijk zichtbaar.

De stemmen kwamen dichterbij.

Hij herkende die van Sean Cassel.

Nog dichterbij... Alsjeblieft, ga weg!

Er verscheen weer een venstertje op het scherm: *bezig...*

Shit, dacht Pulaski en hij schoof zijn stoel naar voren. Iedereen die een paar passen de zaal in zette, moest de kabel en het venster meteen kunnen zien.

Plotseling dook er een hoofd in de deuropening op. 'Hé, brigadier Friday,' zei Cassel. 'Hoe gaat het?'

Pulaski kromp in elkaar. Nu zou Cassel de harddisk zien. Het kon niet anders. 'Goed, dank u.' Hij zette zijn been voor de USB-poort om de kabel en de plug aan het zicht te onttrekken. Het voelde als een veel te opvallende beweging.

'Wat vind je van Excel?'

'Een mooi programma.'

'Uitstekend. Het is top. En je kunt de bestanden exporteren. Werk je veel met PowerPoint?'

'Niet echt, nee.'

'Nou, misschien komt het er nog eens van, brigges – als je hoofd-commissaris bent. En Excel is super voor je boekhouding thuis. Kun je al je investeringen bijhouden. O, en er zitten spelletjes bij die je vast leuk vindt.'

Pulaski glimlachte, terwijl het bonken van zijn hart het snorren van de harddisk bijna overstemde.

Cassel gaf hem een knipoog en verdween.

Als er spelletjes bij Excel zitten, eet ik die harde schijf op, arrogante klootzak.

Pulaski veegde zijn handen droog aan zijn broek, die Jenny die ochtend had gestreken, zoals ze altijd 's ochtends deed, of de avond van tevoren als hij vroege dienst had of voor dag en dauw ergens heen moest.

God, alstublieft, laat me mijn baan niet kwijtraken, bad hij. Hij dacht terug aan de dag dat zijn broer en hij het examen van de politieacademie hadden afgelegd.

En de dag dat ze waren geslaagd. En de ceremoniële eedaflegging, hoe zijn moeder had gehuild, de blik die hij met zijn vader had gewisseld. Het waren de mooiste momenten van zijn leven.

Gooide hij dat nu allemaal weg? Godver. Goed, Rhyme was briljant en niemand wilde liever misdadigers aanhouden dan hij, maar om zo de wet met voeten te treden? En Rhyme zat lekker thuis in die stoel van hem en liet zich op zijn wenken bedienen. Hem kon niets gebeuren.

Waarom moest Pulaski zich opofferen?

Desondanks concentreerde hij zich op zijn stiekeme taak. Kom op, kom op, spoorde hij het programma aan, maar dat bleef traag malen en gaf hem alleen de verzekering dat het bezig was. Geen balk die van links naar rechts volliep, geen aftellen, zoals in de film.

Bezig...

'Pulaski, wat was dat?' vroeg Rhyme.

'Een paar personeelsleden. Ze zijn alweer weg.'

'Hoe gaat het?'

'Wel goed, geloof ik.'

'Geloof je dat?'

'Ik...' Er verscheen een nieuw bericht op het scherm: *Voltooid. Wilt u de gegevens naar een bestand schrijven?*

'Oké, het is klaar. Wil ik de gegevens naar een bestand schrijven?'

Szarnek kwam weer aan de lijn. 'Dit is cruciaal. Doe precies wat ik zeg.' Hij legde Pulaski uit hoe hij de bestanden moest aanleggen, comprimeren en naar de harddisk verplaatsen. Pulaski deed met bevende handen wat hem werd gezegd. Hij zweette als een otter. Een paar minuten later was het gepiept.

'Nu moet je je sporen wissen, alles weer zo achterlaten als het was. Om er zeker van te zijn dat niemand hetzelfde doet als jij en jou vindt.' Szarnek loodste Pulaski naar de logbestanden en liet hem meer commando's tikken, wat hem ten slotte lukte.

'Klaar.'

'Oké, wegwezen, groentje,' spoorde Rhyme hem aan.

Pulaski hing op, maakte de harddisk los, stopte hem in zijn zak en logde uit. Hij stond op, liep de vergaderzaal uit en knipperde verbaasd met zijn ogen toen hij zag dat de bewaker dichterbij was gekomen. Hij zag dat het dezelfde was die Amelia naar de datahokken had gebracht. Hij had vlak achter haar gelopen, alsof hij een winkeldievegge naar het kantoor van de bedrijfsleider bracht om daar op de politie te wachten.

Had hij iets gezien?

'Agent Pulaski. Ik breng u terug naar Andrews kantoor.' Zijn gezicht stond strak en zijn ogen verrieden niets. Hij liep met Pulaski de gang in. Bij elke stap die hij zette, schuurde de harddisk, die gloeiend heet aanvoelde, tegen zijn been. Hij keek weer naar het plafond van akoestische tegels; hij kon geen camera ontdekken.

Paranoia vulde de gangen, feller dan de genadeloos witte verlichting.

Toen ze bij de kamer van Sterling aankwamen, wenkte Sterling Pulaski en draaide wat vellen papier om waaraan hij werkte. 'Zo, agent, hebt u gevonden wat u zocht?'

'Ja, zeker.' Pulaski hield de cd op als een kind dat iets heeft meegebracht voor een spreekbeurt.

'O, mooi.' Hij nam Pulaski met zijn heldergroene ogen op. 'En hoe gaat het met het onderzoek?'

'Het gaat wel.' Het was het eerste wat in hem opkwam. Hij voelde zich een idioot. Wat zou Amelia Sachs hebben gezegd? Hij had geen idee.

'Ja? Hebt u nog iets aan die cliëntenlijst gehad?'

'Ik heb hem even bekeken om er zeker van te kunnen zijn dat alles leesbaar was. We zullen hem in het lab bekijken.'

'Het lab. In Queens? Is dat jullie basis?'

'Daar werken we wel eens, ook wel eens ergens anders.'

Sterling glimlachte alleen vriendelijk in reactie op Pulaski's ontwijkende antwoord. Hij was minstens tien centimeter kleiner, maar Pulaski had het gevoel dat hij omhoog moest kijken. Sterling liep met hem mee naar het voorkantoor. 'Goed, als er nog iets is, zeggen jullie het maar. We staan voor de volle honderd procent achter jullie.'

'Dank u.'

'Martin, tref die regelingen die we hebben besproken en breng agent Pulaski dan naar beneden.'

'O, ik kom er wel uit.'

'Hij brengt u. Prettige avond.' Sterling liep zijn kamer weer in en sloot de deur achter zich.

'Moment,' zei Martin. Hij pakte de telefoon en wendde zich iets af om niet afgeluisterd te worden.

Pulaski drentelde naar de deur en keek de gang in. Er dook iemand uit een kantoor op die op gedempte toon in zijn mobieltje praatte. Kennelijk had je in dit deel van het gebouw wel bereik. De man keek naar Pulaski, sloot zijn gesprek af en klapte zijn toestel dicht.

'Pardon, agent Pulaski?'

Hij knikte.

'Ik ben Andy Sterling.'

Natuurlijk, Sterlings zoon.

De jongeman keek Pulaski zelfbewust in de ogen, maar zijn handdruk had iets aarzelends. 'U had me gebeld, geloof ik. En mijn vader had ingesproken dat ik u te woord moest staan.'

'Ja, dat klopt. Hebt u even?'

'Wat wilt u weten?'

'We gaan na waar bepaalde mensen zondagmiddag waren.'

'Ik heb een trektocht gemaakt in Westchester. Ik ben er rond het middaguur naartoe gereden en ik kwam weer terug...'

'Nee, nee, het gaat niet om u. Ik wil alleen weten waar uw vader was. Hij zei dat hij u om een uur of twee vanaf Long Island had gebeld.'

'Ja, dat is waar ook, maar ik heb niet opgenomen. Ik wilde de klim niet onderbreken.' Hij vervolgde zachter: 'Andrew kan geen onderscheid maken tussen werk en vrije tijd en ik was bang dat hij me naar de zaak wilde laten komen. Ik had geen zin om mijn vrije dag te laten bederven. Ik heb hem later teruggebeld, tegen halfvier.'

'Mag ik uw telefoon even zien?'

'Natuurlijk.' Hij klapte het toestel open en liet de lijst inkomende gesprekken zien. Hij had op zondagochtend verschillende gesprekken gevoerd, maar 's middags was hij alleen gebeld vanaf het nummer dat Sachs Pulaski had gegeven: dat van Sterlings huis op Long Island. 'Oké. Dat is genoeg. Dank u.'

De jongeman keek zorgelijk. 'Het is verschrikkelijk, heb ik begrepen. Er is iemand verkracht en vermoord?'

'Dat klopt.'

'Hebben jullie de dader al bijna?'

'We hebben een aantal aanwijzingen.'

'Gelukkig. Zulke mensen moet je tegen de muur zetten en afschieten.'

'Bedankt voor uw tijd.'

De jongeman liep weg. Martin kwam tevoorschijn en keek hem na. 'Loopt u met me mee, agent Pulaski?' Met een glimlach die net zo goed een frons had kunnen zijn, liep hij naar de lift.

Pulaski, die op was van de zenuwen, kon alleen aan de harddisk in zijn zak denken. Hij wist zeker dat iedereen hem zag zitten. Hij zette het op een bazelen. 'Zo, Martin... Werk je hier al lang?'

'Ja.'

'Ben jij ook een computermens?'

Een andere glimlach, die niets meer te betekenen had dan de vorige. 'Niet echt.'

Ze liepen door de zwart-witte, steriele gang. Pulaski vond het er vreselijk. Hij voelde zich verstikt, opgesloten. Hij wilde naar buiten, naar Queens, naar de South Bronx. Zelfs het gevaar deed er niet meer toe. Hij wilde weg, zijn kop naar voren steken en rennen.

Hij voelde de paniek opkomen.

De verslaggever raakte niet alleen zijn baan kwijt, maar werd ook vervolgd wegens schending van onze eigendommen. Hij heeft een halfjaar gezeten...

Pulaski was ook de weg kwijt. Dit was niet de route die hij had gevolgd naar Sterling kantoor. Martin sloeg een hoek om en duwde een zware deur open.

Pulaski aarzelde toen hij zag wat hem wachtte: drie bewakers met strakke gezichten bij een post met een metaaldetector en een röntgenapparaat. Dit waren niet de datahokken, dus er was geen apparatuur die gegevens wiste, zoals in het andere deel van het gebouw, maar hij kon de harddisk niet ongezien meesmokkelen. Toen hij hier met Amelia Sachs was, waren ze niet langs zulke bewakingsposten gekomen. Hij had ze niet eens gezien.

'Hier zijn we de vorige keer niet langsgekomen,' zei hij als terloops tegen Martin.

'Het hangt ervan af of je alleen bent geweest,' verklaarde Martin. 'Een computer doet de evaluatie.' Hij glimlachte. 'Het is niets persoonlijks.'

'Ha. Dat dacht ik ook niet.'

Zijn hart bonsde, zijn handen waren klam. Nee, nee! Hij mócht zijn baan niet kwijtraken. Het kon gewoon niet. Zijn werk was te belangrijk voor hem.

Waarom had hij hier in godsnaam mee ingestemd? Hij hield zichzelf voor dat hij de man tegenhield die een vrouw had vermoord die sprekend op Jenny leek. Een verschrikkelijke man die er geen been in zag iemand te vermoorden als het hem zo uitkwam.

En toch, dacht hij, is dit niet goed.

Wat zouden zijn ouders zeggen wanneer hij aan hen opbiechtte dat hij was gearresteerd wegens gegevensdiefstal? Zijn broer?

'Hebt u data bij u, meneer?'

Pulaski liet de cd zien. De bewaker nam hem aan en bekeek het hoesje. Hij drukte een sneltoets in, verstrakte en praatte zacht in het toestel. Hij stopte de disk in een computer en keek naar het scherm. De cd stond blijkbaar op een lijst van goedgekeurde voorwerpen, maar hij haalde hem toch door het röntgenpoortje en keek aandachtig naar het beeld van de hoes en de cd erin. Hij rolde over de lopende band door de metaaldetector.

Pulaski wilde hem pakken, maar een derde bewaker hield hem tegen. 'Neem me niet kwalijk, meneer, maar wilt u uw zakken legen en alles van metaal in het bakje leggen?'

'Maar ik ben van de politie,' zei hij op een toon alsof hij het komisch vond.

'Uw korps gaat ermee akkoord dat u zich onderwerpt aan ons beveiligingsbeleid, want we werken voor de overheid. De regels gelden voor iedereen. U mag uw chef wel bellen om het na te vragen, als u wilt.'

Pulaski zat in de val.

Martin hield hem nauwlettend in de gaten.

'Alles op de band, alstublieft.'

Kom op, denk na, raasde het in Pulaski. Verzin iets.

Denk na!

Bluf je erdoorheen.

Dat kan ik niet. Zo slim ben ik niet.

O, jawel. Wat zou Amelia Sachs doen? Of Lincoln Rhyme?

Hij wendde zich af, bukte zich, trok zorgvuldig zijn veters los en deed zijn schoenen uit. Hij richtte zich weer op, zette de gepoetste schoenen op de lopende band, leegde zijn zakken en legde alle metalen voorwerpen in het plastic mandje.

Hij liep door de metaaldetector, die het op een piepen zetten toen de harddisk werd gedetecteerd.

'Bent u iets vergeten?'

Hij slikte, schudde zijn hoofd en klopte op zijn zakken. 'Nee.'

'We zullen u moeten scannen.'

Pulaski liep door het poortje. De tweede bewaker gleed met de scanner over zijn lichaam en stopte bij zijn borst. De scanner gaf een harde piep.

Pulaski schoot in de lach. 'O, sorry.' Hij maakte een knoop van zijn overhemd open en liet zijn kogelwerende vest zien. 'Een metalen hartpantser, helemaal vergeten. Het houdt alles tegen behalve een metalen geweerkogel.'

'Waarschijnlijk ook geen kogel uit een Desert Eagle,' zei de bewaker.

'Ik denk er als volgt over: een kaliber vijftig-pistool is gewoon niet gezond,' schertste Pulaski, wat hem eindelijk een glimlachje van de bewakers ontlokte. Hij wilde zijn overhemd uittrekken.

'Laat maar. Ik geloof niet dat u zich voor ons hoeft uit te kleden, agent.'

Pulaski knoopte met bevende handen zijn overhemd dicht, precies boven de plek waar hij de harddisk had verstopt, tussen zijn hemd en het kogelwerende vest; hij had hem eronder gepropt toen hij zich bukte om zijn veters los te maken.

Hij pakte zijn spullen uit het mandje.

Martin, die om de metaaldetector heen was gelopen, loodste hem door een volgende deur. Ze stonden in de lobby, een grote, kale ruimte in grijs marmer waarin een enorme versie van het logo met de vuurtoren en het raam was geëtst.

'Prettige dag, agent Pulaski,' zei Martin voordat hij zich omdraaide.

Pulaski liep met bevende handen door naar de grote glazen deuren. Pas nu zag hij de batterij tv-camera's die de lobby in de gaten hielden. Hij dacht aan een zwerm gieren die rustig op een muur zaten te wachten tot een gewond prooidier naar adem snakkend viel.

27

Zelfs bij het horen van Judy's stem, de vertrouwdheid die hem zo geruststelde dat hij bijna moest huilen, bleef Arthur Rhyme aan de getatoeëerde blanke denken, die opgefokte speedfreak, Mick.

Hij bleef maar in zichzelf praten, stopte om de paar minuten zijn handen in zijn broek en leek al even vaak naar Arthur te kijken.

'Lieverd, ben je er nog?'

'Sorry.'

'Ik moet je iets vertellen,' zei Judy.

Over de advocaat, over het geld, over de kinderen. Wat het ook was, het zou hem te veel zijn. Arthur Rhyme stond op knappen.

'Zeg het maar,' fluisterde hij gelaten.

'Ik ben bij Lincoln geweest.'

'Wat?'

'Ik moest wel... Je leek die advocaat niet te geloven, Art. Dit gaat niet vanzelf over.'

'Maar... Ik had toch gezegd dat je hem niet moest bellen?'

'Het gaat wel om een heel gezin, Art. Het gaat niet alleen om wat jíj wilt. De kinderen en ik zijn er ook nog. We hadden het veel eerder moeten doen.'

'Ik wil hem er niet bij betrekken. Nee, bel hem maar weer op en zeg dat we hem bedanken, maar dat het in orde is.'

'In orde?' foeterde Judy Rhyme. 'Ben je niet goed wijs?'

Soms geloofde hij dat ze sterker was dan hij, en waarschijnlijk ook slimmer. Ze was woedend geweest toen hij Princeton uit was gestormd nadat de vaste aanstelling aan zijn neus voorbij was gegaan. Ze had gezegd dat hij zich gedroeg als een driftig kind. Had hij maar naar haar geluisterd.

'Jij denkt zeker dat John Grisham op het laatste moment de rechtbank binnenkomt om je te redden, maar dat zit er niet in. Jezus, Art, wees liever blij dat ik iets doe.'

'Dat ben ik ook,' zei hij snel. De woorden buitelden als eekhoorntjes over elkaar heen. 'Alleen...'

'Wat nou? Die man was bijna dood, is over zijn hele lichaam verlamd en zit in een rolstoel, en hij heeft alles opzijgezet om jouw onschuld te bewijzen. Wat haal je je in je hoofd? Moeten je kinderen opgroeien met een vader die een gevangenisstraf uitzit omdat hij iemand heeft vermoord?'

'Natuurlijk niet.' Hij vroeg zich weer af of ze wel echt geloofde dat hij Alice Sanderson, de vermoorde vrouw, niet had gekend. Ze dacht natuurlijk niet dat hij haar had vermoord; ze vroeg zich af of ze een verhouding hadden gehad.

'Ik heb vertrouwen in ons rechtssysteem, Judy.' God, wat klonk dat zwak.

'Nou, Lincoln ís het rechtssysteem, Art. Bel hem liever op om hem te bedanken.'

Arthur aarzelde even en vroeg toen: 'Wat denkt hij ervan?'

'Ik heb hem gisteren nog gesproken. Hij belde om naar je schoenen te vragen – die maken deel uit van de bewijslast. Daarna heb ik niets meer van hem gehoord.'

'Ben je bij hem geweest of heb je hem alleen aan de telefoon gehad?'

'Ik ben bij hem thuis geweest. Hij woont in een mooi herenhuis aan Central Park West.'

Arthur werd bestookt door herinneringen aan zijn neef. 'Hoe ziet hij eruit?' vroeg hij.

'Of je het gelooft of niet, hij ziet er nog net zo uit als die keer in Boston. Of nee, eigenlijk lijkt hij nu fitter.'

'Maar hij kan niet lopen?'

'Hij kan zich helemaal niet bewegen. Alleen zijn hoofd en schouders.'

'En zijn ex? Ziet hij Blaine nog?'

'Nee, hij heeft een ander. Een politievrouw. Een stuk. Lang, met rood haar. Ik moet zeggen dat het me verbaasde. Ik weet niet waarom, maar ik was toch verbaasd.'

Een lange vrouw met rood haar? Arthur dacht meteen aan Adrianna. En probeerde de herinnering weg te drukken. Het lukte niet.

Zeg me waarom, Arthur. Zeg me waarom je het hebt gedaan.

Een grauw van Mick, die weer met zijn hand in zijn broek zat en een hatelijke blik op Arthur wierp.

'Het spijt me, schat. Bedankt dat je hem hebt gebeld. Lincoln.'

Toen voelde hij een hete adem in zijn nek. 'Yo, ophangen jij.'

Er stond een latino achter hem.

'Ophangen.'

'Judy, ik moet ophangen. Er is maar één telefoon hier. Ik ben door mijn tijd heen.'

'Ik hou van je, Art.'

'Ik...'

De latino zette een pas naar voren en Arthur hing op en glipte naar zijn bank in een hoek van de detentieruimte. Hij staarde naar de vloer voor zijn voeten, de niervormige slijtplek. Staren, staren.

De gehavende vloer kon zijn aandacht echter niet vasthouden. Hij dacht aan het verleden. Meer herinneringen voegden zich bij die van Adrianna en zijn neef Lincoln... Arthurs ouderlijk huis aan de noordkust, dat van Lincoln in de westelijke voorsteden. Arthurs strenge koning van een vader, Henry. Zijn broer Robert. En de verlegen, briljante Marie.

Hij dacht ook aan Teddy, Lincolns vader (er zat een boeiend verhaal aan die bijnaam vast – zijn doopnaam was niet Theodore: Arthur wist waar de bijnaam vandaan kwam, maar Lincoln gek genoeg niet, dacht hij). Hij had oom Teddy altijd graag gemogen. Een lieve man, een tikje verlegen, een beetje stil, maar wie zou dat niet zijn in de schaduw van een oudere broer als Henry Rhyme? Arthur zocht Teddy en Anne wel eens op als Lincoln er niet was. Dan keken oom en neef in de kleine, gelambriseerde woonkamer naar een oude film of praatten over de Amerikaanse geschiedenis.

De plek op de vloer van de Tombs nam nu de vorm van Ierland aan. Arthur staarde er strak naar, alsof hij zo door een magisch gat in het leven Buiten kon verdwijnen, en de plek leek in beweging te komen.

Arthur Rhyme voelde zich nu compleet wanhopig. Hij begreep hoe naïef hij was geweest. Er waren geen magische ontsnappingsroutes, en ook geen praktische. Hij wist dat Lincoln een genie was. Hij had alle artikelen in de populaire bladen gelezen die hij maar kon vinden, en zelfs een paar van Lincolns wetenschappelijke geschriften.

De biologische effecten van bepaalde nanomaterialen...

Arthur begreep nu echter dat Lincoln niets voor hem kon doen. De zaak was hopeloos en hij zou de rest van zijn leven in de gevangenis uitzitten.

Nee, Lincolns rol in het geheel was gepast. Zijn neef, het familielid dat hem in zijn jeugd het meest na had gestaan, zijn surrogaatbroer, moest getuige zijn van zijn ondergang.

Met een verbeten glimlach op zijn gezicht keek hij op van de plek op de vloer. En toen besefte hij dat er iets was veranderd.

Vreemd. Deze vleugel van de detentieruimte was opeens uitgestorven.

Waar was iedereen gebleven?

Er naderden voetstappen.

Hij keek geschrokken op en zag iemand snel naar zich toe schuifelen. Zijn vriend, Antwon Johnson. Met kille ogen.

240

Arthur begreep het. Iemand viel hem in de rug aan!

Mick, natuurlijk.

En Johnson kwam hem redden.

Hij sprong overeind en draaide zich om... zo bang dat hij wel kon huilen. Hij zocht naar de speedfreak, maar...

Nee. Er was niemand.

Toen voelde hij dat Antwon Johnson de strop om zijn nek schoof, zo te zien een zelfgemaakte, van in elkaar gedraaide repen van een gescheurd overhemd.

'Nee, wat...' Arthur werd overeind getrokken. De reus sleurde hem van de bank. En sleepte hem naar de muur met de spijker die hij eerder had gezien, meer dan twee meter boven de vloer. Arthur kreunde en spartelde.

'Sst.' Johnson keek om zich heen in de verlaten nis van de zaal.

Arthur verzette zich, maar het was een gevecht tegen een blok hout, tegen een zak cement. Hij stompte zinloos tegen Johnsons nek en schouders en voelde dat hij van de vloer kwam. De zwarte man tilde hem op en haakte de zelfgemaakte strop om de spijker. Hij liet los, stapte achteruit en keek hoe Arthur zich schoppend en rukkend probeerde te bevrijden.

Waarom, waarom, waarom? Hij wilde het vragen, maar er kwamen alleen vochtige sputtergeluiden over zijn lippen. Johnson keek belangstellend naar hem. Zonder woede, zonder sadistische schittering in zijn ogen. Hij keek gewoon toe alsof hij het wel interessant vond.

En terwijl Arthur sidderde en alles zwart voor zijn ogen werd, besefte hij dat het een list was geweest; Johnson had maar één reden gehad om hem van de latino's te redden: hij had Arthur zelf willen hebben.

'Nnn...'

Waarom?

Johnson zette zijn handen in zijn zij, leunde naar hem over en fluisterde: 'Ik doe het voor jou, man. Shit, anders had je het over een maand of twee zelf gedaan. Jij bent niet gebouwd op dit hier. Verzet je er niet meer tegen. Relax, geef het gewoon op, vat je?'

Pulaski kwam terug van zijn missie bij ssd en hield de gestroomlijnde grijze harddisk in de lucht.

'Goed gedaan, groentje,' zei Rhyme.

Sachs knipoogde. 'Je eerste geheime opdracht.'

Hij trok een grimas. 'Het voelde niet echt als een opdracht. Het voelde meer als een misdrijf.'

'Als we hard genoeg zoeken, vinden we vast wel een gerede grond,' zei Sellitto geruststellend.

'Ga je gang,' zei Rhyme tegen Rodney Szarnek.

De computerjongen sloot de harddisk aan op een USB-poort op zijn gehavende laptop, sloeg gedecideerd toetsen aan en keek naar het scherm. 'Mooi, mooi...'

'Heb je een naam?' vroeg Rhyme kortaf. 'Iemand bij SSD die de dossiers heeft gedownload?'

'Hè?' Szarnek lachte. 'Zo makkelijk gaat dat niet. Het gaat wel even duren. Ik moet dit op het mainframe van Computerdelicten laden en dan...'

'Hoe lang is "even"?' vroeg Rhyme chagrijnig.

Szarnek knipperde weer met zijn ogen, alsof hij nu pas zag dat de criminalist gehandicapt was. 'Dat is afhankelijk van de mate van fragmentatie, de ouderdom van de bestanden, de allocatie, de partitionering en...'

'Ja, laat maar. Als je je best maar doet.'

'Wat heb je nog meer ontdekt?' vroeg Sellitto.

Pulaski vertelde over zijn gesprekken met de technisch directeuren die toegang hadden tot alle datahokken. Hij voegde eraan toe dat hij Andy Sterling ook had gesproken, en dat zijn mobiele telefoon bevestigde dat zijn vader rond het tijdstip van de moord vanaf Long Island had gebeld. Zijn alibi was deugdelijk. Thom werkte hun verdachtenlijst bij.

Andrew Sterling, directeur, hoofd raad van bestuur
  (alibi: op Long Island, geverifieerd. Bevestigd door zoon)
Sean Cassel, hoofd Verkoop en Marketing
  (geen alibi)
Wayne Gillespie, hoofd Technische Operaties
  (geen alibi)
Samuel Brockton, hoofd Compliance
  (alibi: hotelgegevens bevestigen aanwezigheid in Washington)
Peter Arlonzo-Kemper, hoofd Personeelszaken
  (alibi: bij echtgenote, door haar geverifieerd – partijdig?)
Steven Shraeder, hoofd Technische Dienst, dagploeg
  (alibi: op kantoor, volgens urenrapportage)
Faruk Mameda, hoofd Technische Dienst, nachtploeg
  (geen alibi)
Cliënt SSD (?) – lijst van Sterling gekregen
Onbekende, ingehuurd door Andrew Sterling (?)

Iedereen van ssd die toegang had tot innerCircle was nu dus op de hoogte van het onderzoek... En toch had de bot die het bestand 'De moord op Myra Weinburg' bewaakte nog geen enkele inbraakpoging gemeld. Was Tweeëntwintig-vijf op zijn hoede? Of miste de val doel? Zaten ze er helemaal naast met de veronderstelling dat de moordenaar iets met ssd te maken had? Het viel Rhyme in dat ze zo onder de indruk waren geweest van de macht van Sterling en zijn bedrijf dat ze andere mogelijke verdachten hadden verwaarloosd.

Pulaski pakte een cd. 'Hier staan de cliënten op. Ik heb er even snel naar gekeken. Het zijn er een stuk of driehonderdvijftig.'

'Oei.' Rhyme trok een gekweld gezicht.

Szarnek laadde de cd en opende hem in een spreadsheet. Rhyme keek mee op zijn eigen flatscreen. Het waren tegen de duizend dichtbedrukte pagina's.

'Ruis,' zei Sachs. Ze legde uit wat Sterling had verteld over data; dat ze onbruikbaar zijn als ze vervuild zijn, niet volledig genoeg of te uitgebreid. Szarnek scrolde door de overvloed aan informatie – welke cliënten welke lijsten gesorteerde data hadden gekocht. Het was te veel. Toen kreeg Rhyme een inval. 'Kun je ook zien wanneer de data zijn gedownload?'

Szarnek keek naar het scherm. 'Ja, dat staat erbij.'

'Laten we dan kijken wie er vlak voor de misdrijven gegevens hebben gedownload.'

'Goed idee, Linc,' zei Sellitto. 'Tweeëntwintig-vijf zou de allernieuwste informatie willen hebben.'

Szarnek dacht erover na. 'Ik denk dat ik wel een bot in elkaar kan hacken om het na te gaan. Het kan even duren, maar het is te doen. Vertel maar wanneer de misdaden precies zijn gepleegd.'

'Dat weten we. Mel?'

'Oké.' Cooper verzamelde de gegevens over de diefstal van het schilderij en de munten en de twee verkrachtingen.

'Hé, gebruik jij Excel?' vroeg Pulaski aan Szarnek.

'Ja.'

'Wat is dat precies?'

'Een spreadsheet. Het wordt vooral gebruikt voor verkoopcijfers en financiële gegevens, maar tegenwoordig doen mensen er van alles mee.'

'Kan ik ermee leren werken?'

'Ja, hoor. Je kunt een cursus volgen. Bij de New School of Learning Annex, bijvoorbeeld.'

'Dat had ik eerder moeten doen. Ik ga het uitzoeken, die cursussen.'

Rhyme dacht dat hij nu begreep waarom Pulaski liever niet terug had gewild naar SSD. 'Zet dat maar onder aan je lijst, groentje,' zei hij.

'Hoe bedoelt u, meneer?'

'Denk erom dat mensen je op allerlei manieren dwars kunnen zitten. Ga er niet van uit dat zij gelijk hebben en jij niet omdat zij iets weten wat jij niet weet. De vraag is: móét je het weten om je werk beter te kunnen doen? Dan moet je het leren. Zo niet, dan is het ballast, weg ermee.'

Pulaski lachte. 'Oké. Bedankt.'

Rodney Szarnek pakte de cd en de harddisk in en vertrok met zijn laptop naar het mainframe van Computerdelicten.

Toen hij weg was, keek Rhyme naar Sachs, die telefonisch informatie opzocht over de datascrounger die een paar jaar eerder in Colorado om het leven was gekomen. Hij kon haar niet verstaan, maar zag wel dat ze relevante informatie kreeg: ze zat met haar hoofd naar voren, haar lippen waren vochtig en ze trok aan een lok haar. Haar zacht glanzende ogen stonden geconcentreerd. Het was een bijzonder erotische aanblik.

Bespottelijk dacht hij. Hou je kop bij de zaak. Hij probeerde het gevoel te verdringen, wat maar ten dele lukte.

Sachs sloot haar gesprek af. 'Ik heb de staatspolitie van Colorado gesproken. Die datascrounger heette P.J. Gordon. Peter James. Op een dag kwam hij niet terug van het mountainbiken. Ze vonden zijn fiets onder aan een klif, helemaal verfrommeld. Hij lag naast een diepe rivier. Ongeveer een maand later kwam het lichaam een kilometer of dertig stroomafwaarts boven. Het DNA klopte.'

'Hebben ze de zaak onderzocht?'

'Niet echt. In dat gebied gebeuren zoveel ongelukken met fietsen, ski's en sneeuwscooters. Ze gingen ervan uit dat dit ook een ongeluk was, maar er waren een paar onbeantwoorde vragen. Het scheen dat Gordon had geprobeerd in te breken bij de servers van SSD in Californië – niet in de database, maar in de bestanden van de onderneming zélf en een paar personeelsdossiers. Niemand weet of het hem is gelukt of niet. Ik heb geprobeerd mensen van zijn bedrijf te vinden, Rocky Mountain Data, om te vragen of die meer wisten, maar ik heb niemand kunnen vinden. Sterling heeft het bedrijf opgekocht, de database overgenomen en iedereen ontslagen.'

'Kunnen we meer over hemzelf aan de weet komen?'

'De staatspolitie heeft geen familie kunnen traceren.'

Rhyme knikte bedachtzaam. 'Oké, een interessante veronderstelling, om jouw lievelingswoord van deze week te gebruiken, Mel. Die Gordon zoekt op eigen houtje in de bestanden van SSD en vindt iets over Twee-entwintig-vijf, die beseft dat hij in de nesten zit en dat hij ontmaskerd gaat worden. Hij vermoordt Gordon en laat het op een ongeluk lijken. Sachs, had de politie in Colorado dossiers?'

Ze zuchtte. 'In het archief. Ze zullen ze opzoeken.'

'Nou, ik wil weten wie van SSD er destijds werkte, toen Gordon omkwam.'

Pulaski belde Mark Whitcomb, die na een halfuur terugbelde. Een gesprek met Personeelszaken bracht aan het licht dat tientallen employés toen ook al bij het bedrijf hadden gewerkt, onder wie Sean Cassel, Wayne Gillespie, Mameda en Shraeder en Martin, de persoonlijk assistent van Sterling.

Dat grote aantal hield in dat de zaak-Peter Gordon weinig aanknopingspunten bood. Toch hoopte Rhyme dat hij in de complete dossiers van de staatspolitie van Colorado een aanwijzing in de richting van een van de verdachten zou kunnen vinden.

Hij zat naar de lijst te staren toen Sellitto's telefoon ging. Hij nam op en Rhyme zag hem verstijven. 'Wat?' snauwde hij met een blik op Rhyme. 'Dat meen je niet. Vertel op... Bel me zodra je het weet.'

Hij verbrak de verbinding. Zijn lippen vormden een smalle streep en hij had een frons in zijn voorhoofd. 'Linc, het spijt me. Je neef. Iemand heeft hem aangevallen in het detentiecentrum. Geprobeerd hem te vermoorden.'

Sachs liep naar Rhyme toe en legde haar hand op zijn schouder. Hij voelde de schrik in het gebaar.

'Hoe is het met hem?'

'De directeur belt me terug, Linc. Hij ligt op de spoedeisende hulp daar. Ze weten nog niets.'

28

'Hé, hallo.'

Pam Willoughby, die door Thom de hal van het herenhuis in werd geloodst, had een glimlach op haar gezicht. Ze begroette de teamleden, die haar glimlach ondanks het verschrikkelijke nieuws over Arthur Rhyme beantwoordden. Thom vroeg haar hoe het op school was gegaan die dag.

'Super. Echt heel goed.' Toen vroeg ze zacht: 'Amelia, heb je even?'

Sachs keek naar Rhyme, die knikte. We kunnen toch niets voor Art doen tot we meer weten, ga maar, bedoelde hij.

Ze stapten de gang in. Gek, dacht Sachs: je kunt alles van het gezicht van jonge mensen aflezen. Hun stemming, in elk geval, al ontgaat de reden ervoor je soms. Als het om Pam ging, vond Sachs het soms jammer dat ze niet dezelfde gave had als Kathryn Dance om iemands gevoelens en gedachten te lezen, al leek Pam die middag overduidelijk gelukkig.

'Ik weet dat je het druk hebt,' zei Pam.

'Het geeft niet.'

Ze liepen de salon aan de andere kant van de hal in.

'Nou?' vroeg Sachs met een samenzweerderige glimlach.

'Oké. Ik heb gedaan wat je zei. Ik heb Stuart gewoon naar dat andere meisje gevraagd.'

'En?'

'Ze hebben iets gehad, maar voordat ik hem leerde kennen. Hij had me een tijdje terug zelfs over haar verteld. Hij kwam haar op straat tegen. Ze hebben gewoon even gepraat, meer niet. Ze hing nogal aan hem, zie je. Dat deed ze ook al toen ze nog verkering hadden, en het was een van de redenen waarom hij het had uitgemaakt. En ze hield hem vast toen Emily hem met haar zag, en hij probeerde weg te komen. Meer was het niet. Het is allemaal in orde.'

'Hé, gefeliciteerd. Dus de vijand is definitief buiten beeld?'

'O, ja. Het moet wel waar zijn... Ik bedoel, hij kán niets met haar hebben, want dat kan hem zijn baan kosten...' Pam zweeg plotseling.

Sachs hoefde geen beroepsondervrager te zijn om te begrijpen dat Pam zich had versproken. 'Zijn baan? Wat voor baan?'

'Nou ja, je weet wel.'

'Niet echt, Pam. Waarom zou het hem zijn baan kosten?'

Pam keek blozend naar het oosterse tapijt aan hun voeten. 'Nou ja, ze zit eigenlijk bij hem in de klas dit jaar.'

'Is hij docént?'

'Min of meer.'

'Bij jou op school?'

'Dit jaar niet. Hij geeft les op Jefferson. Ik had hem vorig jaar. Dus we kunnen nu wel...'

'Pam, wacht even...' Sachs dacht terug. 'Je zei dat hij op school zat.'

'Ik zei dat ik hem op school had leren kennen.'

'En die poëzieclub?'

'Nou...'

'Hij was de begeleider,' zei Sachs met een grimas. 'En hij voetbalt niet, hij traint het elftal.'

'Ik heb niet echt gelogen.'

In elk geval niet in paniek raken, hield Sachs zichzelf voor. Daar schiet niemand iets mee op. 'Goh, Pam, dit is...' Nou, wat was het? Ze liep over van de vragen en stelde de eerste die bij haar opkwam: 'Hoe oud is hij?'

'Weet ik niet. Niet zo oud.' Pam keek op. Haar ogen stonden hard. Sachs had haar opstandig gezien, humeurig en vastberaden, maar nog nooit zoals nu: in het nauw gedreven en afwerend, bijna als een dier.

'Pam?'

'Ik denk iets van, nou, eenenveertig of zo.'

De geen-paniek-regel verloor aan geldigheid.

Wat moest ze in vredesnaam doen? Ja, Amelia Sachs had altijd kinderen in haar leven gewild, een verlangen dat werd versterkt door de herinneringen aan de heerlijke tijden die ze met haar vader had beleefd, maar ze had nooit rekening gehouden met de zwaardere kanten van het ouderschap.

'Wees redelijk' moet hier de richtlijn zijn, dacht ze, maar dat werkte net zo slecht als 'geen paniek'. 'Tja, Pam...'

'Ik weet wat je gaat zeggen, maar dáár gaat het niet om.'

Sachs was er nog niet zo zeker van. Mannen en vrouwen bij elkaar... Tot op zekere hoogte gaat het altijd dáárom. Maar ze mocht nu niet aan de seksuele kant van het probleem denken. Dat zou de paniek alleen maar versterken en haar redelijkheid de grond in boren.

'Hij is anders. We hebben een band... Ik bedoel, die jongens van school, die houden zich alleen bezig met sport en videospelletjes. Zo saai.'

'Pam, er zijn genoeg jongens die gedichten lezen en naar toneelstukken kijken. Zaten er geen jongens in de poëzieclub?'

'Dat is niet hetzelfde... Ik vertel nooit wat ik heb meegemaakt, weet je, met mijn moeder en alles, maar ik heb het aan Stuart verteld en die begreep het. Hij heeft het ook moeilijk gehad. Zijn vader is vermoord toen hij zo oud was als ik nu. Hij heeft zijn opleiding zelf bekostigd; hij had altijd twee of drie bijbaantjes.'

'Het is gewoon geen goed idee, lieverd. Je kunt je de problemen niet eens voorstellen.'

'Hij is lief voor me. Ik vind het fijn om bij hem te zijn. Dat is toch het belangrijkste?'

'Dat is een deel, maar niet alles.'

Pam sloeg opstandig haar armen over elkaar.

'En al is hij nu je docent niet, hij zou ernstig in de problemen kunnen komen.' Die uitspraak gaf Sachs het gevoel dat ze het pleit nu al had verloren.

'Hij heeft gezegd dat ik het risico waard ben.'

Je hoefde geen Freud te zijn om het te snappen: een meisje dat jong haar vader had verloren en was grootgebracht door een terroristische moeder en stiefvader... ze was voorbestemd om voor een attente oudere man te vallen.

'Kom op, Amelia. Ik ga niet trouwen. We hebben gewoon verkering.'

'Waarom neem je dan niet even bedenktijd? Een maand. Ga met andere jongens uit. Zie hoe het gaat.' Zielig gewoon, dacht Sachs. Haar argumenten deden denken aan een verloren achterhoedegevecht.

Een overdreven frons. 'Waarom zou ik dat doen? Ik probeer geen jongen aan de haak te slaan, ik wil gewoon iemand hebben, net als alle andere meiden in mijn klas.'

'Lieverd, ik weet dat je iets voor hem voelt, maar gun het wat tijd. Ik wil niet dat je gekwetst wordt. Er lopen genoeg fantastische jongens rond. Die zijn geschikter voor je en uiteindelijk word je dan gelukkiger.'

'Ik ga het niet uitmaken. Ik hou van hem. En hij houdt van mij.' Ze pakte haar boeken en zei koeltjes: 'Ik moest maar eens gaan. Ik heb huiswerk.' Ze liep naar de deur, maar bleef staan, draaide zich om en fluisterde: 'Toen jij iets met meneer Rhyme kreeg, heeft toen niemand tegen je gezegd dat het een stom idee was? Dat je wel iemand kon vinden die niet in een rolstoel zat? Dat er genoeg "fantastische jongens" rondliepen? Vast wel.'

Pam keek Sachs nog even aan, draaide zich om, liep weg en trok de deur achter zich dicht.

Ja, dacht Sachs, dat had iemand inderdaad tegen haar gezegd, en vrijwel met dezelfde woorden.

En wie zou dat anders kunnen zijn dan Amelia Sachs' eigen moeder?

Miguel Abrera 5465-9842-4591-0243, de 'onderhoudsspecialist' zoals SSD het noemt, is op de gewone tijd uit zijn werk gekomen, rond vijf uur 's middags. Hij komt nu uit het metrostation bij zijn huis in Queens en ik loop vlak achter hem.

Ik probeer kalm te blijven, maar dat valt niet mee.

Ze, de politie, zitten me op de hielen, mij! Wat nog nooit eerder is voorgekomen. In de jaren en jaren van verzamelen, na al die dode zestienen, al die verwoeste levens en al die mensen die door mijn toedoen in de gevangenis zijn beland, is er nog nooit iemand zo dichtbij gekomen. Nu ik op de hoogte ben van de verdenkingen van de politie, hou ik de schijn goed op, dat weet ik zeker, maar toch ben ik verwoed bezig de situatie te analyseren, de data te ziften op zoek naar het klompje goud dat me vertelt wat Ze wel weten en wat niet. Hoeveel gevaar ik precies loop. Maar ik kan het antwoord niet vinden.

Er zit te veel ruis in de data!

Vervuiling...

Ik ga na hoe ik me de afgelopen tijd heb gedragen. Ik ben voorzichtig geweest. Data kunnen wel degelijk tegen je werken; ze kunnen je in het systeem vastpinnen als een blauwe *morpho menelaus*, een vlinder met het amandelparfum van cyaankali, op een fluwelen bord. Maar wij ingewijden kunnen data ook gebruiken om ons in te dekken. Data kun je wissen, kneden, verdraaien. We kunnen opzettelijk ruis toevoegen. We kunnen Data Set A op zo'n manier naast Data Set X plaatsen dat de overeenkomsten veel groter lijken dan ze in feite zijn. Of kleiner.

We kunnen op de eenvoudigste manieren vals spelen. Met RFID's, bijvoorbeeld. Verstop een smart pass-zendertje in iemands koffer en het zal bewijzen dat je auto dat weekend op wel tien plaatsen is geweest, terwijl hij in feite de hele tijd in je garage heeft gestaan. Of stel je voor hoe makkelijk het is om je werknemerspasje in een envelop te stoppen en bij je kantoor te laten afgeven, waar het uren blijft liggen tot je iemand vraagt het op te halen en naar je toe te brengen, in een restaurant in de stad. Sorry, vergeten mee te nemen. Bedankt. Ik trakteer je op een lunch... En wat blijkt uit de data? Nou, dat jij op je werk hebt zitten zwoegen, terwijl je tijdens de betreffende uren in werkelijkheid je scheermes stond af te vegen boven een afkoelend lijk. Dat niemand je aan je bureau heeft zien zitten, doet niet ter zake. Hier is mijn urenrapportage, agent... We vertrouwen data, we wantrouwen het menselijk oog. Ik heb nog wel tien andere trucs geperfectioneerd.

En nu moet ik me op een van de extremere maatregelen verlaten.

Miguel 5465 blijft staan en kijkt een café in. Ik weet dat hij zelden drinkt en dat als hij naar binnen gaat voor een *cerveza*, het schema iets moet worden aangepast, maar dat zal mijn plannen voor de avond niet in de war sturen. Hij ziet er echter van af en loopt verder, met zijn hoofd schuin. Ik vind het eigenlijk jammer voor hem dat hij zichzelf dat glas bier niet heeft gegund, in aanmerking genomen dat hij geen uur meer te leven heeft.

29

Lon Sellitto werd eindelijk gebeld door iemand van het detentiecentrum.

Hij luisterde en knikte. 'Bedankt.' Hij verbrak de verbinding. 'Arthur redt het. Hij is gewond, maar niet ernstig.'

'Goddank,' verzuchtte Sachs.

'Wat is er gebeurd?' vroeg Rhyme.

'Niemand snapt het. De dader is Antwon Johnson, door de federale rechtbank veroordeeld voor ontvoering over de staatsgrenzen. Hij is naar de Tombs overgebracht voor zijn proces wegens aanverwante misdrijven. Er schijnt iets in hem geknapt te zijn, lijkt het. Hij probeerde de schijn te wekken dat Arthur zichzelf had opgehangen. Johnson ontkende eerst en beweerde toen dat Arthur dood wilde en hem om hulp had gevraagd.'

'De bewaarders hebben hem op tijd gevonden?'

'Nee. Vreemd. Een andere gedetineerde ging Johnson te lijf. Mick Gallenta, veroordeeld wegens speed en smack. Hij was maar half zo groot als Johnson, maar hij sloeg hem buiten westen en tilde Arthur van de muur. Het was bijna op een opstand uitgedraaid.'

De telefoon ging en Rhyme herkende het kengetal.

Judy Rhyme.

Hij nam op.

'Lincoln, heb je het al gehoord?' vroeg ze beverig.

'Ja.'

'Waarom zou iemand zoiets doen? Waarom?'

'Het is de gevangenis. Een andere wereld.'

'Maar het is gewoon verzekerde bewaring, Lincoln. Detentie. Als hij tussen de veroordeelde moordenaars zat, zou ik het nog begrijpen, maar de meeste mensen daar zijn in afwachting van hun proces, toch?'

'Dat klopt.'

'Waarom zou iemand zijn eigen zaak op het spel zetten door te proberen een andere gedetineerde daar te vermoorden?'

'Ik weet het niet, Judy. Het slaat nergens op. Heb je hem al gesproken?'

'Hij mocht bellen. Hij kan niet zo goed praten. Zijn keel is beschadigd, maar het is niet zo erg. Ze houden hem een dag of twee op de ziekenboeg.'

'Goed,' zei Rhyme. 'Hoor eens, Judy, ik wilde meer informatie hebben voordat ik je belde, maar... ik ben er vrij zeker van dat we kunnen aantonen dat Arthur onschuldig is. Het ziet ernaar uit dat er iemand anders achter zit. Hij heeft gisteren nog iemand vermoord en ik denk dat we hem kunnen koppelen aan de moord op Alice Sanderson.'

'Niet waar! Echt? Wie dan, Lincoln?' Ze liep niet meer op eieren, woog haar woorden niet meer op een goudschaaltje en was niet meer bang iemand voor het hoofd te stoten. Judy Rhyme was hard geworden, de afgelopen vierentwintig uur.

'Dat proberen we nu uit te zoeken.' Hij wierp een blik op Sachs en richtte zich weer tot de telefoon. 'En niets wijst op een connectie tussen Arthur en het slachtoffer. Helemaal niets.'

'Heb je...?' Haar stem stierf weg. 'Weet je dat zeker?'

Sachs stelde zich voor en zei: 'Dat klopt, Judy.'

Ze hoorden haar ademen. 'Moet ik de advocaat bellen?'

'Die kan niets doen. Zoals het er nu voorstaat, is Arthur nog steeds onder arrest.'

'Mag ik hem bellen om het hem te vertellen?'

Rhyme aarzelde. 'Ja, ga je gang.'

'Hij heeft naar je gevraagd, Lincoln. In de kliniek.'

'O ja?'

Hij voelde dat Amelia Sachs naar hem keek.

'Ja. Hoe het ook afloopt, zei hij, bedankt voor je hulp.'

Alles was anders gegaan...

'Ik moet ophangen, Judy. We hebben het druk. We houden je op de hoogte.'

'Dank je wel, Lincoln. En iedereen daar. God zegene jullie.'

Een aarzeling. 'Tot ziens, Judy.'

Rhyme maakte geen gebruik van de spraakbesturing. Hij verbrak de verbinding met zijn rechterwijsvinger. Hij kon de ringvinger van zijn linkerhand beter sturen, maar zijn rechterwijsvinger was aalvlug.

Miguel 5465 is een overlevende van een tragedie en een betrouwbare werknemer. Hij gaat regelmatig op bezoek bij zijn zus en zwager op Long Island. Hij maakt via Western Union geld over naar zijn moeder en zus in Mexico. Hij is een moreel hoogstaand mens. Ooit, een jaar na de dood van zijn vrouw en kind, heeft hij de kostelijke som van vierhonderd dollar gepind in een buurt in Brooklyn die bekendstaat om zijn prostituees, maar hij bedacht zich. Het geld werd de volgende dag weer op zijn rekening gestort. Het was niet eerlijk dat hij tweeenhalve dollar moest betalen voor de transactie bij de pinautomaat.

Ik weet nog veel meer van Miguel 5465, meer dan van de meeste andere zestienen in de database, want hij is een van mijn ontsnappingsluiken.

En daar zit ik nu dringend om verlegen.

Het afgelopen jaar heb ik hem klaargestoomd om voor me in te vallen. Na zijn dood zal de nijvere politie de stukjes in elkaar passen. Nee maar, we hebben de moordenaar/verkrachter/kunst-en-muntendief! Zijn bekentenis stond in zijn afscheidsbrief – hij was wanhopig en de dood van zijn gezin had hem tot moorden aangezet. In een doosje in zijn zak zat een nagel van Myra Weinburg.

En kijk eens wat we nog meer hebben: bedragen op zijn rekening die op onverklaarbare wijze zijn verdwenen. Miguel overwoog een hoge hypotheek te nemen om een huis op Long Island te kopen, met een aanbetaling van een half miljoen, terwijl hij maar zesenveertigduizend dollar per jaar verdiende. Hij bezocht websites van galeries en informeerde naar schilderijen van Prescott. In de kelder van zijn appartement zijn vijf blikjes Miller-bier, Trojan-condooms, Edge-scheercrème en een van OurWorld gedownloade foto van Myra Weinburg aangetroffen. En hij had boeken over het kraken van computers en USB-sticks met programma's om wachtwoorden te kraken verstopt. Hij was depressief en had vorige week nog een brochure aangevraagd bij een therapeutisch behandelcentrum.

En dan is er nog zijn urenrapportage, waaruit blijkt dat hij niet op zijn werk was ten tijde van de misdrijven.

Bingo.

Ik heb zijn afscheidsbrief in mijn zak, een redelijke imitatie van zijn handschrift op basis van de kopieën van zijn afgeschreven cheques en leenaanvragen, voor het gemak gescand en onfatsoenlijk online beschikbaar. De brief is geschreven op papier dat lijkt op wat hij vorige maand in zijn buurtwinkel heeft gekocht, met inkt uit het soort pen waar hij er tientallen van heeft.

En aangezien een uitgebreid onderzoek naar hun belangrijkste dataleverancier, SSD, het laatste is wat de politie wil, is de zaak daarmee afgedaan. Hij gaat dood. De zaak is rond. En ik ga terug naar mijn Kast om mijn fouten te overdenken en me erop te bezinnen hoe ik het in de toekomst beter kan aanpakken.

Maar is dat geen levensles voor ons allemaal?

Wat de zelfmoord betreft: ik heb op Google Earth gekeken en via een simpel voorspellingsprogramma uitgezocht hoe hij na zijn werktijd van het metrostation naar huis loopt. Miguel 5465 neemt hoogstwaar-schijnlijk een pad door een plantsoen hier in Queens, vlak langs de snelweg. De irritante verkeersgeluiden en de uitlaatgassen zorgen ervoor dat het plantsoen meestal uitgestorven is. Ik nader hem snel van achteren – hij zou me kunnen herkennen – en geef hem een aantal klappen op zijn hoofd met de met hagel gevulde ijzeren buis. Dan stop ik het briefje en het doosje met de nagel in zijn zak, sleep hem naar de afzetting en gooi hem eroverheen op de snelweg, vijftien meter lager.

Miguel 5465 loopt langzaam voorbij de etalages. En ik loop dertig, veertig passen achter hem, met mijn hoofd gebogen, onopvallend opgaand in mijn muziek na het werk, zoals tientallen anderen op weg naar huis, al staat mijn iPod niet aan (muziek is een van de weinige dingen die ik niet verzamel).

Het is niet ver meer naar het plantsoen. Ik...

Wacht even, er klopt iets niet. Hij slaat niet af naar het plantsoen. Hij stopt bij een Koreaanse buurtwinkel, koopt bloemen en loopt van de winkelstraat naar een verlaten buurt.

Ik verwerk de informatie, haal zijn gedrag door mijn kennisbank. De voorspelling werkt niet.

Een vriendin? Een familielid?

Hoe kan ik in vredesnaam iets van zijn leven níét weten?

Ruis in de data. Ik haat dat!

Nee, nee, dit is niet goed. Bloemen voor een vriendin, dat past niet in het profiel van een suïcidale moordenaar.

Miguel 5465 loopt verder. De lucht heeft de voorjaarsgeur van gemaaid gras, seringen en hondenpies.

Ha, ik snap het al. Ik ontspan.

De conciërge loopt door de poort van een kerkhof.

Natuurlijk, de overleden vrouw en het kind. Het gaat prima. De voorspelling klopt nog. Het blijft bij een kort oponthoud. De weg naar huis voert nog steeds door het plantsoen. Dit zou nog beter kunnen zijn, een laatste bezoek aan de echtgenote. Vergeef me dat ik in jouw afwezigheid heb verkracht en gemoord, liefste.

Ik volg hem op een veilige afstand op mijn makkelijke schoenen met rubberzolen die geen enkel geluid maken.

Miguel 5465 stevent regelrecht op een dubbel graf af, waar hij een kruis slaat en knielt om te bidden. Dan legt hij de bloemen bij vier andere boeketten in verschillende stadia van verlepping. Waarom zijn die uitstapjes naar het kerkhof niet in het systeem opgedoken?

Maar natuurlijk... Hij betaalt de bloemen contant.

Hij richt zich op en loopt weg.

Ik volg hem weer, diep ademhalend.

'Neem me niet kwalijk, meneer,' klinkt het achter me.

Ik verstijf en draai me langzaam om naar de beheerder, die het tegen mij heeft. Hij is geluidloos over het tapijt van kort, bedauwd gras achter me aan gekomen. En hij kijkt van mijn gezicht naar mijn rechterhand, die ik in mijn zak steek. Hij zou mijn beige stoffen handschoen kunnen hebben gezien.

'Hallo,' zeg ik.

'Ik zag u daar tussen de struiken.'

Wat moet ik daarop zeggen?

'De struiken?'

Ik zie aan zijn ogen dat hij zijn doden wil beschermen.

'Mag ik vragen wie u komt bezoeken?'

Zijn naam staat op de borstzak van zijn overall, maar ik kan hem niet goed lezen. Stony? Wat is dat nou voor naam? Ik ben woest. Dit is Hun fout... Zij hebben dit gedaan, de mensen die achter me aan zitten! Zij hebben me onvoorzichtig gemaakt. In ben in de war geraakt door al die ruis, die vervuiling! Ik haat Ze, ik haat Ze...

Ik breng een meelevende glimlach op. 'Ik ben een vriend van Miguel.'

'O, dus u hebt Carmela en Juan gekend?'

'Ja, dat klopt.'

Stony, of Stanley, vraagt zich af wat ik hier nog doe, want Miguel 5465 is weg. Hij beweegt zich. Ja, hij heet Stony... Zijn hand glijdt naar de walkietalkie op zijn heup. Ik herinner me de namen op de grafstenen niet. Zou Miguels vrouw Rosa hebben geheten en het jongetje José? Ben ik met open ogen in de val gelopen?

De slimheid van anderen is zo vervelend.

Stony kijkt naar zijn walkietalkie en wanneer hij opkijkt, zit het mes al half in zijn borst. Een, twee, drie stoten, voorzichtig om het bot heen – je kunt een vinger verrekken als je niet oppast, zoals ik door schade en schande heb geleerd. Het is bijzonder pijnlijk.

De geschrokken beheerder is taaier dan ik had gedacht. Hij duikt naar voren en pakt mijn kraag met de hand die niet naar de wond grijpt. We worstelen, grijpend en duwend en trekkend, een macabere dans tussen de graven, tot zijn hand loslaat en hij op zijn rug op de stoep valt, een kronkelende strook asfalt naar het kantoor van de begraafplaats. Zijn hand vindt de walkietalkie op het moment dat mijn lemmet zijn nek vindt.

Rats, rats, twee geluidloze halen openen de slagader of de ader of allebei en er spuit een verbluffend krachtige straal bloed omhoog.

Ik duik ervoor weg.

'Nee, nee, waarom? Waaróm?' Hij tast naar de wond, waardoor zijn handen niet meer in de weg zitten en ik de kans krijg de procedure aan de andere kant van zijn nek te herhalen. Rats, rats, ik kan er niets aan doen. Het is niet nodig, maar ik ben woest, razend – op Hen, omdat Ze me uit mijn evenwicht hebben gebracht. Ze hebben me gedwongen Miguel 5465 als ontsnapping te gebruiken, en nu hebben Ze me afgeleid. Ik ben slordig geworden.

Meer halen met het mes... Dan stap ik achteruit en een halve minuut en wat griezelig getrappel later is de man bewusteloos. Nog een halve minuut later gaat het leven over in de dood.

Ik sta erbij te kijken, verdoofd door de nachtmerrie, hijgend van inspanning. Ik sta voorovergebogen en voel me een ziek dier.

Ze – de politie – zullen weten dat ik het ben geweest, natuurlijk. Alle data zijn er. De moord is gepleegd aan het graf van de gezinsleden van een werknemer van SSD, en na de worsteling met de beheerder moeten er wel sporen zijn die die slimme politie kan herleiden naar de andere plaatsen delict. Ik heb geen tijd om op te ruimen.

Ze zullen begrijpen dat ik Miguel 5465 ben gevolgd om zijn zelfmoord in scène te zetten en dat ik ben gestoord door de beheerder.

De walkietalkie knettert. Iemand vraagt naar Stony. De stem klinkt niet ongerust; het is gewoon een oproep, maar als er geen reactie komt, zullen ze hem gaan zoeken.

Ik draai me om en loop snel weg, als een nabestaande die overmand is door verdriet en verbijsterd door wat de toekomst kan brengen.

Maar dat is natuurlijk ook precies wat ik ben.

30

Weer een moord.

En het leed geen twijfel dat Tweeëntwintig-vijf de dader was.

Rhyme en Sellitto stonden op een hotlist en zouden onmiddellijk bericht krijgen over elke moord in de stad New York. Toen het telefoontje van de recherche kwam, hadden ze aan een paar vragen genoeg om erachter te komen dat het slachtoffer, de beheerder van een begraafplaats, was vermoord naast het graf van de vrouw en het zoontje van een werknemer van ssd, waarschijnlijk door iemand die de werknemer was gevolgd.

Het toeval was te groot, natuurlijk.

De werknemer, een conciërge, werd niet verdacht. Hij stond vlak buiten de begraafplaats met een andere bezoeker te praten toen ze de beheerder hadden horen schreeuwen.

'Juist,' zei Rhyme knikkend. 'Oké. Pulaski?'

'Ja, meneer?'

'Bel iemand bij ssd. Zie of je kunt uitvissen waar iedereen van de verdachtenlijst de afgelopen twee uur was.'

'Doe ik.' Een gelaten glimlach. Hij moest echt niets van ssd hebben.

'En Sachs...'

'Ik onderzoek de plaats delict op de begraafplaats.' Ze was al op weg naar de deur.

Toen Sachs en Pulaski weg waren, belde Rhyme Rodney Szarnek op de afdeling Computerdelicten van de politie. Hij vertelde over de net gepleegde moord en zei: 'Ik vermoed dat hij heel benieuwd is wat we weten. Is er al iemand in de val gelopen?'

'Niemand van buiten de politie. Er heeft maar één iemand gezocht, en dat was iemand van het kantoor van hoofdinspecteur Malloy op het hoofdbureau. Hij heeft een kwartier in de bestanden gelezen en toen uitgelogd.'

Malloy? Rhyme gniffelde erom. Sellitto had Malloy op de hoogte gehouden, zoals afgesproken, maar hij had zijn onderzoekende aard kennelijk niet kunnen afschudden en verzamelde nu zoveel mogelijk informatie – misschien om suggesties aan te dragen. Rhyme zou hem moeten bellen om uit te leggen dat het een val was en dat er niets bruikbaars in de bestanden stond.

'Ik dacht dat zij er wel in mochten kijken, daarom heb ik jullie niet gebeld,' zei Szarnek.

'Het is goed.' Rhyme sloot het gesprek af en keek lang naar de schema's. 'Lon, ik heb een idee,' zei hij toen.

'Wat dan?' vroeg Sellitto.

'Onze jongen is ons altijd een stap vóór. We hebben dit aangepakt alsof hij een gewone misdadiger is, maar dat is hij niet.'

De man die alles weet...

'Ik wil eens iets anders proberen. Ik heb hulp nodig.'

'Van wie?'

'Het hoofdbureau.'

'Daar zitten nogal wat mensen. Wie precies?'

'Malloy. En iemand van het stadhuis.'

'Het stadhuis? Waarom in jezusnaam? Hoe kom je erbij dat ze je zelfs maar te woord zullen staan?'

'Ze zullen wel moeten.'

'Is dat een reden?'

'Je moet ze overhalen, Lon. We moeten hem te slim af zijn. Jij kunt het.'

'Wat?'

'Ik denk dat we een expert nodig hebben.'

'Op welk gebied?'

'Computers.'

'We hebben Rodney toch?'

'Hij is niet precies wat ik in gedachten heb.'

De man was doodgestoken.

Efficiënt, dat wel, maar ook onnodig; hij was in de borst gestoken en toen met kracht opengehaald – uit woede, vermoedde Sachs. Dat was een nieuwe kant van Tweeëntwintig-vijf. Ze had dit soort verwondingen op andere plaats delicten gezien; de energieke, slecht gemikte sneden duidden erop dat de moordenaar zijn zelfbeheersing had verloren.

Dat was gunstig voor het onderzoek; een crimineel die zich laat leiden door zijn gevoel, zal ook onvoorzichtig zijn, meer in de openbaarheid treden en meer sporen achterlaten dan iemand die zichzelf in de hand weet te houden. Maar, zo had Amelia in haar tijd op straat geleerd, de keerzijde is dat zo iemand ook een stuk gevaarlijker is. Mensen die zo door het dolle heen en zo gevaarlijk zijn als Tweeëntwintig-vijf, zien het verschil niet meer tussen hun beoogde slachtoffers, onschuldige omstanders en de politie.

Elke bedreiging – elk beletsel – moest meteen uit de weg worden geruimd, en de logica kon de pot op.

In het felle licht van de door het team technisch rechercheurs neergezette halogeenlampen die de begraafplaats baadden in een onwerkelijke gloed bekeek Sachs het slachtoffer, dat op zijn rug lag, met zijn voeten wijd uit elkaar na de dans van zijn doodsstrijd. Een grote plas bloed liep in de vorm van een komma over het geasfalteerde pad van Forest Hill Memorial Gardens en de strook gras erlangs.

Er waren geen getuigen gevonden en Miguel Abrera, de conciërge van ssd, had niets aan zijn verhaal toe te voegen. Hij was flink van streek, want hij was mogelijk het doelwit van de moordenaar geweest en hij was een vriend kwijt; door zijn regelmatige bezoekjes aan het graf van zijn vrouw en kind had hij de beheerder leren kennen. Die avond had hij vaag het gevoel gehad dat iemand hem vanaf de metro volgde en hij was zelfs voor etalages blijven staan om te zien of hij de reflectie van een straatrover kon ontdekken, maar die truc had niet gewerkt; hij had niemand gezien en was doorgelopen naar de begraafplaats.

Sachs, die haar witte overall aanhad, liet twee mensen van de technische recherche in Queens foto- en video-opnames maken. Ze onderzocht het slachtoffer en begon het raster te lopen. Ze deed het extra zorgvuldig, want het was een belangrijke plaats delict. Het was een snelle, gewelddadige aanval geweest – Tweeëntwintig-vijf moest door de beheerder verrast zijn – en ze hadden geworsteld, wat de kans vergrootte dat ze sporen zou vinden die tot meer informatie konden leiden over de moordenaar en de plek waar hij woonde of werkte.

Sachs liep stap voor stap in rechte lijnen heen en weer over de plaats delict, draaide een kwartslag en bestreek het gebied nog eens.

Halverwege bleef ze stokstijf staan.

Ze hoorde iets.

Ze wist zeker dat het metaal op metaal was. Een wapen dat werd doorgeladen? Een mes dat openklapte?

Ze keek snel om zich heen, maar zag alleen de halfduistere begraafplaats. Amelia Sachs geloofde niet in geesten en zou een plek als deze anders vredig hebben gevonden, troostend zelfs, maar nu klemde ze haar kiezen op elkaar en voelde ze haar handen zweten in de latex handschoenen.

Net toen ze zich naar het slachtoffer omdraaide, zag ze een lichtflits en snakte naar adem.

Was het een straatlantaarn achter de struiken?

Of was het Tweeëntwintig-vijf die haar met een mes in zijn hand besloop?

Onbeheerst...

En ze moest er wel aan denken dat hij al een keer had geprobeerd haar te vermoorden. De list met de DEA-agent bij DeLeon Williams' huis was mislukt. Misschien was hij vastbesloten de klus alsnog te klaren.

Ze richtte zich weer op haar taak, maar toen ze bijna klaar was met het verzamelen van sporen, huiverde ze. Weer een beweging – nu voorbij de lampen, maar nog op de begraafplaats, die door surveillanten was afgezet. Ze tuurde in het felle schijnsel. Was het de wind in een boom geweest? Een dier?

Haar vader, die had geleefd voor zijn werk als politieman en een rijke bron aan straatwijsheid was geweest, had eens tegen haar gezegd: 'Vergeet de doden, Amie, die doen je niets. Zit liever in over degenen die ze dood hebben gemaakt.'

Het was een echo van Rhymes waarschuwing: 'Zoek grondig, maar denk om je rug.'

Amelia Sachs geloofde niet in een zesde zintuig, niet zoals mensen die in het paranormale geloven. Zij vond de hele natuurlijke wereld zo verbijsterend, en onze zintuigen en denkprocessen zo complex en krachtig, dat we niet over bovenmenselijke gaven hoefden te beschikken om de scherpzinnigste deducties te maken.

Ze wist zeker dat er iemand was.

Ze stapte het raster uit en gespte haar Glock op haar heup. Ze tikte een paar keer op de kolf om haar hand te oefenen voor het geval ze snel moest trekken. Ze liep de rest van het raster, verzamelde de laatste sporen en draaide zich snel in de richting waar ze eerder iets had zien bewegen.

Het licht was verblindend, maar ze wist dat er iemand vanuit de schaduw van het crematorium naar haar keek, geen twijfel mogelijk. Misschien een medewerker, maar ze nam geen enkel risico. Met haar hand op haar pistool liep ze erop af. Haar witte overall maakte haar een makkelijk doelwit in het schemerige licht, maar ze besloot het erop te wagen om geen tijd te verspillen.

Ze trok haar Glock, wrong zich snel tussen de struiken door en draafde op haar pijnlijke artritische benen naar de gestalte toe. Toen keek ze naar het laadplatform van het crematorium, waar ze de indringer had gezien, bleef staan en perste haar lippen op elkaar, kwaad op zichzelf. De man, een silhouet in het licht van de straatlantaarn achter het terrein, was van de politie; ze zag de omtrek van zijn pet en de hangerige, verveelde houding van iemand die de wacht moet houden. 'Agent? Heb je daar iemand gezien?' riep ze.

'Nee, rechercheur Sachs,' riep hij terug. 'Geen mens.'

'Bedankt.'

Ze borg het bewijsmateriaal op en droeg de plaats delict over aan de schouwarts.

Ze liep naar haar auto, maakte de kofferbak open en trok de witte overall uit. Ze maakte een praatje met de technisch rechercheurs van het forensisch lab in Queens, die ook niet meer in overall liepen. Een van hen keek zoekend om zich heen.

'Ben je iets kwijt?' vroeg ze.

De man fronste zijn voorhoofd. 'Ja, hij lag hier. Mijn pet.'

Sachs verstijfde. 'Wat?'

'Hij is weg.'

Shit. Ze smeet de overall in de kofferbak en haastte zich naar de brigadier van het wijkbureau die toezicht hield. 'Heeft iemand het laadplatform bewaakt?' vroeg ze hijgend.

'Daar? Nee, dat was de moeite niet. De hele begraafplaats was afgezet en...'

Godver.

Ze draaide zich om en rende met de Glock in haar hand naar het laadplatform. 'Hij is hier geweest! Bij het crematorium! Lopen!' riep ze in het voorbijgaan naar de surveillanten.

Bij het oude bakstenen gebouw bleef ze staan en zag dat het hek naar de straat openstond. Ze zocht snel, maar vond geen spoor van Tweeëntwintig-vijf. Ze liep de straat op en keek snel naar links en naar rechts. Verkeer en nieuwsgierige omstanders, drommen, maar de verdachte was weg.

Sachs liep terug naar het laadplatform. Ze was niet verbaasd toen ze de pet zag. Hij lag bij een bord met de tekst KISTEN HIER NEERZETTEN. Ze pakte de pet, stopte hem in een monsterzak en ging terug naar de anderen. Sachs en een brigadier van het wijkbureau stuurden mensen de buurt in om na te gaan of iemand hem had gezien. Ze ging terug naar haar auto. Hij was nu natuurlijk al gevlogen, maar ze voelde nog steeds het pijnlijke onbehagen dat voornamelijk werd veroorzaakt door het feit dat hij niet was gevlucht toen hij haar naar het crematorium zag lopen, maar nonchalant was blijven staan.

Wat haar pas echt de rillingen over de rug liet lopen, was echter de herinnering aan zijn nonchalante stem – die haar bij haar naam had genoemd.

'Doen ze het?' vroeg Rhyme aan Lon Sellitto toen hij terugkwam van zijn bespreking met hoofdinspecteur Malloy en locoburgemeester Ron Scott over wat Rhyme het 'Expertplan' noemde.

'Ze zijn niet blij. Het is duur en ze...'

'Gelul. Bel iemand op.'

'Wacht even. Ze doen het. Ze gaan het regelen. Ik zeg alleen dat ze erover morren.'

'Je had meteen moeten zeggen dat ze akkoord gaan. Het kan me niet schelen hoe hard ze morren.'

'Joe Malloy belt me nog over de invulling.'

Rond halftien kwam Amelia Sachs binnen met de aanwijzingen die ze op de begraafplaats had verzameld.

'Hij was er ook,' zei ze.

Rhyme keek haar niet-begrijpend aan.

'Tweeëntwintig-vijf. Op de begraafplaats. Hij heeft ons in de gaten gehouden.'

'Dat meen je niet,' zei Sellitto.

'Toen ik het in de gaten kreeg, was hij al weg.' Ze liet een politiepet zien en vertelde dat hij zich had vermomd om haar te bespioneren.

'Waarom doet hij dat in godsnaam?'

'Informatie,' zei Rhyme zacht. 'Hoe meer hij weet, hoe meer macht hij heeft, hoe kwetsbaarder wij zijn...'

'Heb je een buurtonderzoek gehouden?' vroeg Sellitto.

'Een team van het wijkbureau. Geen mens had iets gezien.'

'Hij weet alles. Wij weten niets.'

Terwijl ze het krat uitpakte, keek Rhyme naar elke monsterzak die ze eruit tilde. 'Ze hebben geworsteld. Er zouden goede contactsporen kunnen zijn.'

'Laten we het hopen.'

'Ik heb Abrera gesproken, die conciërge. Hij zei dat hij de afgelopen maand wat vreemde dingen had meegemaakt. Zijn urenrapportage klopte niet en er waren bedragen op zijn rekening gestort.'

'Identiteitsdiefstal, net als bij Jorgensen?' opperde Cooper.

'Nee, nee,' zei Rhyme. 'Ik wil wedden dat Tweeëntwintig-vijf hem voor zijn misdrijven wilde laten opdraaien. Zelfmoord, misschien. Stop een afscheidsbrief in zijn zak... Het was het graf van zijn vrouw en kind?'

'Ja.'

'Zie je wel. Hij weet zich geen raad meer. Wil zelfmoord plegen. Bekent alle misdrijven in zijn afscheidsbrief. Wij hebben de zaak rond. Alleen wordt hij door de beheerder gestoord, en nu zit Tweeëntwintig-vijf in de nesten. Hij kan dit niet nog eens proberen; wij zijn nu bedacht op een in scène gezette zelfmoord. Hij zal iets anders moeten verzinnen, maar wat?'

Cooper bekeek de sporen. 'Geen haar in de pet, helemaal geen sporen... Maar weet je wat ik wel heb gevonden? Een beetje kleefmiddel. Merkloos, ik kan het niet traceren.'

'Hij heeft de sporen met plakband of een roller verwijderd voordat hij de pet achterliet,' zei Rhyme met een grimas. Wat Tweeëntwintig-vijf betrof, keek hij nergens meer van op.

Toen meldde Cooper: 'Ik heb een vezel van de andere plaats delict, bij het graf. Hij komt overeen met het touw dat bij het eerdere misdrijf is gebruikt.'

'Mooi! Wat zit erin?'

Cooper prepareerde het monster en testte het. Even later had hij de uitslag. 'Oké, twee dingen. Het meest gangbare is nafta in een inert kristalmedium.'

- 'Mottenballen,' concludeerde Rhyme. Die stof had jaren eerder een rol gespeeld in een vergiftigingszaak. 'Maar wel oude.' Hij legde uit dat nafta bijna niet meer werd gebruikt nu er veiliger stoffen waren. 'Of,' vervolgde hij, 'het komt uit het buitenland. Daar zijn vaak minder veiligheidsvoorschriften voor consumentenproducten.'

'En nog iets.' Cooper wees naar het computerscherm. De gevonden substantie was $Na(C_6H_{11}NHSO_2O)$. 'En het is gebonden met lecithine, carnaubawas en citroenzuur.'

'Wat is dat in godsnaam?' zei Rhyme verbaasd.

Cooper raadpleegde een database. 'Natriumcyclamaat.'

'O, een kunstmatige zoetstof, zeker?'

'Juist,' zei Cooper, die zat te lezen. 'Dertig jaar geleden verboden door de FDA. Het verbod wordt nog aangevochten, maar sinds de jaren zeventig wordt het niet meer gebruikt.'

Rhymes geest maakte net zulke sprongen als zijn ogen, die van de ene notitie naar de andere op de schema's dansten. 'Oud karton. Schimmel. Uitgedroogd tabak. Poppenhaar? Oude frisdrank? En dozen mottenballen? Wat heeft dat te betekenen? Woont hij in de buurt van een antiekwinkel? Erboven?'

Ze gingen verder met hun analyse en vonden minuscule sporen fosfortrisulfide, het belangrijkste bestanddeel van de kop van veiligheidslucifers, meer stof van de Twin Towers en sporen van het blad van een dieffenbachia, een gangbare kamerplant.

Verder vonden ze nog papier van kladblokken, vermoedelijk twee verschillende, gezien de variaties in de kleurstoffen, maar ze waren te algemeen om tot een bron te herleiden. Ze vonden ook meer van de pikante stof die Rhyme van het mes had gelikt en waarmee de muntenverzamelaar om het leven was gebracht. Nu hadden ze genoeg om de korrels en de kleur goed te onderzoeken. 'Het is cayennepeper,' deelde Cooper mee.

'Vroeger wist je dan zeker dat iemand uit een latinobuurt kwam,' bromde Sellitto. 'Tegenwoordig kun je overal salsa en hete saus krijgen, van de biologische winkel tot en met de supermarkt.'

De enige andere aanwijzing was een schoenspoor in de aarde van een vers graf vlak bij de plaats van de moord. Uit het feit dat de afdruk was achtergelaten door iemand die van het slachtoffer naar de uitgang rende, leidde Sachs af dat hij van Tweeëntwintig-vijf afkomstig moest zijn.

Ze vergeleken de elektrostatische afdruk met de zoolprofielen in de schoenendatabase en kwamen tot de conclusie dat Tweeëntwintig-vijf op afgedragen Skechers liep, maat 45, een praktische, maar niet bijster modieuze schoen die vaak werd gedragen door arbeiders en wandelaars.

PROFIEL DADER 225

- Man
- Mogelijk roker, wonend/werkend met iemand die rookt of ergens bij bron van tabak
- Heeft kinderen, woont/werkt bij kinderen of ergens bij bron van speelgoed
- Geïnteresseerd in kunst, munten?
- Vermoedelijk blank of lichtgetint
- Normaal postuur
- Sterk: kan slachtoffers wurgen
- Heeft de beschikking over apparatuur om stem te vervormen
- Mogelijk computerkennis; kent OurWorld. Andere netwerksites?
- Neemt trofeeën van slachtoffers. Sadist?
- Deel woning/werkplek donker en vochtig
- Woont in (omgeving van) Manhattan?
- Eet snacks/hete saus
- Woont bij antiekzaak?
- Draagt Skechers-werkschoenen maat 45

Onopzettelijk achtergelaten sporen

- Oud karton
- Stukje BASF B35 nylon 6; poppenhaar
- Tabak van Tareyton-sigaretten
- Oude tabak, geen Tareyton, merk onbekend
- Sporen stachybotrys chartarum-schimmel
- Stof van aanslag op World Trade Centre, kan op woning/werk in Manhattan duiden
- Snack met hete saus/cayennepeper
- Touwvezel met daarin:
  - cyclamaat, zoetstof frisdrank (oud of buitenlands)
  - nafta, mottenballen (oud of buitenlands)
- Bladeren dieffenbachia (kamerplant, heeft licht nodig)
- Sporen van twee verschillende kladblokken, geel
- Schoenspoor van Skechers-werkschoen maat 45

Terwijl Sachs de telefoon opnam, gaf Rhyme Thom opdracht de bevindingen in het schema te zetten. Terwijl hij dicteerde, keek hij naar de informatie. Er was nu veel meer dan toen ze begonnen, maar het leidde nergens toe.

31

'Fijn dat je tijd voor me had, Mark.'

Whitcomb, de assistent van het hoofd Compliance, glimlachte vriendelijk. Pulaski dacht dat hij wel dol op zijn werk moest zijn, want het
was al halftien 's avonds geweest. Anderzijds was hij zelf ook nog aan
het werk, besefte hij toen.

'Weer een moord? Door diezelfde man gepleegd?'

'Daar zijn we vrij zeker van.'

Whitcomb fronste zijn voorhoofd. 'Wat erg. Jezus. Wanneer?'

'Een uur of drie geleden.'

Ze zaten in Whitcombs kantoor, dat veel huiselijker was dan dat van
Sterling. En slordiger, wat het gezelliger maakte. Whitcomb legde zijn
kladblok opzij en gebaarde naar een stoel. Toen Pulaski ging zitten, zag
hij familiefoto's op het bureau. Aan de wanden hingen een paar mooie
schilderijen, diploma's en certificaten. Pulaski had in de stille gangen
steeds om zich heen gekeken. Hij was blij dat Cassel en Gillespie, de
pestkoppen van het schoolplein, er niet waren.

'Hé, is dat je vrouw?'

'Mijn zus.' Whitcomb glimlachte, maar Pulaski kende die blik. Die
zei: *dit is een pijnlijk onderwerp.*

Was ze overleden?

Nee, het was de andere verklaring.

'Ik ben gescheiden. Ik heb hier genoeg te doen. Het valt niet mee, een
gezin.' Hij maakte een armgebaar waarmee hij op ssd doelde, nam
Pulaski aan. 'Maar het is belangrijk werk. Heel belangrijk.'

'Vast wel.'

Pulaski had geprobeerd Andrew Sterling te bereiken, maar was ten
slotte uitgekomen bij Whitcomb, die een afspraak met hem had gemaakt om hem de urenrapportages van die dag te geven, zodat ze konden zien wie van de verdachten buiten kantoor waren geweest op het
tijdstip van de moord op de beheerder.

'Ik heb koffie.'

Pulaski zag een zilveren dienblad met twee porseleinen kopjes op het
bureau staan.

'Ik weet nog hoe je het drinkt.'

'Graag.'

Whitcomb schonk koffie in.

Pulaski nam een slokje. Het smaakte goed. Hij verheugde zich op de dag dat het financieel beter ging en hij een cappuccinoapparaat kon kopen. Hij was gek op koffie. 'Werk je elke dag over?'

'Vrij vaak. De overheidsvoorschriften zijn in elke bedrijfstak lastig, maar in de informatiebranche zit je met het probleem dat niemand goed weet wat hij wil. De staten kunnen bijvoorbeeld flink verdienen aan de verkoop van kentekeninformatie. Soms komen de burgers in opstand en wordt het verboden, maar in andere staten mag het weer wel.

Als het computersysteem van je bedrijf wordt gekraakt, ben je in sommige staten altijd verplicht de cliënten van wie informatie is gestolen op de hoogte te brengen, terwijl je in andere staten alleen melding hoeft te maken van diefstal van financiële informatie en in weer andere staten hoef je niemand iets te vertellen. Het is een zootje, maar we moeten bij de tijd blijven.'

Bij de gedachte aan inbreuken op de beveiliging voelde Pulaski weer een stekend schuldgevoel omdat hij de gegevens van de vrije ruimte van ssd had gestolen. Whitcomb was bij hem geweest rond de tijd dat hij de bestanden downloadde. Zou hij problemen krijgen als Sterling erachter kwam?

'Kijk eens aan.' Whitcomb gaf hem een stuk of twintig vellen met urenrapportages.

Pulaski bladerde ze door en vergeleek de namen met die van de verdachten. Hij zag eerst hoe laat Miguel Abrera was weggegaan: kort na vijven. Toen viel zijn oog toevallig op de naam *Sterling* en zijn hart sloeg over. Sterling was vlak na Miguel vertrokken, alsof hij hem volgde... Toen besefte Pulaski dat hij zich vergiste. Het was *Andy* Sterling, de zoon, die op dat tijdstip was weggegaan. De directeur was rond vier uur weggegaan en pas een halfuur geleden teruggekomen, waarschijnlijk na een zakelijke borrel met diner.

Hij was kwaad op zichzelf omdat hij de rapportage niet goed had gelezen. En hij had Lincoln Rhyme bijna gebeld toen hij die twee tijden zo vlak bij elkaar zag staan. Hoe gênant was dat wel niet geweest? Je moet beter nadenken, dacht hij boos.

Van de andere verdachten was Faruk Mameda, het technisch hoofd van de nachtploeg, bij ssd geweest op het tijdstip van de moord. Wayne Gillespie, de andere technisch directer, was een halfuur vroeger weggegaan dan Abrera, maar om zes uur teruggekomen en nog een paar uur gebleven. Pulaski voelde een kleinzielige teleurstelling nu de pestkop van de lijst leek te kunnen worden geschrapt. De anderen waren allemaal vroeg genoeg weggegaan om Miguel naar de begraafplaats te kunnen volgen of hem daar op te wachten. De meeste werknemers waren om vijf uur al vertrokken. Sean Cassel was een groot deel van de middag weggeweest, zag hij, maar een halfuur geleden teruggekomen.

'Heb je er iets aan?' vroeg Whitcomb.

'Wel iets. Mag ik het houden?'

'Ja, ga je gang.'

'Dank je.' Pulaski vouwde de vellen op en stopte ze in zijn zak.

'O, ik heb mijn broer gesproken. Hij komt volgende maand hierheen. Ik weet niet of het je iets lijkt, maar misschien wil je hem ontmoeten? Met je broer samen? Jullie kunnen elkaar sterke politieverhalen vertellen.' Whitcomb glimlachte een beetje beschaamd, alsof dat het laatste moest zijn waar politiemensen zin in zouden hebben. Wat niet zo was, had Pulaski tegen hem kunnen zeggen; politiemensen zijn gek op politieverhalen.

'Als de zaak tegen die tijd, je weet wel, afgesloten is, of hoe noemen jullie dat?'

'Rond.'

'Ja, natuurlijk... Als de zaak dan rond is. Je mag waarschijnlijk niet met een verdachte naar het café.'

'Jij bent niet bepaald een verdachte, Mark,' zei Pulaski met een lach, 'maar het is waarschijnlijk toch beter om te wachten. Ik zal vragen of mijn broer ook kan komen.'

'Mark,' zei een zachte stem achter Pulaski.

Hij keek om en zag Andrew Sterling staan. Hij droeg een zwarte broek en een wit overhemd met opgestroopte mouwen en hij glimlachte beminnelijk. 'Agent Pulaski. U bent hier zo vaak dat ik u op de loonlijst zou moeten zetten.'

Pulaski lachte verlegen. 'Ik heb gebeld, maar ik kreeg uw voicemail.'

'O?' Sterling keek peinzend. Toen lichtten zijn groene ogen op. 'O ja, Martin is vandaag wat eerder weggegaan. Kunnen we iets voor u doen?'

Pulaski wilde over de urenrapportages beginnen, maar Whitcomb mengde zich snel in het gesprek. 'Ron vertelde net dat er weer een moord is gepleegd.'

'Nee toch? Door dezelfde man?'

Pulaski begreep dat hij zijn mond voorbij had gepraat. Het was stom om Andrew Sterling te passeren. Niet dat hij dacht dat Sterling schuldig was of iets zou willen verbergen; hij had de informatie gewoon snel willen hebben, en eerlijk gezegd had hij Cassel en Gillespie ook willen mijden, en die had hij kunnen tegenkomen als hij zich tot de directie had gewend voor de urenrapportages.

Alleen had hij nu informatie over SSD verkregen uit een andere bron dan Sterling zelf – een vergrijp, zo geen doodzonde.

Hij vroeg zich af of Sterling zijn onbehagen voelde. 'We denken van wel,' zei hij. 'Het lijkt erop dat de dader het oorspronkelijk op een werknemer van SSD had gemunt, maar uiteindelijk een omstander heeft vermoord.'

'Een werknemer? Wie?'

'Miguel Abrera.'

'O, de onderhoudsman, ja. Maakt hij het goed?'

'Hij mankeert niets. Een beetje van de kaart, maar verder maakt hij het goed.'

'Waarom was hij het doelwit? Zou hij iets weten?'

'Ik kan er niets over zeggen,' zei Pulaski.

'Hoe laat was dat?'

'Vanavond om zes uur, halfzeven ongeveer.'

Sterling kneep zijn ogen tot spleetjes, waardoor zich kraaienpootjes in de huid rond zijn ogen vormden. 'Ik weet het al. Wat u moet doen, is de urenrapportages van de verdachten bekijken, agent. Dan weet u wie er een alibi heeft.'

'Ik...'

'Ik regel het wel, Andrew,' zei Whitcomb snel, en hij ging achter zijn computer zitten. 'Ik kopieer ze wel van Personeelszaken.' Hij wendde zich tot Pulaski. 'Het is zo gebeurd.'

'Mooi,' zei Sterling. 'En hou me op de hoogte.'

'Ja, Andrew.'

Sterling stapte op Pulaski af, keek hem recht aan en gaf hem een stevige handdruk. 'Goedenavond, agent.'

'Bedankt,' zei Pulaski toen hij weg was. 'Ik had het eerst aan hem moeten vragen.'

'Ja, inderdaad. Ik dacht dat je dat ook had gedaan. Als Andrew iets vervelend vindt, is het wel ergens buiten worden gehouden. Als hij de informatie krijgt, is hij tevreden, ook al is het slecht nieuws. Je hebt de redelijke kant van Andrew Sterling gezien. De onredelijke kant lijkt niet zoveel anders, maar dat is hij wel, neem dat maar van me aan.'

'Je krijgt hier toch geen problemen mee?'

Mark lachte. 'Zolang hij er maar niet achter komt dat ik die rapportages een uur voordat hij op het idee kwam al had opgevraagd.'

Toen Pulaski met Whitcomb naar de lift liep, keek hij om. Aan het eind van de gang stonden Andrew Sterling en Sean Cassel met hun hoofden dicht bij elkaar te praten. De verkoopdirecteur knikte. Pulaski's hart bonsde in zijn keel. Sterling beende weg. Cassel, die zijn bril poetste met zijn zwarte doekje, draaide zich om en keek Pulaski recht aan. Hij glimlachte. Pulaski las van zijn gezicht af dat het hem allerminst verbaasde hem te zien.

De lift zei *ping* en Whitcomb wenkte Pulaski.

De telefoon in Rhymes lab ging. Het was Ron Pulaski, die meldde wat hij bij ssd te weten was gekomen over de verblijfplaats van de verdachten. Sachs noteerde het op de lijst.

Er waren er maar twee op kantoor geweest ten tijde van de moord: Mameda en Gillespie.

'Dus de anderen kunnen het allemaal hebben gedaan,' bromde Rhyme.

'Het was er vrijwel uitgestorven,' zei Pulaski. 'Er waren niet veel mensen op dat uur.'

'Dat hoeft ook niet,' merkte Sachs op. 'De computers doen al het werk.'

Rhyme zei tegen Pulaski dat hij naar zijn gezin moest gaan. Hij drukte zijn hoofd tegen de steun en keek naar de lijst.

Andrew Sterling, directeur
(?)

Maar was Tweeëntwintig-vijf wel een van de mensen op de lijst? vroeg Rhyme zich opnieuw af. Hij dacht aan wat Sachs hem had verteld over het concept 'ruis' in data. Waren deze namen gewoon ruis? Leidden ze alleen maar af van de waarheid?

Rhyme maakte een behendige draai met de TDX en keek weer naar de whiteboards. Er knaagde iets, maar wat?

'Lincoln...'

'Sst.'

Het was iets wat hij ergens had gelezen, of gehoord. Nee, het was een zaak van jaren geleden. Hij kon er nét niet bij. Frustrerend. Alsof zijn oor jeukte en hij eraan wilde krabben.

Hij voelde dat Cooper naar hem keek. Dat was ook irritant. Hij deed zijn ogen dicht.

Bijna...

Yes!

'Wat is er?'

Hij moest het hardop hebben gezegd.

'Ik geloof dat ik het heb. Thom, jij bent toch geïnteresseerd in de populaire cultuur?'

'Wat bedoel je daar in hemelsnaam mee?'

'Je leest tijdschriften en kranten. Je ziet reclames. Is Tareyton nog steeds een bestaand sigarettenmerk?'

'Ik rook niet. Ik heb nooit gerookt.'

'De smaak die het vechten waard is,' declameerde Lon Sellitto.

'Hè?'

'Dat was de slagzin in de jaren zestig. Iemand met een blauw oog?'

'Daar staat me niets van bij.'

'Mijn vader rookte Tareyton.'

'Maar worden ze nog gemaakt? Dat wil ik weten.'

'Geen idee, maar je ziet ze zelden.'

'Precies, en die andere tabak die we hebben gevonden was ook oud. Dus of hij nu rookt of niet, we mogen ervan uitgaan dat hij sigaretten verzamelt.'

'Sigaretten. Wat is dat nou voor verzamelobject?'

'Nee, niet alleen sigaretten. Denk aan de frisdrank met cyclamaat. Blikjes misschien, of flesjes. En mottenballen, lucifers, poppenhaar. En de schimmel, de stachybotrys chartarum, en het stof van de Twin Towers. Volgens mij zit hij niet in Manhattan, maar heeft hij gewoon in geen jaren schoongemaakt...' Een vreugdeloze lach. 'En wat is het andere verzamelobject waar we de laatste tijd mee bezig zijn? Data. Tweeëntwintig-vijf is bezeten van verzamelen... Ik denk dat hij een hamsteraar is.'

'Een wat?'

'Hij hamstert dingen. Hij gooit nooit iets weg. Daarom hebben we zoveel oude dingen aangetroffen.'

'Ja, daar heb ik wel eens van gehoord,' zei Sellitto. 'Vreemd. Ongezond.'

Rhyme was ooit bij de plaats delict geroepen van een ziekelijke hamsteraar, die was verpletterd door een stapel boeken – in feite was hij vastgepind onder de boeken en pas na twee dagen overleden aan inwendig letsel. Rhyme had 'onaangenaam' ingevuld als doodsoorzaak. Hij had zich niet in de afwijking verdiept, maar hij wist dat New York een speciale brigade had die mensen hielp hulp te zoeken en henzelf en de omwonenden te beschermen tegen hun verzamelwoede.

'Laten we onze huispsycholoog maar eens bellen.'

'Terry Dobyns?'

'Misschien kent hij iemand van de hamsterbrigade. Hij kan informeren. En laat hem hierheen komen.'

'Op dit uur?' zei Cooper. 'Het is al tien uur geweest.'

Rhyme nam niet eens de moeite de leus van die dag hardop uit te spreken: *wij slapen niet; waarom een ander dan wel?* Zijn blik zei voldoende.

32

Rhyme was weer op krachten gekomen.

Thom had iets te eten gemaakt en hoewel Rhyme niet echt geïnteresseerd was in eten, had hij genoten van de dubbele kipsandwiches op zelfgebakken brood. 'Het is het recept van James Beard,' verkondigde de assistent, al was de verwijzing naar de aanbeden chef-kok en kookboekenschrijver niet aan Rhyme besteed. Sellitto had een sandwich verslonden en er nog een meegenomen toen hij naar huis ging ('Nog lekkerder dan die met tonijn,' luidde zijn oordeel). Mel Cooper vroeg het recept van het brood voor Gretta.

Sachs zat aan de computer te e-mailen. Net toen Rhyme wilde vragen wat ze deed, werd er aan de deur gebeld.

Even later bracht kwam Thom het lab in met Terry Dobyns, de gedragspsycholoog van de New Yorkse politie en een oude bekende van Rhyme. Hij was iets kaler en iets ronder dan toen ze elkaar leerden kennen; Dobyns had uren met Rhyme doorgebracht in die verschrikkelijke tijd na het ongeluk dat hem verlamd had gemaakt. Hij had nog steeds dezelfde vriendelijke, opmerkzame ogen die Rhyme zich herinnerde, en een geruststellende, verdraagzame glimlach. Rhyme, die de voorkeur gaf aan technisch onderzoek, stond sceptisch tegenover het opstellen van psychologische profielen, maar hij moest toegeven dat Dobyns van tijd tot tijd geniale en bruikbare inzichten had aangedragen met betrekking tot de daders die Rhyme zocht.

Dobyns begroette iedereen, nam een kop koffie van Thom aan en bedankte voor een sandwich. Hij ging op een kruk naast Rhymes rolstoel zitten.

'Goed bedacht, van dat hamsteren. Volgens mij heb je gelijk. Laat ik je eerst vertellen dat ik de brigade heb gebeld en dat ze naar de bekende hamsteraars in de stad hebben gekeken. Het zijn er niet veel en degene die jij zoekt, zit er waarschijnlijk niet bij. Ik heb de vrouwen weggelaten, want je had me over de verkrachting verteld. De meeste mannen zijn op leeftijd of gewoonweg niet tot zoiets in staat. De enige twee die het zouden kunnen zijn, zitten op Staten Island en in de Bronx, en die zijn op het tijdstip van de moord op zondag gezien door familieleden of maatschappelijk werkers.'

Het verbaasde Rhyme niet, Tweeëntwintig-vijf was te slim om zich niet in te dekken. Toch had hij gehoopt in elk geval een aanknopingspuntje te vinden, en het doodlopende spoor maakte hem zichtbaar chagrijnig.

Dobyns glimlachte tegen wil en dank. Dit was een kwestie die ze jaren geleden hadden behandeld. Rhyme had zijn persoonlijke woede en frustratie nooit goed kunnen uiten, maar in zijn werk was hij er altijd een meester in geweest.

'Maar ik kan je een paar inzichten bieden die van pas zouden kunnen komen. Ik zal je over hamsteraars vertellen. Het is een obsessief-compulsieve stoornis. Daar spreken we van wanneer iemand te kampen heeft met conflicten of spanningen die hij emotioneel niet aankan. Je op een bepaald gedrag richten is veel makkelijker dan naar het onderliggende probleem kijken. Handenwassen en tellen zijn vormen van dwangmatig gedrag; hamsteren is er ook een.

Het komt zelden voor dat een hamsteraar gevaarlijk is. Er zijn wel gezondheidsrisico's, zoals ongedierte- en insectenplagen, schimmel- en brandgevaar, maar in wezen willen hamsteraars gewoon met rust worden gelaten. Als het kon, zouden ze zich terugtrekken in hun verzameling en nooit meer buiten komen.

Die jongen van jullie is een geval apart. Een combinatie van een narcistische, antisociale persoonlijkheid en verzamelwoede. Als hij iets wil hebben – in zijn geval gaat het blijkbaar om waardevolle munten, schilderijen of seksuele bevrediging – moet en zal hij het krijgen. Het móét gewoon. Hij deinst niet terug voor een moord als dat hem helpt te krijgen wat hij wil of zijn verzameling te beschermen. Ik zou zelfs zo ver willen gaan te stellen dat het moorden hem kalmeert. Levende mensen bezorgen hem stress. Die stellen hem maar teleur, die laten hem maar in de steek. Levenloze voorwerpen daarentegen, zoals kranten, sigarendoosjes, snoep en zelfs lijken, kun je in je schuilplaats verstoppen; die verraden je nooit... Je bent zeker niet geïnteresseerd in de omstandigheden uit zijn jeugd die hem zo kunnen hebben gemaakt?'

'Niet echt, Terry,' zei Sachs met een glimlach naar Rhyme, die zijn hoofd schudde.

'Om te beginnen heeft hij ruimte nodig. Veel ruimte. En gezien de huizenprijzen hier moet hij of heel vindingrijk zijn, of heel rijk. Hamsteraars wonen vaak in grote, oude huizen of herenhuizen. Ze huren nooit. Het idee dat een verhuurder het recht zou hebben hun leefruimte binnen te dringen, is ondraaglijk voor ze. En de ramen zijn zwartgeverfd of dichtgeplakt. De buitenwereld moet op afstand worden gehouden.'

'Hoeveel ruimte moet hij hebben?' vroeg Sachs.

'Kamers, kamers en nog eens kamers.'

'Sommige ssd-werknemers hebben geld genoeg,' bepeinsde Rhyme. 'De directieleden.'

'Vervolgens functioneert jullie dader goed, dus moet hij twee levens leiden. Laten we ze het "geheime" leven en de "façade" noemen. Hij moet een bestaan in de echte wereld hebben om zijn collectie uit te breiden en in stand te houden. Dus houdt hij de schijn op. Waarschijnlijk heeft hij een tweede huis of zorgt hij dat een deel van zijn ene huis er gewoon uitziet. Hij zou het liefst in zijn schuilplaats wonen, maar als hij niets anders had, zou het opvallen. Hij heeft dus ook een woonruimte die eruitziet zoals die van iedereen in zijn maatschappelijke omstandigheden. De huizen zouden onderling verbonden kunnen zijn of vlak bij elkaar kunnen staan. De begane grond zou er normaal uit kunnen zien, terwijl hij boven zijn verzameling bewaart. Of in de kelder.

'Wat zijn persoonlijkheid betreft: de rol die hij in zijn schijnleven speelt, zal bijna het tegenovergestelde zijn van wie hij in werkelijkheid is. Als de echte Tweeëntwintig-vijf bijvoorbeeld een sarcastisch, min mannetje is, zal de openbare Tweeëntwintig-vijf beheerst, kalm, volwassen en beleefd overkomen.'

'Zou hij zich kunnen uitgeven voor een zakenman?'

'O, makkelijk. En hij zal zijn rol uitstekend spelen, want hij moet wel. Het maakt hem kwaad en rancuneus, maar als hij het niet doet, kunnen zijn schatten in gevaar komen, en dat kan hij domweg niet toestaan.'

Dobyns keek naar de schema's en knikte. 'Ik zie dat jullie je afvroegen of hij kinderen had? Ik betwijfel het sterk. Waarschijnlijk verzamelt hij gewoon speelgoed. Dat heeft ook iets met zijn jeugd te maken. Hij is vermoedelijk ook alleenstaand. Je ziet zelden een getrouwde hamsteraar. Zijn verzamelwoede is te sterk. Hij zou zijn tijd of ruimte niet met iemand willen delen, en eerlijk gezegd is het moeilijk om een partner te vinden die zo aan hem hangt dat ze het allemaal pikt.

'Goed, de tabak en lucifers? Hij hamstert sigaretten en lucifers, maar ik denk niet dat hij rookt. De meeste hamsteraars hebben bergen kranten en tijdschriften, brandbare voorwerpen. Hij is niet stom. Hij zou nooit brand riskeren, want zijn verzameling zou in rook kunnen opgaan. Hij zou zichzelf in elk geval verraden als de brandweer kwam. Waarschijnlijk is hij niet echt geïnteresseerd in munten of kunst. Hij is bezeten van verzamelen om het verzamelen zelf; wát hij verzamelt, is minder belangrijk.'

'Hij woont dus waarschijnlijk niet in de buurt van een antiekzaak?'

Dobyns lachte. 'Zo zal het er wel uitzien bij hem thuis, maar dan zonder klanten, natuurlijk... Veel meer kan ik niet bedenken, maar ik kan niet genoeg benadrukken dat hij uiterst gevaarlijk is. Jullie hebben hem al een paar keer tegengehouden, zeggen jullie. Dat maakt hem des duivels. Hij vermoordt iedereen die zijn schatten bedreigt, zonder zich te bedenken. Dat kan ik niet vaak genoeg zeggen.'

Ze bedankten Dobyns, die hun veel geluk wenste en vertrok. Sachs werkte het daderprofiel bij op basis van wat hij hun had verteld.

PROFIEL DADER 225

- Man
- Vermoedelijk niet-roker
- Waarschijnlijk geen vrouw of kinderen
- Vermoedelijk blank of lichtgetint
- Normaal postuur
- Sterk: kan slachtoffers wurgen
- Heeft de beschikking over apparatuur om stem te vervormen
- Mogelijk computerkennis; kent Our-World. Andere netwerksites?
- Neemt trofeeën van slachtoffers. Sadist?
- Deel woning/werkplek donker en vochtig
- Eet snacks/hete saus
- Draagt Skechers-werkschoenen maat 45
- Hamsteraar; lijdt aan OCS
- Heeft een 'geheim' leven en een 'façade'
- Persoonlijkheid die hij in het openbaar laat zien, is tegenpool van wie hij werkelijk is
- Woning: weigert te huren, heeft twee afzonderlijke leefruimtes, een normale en een geheime
- Ramen afgeplakt of zwartgeverfd
- Wordt gewelddadig wanneer verzamelen of verzameling worden bedreigd

---

'Bruikbaar?' vroeg Cooper.

Rhyme kon alleen zijn schouders ophalen.

'Wat denk jij, Sachs? Zou het iemand van SSD kunnen zijn die je hebt gesproken?'

Ze schokschouderde. 'Gillespie komt er het dichtst bij in de buurt, dunkt me. Die leek gewoon vreemd. Cassel leek de gladste, als je het over een façade hebt. Arlonzo-Kemper is getrouwd, dus die valt af, zegt Terry. Ik heb de technisch directeuren niet gezien. Ron wel.'

Er klonk een elektronische triller en er verscheen een telefoonnummer op Rhymes computerscherm. Het was Lon Sellitto, die thuis blijkbaar doorwerkte aan het Expertplan dat Rhyme en hij samen hadden bedacht.

'Opdracht, telefoon opnemen. Lon, hoe staat het ermee?'

'Het is allemaal geregeld, Linc.'

'Hoe ver zijn we?'

'Kijk maar naar het journaal van elfuur, dan kom je er wel achter. Ik ga nu naar bed.'

Rhyme verbrak de verbinding en zette de tv in de hoek van het lab aan.

Mel Cooper vond het mooi geweest. Net toen hij zijn koffertje inpakte, zei zijn computer *ping*. Hij keek naar het scherm. 'Amelia, je hebt mail.'

Ze liep naar de computer en ging zitten.

'Is het nieuws over Gordon van de staatspolitie van Colorado?' vroeg Rhyme.

Sachs zei niets, maar Rhyme zag dat ze een wenkbrauw optrok terwijl ze de lange mail las. Haar wijsvinger verdween in haar lange rode haar, dat in een paardenstaart zat, en krabde aan haar hoofdhuid.

'Nou?'

'Ik moet weg,' zei ze. Ze kwam gehaast overeind.

'Sachs? Wat is er?'

'Het staat los van de zaak. Bel maar als je me nodig hebt.'

En weg was ze, een waas van geheimzinnigheid achterlatend dat net zo subtiel was als de geur van de lavendelzeep die ze sinds kort gebruikte.

Er zat schot in de zaak-225.

Toch moesten politiemensen altijd met andere aspecten van hun leven jongleren.

Daarom stond ze nu opgelaten bij een keurig vrijstaand huis in Brooklyn, niet ver van haar eigen huis. Het was een aangename avond. Een tere bries, geurend naar seringen en muls, danste om haar heen. Het zou prettig zijn om hier op de stoeprand of de treden voor een huis te zitten en niet te doen wat zij ging doen.

Wat ze móést doen.

God, wat baal ik hiervan.

Pam Willoughby deed open. Ze droeg een joggingpak en had een paardenstaart in haar haar. Ze praatte tegen een van de andere pleegkinderen, ook een tiener. Ze hadden die samenzweerderige en toch onschuldige uitdrukking op hun gezicht die voor tienermeiden als make-up is. Er speelden twee honden aan hun voeten: Jackson, het havaneesje, en een veel grotere, maar net zo uitbundige briard, Cosmic Cowboy, die van Pams pleeggezin was.

Sachs kwam Pam hier wel eens ophalen als ze naar de bioscoop gingen, koffie gingen drinken of een ijsje gingen eten. Meestel klaarde Pams gezicht op wanneer ze Sachs zag.

Deze avond niet.

Sachs stapte uit de auto en leunde tegen de hete motorkap. Pam tilde Jackson op en liep naar Sachs. Het andere meisje zwaaide en ging met Cosmic Cowboy naar binnen.

'Sorry dat ik zo laat nog langskom,' zei Sachs.

'Geeft niet.' Pam was op haar hoede.

'Hoe is het met je huiswerk?'

'Huiswerk is huiswerk. Soms is het leuk, soms is het balen.'

Zo was het in Sachs' tijd geweest en zo was het nu nog.

Sachs aaide de hond, die Pam bezitterig tegen zich aan drukte. Dat deed ze vaak met haar spullen. Ze liet nooit iemand anders haar schooltas of de boodschappen dragen. Sachs vermoedde dat er zoveel van haar was afgepakt, dat ze zich vastklampte aan het weinige dat ze nog had.

'Zo. Wat kom je doen?'

Ze wist niet hoe ze het omzichtig ter sprake kon brengen. 'Ik heb je vriend gesproken.'

'Mijn vriend?' zei Pam.

'Stuart.'

'Wát?' Door de bladeren van een ginkgoboom vielen gefilterde lichtplekken op haar ontstelde gezicht.

'Ik moest wel.'

'Helemaal niet.'

'Pam... Ik maakte me zorgen om je. Ik heb hem laten natrekken door een vriend van het bureau, iemand die veiligheidscontroles uitvoert.'

'Nee!'

'Ik wilde zien of hij geheimen had.'

'Je had het recht niet!'

'Nee, maar ik heb het toch gedaan. En ik heb net bericht gekregen.' Ze voelde haar maag verkrampen. Moordenaars aanhouden, tweehonderdvijfenzeventig kilometer per uur rijden... het was niets in vergelijking met hoe ze zich nu voelde.

'Nou, is hij een moordenaar?' vroeg Pam kattig. 'Een seriemoordenaar? Een terrorist?'

Sachs aarzelde. Ze wilde haar hand op Pams arm leggen, maar deed het niet. 'Nee, lieverd, dat niet, maar... hij is getrouwd.'

Ze zag Pam in de lichtplekken met haar ogen knipperen.

'Hij... hij is getrouwd?'

'Het spijt me. Zijn vrouw geeft ook les. Op een particuliere school op Long Island. En hij heeft twee kinderen.'

'Nee! Je vergist je.' Sachs zag dat Pam haar vrije hand zo hard tot een vuist balde dat het pijn moest doen. Haar ogen vulden zich met woede, maar erg verrast leek ze niet te zijn. Sachs vroeg zich af of Pam nu bepaalde herinneringen doornam. Misschien had Stuart tegen haar gezegd dat hij geen vaste telefoonlijn had, alleen een mobieltje. Of misschien had hij haar gevraagd een bepaald e-mailadres te gebruiken, niet zijn gewone.

En het is zo'n troep bij me thuis. Dat durf ik je niet te laten zien. Ik ben docent, weet je. Ik ben verstrooid... Ik zou een werkster moeten nemen...

'Het is een misverstand,' zei Pam fel. 'Je hebt hem met iemand anders verward.'

'Ik ben net bij hem geweest. Ik heb het hem gevraagd en hij heeft het toegegeven.'

'Nee, niet waar! Je liegt!' Pams ogen schoten vuur en de ijzige glimlach die over haar gezicht trok, raakte Sachs als een dolksteek in haar hart. 'Je bent net als mijn moeder! Als die niet wilde dat ik iets deed, verzon ze maar wat! Net zoals jij nu.'

'Pam, ik zou nooit...'

'Iedereen wil me alles afpakken! Het lukt je niet! Ik hou van hem en hij houdt van mij en je pakt hem niet van me af!' Ze draaide zich op haar hakken om en liep terug naar het huis, met de hond stevig onder haar arm geklemd.

'Pam!' riep Sachs met verstikte stem. 'Nee, lieverd...'

Het meisje keek nog één keer om voordat ze naar binnen ging, met zwiepend haar en een stramme rug, zodat Amelia Sachs blij was dat ze Pams gezicht niet kon zien in de schaduw van het licht uit de gang; ze wist dat Pam met zoveel haat naar haar keek dat ze het niet had kunnen verdragen.

De bespottelijke vertoning op de begraafplaats brandt nog als vuur.

Miguel 5465 had moeten sterven. Hij had nu op een fluwelen bord geprikt moeten zijn, zodat de politie hem kon inspecteren. De zaak is rond, zouden ze hebben gezegd, eind goed, al goed.

Maar hij is niet gestorven. Deze vlinder is ontsnapt. Ik kan niet nog een zelfmoord in scène zetten. Ze zijn iets over me te weten gekomen. Ze hebben kennis verzameld...

Ik haat Ze ik haat Ze ik haat Ze...

Ik sta op het punt mijn scheermes te pakken, naar buiten te stormen en...

Kalmeer. Maar naarmate de jaren verstrijken, wordt het steeds moeilijker om kalm te blijven.

Ik heb afgezien van bepaalde transacties voor vanavond – ik zou de zelfmoord gaan vieren – en ga nu naar mijn Kast. Me omringen met mijn schatten helpt. Ik dwaal door de geurige kamers en druk bepaalde voorwerpen tegen me aan. Trofeeën van verschillende transacties van het afgelopen jaar. Het geeft me veel troost om het gedroogde vlees, de nagels en het haar op mijn wang te voelen.

Ik ben uitgeput. Ik ga voor het schilderij van Harvey Prescott zitten en kijk ernaar. De familie kijkt terug. De ogen volgen je overal, zoals dat met portretten gaat.

Troostend. En griezelig.

Misschien is een van de redenen waarom ik zo van zijn werk hou dat die mensen uit het niets zijn geschapen. Ze hebben geen herinneringen die hen achtervolgen en gespannen maken, die hen de hele nacht wakker houden en hen de straat op drijven om schatten en trofeeën te verzamelen.

Ja, herinneringen:

Het is juni en ik ben vijf. Ik moet bij vader komen zitten. Hij legt zijn onaangestoken sigaret weg en vertelt me dat ik niet hun kind ben. 'We hebben je in ons gezin opgenomen omdat we je heel graag wilden hebben en we houden van je, ook al ben je niet ons biologische zoontje, dat begrijp je toch wel...?'

Niet echt. Ik begrijp het niet. Ik kijk hem wezenloos aan. Moeder verfrommelt een tissue in haar klamme hand. Ze zegt snel dat ze van me houdt alsof ik haar eigen zoon ben. Nee, nog meer, al begrijp ik niet waarom. Het klinkt als een leugen.

Vader gaat naar zijn avondbaan. Moeder gaat voor de andere kinderen zorgen, zodat ik erover na kan denken. Ik heb het gevoel dat me iets is afgenomen, maar ik weet niet wat. Ik kijk door het raam. Het is hier mooi. Bergen en groen en koele lucht. Maar ik ben liever in mijn kamer en daar ga ik naartoe.

Het is augustus en ik ben zeven. Vader en moeder hebben ruzie. De oudste van ons, Lydia, huilt. Niet weggaan, niet weggaan, niet weggaan... Ik bereid me op het ergste voor en sla proviand in. Eten en kopergeld – dat missen ze nooit. Niets kan me ervan weerhouden het te verzamelen. Ik heb voor honderdvierendertig dollar aan glanzend en dof koper. Ik verstop het in dozen in mijn kast...

Het is november en ik ben zeven. Vader komt terug van waar hij een maand is geweest, 'wroetend naar de ongrijpbare dollar', zoals hij vaak zegt (Lydia en ik glimlachen erom). Hij vraagt waar de andere kinderen zijn. Ze zegt dat ze ze niet allemaal kon verzorgen. 'Reken maar uit. Wat denk je wel niet? Pak de telefoon en bel de gemeente.' Ze begint te huilen.

'Jij was er niet bij,' zegt ze.

Lydia en ik snappen het niet, maar we weten dat het niet goed is.

Ik heb nu tweehonderdtweeënvijftig dollar aan kopergeld in mijn kast, drieëndertig blikken tomaat, achttien blikken andere groenten en twaalf blikken spaghetti, wat ik niet eens lust, maar ik heb ze toch en daar gaat het maar om.

Het is oktober en ik ben negen. Moeder heeft de gemeente gebeld. Meer uithuisplaatsingen. We zijn nu met zijn negenen. We helpen, Lydia en ik. Ze is veertien en weet hoe ze voor de kleintjes moet zorgen. Ze vraagt vader of hij poppen voor de meisjes wil kopen, want zij heeft er nooit een gehad en het is belangrijk, maar hij zegt dat ze toch geen geld kunnen verdienen aan de gemeente als ze het allemaal aan troep uitgeven?

Het is mei en ik ben tien. Ik kom uit school. Het heeft me veel moeite gekost om van een deel van het kleingeld een pop voor Lydia te kopen. Ik verheug me op haar reactie, maar dan zie ik dat ik per ongeluk de deur van de kast open heb gelaten. Vader scheurt de dozen uit de kast open. De munten liggen verspreid als dode soldaten op een slagveld. Hij vult zijn zakken en pakt de dozen. 'Wat je steelt, ben je kwijt.' Ik zeg huilend dat ik het geld heb gevonden. 'Mooi zo,' zegt vader triomfantelijk. 'Want ik heb het ook gevonden, dus dan moet het nu van mij zijn... Wat heb je daartegen in te brengen, jongeman? Niets, hè? Jezus, het is bijna vijfhonderd dollar.' Hij pakt de sigaret vanachter zijn oor.

Wil je weten hoe het voelt als iemand je spullen afpakt, je soldaatjes, je poppen, je kleingeld?

Doe je mond dicht en knijp in je neus. Zo voelt dat, en als je het te lang volhoudt, gebeurt er iets verschrikkelijks.

Het is oktober en ik ben elf. Lydia is weggelopen. Geen briefje. Ze heeft de pop niet meegenomen. Jason van veertien uit het kindertehuis komt bij ons wonen. Op een nacht dringt hij mijn kamer binnen. Hij wil mijn bed (het mijne is droog en het zijne niet). Ik slaap in zijn natte bed. Elke nacht, een maand lang. Ik doe mijn beklag bij vader. Hij zegt dat ik mijn kop moet houden. Ze hebben het geld nodig en ze krijgen een bonus voor GP-kinderen zoals Jason en... Hij klapt zijn mond dicht. Heeft hij het ook over mij? Ik weet niet wat GP betekent. Dan nog niet.

Het is januari en ik ben twaalf. Zwaailichten en sirenes. Moeder snikt, de andere pleegkinderen snikken. De brandwond op vaders arm is pijnlijk, maar gelukkig, zegt de brandweerman, ontvlamde de aanstekervloeistof op de matras niet snel. Als het benzine was geweest, was hij nu dood geweest. Als ze Jason meenemen, donkere ogen onder donkere wenkbrauwen, schreeuwt hij dat hij niet weet hoe de aanstekervloeistof en de lucifers in *zijn schooltas terecht zijn gekomen. Hij heeft het niet gedaan, echt niet! En hij heeft die foto's van levend verbrande mensen niet in zijn klaslokaal opgehangen.*

Vader schreeuwt tegen moeder. Zie je nou wat je hebt gedaan!

Jij moest die bonus zo nodig hebben! schreeuwt ze terug.

De GP-bonus.

Gedragsproblemen, heb ik ontdekt.

Herinneringen, herinneringen... Ja, sommige verzamelingen zou ik maar wat graag weggeven, in een container smijten als het kon.

Ik glimlach naar mijn zwijgende familie, de Prescotts. Dan richt ik me weer op het prangende probleem: Zij.

Ik ben nu rustiger, de scherpe kantjes zijn eraf. En ik ben ervan overtuigd dat mijn achtervolgers, Ze, net als mijn leugenachtige vader, Jason Stringfellow die panisch werd weggeleid door de politie en de zestien die schreeuwden op het hoogtepunt van een transactie, binnenkort dood en tot stof vergaan zullen zijn. En ik leef nog lang en gelukkig met mijn tweedimensionale familie en mijn schatten hier in de Kast.

Mijn soldaatjes, de data, staan op het punt ten strijde te trekken. Ik ben als Hitler die vanuit zijn Berlijnse bunker de Waffen-ss opdraagt de indringers tegemoet te treden. Het werd hun dood; data zijn onoverwinnelijk.

Ik zie nu dat het tegen elven loopt. Tijd voor het nieuws. Ik moet zien wat Ze over de dood op de begraafplaats weten en wat niet. Ik zet de tv aan.

De zender 'gaat live' naar het stadhuis. De locoburgemeester, Ron Scott, een gedistingeerd uitziende man, vertelt dat de politie een taakeenheid heeft samengesteld die onderzoek gaat doen naar een recente moord en verkrachting en een moord eerder deze avond op een begraafplaats in Queens die er veel verband mee lijkt te houden.

Scott geeft het woord aan een hoofdinspecteur van politie, Joseph Malloy, die 'de zaak specifieker zal bespreken'.

Al doet hij dat niet, niet echt. Hij laat een compositiefoto van de dader zien die net zoveel op mij lijkt als op 200.000 andere mannen in de stad.

Blank of lichtgetint? O, alsjeblieft, zeg.

Hij zegt tegen de mensen dat ze op hun hoede moeten zijn. 'We denken dat de dader technieken van identiteitsdiefstal heeft gebruikt om zijn slachtoffers te benaderen. Hun verdediging te doorbreken.'

Pas goed op, vervolgt hij, voor mensen die u niet kent, maar die op de hoogte zijn van uw aankopen, bankrekeningen, vakantieplannen en verkeersovertredingen. 'Ook kleine dingen waar u anders niet op zou letten.'

De stad heeft zelfs een expert op het gebied van informatiebeheer en -beveiliging van Carnegie Mellon University over laten komen. Dr. Carlton Soames zal het rechercheteam de komende dagen bijstaan en informeren over identiteitsdiefstal, naar hun mening de beste manier om de dader op te sporen.

Soames ziet eruit als zo'n typische kleinsteedse jongen met warrig haar die het ver heeft geschopt. Een verlegen glimlach. Een pak dat niet helemaal recht zit en een bril die een beetje smoezelig is, zie ik aan de asymmetrische reflectie. En hoe *sleets* zou die trouwring zijn? Behoorlijk, durf ik te wedden. Hij ziet eruit als iemand die jong is getrouwd.

Hij zegt niets, maar kijkt als een schuw dier naar de pers en de camera. Hoofdinspecteur Malloy vervolgt: 'In een tijdperk van toenemende identiteitsdiefstal, met steeds moordendere consequenties...'

De duidelijk onopzettelijke woordspeling is een beetje ongelukkig.

'... vatten wij onze verantwoordelijkheid de burgers van deze stad te beschermen serieus op.'

De verslaggevers mengen zich in de strijd en bestoken de locoburgemeester, de hoofdinspecteur en de nerveuze professor met vragen die een zesjarige had kunnen bedenken. Malloy schermt zich af met de woorden 'het onderzoek loopt nog'.

Locoburgemeester Ron Scott verzekert de burgers dat de stad veilig is en dat er alles aan wordt gedaan om hen te beschermen. De persconferentie wordt abrupt afgebroken.

We gaan terug naar het gewone nieuws, als je het zo mag noemen. Aangetaste groenten in Texas, een vrouw op de motorkap van een vrachtwagen, overrompeld door een overstroming in Missouri. De president heeft een koutje.

Ik zet de tv uit en vraag me in mijn schemerige Kast af hoe ik deze nieuwe transactie het best kan aanpakken.

Ik krijg een inval, maar het idee is zo voor de hand liggend dat ik mijn twijfels heb. Maar, verrassing: drie telefoontjes – naar hotels in de buurt van het hoofdbureau van politie – zijn voldoende om te achterhalen waar dr. Carlton Soames logeert.

Deel IV

Amelia 7303

Dinsdag 24 mei

Er was natuurlijk geen manier om erachter te komen of je op een gegeven moment in de gaten werd gehouden. Hoe vaak, of via welk systeem, de Gedachtepolitie inplugde op een individu bleef giswerk. Het was zelfs denkbaar dat iedereen continu in de gaten werd gehouden.

– George Orwell, *1984*

33

Amelia Sachs kwam vroeg, maar Lincoln Rhyme was al wakker. Hij had niet goed kunnen slapen door de plannen die zich ontvouwden, zowel hier als in Engeland. Hij had over zijn neef Arthur en zijn oom Henry gedroomd.

Sachs voegde zich bij hem in de trainingsruimte, waar Thom hem net weer in zijn TDX-rolstoel zette nadat hij acht kilometer had gefietst op de Electrologic-hometrainer, een vast onderdeel van zijn trainingsschema om zijn conditie te verbeteren en zijn spieren sterk te houden voor de dag dat ze het weer zouden kunnen overnemen van de mechanische systemen die zijn leven nu nog bestuurden. Sachs loste Thom af, die naar beneden ging om het ontbijt te maken. Het was veelzeggend voor hun relatie dat Rhyme al lang geen scrupules meer had en zich door haar liet helpen bij zijn ochtendrituelen, die veel mensen niet prettig zouden vinden.

Sachs had in haar eigen huis in Brooklyn geslapen en Rhyme bracht haar op de hoogte van de ontwikkelingen in de zaak-225, maar hij zag dat ze afwezig was. Toen hij ernaar vroeg, zei ze met een zucht: 'Pam.' Ze vertelde dat het vriendje een vroegere leraar was, en nog getrouwd bovendien.

'Nee toch...' Rhyme trok een pijnlijk gezicht. 'Wat erg. Het arme kind.' Hij voelde de primaire neiging die Stuart zo bang te maken dat hij zich niet meer zou durven laten zien. 'Je hebt een penning, Sachs. Zwaai ermee. Hij vlucht het bos in. Anders bel ik hem wel, als je wilt.'

Sachs vond dat echter niet de juiste manier om het probleem aan te pakken. 'Ik ben bang dat ik Pam kwijtraak als ik te bemoeizuchtig ben of hem aangeef, maar als ik niets doe, staat haar een hoop ellende te wachten. God, ze zal toch geen kind van hem willen?' Ze zette de nagel van haar wijsvinger in haar duim. Trok haar hand weer weg. 'Als ik vanaf het begin haar moeder was geweest, zou het iets anders zijn. Dan zou ik wel weten wat ik moest doen.'

'Denk je?' zei Rhyme.

Ze dacht even na en gaf toen glimlachend toe: 'Oké, misschien niet... Dat opvoedgedoe ook. Ze moesten een gebruiksaanwijzing bij kinderen leveren.'

Ze ontbeten in de slaapkamer. Sachs voerde Rhyme. Net als de salon en het lab beneden was de slaapkamer veel knusser dan toen Sachs hem voor het eerst had gezien, jaren geleden. De enige wandversiering had toen bestaan uit posters die omgekeerd waren opgehangen en fungeerden als provisorische whiteboards voor de eerste zaak waaraan ze samen hadden gewerkt. Die posters hingen nu met de goede kant naar voren en er waren andere bijgekomen: impressionistische landschappen en stemmige stadstaferelen van kunstenaars als George Innes en Edward Hopper. Sachs leunde achterover naast de rolstoel en pakte Rhymes rechterhand, waar sinds kort weer wat beweging en gevoel in zat. Hij voelde haar vingertoppen, al was het een vreemde gewaarwording, anders dan de druk die hij in zijn hals of op zijn gezicht voelde, waar de zenuwen naar behoren werkten. Haar hand leek als water over zijn huid te druppelen. Hij dwong zijn vingers de hare te omsluiten en voelde dat ze een kneepje teruggaf. Ze zwegen, maar hij voelde en zag aan haar houding dat ze over Pam wilde praten. Hij wachtte rustig af. Hij keek naar het koppel slechtvalken in de vensterbank achter het raam, waakzaam, gespannen, het vrouwtje groter dan het mannetje, twee parate spierbundels. Valken jagen overdag, en er moesten kuikens gevoed worden.

'Rhyme?'

'Ja?'

'Je hebt hem nog steeds niet gebeld, hè?'

'Wie?'

'Je neef.'

Ha, het ging dus niet over Pam. Het was niet in hem opgekomen dat ze aan Arthur Rhyme dacht.

'Zal ik je nog eens iets zeggen? Ik wist niet eens dat je een neef hád.'

'Heb ik hem nooit genoemd?'

'Nee. Je hebt me wel over je oom Henry en tante Paula verteld, maar nooit over Arthur. Waarom niet?'

'We werken te hard. Geen tijd voor loze praatjes.' Hij glimlachte. Zij niet.

Moet ik het haar vertellen? vroeg Rhyme zich af. Zijn gevoel zei van niet, want de verklaring rook naar zelfbeklag, en dat was gif voor Lincoln Rhyme. Toch had ze het recht iets te weten. Zo gaat dat in de liefde. In de gearceerde stukken waar de twee cirkels van verschillende levens elkaar overlappen, kun je bepaalde elementaire dingen – stemmingen, liefdes, angsten, boosheid – niet verbergen. Zo staat het in het contract.

Dus vertelde hij het aan haar.

Over Adrianna en Arthur, over de bitterkoude dag van de natuurkundewedstrijd en de leugens erna, over het gênante technisch onderzoek van de Corvette en zelfs over het beoogde verlovingscadeau – een brokje beton uit het atoomtijdperk. Sachs knikte en Rhyme lachte in zichzelf, want hij wist wat ze dacht: nou en? Een kalverliefde, wat achterbaks gedoe, een beetje liefdesverdriet. Geen zwaar geschut in het arsenaal van persoonlijk leed. Hoe kon iets zo gewoons zo'n diepe vriendschap verstoren?

Jullie waren als broers...

'Maar Judy zei toch dat Blaine en jij wel eens bij hen waren geweest? Dat klinkt alsof jullie het hadden bijgelegd.'

'Ja, dat hebben we ook gedaan. Ik bedoel, het was maar een tienerliefde. Adrianna was knap... een lange rooie, toevallig.'

Sachs schoot in de lach.

'Maar niet zo belangrijk dat ze onze vriendschap kon verwoesten.'

'Er zit dus meer achter het verhaal?'

Rhyme zweeg even en zei toen: 'Kort voor mijn ongeluk was ik in Boston.' Hij zoog wat koffie door een rietje. 'Ik sprak op een internationaal congres over forensisch onderzoek. Na afloop zat ik in de bar. Er kwam een vrouw naar me toe, een emeritus van het MIT. Mijn achternaam was haar opgevallen, zei ze, want ze had jaren geleden een student uit het Middenwesten gehad die Arthur Rhyme heette. Was dat soms familie?

'Ik zei dat hij mijn neef was. Toen vertelde ze me dat Arthur iets frappants had gedaan. Hij had een wetenschappelijke verhandeling bij zijn aanmelding gevoegd in plaats van een opstel. Het was briljant, zei ze. Origineel, goed onderbouwd, baanbrekend – o, als je een wetenschappelijk onderzoeker wilt complimenteren, Sachs, zeg dan dat zijn werk "baanbrekend" is.' Hij zweeg even. 'Maar goed, ze spoorde hem aan de verhandeling uit te werken tot een artikel voor een wetenschappelijk tijdschrift, maar dat had Arthur nooit gedaan. Ze was hem uit het oog verloren en vroeg zich af of hij sindsdien nog onderzoek op dat gebied had gedaan.

'Ik was nieuwsgierig en vroeg waar de verhandeling over ging. Ze herinnerde zich de titel nog. "De biologische effecten van bepaalde nanomaterialen". O, en trouwens, Sachs, dat had ik geschreven.'

'Jij?'

'Het was een verhandeling die ik had geschreven voor een natuurkundeproject. Ik werd tweede van de staat. Het was best origineel werk, al zeg ik het zelf.'

'Had Arthur het gestolen?'

'Ja.' Zelfs nu, na al die jaren, golfde de woede nog in hem. 'Maar het wordt nog erger.'

'Vertel.'

'Na het congres kon ik haar verhaal niet uit mijn hoofd zetten. Ik belde de toelatingscommissie van het MIT. Ze hadden alle aanmeldingen op microfiche bewaard. Ze stuurden me een kopie van de mijne. Er klopte iets niet. Mijn eigen aanmelding klopte wel, en mijn handtekening stond eronder, maar alles wat door de school was gestuurd, via de decaan, was veranderd. Art had mijn leerlingendossier bemachtigd en dingen veranderd. Hij had me zeventjes gegeven in plaats van de negens en tienen die ik had gehaald. Hij had andere aanbevelingsbrieven meegestuurd, die niet al te enthousiast waren, meer verplichte nummers. Waarschijnlijk waren het de brieven die híj van zijn docenten had gekregen. De aanbeveling van mijn oom Henry zat er niet bij.'

'Had hij die eruit gehaald?'

'En hij had mijn verhandeling vervangen door een clichématig "waarom ik naar het MIT wil"-verhaaltje. Hij had er zelfs een paar uitgelezen tikfouten in verwerkt.'

'O, wat erg voor je.' Ze kneep weer in zijn hand. 'En Adrianna werkte voor de decaan, toch? Ze moet hem hebben geholpen.'

'Nee. Dat dacht ik eerst ook, maar ik heb haar adres achterhaald en haar opgebeld.' Hij lachte wrang. 'We praatten wat over het leven, onze huwelijken, haar kinderen, mijn carrière. Toen over het verleden. Ze was zich altijd blijven afvragen waarom ik het zo plotseling had uitgemaakt. Ik zei dat ik dacht dat ze liever met Arthur verder wilde.'

Rhyme haalde diep adem en vervolgde: 'Het verbaasde haar en ze zei dat ze Art alleen een plezier had gedaan door hem te helpen met zijn aanmeldingen voor verschillende universiteiten. Hij was een aantal keren naar haar toe gekomen op het kantoor van de decaan om over universiteiten te praten, voorbeelden van opstellen en aanbevelingsbrieven te bekijken. Hij zei dat zijn eigen decaan hopeloos was en dat hij beslist naar een goede universiteit wilde. Hij vroeg haar er met niemand over te praten, en zeker niet met mij; hij schaamde zich ervoor dat hij haar hulp nodig had, dus waren ze een paar keer stiekem op pad geweest. Ze voelde zich nog steeds schuldig omdat Art haar erover had laten liegen.'

'En toen zij een keer op de wc zat of kopieën aan het maken was, plunderde hij je dossier.'

'Inderdaad.'

Arthur doet geen vlieg kwaad. Dat kan hij niet eens...

Fout, Judy.

'Weet je het heel zeker?' vroeg Sachs.

'Ja. Want meteen nadat ik haar had gesproken, heb ik Arthur gebeld.'

Rhyme herinnerde zich het gesprek nog bijna woordelijk.

'Waarom, Arthur? Zeg me waarom.' Dat was de begroeting.

Stilte. Arthurs ademhaling.

En hoewel er jaren waren verstreken sinds het vergrijp, wist zijn neef precies waar hij het over had. Hij vroeg niet hoe Rhyme erachter was gekomen. Hij probeerde niet het te ontkennen, onwetendheid te veinzen of de vermoorde onschuld te spelen.

Nee, hij was in de aanval gegaan. 'Oké, wil je weten waarom, Lincoln?' had hij geroepen. 'Dat zal ik je uitleggen. Vanwege de prijs met Kerstmis.'

'De prijs?' had Rhyme verbluft gevraagd.

'De prijs die je van mijn vader kreeg toen je de kerstquiz had gewonnen in ons eindexamenjaar.'

'Het beton van Stagg Field?' Rhyme had verwonderd zijn voorhoofd gefronst. 'Hoezo?' Er moest meer achter zitten dan het winnen van een aandenken dat maar voor een handjevol mensen op de wereld betekenis had.

'Hij had het aan mij moeten geven!' tierde zijn neef alsof híj het slachtoffer was. 'Vader had mij vernoemd naar de man die aan het hoofd stond van het atoomproject. Ik wist dat hij het had bewaard. Ik wist dat hij het me zou geven wanneer ik mijn diploma had gehaald, of mijn bul. Het moest mijn cadeau zijn! Ik zat er al jaren op te wachten!'

Rhyme was met stomheid geslagen. Twee volwassen mannen die ruzieden als kinderen over een gejat stripboek of wat snoep.

'Het was het enige wat belangrijk voor me was, en hij gaf het weg. Hij gaf het aan jóú.' Zijn stem sloeg over. Huilde hij?

'Arthur, ik had gewoon een paar vragen goed beantwoord. Het was een spelletje.'

'Een spelletje? Wat is dat voor kutspelletje? Het was kerstavond! We hadden kerstliedjes moeten zingen of naar *It's a Wonderful Life* moeten kijken, maar nee, pa moest er weer een klaslokaal van maken, verdomme. Het was gênant! Het was saai, maar niemand had het lef om iets tegen de belangrijke professor te zeggen.'

'Jezus, Art, kan ik er wat aan doen? Ik heb die prijs gewoon gewonnen. Ik heb je niet bestolen.'

Een wrede lach. 'Nee? Goh, Lincoln, misschien toch wel. Heb je daar ooit aan gedacht?'

'Waar heb je het over?'

'Denk na! Misschien... heb je mijn vader van me gestolen.' Hij zweeg, zwaar ademend.

'Waar heb je het in godsnaam over?'

'Je hebt hem gestolen! Heb je je nooit afgevraagd waarom ik niet ging hardlopen? Omdat jij die plek al had ingepikt! En in academisch opzicht? Jíj was zijn andere zoon, niet ik. Jij zat bij zijn colleges aan de universiteit. Jij hielp hem met zijn onderzoek.'

'Dit is waanzin... Hij heeft jou ook gevraagd of je naar zijn colleges kwam. Ik weet het zeker.'

'Ik had het na één keer wel gezien. Hij zat me op mijn kop tot ik wel kon janken.'

'Hij onderwierp iederéén aan een kruisverhoor, Art. Daarom was hij zo briljant. Hij dwong je na te denken, hij vroeg door tot je het goede antwoord had.'

'Maar sommige mensen vonden het goede antwoord nooit. Ik was goed, maar geen uitblinker. En de zoon van Henry Rhyme moest een genie zijn. Het deed er niet toe, want hij had jou. Robert ging naar Europa, Marie naar Californië. En zelfs toen wilde hij me nog niet. Hij wilde jou!'

De andere zoon...

'Daar heb ik niet om gevraagd. Ik heb jou niet gesaboteerd.'

'O nee? Heilig boontje. Speelde jij het spelletje niet mee? Je kwam gewoon toevallig in de weekends bij ons thuis, ook als ik er niet was? Je nodigde hem niet uit voor je hardloopwedstrijden? Toch wel. Geef antwoord. Wie had je liever als vader gehad, de mijne of de jouwe? Was je eigen vader zo idolaat van je? Floot hij naar je vanaf de tribune? Keek hij met zo'n goedkeurend opgetrokken wenkbrauw naar je?'

'Gelul,' snauwde Rhyme. 'Je hebt een probleem met je vader en wat doe je? Je saboteert míj. Ik had naar het MIT kunnen gaan, maar dat heb jij voor me verpest! Daardoor is mijn hele leven anders gelopen. Als jij er niet was geweest, was alles anders gegaan.'

'Nou, dat geldt andersom ook, Lincoln. Ik kan hetzelfde van jou zeggen...' Een cynische lach. 'Heb je je eigen vader wel een kans gegeven? Hoe moet hij zich hebben gevoeld met een zoon als jij, die honderd keer slimmer was dan hij? Een zoon die nooit thuis was omdat hij liever bij zijn oom zat. Heb je Teddy wel een kans gegeven?'

Toen had Rhyme de hoorn op de haak gegooid. Het was hun laatste gesprek. Een paar maanden later kreeg hij het ongeluk op een plaats delict dat hem verlamd had gemaakt.

Alles was anders gegaan...

'Dus daarom is hij je nooit komen opzoeken na je ongeluk,' zei Sachs.

Hij knikte. 'Destijds, na het ongeluk, lag ik alleen maar in bed te denken dat als Art mijn aanmelding niet had vervalst, ik op het MIT was toegelaten en misschien had kunnen promoveren aan Boston University, dat ik misschien bij de politie van Boston was gegaan en al eerder of pas later naar New York zou zijn verhuisd. Ik was hoe dan ook waarschijnlijk niet op die plaats delict in de metro geweest en...' Hij liet de rest in de stilte hangen.

'Het vlindereffect,' zei ze. 'Een kleinigheid in het verleden maakt een groot verschil in de toekomst.'

Rhyme knikte. Hij wist dat Sachs de informatie met meeleven en begrip in zich zou opnemen, zonder een oordeel te vellen over de verdere implicaties – wat hij zou kiezen: lopen en een normaal leven leiden, of dwarslaesiepatiënt zijn en mogelijk juist daardoor een veel betere criminalist... en, uiteraard, haar levensgezel.

Zo'n vrouw was Amelia Sachs.

Hij lachte flauwtjes. 'Het gekke is, Sachs...'

'Dat er wel iets in zat?'

'O, zeker. Mijn eigen vader leek me helemaal niet te zien. Hij stelde me in elk geval niet zo op de proef als mijn oom. Ik voelde me echt oom Henry's andere zoon. En ik vond het prettig.' Hij was gaan beseffen dat hij heel misschien, onbewust, tóch achter zijn onstuimige, levenslustige oom Henry aan had gelopen. Hij werd bestookt door flitsen van herinneringen aan de keren dat hij zich had geschaamd voor de verlegenheid van zijn vader.

'Maar dat is nog geen excuus voor wat hij heeft gedaan,' zei Sachs.

'Nee, dat niet.'

'Maar toch...' begon ze.

'Je wilt zeggen dat het lang geleden is, wat geweest is, is geweest en de tijd heelt alle wonden?'

'Zoiets,' zei ze met een glimlach. 'Judy zei dat hij naar je had gevraagd. Hij reikt je de hand. Vergeef het hem.'

Jullie waren als broers...

Rhyme keek van zijn bewegingloze lichaam naar Sachs en zei zacht: 'Ik zal bewijzen dat hij onschuldig is. Ik krijg hem uit de gevangenis. Ik geef hem zijn leven terug.'

'Dat is niet hetzelfde, Rhyme.'

'Misschien niet, maar meer kan ik niet doen.'

Sachs deed haar mond open, misschien om haar zaak nog eens te bepleiten, maar Arthur Rhyme en zijn verraad waren vergeten toen de telefoon ging en het nummer van Lon Sellitto op het computerscherm verscheen.

'Opdracht, telefoon opnemen... Lon. Hoe ver zijn we?'

'Hé, Linc. Ik wilde even zeggen dat onze computerexpert onderweg is.'

Hij komt me bekend voor, dacht de portier – de man die vriendelijk knikte toen hij het Water Street Hotel uit liep.

Hij knikte terug.

De man, die in zijn mobieltje praatte, bleef bij de deur staan. Anderen liepen om hem heen. Hij praatte met zijn vrouw, begreep de portier. Toen werd zijn toon anders. 'Patty, lieverd...' Zijn dochter. Na een kort gesprek over een voetbalwedstrijd kreeg hij zijn vrouw kennelijk weer aan de lijn. Zijn toon werd volwassener, maar hij aanbad haar duidelijk ook.

Hij viel in een bepaalde categorie, wist de portier. Een jaar of vijftien getrouwd. Hij was trouw en verheugde zich op zijn thuiskomst – met een tas vol prullerige cadeaus, recht uit zijn hart. In tegenstelling tot sommige andere gasten, zoals de zakenman die met zijn trouwring om aankwam, maar zonder uit eten ging. Of de aangeschoten zakenvrouw (die deden hun ring nóóit af; het was niet nodig) die door een bink van een collega met de lift naar boven werd gebracht.

Wat een portier allemaal weet. Ik zou er een boek over kunnen schrijven.

Maar de vraag liet hem niet los: waarom kwam die vent hem zo bekend voor?

Toen lachte hij en zei tegen zijn vrouw: 'Heb je me gezien? Is het daar ook op het nieuws geweest? Mam ook?'

Hem gezien. Een tv-persoonlijkheid?

Wacht, wacht. Ik heb het bijna...

Ja, hebbes. De vorige avond, het nieuws. Ja, die vent was doctor of professor in het een of ander. Sloane, Soames... Een computerexpert van een dure universiteit. Ron Scott, de hulpburgemeester of wat dan ook, had het over hem gehad. De prof ging de politie helpen met die moord van zondag en nog een andere misdaad.

Het gezicht van de professor werd ernstig en hij zei: 'Ja, schat, wees maar niet bang. Ik red me wel.' Hij sloot het gesprek af en keek om zich heen.

'Hallo meneer,' zei de portier. 'Ik heb u op tv gezien.'

De professor glimlachte schuchter. 'Echt waar?' De aandacht leek hem verlegen te maken. 'Zeg, kunt u me vertellen hoe ik bij Police Plaza 1 moet komen?'

'Die kant op. Een stuk of vijf kruispunten verderop. Bij het stadhuis. U kunt het niet missen.'

'Dank u wel.'

'Succes.' De portier keek naar een naderende limousine, blij dat hij een halve beroemdheid had ontmoet. Daar kon hij zijn eigen vrouw over vertellen.

Toen voelde hij een bijna pijnlijke klap op zijn rug. Een tweede man haastte zich het hotel uit en wrong zich langs hem heen. Hij keek niet om en verontschuldigde zich niet.

Eikel, dacht de portier terwijl hij de man nakeek, die snel en met gebogen hoofd wegliep, dezelfde kant op als de professor, maar hij zei niets. Hoe onbeschoft ze ook waren, je liet het gewoon over je heen komen. Het konden gasten of vrienden van gasten zijn, of een week later waren het zelf gasten. Of directieleden van het hoofdkantoor die je kwamen testen.

Slikken of stikken. Dat was de regel.

De tv-professor en de onbeschofte eikel verdwenen uit de gedachten van de portier toen de limousine stopte en hij naar voren stapte om het portier open te houden. Hij had een mooi uitzicht op een weelderig decolleté toen de gast uitstapte; het was beter dan een fooi en hij wist zeker, absoluut zeker, dat ze hem toch geen fooi zou geven.

Ik zou een boek kunnen schrijven.

34

De dood is simpel.

Ik heb nooit begrepen waarom de mensen het zo moeilijk maken. Neem nou films. Ik ben geen fan van thrillers, maar ik heb er genoeg gezien. Soms neem ik een zestien mee uit, om de verveling te verdrijven, om de schijn op te houden of omdat ik haar later ga vermoorden, en dan zitten we in de bioscoop en het is makkelijker dan een etentje; je hoeft minder te praten. En ik kijk naar de film en denk: wat is daar in godsnaam gaande op het scherm, waarom moet je allemaal van die gekunstelde dingen verzinnen om iemand te vermoorden?

Wat moet je met snoertjes en elektronica en ingewikkelde wapens en intriges als je ook op iemand af kunt lopen en hem binnen een halve minuut dood kunt meppen met een hamer?

Simpel. Doeltreffend.

En vergis je niet, de politie is slim (en, als dat niet ironisch is, de politie wordt vaak geholpen door ssd en innerCircle). Hoe ingewikkelder het plan, hoe meer kans je loopt iets achter te laten wat ze kunnen gebruiken om je te traceren, hoe meer kans dat er getuigen zijn.

En mijn plannen voor vandaag met de zestien die ik door de straten van Manhattan volg, zijn de eenvoud zelve.

Het fiasco op de begraafplaats van gisteren ligt achter me, en ik ben opgewekt. Ik heb een missie en een onderdeel daarvan is dat ik een van mijn verzamelingen ga uitbreiden.

Terwijl ik mijn doelwit volg, ontwijk ik links en rechts zestienen. Moet je ze toch eens zien... Mijn hart gaat sneller slaan. Mijn hoofd bonst bij de gedachte dat die zestienen op zich al verzamelingen zijn – van hun verleden. Meer informatie dan we kunnen bevatten. DNA is tenslotte niets meer dan een database van ons lichaam en onze genetische geschiedenis, die zich millennia ver in het verleden uitstrekt. Als je dat op een harde schijf kon zetten, hoeveel data zou je er dan af kunnen plukken? Daarbij vergeleken zou innerCircle maar een Commodore 64 zijn.

Adembenemend...

Maar terug naar de taak die voor me ligt. Ik werk me om een jonge zestien heen en ruik het parfum dat ze vanochtend heeft opgedaan in

haar flatje op Staten Island of in Brooklyn in een sneue poging compe-
tentie uit te wasemen, terwijl het ordinair verleidelijk ruikt. Ik kom
dichter bij mijn doelwit en voel de geruststelling van het pistool op
mijn huid. Kennis mag dan macht zijn, maar er zijn andere, bijna net
zo doeltreffende machtsmiddelen.

'Hé, professor, we bespeuren activiteit.'

'Hm, hm,' barstte de stem van Roland Bell uit de speakers in de observatiebus, waar Lon Sellitto, Ron Pulaski en een aantal AT'ers zaten.

Bell, een rechercheur van de New Yorkse politie die wel eens met
Rhyme en Sellitto samenwerkte, was op weg van het Water Street Hotel
naar Police Plaza 1. Hij had zijn gebruikelijke spijkerbroek, werkhemd
en blazer verruild voor een gekreukt pak, aangezien hij de rol speelde
van de fictieve professor Carlton Soames.

Of, zoals hij het zelf met zijn lijzige zuidelijke accent zei: 'Een stink-
bal aan een haak en lijn.'

Bell fluisterde in het microfoontje op zijn revers, dat zo onzichtbaar
was als zijn oortje: 'Hoe dichtbij?'

'Hij loopt een meter of vijftien achter je.'

'Hm.'

Bell vormde de kern van Lincoln Rhymes 'Expertplan', dat hij had
gebaseerd op zijn groeiende inzicht in Tweeëntwintig-vijf. 'Hij loopt
niet in onze computerval, maar hij snakt naar informatie. Ik weet het
zeker. We moeten een ander soort val hebben. Geef een persconferentie
en lok hem uit zijn tent. Laat ze vertellen dat we een expert in de arm
hebben genomen en zet een undercoveragent op het podium.'

'Je gaat ervan uit dat hij tv-kijkt.'

'O, hij volgt het nieuws wel om te zien hoe wij de zaak aanpakken,
zeker na het incident op de begraafplaats.'

Sellitto en Rhyme hadden iemand benaderd die niet betrokken was
bij het onderzoek – Roland Bell was overal voor te porren als hij geen
andere opdracht had. Vervolgens had Rhyme een vriend aan Carnegie
Mellon University gebeld, waar hij een aantal keer gastcolleges had gegeven. Hij had hem over de misdrijven van Tweeëntwintig-vijf verteld
en het bestuur van de universiteit, die vermaard was om wat er op het
gebied van hightech-beveiliging werd gedaan, had willen helpen. Hun
webmaster had dr. Carlton Soames aan de website toegevoegd.

Rodney Szarnek had een cv voor Soames opgesteld en naar tientallen
wetenschappelijke websites gestuurd, en vervolgens had hij een geloof-
waardige website voor Soames zelf in elkaar gedraaid. Sellitto had een
kamer voor de professor gereserveerd in het Water Street Hotel, de pers-

conferentie georganiseerd en afgewacht of Tweeëntwintig-vijf wel in déze val zou lopen.

Wat hij kennelijk had gedaan.

Bell was het Water Street Hotel uit gelopen en blijven staan om een overtuigend nepgesprek te voeren om er zeker van te kunnen zijn dat hij Tweeëntwintig-vijfs aandacht trok. Observatie had uitgewezen dat een man zich vlak na Bell het hotel uit had gehaast en hem nu volgde.

'Herken je hem van SSD? Is hij een van de verdachten van onze lijst?' vroeg Sellitto aan Pulaski, die naast hem naar het scherm zat te turen. Er liepen vier AT'ers een meter of vijftig achter Bell; twee van hen hadden een verborgen videocamera bij zich, maar het viel niet mee om het gezicht van de moordenaar goed in beeld te krijgen in de drukte op straat. 'Het zou een van de technische mensen kunnen zijn. Of nee, gek, hij lijkt bijna op Andrew Sterling zelf. Of nee, misschien komt het doordat hij hetzelfde loopje heeft. Ik weet het niet, sorry.'

Sellitto, die zweette als een otter in de benauwde bus, veegde zijn gezicht af, leunde naar de microfoon over en zei: 'Oké, professor, Tweeëntwintig-vijf komt dichterbij. Hij is je nu tot op een meter of twaalf genaderd. Hij heeft een donker pak aan, met een donkere das. Hij heeft een koffertje bij zich. Zijn manier van lopen doet vermoeden dat hij gewapend is.' De meeste politiemensen die een paar jaar op straat hebben gewerkt, herkennen een verschil in houding en tred wanneer een verdachte een wapen draagt.

'Begrepen,' zei de laconieke undercoveragent, die zelf twee pistolen bij zich droeg die hij met beide handen vaardig kon bedienen.

'Man,' bromde Sellitto, 'ik hoop maar dat het lukt. Oké, Roland, sla maar rechts af.'

'Hm.'

Rhyme en Sellitto geloofden niet dat Tweeëntwintig-vijf de professor op straat zou doodschieten. Wat zou hij daarmee bereiken? Rhyme veronderstelde dat hij Soames zou ontvoeren om erachter te komen hoeveel de politie wist en hem pas later zou vermoorden, of anders zou hij hem en zijn gezin misschien bedreigen om Soames zover te krijgen dat hij het onderzoek saboteerde. Het draaiboek vereiste dus dat Roland Bell een omweg maakte naar een plek waar geen mensen waren, zodat Tweeëntwintig-vijf toe zou slaan en ze hem konden pakken. Sellitto had een bouwterrein gevonden dat goed voldeed. Er was een lange, voor voetgangers afgezette stoep die de kortste weg was naar Police Plaza 1. Bell zou het verbodsbord negeren, de stoep nemen en na een meter of tien, vijftien uit het zicht verdwijnen. Aan de andere kant lag een team op de loer dat in actie zou komen zodra Tweeëntwintig-vijf zijn kans wilde grijpen.

Bell sloeg af, liep om het afzettingslint heen en volgde de stoffige stoep. Het geratel en gedreun van drilboren en heipalen vulde via Bells gevoelige microfoon de observatiebus.

'We hebben je in beeld, Roland,' zei Sellitto toen een van de mensen naast hem een schakelaar overhaalde en een andere camera de observatie overnam. 'Kijk je ook, Linc?'

'Nee, Lon, ik kijk naar *Dancing with the Celebrities.* Jane Fonda en Mickey Rooney komen zo.'

'Het heet *Dancing with the Stars,* Linc.'

Rhymes stem knetterde door de bus. 'Slaat Tweeëntwintig-vijf ook af, of durft hij niet meer? Kom op, kom op...'

Sellitto bewoog de muis en dubbelklikte. Het scherm werd gesplitst en nu waren ook de beelden van de camera van een opsporings- en bewakingsteam zichtbaar. Die gaven een andere hoek weer: Bell liep met zijn rug naar de camera over de stoep. Hij keek belangstellend naar de bouwwerkzaamheden, zoals elke normale voorbijganger zou doen. Even later dook Tweeëntwintig-vijf achter hem op. Hij hield afstand en keek ook naar de bouwplaats, maar duidelijk zonder enige interesse in de bouwvakkers; hij keek uit naar getuigen en politiemensen.

Hij aarzelde en keek nog eens om zich heen. Hij begon Bell in te halen.

'Oké, mensen, opletten,' riep Sellitto. 'Hij haalt je in, Roland. Over een seconde of vijf ben je buiten beeld, dus kijk uit, begrepen?'

'Ja hoor,' zei de relaxte rechercheur op een toon alsof een barkeeper hem had gevraagd of hij een glas bij zijn flesje bier wilde.

35

Roland Bell was niet echt zo kalm als hij klonk.

Hij was een weduwnaar met twee kinderen, een mooi huis in een voorstad en een liefje in North Carolina dat hij ten huwelijk wilde vragen... Al die huiselijke dingen waren een nadeel als je het verzoek kreeg je voor gewillig slachtoffer uit te geven.

Toch kon Bell zich niet aan zijn plicht onttrekken, zeker niet als het om een dader als Tweeëntwintig-vijf ging, een verkrachter en moordenaar, het soort crimineel waaraan Bell een uitgesproken hekel had. En eerlijk gezegd hield hij wel van de kick die je van zulke operaties kreeg.

'We vinden allemaal ons eigen peil,' had zijn vader vroeger vaak gezegd, en toen de jongen eenmaal doorhad dat zijn vader het niet over boogschieten had, had hij die filosofie omarmd als een hoeksteen van zijn werkende leven.

Zijn blazer hing open en zijn hand was klaar om zijn favoriete pistool, een fraai staaltje Italiaanse wapenkunst, te trekken, te richten en af te vuren. Hij was blij dat Lon Sellitto zijn mond hield. Hij moest die vent horen naderen, en het gedreun van de heipalen maakte veel lawaai, maar als hij zijn oren spitste, hoorde hij achter zich schoenzolen over de stoep schrapen.

Laat het een meter of tien zijn.

Bell wist dat hij het arrestatieteam voor zich had, al konden ze elkaar niet zien vanwege een scherpe bocht in de stoep. Het plan was dat ze Tweeëntwintig-vijf zouden overmeesteren zodra het schootsveld vrij was en ze geen omstanders in gevaar konden brengen. Dit stuk stoep was nog deels zichtbaar vanaf een nabije straat en het bouwterrein, en ze gokten erop dat de moordenaar pas zou aanvallen wanneer Bell dichter bij het team was, maar nu leek hij sneller te werk te gaan dan ze hadden gedacht.

Toch hoopte Bell dat hij nog even zou wachten; bij een vuurgevecht hier zouden voorbijgangers en bouwvakkers gewond kunnen raken.

De logistiek van de aanhouding was van geen belang meer toen hij twee dingen tegelijk hoorde: de voetstappen van Tweeëntwintig-vijf, die het op een rennen zette en, nog verontrustender, het vrolijke Spaanse gekwetter van twee vrouwen, van wie er een een buggy duwde, die vanachter het gebouw naast Bell opdoken. De AT'ers hadden de stoep wel afgezet, maar blijkbaar was niemand op het idee gekomen de achterdeuren van de flats die eraan grensden door de beheerders te laten afsluiten.

Bell keek om en zag de vrouwen tussen hem en Tweeëntwintig-vijf de stoep op komen, terwijl de moordenaar met een pistool op hem af rende en hem strak aankeek.

'We hebben een probleem. Burgers tussen ons in. De verdachte is gewapend! Ik herhaal, hij heeft een wapen. Ingrijpen!'

Bell wilde zijn Beretta pakken, maar een van de vrouwen zag Tweeëntwintig-vijf en zijn wapen, slaakte een kreet en sprong achteruit tegen Bell aan, die struikelde. Zijn wapen viel uit zijn hand. De moordenaar knipperde geschrokken met zijn ogen en verstijfde. Hij vroeg zich ongetwijfeld af waarom een professor met een wapen liep, maar hij herstelde zich snel en richtte op Bell, die zijn tweede wapen trok.

'Nee!' riep de moordenaar. 'Waag het niet!'

Bell had geen andere keus dan zijn handen opsteken. Hij hoorde Sellitto zeggen: 'Het eerste team is er binnen dertig seconden, Roland.'

De moordenaar grauwde alleen naar de vrouwen dat ze weg moesten rennen, wat ze deden, en stapte naar voren, met het pistool op Bells borst gericht.

Dertig seconden, dacht de rechercheur zwaar ademend.

Het kon net zo goed een heel leven zijn.

Hoofdinspecteur Joseph Malloy liep van de parkeergarage naar Police Plaza 1. Het ergerde hem dat hij nog niets had gehoord over de val met rechercheur Roland Bell. Hij wist dat Sellitto en Rhyme wanhopig op zoek waren naar de dader en hij had onwillig toestemming gegeven voor de zogenaamde persconferentie, maar eigenlijk ging het te ver, en hij vroeg zich af wat de consequenties zouden zijn als hèt niet lukte.

Godver, als het wél lukte, zouden er ook consequenties zijn. Een van de belangrijkste regels van het stadsbestuur was: niet klooien met de pers. Zeker niet in New York.

Net toen hij zijn mobieltje uit zijn zak wilde pakken, voelde hij iets in zijn rug. Dwingend en doelbewust. De loop van een vuurwapen.

Nee, nee...

Zij hart sloeg op hol.

Toen klonk de stem, heel bedaard: 'Draai u niet om, hoofdinspecteur. Als u dat doet, ziet u mijn gezicht en moet u sterven, begrepen?' Hij klonk beschaafd, wat Malloy om de een of andere reden verbaasde.

'Wacht.'

'Begrepen?'

'Ja. Niet...'

'Bij de volgende hoek slaat u rechts af die steeg in en loopt door.'

'Maar...'

'Er zit geen geluiddemper op de loop, maar ik hou hem zo dicht tegen u aan dat geen mens kan horen waar het geluid vandaan komt, en ik ben weg voordat u de grond raakt. De kogel zal door u heen gaan en ongetwijfeld nog iemand raken, gezien de drukte. Dat wilt u niet.'

'Wie bent u?'

'U weet wie ik ben.'

Joseph Malloy had van de misdaadbestrijding zijn levenslange carrière gemaakt, en nadat zijn vrouw was vermoord door een inbreker die stijf stond van de drugs, was het meer dan dat geworden; het was een obsessie voor hem. Hij mocht nu een hoge piet zijn, een manager, maar de instincten die hij in een ver verleden in de straten van Midtown South had aangescherpt, lieten hem niet in de steek. Hij begreep het meteen. 'Tweeëntwintig-vijf.'

'Hè?'

Kalm. Kalm blijven. Als je kalm blijft, kun je het in de hand houden. 'U bent de man die zondag die vrouw heeft vermoord en gisteravond de beheerder van de begraafplaats.'

'Hoe bedoelt u, "Tweeëntwintig-vijf"?'

'Zo wordt u intern door de politie genoemd. Verdachte nummer Tweeëntwintig-vijf.' Geef hem een paar feiten. Zorg dat hij zich ook ontspant. Knoop een gesprek aan.

De moordenaar lachte blaffend. 'Een getal? Boeiend. Hier rechts afslaan.'

Tja, als hij je dood wil hebben, ga je dood. Hij wil alleen iets weten, of hij ontvoert je om druk te kunnen uitoefenen. Rustig. Hij gaat je duidelijk niet vermoorden; hij wil alleen niet dat je zijn gezicht ziet. Oké, had Lon Sellitto niet gezegd dat ze hem de man noemden die alles wist? Nou, trek dan wat informatie uit hem die jíj kunt gebruiken.

Misschien kun je je eruit kletsen.

Misschien kun je hem in een onbewaakt moment overrompelen en met je blote handen vermoorden. Joe Malloy was er prima toe in staat, zowel mentaal als fysiek.

Nadat ze een stukje hadden gelopen, gebood Tweeëntwintig-vijf hem te blijven staan. Hij zette een wollen muts op Malloys hoofd en trok hem over zijn ogen. Gelukkig. Een immense opluchting. Zolang ik hem niet zie, blijf ik in leven. Zijn handen werden met breed plakband geboeid en hij werd gefouilleerd. Een stevige hand op zijn schouder leidde hem naar voren en de kofferbak van een auto in.

Een rit in de verstikkende hitte met zijn knieën opgetrokken in de krappe kofferbak. Een kleine auto. Oké, genoteerd. Geen brandende olie. En goede vering. Genoteerd. Geen geur van leer. Genoteerd. Malloy probeerde de route bij te houden, maar het was ondoenlijk. Hij lette op de geluiden: auto's, een drilboor. Niets bijzonders. Meeuwen en een scheepstoeter. Tja, hoe wil je daaruit afleiden waar je bent? Manhattan is een eiland. Hoor je ook iets bruikbaars...? Wacht eens, de v-snaar maakt lawaai. Daar kun je iets mee. Prent het in je geheugen.

Na een minuut of twintig stopte de auto. Hij hoorde het gerommel van een garagedeur die zakte, een grote, met piepende scharnieren of wielen. Malloy schrok toen de kofferbak openging en slaakte een kreet. Muffe, maar koele lucht omringde hem. Hij zoog uit alle macht zuurstof in zijn longen door de vochtige wol van de muts.

'Kom er maar uit.'

'Ik wil een paar dingen met u bespreken. Ik ben hoofdinspecteur...'

'Ik weet wie u bent.'

'Ik heb veel macht binnen het korps.' Malloy was tevreden over zichzelf. Zijn stem klonk vast en redelijk. 'We komen er wel uit.'

'Hierheen.' Tweeëntwintig-vijf hielp hem over de gladde vloer.

Toen zakte hij op een stoel.

'U zult uw grieven wel hebben, maar ik kan u helpen. Waarom doet u het, die misdrijven plegen?'

Stilte. Wat zou er nu gebeuren? Zou hij de kans krijgen met hem te vechten, vroeg Malloy zich af, of zou hij moeten doorgaan zich een weg in de geest van de moordenaar te banen? Ze zouden hem nu wel missen. Sellitto en Rhyme begrepen misschien wat er was gebeurd.

Hij hoorde een geluid.

Wat was het?

Een aantal klikken, gevolgd door een blikkerig elektronisch stemmetje. De moordenaar leek een recorder te testen.

Toen nog iets: het kletteren van metaal op metaal, alsof er gereedschap bij elkaar werd geraapt.

En ten slotte het beangstigende geschraap van metaal over beton waarmee de moordenaar zijn stoel zo dicht naar die van Malloy schoof dat hun knieën elkaar raakten.

36

Een premiejager.

Ze hadden een premiejager gevangen, godbetert.

Of nee, een 'borgsom-incassospecialist', zoals de man het zelf liever noemde.

'Hoe heeft dit in godsnaam kunnen gebeuren?' luidde Lincoln Rhymes vraag.

'We gaan het na,' zei Lon Sellitto, die stoffig en warm bij het bouwterrein stond waar Roland Bells achtervolger in de boeien was geslagen.

Het was niet echt een aanhouding. Hij had zelfs niets verkeerds gedaan; hij had een wapenvergunning en had alleen geprobeerd als burger een man te arresteren die hij voor een gezochte crimineel aanzag, maar Sellitto had zo de pest in dat hij opdracht had gegeven hem te boeien.

Roland Bell probeerde telefonisch uit te zoeken of Tweeëntwintig-vijf elders in de omgeving was gezien, maar geen van de arrestatieteams had iemand gezien die op de moordenaar leek, voorzover ze wisten hoe hij eruitzag. 'Hij kan net zo goed in Timboektoe zitten,' zei Bell tegen Sellitto terwijl hij zijn toestel dichtklapte.

'Hoor eens...' begon de premiejager, die nog op de stoep zat.

'Kop dicht,' blafte de gezette rechercheur voor de derde of vierde keer. Hij zette zijn gesprek met Rhyme voort. 'Hij volgt Roland en maakt aanstalten om hem te overmeesteren, maar dan blijkt dat hij hem wil arresteren. Hij zag Roland aan voor de een of andere William Franklin. Ze lijken wel op elkaar, Franklin en Roland. Franklin woont in Brooklyn en is niet op komen dagen bij zijn proces wegens een beroving waarbij een dode is gevallen en vuurwapenbezit. De verstrekker van de borgsom zoekt hem al een halfjaar.'

'Tweeëntwintig-vijf heeft het allemaal zo geregeld, weet je. Hij heeft die Franklin in het systeem gevonden en de premiejager achter hem aan gestuurd om ons af te leiden.'

'Ik weet het, Linc.'

'Heeft iemand ook maar iets gezien waar we iets aan hebben? Zijn we in de gaten gehouden?'

'Nee. Roland heeft alle teams net gesproken.'

Stilte. Toen vroeg Rhyme: 'Hoe wist hij dat het een val was?'

Het was niet het belangrijkste. Eigenlijk was er maar één vraag waarop ze het antwoord wilden weten, en die was: wat is hij in godsnaam écht van plan?

Denken Ze dat ik stom ben?

Dachten Ze dat ik geen argwaan zou koesteren?

Ze weten nu wat informatiedienstverlening is. Hoe je voorspelt wat zestienen zullen doen, op basis van hun gedrag in het verleden en de gedragingen van anderen. Dit concept is al heel lang een deel van mijn leven. Dat zou voor iedereen moeten gelden. Hoe zal je buurman reageren als jij x doet? En hoe als je y doet? Hoe zal een vrouw reageren wanneer je haar lachend naar een auto brengt? Wanneer je zwijgend iets uit je zak vist?

Ik heb Hun transacties bestudeerd vanaf het moment dat Ze belangstelling voor me kregen. Ik heb Ze gesorteerd en geanalyseerd. Ze zijn bij vlagen briljant geweest, zoals met die val: cliënten en werknemers van ssd laten weten dat Ze onderzoek doen en wachten tot ik een kijkje neem in de politiedossiers over de zaak-Myra 9834. Ik had het bijna gedaan, ik hoefde alleen de entertoets nog maar aan te slaan toen ik het gevoel kreeg dat er iets niet pluis was. Ik weet nu dat ik gelijk had.

En die persconferentie? Ja, dáár zat vanaf het begin een luchtje aan. Het paste niet bepaald in de voorspelbare, gevestigde gedragspatronen. Ik bedoel maar: de politie en het stadsbestuur die 's avonds de pers te woord staan? En dat gezelschap op het podium maakte al helemaal geen overtuigende indruk.

Het kon natuurlijk toch waar zijn, want zelfs de beste *fuzzy logic* en algoritmen voor voorspelbaar gedrag zitten er wel eens naast, maar het was in mijn eigen belang om het uit te zoeken. Ik kon het niet rechtstreeks aan een van Hen vragen, zelfs niet als ik me van den domme hield.

Ik deed dus maar wat ik het beste kan.

Ik keek in de kasten en tuurde door mijn geheime venster naar de stille data. Ik kwam meer te weten over de lieden die tijdens de persconferentie op het podium stonden: locoburgemeester Ron Scott en hoofdinspecteur Joseph Malloy, die het onderzoek tegen mij leidt.

En de derde, de hoogleraar, professor Carlton Soames.

Alleen... Nou ja, hij was het niet.

Hij was een lokeend van de politie.

Via een zoekmachine kreeg ik wel degelijk treffers: professor Soames stond op de website van Carnegie Mellon en hij heeft zelf een site. Zijn cv stond ook op andere sites, heel praktisch, maar ik had maar een paar seconden nodig om de codering van die documenten te openen en de metadata te bekijken. Alles over de vermeende prof was gisteren geschreven en geüpload.

Denken Ze dat ik stom ben?

Als ik tijd had gehad, had ik kunnen uitzoeken wie die lokeend precies was. Ik had de persconferentie in het archief op de website van de tv-zender kunnen opzoeken, een beeld van zijn gezicht kunnen pakken en een biometrische scan kunnen doen. Dat beeld had ik kunnen vergelijken met de gegevens van kentekenregistraties en foto's van politie- en FBI-functionarissen om zijn werkelijke identiteit te achterhalen.

Maar dat was veel werk geweest, en onnodig. Het kon me niet schelen wie hij was. Het enige wat ik wilde, was de politie afleiden, zodat ik de tijd had om hoofdinspecteur Malloy te vinden, die een ware database van informatie over de operatie moest zijn.

Ik vond moeiteloos het aanhoudingsbevel van een man die in grote trekken leek op de politieman die Carlton Soames speelde: een blanke van in de dertig. Vervolgens was het een koud kunstje om de borgsomincasseerder te bellen, me uit te geven voor een kennis van de voortvluchtige en te melden dat ik hem in het Water Street Hotel had gezien. Ik beschreef wat hij aanhad en hing snel op.

Intussen wachtte ik bij de parkeergarage bij Police Plaza waar hoofdinspecteur Malloy elke ochtend tussen 07.48 en 09.02 uur zijn goedkope Lexus parkeert (de olie moet ververst worden en de banden zijn afgesleten, volgens de garage).

Ik trof de vijand om exact 08.35 uur.

Toen volgden de ontvoering, de rit naar het pakhuis in de West Side en een oordeelkundig gebruik van gesmeed metaal om de bewonderenswaardig moedige database ertoe te bewegen zijn geheugen te legen. Ik voel die onverklaarbare, meer-dan-seksuele bevrediging van het weten dat ik een verzameling compleet heb: de identiteit van alle zestienen die achter me aan zitten, een paar van de mensen uit Hun netwerk en hoe Ze de zaak onderzoeken.

Er zat bijzonder onthullende informatie bij (de naam Rhyme, bijvoorbeeld. Die heeft me in dit parket gebracht, begrijp ik nu).

Mijn soldaten zullen binnenkort op weg gaan, oprukken naar Polen, waar het Rijnland...

En zoals ik hoopte, heb ik ook iets voor die verzameling van me, een van mijn favorieten, trouwens. Ik zou moeten wachten tot ik weer in mijn Kast ben, maar ik kan de verleiding niet weerstaan. Ik pak de recorder, spoel terug en druk de afspeeltoets in.

Een gelukkig toeval: ik heb precies de plek gevonden waar hoofdinspecteur Malloys kreten een crescendo bereiken. Zelfs ik krijg het er koud van.

Hij ontwaakte uit een onrustige slaap vol hobbelige nachtmerries. Zijn keel deed pijn van het wurgkoord, vanbinnen en vanbuiten, al stak het erger binnen in zijn mond – door de droogte.

Arthur Rhyme keek om zich heen in de sjofele, raamloze ziekenhuiskamer. Of eigenlijk was het een cel in een ziekenboeg van de Tombs, niet anders dan zijn eigen cel of die verschrikkelijke gezamenlijke ruimte waar hij bijna was vermoord.

Een verpleegkundige of broeder kwam binnen, keek naar een leeg bed en noteerde iets.

'Neem me niet kwalijk,' kraste Arthur. 'Komt er een dokter?'

De man, die groot en zwart was, keek zijn kant op. Arthur voelde paniek opwellen: hij dacht dat het Antwon Johnson was, die een uniform had gestolen en hier naar binnen was geglipt om zijn werk af te maken...

Maar nee, hij was het niet. Toch waren zijn ogen net zo kil en besteedden ze niet meer aandacht aan Arthur Rhyme dan ze voor een vlek op de vloer zouden hebben gehad. Hij liep zonder een woord weg.

Er verstreek een halfuur waarin Arthur telkens wegdoezelde en weer wakker schrok.

Toen ging de deur weer open en hij keek verbaasd op. Er werd een nieuwe patiënt binnengebracht. Hij had een blindedarmontsteking, vermoedde Arthur. Zijn operatie was achter de rug en nu moest hij bijkomen. Een broeder hielp hem in bed en reikte hem een glas aan. 'Niet drinken. Spoelen en uitspugen.'

De man dronk.

'Nee, ik zeg toch...'

Hij gaf over.

'Kut.' De broeder smeet een handvol papieren handdoeken op het bed en ging weg.

Arthurs medepatiënt viel met de handdoeken in zijn vuist geklemd in slaap.

Pas toen keek Arthur door het raam in de deur. Er stonden twee mannen buiten, een latino en een zwarte. De laatste tuurde zijn kant op, keek hem recht aan en fluisterde iets tegen de latino, die ook even naar hem keek.

Iets aan hun houding en gezicht zei Arthur dat ze niet alleen maar nieuwsgierig waren naar de gedetineerde die was gered door Mick, de speedfreak.

Nee, ze wilden zijn gezicht onthouden. Waarom?

Wilden zij hem ook vermoorden?

De paniek kwam weer opzetten. Was het maar een kwestie van tijd tot het een keer lukte?

Hij deed zijn ogen dicht, maar bedacht zich. Hij kon beter niet in slaap vallen. Hij durfde het niet. Zodra hij sliep, zouden ze toeslaan, zodra hij zijn ogen dichtdeed, zouden ze toeslaan, ze zouden hem pakken als hij niet de hele tijd op alles en iedereen lette.

Nu was de kwelling compleet. Judy had gezegd dat Lincoln iets had ontdekt wat misschien zijn onschuld kon bewijzen. Ze wist niet wat, dus kon Arthur niet beoordelen of zijn neef gewoon de moed erin hield of echt concreet kon bewijzen dat zijn arrestatie onterecht was geweest. Hij werd woedend van die vage hoop. Voordat hij Judy had gesproken, had hij zich verzoend met een levende hel en zijn naderende dood.

Ik doe het voor jou, man. Shit, anders had je het over een maand of twee zelf gedaan... Verzet je er niet meer tegen.

Maar nu, nu hij besefte dat de vrijheid binnen bereik kon zijn, bloeide de berusting op tot paniek. Hij zag een sprankje hoop dat hem ontnomen kon worden.

Zijn hart begon weer manisch te bonzen.

Hij tastte naar een knop. Drukte erop. Nog een keer.

Geen reactie. Even later verscheen er weer een paar ogen achter het raam, maar niet die van een arts. Was het een van de gedetineerden die hij eerder had gezien? Hij wist het niet. De man keek hem recht aan.

Worstelend tegen de angst die als een stroomstoot over zijn ruggengraat trok, drukte hij de knop nog eens in en bleef drukken.

Nog steeds geen reactie.

De ogen achter het raam knipperden en verdwenen.

37

'Metadata.'

Rodney Szarnek, die in het computerlab zat, legde Lincoln Rhyme telefonisch uit hoe Tweeëntwintig-vijf er vermoedelijk achter was gekomen dat de 'expert' in feite een undercoveragent was.

Sachs, die met haar armen over elkaar stond en met een hand aan haar mouw plukte, herinnerde Rhyme eraan wat Calvin Geddes van Privacy Now haar had verteld. 'Dat zijn data over data. In bestanden verstopt.'

'Juist,' bevestigde Szarnek, die haar via de speaker had gehoord. 'Waarschijnlijk heeft hij ontdekt dat we het cv pas gisteren hadden gemaakt.'

'Shit,' prevelde Rhyme. Tja, je kunt niet aan alles denken. Hoewel: je moet wel als je de man die álles weet tegenover je hebt. Het plan waarmee ze hem hadden kunnen strikken, was vergeefs geweest. Hun tweede mislukking.

Bovendien hadden ze zich in de kaart laten kijken. Zoals zíj zijn zelfmoordlist hadden ontdekt, had híj hun werkwijze achterhaald, waardoor hij zich beter kon weren tegen toekomstige tactieken.

Kennis is macht...

Szarnek vervolgde: 'Ik heb iemand van Carnegie Mellon de adressen laten traceren van iedereen die hun site vanochtend heeft bezocht. Er waren een stuk of vijf treffers in de stad, maar allemaal van openbare terminals, geen spoor van de gebruiker. Er kwamen er twee van Europese proxyservers, maar ik ken de providers. Die helpen ons niet.'

Hoe kon het ook anders.

'We hebben wat informatie gevonden in de bestanden die Ron van de vrije ruimte op de harde schijf van ssd heeft gedwonload. Ze waren...' – hij besloot kennelijk de technische uitleg over te slaan – '... flink door elkaar geklutst, maar we hebben fragmenten aan elkaar geplakt. Zo te zien heeft iemand inderdaad dossiers samengesteld en gedownload. We hebben een nym gevonden, een schuil- of schermnaam, "Runnerboy". Dat is alles tot nog toe.'

'Enig idee wie het is? Een werknemer, cliënt, kraker?'

'Nee. Ik heb een kennis bij de FBI gebeld en hun database van bekende schermnamen en e-mailadressen geraadpleegd. Er zaten zo'n acht-honderd Runnerboys in, maar niet één in de stad. We komen nog wel meer te weten.'

Rhyme liet Thom de naam Runnerboy op de lijst met verdachten zet-ten. 'We zullen het bij SSD vragen. Misschien herkent iemand de naam.'

'En de cd met cliëntenbestanden?'

'Die wordt handmatig doorgenomen. Met mijn programma komen we niet ver genoeg. Er zijn te veel variabelen – verschillende consumen-tenproducten, abonnementen van de metro, E-ZPasjes. De meeste be-drijven hebben wel informatie over de slachtoffers gedownload, maar er springt er nog niet één uit die verdacht zou kunnen zijn.'

'Goed.'

Hij verbrak de verbinding.

'We hebben het geprobeerd, Rhyme,' zei Sachs.

Geprobeerd... Hij trok een wenkbrauw op om aan te geven dat het niets waard was.

De telefoon zoemde en Sellitto's naam verscheen op het scherm.

'Opdracht, telefoon opnemen... Lon, heb je...'

'Linc.'

Er was iets niet goed. De toon klonk hol, zelfs door de speaker, en de stem zelf was beverig.

'Een nieuw slachtoffer?'

Sellitto schraapte zijn keel. 'Hij heeft er een van ons te pakken.'

Rhyme keek ontdaan naar Sachs, die zich onwillekeurig naar de tele-foon overboog en haar armen van elkaar losmaakte. 'Wie? Zeg op.'

'Joe Malloy.'

'Nee,' fluisterde Sachs.

Rhyme deed zijn ogen dicht en liet zijn hoofd tegen de steun van de rolstoel zakken. 'Ja, natuurlijk. Dat was zijn plan, Lon. Hij had het al-lemaal zo uitgekiend.' Hij vervolgde zachter: 'Hoe erg is het?'

'Wat bedoel je?' vroeg Sachs.

Rhyme zei zacht: 'Hij heeft Malloy niet gewoon vermoord, hè?'

Sellitto's beverige stem was hartverscheurend. 'Nee, Linc.'

'Zeg op!' zei Sachs bot. 'Waar hebben jullie het over?'

Rhyme keek naar haar ogen, die groot waren van het afgrijzen dat ze allebei voelden. 'Hij heeft het allemaal zo bekokstoofd om aan infor-matie te komen. Hij heeft Joe gemarteld om te krijgen wat hij hebben wilde.'

'O, god.'

'Heb ik gelijk, Lon?'

De forse rechercheur zuchtte. Hij hoestte. 'Ja, ik moet zeggen dat het vrij erg was. Hij heeft gereedschap gebruikt. En aan de hoeveelheid bloed te zien heeft Joe het heel lang volgehouden. Die klootzak heeft hem met een kogel afgemaakt.'

Sachs was rood van woede. Ze kneep in de kolf van haar Glock en vroeg knarsetandend: 'Had hij kinderen?'

Rhyme herinnerde zich dat de vrouw van de hoofdinspecteur een paar jaar eerder was vermoord.

'Een dochter in Californië,' antwoordde Sellitto. 'Ik heb haar al gebeld.'

'Gaat het wel?' vroeg Sachs.

'Nee, niet echt.' Zijn stem haperde. Rhyme dacht niet dat hij Sellitto ooit zo geëmotioneerd had meegemaakt.

In gedachten hoorde hij Joe Malloys stem nog toen hij reageerde op het feit dat Rhyme was 'vergeten' hem op de hoogte te brengen van de zaak-225. De hoofdinspecteur was niet kleingeestig geweest en had hen gesteund, hoewel Rhyme en Sellitto niet eerlijk tegen hem waren geweest.

Het politiewerk ging vóór het ego.

En Tweeëntwintig-vijf had hem gemarteld en vermoord, domweg omdat hij informatie nodig had. Die godverdomde informatie...

Toen riep Rhyme van ergens diep in zijn binnenste zijn hardheid op. De afstandelijkheid die, zo hadden sommige mensen wel eens gezegd, getuigde van zijn beschadigde ziel, al vond hij zelf dat die hem in staat stelde zijn werk beter te doen. 'Oké, je weet wat dat betekent, hè?' zei hij resoluut.

'Wat dan?' vroeg Sachs.

'Hij heeft ons de oorlog verklaard.'

'Oorlog?' zei Sellitto vragend.

'Aan ons. Hij duikt niet onder. Hij vlucht niet. Hij zegt tegen ons dat we kunnen verrekken. Hij slaat terug. En hij denkt dat hij het ongestraft kan doen. Politiemensen doden? Ja, vast. Hij heeft de frontlijn getrokken. En nu weet hij alles van ons.'

'Misschien heeft Joe niets gezegd,' zei Sachs.

'O, jawel. Hij heeft zich uit alle macht verzet, maar uiteindelijk heeft hij gepraat.' Rhyme moest er niet eens aan denken wat de hoofdinspecteur had doorgemaakt in zijn pogingen niets te verraden. 'Hij kon er niets aan doen, maar nu lopen we allemaal gevaar.'

'Ik moet met de korpsleiding gaan praten,' zei Sellitto. 'Ze willen weten wat er mis is gegaan. Ze zagen toch al niets in het plan.'

'Nee, dat zal wel niet. Waar is het gebeurd?'

'In een pakuis in Chelsea.'

'Een pakhuis... Ideaal voor een hamsteraar. Hoe kende hij het? Werkte hij er? Weet je nog, zijn makkelijke schoenen? Of had hij het gewoon via zijn data gevonden? Ik wil het allemaal weten.'

'Ik zal het laten nagaan,' zei Cooper. Sellitto gaf hem de gegevens.

'En de plaats delict moet onderzocht worden.' Rhyme keek naar Sachs, die knikte.

Toen Sellitto had opgehangen, vroeg Rhyme: 'Waar is Pulaski?'

'Op de terugweg van de val met Roland Bell.'

'Laten we SSD bellen en uitzoeken waar al onze verdachten waren toen Malloy werd vermoord. Er moeten er een paar op kantoor zijn geweest. Ik wil weten wie er níét was. En ik wil meer weten over die Runnerboy. Zou Sterling ons willen helpen?'

'O, zeker,' zei Sachs, die zich herinnerde hoe bereidwillig Sterling zich gedurende het hele onderzoek had opgesteld. Ze zette de telefoon op de speaker en belde hem op.

Een van de assistenten nam op. 'Hallo, rechercheur Sachs. Met Jeremy. Wat kan ik voor u doen?'

'Ik moet meneer Sterling spreken.'

'Die is helaas niet bereikbaar.'

'Het is dringend. Er is weer iemand vermoord. Een politiefunctionaris.'

'Ja, ik heb het op het nieuws gehoord. Het spijt me. Moment, Martin komt net binnen.'

Ze hoorden een gedempt gesprek en toen klonk er een andere stem door de speaker. 'Rechercheur Sachs, met Martin. Het spijt me dat er weer een dode is gevallen, maar meneer Sterling is niet aanwezig.'

'We moeten hem echt dringend spreken.'

'Ik zal het doorgeven,' zei de onverstoorbare assistent.

'Is Mark Whitcomb er misschien, of Tom O'Day?'

'Moment, alstublieft.'

Toen Martin eindelijk weer aan de lijn kwam, zei hij: 'Het spijt me, maar Mark is ook afwezig en Tom zit in een bespreking. Ik heb de boodschap doorgegeven. Er komt een gesprek binnen, rechercheur Sachs. Ik moet ophangen. Ik vind het echt heel erg van uw commandant.'

'"Gij die over jaren zult oversteken van kust naar kust betekent meer voor mij, en voor mijn overpeinzingen, dan ge zoudt kunnen vermoeden."'

Pam Willoughby, die op een bank aan de oever van de East River zat, voelde haar hart bonken. Het zweet stond haar in de handen.

Ze keek om naar Stuart Everett, die stralend werd verlicht door de zon boven New Jersey. Hij droeg een blauw overhemd, een spijkerbroek, een blazer en een leren tas over zijn schouder. Ze zag zijn jongensachtige gezicht, bruine kuif en smalle lippen die op het punt stonden uit te breken in een glimlach die vaak uitbleef.

'Hoi,' zei ze blij. Ze was er kwaad om, want ze had nors willen klinken.

'Hé.' Hij keek naar Brooklyn Bridge in het noorden. 'Fulton Street.'

'Het gedicht? Ja, ik ken het. "De pont naar Brooklyn".'

Uit *Grashalmen*, Walt Whitmans meesterwerk. Toen Stuart Everett zich tijdens de les had laten ontvallen dat het zijn lievelingsbundel was, had ze een prijzige uitgave gekocht. Met in haar achterhoofd het idee dat het hun band op de een of andere manier zou versterken.

'Ik heb het niet als huiswerk opgegeven en je kent het toch?'

Pam zweeg.

'Mag ik gaan zitten?'

Ze knikte.

Ze zaten stil naast elkaar. Pam rook zijn aftershave en vroeg zich af of zijn vrouw die voor hem had gekocht.

'Je vriendin zal wel met je hebben gepraat?'

'Ja.'

'Ik mocht haar wel. Toen ik haar voor het eerst sprak, nou ja, toen was ik bang dat ze me wilde oppakken.'

Pams frons verzachtte zich tot een glimlach.

Stuart vervolgde: 'Het zat haar niet lekker, maar dat is juist goed. Ze is bezorgd om je.'

'Amelia is top.'

'Ik vond het ongelooflijk dat ze rechercheur was.'

En een rechercheur die mijn vriendje heeft nagetrokken. In onwetendheid verkeren was zo slecht nog niet, dacht Pam; te veel weten was pas balen.

Hij pakte haar hand. Ze wilde hem wegtrekken, maar die neiging was zo weer verdwenen. 'Hé, laten we er open over zijn.'

Ze bleef in de verte staren; in zijn diepliggende bruine ogen kijken zou een heel stom plan zijn. Ze keek naar de rivier en de haven erachter. Er waren nog wel veerdiensten, maar er voeren voornamelijk particuliere boten en vrachtschepen. Ze ging vaak hier aan de rivier zitten om ernaar te kijken. Toen ze gedwongen was ondergedoken te leven, diep in de bossen van het Middenwesten met haar gestoorde moeder en een stelletje rechtse extremisten, was ze gefascineerd geraakt door zeeën en rivieren. Die waren open en vrij en altijd in beweging. Het was een geruststellende gedachte.

'Ik weet dat ik niet eerlijk tegen je ben geweest, maar mijn relatie met mijn vrouw is maar schijn. Ik slaap niet meer met haar. Al heel lang niet meer.'

Was dat het eerste wat een man op zo'n moment zei? vroeg Pam zich af. Ze had nog niet eens aan de seks gedacht, alleen aan het feit dat hij getrouwd was.

'Ik wilde niet verliefd op je worden,' vervolgde hij. 'Ik wilde gewoon vrienden zijn, maar jij was anders dan wie ook. Je maakte iets in me wakker. Je bent natuurlijk mooi, maar je bent ook, nou ja, net als Whitman. Onconventioneel. Lyrisch. Een dichter, op je eigen manier.'

'Je hebt kinderen,' flapte Pam eruit.

Hij aarzelde. 'Ja, maar je zou ze leuk vinden. John is acht en Chiara elf. Het zijn fantastische kinderen. Dat is de enige reden dat Mary en ik nog bij elkaar zijn.'

Ze heet dus Mary. Pam had het zich afgevraagd.

Hij gaf een kneepje in haar hand. 'Pam, ik kan je niet laten gaan.'

Ze leunde tegen hem aan. Ze voelde de troost van zijn arm tegen de hare en rook de droge, prettige geur. Het kon haar niet meer schelen wie die aftershave had gekocht. Waarschijnlijk had hij het me vroeg of laat ook wel uit zichzelf verteld, dacht ze.

'Ik wilde het je binnenkort vertellen. Ik zweer het. Ik was moed aan het verzamelen.' Ze voelde het beven van zijn hand. 'Ik zie de gezichten van mijn kinderen. Ik denk dat ik het gezin niet mag ontwrichten. En dan kom jij. De ongelooflijkste vrouw die ik ooit heb ontmoet... Ik voelde me al heel lang eenzaam.'

'En de feestdagen dan?' vroeg ze. 'Ik had iets leuks met je willen doen met Thanksgiving of met de kerstdagen.'

'Waarschijnlijk kan ik een van die dagen wel weg. In elk geval een paar uur. We moeten gewoon op tijd onze plannen maken.' Hij boog zijn hoofd. 'Het zit zo: ik kan niet zonder je. Als je geduld hebt, komt het goed.'

Ze dacht terug aan die ene nacht die ze samen hadden doorgebracht. Een geheim waar niemand van wist. In het huis van Amelia Sachs, toen die bij Lincoln Rhyme sliep en Pam en Stuart het rijk alleen hadden. Het was een droom geweest. Kon elke nacht van haar leven maar zo zijn.

Ze pakte zijn hand nog steviger beet.

'Ik mag je niet kwijtraken,' fluisterde hij.

Hij schoof dichter naar haar toe. Elke vierkante centimeter van zijn lichaam die haar raakte, bood haar troost. Ze had zelfs een gedicht geschreven waarin ze hun aantrekkingskracht beschreef als gravitatie: een van de fundamentele krachten van het heelal.

Ze legde haar hoofd op zijn schouder.

'Ik beloof je dat ik nooit meer iets voor je verborgen zal houden, maar alsjeblieft... Ik moet met je blijven omgaan.'

Ze dacht aan de heerlijke tijden die ze samen hadden gehad, momenten die ieder ander onbetekenend zou vinden, dwaas.

Er was niets mee te vergelijken.

De troost was als warm water dat de pijn van een wond wegwaste.

Toen ze op de vlucht waren, hadden Pam en haar moeder met en tussen kleinzielige mannen geleefd die hen sloegen, 'voor hun eigen bestwil', en die hun vrouw en kinderen alleen toespraken om hun een standje te geven of hun het zwijgen op te leggen.

Stuart leefde in een heel andere wereld dan die beesten.

Hij fluisterde: 'Gun me nog wat tijd. Het komt goed. Ik beloof het. We blijven elkaar zien... Hé, ik heb een idee. Ik weet dat je wilt reizen. Volgende maand is er een poëziecongres in Montreal. Je kunt met me mee, ik boek een kamer voor je. Je kunt mee naar de lezingen en we hebben de avonden voor onszelf.'

'O, ik hou van je.' Ze bracht haar gezicht naar het zijne. 'Ik begrijp wel waarom je het me niet hebt verteld, echt wel.'

Hij drukte haar hard tegen zich aan en kuste haar in haar hals. 'Pam, ik ben zo...'

Toen leunde ze achterover en hield haar schooltas als een schild tegen haar borst. 'Maar nee, Stuart.'

'Hè?'

Pam dacht niet dat haar hart ooit zo snel had geklopt. 'Bel me maar als je gescheiden bent, dan zien we verder, maar tot die tijd, nee. Ik kan niet meer met je omgaan.'

Ze had gezegd wat Amelia Sachs naar haar idee op zo'n moment zou zeggen, maar kon ze zich er ook naar gedragen, zonder te huilen? Amelia zou niet huilen. Nooit.

Ze plakte een glimlach op haar gezicht en vocht tegen de pijn. De eenzaamheid en de paniek verdrongen de troost op slag. De warmte bevroor tot ijzige scherven.

'Maar Pam, je bent alles voor me.'

'Maar wat ben jij voor míj, Stuart? Jij kunt niet alles voor mij zijn, en voor minder doe ik het niet.' Laat je stem vast klinken, gebood ze zichzelf. 'Als je gaat scheiden, wil ik bij je zijn... Ga je scheiden?'

Hij sloeg zijn verleidelijke ogen neer. 'Ja,' fluisterde hij.

'Nu?'

'Het kan nu niet. Het ligt ingewikkeld.'

'Nee, Stuart. Het is zo simpel als het maar kan.' Ze stond op. 'Als ik je niet meer zie, een prettig leven nog.' Ze liep snel weg in de richting van Amelia's huis, dat niet ver was.

Goed, misschien zou Amelia niet huilen, maar Pam kon haar tranen niet meer bedwingen. Ze liep recht over de stoep terwijl de tranen over haar wangen stroomden, en durfde niet om te kijken, bang dat ze dan zou toegeven. Ze durfde niet eens te denken aan wat ze had gedaan.

Er drong zich wel een andere gedachte aan haar op, eentje die ze ooit vast grappig zou vinden: wat een stomme afscheidszin. Had ik maar iets beters verzonnen.

38

Mel Cooper keek verbaasd op.

'Dat pakhuis? Waar Joe is vermoord? Een uitgever heeft het gehuurd om er papier op te slaan dat gerecycled moet worden, maar het is al maanden niet meer in gebruik. Het gekke is dat niet duidelijk is wie de eigenaar is.'

'Hoe bedoel je?'

'Ik heb alle aktes doorgenomen. Het wordt verhuurd aan een keten van drie bedrijven en het is in handen van een onderneming uit Delaware die weer in handen is van een paar New Yorkse bedrijven. De uiteindelijke eigenaar zou gevestigd zijn in Maleisië.'

Toch had Tweeëntwintig-vijf het gevonden, en hij had geweten dat hij er veilig een slachtoffer kon martelen. Hoe? Hij was nu eenmaal de man die alles wist.

De telefoon in het lab ging en Rhyme keek naar het scherm. We hebben zoveel slecht nieuws in de zaak-225 gekregen, laat dit alsjeblieft goed zijn, dacht hij. 'Hallo, inspecteur Longhurst.'

'Rechercheur Rhyme, ik wil u even op de hoogte brengen. Er lijkt hier echt iets te gebeuren.' Haar stem verried een ongebruikelijk enthousiasme. Ze vertelde dat d'Estourne, de Franse agent van de veiligheidsdienst, zich naar Birmingham had gehaast en contact had opgenomen met een paar Algerijnen van de moslimgemeenschap in West Bromwich, een voorstad. Hij had gehoord dat een Amerikaan een paspoort en reisdocumenten had aangevraagd naar Noord-Afrika, vanwaar hij naar Singapore wilde doorreizen. Hij had een grote som aanbetaald en ze hadden beloofd dat de documenten de volgende avond klaar zouden liggen. Zodra hij ze had opgehaald, zou hij naar Londen gaan om zijn werk af te maken.

'Mooi zo,' zei Rhyme grinnikend. 'Dat houdt in dat Logan er al is, denkt u ook niet? In Londen.'

'Ik weet het wel zeker,' beaamde Longhurst. 'Hij wil morgen schieten, wanneer onze dubbelganger de mensen van mi5 op het schietterrein ontmoet.'

'Precies.'

Richard Logan had de documenten dus besteld, en er veel geld voor betaald, om het team op Birmingham gericht te houden, terwijl hij zich naar Londen spoedde om dominee Goodlight te doden.

'Wat vinden Danny Krügers mensen ervan?'

'Die zeggen dat er een boot aan de zuidkust wacht om hem bij nacht en ontij naar Frankrijk te brengen.'

Bij nacht en ontij. Rhyme vond het prachtig. Zo praatte de politie in Amerika niet.

Hij dacht weer aan het onderduikadres bij Manchester en de inbraak bij Goodlights stichting in Londen. Zou hij iets hebben opgemerkt als hij via de hd-video het raster op een van beide plekken had gelopen? Een kleine aanwijzing die over het hoofd was gezien die hun een beter idee kon geven van waar en wanneer de moordenaar precies wilde toeslaan? Er was nu hoe dan ook niets meer te vinden. Hij kon alleen maar hopen dat ze de juiste conclusies hadden getrokken.

'Wat hebt u ingezet?'

'Tien man bij de schietzone. Allemaal in burger of in camouflage.' Ze voegde eraan toe dat Danny Krüger, de Franse agent en een tactisch team zich 'subtiel opvallend' gedroegen in Birmingham. Longhurst had ook extra beschermingsmaatregelen getroffen voor de dominee op zijn onderduikadres; uit niets bleek dat de moordenaar het adres had achterhaald, maar ze wilde geen enkel risico nemen.

'Binnenkort weten we meer, rechercheur.'

Net toen ze het gesprek afsloten, zei de computer *ping.*

Meneer Rhyme?

De woorden verschenen op het scherm voor hem, in een venstertje waarin hij Amelia Sachs' woonkamer kon zien via een webcam. Hij zag Pam, die aan het toetsenbord naar hem zat te msn'en.

'Hallo, Pam, hoe is het?' dicteerde hij. *Hallopem moe wist,* verscheen er op het scherm.

Die kloterige computer ook. Misschien moest Rodney Szarnek, hun digitale goeroe, maar eens een nieuw systeem installeren.

Pam begreep hem echter prima.

Goed, schreef ze terug. *En met u?*

Goed.

Is Amelia er ook?

Nee. Zwerkt aan de zaak.

L Balen. Wil haar spreken. Neemt tel niet op.

Knik iets...

Godver. Hij zuchtte en probeerde het nog eens. *Kan ik iets doen?*

Nee, bedankt. Hij zag haar naar haar mobieltje kijken en toen weer naar het scherm. *Rachel belt,* tikte ze. *Ben zo terug.*

Ze liet de webcam aan, maar wendde zich ervan af voor haar gesprek.

Ze hees een enorme schooltas op haar schoot, wroette erin, sloeg een map open en pakte er notities uit, die ze zo te zien begon voor te lezen.

Rhyme wilde zijn aandacht weer op de schema's richten, maar wierp nog een laatste blik op het venstertje van de webcam.

Er klopte iets niet.

Hij fronste zijn voorhoofd en rolde ongerust naar het scherm toe.

Er leek nog iemand in Sachs' huis te zijn. Was het waar? Hij kon het niet goed zien, maar toen hij zijn ogen half dichtkneep, zag hij dat er inderdaad een man was. Hij stond weggedoken in de donkere gang, op maar een meter of vijf bij Pam vandaan.

Rhyme stak zijn hoofd zo ver mogelijk naar voren en tuurde. Een indringer, zijn gezicht verborgen onder een pet. En hij had iets in zijn hand. Was het een pistool? Een mes?

'Thom!'

De assistent reageerde niet. O ja, hij zette het vuilnis buiten.

'Opdracht, telefoon, bellen, Sachs, privé.'

Goddank deed het systeem precies wat hij zei.

Hij zag Pam naar de telefoon naast de computer kijken, maar ze nam niet op; het was haar huis niet. Ze zou de voicemail laten opnemen. Ze praatte verder in haar mobieltje.

De man leunde de woonkamer in; zijn gezicht, dat werd beschaduwd door de klep van de pet, was naar Pam gekeerd.

'Opdracht, msn!'

Het venster verscheen op het scherm.

'Opdracht, typen: "Pam uitroepteken." Opdracht, versturen.'

Pam ui troepteek.

Shit!

'Opdracht, typen: "Pam gevaar ga weg." Opdracht, versturen.'

Dit bericht kwam betrekkelijk onbeschadigd door.

Pam, toe, lees het! smeekte Rhyme in gedachten. Kijk naar het scherm!

Het meisje ging echter helemaal op in haar conversatie. Haar gezicht stond niet meer zo zorgeloos. Het gesprek was kennelijk serieus geworden.

Rhyme belde het alarmnummer. De centralist beloofde dat er binnen vijf minuten een politieauto bij het huis zou aankomen, maar de indringer kon in een fractie van een seconde bij Pam zijn, die zich niet van zijn aanwezigheid bewust was.

Rhyme wist dat het Tweeëntwintig-vijf was, uiteraard. Hij had Malloy gemarteld om informatie over hen allemaal te bemachtigen. Amelia Sachs was de eerste op zijn dodenlijst. Alleen zou hij niet Sachs vermoorden, maar dit onschuldige meisje.

Zijn hart bonkte, wat hij voelde aan een hevige, bonzende hoofdpijn. Hij belde nog eens. De telefoon ging vier keer over. *Hallo, met Amelia. Spreek een bericht in na de piep.*

Hij probeerde het nog eens. 'Opdracht, typen: "Pam bel me punt. Lincoln punt."'

En wat moest hij tegen haar zeggen als hij haar bereikte? Sachs had wapens in huis, maar hij wist niet waar. Pam was gespierd en de indringer leek niet veel groter dan zij, maar hij was gewapend. En gezien de plek waar hij stond, kon hij een touw om haar nek slaan of een mes in haar rug steken voordat ze zijn aanwezigheid zelfs maar had opgemerkt.

En het zou voor Rhymes ogen gebeuren.

Ze zwenkte eindelijk terug naar het computerscherm. Nu zou ze het bericht zien.

Goed zo, kijk maar.

Rhyme zag een schaduw op de vloer. Kwam de moordenaar dichterbij?

Pam, die nog steeds telefoneerde, schoof naar de computer toe, maar ze keek naar het toetsenbord, niet naar het scherm.

Kijk op! spoorde Rhyme haar geluidloos aan.

Alsjeblieft! Lees dat bericht nou, verdomme!

Maar Pam was een kind van haar tijd, dus hoefde ze niet naar het scherm te kijken om te controleren of ze geen typefouten maakte. Met haar mobieltje tussen haar wang en schouder geklemd keek ze naar het toetsenbord terwijl ze snel tikte.

moet gaan, dag meneer Rhyme, CU :-)

Het scherm werd zwart.

Amelia Sachs voelde zich niet lekker in het tyvek-pak met capuchon en hoezen om haar voeten. Ze was claustrofobische en misselijk van het inademen van de bittere geur van vochtig papier, bloed en zweet in het pakhuis.

Ze had hoofdinspecteur Joseph Malloy niet goed gekend, maar hij was 'een van ons', zoals Lon Sellitto had gezegd, en ze walgde van de manier waarop Tweeëntwintig-vijf hem had gemarteld om de informatie los te krijgen die hij hebben wilde. Ze was bijna klaar met het onderzoeken van de plaats delict en bracht de monsterzakken naar buiten, oneindig dankbaar voor de lucht daar, al stonk die naar uitlaatgassen.

Ze bleef de stem van haar vader maar horen. Ze had als jong meisje een keer in de slaapkamer van haar ouders gekeken en haar vader daar in zijn gala-uniform zien huilen. Het had haar van streek gemaakt; ze had hem nog nooit zien huilen. Hij had haar de kamer in gewenkt. Hermann Sachs speelde altijd open kaart met zijn dochter, en nu had hij haar een stoel bij het bed gewezen en uitgelegd dat een van zijn vrienden, ook een politieman, was doodgeschoten terwijl hij een overval verijdelde.

'Amie, in dit werk is iedereen familie van elkaar. Je brengt waarschijnlijk meer tijd door met je collega's dan met je eigen vrouw en kinderen. Telkens als er iemand in het blauw sterft, ga je zelf ook een beetje dood. Of het nu een wijkagent is of een hoofdinspecteur, het is allemaal familie en je voelt dezelfde pijn wanneer je iemand verliest.'

Ze voelde nu de pijn waarover hij het had gehad. Heel diep.

'Ik ben klaar,' zei ze tegen het team van de recherche, dat bij hun busje stond. Ze had de plaats delict alleen onderzocht, maar de rechercheurs uit Queens hadden foto's en filmopnames gemaakt en het raster gelopen op de secundaire pd's, de routes waarlangs de dader vermoedelijk was binnengekomen en weggegaan.

Sachs knikte naar de schouwarts en haar mensen van het pathologisch-anatomisch instituut en zei: 'Ik ben klaar, jullie mogen hem naar het lab brengen.'

De mannen, die dikke groene overalls en handschoenen droegen, liepen naar binnen. Toen ze de aanwijzingen in melkkratten pakte om ze naar Rhyme te laten vervoeren, keek Sachs op.

Er werd naar haar gekeken.

Ze had het gerinkel van metaal op metaal, beton of glas uit een verlaten steeg horen komen. Ze wierp er een snelle blik op en dacht iemand te zien wegduiken bij een afgedankt laadplatform dat jaren geleden was ingestort.

Zoek grondig, maar denk om je rug...

Ze herinnerde zich de begraafplaats, waar de moordenaar met zijn gejatte politiepet op naar haar had gekeken. Ze voelde hetzelfde onbehagen als daar. Ze liet de aanwijzingen liggen en liep met haar hand op haar Glock de steeg in. Ze zag niemand.

Paranoia.

'Rechercheur?' riep een van de technisch rechercheurs.

Ze liep door. Zag ze een gezicht achter dat groezelige raam?

'Rechercheur!' hield de man vol.

'Ik kom,' riep ze korzelig terug.

'Neem me niet kwalijk, maar er is telefoon voor u. Rechercheur Rhyme.'

Ze zette haar telefoon altijd uit als ze een plaats delict onderzocht, om afleiding te vermijden.

'Zeg maar dat ik zo terugbel.'

'Rechercheur, ik moet tegen u zeggen dat het over Pam gaat. Er is iets gebeurd, bij u thuis. U moet er meteen heen.'

39

Amelia Sachs rende het huis in zonder de pijn in haar knieën te voelen.

Ze knikte niet eens naar de politiemensen bij de deur. 'Waar?'

Een van de agenten wees naar de woonkamer.

Sachs stormde naar binnen... waar Pam op de bank lag. Het meisje keek met een bleek gezicht naar haar op.

Amelia ging naast haar zitten. 'Gaat het?'

'Ja hoor. Alleen een beetje geschrokken.'

'Heb je nergens pijn? Mag ik je knuffelen?'

Pam lachte en Sachs sloeg haar armen om het meisje heen. 'Wat is er gebeurd?'

'Er was iemand binnengekomen terwijl ik er was. Meneer Rhyme zag hem achter me op de webcam. Hij bleef maar bellen. Toen ik eindelijk opnam, zei hij dat ik schreeuwend moest wegrennen.'

'En heb je dat gedaan?'

'Niet helemaal. Ik ben naar de keuken gehold en heb een mes gepakt. Ik was woest. Hij ging ervandoor.'

Sachs keek naar een rechercheur van het bureau in Brooklyn, een gedrongen zwarte man die met een diepe bariton zei: 'Hij was al weg toen wij arriveerden. De buren hadden niets gezien.'

Ze had het zich dus toch verbeeld bij het pakhuis waar Joe Malloy was vermoord. Of misschien was het een kind geweest, of een dakloze die benieuwd was naar wat de politie uitspookte. Nadat hij Malloy had vermoord, was Tweeëntwintig-vijf naar haar huis gegaan – op zoek naar dossiers of aanwijzingen of om af te maken waaraan hij was begonnen: haar vermoorden.

Sachs liep met de rechercheur en Pam door het huis. Het bureau was overhoopgehaald, maar er leek niets weg te zijn.

'Ik dacht dat het Stuart was.' Pam haalde diep adem. 'Ik heb het eigenlijk met hem uitgemaakt.'

'Echt waar?'

Ze knikte.

'Wat goed van je... Maar hij was het niet?'

'Nee, hij droeg andere kleren en hij had een andere bouw dan Stuart. En ja, het is een klootzak, maar hij zou echt niet bij iemand inbreken.'

'Heb je hem goed gezien?'

'Nee. Hij draaide zich om en rende weg voordat ik naar hem kon kijken.' Ze had alleen zijn kleren opgemerkt.

De rechercheur vertelde dat Pam de inbreker had beschreven als een blanke man of lichtgetinte latino van normaal postuur in een spijkerbroek en een donkerblauwe geruite blazer. Zodra hij over de webcam hoorde, had hij Rhyme gebeld, maar die had niet meer gezien dan een vage gedaante in de gang.

Ze vonden het raam waardoor hij binnen was gekomen. Sachs had een alarminstallatie, maar Pam had hem uitgezet toen ze binnenkwam.

Sachs keek om zich heen. De woede en het verdriet om Malloys gruwelijke dood maakten plaats voor hetzelfde gevoel van onbehagen en kwetsbaarheid dat haar had geplaagd op de begraafplaats, in het pakhuis waar Malloy was gestorven en bij ssd... eigenlijk overal waar ze was geweest sinds ze op Tweeëntwintig-vijf joegen. Net als bij DeLeons huis: hield hij haar nu ook in de gaten?

Ze zag een beweging bij het raam, een lichtflits... Waren het bladeren die het fletse zonlicht reflecteerden?

Of was het Tweeëntwintig-vijf?

'Amelia?' vroeg Pam zacht. Ze keek zelf ook onrustig om zich heen. 'Alles goed?'

Het bracht Sachs terug tot de werkelijkheid. Aan het werk. En snel ook. De moordenaar was hier geweest, en nog niet zo lang geleden. Godver, zorg dat je iets bruikbaars vindt. 'Ja, liever. Niets aan de hand.'

Een wijkagent vroeg: 'Rechercheur, zal ik de technische recherche laten komen?'

'Hoeft niet,' zei ze met een blik op Pam en een strakke glimlach. 'Ik kan het zelf wel af.'

Ze haalde haar koffertje uit haar auto en doorzocht de plaats delict samen met Pam.

Of eigenlijk zocht Sachs, maar Pam, die bij de muur stond, vertelde precies waar de moordenaar was geweest. Haar stem was nog beverig, maar ze was afstandelijk efficiënt.

Ik ben naar de keuken gehold en heb een mes gepakt.

Omdat Pam er nog was, vroeg Sachs een surveillant de wacht te houden in de tuin, waardoor de moordenaar was gevlucht. Het stelde haar echter niet helemaal gerust, want Tweeëntwintig-vijf had het griezelige vermogen zijn slachtoffers te bespioneren, alles over hen aan de weet te komen, hen dicht te naderen. Ze wilde de plaats delict onderzoeken en Pam zo snel mogelijk weg zien te krijgen.

Op aanwijzing van Pam zocht Sachs op alle plekken waar Tweeëntwintig-vijf was geweest, maar ze vond niets. Of hij had handschoenen gedragen toen hij inbrak, of hij had geen hechtende oppervlakken aangeraakt, en de kleefrollers brachten niet het miniemste spoor aan het licht.

'Waar vluchtte hij naartoe?' vroeg Sachs.

'Kom maar mee.' Pam keek naar Sachs' gezicht, dat kennelijk verried dat ze het meisje niet aan nog meer gevaar wilde blootstellen. 'Dat is duidelijker dan als ik het je gewoon vertel.'

Sachs knikte, liep de tuin in en keek waakzaam om zich heen. 'Heb je iets gezien?' vroeg ze aan de surveillant.

'Nee, maar ik moet wel zeggen dat als je denkt dat er iemand naar je kijkt, er ook echt iemand naar je kijkt.'

'Begrepen.'

Hij wees met zijn duim naar een rij donkere ramen aan de andere kant van de steeg en toen naar een paar ondoordringbare azalea's en buksbomen. 'Ik heb gekeken. Er was niets te zien, maar ik blijf opletten.'

'Bedankt.'

Pam wees Sachs het pad waarlangs Tweeëntwintig-vijf was gevlucht en Sachs begon het raster te lopen.

'Amelia?'

'Ja?'

'Ik heb best misselijk tegen je gedaan, zeg maar. Wat ik gisteren tegen je heb gezegd. Ik voelde me helemaal wanhopig en zo. Panisch... Ik bedoel, het spijt me.'

'Je was een toonbeeld van zelfbeheersing.'

'Zo voelde ik me niet.'

'De liefde doet rare dingen met je, lieverd.'

Pam lachte.

'We hebben het er nog wel over. Misschien vanavond, afhankelijk van de zaak. We kunnen eten halen.'

'Ja, oké.'

Sachs zette haar onderzoek voort, vechtend tegen het onbehagen, het gevoel dat Tweeëntwintig-vijf er nog was, maar haar inspanningen leverden weinig op. Ze vond geen schoensporen in het grind, alleen een bij het hek waarover hij uit haar tuin de steeg in was gerend. Het was alleen de neus van een schoen, want hij had gerend, en niet bruikbaar voor nader onderzoek. Ze vond geen verse bandensporen.

Toen ze terugliep naar haar eigen tuin, zag ze wel iets wits tussen de klimop en maagdenpalm op de grond, precies op de plek waar het uit

Tweeëntwintig-vijfs zak had kunnen vallen toen hij over het afgesloten hek sprong.

'Heb je iets gevonden?'

'Misschien.' Sachs pakte een pincet en raapte een stukje papier op. Ze ging het huis in, klapte een draagbare onderzoektafel uit en onderzocht het papiertje. Ze zette een beschermende bril op en bescheen het papier met verschillende soorten licht. Tot haar teleurstelling werden er geen afdrukken zichtbaar.

'Heb je er iets aan?' vroeg Pam.

'Wie weet. Het zal ons zijn voordeur niet wijzen, maar dat doen aanwijzingen bijna nooit.' Ze voegde er met een glimlach aan toe: 'Anders zouden mensen als Lincoln en ik niet meer nodig zijn, hè? Ik zal het onderzoeken.'

Sachs haalde haar gereedschapskist, pakte de boor en maakte het kapotte raam dicht. Ze sloot af en stelde het alarm in.

Ze had Rhyme al even gebeld om te zeggen dat Pam ongedeerd was, maar nu wilde ze hem vertellen over de mogelijke aanwijzing. Ze pakte haar mobieltje, maar voordat ze belde, keek ze om zich heen.

'Wat is er, Amelia?'

Ze stopte het toestel terug in de houder aan haar riem. 'Mijn auto.' De Camaro was weg. Sachs keek panisch naar links en rechts, en haar hand gleed onwillekeurig naar haar Glock. Was Tweeëntwintig-vijf hier? Had hij de auto gestolen?

De surveillant kwam net uit de achtertuin. Ze vroeg hem of hij iets had gezien.

'Die auto, die oude? Was die van u?'

'Ja. Ik ben bang dat de dader hem heeft gejat.'

'Sorry, rechercheur, maar ik geloof dat hij is weggesleept. Als ik had geweten dat hij van u was, had ik wel iets gezegd.'

Weggesleept? Misschien was ze vergeten haar politiebordje op het dashboard te zetten.

Pam, die een oude Honda Civic had, gaf haar een lift naar het wijkbureau. De wachtmeester, een bekende, had van de inbraak gehoord. 'Hé, Amelia. De jongens hebben een grondig buurtonderzoek gehouden, maar niemand had hem gezien.'

'Moet je horen, Vinnie, mijn auto is weg. Hij stond bij de brandkaan tegenover mijn huis.'

'Een dienstwagen?'

'Nee.'

'Toch niet je oude Chevy?'

'Ja.'

'O, nee toch. Balen.'

'Ik hoorde dat hij was weggesleept. Ik weet niet of ik mijn ontheffing op het dashboard had gezet.'

'Ze horen hoe dan ook het kenteken na te trekken, de eigenaar te achterhalen. Shit, wat klote. Neem me niet kwalijk, hoor.'

Pam glimlachte om duidelijk te maken dat ze immuun was voor woorden die ze zelf ook wel eens bezigde.

Sachs gaf de wachtmeester het kenteken en hij pleegde een paar telefoontjes en zocht in de computer. 'Nee, het is niet de parkeerpolitie geweest. Wacht even.' Hij pakte de telefoon weer.

Godsamme. Ze kon niet zonder haar auto. Ze popelde om de aanwijzing te onderzoeken die ze bij haar huis had gevonden.

Haar frustratie sloeg om in angst toen ze Vinnies gefronste wenkbrauwen zag. 'Weet je dat zeker? ... Oké. Waarheen? ... O? Nou, bel me terug zodra je het weet.' Hij hing op.

'Nou?'

'Heb je een lening op die Camaro lopen?'

'Een lening? Nee.'

'Wat gek. Hij is in beslag genomen.'

'In beslág?'

'Volgens die lui liep je een halfjaar achter met aflossen.'

'Vinnie, het is een auto uit 1969. Mijn vader heeft hem in de jaren zeventig gekocht, contant. Er is nooit een lening op afgesloten. Wie zou die geldschieter moeten zijn?'

'Dat wist mijn contactpersoon niet. Hij zoekt het uit en dan belt hij terug. Hij komt er wel achter waar ze hem naartoe hebben gebracht.'

'Godver, daar zat ik net op te wachten. Heb jij een wagen voor me over?'

'Nee, sorry.'

Ze bedankte Vinnie en liep met Pam naar buiten. 'Als er ook maar een krasje op de lak zit, gaan er koppen rollen,' prevelde ze. Zou Tweeentwintig-vijf erachter zitten? Ze zou er niet van opkijken, al kon ze zich niet voorstellen hoe hij dat had georganiseerd.

Weer een steek onbehagen bij het idee hoe dicht bij haar hij was gekomen, hoeveel informatie over haar hij zich kon toe-eigenen.

De man die alles weet...

'Mag ik je Honda lenen?' vroeg ze aan Pam.

'Tuurlijk, maar wil je me dan bij Rachel afzetten? We gaan samen huiswerk maken.'

'Weet je wat, lieverd, als ik je nu eens door iemand van het bureau laat wegbrengen?'

'Ook goed. Waarom?'

'Die vent weet al veel te veel van me. Het lijkt me beter wat afstand te houden.' Ze liepen samen terug naar het bureau om de lift te regelen. Toen ze weer buiten kwam, keek Sachs om zich heen. Geen spoor van iemand die haar in de gaten hield.

Ze keek snel op toen ze iets achter een raam aan de overkant zag bewegen. Ze dacht aan het logo van SSD, het raam in de vuurtoren. Degene die naar buiten had gekeken, was een vrouw op leeftijd, maar desondanks liep er weer een rilling over Sachs' rug. Ze liep snel naar Pams auto en startte.

40

Er klonk een klik, de systemen vielen uit en het werd donker in het herenhuis.

'Wat is dat in jezusnaam?' riep Rhyme uit.

'De stroom is uitgevallen,' zei Thom.

'Dat snap ik ook wel,' snauwde Rhyme. 'Ik wil graag weten waaróm.'

'De gaschromatograaf stond niet aan,' zei Mel Cooper verongelijkt. Hij keek door het raam alsof hij wilde zien of de rest van de buurt ook zonder stroom zat, maar aangezien het nog licht was, had hij weinig vergelijkingsmateriaal.

'We kunnen nu niet zonder internet, verdomme. Los het op!'

Rhyme, Sellitto, Pulaski en Cooper bleven in het stille, schemerige lab terwijl Thom naar de hal liep, zijn mobieltje pakte en het elektriciteitsbedrijf belde. 'Onmogelijk. Ik betaal de rekeningen via internet. Elke maand. Ik heb er nog nooit een gemist. Ik heb de afschrijvingen... Nee, die zitten in de computer en ik kan niet op internet komen omdat er geen stroom is, immers? ... Papieren afschriften, ja, maar die kan ik toch niet faxen zonder stroom? ... Nee, ik weet geen kopieercentrum in de buurt.'

'Hij zit erachter,' zei Rhyme tegen de anderen.

'Tweeëntwintig-vijf? Heeft hij je stroom laten afsluiten?'

'Ja. Hij heeft mijn naam en adres gevonden. Malloy moet hem hebben verteld dat dit onze uitvalsbasis is.'

Er hing een griezelige stilte. Het eerste wat in Rhyme opkwam, was hoe ontzettend kwetsbaar hij was. De apparatuur waarvan hij afhankelijk was, was nu onbruikbaar en hij kon niet meer met de buitenwereld communiceren, de deuren open- of dichtdoen of hulp inroepen. Als het nog lang duurde en Thom de accu van zijn rolstoel niet kon opladen, zou hij volkomen immobiel zijn.

Hij kon zich niet herinneren wanneer hij zich voor het laatst zo weerloos had gevoeld. Dat hij mensen om zich heen had, maakte hem niet minder ongerust; Tweeëntwintig-vijf was een bedreiging voor iedereen, overal.

Hij vroeg zich ook af of de stroomstoring een afleidingsmanoeuvre kon zijn, of de inleiding tot een aanval.

'Ogen open, mensen,' zei hij. 'Hij zou onderweg kunnen zijn.'

Pulaski wierp een blik door het raam, evenals Cooper.

Sellitto pakte zijn mobieltje, belde het hoofdbureau en zette de situatie uiteen. Hij trok een vertwijfeld gezicht – hij was niet iemand die alles laconiek onderging – en sloot het gesprek af met de woorden: 'Nou, dat kan me niet schelen. Doe alles wat nodig is. Die zak is een moordenaar en zonder stroom kunnen we niets doen om hem te vinden... Bedankt.'

'Thom, lukt het?'

'Nee,' antwoordde de assistent kortaf.

'Shit.' Rhyme kreeg een inval. 'Lon, bel Roland. Ik vind dat we bescherming nodig hebben. Tweeëntwintig-vijf heeft Pam en Amelia al belaagd.' Hij knikte naar een zwart computerscherm. 'Hij weet alles van ons. Ik wil bewaking bij het huis van Amelia's moeder en Pams pleegouders. Bij Pulaski's huis, bij de moeder van Mel. En bij jou, Lon.'

'Denk je dat het zo'n groot risico is?' vroeg de forse rechercheur. Toen schudde hij zijn hoofd. 'Wat zeg ik nou? Natuurlijk is het dat.' Hij verzamelde de adressen en telefoonnummers, belde Roland en liet hem de bewaking regelen. Nadat hij het gesprek had afgesloten, zei hij: 'Het gaat een paar uur duren, maar het komt in orde.'

Een harde klop op de deur verbrijzelde de stilte. Thom liep met de telefoon nog in zijn hand de gang in.

'Wacht!' riep Rhyme.

Thom bleef staan.

'Pulaski, ga met hem mee.' Rhyme knikte naar het pistool op zijn heup.

'Oké.'

Ze liepen de gang in. Rhyme hoorde gedempte stemmen en even later liepen er twee mannen in pak met kort haar en strakke gezichten naar binnen. Ze keken belangstellend om zich heen, eerst naar Rhymes lichaam en toen naar het lab, verbaasd over de hoeveelheid apparatuur, de afwezigheid van licht of, nog waarschijnlijker, allebei.

'We zijn op zoek naar een zekere inspecteur Sellitto. Hij zou hier zijn.'

'Dat ben ik, ja. Wie zijn jullie?'

Er werden penningen getoond en rangen en namen genoemd; het waren twee brigadiers van de New Yorkse politie. En ze zaten bij Interne Zaken.

'Inspecteur,' zei de oudste, 'we moeten uw penning en wapen in beslag nemen. Ik moet u meedelen dat de uitslag positief was.'

'Pardon, waar hebben jullie het over?'

'U bent officieel geschorst. U wordt nu nog niet aangehouden, maar we raden u aan een advocaat in de arm te nemen. U kunt er zelf een uitkiezen of u tot de Politiebond wenden.'

'Wat heeft dit in godsnaam te betekenen?'

De jongste brigadier fronste zijn voorhoofd. 'De drugstest.'

'Hè?'

'U hoeft tegen ons niets te ontkennen. Wij moeten alleen penningen en wapens innemen en verdachten op de hoogte stellen van hun schorsing.'

'Wat voor test, verdomme?'

De oudste keek naar de jongste. Dit was kennelijk nog nooit voorgekomen.

Natuurlijk niet, want wat er ook aan de hand was, het was bekokstoofd door Tweeëntwintig-vijf, begreep Rhyme.

'Inspecteur, luister, u hoeft niet te doen alsof...'

'Zie ik eruit alsof ik een spelletje speel?'

'Goed, volgens het schorsingsbevel hebt u vorige week een drugstest ondergaan. De uitslag is net binnengekomen en u bleek aanzienlijke hoeveelheden narcotica in uw lichaam te hebben. Heroïne, cocaïne en psychedelica.'

'Ik heb de drugstest gedaan, zoals iedereen van mijn afdeling. De uitslag kan niet positief zijn, want ik gebruik geen drugs, verdomme. Nooit gedaan ook. En... O, shit.' Sellitto trok een grimas en wees naar de brochure van ssd. 'Zij hebben onderafdelingen die op drugs screenen en antecedentenonderzoek doen. Hij is op de een of andere manier het systeem binnengedrongen en heeft in mijn dossier geknoeid. Die uitslag is nep.'

'Dat is heel moeilijk.'

'Nou, het is hem toch gelukt.'

'En uw verdediging kan dat argument aanvoeren tijdens de hoorzitting. Nogmaals, we komen alleen uw penning en uw wapen innemen. En hier is het bevel. Ik hoop dat u niet lastig gaat doen. U wilt uw problemen toch niet verergeren?'

'Shit.' De grote man in het verfomfaaide pak stond zijn penning en zijn ouderwetse revolver af. 'Geef hier dat bevel.' Hij griste het uit de hand van de jongste brigadier terwijl de oudste een reçu uitschreef en hem dat ook aanreikte, waarna hij de patronen uit het wapen haalde en alles in een gevoerde envelop stopte.

'Dank u, inspecteur. Prettige dag verder.'

Toen ze weg waren, klapte Sellitto zijn mobieltje open en belde het hoofd Interne Zaken. Hij bleek niet aanwezig te zijn en Sellitto gaf een boodschap door. Toen belde hij zijn eigen afdeling. De assistent die hij deelde met een aantal andere rechercheurs van Zware Delicten had het nieuws blijkbaar al gehoord.

'Ik weet dat het onzin is. Wat? ... O, fantastisch. Ik bel je terug als ik weet wat er aan de hand is.' Hij klapte het toestel zo hard dicht dat Rhyme bang was dat hij het had gemold en trok een wenkbrauw op. 'Ze hebben zojuist de inhoud van mijn bureau geconfisqueerd.'

'Hoe kun je je in godsnaam tegen zo iemand weren?' zei Pulaski.

Toen ging Sellitto's mobieltje. Het was Rodney Szarnek. 'Wat is er met jullie vaste lijn?'

'Die eikel heeft de stroom laten afsluiten. We zijn ermee bezig. Vertel.'

'De lijst met cliënten van ssd, op cd. We hebben iets gevonden. Een van de cliënten heeft pagina's vol gegevens over alle slachtoffers en zondebokken gedownload, telkens een dag vóór het misdrijf.'

'Wie?'

'Hij heet Robert Carpenter.'

'Oké,' zei Rhyme. 'Wie is dat?'

'Ik heb alleen wat er in de spreadsheet staat. Hij heeft een eigen opslagbedrijf in Midtown. Associated Warehousing.'

Een opslagbedrijf? Rhyme dacht aan de plek waar Joe Malloy was vermoord. Was er een verband?

'Heb je zijn adres?'

Szarnek las het op.

Toen Sellitto had opgehangen, zag Rhyme Pulaski's peinzende gezicht. 'Ik geloof dat we hem bij ssd hebben gezien,' zei de jonge agent.

'Wie?'

'Carpenter. Toen we er gisteren waren. Een grote, kale vent. Hij had een bespreking met Sterling. Hij zag er niet blij uit.'

'Blij? Wat bedoel je daarmee?'

'Ik weet het niet. Het was maar een indruk.'

'Daar hebben we niets aan,' zei Rhyme. 'Mel, trek die Carpenter na.'

Cooper belde het hoofdbureau mobiel, praatte een paar minuten, liep naar het raam, waar meer licht was, en maakte aantekeningen. Hij verbrak de verbinding. 'Jij schijnt niet van het woord "interessant" te houden, Lincoln, maar dat is dit wel. Ik heb zijn gegevens in ncic en onze eigen database laten opzoeken. Robert Carpenter. Woont in de Upper East Side. Vrijgezel. En nu komt het: hij heeft een strafblad. Creditcardfraude en het uitschrijven van ongedekte cheques. Hij heeft een halfjaar in Waterbury gezeten. En hij is aangehouden wegens afpersing van bedrijven. Die aanklachten zijn ingetrokken, maar hij raakte door het dolle heen toen ze hem kwamen halen. Hij wilde een agent aanvallen. Die aanklacht is ingetrokken toen hij instemde met behandeling voor zijn persoonlijkheidsstoornis.'

'Een persoonlijkheidsstoornis?' Rhyme knikte. 'En hij doet in opslag. Precies de goede branche voor een hamsteraar... Goed, Pulaski, ga na waar die Carpenter zat toen er bij Amelia werd ingebroken.'

'Goed, meneer.' Net toen Pulaski zijn mobieltje van zijn riem pakte, ging het over. Hij keek naar het schermpje en nam op. 'Dag, schat... Wat? ... Hé, Jenny, rustig...'

O, nee... Lincoln Rhyme wist dat Tweeëntwintig-vijf op weer een ander front had toegeslagen.

'Wát? Waar ben je? ... Kalm maar, het moet een misverstand zijn.' Zijn stem beefde. 'Ik maak het in orde... Waar is het? ... Oké, ik kom eraan.'

Hij klapte zijn mobieltje dicht en sloot zijn ogen even. 'Ik moet weg.'

'Wat is er?' vroeg Rhyme.

'Jenny is opgepakt. Door de IND.'

'De Immigratiedienst?'

'Ze stond op een verdachtenlijst van Binnenlandse Veiligheid. Ze beweren dat ze illegaal is en dat ze een bedreiging vormt.'

'Ze is toch...?'

'Onze óvergrootouders woonden hier al,' viel Pulaski uit. 'Jezus.' Hij keek verwilderd om zich heen. 'Brad is bij Jenny's moeder, maar ze heeft de baby bij zich. Ze wordt overgebracht naar het detentiecentrum... en misschien nemen ze haar de baby af. Als ze dat doen... O, man.' Zijn gezicht stond radeloos. 'Ik moet erheen.' Rhyme zag aan zijn ogen dat niets hem bij zijn vrouw kon weghouden.

'Ga maar. Succes.'

Pulaski rende naar buiten.

Rhyme deed zijn ogen even dicht. 'Hij schakelt ons een voor een uit, als een scherpschutter.' Hij trok een grimas. 'Nou ja, Sachs kan er elk moment zijn. Ze kan Carpenter opzoeken.'

Er werd weer op de deur gebonsd.

Rhymes ogen vlogen open. Wat nu weer?

Het was tenminste niet weer een ontwrichtende actie van Tweeëntwintig-vijf.

Er kwamen twee technisch rechercheurs van het lab in Queens binnen met een grote melkkrat die Sachs had overgedragen voordat ze naar haar huis was gesneld. Het waren de aanwijzingen die ze had verzameld op de plek waar Malloy was vermoord.

'Hallo, rechercheur. Uw bel doet het niet, wist u dat?' Een van de mannen keek om zich heen. 'En u hebt geen licht.'

'Dat weten we maar al te goed,' zei Rhyme ijzig.

'Maar goed, hier is het.'

Toen de mannen weg waren, zette Mel Cooper het krat op een onderzoektafel en haalde de aanwijzingen eruit, samen met Sachs' digitale camera, waarop foto's van de plaats delict moesten staan.

'Goh, daar kunnen we wat mee,' bromde Rhyme sarcastisch terwijl hij met zijn kin naar de levenloze computer en het zwarte scherm wees. 'Misschien kunnen we het kaartje tegen de zon houden?'

Hij keek naar de aanwijzingen zelf: een schoenafdruk, bladeren, breed plakband en monsterzakjes. Ze moesten alles zo snel mogelijk onderzoeken; aangezien dit geen opzettelijk achtergelaten aanwijzingen waren, konden ze onthullen waar Tweeëntwintig-vijf zich ophield. Zonder apparatuur om de sporen te analyseren en in de databases op te zoeken, hadden ze echter niets aan de zakjes.

'Thom,' riep Rhyme, 'de stroom?'

'Ik sta nog in de wacht,' riep de assistent vanuit de donkere gang.

Hij wist dat het vermoedelijk een slecht idee was, maar hij was des duivels.

En dat was Ron Pulaski niet snel.

Nu was hij echt razend. Zo had hij zich nog nooit gevoeld. Toen hij voor de politie tekende, had hij wel verwacht dat hij van tijd tot tijd klappen zou krijgen en bedreigd zou worden, maar hij had nooit gedacht dat zijn loopbaan Jenny in gevaar zou brengen, laat staan zijn kinderen.

Hoewel hij dus een burgermannetje was en volgens het boekje werkte – net als brigadier Friday – nam hij het recht nu in eigen handen. Zonder iets tegen Lincoln Rhyme, rechercheur Sellitto of zelfs zijn mentor Amelia Sachs te zeggen. Ze zouden niet blij zijn met wat hij nu ging doen, maar Ron Pulaski was ten einde raad.

Dus had hij op weg naar het detentiecentrum van de IND in Queens Mark Whitcomb opgebeld.

'Hé, Ron,' zei Mark. 'Wat is er? Je klink overstuur. Je bent buiten adem.'

'Mark, ik heb een probleem. Help me, alsjeblieft. Mijn vrouw wordt ervan beschuldigd illegaal in het land te zijn. Ze beweren dat ze een vals paspoort heeft en een bedreiging voor de veiligheid is. Het is krank-zinnig.'

'Maar ze is toch Amerikaans staatsburger?'

'Haar familie is hier al generáties. Mark, we denken dat die moorde-naar die we zoeken jullie systeem heeft gekraakt. Hij heeft een inspec-teur positief laten testen op drugs... en nu heeft hij Jenny laten arreste-ren. Kan hij dat echt?'

'Hij moet haar dossier hebben omgewisseld met dat van iemand die op een verdachtenlijst staat en haar hebben aangegeven... Hoor eens, ik ken een paar mensen bij de IND. Ik praat wel met ze. Waar ben je nu?'

'Op weg naar het detentiecentrum in Queens.'

'Dan zie ik je daar over twintig minuten.'

'O, dank je wel, man. Ik weet me geen raad.'

'Geen paniek, Ron, we lossen het wel op.'

Nu ijsbeerde Ron Pulaski heen en weer voor het detentiecentrum, waar een bord stond dat aangaf dat de dienst was overgenomen door Binnenlandse Veiligheid. Pulaski dacht terug aan alle nieuwsberichten die Jenny en hij op tv hadden gezien over illegalen, hoe bang ze eruit hadden gezien.

Wat gebeurde er nu met zijn vrouw? Zou ze dagen of weken in een bureaucratisch niemandsland blijven steken? Pulaski kon wel gillen.

Kalmeer. Pak het verstandig aan. Dat zei Amelia Sachs altijd tegen hem.

Pak het verstandig aan.

Goddank, eindelijk. Pulaski zag Mark Whitcomb met snelle passen en een bezorgd gezicht naderen. Hij wist niet goed hoe Mark zou kun-nen helpen, maar hij hoopte dat de afdeling Compliance, die connec-ties had met de overheid, invloed had bij Binnenlandse Veiligheid en kon zorgen dat zijn vrouw en kind werden vrijgelaten, in elk geval tot de kwestie officieel was opgelost.

Whitcomb bereikte hem en zei hijgend: 'Ben je nog iets aan de weet gekomen?'

'Ik heb een minuut of tien geleden gebeld. Ze zijn nu binnen. Ik heb niets gezegd. Ik wilde op jou wachten.'

'Gaat het wel?'

'Nee, Mark, ik ben flink over mijn toeren. Fijn dat je bent gekomen.'

'Natuurlijk,' zei Mark welgemeend. 'Het komt wel goed, Ron. Wees maar niet bang, ik kan vast wel iets voor je doen.' Hij keek op in Pu-laski's ogen; hij was maar iets langer dan Andrew Sterling. 'Alleen... Het is echt heel belangrijk voor je dat je Jenny hier weg krijgt, hè?'

'Nou en of, Mark. Dit is gewoon een nachtmerrie.'

'Goed. Kom maar mee.' Hij liep met Pulaski naar een steeg om de hoek van het gebouw. 'Ik moet je om een gunst vragen, Ron,' fluisterde hij.

'Je zegt het maar.'

'Echt?' Hij klonk vreemd zacht voor zijn doen, kalm. En zijn ogen hadden een scherpte die Pulaski niet eerder had gezien. Alsof hij zijn masker had laten zakken en nu zichzelf was. 'Weet je, Ron, soms moet je dingen doen die niet deugen, maar uiteindelijk is het maar beter zo.'

'Waar heb je het over?'

'Misschien moet je iets doen wat jou niet oké lijkt om je vrouw te helpen.'

Pulaski zweeg. Zijn gedachten maalden. Waar ging dit naartoe?

'Ron, je moet zorgen dat die zaak in de doofpot verdwijnt.'

'Die zaak?'

'Je onderzoek.'

'In de doofpot? Ik kan je niet volgen.'

'Laat het ophouden.' Whitcomb keek om zich heen en fluisterde: 'Saboteer de boel. Vernietig de sporen. Geef ze valse aanwijzingen. Stuur ze alle kanten op, maar niet naar SSD.'

'Ik begrijp je niet, Mark. Maak je een geintje?'

'Nee, Ron, ik meen het. Dat onderzoek moet ophouden, en daar kun jij voor zorgen.'

'Nee.'

'O, jawel. Als je Jenny daar weg wilt hebben.' Hij knikte naar het detentiecentrum.

Nee, nee... Dít was Tweeëntwintig-vijf. Whitcomb was de moordenaar! Hij had de wachtwoorden van zijn chef, Sam Brockton, gebruikt om in innerCircle te komen.

Pulaski tastte in een reflex naar zijn dienstwapen, maar Whitcomb was hem voor. Hij had plotseling een zwart pistool in zijn hand. 'Nee, Ron. Daar schieten we niets mee op.' Whitcomb trok met zijn vrije hand Pulaski's Glock uit de holster en stak hem in zijn broeksband.

Hoe heb ik dit zo verkeerd kunnen inschatten? dacht Pulaski. Kwam het door het hoofdletsel, of was hij gewoon stom? Whitcombs vriendschap was geveinsd geweest, wat niet alleen schokkend was, maar ook kwetsend. Hem koffie brengen, hem verdedigen tegenover Cassel en Gillespie, privéafspraken voorstellen, hem helpen met de urenrapportages... het was allemaal tactiek geweest om dicht bij hem te komen en hem te gebruiken.

'Het was goddomme allemaal gelogen, hè, Mark? Je komt helemaal niet uit Queens, hè? En je hebt geen broer die bij de politie zit.'

'Twee keer nee.' Whitcombs gezicht stond bars. 'Ik heb geprobeerd met je te praten, Ron, maar je wilde niet met me samenwerken. Godver! Het had gekund. Kijk nou waar je me toe dwingt.'

De moordenaar duwde Pulaski dieper de steeg in.

41

Amelia Sachs baande zich een weg door het verkeer, gefrustreerd door de rumoerige, lauwe reacties van de Japanse motor.

Hij klonk als een ijsmachine. Met net zoveel paardenkracht.

Ze had Rhyme twee keer gebeld, maar was beide keren regelrecht doorgeschakeld naar de voicemail. Het was een zeldzaamheid, want Lincoln Rhyme kwam uiteraard zelden buiten. En er was iets vreemds gaande op het hoofdbureau: Lon Sellitto's telefoon deed het niet. En noch hij, noch Ron Pulaski nam zijn mobiele telefoon op.

Zat Tweeëntwintig-vijf daar ook achter?

Reden te meer om snel te werk te gaan met de aanwijzing die ze in haar huis had gevonden. Ze geloofde dat het iets zou opleveren. Misschien was dit de doorslaggevende aanwijzing, het ene ontbrekende stukje van de puzzel dat ze nodig hadden om deze zaak tot een goed einde te brengen.

Ze zag haar bestemming, niet ver weg. Ze dacht aan wat er met haar Camaro was gebeurd. Om Pams auto niet ook in gevaar te brengen – want ze vermoedde dat Tweeëntwintig-vijf de hand had gehad in de beslaglegging – reed ze een blokje om en vond een van de zeldzaamste fenomenen van Manhattan: een toegestane, vrije parkeerplaats.

Wat zeg je me daarvan?

Misschien was het een gunstig voorteken.

'Waarom doe je dit?' fluisterde Ron Pulaski in de verlaten steeg in Queens.

Mark Whitcomb gaf geen antwoord. 'Luister naar me.'

'Ik dacht dat we vrienden waren.'

'Tja, iedereen denkt allerlei dingen die uiteindelijk niet waar blijken te zijn. Zo is het leven.' Whitcomb schraapte zijn keel. Hij maakte een zenuwachtige, gespannen indruk. Pulaski herinnerde zich Sachs' opmerking dat de moordenaar de druk van de achtervolging voelde en daardoor onvoorzichtig werd. En gevaarlijker.

Pulaski ademde moeizaam.

Whitcomb keek nog eens snel om zich heen voordat hij Pulaski weer aankeek. Hij hield zijn pistool stevig vast en het was duidelijk dat hij wist hoe hij het moest gebruiken. 'Luister je goddomme wel?'

'Godver. Ik luister.'

'Ik wil niet dat dit onderzoek doorgaat. Het moet ophouden.'

'Ophouden? Ik zit in de surveillancedienst. Hoe moet ik iets laten ophouden?'

'Dat zeg ik toch: sabotage. Maak aanwijzingen zoek. Stuur mensen de verkeerde kant op.'

'Dat verdom ik,' zei Pulaski opstandig.

Whitcomb schudde bijna met weerzin zijn hoofd. 'O, jawel. Het kan goedschiks of kwaadschiks, Ron.'

'En mijn vrouw? Kun je haar daar weg krijgen?'

'Ik kan alles wat ik wil.'

De man die alles weet...

Pulaski deed zijn ogen dicht en knarsetandde, zoals hij als kind had gedaan. Hij keek naar het gebouw waar Jenny werd vastgehouden.

Jenny, de vrouw die er net zo uitzag als Myra Weinburg.

Ron Pulaski verzoende zich met wat hij moest doen. Het was verschrikkelijk, het was waanzin, maar hij had geen keus. Hij kon geen kant op.

'Goed dan,' prevelde hij met gebogen hoofd.

'Doe je het?'

'Dat zeg ik toch?' snauwde hij.

'Verstandig, Ron. Heel verstandig.'

'Maar je moet wel beloven...' – Pulaski aarzelde een fractie van een seconde en keek achter Whitcomb – '... dat de baby en zij vandaag nog vrijkomen.'

Whitcomb volgde zijn blik en keek snel over zijn schouder, waardoor de loop van zijn pistool iets verschoof.

Pulaski stelde vast dat hij het goed had gedaan en aarzelde niet. Hij duwde het wapen met zijn linkerhand verder opzij, tilde zijn been op en trok een kleine revolver uit een enkelholster. Amelia Sachs had hem op het hart gedrukt er altijd een bij zich te dragen.

Whitcomb vloekte en probeerde zijn hand los te rukken, maar Pulaski hield hem stevig vast en sloeg het pistool zo hard in zijn gezicht dat hij bot hoorde kraken.

Whitcomb slaakte een gesmoorde kreet. Het bloed gutste uit zijn neus. Hij zakte door zijn knieën en Pulaski slaagde erin het pistool uit zijn vingers te wringen, maar hij kreeg er geen vat op. Het zwarte pistool rolde op de grond terwijl de beide mannen een onhandige worstelpartij begonnen en bleef liggen zonder af te gaan. Whitcomb, die grote ogen had van paniek en woede, duwde Pulaski tegen de muur en wilde zijn hand pakken.

'Nee, nee!'

Whitcomb gaf Pulaski een kopstoot en de jonge agent, die zich de verschrikking herinnerde van de knuppel die hem jaren geleden op zijn voorhoofd had geraakt, deinsde in een reflex achteruit. Dat gaf Whitcomb net de kans die hij nodig had om Pulaski's reservewapen omhoog te duwen en met zijn andere hand de Glock te pakken en op Pulaski's hoofd te richten.

Pulaski had alleen nog tijd om een schietgebedje te zeggen en een beeld van zijn vrouw en kinderen op te roepen, een levensecht portret om mee te nemen naar de hemel.

Er was eindelijk weer elektriciteit, en Cooper en Rhyme gingen snel aan het werk met de aanwijzingen uit het pakhuis waar Joe Malloy was vermoord. Ze waren alleen in het lab; Lon Sellitto was naar het hoofdbureau gegaan om te proberen zijn schorsing te laten terugdraaien.

De foto's onthulden niets en de materiële sporen leverden niet veel op. De schoenafdruk was onmiskenbaar van Tweeëntwintig-vijf; hij kwam overeen met de afdruk die ze eerder hadden gevonden. De bladfragmenten waren afkomstig van kamerplanten: ficus en aglaonema of Maleise zwaardplant. Het sporenmateriaal bestond uit aarde die niet getraceerd kon worden, meer stof van de Twin Towers en een wit poeder dat koffiecreamer bleek te zijn. Het brede plakband was merkloos; het kon niet herleid worden tot een bron.

Rhyme verbaasde zich over de hoeveelheid bloed op de aanwijzingen. Hij dacht terug aan Sellitto's beschrijving van de hoofdinspecteur.

Hij is een kruisvaarder...

Al beweerde hij altijd met klem afstandelijk te zijn, Malloys dood – en de gruwelijke wijze waarop hij was gestorven – zat hem wel degelijk dwars. Rhymes woede laaide nog hoger op, evenals zijn gevoel van onbehagen. Hij keek zo nu en dan door het raam, alsof Tweeëntwintig-vijf hem juist op dat moment besloop, hoewel hij Thom had opgedragen alle ramen en deuren af te sluiten en de bewakingscamera's aan te zetten.

PLAATS DELICT JOSEPH MALLOY

- Skechers-werkschoen maat 45
- Bladeren kamerplanten: ficus en aglaonema (Maleise zwaardplant)
- Aarde, niet te traceren
- Stof van aanslag Twin Towers
- Koffiecreamer
- Breed plakband, merkloos, niet te traceren

'Zet de planten en de koffiecreamer in het schema met onopzettelijk achtergelaten aanwijzingen, Mel.'

De analist liep naar het whiteboard en vulde het schema aan.

'Niet veel. Verdomme, wat is het weinig.'

Toen knipperde Rhyme met zijn ogen. Er werd weer op de deur gebonsd. Thom ging opendoen. Mel Cooper stapte opzij en liet zijn hand naar het kleine pistool op zijn heup glijden.

De bezoeker was echter niet Tweeëntwintig-vijf, maar Herbert Glenn, een inspecteur van de New Yorkse politie. Een man van middelbare leeftijd met een indrukwekkend postuur, merkte Rhyme op. Hij droeg een goedkoop pak, maar zijn schoenen waren onberispelijk gepoetst. In de gang achter hem klonken meer stemmen.

Ze stelden zich aan elkaar voor. 'Ik vrees dat ik u moet spreken over iemand met wie u werkt,' zei Glenn.

Sellitto? Sachs? Wat was er gebeurd?

'Ron Pulaski,' vervolgde Glenn vlak. 'U werkt toch met hem?'

O, nee.

Het groentje...

Pulaski dood en zijn vrouw in de bureaucratische hel van het detentiecentrum met haar baby. Wat moest ze nu beginnen?

'Vertel!'

Glenn keek om en wenkte twee anderen, een man met grijs haar in een donker pak en een jongere, kleinere man die ook een pak droeg, maar een groot verband op zijn neus had. De inspecteur stelde hen voor als Samuel Brockton en Mark Whitcomb, medewerkers van ssd. Brockton, het hoofd van de afdeling Compliance, stond op de verdachtenlijst, herinnerde Rhyme zich, al leek hij een alibi te hebben voor de verkrachting met moord. Whitcomb bleek zijn assistent te zijn.

'Wat is er met Pulaski? Zeg op!'

Inspecteur Glenn vervolgde: 'Ik ben bang...' Zijn telefoon ging en hij nam op. Terwijl hij op gedempte toon praatte, keek hij naar Brockton en Whitcomb. Het gesprek duurde lang.

'Wat is er met Ron Pulaski gebeurd?' zei Rhyme toen Glenn eindelijk klaar was. 'Ik wil het nu weten!'

Er werd gebeld en Thom en Mel Cooper loodsten meer mensen het lab in: een potige man met een fbi-penning om zijn nek en Ron Pulaski, die handboeien omhad.

Brockton wees naar een stoel en de fbi-agent liet Pulaski erop zakken. Pulaski was zichtbaar van streek, en stoffig en gekreukt, en hij had bloedspatten op zijn kleding, maar verder leek hij ongedeerd te zijn.

Whitcomb ging ook zitten en voelde behoedzaam aan zijn neus. Hij keek niemand aan.

Samuel Brockton liet zijn penning zien. 'Ik werk als agent bij de afdeling Compliance van het ministerie van Binnenlandse Veiligheid. Mark is mijn assistent. Uw functionaris heeft een federaal agent aangevallen.'

'Die me met een vuurwapen bedreigde zonder zich te identificeren. Nadat hij eerst...'

De afdeling Compliance? Rhyme had er nog nooit van gehoord, maar binnen de ingewikkelde doolhof van Binnenlandse Veiligheid kwamen en gingen de organisaties als minder geslaagde auto's uit Detroit.

'Ik dacht dat u bij ssd werkte?'

'We hebben kantoren bij ssd, maar we zijn in dienst van de federale overheid.'

En wat had Pulaski in vredesnaam uitgehaald? De opluchting maakte plaats voor ergernis.

Het groentje wilde zijn verhaal voortzetten, maar Brockton legde hem het zwijgen op. 'Nee, laat hem uitpraten,' zei Rhyme dwingend.

Brockton weifelde. Zijn ogen verrieden een geduldig zelfvertrouwen dat erop duidde dat Pulaski, of wie dan ook, kon zeggen wat hij wilde zonder dat het Brockton raakte. Hij knikte.

Het groentje vertelde Rhyme dat hij met Whitcomb had gebeld in de hoop dat die Jenny vrij kon krijgen uit het detentiecentrum van de IND. Whitcomb had hem gevraagd het onderzoek naar Tweeëntwintig-vijf te saboteren, wat Pulaski had geweigerd, waarop Whitcomb hem met een vuurwapen had bedreigd. Pulaski had hem met zijn reservewapen in zijn gezicht geslagen en ze hadden gevochten.

'Waarom bemoeien jullie je met onze zaak?' beet Rhyme Brockton en Glenn toe.

Brockton leek nu pas te zien dat Rhyme invalide was, maar hij besteedde er geen aandacht aan. Hij zei met een bedaarde bariton: 'We hebben het subtiel geprobeerd. Als agent Pulaski had meegewerkt, hadden we het stil kunnen houden... Deze zaak heeft veel mensen veel hoofdbrekens bezorgd. Ik zou de hele week besprekingen hebben met het Congres en Justitie. Ik heb alles moeten afzeggen omdat ik als een speer terug hierheen moest om te zien wat er in godsnaam gaande was... Goed dan, dit blijft onder ons, begrepen, mensen?'

Rhyme bromde iets instemmends en Cooper en Pulaski sloten zich bij hem aan.

'De afdeling Compliance houdt zich bezig met dreigingsanalyse en biedt beveiliging aan ondernemingen die het doelwit van terroristen zouden kunnen zijn. Grote spelers in de infrastructuur van het land, olie- en luchtvaartmaatschappijen, banken en data-miners zoals ssd. We hebben agenten ter plekke.'

Sachs had gezegd dat Brockton vaak in Washington zat. Nu wisten ze waarom.

'Waarom liegen jullie erover, waarom zeggen jullie dat jullie bij ssd werken?' viel Pulaski uit. Rhyme had hem nog nooit kwaad gezien, maar dat was hij nu wel degelijk.

'We mogen niet opvallen,' legde Brockton uit. 'Jullie begrijpen dat olieleidingen, farmaceutische bedrijven en de voedselverwerkende industrie fantastische doelwitten zijn voor terroristen. Goed, stel je dan eens voor wat iemand zou kunnen doen met de informatie waarover ssd beschikt. Als hun computers worden uitgeschakeld, zou dat fnuikend zijn voor de economie. Of denk je eens in dat huurmoordenaars via innerCircle de verblijfplaats en andere privégegevens van directeuren en politici te weten kunnen komen.'

'Hebben jullie de uitslag van Lon Sellitto's drugstest vervalst?'

'Nee, dat moet die verdachte van jullie hebben gedaan, die Tweeëntwintig-vijf,' zei inspecteur Glenn. 'Hij moet Pulaski's vrouw ook hebben laten arresteren.'

'Waarom willen jullie het onderzoek tegenhouden?' flapte Pulaski eruit. 'Begrijpen jullie niet hoe gevaarlijk die man is?' Hij had het tegen Mark Whitcomb, maar die bleef zwijgend naar de vloer kijken.

'Volgens ons profiel is hij een uitbijter,' zei Glenn.

'Een wat?'

'Een anomalie. Iets eenmaligs,' verklaarde Brockton. 'ssd heeft de situatie geanalyseerd. De voorspellingsmodellen en het daderprofiel zeggen ons dat een sociopaat als hij elk moment het verzadigingspunt kan bereiken. Dan houdt hij ermee op. Hij verdwijnt gewoon.'

'Maar hij is er nog niet mee opgehouden, hè?'

'Nog niet,' gaf Brockton toe, 'maar dat komt nog wel. De programma's kunnen zich niet vergissen.'

'Wel als er nog iemand sterft.'

'We moeten realistisch blijven. Een afweging maken. Niemand mag weten hoe waardevol ssd is als doelwit voor terroristen. En niemand mag weten dat Binnenlandse Veiligheid een afdeling Compliance heeft. We moeten ssd en Compliance zoveel mogelijk buiten beeld houden. Door een moordonderzoek zouden ze allebei in de schijnwerpers komen te staan.'

Glenn voegde eraan toe: 'Als je conventionele aanwijzingen wilt natrekken, Lincoln, ga je gang. Technisch onderzoek, getuigen, allemaal prima, maar je moet ssd erbuiten houden. Die persconferentie was een grote vergissing.'

'We hadden het met locoburgemeester Ron Scott en Joe Malloy besproken, en die hadden het groene licht gegeven.'

'Nou, dan hebben ze niet met de juiste mensen overlegd. Het heeft onze relatie met ssd in gevaar gebracht. Andrew Sterling hóéft ons geen computerondersteuning te bieden, hoor.'

Hij klonk net als de directeur van de schoenfabriek, doodsbang om Sterling en ssd tegen zich in het harnas te jagen.

'Goed, de mededeling is dus dat jullie moordenaar zijn informatie niet via ssd heeft gekregen. Dat is trouwens de enige mededeling,' besloot Brockton.

'Begrijpen jullie wel dat ssd en innerCircle verantwoordelijk zijn voor de dood van Joseph Malloy?'

Glenns gezicht verstrakte. Hij zuchtte. 'Het spijt me. Het spijt me echt, maar hij is gedood terwijl hij aan een onderzoek werkte. Tragisch, maar zo gaat dat als je bij de politie zit.'

De mededeling... de enige mededeling...

'Ssd maakt dus niet langer deel uit van het onderzoek, is dat duidelijk?' zei Brockton.

Rhyme knikte koeltjes.

Glenn gebaarde naar de fbi-agent. 'Laat hem maar gaan.'

De man maakte Pulaski's boeien los. De agent stond op en wreef over zijn polsen.

'Laat Lon Sellitto's schorsing ongedaan maken,' zei Rhyme. 'En zorg dat Pulaski's vrouw wordt vrijgelaten.'

Glenn keek vragend naar Brockton, die zijn hoofd schudde. 'Als we dat nu deden, zouden we toegeven dat ssd en via ssd verkregen informatie onderdeel zouden kunnen uitmaken van de misdrijven. We zullen het voorlopig zo moeten laten.'

'Dat is gelul. Je weet best dat Sellitto nog nooit van zijn leven drugs heeft gebruikt.'

'Het onderzoek zal hem dan ook vrijpleiten,' zei Glenn. 'We laten de kwestie op zijn beloop.'

'Nee, verdomme! Volgens de informatie die de moordenaar in het systeem heeft gezet, ís hij al schuldig, net als Jenny Pulaski. Het staat allemaal in hun gegevens!'

'We zullen het voorlopig zo moeten laten,' zei de inspecteur bedaard.

Glenn en de federale agenten liepen naar de deur.

'O, Mark?' riep Pulaski. Whitcomb keek over zijn schouder. 'Sorry.'

De federaal agent keek verbaasd op en voelde aan zijn verbonden neus. Toen vervolgde Pulaski: 'Dat ik alleen je neus heb gebroken, bedoel ik. Krijg de pest, Judas.'

Goh, het groentje had dus toch ruggengraat.

Toen iedereen weg was, belde Pulaski zijn vrouw, maar hij kon haar niet bereiken en klapte kwaad zijn mobieltje dicht. 'Weet je, Lincoln, ze kletsen maar raak, maar ik laat het er niet bij zitten.'

'Wees maar niet bang, we gaan gewoon door met ons onderzoek. Hé, mij kunnen ze niet ontslaan – ik ben een burger. Ze kunnen alleen Mel en jou ontslaan.'

'Nou, ik...' zei Cooper bezorgd.

'Relax, Mel. Ik heb heus wel gevoel voor humor, wat iedereen ook denkt. Geen mens komt erachter – zolang ons groentje hier niet nog een federaal agent aftuigt. Goed, die Robert Carpenter, die cliënt van SSD. Ik wil hem spreken. Nu.'

42

Dus ik ben '225'.

Waarom zouden Ze dat getal hebben gekozen? Myra 9834 was niet mijn tweehonderdvijfentwintigste slachtoffer (wat een verrukkelijk idee!) en het is niet het huisnummer van een van mijn slachtoffers... Wacht eens, de datum. Natuurlijk. Ze is afgelopen zondag vermoord, op de tweeëntwintigste dag van de vijfde maand, en toen hebben Ze de jacht op me geopend.

Voor Hen ben ik dus maar een nummer. Net zoals Zij nummers voor mij zijn. Ik voel me gevleid. Ik zit nu in mijn Kast en ik heb het grootste deel van mijn onderzoek voltooid. Het is na kantoortijd, de mensen gaan naar huis, naar een restaurant of naar vrienden. Dat is het mooie aan data: ze slapen nooit, en mijn soldaten kunnen door de lucht een aanslag doen op ieders leven, op elk door mij gekozen uur, op elke locatie.

De familie Prescott en ik brengen een moment met elkaar door voordat de aanval begint. De politie zal de huizen van mijn vijanden en hun familieleden laten bewaken, maar ze begrijpen de aard van mijn wapens niet. Die arme Joseph Malloy heeft me genoeg munitie gegeven.

Zo is die rechercheur Lorenzo, oftewel Lon Sellitto (hij doet veel moeite om zijn echte voornaam geheim te houden) nu geschorst, maar er komt nog meer. Dat ongelukkige incident een paar jaar geleden waarbij de verdachte tijdens zijn arrestatie werd neergeschoten en overleed... Er zullen nieuwe aanwijzingen opduiken, waaruit blijkt dat de verdachte niet gewapend was – de getuige had gelogen. De moeder van de omgekomen jongen zal het te horen krijgen. En ik zal een paar racistische letters onder Sellitto's naam naar extreem rechtse websites schrijven. Dan haal ik dominee Al Sharpton erbij, die burgerrechtenstrijder – dat wordt de doodsteek. Misschien moet die arme Lon zelfs zitten.

En ik heb zijn netwerk bekeken. Ik zal iets verzinnen voor de tienerzoon die hij bij zijn eerste vrouw heeft. Een paar aanklachten wegens drugsbezit, misschien. Zo vader, zo zoon. Het heeft wel iets.

En die Pool, Pulaski, tja, die zal Binnenlandse Veiligheid er uiteindelijk wel van kunnen overtuigen dat zijn vrouw geen illegale terrorist is, maar wat zullen ze opkijken wanneer de geboorteakte van zijn kind verdwijnt en een ander stel, dat vorig jaar een kind heeft gekregen dat spoorloos uit het ziekenhuis is verdwenen, er toevallig achter komt dat hun vermiste zoontje bij Pulaski zou kunnen zijn. Het ventje zal hoe dan ook uit huis worden geplaatst tot alles is uitgezocht. Het zal hem blijvend beschadigen (zoals ik maar al te goed weet).

En dan komen we bij Amelia 7303 en die Lincoln Rhyme. Tja, gewoon omdat ik geen beste bui heb, zal Rose Sachs, die volgende maand een hartoperatie moet ondergaan, haar verzekering kwijtraken ten gevolge van... Laat ik er fraude in het verleden van maken. En Amelia 7303 zal wel pissig zijn vanwege haar auto, maar ze heeft het echt slechte nieuws nog niet gehoord: de schuld die ze als achteloze consument heeft opgebouwd. Een ton of twee, misschien. Tegen een echte woekerrente.

Dat zijn echter nog maar de hapjes vooraf. Ik ben aan de weet gekomen dat een van haar ex-vriendjes is veroordeeld wegens autokaping, geweld, diefstal en afpersing. Een paar nieuwe getuigen zullen in anonieme e-mails vertellen dat zij er ook bij betrokken was en dat er nog buit in de garage van haar moeder ligt, die ik er zal neerleggen voordat ik Interne Zaken bel.

De zaak is verjaard, dus er volgt geen aanklacht, maar de publiciteit zal haar haar goede naam kosten. Dank u, persvrijheid. God zegene Amerika...

De dood is een transactie die je achtervolgers gegarandeerd oponthoud bezorgt, maar de niet-dodelijke tactieken kunnen net zo doelmatig zijn, en ik vind ze een stuk eleganter.

En wat die Lincoln Rhyme betreft... Tja, het is een boeiende situatie. Ik had aanvankelijk natuurlijk de vergissing begaan zijn neef uit te zoeken, maar eerlijk is eerlijk: ik had Arthur 3480's hele netwerk nagetrokken en geen treffer voor zijn neef gevonden. Wat merkwaardig is. Het zijn bloedverwanten, maar ze hebben al tien jaar geen contact meer gehad.

Ik heb de vergissing begaan het beest wakker te porren. Hij is de beste tegenstander die ik ooit heb gehad. Hij heeft me tegengehouden op weg naar het huis van DeLeon 6832; hij heeft me zelfs op heterdaad betrapt, wat nog nooit iemand is gelukt. En als ik op Malloys amechtige verslag mag afgaan, komt hij steeds dichterbij.

Uiteraard heb ik daar ook iets op verzonnen. Ik kan momenteel geen gebruikmaken van innerCircle (ik moet nu voorzichtig zijn), maar ik heb genoeg aan artikelen en andere informatiebronnen. De vraag is natuurlijk hoe je het leven verwoest van iemand als Rhyme, wiens fysieke leven al grotendeels verwoest is. Ik heb ten slotte de oplossing gevonden: als hij zo afhankelijk is, moet ik iemand uit zijn netwerk verwoesten. Rhymes assistent, Thom Reston, wordt mijn volgende doelwit. Ik betwijfel of Rhyme zich ooit over de – uitgesproken onaangename – dood van de jongeman heen zal kunnen zetten. Het onderzoek zal als een nachtkaars uitgaan; niemand zal zich er zo volledig op willen storten als hij.

Ik stop Thom in de kofferbak van mijn auto en neem hem mee naar een ander pakhuis. Daar zal ik de tijd nemen met mijn Krusius Brothers-scheermes. Ik zal het allemaal opnemen en naar Rhyme mailen. Als hij echt zo'n hardwerkend forensisch onderzoeker is, zal hij de gruwelijke beelden aandachtig bekijken om aanwijzingen te vinden. Hij zal ze keer op keer moeten zien.

Ik weet zeker dat het hem ongeschikt zal maken voor deze zaak, als hij er niet helemaal aan onderdoor gaat.

Ik ga naar kamer 3 van mijn Kast en pak een van mijn videocamera's. De batterijen liggen vlakbij, en dan ga ik naar kamer 2 om de Krusius in zijn oude doos te pakken. Er zit nog wat geronnen bloed op het heft. Nancy 3470. Twee jaar geleden. (De rechtbank heeft net het hoger beroep van haar moordenaar, Jason 4971, afgewezen. De grond voor het beroep was dat het bewijs vervalst was, een bewering die zelfs zijn verdediging vermoedelijk meelijwekkend vond.)

Het scheermes is bot. Ik herinner me dat de ribben van Nancy 3470 enige weerstand boden; ze spartelde harder tegen dan ik had verwacht. Het geeft niet. Even aan de gang met een van mijn acht slijpstenen, dan een scheerriem en ik kan er weer tegenaan.

De adrenaline van de jacht gierde door Amelia Sachs' lijf.

De aanwijzing in de tuin stuurde haar van hot naar her, maar ze voelde gewoon – sorry, Rhyme – dat haar missie iets zou opleveren. Ze parkeerde Pams auto op straat en haastte zich naar de volgende op haar lijst van een stuk of vijf mensen. Ze hoopte hartgrondig dat een van hen haar de laatste aanwijzing zou geven die ze nodig had om Tweeëntwintig-vijfs identiteit te achterhalen.

Bij de eerste twee had ze nul op het rekest gekregen. Zou ze nu slagen? Ze reed door de stad als een macabere aaseter op jacht, vond ze.

Het was inmiddels avond en Sachs controleerde het adres onder een straatlantaarn, vond het huis en liep de paar treden naar de voordeur op. Ze reikte al naar de bel toen ze iets voelde knagen.

Ze trok haar hand terug.

Was het de paranoia de ze al de hele dag voelde? Het gevoel dat ze in de gaten werd gehouden?

Ze keek snel om zich heen, naar de paar mensen op straat, de ramen van de huizen en kleine winkels, maar zag niets bedreigends. Er leek geen mens op haar te letten.

Ze hief haar hand weer en liet hem zakken.

Er klopte iets niet...

Wat was het?

Toen wist ze het. Het was niet dat ze in de gaten werd gehouden; het was een geur die haar dwarszat. Het drong met een schok tot haar door wat ze rook: schimmel. Ze rook schimmel, en de geur kwam uit het herenhuis waar ze nu voor stond.

Was het toeval?

Sachs liep geluidloos de treden af en het gangetje naast het herenhuis in. Het was een groot pand, smal van voren, maar heel diep. Ze liep verder de gang in en zag een raam in de zijgevel van het huis. Afgedekt met krantenpapier. Ze keek verder; ja, alle ramen waren bedekt. Ze herinnerde zich wat Terry Dobyns had gezegd: *En de ramen zijn zwartgeverfd of afgeplakt. De buitenwereld moet op afstand worden gehouden...*

Ze was alleen maar gekomen om informatie in te winnen – dit kón Tweeëntwintig-vijfs huis niet zijn; het strookte niet met de aanwijzingen. Ze begreep nu dat ze zich hadden vergist; het leed geen twijfel dat de moordenaar hier woonde.

Ze wilde haar mobieltje pakken, maar hoorde haastige voetstappen op de klinkers achter haar. Haar ogen werden groot. Ze tastte naar haar wapen in plaats van naar haar telefoon en draaide zich bliksemsnel om, maar voordat ze de kolf van de Glock kon pakken, werd ze gevloerd. Ze sloeg tegen de zijmuur van het herenhuis en zakte duizelig op haar knieën.

Toen ze snakkend naar adem opkeek, zag ze de harde speldenprikjes van ogen in het gezicht van de moordenaar en het bevlekte lemmet van het scheermes in zijn hand dat de afdaling naar haar keel inzette.

43

'Opdracht, telefoon, opbellen, Sachs.'

Hij kreeg haar voicemail.

'Godver, waar zit ze? Ga haar zoeken... Pulaski?' Rhyme draaide zijn stoel om naar de jonge agent, die aan de telefoon zat. 'Hoe zit het met Carpenter?'

Pulaski stak zijn hand op. Hij verbrak de verbinding. 'Ik heb zijn assistent eindelijk aan de lijn gekregen. Carpenter is vroeg naar huis gegaan, hij moest nog een paar dingen doen. Hij zou nu thuis moeten zijn.'

'Er moet iemand naartoe. Nu.'

Mel Cooper probeerde Sachs op te piepen. Hij kreeg geen reactie en zei: 'Niets.' Hij belde nog een paar nummers. 'Nee. Pech.'

'Heeft Tweeëntwintig-vijf haar nummers laten uitschakelen, net als de stroom?'

'Nee, de nummers zijn geactiveerd, maar de toestellen werken niet – kapot, of de batterijen zijn verwijderd.'

'Hè? Weten ze dat zeker?' Zijn ongerustheid groeide.

Er werd aan de deur gebeld en Thom ging opendoen.

Lon Sellitto beende met een bezweet gezicht en zijn overhemd half uit zijn broek het lab in. 'Ze kunnen niets aan die schorsing doen. Het gaat automatisch. Zelfs als ik nog een test doe, moeten ze de zaak openhouden tot Interne Zaken het onderzoek heeft afgerond. Kutcomputers. Ik heb iemand naar PublicSure laten bellen. Ze zullen, ik citeer, "ernaar kijken". Nou, dan weet je het wel.' Hij keek naar Pulaski. 'Hoe is het met je vrouw?'

'Nog in het detentiecentrum.'

'Jezus.'

'En het wordt nog erger.' Rhyme vertelde Sellitto over Brockton, Whitcomb, Glenn en de afdeling Compliance van Binnenlandse Veiligheid.

'Shit. Nooit van gehoord.'

'Ze willen dat we het onderzoek opschorten, in elk geval voorzover SSD erbij betrokken is, maar we hebben nog een probleem. Amelia is spoorloos.'

'Wat?' blafte Sellitto.

'Het lijkt erop. Ik weet niet waar ze naartoe is gegaan nadat ze thuis was geweest. Ze heeft niet gebeld... O, god, er was geen stroom, de telefoons deden het niet. Luister de voicemail af, misschien heeft ze wel gebeld.'

Cooper toetste het nummer in. Sachs had inderdaad gebeld, maar ze had alleen ingesproken dat ze achter een aanwijzing aanging. Ze vroeg Rhyme haar te bellen, dan zou ze het uitleggen.

Rhyme kneep gefrustreerd zijn ogen dicht.

Een aanwijzing...

In welke richting? Een van de verdachten. Hij keek naar de lijst.

Andrew Sterling, directeur, hoofd raad van bestuur
  (alibi: op Long Island, geverifieerd. Bevestigd door zoon)
Sean Cassel, hoofd Verkoop en Marketing
  (geen alibi)
Wayne Gillespie, hoofd Technische Operaties
  (geen alibi)
Samuel Brockton, hoofd Compliance
  (alibi: hotelgegevens bevestigen aanwezigheid in Washington)
Peter Arlonzo-Kemper, hoofd Personeelszaken
  (alibi: bij echtgenote, door haar geverifieerd – partijdig?)
Steven Shraeder, hoofd Technische Dienst, dagploeg
  (alibi: op kantoor, volgens urenrapportage)
Faruk Mameda, hoofd Technische Dienst, nachtploeg
  (geen alibi)
  (alibi voor moord op beheerder: op kantoor, volgens urenrapportage)
Cliënt SSD (?)
  Robert Carpenter (?)
Onbekende, ingehuurd door Andrew Sterling (?)
Runnerboy?

Leidde de aanwijzing naar een van hen?

'Lon, ga naar Carpenter.'

'Wat moet ik dan zeggen? "Hé, ik zit niet meer bij de politie, maar mag ik je een paar vragen stellen omdat ik zo'n toffe peer ben, al hoef je niks te zeggen?"'

'Ja, Lon, zeg dat maar.'

Sellitto keek naar Cooper. 'Mel, geef me je penning.'

'Mijn penning?' herhaalde de analist nerveus.

'Ik zal er geen krassen op maken,' bromde de potige inspecteur.

'Ik ben eerder bang dat ze mij óók schorsen.'

'Dan kom je er maar gezellig bij.' Sellitto pakte de penning en kreeg Carpenters adres van Pulaski. 'Ik hou jullie op de hoogte.'

'Lon, pas op. Tweeëntwintig-vijf voelt zich in het nauw gedreven. Hij zal hard terugslaan. En denk erom, hij...'

'... is die klootzak die alles weet.' Sellitto liep met grote passen het lab uit.

Rhyme zag Pulaski naar de schema's kijken. 'Rechercheur?'

'Ja?'

'Ik heb nog iets bedacht.' Hij tikte tegen het whiteboard met de verdachtenlijst. 'Andrew Sterlings alibi. Hij zei tegen me dat zijn zoon in Westchester zat toen hij op Long Island was. Hij heeft Andy van buiten de stad gebeld, en het tijdstip stond in zijn telefoongegevens. Dat klopte wel.'

'Dus?'

'Nou, Sterling zei ook dat zijn zoon met de trein naar Westchester was gegaan, maar toen ik met Andy praatte, zei hij dat hij erheen was geréden.' Pulaski hield zijn hoofd schuin. 'En nog iets, meneer. Ik heb de urenrapportages van de dag van de moord op de beheerder bekeken. Ik kwam Andy's naam tegen. Hij was kort na Miguel Abrera vertrokken, die conciërge. Ik bedoel, maar een paar seconden later. Ik stond er niet bij stil, want Andy was geen verdachte.'

'Maar de zoon heeft geen toegang tot innerCircle,' zei Cooper met een knikje naar de verdachtenlijst.

'Dat zegt zijn vader, maar...' Pulaski schudde zijn hoofd. 'Ziet u, Andrew Sterling was zo behulpzaam dat we alles wat hij zei gewoon slikten. Hij zei dat alleen de mensen op de lijst in innerCircle kunnen komen, maar dat hebben we niet zelf nagetrokken. We weten niet echt wie er wel of niet op innerCircle kunnen inloggen.'

'Misschien heeft Andy het wachtwoord uit de pda of computer van zijn vader gehaald,' opperde Cooper.

'Je bent goed op dreef, Pulaski. Oké, Mel, jij bent nu de baas. Stuur een tactisch team naar Andy Sterling.'

Zelfs de beste voorspellende analyses, aangestuurd door een briljant kunstmatig brein als Xpectation, kunnen er wel eens naast zitten.

Wie had ooit kunnen denken dat Amelia 7303, die hier nu verdwaasd en met handboeien om zit, regelrecht naar mijn deur zou komen?

Een gelukje, moet ik toegeven. Ik wilde net op pad gaan om Thoms vivisectie in gang te zetten toen ik haar door het raam zag. Zo lijkt mijn leven in elkaar te zitten: meevallers als compensatie voor de zenuwen.

Ik neem de situatie kalm in ogenschouw. Goed, haar collega's van de politie verdenken me niet; ze kwam alleen om me de compositiefoto te laten zien die ik in haar zak heb gevonden, samen met een lijst van zes andere mensen. De twee bovenste zijn doorgestreept. Ik ben het ongeluksnummer drie. Er zal iemand naar haar komen vragen; ik zal zeggen dat ze hier is geweest om me de foto te laten zien en toen weer is vertrokken. En dat is dat.

Ik heb haar elektronica ontmanteld en alles in geschikte doosjes opgeborgen. Ik heb overwogen háár telefoon te gebruiken om de laatste momenten van Thom Restons ondergang vast te leggen. Het heeft een leuke symmetrie, een elegantie, maar ze moet natuurlijk spoorloos verdwijnen. Ze komt te rusten in mijn kelder, bij Caroline 8630 en Fiona 4892.

Van de aardbodem verdwenen.

Niet zo netjes afgerond – de politie wil altijd graag het lichaam hebben – maar goed nieuws voor mij.

Deze keer zal ik een echte trofee nemen. Niet alleen maar nagels van mijn Amelia 7303...

44

'Nou, hoe zit het, verdomme?' snauwde Rhyme tegen Pulaski.

Het groentje stond vijf kilometer verderop bij het herenhuis van Andrew Sterling junior in de Upper East Side van Manhattan.

'Ben je binnen? Is Sachs er ook?'

'Ik geloof niet dat we Andy moeten hebben, meneer.'

'Dénk je dat, of is hij onze verdachte niet?'

'Hij is het niet.'

'Verklaar je nader.'

Pulaski zei dat Andy Sterling inderdaad had gelogen over zijn bezigheden van afgelopen zondag, maar niet om te verhullen dat hij de moordenaar en verkrachter was. Hij had tegen zijn vader gezegd dat hij met de trein naar Westchester was gegaan om een trektocht te maken, maar in feite was hij met de auto gegaan, zoals hij zich tijdens zijn gesprek met Pulaski had laten ontvallen.

Geconfronteerd met Pulaski en twee AT ers had de jongeman er geschrokken uitgeflapt waarom hij tegen zijn vader had gelogen dat hij met de trein was gegaan: Andy had geen rijbewijs.

Zijn vriendje echter wel. Andrew Sterling mocht dan de beste gegevensverzamelaar van de wereld zijn, hij wist niet dat zijn zoon homo was, en Andy had nooit de moed kunnen opbrengen om het hem te vertellen.

Een telefoongesprekje met de vriend wees uit dat ze ten tijde van de moorden allebei de stad uit waren geweest. Het operatiecentrum van E-Zpass kon het bevestigen.

'Godver, oké, kom terug, Pulaski.'

'Goed, meneer.'

Lon Sellitto liep over de stoffige stoep en dacht: shit, ik had Coopers dienstwapen óók moeten meenemen. Maar ja, een penning lenen als je geschorst was kon nog, maar een wapen was iets anders. Als Interne Zaken dat ontdekte, was er pas echt stront aan de knikker.

En het zou een legitieme grond voor schorsing zijn wanneer zijn drugstest negatief was.

Drugs. Shit.

Hij vond het adres dat hij zocht, dat van Carpenter, een herenhuis in een stille buurt in de Upper East Side. Er brandde licht, maar hij zag niemand binnen. Hij liep naar de deur en drukte op de bel.

Hij dacht binnen iets te horen. Voetstappen. Een deur.

Het bleef een lange minuut stil.

Sellitto reikte onwillekeurig naar zijn wapen, dat er niet meer was. Shit.

Toen werd er eindelijk een gordijn van een zijraam opzij getrokken. Het viel terug, de deur ging open en Sellitto stond tegenover een stevig gebouwde man met een kale kop waar hij zijn laatste haar overheen had gekamd. Hij keek naar de clandestiene gouden penning. Er flakkerde twijfel in zijn ogen.

'Meneer Carpenter...'

Voordat hij nog iets kon zeggen, vertrok het gezicht van de man van woede. 'Godver. Godverdomme!' tierde hij.

Lon Sellitto had in geen jaren met een verdachte gevochten, en nu besefte hij dat die man hem met gemak tot moes kon slaan en dan zijn keel kon doorsnijden. Waarom had hij Coopers wapen niet geleend, ongeacht de gevolgen?

Sellitto bleek echter niet de aanleiding voor de woede te zijn.

Dat was het hoofd van ssd, gek genoeg.

'Dit heb ik aan die hufter van een Andrew Sterling te danken, zeker? Heeft hij jullie gebeld? Hij probeert mij die moorden waar we steeds over horen in de schoenen te schuiven. O, god, wat moet ik beginnen? Ik zit vast al in het systeem en Watchtower heeft mijn naam op lijsten door het hele land verspreid. O, man, hoe heb ik zo stom kunnen zijn me met ssd in te laten?'

Sellitto's ongerustheid zakte. Hij stopte de penning weg en vroeg de man naar buiten te komen, wat hij deed.

'Nou, heb ik gelijk? Zit Andrew erachter?' grauwde Carpenter.

Sellitto beantwoordde zijn vraag niet, maar vroeg hem waar hij was geweest ten tijde van de moord op Malloy, eerder die dag.

Carpenter dacht terug. 'Ik had besprekingen.' Hij noemde de namen van verschillende functionarissen van een grote bank in de stad, compleet met telefoonnummers.

'En zondagmiddag?'

'Toen hadden mijn vriendin en ik een paar mensen op bezoek. Een brunch.'

Een alibi dat makkelijk kon worden nagetrokken.

Sellitto belde Rhyme om door te geven wat hij aan de weet was gekomen. Hij kreeg Cooper aan de lijn, die zei dat hij de alibi's zou controleren. Na het gesprek wendde de rechercheur zich weer tot de geagiteerde Bob Carpenter.

'Het is de meest rancuneuze eikel met wie ik ooit zaken heb gedaan.'

Sellitto vertelde hem dat ze zijn naam inderdaad via SSD hadden gekregen. Carpenter deed zijn ogen even dicht. Zijn woede maakte plaats voor moedeloosheid.

'Wat heeft hij over me gezegd?'

'Naar het schijnt hebt u vlak voor de moorden informatie over de slachtoffers gedownload. Het gaat om verschillende moorden van de afgelopen maanden.'

'Dat krijg je als je Andrew kwaad maakt. Hij slaat terug. Ik had nooit gedacht dat hij zo was...' Toen keek hij verbaasd op. 'De afgelopen maanden? Wanneer zou ik voor het laatst iets hebben gedownload?'

'De afgelopen paar weken.'

'Nou, dat kan ik niet geweest zijn. Ik ben sinds begin maart uitgesloten van het Watchtower-systeem.'

'Uitgesloten?'

Carpenter knikte. 'Andrew heeft mijn account geblokkeerd.'

Sellitto's telefoon tjilpte. Het was Mel Cooper, die vertelde dat in elk geval twee van de bronnen Carpenters alibi hadden bevestigd. Sellitto vroeg hem Rodney Szarnek te bellen om de data op de cd die Pulaski had gekregen nog eens te laten controleren. Hij klapte het toestel dicht. 'Waarom bent u uitgesloten?' vroeg hij aan Carpenter.

'Nou, ik heb een dataopslagbedrijf en...'

'Dataopslag?'

'Wij slaan de data op die ondernemingen zoals SSD verwerken.'

'Dus u hebt geen pakhuizen waar je handelswaar opslaat?'

'Nee, nee, het is allemaal gegevensopslag. Op servers in New Jersey en Pennsylvania. Maar goed, ik liet me... Nou ja, je kunt zeggen dat ik me door Andrew Sterling heb laten inpakken. Zijn succes, het geld. Ik wilde de data ook gaan verkopen, net als SSD, niet meer alleen opslaan. Ik wilde in een gat in de markt springen, een paar bedrijfstakken overnemen waarin SSD niet zo sterk staat. Het was niet echt concurrentie, het was niet illegaal.'

Sellitto hoorde de wanhoop waarmee Carpenter zijn bezigheden rechtvaardigde.

'Het ging niet om grote bedragen, maar Andrew kwam erachter en gooide me uit innerCircle en Watchtower. Hij dreigde met een proces. Ik heb geprobeerd te onderhandelen, maar hij heeft me vandaag op straat gezet. Nou ja, ons contract opgezegd. Ik had echt niets verkeerds gedaan.' Zijn stem sloeg over. 'Het was gewoon zakelijk...'

'En u denkt dat Sterling de bestanden heeft aangepast om de schijn te wekken dat u de moordenaar bent?'

'Tja, het moet iemand van ssd zijn geweest.'

Waar het op neerkomt, dacht Sellitto, is dat Carpenter geen verdachte is en dat ik mijn tijd hier sta te verdoen. 'Ik heb geen vragen meer. Goedenavond.'

Carpenter dacht er anders over. Zijn woede was gezakt en zijn gezicht leek nu radeloosheid uit te drukken, zo geen angst. 'Wacht, agent, begrijp me niet verkeerd. Ik druk me niet goed uit. Ik wil niet insinueren dat het Andrew is geweest. Ik was kwaad, maar het was maar een reactie. U gaat het toch niet tegen hem zeggen?'

Toen hij wegliep, keek Sellitto achterom. De zakenman stond erbij alsof hij elk moment in huilen kon uitbarsten.

Er was dus weer een verdachte vrijgepleit.

Eerst Andy Sterling, nu Robert Carpenter. Het eerste wat Sellitto deed toen hij terug was, was Rodney Szarnek bellen. Die beloofde uit te zoeken wat er mis was gegaan. Tien minuten later belde hij terug. 'Haha, oeps,' waren zijn eerste woorden.

Rhyme zuchtte. 'Zeg het maar.'

'Oké, Carpenter heeft inderdaad genoeg lijsten gedownload om de informatie te verzamelen die hij nodig zou hebben om de slachtoffers en zondebokken te kunnen pakken, maar dan verspreid over een periode van twee jaar. Allemaal in het kader van legitieme marketingcampagnes. En sinds begin maart heeft hij niets meer gedownload.'

'Je zei toch dat de informatie vlak voor de misdrijven was gedownload?'

'Dat stond op de spreadsheet zelf, maar uit de metadata blijkt dat iemand bij ssd de tijdstippen heeft veranderd. Hij had de informatie over je neef bijvoorbeeld twee jaar geleden al opgevraagd.'

'Dus iemand bij ssd heeft dat gedaan om ons op het dwaalspoor van Carpenter te brengen.'

'Klopt.'

'Dan nu de hamvraag: wie heeft die data veranderd? Dat is Tweeëntwintig-vijf.'

Szarnek zei echter: 'De metadata geven verder geen informatie. De logs van de systeembeheerder en de root-access zijn niet...'

'Nee, dus. Daar komt het op neer?'

'Ja.'

'Zeker weten?'

'Absoluut.'

'Bedankt,' gromde Rhyme. Ze hingen op.

De zoon kwam niet meer in aanmerking, Carpenter kwam niet meer in aanmerking...

Waar zit je toch, Sachs?

Rhyme schrok. Hij had bijna haar voornaam gebruikt, maar ze hadden de stilzwijgende afspraak dat ze elkaar alleen bij de achternaam noemden. Voornamen brachten ongeluk. Alsof ze nog meer tegenslag konden krijgen.

Sellitto wees naar het bord met de verdachtenlijst en zei: 'Linc, het enige wat ik nog kan verzinnen, is al die mensen opzoeken. Nu.'

'Ja, maar hoe doen we dat, Lon? We zitten met een inspecteur die niet eens wil dat deze zaak bestaat. We kunnen niet bepaald...' Zijn stem stierf weg toen zijn blik van het profiel van Tweeëntwintig-vijf naar de schema's dwaalde.

En het dossier van zijn neef op de leesstandaard.

Levensstijl

Dossier 1A. Producten, voorkeuren

Dossier 1B. Dienstverlening, voorkeuren

Dossier 1C. Reizen

Dossier 1D. Medisch

Dossier 1E. Vrijetijdsbesteding

Financiën/Opleiding/Beroep

Dossier 2A. Opleidingshistorie

Dossier 2B. Beroepshistorie met inkomen

Dossier 2C. Krediethistorie/huidige toestand en classificatie

Dossier 2D. Zakelijke producten en diensten, voorkeuren

Overheid/Juridisch

Dossier 3A. Personalia

Dossier 3B. Kiesregister

Dossier 3C. Juridische historie

Dossier 3D. Strafblad

Dossier 3E. Compliance

Dossier 3F. Immigratie en naturalisatie

Rhyme las het document een paar keer snel door. Toen keek hij naar de andere documenten die op de whiteboards waren geplakt. Er klopte iets niet.

Hij belde Szarnek nog eens. 'Rodney, hoeveel ruimte neemt een document van dertig pagina's in beslag op een harde schijf? Zoals dat dossier van ssd dat ik hier heb?'

'Ha. Een dossier? Alleen tekst, neem ik aan?'

'Ja.'

'Het zit in een database, dus het is gecomprimeerd... Laten we het op vijfentwintig kilobyte houden, maximaal.'

'Dat is niet veel, hè?'

'Haha. Een scheet in de orkaan van de dataopslag.'

Rhyme keek vertwijfeld naar het plafond. 'Dan heb ik nog één vraag voor je.'

'Hé, brand maar los.'

Haar hoofd bonsde pijnlijk en ze proefde bloed van de snee in haar mond na de botsing met de stenen muur.

De moordenaar had haar met het scheermes op de keel haar wapen afgenomen en haar door een kelderdeur een steile trap op gesleept naar de 'façade'-kant van het herenhuis, aan de voorkant, een moderne, sober ingerichte ruimte die een weerspiegeling was van de zwart-witte ambiance van ssd.

Toen had hij haar naar een deur in de achterwand van de woonkamer gebracht.

Het bleek ironisch genoeg een kastdeur te zijn. Hij had wat muf ruikende kleren opzij geduwd, een volgende deur opengemaakt, haar erdoor gesleurd en haar pieper, pda en mobieltje, haar sleutels en de stiletto in de achterzak van haar broek afgepakt. Hij had haar tegen een radiator geduwd, tussen hoge stapels kranten, en haar aan het roestige metaal geboeid. Ze keek om zich heen in het hamsterparadijs, dat schimmelig en schemerig was. Het rook er oud, tweedehands, en ze had nog nooit zoveel troep en afgedankte spullen bij elkaar gezien. De moordenaar liep met haar spullen naar een groot, rommelig bureau en begon met haar eigen mes haar elektronica te demonteren. Hij werkte nauwgezet, genietend van het verwijderen van elk onderdeel, alsof hij een lijk opensneed omwille van de organen.

Nu zat de moordenaar aan zijn bureau op zijn toetsenbord te tikken. Hij werd omringd door hoge stapels kranten, torens van opgevouwen papieren zakken, luciferdozen, glaswerk, dozen met opschriften als 'sigaretten', 'knopen' en 'paperclips', oude blikjes en voedselverpakkingen uit de jaren zestig en zeventig, schoonmaakmiddelen en honderden andere dozen.

Sachs lette echter niet op de inventaris. Ze vroeg zich ontdaan af hoe hij hen zó om de tuin had kunnen leiden. Tweeëntwintig-vijf stond niet eens op hun verdachtenlijst. Ze hadden ernaast gezeten met de bazige directieleden, de techneuten, de cliënten, de kraker en de huurling van Andrew Sterling die opdrachten voor het bedrijf moest binnenhalen.

Toch werkte hij wél voor SSD.

Waarom had ze iets zo vanzelfsprekends over het hoofd gezien?

Tweeëntwintig-vijf was de bewaker die haar die maandag de datahokken had laten zien. Ze wist nog wat er op zijn naamplaatje stond. John. Zijn achternaam was Rollins. Hij moest Pulaski en haar maandag hebben zien aankomen bij de bewakingspost van SSD en snel hebben aangeboden hen naar Sterlings kantoor te brengen. Vervolgens was hij in de buurt gebleven om uit te vissen wat ze kwamen doen. Of misschien had hij van tevoren al geweten dat ze zouden komen en had hij gezorgd dat hij die ochtend dienst had.

De man die alles weet...

Hij had haar de hele Grijze Rots laten zien, dus ze had kunnen weten dat de bewakers toegang hadden tot alle hokken en het Intake Center. Ze herinnerde zich dat je, als je eenmaal in een van de hokken was, geen wachtwoord meer hoefde te hebben om in te loggen op innerCircle. Ze wist nog niet hoe hij disks met gegevens naar buiten had gesmokkeld – zelfs hij was gefouilleerd toen ze uit het datahok kwamen – maar het was hem op de een of andere manier gelukt.

Ze kneep haar ogen halfdicht in de hoop dat de hoofdpijn zou zakken, wat niet gebeurde. Ze keek op naar de wand achter het bureau, waaraan een schilderij hing, een fotorealistisch familieportret. Natuurlijk: de Harvey Prescott waarvoor hij Alice Sanderson had vermoord, waarna de onschuldige Arthur Rhyme als verdachte was aangemerkt.

Nu haar ogen zich eindelijk hadden aangepast aan het zwakke licht, keek Sachs naar haar tegenstander. Ze had niet echt op hem gelet toen hij haar bij SSD rondleidde, maar nu kon ze hem goed zien: een magere, bleke man met een onopvallend, maar aantrekkelijk gezicht. Zijn holle ogen flitsten heen en weer en hij had bijzonder lange vingers en sterke armen.

De moordenaar voelde dat ze naar hem keek, draaide zich om en nam haar met hongerige ogen op. Toen richtte hij zijn aandacht weer op zijn computer en tikte verwoed door. Op de vloer lagen tientallen andere toetsenborden, de meeste kapot of met afgesleten letters. Niemand kon ze nog gebruiken, maar Tweeëntwintig-vijf kon ze natuurlijk niet weggooien. Om hem heen lagen duizenden kladblokken, gevuld met een klein, nauwkeurig handschrift – de bron van de papiervezels die ze op een van de pd's hadden gevonden.

De geur van schimmel en ongewassen kleding en linnengoed was overweldigend. Hij moest zo aan de stank gewend zijn dat hij het niet meer rook. Of misschien vond hij het lekker.

Sachs deed haar ogen dicht en legde haar hoofd tegen een stapel kranten. Geen wapens, machteloos... wat kon ze in vredesnaam doen? Ze was woest op zichzelf omdat ze Rhyme niet specifieker had verteld waar ze naartoe ging.

Machteloos...

Toen viel haar iets in. Het motto van de hele zaak-225. *Kennis is macht.*

Nou, zorg dan dat je kennis vergaart, verdomme. Kom iets over hem aan de weet wat je als wapen kunt gebruiken.

Denk na!

Bewaker John Rollins... De naam zei haar niets. Hij was niet één keer genoemd in de loop van het onderzoek. Wat was zijn connectie met ssd, de misdrijven, de data?

Sachs keek om zich heen, overdonderd door de hoeveelheid rotzooi die ze zag.

Ruis...

Concentreer je. Eén ding tegelijk.

Toen zag ze iets tegen de achtermuur wat haar aandacht trok. Het was een van zijn verzamelingen: een grote stapel kaartjes voor skiliften.

Vail, Copper Mountain, Breckinridge, Beaver Creak.

Kon het waar zijn?

Oké, ze waagde het erop.

'Peter,' zei ze gedecideerd, 'we moeten eens praten.'

Toen hij de naam hoorde, knipperde hij met zijn ogen en keek haar kant op. Er lichtte even onzekerheid in zijn ogen op. Het was bijna alsof hij een klap in zijn gezicht had gekregen.

Ja, ze had het goed geraden. John Rollins was – hoe kon het anders? – een valse identiteit. In het echt was dit Peter Gordon, de fameuze datascrounger die was gestorven... die had gedaan alsóf hij dood was toen ssd het bedrijf in Colorado overnam waar hij had gewerkt.

'We waren benieuwd naar die in scène gezette dood. Het DNA? Hoe heb je dat voor elkaar gekregen?'

Hij hield op met tikken en keek peinzend naar het schilderij. Toen zei hij: 'Gek hè, dat we data klakkeloos geloven?' Hij keek haar aan. 'Als het in een computer zit, moet het wel waar zijn. Als de DNA-godheid erbij komt kijken, moet het helemaal waar zijn. Geen vragen meer. Einde verhaal.'

'Dus jij, Peter Gordon, wordt vermist,' zei Sachs. 'De politie vindt je fiets en een lichaam in ontbinding met jouw kleren aan. Er is niet veel van over nadat de dieren zich te goed hebben gedaan, toch? Ze nemen haar- en speekselmonsters in je huis. Ja, hoor, het DNA komt overeen. Geen twijfel mogelijk, je bent dood. Maar het was niet jouw haar of speeksel in die badkamer, hè? Je hebt haar van die man die je had vermoord in je badkamer achtergelaten. En je hebt zijn tanden gepoetst, heb ik gelijk?'

'En een druppeltje bloed op het scheermesje. Jullie van de politie zijn gek op bloed, nietwaar?'

'Wie was het?'

'Een jongen uit Californië. Hij stond langs de snelweg te liften.'

Hou hem aan de praat – informatie is je enige wapen. Gebruik het! 'Alleen hebben we nooit begrepen waarom je het hebt gedaan, Peter. Wilde je de overname van Rocky Mountain Data door SSD saboteren of zat er meer achter?'

'Saboteren?' herhaalde hij verbijsterd. 'Je snapt het gewoon niet, hè? Toen Andrew Sterling en zijn mensen van SSD bij Rocky Mountain kwamen om het over te nemen, heb ik alle data verzameld die ik over hem en zijn bedrijf kon vinden. En wat ik toen zag, was adembenemend! Andrew Sterling is God. Hij is de toekomst van de data, wat inhoudt dat hij de toekomst van de maatschappij is. Hij kon data vinden waarvan ik het bestaan niet eens vermoedde, en ze inzetten als wapen, als medicijn of als wijwater. Ik móést deel uitmaken van wat hij deed.'

'Maar je kon geen datascrounger bij SSD worden. Dat paste niet in je plannen, hè? Voor je... ándere verzamelingen? En je manier van leven.' Ze knikte naar de volle kamer.

Zijn gezicht betrok en zijn ogen werden groot. 'Ik wilde deel uitmaken van SSD. Denk je soms van niet? O, wat ik had kunnen bereiken! Maar het lot wilde anders.' Hij zweeg en gebaarde naar zijn collecties. 'Denk je dat ik voor deze manier van leven heb gekozen? Denk je dat ik het leuk vind?' Zijn stem begaf het bijna. Hij ademde diep in en glimlachte zwakjes. 'Nee, ik moet buiten het systeem blijven. Alleen zo overleef ik het. Buiten het systeem.'

'Je hebt je eigen dood dus in scène gezet en een identiteit gestolen. Je hebt je de naam en het burgerservicenummer aangemeten van iemand die dood was.'

De emotie was gezakt. 'Ja, een kind. Jonathan Rollins, drie jaar oud, uit Colorado Springs. Het is geen kunst om aan een nieuwe identiteit te komen. Mensen die het systeem de rug toe hebben gekeerd, doen niet anders. Je kunt er boeken over kopen...' Hij glimlachte flauwtjes. 'Als je ze maar contant betaalt.'

'En je kreeg een baan als bewaker. Heeft niemand van SSD je herkend?'

'Ik heb nooit iemand van het bedrijf persoonlijk ontmoet. Dat is het wonderbaarlijke van data-mining. Je kunt data verzamelen zonder ooit je veilige Kast uit te komen.'

Zijn stem stierf weg. Hij leek te piekeren over wat ze hem had verteld. Wisten ze echt bijna zeker dat Rollins in feite Peter Gordon was? Zou er nog iemand naar zijn huis komen om de boel te inspecteren? Hij besloot kennelijk dat hij het risico wel kon nemen. Hij griste de sleutel van Pams auto van het bureau, vermoedelijk om hem te verbergen. Hij keek naar de sleutelhanger. 'Goedkoop, geen RFID's. Maar iedereen trekt tegenwoordig kentekens na. Waar sta je?'

'Denk je dat ik dat jou ga vertellen?'

Hij haalde zijn schouders op en liep weg.

Haar strategie had gewerkt; ze had een beetje kennis als wapen ingezet. Het was niet veel, natuurlijk, maar ze had in elk geval wat tijd gewonnen.

Maar was het genoeg om te doen wat ze van plan was: de sleutel van de handboeien pakken, die diep in haar broekzak zat.

45

'Luister. Mijn partner wordt vermist. En ik moet een paar dossiers zien.'

Rhyme praatte via een hd-videolink met Andrew Sterling.

Het hoofd van SSD was weer op zijn sobere kamer in de Grijze Rots. Hij zat kaarsrecht op een gewone houten stoel, ironisch genoeg in dezelfde houding als Rhyme, die stram in zijn TDX zat. Sterling zei bedaard: 'Sam Brockton heeft met u gepraat. En inspecteur Glenn.' Geen sprankje onbehagen in zijn stem. Helemaal geen emoties, trouwens, al glimlachte hij vriendelijk.

'Ik moet het dossier van mijn partner zien. Amelia Sachs, u hebt haar gesproken. Haar hele dossier.'

'Hoe bedoelt u, hoofdinspecteur Rhyme, het "hele" dossier?'

Rhyme merkte op dat Sterling zijn rang had genoemd, die niet algemeen bekend was. 'U weet heel goed wat ik bedoel.'

'Nee, echt niet.'

'Ik wil punt 3E van haar dossier inzien. Compliance.'

Sterling aarzelde. 'Waarom? Er staat niets in. Overheidsdingen. Dingen in het kader van de wet op de privacy.'

Hij loog. Agent Kathryn Dance van het California Bureau of Investigation had hem een paar dingen geleerd over kinesica, lichaamstaal, en het analyseren van hoe mensen communiceren. Een aarzeling voorafgaand aan een antwoord is vaak een teken van misleiding, aangezien het subject probeert een geloofwaardig, maar onjuist antwoord te formuleren. Wie de waarheid spreekt, aarzelt niet; er hoeft niets te worden bedacht.

'Waarom mag ik het dan niet zien?'

'Er is gewoon geen reden om... U zou er niets mee opschieten.'

Een leugen.

Sterlings groene ogen bleven kalm, maar ze flitsten een keer opzij, en Rhyme begreep dat hij op zijn scherm naar Pulaski keek, die achter Rhyme in het lab stond.

'Laat me dan een vraag stellen.'

'Ja?'

'Ik heb net een computerdeskundige van de politie gesproken. Ik heb hem laten schatten hoe groot het dossier van mijn neef was.'

'Ja?'

'Hij zei dat een dossier van dertig pagina's tekst ongeveer vijfentwintig kilobyte in beslag zou nemen.'

'Ik maak me net zo ongerust om uw partner als u, maar...'

'Dat betwijfel ik ten zeerste. Luister.' Sterling trok alleen zijn ene wenkbrauw op. 'Een gewoon dossier bestaat uit vijfentwintig kilobyte aan data, maar volgens uw brochure beschikt u over meer dan vijfhonderd petabyte aan informatie. Dat is meer dan de meeste mensen kunnen bevatten.'

Sterling reageerde niet.

'Als een gemiddeld dossier vijfentwintig kilobyte is, zou een database van de hele wereldbevolking ruim geschat honderdvijftig miljard kilobyte groot zijn, maar innerCircle omvat meer dan vijfentwintig honderd biljoen kilobyte. Wat staat er op de rest van de harde schijf van innerCircle, Sterling?'

Weer een aarzeling. 'Nou, van alles... Grafieken en foto's, die nemen veel ruimte in beslag. Administratieve gegevens, bijvoorbeeld.'

Een leugen.

'En waarom moet iemand eigenlijk een compliancedossier hebben? Wie moet zich waaraan houden?'

'We zorgen dat alle dossiers aan de eisen van de wet voldoen.'

'Sterling, als ik dat dossier niet binnen vijf minuten in mijn computer heb, ga ik regelrecht naar *The Times* met het verhaal dat jullie een crimineel hebben geholpen die jullie informatie heeft gebruikt om te moorden en te verkrachten. De jongens van de afdeling Compliance in Washington kunnen je niet behoeden voor die koppen, en ik garandeer je dat het op de voorpagina komt.'

Sterling lachte. Zijn gezicht straalde zelfvertrouwen uit. 'Ik denk niet dat dat zal gebeuren. Nu moet ik afscheid nemen, inspecteur.'

'Sterling...'

Het scherm ging op zwart.

Rhyme deed gefrustreerd zijn ogen dicht. Hij manoeuvreerde zijn stoel naar de whiteboards met de schema's en de verdachtenlijst. Hij keek naar wat Thom, Sachs en Mel Cooper hadden genoteerd, soms in snelle hanenpoten, soms in een keurig handschrift.

Er dienden zich geen antwoorden aan.

Waar zit je, Sachs?

Hij wist dat ze van spanning hield, en hij zou haar nooit vragen de hoogst riskante situaties waartoe ze zich aangetrokken leek te voelen voortaan te mijden, maar hij was woedend dat ze op haar aanwijzing was afgegaan zonder versterking.

'Lincoln?' zei Ron Pulaski bedeesd. Rhyme keek op en zag de jonge agent met vreemd kille ogen naar de plaats delict-foto's van Myra Weinburgs lichaam kijken.

'Ja?'

Pulaski keek hem aan. 'Ik heb een idee.'

Het gezicht met de verbonden neus vulde het hd-scherm.

'Je hebt wél toegang tot innerCircle, hè?' zei Ron Pulaski ijzig tegen Mark Whitcomb. 'Je zei dat je geen toegang had, maar je kunt er wél in komen.'

De assistent van het hoofd Compliance zuchtte, maar zei uiteindelijk: 'Ja.' Hij keek nog even in de webcam, maar wendde toen zijn blik af.

'Mark, we hebben een probleem. Je moet ons helpen.'

Pulaski vertelde over Sachs' verdwijning en Rhymes vermoeden dat haar dossier hen zou kunnen helpen te achterhalen waar ze was. 'Wat staat er in het hoofdstuk Compliance?'

'Een compliancedossier?' fluisterde Mark Whitcomb. 'Het is strikt verboden erin te kijken. Als ze erachter komen, kan ik de bak in draaien. En Sterlings reactie... die zou nog erger zijn dan de gevangenis.'

'Je bent niet eerlijk tegen ons geweest, dat heeft levens gekost,' zei Pulaski kortaf. Hij voegde er iets vriendelijker aan toe: 'Wij staan aan de goede kant, Mark. Help ons uit de brand. Laat niet nog meer slachtoffers vallen, alsjeblieft.'

Hij zei niets meer. De stilte hield aan.

Goed werk, groentje, dacht Rhyme, die deze keer genoegen nam met zijn rol op de achtergrond.

Whitcomb trok een grimas. Hij keek om zich heen en naar het plafond. Rhyme vroeg zich af of hij bang was voor afluisterapparatuur of bewakingscamera's. Het leek er wel op, want zijn stem klonk zowel berustend als dringend toen hij zei: 'Schrijf op. We hebben weinig tijd.'

'Mel! Hier komen. We gaan het systeem van ssd in, innerCircle.'

'Echt waar? O-o, dat klinkt niet goed. Eerst gaat Lon er met mijn penning vandoor, en nou dit weer.' Cooper haastte zich naar een terminal naast Rhyme. Whitcomb gaf het adres van een website door en Cooper tikte het in. Op het scherm verscheen de mededeling dat ze contact hadden met de beveiligde server van ssd. Whitcomb gaf Cooper een tijdelijke gebruikersnaam en, na een korte aarzeling, drie lange wachtwoorden die uit een willekeurige combinatie van cijfers en letters bestonden.

'Download het decodeerbestand in het venster midden op het scherm en klik op UITVOEREN.'

Cooper deed het en even later verscheen er een nieuw venster.

Welkom, NGHF235, voer alstublieft (1) de zestiencijferige SSD-code van het subject in, of (2) het land en het paspoortnummer van het subject, of (3) naam, huidig adres, bsn-nummer en een telefoon-nummer van het subject.

'Voer de informatie in van degene van wie je iets wilt weten.'

Rhyme dicteerde Sachs' gegevens. Op het scherm verscheen: *Bevestig toegang tot 3E Compliancedossier? Ja/Nee.*

Cooper klikte op 'ja' en er werd hem een nieuw wachtwoord gevraagd.

Whitcomb keek weer naar het plafond en vroeg: 'Ben je zover?'

Alsof er iets belangrijks te gebeuren stond. 'Ja.'

Whitcomb gaf Cooper nog een wachtwoord van zestien letters en cijfers. Cooper tikte het in en drukte op de entertoets.

Het scherm vulde zich met tekst. 'O, mijn god,' fluisterde Lincoln Rhyme verbijsterd.

En hij was niet snel verbijsterd.

VERTROUWELIJK

HET IN BEZIT HEBBEN VAN DIT DOSSIER DOOR PERSONEN DIE GEEN AUTORISATIE A-18 OF HOGER HEBBEN IS STRAFBAAR VOLGENS DE FEDERALE WET

Dossier 3E – Compliance
SSD-subjectnummer: 7303-4490-7831-3478
Naam: Amelia H. Sachs
Pagina's: 478

Inhoudsopgave
Klik onderwerp aan voor inzage
N.B.: Het kan tot vijf minuten duren voordat archiefmateriaal beschikbaar is

Profiel

- Naam/Schuilnamen/Aliassen/Schermnamen
- Burgerservicenummer
- Huidig adres
- Satellietbeeld huidig adres
- Eerdere adressen
- Nationaliteit
- Etniciteit
- Ancestrale geschiedenis
- Land van herkomst
- Signalement/opvallende kenmerken
- Biometrische gegevens
  - Foto's
  - Video's
  - Vingerafdrukken
  - Voetafdrukken
  - Retinascan
  - Irisscan
  - Looppatroon
  - Gezichtsscan
  - Stempatroon
- Weefselmonsters
- Medische geschiedenis
- Banden met politieke partijen
- Beroepsorganisaties
- Studentenverenigingen
- Religieuze banden
- Militaire dienst
  - Dienst/ontslag
  - Evaluatie Defensie
  - Evaluatie National Guard
  - Wapentraining
- Donaties
  - Politiek
  - Religieus
  - Medisch
  - Filantropisch
  - Openbare Omroep/Openbare radio
  - Overige
- Psychologische /psychiatrische geschiedenis

- Myers-Briggs persoonlijkheidsprofiel
- Seksuele geaardheid
- Hobby's/interesses
- Verenigingen en clubs

Netwerk subject
- Huwelijkspartners
- Intieme relaties
- Kinderen
- Ouders
- Broers en zusters
- Grootouders (vaderskant)
- Grootouders (moederskant)
- Overige bloedverwanten, in leven
- Overige bloedverwanten, overleden
- Aangetrouwde verwanten
- Buren
  - Huidig
  - Afgelopen vijf jaar (archiefmateriaal, toegang kan vertraagd zijn)
- Collega's, cliënten e.d.
  - Huidig
  - Afgelopen vijf jaar (archiefmateriaal, toegang kan vertraagd zijn)
- Vriendschappen
  - Persoonlijk
  - Via internet
- Overige betrokkenen

Financieel
- Beroep – huidig
  - Categorie
  - Salarisgeschiedenis
  - Dagen absentie/redenen voor absentie
  - Ontslag/uitkeringen
  - Eervolle vermeldingen/berispingen
  - Gevallen van discriminatie
  - Arbo-incidenten
  - Overige
- Beroep – verleden (archiefmateriaal, toegang kan vertraagd zijn)

- Categorie
- Salarisgeschiedenis
- Dagen absentie/redenen voor absentie
- Ontslag/uitkeringen
- Eervolle vermeldingen/berispingen
- Gevallen van discriminatie
- Arbo-incidenten
- Overige
- Inkomen – huidig
  - Opgegeven aan Belastingdienst
  - Niet opgegeven
  - Buitenland
- Inkomen – verleden
  - Opgegeven aan Belastingdienst
  - Niet opgegeven
  - Buitenland
- Activa – huidig
  - Onroerend goed
  - Voertuigen en boten
  - Banksaldi/effecten
  - Verzekeringspolissen
  - Overige
- Activa – afgelopen twaalf maanden, ongebruikelijke uitgaven/inkomsten
  - Onroerend goed
  - Voertuigen en boten
  - Banksaldi/effecten
  - Verzekeringspolissen
  - Overige
- Activa – afgelopen vijf jaar, ongebruikelijke uitgaven/inkomsten (archiefmateriaal, toegang kan vertraagd zijn)
  - Onroerend goed
  - Voertuigen en boten
  - Banksaldi/effecten
  - Verzekeringspolissen
  - Overige
- Kredietsituatie/beoordeling
- Financiële transacties, in Amerika gevestigde instellingen
  - Vandaag
  - Afgelopen zeven dagen

370

- Afgelopen dertig dagen
- Afgelopen jaar
- Afgelopen vijf jaar (archiefmateriaal, toegang kan vertraagd zijn)
• Financiële transacties, in buitenland gevestigde instellingen
  - Vandaag
  - Afgelopen zeven dagen
  - Afgelopen dertig dagen
  - Afgelopen jaar
  - Afgelopen vijf jaar (archiefmateriaal, toegang kan vertraagd zijn)
• Financiële transacties, Hawala en overige contante transacties, VS en buitenland
  - Vandaag
  - Afgelopen zeven dagen
  - Afgelopen dertig dagen
  - Afgelopen jaar
  - Afgelopen vijf jaar (archiefmateriaal, toegang kan vertraagd zijn)

Communicatie
• Telefoonnummers – huidig
  - Mobiel
  - Vast
  - Satelliet
• Telefoonnummers –afgelopen twaalf maanden
  - Mobiel
  - Vast
  - Satelliet
• Telefoonnummers – afgelopen vijf jaar (archiefmateriaal, toegang kan vertraagd zijn)
  - Mobiel
  - Vast
  - Satelliet
• Faxnummers
• Semafoonnummers
• Inkomende/uitgaande oproepen telefoon/semafoon – mobiel/pda
  - Afgelopen dertig dagen
  - Afgelopen jaar (archiefmateriaal, toegang kan vertraagd zijn)

- Inkomende/uitgaande oproepen telefoon/semafoon/fax – vaste lijn
  - Afgelopen dertig dagen
  - Afgelopen jaar (archiefmateriaal, toegang kan vertraagd zijn)
- Inkomende/uitgaande oproepen telefoon/semafoon/fax – satelliet
  - Afgelopen dertig dagen
  - Afgelopen jaar (archiefmateriaal, toegang kan vertraagd zijn)
- Taps/onderschepping
  - Foreign Intelligence Surveillance Act (FISA)
  - Pen registers
  - Artikel 3
  - Overige, machtigingen
  - Overige, secundair
- Telefonische activiteiten, webgebaseerd
- Internetproviders – huidig
- Internetproviders – afgelopen twaalf maanden
- Internetproviders – afgelopen vijf jaar (archiefmateriaal, toegang kan vertraagd zijn)
- Favoriete sites/bladwijzers
- E-mailadressen
  - Huidig
  - Verleden
- E-mailactiviteiten – afgelopen jaar
  - TC/PIP-geschiedenis
  - Uitgaande adressen
  - Inkomende adressen
  - Inhoud (eventueel rechterlijke machtiging vereist)
- E-mailactiviteiten – afgelopen vijf jaar (archiefmateriaal, toegang kan vertraagd zijn)
  - TC/PIP geschiedenis
  - Uitgaande adressen
  - Inkomende adressen
  - Inhoud (eventueel rechterlijke machtiging vereist)
- Websites – huidig
  - Persoonlijk
  - Beroepsmatig
- Websites – afgelopen vijf jaar (archiefmateriaal, toegang kan vertraagd zijn)
  - Persoonlijk

- Beroepsmatig
- Blogs, levenslogs, websites (zie aanhangsels voor tekst Relevante Passages)
- Lidmaatschappen netwerksites (mySpace, Facebook, OurWorld, overige) (zie aanhangsels voor tekst Relevante Passages)
- Avatars/overige personages online
- Mailinglists
- 'Maatjes' op e-mailaccounts
- Deelname chatrooms
- Browsing en zoekmachines zoektermen/resultaten
- Profiel toetsenbordtechniek
- Profiel grammatica, zinsbouw en interpunctie zoekmachines
- Internet koopgedrag geschiedenis
- Postbussen
- Activiteiten expres/aangetekende/verzekerde verzending

Levensstijl bezigheden
- Aankopen – vandaag
  - Dreigingsgeoriënteerde artikelen/grondstoffen
  - Kleding
  - Voertuigen en aanverwant
  - Etenswaren
  - Alcoholhoudende drank
  - Huishoudelijke artikelen
  - Apparaten
  - Overige
- Aankopen – afgelopen zeven dagen
  - Dreigingsgeoriënteerde artikelen/grondstoffen
  - Kleding
  - Voertuigen en aanverwant
  - Etenswaren
  - Alcoholhoudende drank
  - Huishoudelijke artikelen
  - Apparaten
  - Overige
- Aankopen – afgelopen dertig dagen
  - Dreigingsgeoriënteerde artikelen/grondstoffen
  - Kleding
  - Voertuigen en aanverwant
  - Etenswaren

- Alcoholhoudende drank
- Huishoudelijke artikelen
- Apparaten
- Overige
- Aankopen – afgelopen jaar (archiefmateriaal, toegang kan vertraagd zijn)
  - Dreigingsgeoriënteerde artikelen/grondstoffen
  - Kleding
  - Voertuigen en aanverwant
  - Etenswaren
  - Alcoholhoudende drank
  - Huishoudelijke artikelen
  - Apparaten
  - Overige
- Boeken/tijdschriften, via internet aangeschaft
  - Verdacht/subversief
  - Overige relevant
- Boeken/tijdschriften, bij verkooppunten aangeschaft
  - Verdacht/subversief
  - Overige relevant
- Boeken/tijdschriften, via bibliotheek geleend
  - Verdacht/subversief
  - Overige relevant
- Boeken/tijdschriften, waargenomen door personeel luchthaven/luchtvaartmaatschappij
  - Verdacht/subversief
  - Overige relevant
- Overige bibliotheekactiviteiten
- Gastenboeken huwelijk/geboorte/huwelijksjubilea
- Bioscoopbezoek
- Kabel-/betaal-tv-programma's – afgelopen dertig dagen opgevraagd
- Kabel-/betaal-tv-programma's – afgelopen jaar opgevraagd (archiefmateriaal, toegang kan vertraagd zijn)
- Abonnementen radiozenders
- Reizen
  - Per auto
  - Eigen vervoer
  - Huurauto
  - Per openbaar vervoer

- Per taxi/limousine
- Per bus
- Per trein
- Per vliegtuig, maatschappij
- Binnenland
- Internationaal
- Per vliegtuig, particulier
- Binnenland
- Internationaal
- Veiligheidscontroles
- Verboden te vliegen
- Aanwezigheid op relevante locaties
  - Plaatselijk
  - Moskeeën
  - Overige locaties – VS
    - Moskeeën
  - Overige locaties – internationaal
- Aanwezigheid in of doorreis door Rode Vlag Locaties (RVL):
  Cuba, Oeganda, Libië, Zuid-Jemen, Liberia, Ghana, Soedan,
  Democratische Republiek Kongo, Indonesië, Palestijnse Ge-
  biedsdelen, Syrië, Irak, Iran, Egypte, Saoedi-Arabië, Jordanië,
  Pakistan, Eritrea, Afghanistan, Tsjetsjenië, Somalië, Soedan,
  Nigeria, Filippijnen, Noord-Korea, Azerbeidzjan, Chili

Geografische positionering subject
- Gps-apparatuur (alle posities vandaag)
  - In voertuigen
  - In de hand gehouden
  - Mobiele telefoons
- Gps-apparatuur (alle posities afgelopen zeven dagen)
  - In voertuigen
  - In de hand gehouden
  - Mobiele telefoons
- Gps-apparatuur (alle posities afgelopen dertig dagen)
  - In voertuigen
  - In de hand gehouden
  - Mobiele telefoons
- Gps-apparatuur (alle posities afgelopen jaar) (archiefmateriaal,
  toegang kan vertraagd zijn)
  - In voertuigen

- – In de hand gehouden
- – Mobiele telefoons
- Biometrische observaties
  - – Vandaag
  - – Afgelopen zeven dagen
  - – Afgelopen dertig dagen
  - – Afgelopen jaar (archiefmateriaal, toegang kan vertraagd zijn)
- RFID-meldingen, los van tolscans snelweg
  - – Vandaag
  - – Afgelopen zeven dagen
  - – Afgelopen dertig dagen
  - – Afgelopen jaar (archiefmateriaal, toegang kan vertraagd zijn)
- RFID-meldingen, tolscans snelweg
  - – Vandaag
  - – Afgelopen zeven dagen
  - – Afgelopen dertig dagen
  - – Afgelopen jaar (archiefmateriaal, toegang kan vertraagd zijn)
- Verkeersovertredingen foto's/video
- Bewakingscamera's foto's/video
- Bevelschriften observatiefoto's/-video
- Secundaire observatiefoto's/video
- Persoonlijke financiële transacties
  - – Vandaag
  - – Afgelopen zeven dagen
  - – Afgelopen dertig dagen
  - – Afgelopen jaar (archiefmateriaal, toegang kan vertraagd zijn)
- Mobiele telefoon/pda/telecommunicatie
  - – Vandaag
  - – Afgelopen zeven dagen
  - – Afgelopen dertig dagen
  - – Afgelopen jaar (archiefmateriaal, toegang kan vertraagd zijn)
- Nabijheid veiligheidsdoelen
  - – Vandaag
  - – Afgelopen zeven dagen
  - – Afgelopen dertig dagen
  - – Afgelopen jaar (archiefmateriaal, toegang kan vertraagd zijn)

Juridisch
- Crimineel verleden – binnenland
  - – Detentie/verhoor

- Arrestaties
- Veroordelingen
• Crimineel verleden – buitenland
  - Detentie/verhoor
  - Arrestaties
  - Veroordelingen
• Lijsten gezochte personen
• Observatie
• Civiele processen
• Straat-/contactverboden
• Klokkenluidersactiviteiten

Aanvullende dossiers
• FBI
• CIA
• NSA
• NRO
• NPIA
• Militaire inlichtingendiensten
  - Landmacht
  - Marine
  - Luchtmacht
  - Korps mariniers
• Inlichtingendiensten staats-/regiopolitie

Evaluatie dreiging
• Evaluatie veiligheidsrisico
  - Private sector
  - Publieke sector

En dat was nog maar de inhoudsopgave. Het compliancedossier van Amelia Sachs zelf besloeg tegen de vijfhonderd pagina's.

Rhyme scrolde door de lijst en klikte hier en daar een onderwerp aan. De notities waren zo compact als hout. 'Heeft SSD deze informatie? Van iedereen in Amerika?' fluisterde hij.

'Nee,' zei Whitcomb. 'Over kinderen van onder de vijf is weinig beschikbaar, uiteraard, en bij veel volwassenen zijn er allerlei lacunes, maar SSD doet zijn uiterste best. Het systeem wordt elke dag verbeterd.'

Verbeterd? vroeg Rhyme zich af.

Pulaski knikte naar de reclamebrochure die Mel Cooper had gedownload. 'Vierhonderd miljoen mensen?'

'Klopt. En het worden er steeds meer.'

'En het systeem wordt elk uur bijgewerkt?' vroeg Rhyme.

'Vaak op het moment dat er een wijziging optreedt.'

'Dus die overheidsdienst van jou, Whitcomb, die afdeling Compliance... jullie bewáken de data niet; jullie gebruiken ze, nietwaar? Om terroristen te vinden?'

Whitcomb zweeg, maar aangezien hij het dossier al ter inzage had gegeven aan iemand die geen autorisatie A-18 had, wat dat ook mocht zijn, dacht hij waarschijnlijk dat hij het niet erger kon maken door nog iets meer prijs te geven. 'Ja. En niet alleen terroristen; ook andere criminelen. SSD gebruikt voorspellende software om erachter te komen wie er misdrijven gaan plegen, en waar en hoe. Veel tips die naar de politie en inlichtingendiensten gaan, lijken van anonieme bezorgde burgers afkomstig te zijn, maar het zijn avatars. Fictie. Uit de koker van Watchtower en innerCircle. Soms innen ze zelfs de beloning, die dan teruggaat naar de overheid en opnieuw gebruikt kan worden.'

'Maar als jullie een overheidsdienst zijn, waarom besteden jullie die taak dan uit aan een particuliere onderneming? Waarom doen jullie het niet zelf?' vroeg Mel Cooper.

'We móéten wel een particuliere onderneming inzetten. Na 11 september heeft Defensie geprobeerd zelf iets dergelijks op te zetten: het Total Information Awareness-programma onder leiding van veiligheidsadviseur John Poindexter en een directielid van SAIC. Het werd afgebroken: schending van de wet op de privacy. En de burgers vonden het te veel Big Brother. Maar SSD hoeft zich niet aan dezelfde wettelijke beperkingen te houden als de overheid.'

Whitcomb lachte cynisch. 'En, met alle respect voor mijn werkgever, maar ze hadden niet veel talent in Washington. Dat heeft SSD wel. De twee belangrijkste woorden in Andrew Sterlings vocabulaire zijn "kennis" en "efficiency". En niemand kan ze beter combineren dan hij.'

'Dus het is niet illegaal?' vroeg Mel Cooper.

'Er zijn een paar grijze gebieden,' gaf Whitcomb toe.

'Goed, maar kunnen wij er iets mee? Meer hoef ik niet te weten.'

'Misschien.'

'Hoe?'

'We kijken naar rechercheur Sachs' geografische-positieprofiel van vandaag. Ik neem het toetsenbord over,' zei Whitcomb al typend. 'Jullie kunnen in het venster onder aan het scherm zien wat ik doe.'

'Hoe lang gaat dat duren?'

Een lach, gesmoord door de gebroken neus. 'Niet zo lang. Het gaat vrij snel.'

Hij was nog niet uitgesproken of het scherm liep vol tekst.

GEOGRAFISCHE-POSITIEPROFIEL
SUBJECT 7303-4490-7831-3478

Tijdsbestek: afgelopen vier uur

- 16.32. Telefoongesprek van mobiele telefoon subject naar vaste lijn van subject 5732-4887-3360-4759 (Lincoln Henry Rhyme) (in netwerk). 52 seconden. Subject was op haar huisadres in Brooklyn, New York.
- 17.23. Biometrische treffer. Bewakingscamera Politiebureau 84, Brooklyn, New York. Waarschijnlijkheid identificatie 95%.
- 17.40. Telefoongesprek van mobiele telefoon subject naar vaste lijn van subject 5732-4887-3360-4759 (Lincoln Henry Rhyme) (in netwerk). 12 seconden.
- 18.27. RFID-scan. Klantencard Manhattan Style Boutique, 9 West Eighth Street. Geen aankoop.
- 18.41. Biometrische treffer. Bewakingscamera Presco Discount Gas and Oil, West Fourteenth Street 546, pomp 7. Honda Civic 2001, kenteken MDH459 op naam van 3865-6453-9902-7221 (Pamela D. Willoughby) (in netwerk).
- 18.46. Aankoop met creditcard. Presco Discount Gas and Oil, West Fourteenth Street 546, pomp 7. Aankoop 55,27 liter normale benzine, 43,86 dollar.
- 19.01 Kentekenscan. Bewakingscamera hoek Avenue of the Americas en Twenty-third Street, Honda Civic MDH459 in noordelijke richting.
- 19.03. Telefoongesprek van mobiele telefoon subject naar vaste lijn van subject 5732-4887-3360-4759 (Lincoln Henry Rhyme) (in netwerk). 14 seconden. Subject bevond zich op de hoek van Avenue of the Americas en Twenty-eighth Street.
- 19.07. RFID-scan. Creditcard Associated Credit Union, hoek Avenue of the Americas en Thirty-fourth Street. 4 seconden. Geen aankoop.

'Oké, dus ze heeft Pams auto. Waarom? Waar is de hare?'

'Wat is het kenteken?' vroeg Whitcomb. 'Laat maar, ik vind het sneller met haar code. Even zien...'

Er verscheen een venster en ze zagen de melding dat de Camaro in beslag was genomen en bij haar huis was weggesleept. Niemand wist waarheen.

'Daar zit Tweeëntwintig-vijf achter,' fluisterde Rhyme. 'Dar moet wel. Net als je vrouw, Pulaski. En de stroom hier. Hij wil ons allemaal pakken, op wat voor manier dan ook.'

Whitcomb typte door en de gegevens over de auto werden vervangen door een kaart met de treffers van het geografische-positieprofiel. Sachs had zich van Brooklyn naar Midtown verplaatst, maar daar hield het spoor op.

'Die laatste?' zei Rhyme. 'Die RFID-scan. Wat was dat?'

'De chip in een van haar creditcards is door een winkel gescand,' zei Whitcomb, 'maar het was maar heel even. Waarschijnlijk zat ze in de auto. Ze zou heel hard hebben moeten lopen voor zo'n korte herkenning.'

'Bleef ze naar het noorden gaan?' vroeg Rhyme zich hardop af.

'Meer informatie hebben we nu niet. Er komt straks een update.'

'Misschien is ze van Thirty-fourth Street naar de West Side Highway gereden,' zei Mel Cooper. 'Naar het noorden, de stad uit.'

'Daar is een tolbrug,' zei Whitcomb. 'Als ze die neemt, krijgen we een treffer op het kenteken. Dat meisje van wie de auto is, die Pam Willoughby, heeft geen E-ZPass. Anders zou innerCircle dat wel zeggen.'

In opdracht van Rhyme liet Mel Cooper, die de hoogste politiefunctionaris in het gezelschap was, een opsporingsverzoek uitgaan op Pams auto en kenteken.

Rhyme belde het politiebureau in Brooklyn, waar ze hem alleen konden vertellen dat Sachs' Camaro inderdaad was weggesleept. Sachs en Pam waren even op het bureau geweest, maar snel weer vertrokken, zonder te zeggen waarheen. Rhyme belde Pam op haar mobieltje. Ze was met een vriendin de stad in. Ze bevestigde dat Sachs een aanwijzing had gevonden na de inbraak in haar huis in Brooklyn, maar ze had niet gezegd wat of waar ze naartoe ging.

Rhyme verbrak de verbinding.

Whitcomb zei: 'We halen alle positietreffers en alles wat we over haar hebben door FORT, het obscure-relatiesprogramma, en dan door Xpectation, de voorspellende software. Als er een manier is om erachter te komen waar ze naartoe is, moet dit het zijn.'

Whitcomb keek weer naar het plafond en trok een grimas. Hij stond op en liep naar de deur. Rhyme zag dat hij hem op slot draaide en een houten stoel onder de knop zette. Hij glimlachte flauwtjes en ging weer achter de computer zitten. Hij begon te typen.

'Mark?' zei Pulaski.

'Ja?'

'Bedankt. En deze keer meen ik het.'

46

Het leven is een strijd, natuurlijk.

Mijn idool Andrew Sterling en ik delen dezelfde passie voor data, en we zijn ons allebei bewust van het mysterie, de allure en immense macht van gegevens, maar tot ik in zijn sfeer stapte, besefte ik nog niet ten volle hoe je data als wapen kunt gebruiken om je gezichtsveld alle uithoeken van de wereld te laten bestrijken. Het hele leven, het hele bestaan tot getallen reduceren en dan zien hoe ze aanzwellen tot iets transcendents.

Onsterfelijke ziel...

Ik was gek op SQL, het werkpaard dat de norm was voor databasebeheer, tot ik me liet verleiden door Andrew en Watchtower. Wie zou daar niet voor zijn gevallen? Watchtower heeft een betoverende macht en elegantie. En dankzij Andrew ben ik de datawereld ten volle gaan waarderen, zij het indirect. Hij heeft me nooit meer dan een vriendelijk knikje in de gang en een vraag naar mijn weekend gegund, al kende hij mijn naam zonder naar de legitimatie op mijn borst te hoeven kijken (wat heeft hij doch een adembenemend briljante geest). Ik denk aan alle keren dat ik 's nachts om een uur of twee in het lege SSD in zijn kamer zat, op zijn stoel, en zijn aanwezigheid voelde terwijl ik in zijn bibliotheek-met-de-ruggen-omhoog las. Niet één van die pedante, aanstellerige zelf-hulpboeken voor managers, maar band na band die een veel bredere visie onthulde: boeken over het vergaren van macht en geografisch territorium: de continentale Verenigde Staten onder de Manifest Destiny doctrine van de negentiende eeuw, Europa onder het Derde Rijk, *mare nostra* onder de Romeinen en de hele wereld onder het katholicisme en de islam (en de overheersers wisten trouwens allemaal hoe vlijmscherp de macht van data kan zijn).

O, de dingen die ik heb geleerd door alleen maar naar Andrew te luisteren, door te savoureren wat hij heeft geschreven in kladversies van memo's en het boek waaraan hij werkt.

Fouten zijn ruis. Ruis is vervuiling. Vervuiling moet geëlimineerd worden.

Alleen als overwinnaar kunnen we ons ruimhartigheid permitteren.

Alleen de zwakken sluiten compromissen.

Of je vindt een oplossing voor je probleem, óf je ziet het niet meer als een probleem.

We zijn geboren om strijd te voeren.

Hij die begrijpt, wint; hij die weet, begrijpt.

Ik vraag me af wat Andrew van mijn plannen zou vinden, en ik denk dat hij tevreden zou zijn.

En nu schrijdt de strijd tegen Hen voort.

Ik druk nog eens op de sleutelhanger en dan hoor ik eindelijk een gedempte claxon.

Even zien, even zien... Ha, daar is hij. Moet je dat oude wrak zien, een Honda Civic. Geleend, natuurlijk, aangezien Amelia 7303's eigen auto ergens in een depot staat – een coup waar ik tamelijk trots op ben. Ik had er nooit eerder aan gedacht.

Ik denk terug aan mijn roodharige schoonheid. Blufte ze over wat Ze wisten? Over Peter Gordon? Dat is het gekke met kennis; waarheid en leugen liggen zo dicht bij elkaar. Ik kan het risico echter niet nemen. Ik moet de auto verbergen.

Ik denk weer aan haar.

Haar verwilderde blik, haar rode haar, haar lichaam... Ik weet niet of ik nog lang kan wachten.

Trofeeën...

Een snelle inspectie van de auto. Boeken, tijdschriften, tissues, een paar lege flesjes Vitamin Water, een servet van Starbucks, hardloopschoenen met afgesleten rubberzolen, een *Seventeen* op de achterbank en een schoolboek over poëzie... En van wie is deze sublieme bijdrage aan de wereld van de Japanse technologie? Het kenteken zegt me dat het Pamela Willoughby is.

Ik zal meer informatie over haar vergaren via innerCircle en dan breng ik haar een bezoekje. Hoe zou ze eruitzien? Ik zal de foto op haar rijbewijs opzoeken om te zien of ze de moeite wel waard is.

De auto start prima. Voorzichtig de weg op, geen andere bestuurders opfokken. Ik wil geen scène veroorzaken.

Halverwege de straat de steeg in.

Waar luistert meisje Pam graag naar? Pop, pop, alternatief, hiphop, praatzenders en de nieuwszender. Instellingen onder de knop zijn bijzonder informatief.

Ik ben al een plan aan het opstellen om een transactie met het meisje te regelen, om haar te leren kennen. We ontmoeten elkaar bij de herdenkingsdienst voor Amelia 7303 (geen lichaam, geen uitvaart). Ik betuig haar mijn deelneming. Ik heb Amelia leren kennen in het kader van een van haar zaken. Ik mocht haar heel graag. O, niet huilen, kindje, het is al goed. Weet je wat? Laten we afspreken. Ik kan je alle verhalen vertellen die ik van Amelia heb gehoord. Over haar vader. En het boeiende verhaal over haar grootvader, hoe hij naar ons land is gekomen (toen ik doorhad dat ze aan het snuffelen was, heb ik haar dossier gelicht. Wat een fascinerende geschiedenis). We waren goede vrienden. Ik ben er echt kapot van... Wat dacht je van een kop koffie? Hou je van Starbucks? Ik kom er elke avond nadat ik heb hardgelopen in Central Park. Nee! Jij ook?

We lijken echt een paar dingen gemeen te hebben.

O, bij de gedachte aan Pam komt dat gevoel weer opzetten. Hoe lelijk kan ze zijn?

Misschien duurt het even voordat ik haar in mijn kofferbak kan stoppen... Ik moet Thom Reston eerst wegwerken en er zijn nog een paar dingen, maar vanavond heb ik Amelia 7303 in elk geval.

Ik rij de garage in en dump de auto – hij blijft hier tot ik de kentekenplaten heb verwisseld en dan belandt hij op de bodem van het Croton Reservoir, maar daar moet ik nu niet aan denken. Ik word helemaal in beslag genomen door mijn plannen voor de transactie met mijn roodharige vriendin, die thuis in mijn Kast wacht, zoals een vrouw haar man opwacht na een bijzonder zware dag op kantoor.

Helaas kan er op dit moment geen voorspelling worden gedaan. Voer meer data in en herhaal uw verzoek s.v.p.

Hoewel het programma kon putten uit de grootste database van de wereld, met geavanceerde software die zo snel als het licht alle details van Amelia Sachs' leven doornam, moest het het antwoord schuldig blijven.

'Het spijt me,' zei Mark Whitcomb terwijl hij zijn neus bette. De verwonding van zijn neus was goed te zien op het hd-scherm. Het zag er akelig uit; Ron Pulaski had hem een flinke ram verkocht.

Whitcomb vervolgde snotterend: 'Er zijn gewoon niet genoeg gegevens. Je haalt er niet meer uit dan je erin stopt. Het werkt het beste met een gedragspatroon. We weten nu alleen dat ze ergens heen gaat waar ze niet eerder is geweest, althans niet langs die route.'

Regelrecht naar het huis van de moordenaar, dacht Rhyme gefrustreerd.

Waar was ze in godsnaam?

'Wacht even. Het systeem wordt bijgewerkt...'

Het scherm flakkerde en vernieuwde zich. 'Ik heb haar!' riep Whitcomb uit. 'Een paar RFID-treffers, twintig minuten geleden.'

'Waar?' vroeg Rhyme fluisterend.

Whitcomb zette ze op het scherm. Het was een stille straat in de Upper East Side. 'Twee treffers bij winkels. De duur van de eerste scan was twee seconden. De tweede duurde iets langer, acht seconden. Misschien stond ze even stil om een adres na te gaan.'

'Bel Bo Haumann. Nu!' riep Rhyme.

Pulaski drukte de sneltoets in en even later kwam het hoofd van de arrestatieteams aan de lijn.

'Bo, ik ben Amelia op het spoor. Ze is verdwenen terwijl ze achter Tweeëntwintig-vijf aanzat. Ze wordt door een computer gevolgd. Een minuut of twintig geleden was ze bij East Eighty-eighth Street, ter hoogte van nummer 642.'

'We kunnen er in tien minuten zijn, Linc. Gijzelingssituatie?'

'Ik denk het. Bel me zodra je iets weet.'

Ze hingen op.

Rhyme dacht aan haar bericht op de voicemail. Het leek zo broos, dat bundeltje digitale data. Hij hoorde haar stem glashelder in zijn hoofd: *Ik heb een aanwijzing, Rhyme, een goede. Bel me.*

Hij moest zich wel afvragen of het hun laatste contact was geweest.

Bo Haumanns Team A stond bij de deur van een groot herenhuis in de Upper East Side: vier AT'ers in volledige uitrusting, voorzien van MP-5's, compacte, zwarte machinegeweren. Ze bleven zorgvuldig uit de buurt van de ramen.

Haumann moest toegeven dat hij in al zijn jaren in het leger en bij de politie nog nooit zoiets had meegemaakt. Lincoln Rhyme gebruikte een soort computerprogramma dat Amelia Sachs had getraceerd, maar dan niet via haar telefoon, een zendertje of een gps-tracker. Misschien was dit de toekomst van het politiewerk.

Het programma had de plek waar de teams nu waren, een woonhuis, niet precies aangegeven, maar een getuige had een vrouw gezien die was gestopt bij beide winkels waar de computer haar had gezien en toen naar dit herenhuis aan de overkant was gelopen.

Waar ze vermoedelijk werd vastgehouden door de dader die ze Twee-entwintig-vijf noemden.

Het team achter het huis meldde zich. 'Team B aan 1. We hebben onze positie ingenomen. Zien niets. Op welke verdieping zit ze, over?'

'Geen idee. We gaan gewoon naar binnen en vegen de boel schoon. Doe het snel. Ze zit er al een tijdje. Ik bel aan en als hij de deur opendoet, gaan we naar binnen.'

'Begrepen, over.'

'Team C. We zijn over drie of vier minuten op het dak.'

'Opschieten!' snauwde Haumann.

'Ja, commandant.'

Haumann werkte al jaren met Amelia Sachs. Ze had meer kloten dan de meesten mannen die onder hem dienden. Hij wist niet of hij haar wel mócht, want ze was koppig en kortaf en blufte zich vaak een weg naar de voorhoede terwijl ze zich beter afzijdig kon houden, maar hij had zeer zeker respect voor haar.

En hij was niet van plan haar op te offeren aan een verkrachter zoals die Tweeëntwintig-vijf. Hij knikte naar een AT'er op de stoep, die een pak droeg zodat de moordenaar geen argwaan zou koesteren wanneer hij door het kijkgaatje keek wie er had geklopt. Zodra hij de deur opendeed, zouden de AT'ers die tegen de voorgevel gedrukt stonden, opspringen en hem overmeesteren. De AT'er knoopte zijn jasje dicht en knikte.

'Godver,' riep Haumann ongeduldig in zijn portofoon. 'Team C, zijn jullie nu al in positie of hoe zit dat?'

47

De deur ging open en ze hoorde de moordenaar de stinkende, benauwde kamer binnenkomen.

Amelia zat gehurkt, met knieën die het uitschreeuwden van de pijn, te worstelen om bij de sleutel van de handboeien in haar voorzak te komen, maar door de hoge stapels kranten rondom haar kon ze zich niet ver genoeg opzij draaien om bij haar zak te komen. Ze voelde de sleutel door de stof heen, de vorm, tartend vlakbij, maar ze kon haar vingers niet in de gleuf steken.

De machteloosheid was niet te harden.

Weer voetstappen.

Waar, waar?

Ze probeerde nog eens bij de sleutel te komen... Bijna, maar net niet helemaal.

De voetstappen kwamen dichterbij. Ze gaf het op.

Goed, tijd om te vechten. Ze vond het best. Ze had zijn ogen gezien, de lust, de begeerte. Ze wist dat hij haar elk moment kon belagen. Ze wist nog niet hoe ze hem moest verwonden, met haar handen op haar rug geboeid en de vreselijke pijn in haar schouder en gezicht van het eerdere gevecht, maar die klootzak zou boeten voor elke aanraking.

Alleen, waar was hij?

Er klonken geen voetstappen meer.

Waar? Sachs had geen overzicht. De gang waar hij door moest om bij haar te komen, was een pad van een halve meter breed tussen de torens beschimmelde kranten door. Ze kon zijn bureau zien, de bergen troep en de stapels tijdschriften.

Kom op dan, kom me dan halen.

Ik ben er klaar voor. Ik doe of ik bang ben, krimp in elkaar. Het gaat verkrachters om macht. Hij zal zich machtig voelen – en onvoorzichtig worden – als hij ziet dat ik me klein maak. Als hij zich naar me overbuigt, zet ik mijn tanden in zijn keel. Ik bijt door en laat niet los, wat er ook gebeurt. Ik...

Toen stortte het gebouw in, ontplofte er een bom.

Een enorme, verpletterende vloedgolf sloeg over haar heen, kwakte haar tegen de grond en pinde haar onbeweeglijk vast.

Ze kreunde van de pijn.

Pas na een minuut begreep Sachs wat hij had gedaan; misschien had hij erop gerekend dat ze zich zou verzetten. Hij had domweg een paar stapels kranten omvergegooid.

Haar handen en benen waren verlamd, haar borst, schouders en hoofd waren niet beschermd en ze lag gevangen onder honderden kilo's stinkende kranten.

De claustrofobie greep haar. De paniek was onbeschrijflijk en ze slaakte een ademloze kreet. Ze vocht tegen de angst.

Peter Gordon dook op aan het eind van de tunnel. In zijn ene hand zag ze het stalen lemmet van een scheermes, in de andere een recorder. Hij nam haar aandachtig op.

'Alsjeblieft,' kermde ze. De angst was maar ten dele geveinsd.

'Wat ben je mooi,' fluisterde hij.

Hij wilde nog iets zeggen, maar zijn woorden werden overstemd door een deurbel, die ook in het voorste gedeelte van het huis klingelde.

Gordon wachtte even.

Er werd nog eens gebeld.

Hij richtte zich op, liep naar het bureau, sloeg toetsen aan en keek naar zijn computerscherm. Waarschijnlijk zag hij de bezoeker via de bewakingscamera. Hij fronste zijn voorhoofd.

Hij dacht na. Hij keek naar haar, knipte het scheermes zorgvuldig dicht en stopte het in zijn achterzak.

Hij liep naar de kastdeur en stapte erdoor. Ze hoorde het slot achter hem klikken. Ze wurmde haar hand weer naar haar zak en het beetje metaal erin.

'Lincoln.'

Bo Haumanns stem leek van ver te komen.

'Zeg het maar,' fluisterde Rhyme.

'Ze was het niet.'

'Hè?'

'De treffers van dat computerprogramma klopten wel, maar het was Amelia niet.' Haumann legde uit dat Sachs haar vriendin Pam Willoughby haar creditcard had gegeven om boodschappen te doen, want ze zouden die avond samen eten en over 'privédingen' praten. 'Dat zal het systeem wel hebben opgepikt, denk ik. Ze ging naar een winkel, keek etalages en ging toen hierheen – we zijn bij het huis van een vriendin. Ze zaten huiswerk te maken.'

Rhyme deed zijn ogen dicht. 'Oké, Bo, bedankt. Jullie kunnen je terugtrekken. We kunnen alleen nog maar wachten.'

'Het spijt me, Lincoln,' zei Ron Pulaski.

Hij knikte.

Zijn blik dwaalde naar de schoorsteenmantel, waarop een foto stond van Sachs met een zwarte helm op in de kooi van een Ford NASCAR. Ernaast stond een foto van hen samen, Rhyme in zijn stoel, Sachs met haar armen om hem heen.

Hij kon er niet naar kijken. Hij richtte zijn aandacht op de schema's.

PROFIEL DADER 225

- Man
- Vermoedelijk niet-roker
- Waarschijnlijk geen vrouw of kinderen
- Vermoedelijk blank of lichtgetint
- Normaal postuur
- Sterk: kan slachtoffers wurgen
- Heeft de beschikking over apparatuur om stem te vervormen
- Mogelijk computerkennis; kent OurWorld. Andere netwerksites?
- Neemt trofeeën van slachtoffers. Sadist?
- Deel woning/werkplek donker en vochtig
- Eet snacks/hete saus
- Draagt Skechers-werkschoenen maat 45
- Hamsteraar; lijdt aan OCS
- Heeft een 'geheim' leven en een 'façade'
- Persoonlijkheid die hij in het openbaar laat zien, is tegenpool van wie hij werkelijk is
- Woning: weigert te huren, heeft twee afzonderlijke leefruimtes, een normale en een geheime
- Ramen afgeplakt of zwartgeverfd
- Wordt gewelddadig wanneer verzamelen of verzameling wordt bedreigd

Onopzettelijk achtergelaten sporen

- Oud karton
- Stukje BASF B35 nylon 6; poppenhaar
- Tabak van Tareyton-sigaretten
- Oude tabak, geen Tareyton, merk onbekend
- Sporen stachybotrys chartarum-schimmel
- Stof van aanslag op World Trade Centre, kan op woning/werk in Manhattan duiden
- Snack met hete saus/cayennepeper
- Touwvezel met daarin:
  - cyclamaat, zoetstof frisdrank (oud of buitenlands)
  - nafta, mottenballen (oud of buitenlands)
- Bladeren dieffenbachia (kamerplant, heeft licht nodig)
- Sporen van twee verschillende kladblokken, geel
- Schoenspoor van Skechers-werkschoen maat 45
- Bladeren kamerplanten; ficus en aglaonema (Maleise zwaardplant)
- Koffiecreamer

Waar ben je, Sachs? Waar ben je?

Hij keek als gehypnotiseerd naar de schema's, alsof hij ze kon dwingen iets te zeggen, maar de karige feiten boden hem niet meer inzichten dan de gegevens van innerCircle de software van SSD hadden opgeleverd.

Helaas kan er op dit moment geen voorspelling worden gedaan...

48

Een buurman.

Mijn bezoeker is een van de buren. Hij woont in West Ninety-first Street, nummer 697. Hij was net uit zijn werk gekomen. Er zou een pakje voor hem zijn afgegeven, maar het was er niet. De winkel dacht dat het op nummer 679 afgegeven zou kunnen zijn, mijn adres. Verkeerd gelezen.

Ik kijk peinzend en zeg dat er niets is bezorgd. Hij kan beter de winkel nog eens bellen. Ik heb zin om hem de strot af te snijden omdat hij me tijdens mijn rendez-vous met Amelia 7303 heeft gestoord, maar ik glimlach natuurlijk meelevend.

Het spijt hem dat hij me heeft lastiggevallen. Prettige dag verder u ook fijn dat ze eindelijk klaar zijn met die wegwerkzaamheden, toch...?

En nu denk ik weer aan mijn Amelia 7303, maar terwijl ik de voordeur dichttrek, voel ik de schok door me heen trekken. Opeens dringt het tot me door dat ik haar alles heb afgepakt, haar telefoon, wapens, traangas en mes, alles, behalve de sleutel van de handboeien. Hij moet in haar zak zitten.

Die buurman heeft me afgeleid. Ik weet waar hij woont en hij zal ervoor boeten, maar nu haast ik me terug naar mijn Kast en trek het scheermes uit mijn zak. Schiet op! Wat doet ze daar binnen? Belt ze op om Hun te vertellen waar ze haar kunnen vinden?

Ze probeert het me allemaal af te nemen! Ik haat haar. Ik haat haar zo hartgrondig...

De enige vooruitgang die Amelia Sachs had geboekt tijdens Gordons afwezigheid, was dat ze haar paniek in bedwang had gekregen.

Ze had wanhopige pogingen gedaan om de sleutel te pakken, maar haar armen en benen zaten in de bankschroef van kranten en ze kon haar heupen niet zo draaien dat ze haar hand in haar zak kon steken.

Ja, de claustrofobie was bedwongen, maar er kwam al snel pijn voor in de plaats. Kramp in haar gebogen benen, een scherpe punt papier die in haar rug prikte.

Haar hoop dat de bezoeker haar zou redden, ging in rook op. De deur naar het hol van de moordenaar ging weer open. En ze hoorde Gordons voetstappen. Even later keek ze op van haar plekje op de vloer en zag hem naar haar kijken. Hij liep om de berg papier heen, tuurde naar haar handen en zag dat haar polsen nog geboeid waren.

Hij glimlachte opgelucht. 'Zo, dus ik ben nummer 225.'

Ze knikte en vroeg zich af hoe hij hun benaming voor hem aan de weet was gekomen. Waarschijnlijk door hoofdinspecteur Malloy te martelen, wat haar des te kwader maakte.

'Ik hou van getallen die ergens naar verwijzen. De meeste getallen zijn lukraak gekozen. Er is te veel willekeur in het leven. Het is de datum waarop jullie me in de peiling hebben gekregen, hè? Tweeëntwintig-vijf. Dat heeft een betekenis. Mooi.'

'Als je je aangeeft, gooien we het op een akkoordje.'

'Een akkoordje?' Hij lachte honend, alsof hij er alles van wist. 'Wat voor "akkoordje" kan iemand me bieden? Ik had de moorden beraamd. Ik zou nooit meer uit de gevangenis komen. Kom op, zeg.' Gordon verdween even en kwam terug met een zeiltje dat hij voor haar op de grond uitspreidde.

Sachs keek met bonzend hart naar de bruine bloedvlekken op het zeil. Ze dacht aan wat Terry Dobyns over hamsteraars had gezegd en begreep dat hij bang was bloedvlekken op zijn verzameling te krijgen.

Gordon pakte zijn recorder en zette hem op een berg kranten, een lage, maar een meter hoog. Bovenop lag de *New York Times* van de vorige dag. In de linkerbovenhoek was secuur een getal geschreven: *3.529.*

Wat hij ook wilde proberen, hij zou pijn lijden. Ze zou haar tanden, knieën of voeten gebruiken. Ze zou hem flink pijn doen. Zorg dat hij dichterbij komt. Doe of je kwetsbaar bent, doe of je hulpeloos bent.

Zorg dat hij dichterbij komt.

'Alsjeblieft! Het doet pijn... Ik kan mijn benen niet bewegen. Wil je me helpen ze recht te leggen?'

'Nee, je zegt alleen maar dat je ze niet kunt bewegen om me naar je toe te lokken, en dan probeer je mijn strot eruit te scheuren.'

Hij sloeg de spijker op zijn kop.

'Nee... Alsjeblieft!'

'Amelia zeven-drie-nul-drie... Denk je dat ik je niet heb opgezocht? Op de dag dat je met Ron 4285 naar SSD kwam, ben ik naar de hokken gegaan om je na te trekken. Je dossier is onthullend. Ze mogen je trouwens graag, bij het korps. Ik denk dat ze ook bang voor je zijn. Je bent onafhankelijk, een ongeleid projectiel. Je rijdt hard en je schiet goed, je doet voornamelijk plaats delict-onderzoek, maar toch heb je de afgelopen twee jaar vijf keer in een arrestatieteam gezeten... Het zou dom zijn als ik geen voorzorgsmaatregelen nam voordat ik me in je buurt waagde, toch?'

Ze hoorde zijn gebazel amper. Kom op, dacht ze. Kom eens dichterbij. Schiet op!

Hij stapte opzij en kwam terug met een taser.

O, nee... nee.

Maar natuurlijk. Als bewakingsman moest hij een heel wapenarsenaal hebben. En van die afstand kon hij niet missen. Hij klikte de vergrendeling naar achteren, stapte naar voren... bleef staan en hield zijn hoofd schuin.

Sachs had ook iets gehoord. Druppelend water?

Nee. Brekend glas, alsof er ergens in de verte een raam brak.

Gordon fronste zijn voorhoofd. Hij zette een stap in de richting van de deur naar de toegangskast... en werd achteruit geslingerd toen die openvloog.

Een gestalte met een korte metalen koevoet in zijn hand stormde de kamer in en knipperde met zijn ogen in het donker.

Gordon, die zo hard viel dat de lucht uit zijn longen werd geperst, liet de taser vallen. Met een van pijn vertrokken gezicht hees hij zich op zijn knieën en reikte naar het wapen, maar de indringer zwaaide met de koevoet en raakte hem op zijn onderarm. Er kraakte bot en de moordenaar schreeuwde het uit.

'Nee, nee!' Gordons ogen, die traanden van de pijn, vernauwden zich tot spleetjes toen hij zijn belager zag.

'Nou ben je niet zo goddelijk meer, hè? Klootzak!' riep Robert Jorgensen, de chirurg, het slachtoffer van identiteitsdiefstal uit het pension. Hij liet de koevoet, die hij met twee handen vasthield, hard op de nek en schouder van de moordenaar neerkomen. Gordons hoofd sloeg tegen de vloer. Zijn ogen rolden weg en hij bleef roerloos liggen.

Sachs knipperde verbaasd met haar ogen.

Wie hij is? Hij is God, en ik ben Job...

'Gaat het?' vroeg hij terwijl hij naar haar toe liep.

'Haal die kranten van me af, maak me los en doe hem de boeien om. Snel! De sleutel zit in mijn zak.'

Jorgensen zakte op zijn knieën en begon de kranten van haar af te tillen.

'Hoe bent u hier gekomen?' vroeg ze.

Jorgensens ogen waren groot, precies zoals ze zich herinnerde uit het goedkope pension in de Upper East Side. 'Ik volg je al sinds je bij me bent geweest. Ik woon op straat. Ik wíst dat je me naar hem toe zou brengen.' Hij knikte naar Gordon, die zich nog steeds niet bewoog en oppervlakkig ademde.

Jorgensen pakte handenvol kranten en gooide ze hijgend opzij.

'Dus ú volgde me,' zei Sachs. 'Op de begraafplaats en bij het laadplatform in de West Side.'

'Dat was ik, ja. Vandaag ben ik je gevolgd van het pakhuis naar je huis en het politiebureau en toen naar dat kantoorgebouw in Midtown, dat grijze. Toen hierheen. Ik zag je de gang in lopen en toen je niet terugkwam, vroeg ik me af wat er was gebeurd. Ik belde aan en hij deed open. Ik zei dat ik een van de buren was en dat ik een pakje kwam halen. Ik keek naar binnen. Ik zag je niet. Ik deed alsof ik wegging, maar toen zag ik hem met een scheermes door die deur in de woonkamer lopen.'

'Herkende hij u niet?'

Jorgensen lachte zuur en trok aan zijn baard. 'Hij kent me waarschijnlijk alleen van de foto op mijn rijbewijs. En die is genomen toen ik de moeite nog nam om me te scheren... en toen ik de kapper nog kon betalen... God, wat zijn die kranten zwaar.'

'Schiet op.'

Jorgensen vervolgde: 'Jij was mijn beste kans om hem te vinden. Ik weet dat je hem moet arresteren, maar ik wil eerst even met hem alleen zijn. Dat moet je me gunnen! Ik laat hem boeten voor alles wat hij me heeft aangedaan.'

Ze kreeg weer gevoel in haar benen. Ze keek naar de plek waar Gordon lag. 'Mijn voorzak... kunt u bij de sleutel komen?'

'Nog niet. Eerst nog wat kranten weghalen.'

Er vlogen meer kranten naar de vloer. Een kop: SCHADE RELLEN TIJDENS ELEKTRICITEITSSTORING LOOPT IN DE MILJOENEN. Nog een: GEEN SCHOT IN GIJZELINGSCRISIS. TEHERAN: GEEN AKKOORD.

Eindelijk kon ze zich onder de kranten uit wurmen. Ze richtte zich onhandig op, op pijnlijke benen, tegengehouden door de handboeien. Ze leunde wankel tegen een toren papier en draaide zich naar Jorgensen om. 'De sleutel. Snel!'

Jorgensen stak zijn hand in haar zak, vond de sleutel en reikte achter haar. Een van de boeien ging met een klikje los en ze kon rechtop gaan staan. Ze wilde de sleutel van hem overnemen. 'Snel,' zei ze. 'We moeten...'

Er klonk een daverend schot en ze voelde tikjes op haar handen en haar gezicht toen de kogel die door Peter Gordon was afgevuurd, uit haar eigen pistool, Jorgensen in de rug raakte en zij met bloed en weefsel werd bespat.

Hij slaakte een kreet en viel tegen haar aan, zodat ze naar achteren viel. Het behoedde haar voor de tweede kogel, die langs haar heen suisde en op een paar centimeter van haar schouder een barst in de muur sloeg.

49

Amelia Sachs had geen keus: ze moest in de aanval gaan. Onmiddellijk. Met Jorgensens lichaam als schild dook ze op de gebukte, bloedende Gordon af, griste de taser van de vloer en vuurde in zijn richting.

De stroomstoten hebben niet de snelheid van kogels en hij viel net op tijd achteruit; de pinnen misten hem. Ze pakte Jorgensens koevoet en stormde op Gordon af. Hij hees zich op zijn ene knie, maar toen ze vlak bij hem was, lukte het hem het pistool te pakken en gericht op haar te vuren, net toen ze met de koevoet zwaaide. De kogel boorde zich in haar kogelwerende vest. De pijn was verbijsterend, maar de kogel had haar gelukkig onder het middenrif geraakt, want anders was de lucht uit haar longen geperst en had ze zich niet meer kunnen bewegen.

De koevoet raakte Gordons gezicht met een bijna geluidloze bons en hij schreeuwde het uit van de pijn, maar hij viel niet en bleef zijn wapen stevig vasthouden. Sachs koos de enige richting waarlangs ontsnapping mogelijk was, naar links, en rende door een ravijn in de voorwerpen die de griezelige ruimte vulden.

Een doolhof; een andere naam was er niet voor. Een smal pad door zijn verzamelingen: kammen, speelgoed (veel poppen; een ervan had vermoedelijk de haar verloren die ze op een plaats delict hadden gevonden), lege, zorgvuldig opgerolde tandpastatubes, cosmetica, bekers, papieren zakken, kleding, schoenen, lege blikken, sleutels, pennen, gereedschap, tijdschriften, boeken... Ze had nog nooit zoveel troep bij elkaar gezien,

De meeste lampen waren uit, maar een paar zwakke peertjes verspreidden een gelige gloed en er viel een bleek licht van een straatlantaarn door de groezelige blinden en de kranten die voor de ruiten waren geplakt. Alle ramen waren getralied. Sachs struikelde een paar keer en kon zich maar net oprichten voordat ze tegen een stapel servies of een grote mand met wasknijpers tuimelde.

Pas op, pas op...

Een val zou fataal zijn.

Nog kokhalzend van de slag in haar maag rende ze om een hoek tussen twee hoge torens *National Geographics* door en zag Gordon tien meter verderop een hoek om komen. Ze snakte naar adem en dook net op tijd weg. Hij had haar gezien en vuurde twee schoten af met zijn linkerhand. Zijn gezicht was verwrongen van de pijn in zijn verbrijzelde arm en de klap op zijn gezicht. Hij miste twee keer en kwam op haar af. Sachs wrikte haar elleboog tussen een van de torens tijdschriften. Ze zeilden naar beneden en blokkeerden het gangpad. Terwijl ze vluchtte, hoorde ze nog twee schoten.

Er waren zeven patronen afgevuurd (ze telde altijd), maar het was een Glock, en er zaten nog acht patronen in het magazijn. Ze zocht naar een uitgang, desnoods een raam zonder tralies waar ze zich doorheen kon hijsen, maar aan deze kant van het herenhuis zaten geen ramen. Langs de muren stonden kasten vol porseleinen beeldjes en andere snuisterijen. Sachs hoorde Gordon, die woest tijdschriften wegschopte en in zichzelf prevelde.

Hij probeerde over de stapel heen te klimmen en zijn gezicht dook op, maar de glanzende omslagen waren spekglad en hij gleed twee keer uit. Hij gebruikte zijn gebroken arm om niet om te vallen en krijste van de pijn. Ten slotte bereikte hij de top, maar voordat hij de Glock kon richten, snakte hij naar adem en verstijfde van afgrijzen. 'Nee!' riep hij. 'Alsjeblieft, niet doen!'

Sachs had met twee handen een boekenkast vol antieke vazen en porseleinen beeldjes gepakt.

'Nee, niet aankomen alsjeblieft!'

Ze had zich herinnerd wat Terry Dobyns had gezegd over het verlies van iets uit zijn verzameling. 'Gooi het wapen naar me toe. Nu, Peter!'

Ze geloofde niet dat hij het zou doen, maar oog in oog met de gruwel dat hij alles uit de kast zou kunnen verliezen, overwoog hij het wel degelijk.

Kennis is macht.

'Nee, nee, niet doen...' Een meelijwekkende fluistering.

Toen veranderde er iets in zijn ogen. Het werden zwarte stipjes en ze wist dat hij ging schieten.

Ze duwde de kast tegen zijn buurman en er viel honderd kilo keramiek aan scherven. Het was een pijnlijke kakofonie, die echter werd overstemd door Peter Gordons angstwekkende oerkreet.

Nog twee planken lelijke beeldjes, koppen en schotels voegden zich bij de ravage.

'Gooi het pistool weg of ik maak alles hier kapot, verdomme!'

Hij had evenwel geen greintje zelfbeheersing meer. 'Ik maak je dood, dood, dood...' Hij vuurde twee schoten af, maar Sachs had al dekking gezocht. Ze wist dat hij achter haar aan zou komen zodra hij over de stapel *National Geographics* heen was en had hun posities ingeschat. Ze was in een cirkel teruggelopen naar de kastdeur voor in het huis, terwijl hij nog aan de achterkant was.

Maar als ze de deur en haar veiligheid wilde bereiken, moest ze langs de deur van de kamer waar hij nu zo te horen over de planken en scherven klauterde. Wist hij dat ze in het nauw zat? Wachtte hij, met het wapen op het gangpad gericht dat ze moest oversteken om bij de kastdeur te komen en haar leven te redden?

Of had hij de versperring omzeild en haar beslopen via een route die ze niet kende?

Ze hoorde overal gekraak in het schemerdonker. Waren dat zijn voetstappen? Of was het werkend hout?

In een vlaag van paniek draaide ze zich bliksemsnel om, maar ze zag hem niet. Ze wist dat ze snel moest zijn. Rennen! Nu! Ze haalde diep adem, geluidloos, verdrong de pijn in haar knieën, maakte zich klein en stormde naar voren, recht langs de tijdschriftenbarrière.

Geen schoten.

Hij was er niet. Ze bleef staan, drukte haar rug tegen de muur en dwong zichzelf kalmer te ademen.

Stil, stil...

Godver. Waar zat hij, waar? In het gangpad met schoenendozen, dat met ingeblikte tomaten of toch dat met keurig opgevouwen kleding?

Weer gekraak. Ze kon niet horen waar het vandaan kwam.

Een zwak geluid als van de wind, als een ademtocht.

Toen nam Sachs een besluit: ze zou het gewoon op een lopen zetten. Nu! Tot helemaal naar de voordeur!

Ze moest maar hopen dat hij niet achter haar zat of door een andere gang naar de voorkant van het huis was geglipt.

Rennen!

Sachs sprintte langs gangpaden, door ravijnen met wanden van boeken, glaswerk, schilderijen, snoeren, elektronica en blikjes. Ging ze de goede kant op?

Ja. Ze zag Gordons bureau al, omringd door de kladblokken. Jorgensens lichaam lag op de vloer. Sneller. Schiet op! Vergeet die telefoon op het bureau, besloot ze nadat ze heel even had overwogen het alarmnummer te bellen.

Maak dat je wegkomt. Nu.

Ze draafde naar de kastdeur.

Hoe dichter ze erbij kwam, hoe feller de paniek werd. Het schot kon elk moment komen.

Nog maar vijf meter...

Misschien dacht Gordon dat ze zich achter in het huis had verstopt. Misschien zat hij op zijn knieën, ontroostbaar om de vernieling van zijn kostelijke porselein.

Nog drie meter...

Een hoek om. Ze bleef alleen staan om de koevoet te pakken, die glibberig was van zijn bloed.

Nee, de deur uit.

Toen bleef ze staan, hijgend.

Daar zag ze hem, recht voor zich, in silhouet afgetekend in het felle licht achter de kastdeur. Hij had dus toch een andere route genomen, begreep ze radeloos. Ze hief de zware koevoet.

Hij had haar nog niet gezien, maar de hoop dat ze ongezien weg kon komen, vervloog toen hij haar kant op keek, zich op de vloer liet vallen en de Glock hief. Ze zag haar vader voor zich, en toen Lincoln Rhyme.

Daar is ze dan, Amelia 7303, recht in mijn vizier.

De vrouw die honderden van mijn schatten heeft verwoest, de vrouw die me alles wil afnemen, me wil beroven van al mijn toekomstige transacties, mijn Kast aan de hele wereld wil tonen. Ik heb geen tijd om me met haar te vermaken. Geen tijd om kreten op te nemen. Ze moet dood. Nu.

Ik haat haar ik haat haar ik haat haar ik haat haar ik haat haar ik haat haar ik haat haar ik haat haar ik haat haar...

Geen mens zal me ooit nog iets afnemen. Nooit meer.

Richten en vuren.

Amelia Sachs struikelde achteruit toen het wapen afging.

Er volgde nog een schot. Nog twee.

Ze viel op de vloer en bedekte haar hoofd met haar armen, eerst verdoofd, toen met een besef van erger wordende pijn.

Ik ga dood... ik ga dood...

Alleen... alleen zat de pijn in haar artritische knieën, die hard op de vloer terecht waren gekomen, en niet waar de kogels haar moesten hebben geraakt. Ze bracht een hand naar haar gezicht, naar haar hals. Geen wond, geen bloed. Hij kón haar niet hebben gemist van zo dichtbij.

Toch was het zo.

Toen rende hij naar haar toe. Sachs hield haar adem in. Met kille ogen en spieren zo strak als staal omklemde ze de koevoet, maar hij haastte zich langs haar heen zonder haar kant zelfs maar op te kijken.

Wat had dat te betekenen? Sachs kwam langzaam overeind, met een van pijn vertrokken gezicht. Zonder het felle licht van de open kastdeur werd het silhouet ingevuld. Het was Gordon helemaal niet, maar een rechercheur van het nabije Bureau 20 die ze wel kende, John Harvison. Met zijn Glock in twee handen liep hij behoedzaam naar de man die hij net had doodgeschoten.

Peter Gordon, begreep Sachs nu, had haar van achteren beslopen en had op het punt gestaan haar in de rug te schieten. Hij had Harvison niet gezien, die in elkaar gedoken in de deuropening van de kast stond.

'Amelia, alles goed?' riep Harvison.

'Ja hoor.'

'Meer schutters?'

'Ik dacht het niet.'

Sachs voegde zich bij de rechercheur. Al zijn schoten leken doel te hebben getroffen; een kogel had Gordon midden in zijn voorhoofd geraakt, waar een enorme wond was geslagen. Het familieportret van Prescott boven het bureau zat vol bloedspatten en hersenweefsel.

Harvison was een gedreven man van in de veertig die verschillende keren was onderscheiden wegens betoonde moed en het aanhouden van grote drugsdealers. Hij besteedde geen aandacht aan de bizarre omgeving, maar zette nuchter de plaats delict af. Hij nam de Glock uit Gordons bebloede hand, haalde het magazijn eraf en stopte ze beide in zijn zak. De taser borg hij ook veilig op, al was er weinig kans op een wonderbaarlijke herrijzenis.

'John,' fluisterde Sachs, die naast het verwoeste lichaam van de moordenaar stond. 'Hoe heb je me in godsnaam gevonden?'

'Ik kreeg een algemene melding door over geweldpleging op dit adres. Ik was vlakbij voor een drugszaak, dus ben ik hierheen gekomen.' Hij keek haar even aan. 'De melding kwam van die vent met wie je werkt.'

'Wie?'

'Rhyme. Lincoln Rhyme.'

'O.' Het verbaasde haar niet, al wierp het meer vragen op dan het beantwoordde.

Ze hoorden een zwakke zucht en keken om. Het geluid was afkomstig van Jorgensen. Sachs bukte zich. 'Laat een ambulance komen. Hij leeft nog.' Ze oefende druk uit op de schotwond.

Harvison pakte zijn portofoon en vroeg om een ambulance.

Even later stormden er twee AT'ers met getrokken wapen door de deur.

'De hoofddader is dood,' zei Sachs. 'Waarschijnlijk zijn er geen anderen, maar controleer het voor de zekerheid.'

'Komt voor elkaar, rechercheur.'

Een van de AT ers begon samen met Harvison aan een tocht door de gangpaden. De andere zei tegen Sachs: 'Godsamme, wat een spookhuis. Ooit zoiets gezien, rechercheur?'

Sachs was niet in de stemming voor een praatje. 'Zoek verband of handdoeken voor me. Jezus, hij heeft hier zoveel, hij heeft vast ook wel tien verbandtrommels. Dat bloeden moet gestelpt worden. Nu!'

Deel v

De man die alles weet

Woensdag 25 mei

*De privacy en vrijheid van onze burgers worden met soms onmerk-
bare stappen beknot. Elke afzonderlijke stap is misschien onbelang-
rijk, maar uit het geheel doemt een maatschappij op zoals we nog
nooit hebben gezien; een maatschappij waarin de overheid de
geheime regionen van iemands leven mag binnendringen.*

– William O'Douglas, rechter Hoge Raad

50

'Oké, de computer heeft wel geholpen,' gaf Lincoln Rhyme toe.

Hij doelde op innerCircle, het databasebeheersysteem en andere pro-gramma's van SSD. 'Maar het waren toch vooral de aanwijzingen,' ver-volgde hij strijdlustig. 'De computer wees me de juiste richting, meer niet. Toen hebben we het overgenomen.'

Het was ruim na middernacht en Rhyme zat met Sachs en Pulaski in het lab. Sachs was terug uit het herenhuis van Tweeëntwintig-vijf, waar de ambulancebroeders haar hadden verteld dat Robert Jorgensen het zou overleven; de kogel had de belangrijke organen en aderen gemist. Hij lag op de intensive care van het Columbia-Presbyterian.

Rhyme legde uit hoe hij erachter was gekomen dat Sachs zich in het herenhuis van een bewaker van SSD bevond. Hij vertelde Sachs over haar enorme dossier. Mel Cooper liet haar er zelf op de computer naar kijken. Ze scrolde erdoor en trok wit weg toen ze zag hoeveel informa-tie het bevatte. Terwijl ze keek, flakkerde het scherm en werden de ge-gevens bijgewerkt.

'Ze weten alles,' fluisterde ze. 'Ik heb geen enkel geheim.'

Rhyme vertelde dat het systeem een lijst had opgesteld van de loca-ties die ze had aangedaan na haar vertrek uit het politiebureau in Brook-lyn. 'Maar de computers konden alleen ruwweg aangeven waar je naar-toe ging. Een eindbestemming was er niet. Ik bleef naar de kaart kijken en zag dat je in de richting van SSD ging, wat hun eigen rotcomputer trouwens niet doorhad. Ik belde en de bewaker in de lobby zei dat je er net een halfuur was geweest om naar employés te informeren, maar niemand wist waar je vervolgens naartoe was gegaan.'

Ze vertelde hoe haar aanwijzing haar naar SSD had gevoerd: de man die bij haar thuis had ingebroken, had een bonnetje van een koffietent naast het kantoor laten vallen. 'Daar leidde ik uit af dat hij bij SSD moest werken of er iets mee te maken had. Pam had zijn kleding gezien, een blauwe blazer, een spijkerbroek en een pet, en ik dacht dat de be-wakers misschien iemand met zulke kleding hadden gezien die dag. De-genen die dienst hadden, herinnerden zich niemand met zulke kleding, dus vroeg ik de namen en adressen van de bewakers die geen dienst had-den en ging de adressen af.' Ze trok een gezicht. 'Het was niet in me opgekomen dat Tweeëntwintig-vijf zélf een bewaker was. Hoe wist jij dat, Rhyme?'

'Nou, ik wist dat je een werknemer zocht, maar was het een van onze verdachten of iemand anders? Die rotcomputer hielp niet, dus richtte ik me op de aanwijzingen. Onze dader was een werknemer op logge werkschoenen die sporen koffiecreamer had achtergelaten. Hij was sterk. Kon dat betekenen dat hij lichamelijk werk deed, in de lagere regionen van het bedrijf? Postkamer, bezorger, schoonmaker? Toen dacht ik aan de cayennepeper.'

'Pepperspray,' zei Sachs met een zucht. 'Natuurlijk. Het was helemaal geen eten.'

'Precies. Het belangrijkste wapen van een bewaker. En die stemvermomming? Die apparaatjes kun je kopen bij zaken die beveiligingsapparatuur verkopen. Toen heb ik het hoofd beveiliging van ssd gebeld, Tom O'Day.'

'Ja. We hebben hem gesproken,' zei Sachs met een knikje naar Pulaski.

'Hij vertelde me dat veel bewakers in deeltijd werkten, wat Tweeëntwintig-vijf genoeg tijd overliet om zijn hobby buiten kantoor te beoefenen. Ik noemde de andere aanwijzingen die we hadden gevonden. De stukjes blad konden afkomstig zijn van de planten in de kantine van de bewakers. En daar gebruiken ze melkpoeder, geen echte melk. Ik vertelde wat Terry Dobyns over de dader had gezegd en vroeg een lijst van alle alleenstaande bewakers zonder kinderen. Toen ging hij na wie er geen dienst hadden gehad toen de moorden werden gepleegd, de afgelopen twee maanden.'

'En jullie vonden iemand die niet op kantoor was geweest. John Rollins, oftewel Peter Gordon.'

'Nee, John Rollins was ten tijde van alle moorden op kantoor geweest.'

'O?'

'Uiteraard. Hij drong het systeem van de personeelsadministratie binnen en veranderde de urenrapportages om zichzelf een alibi te verschaffen. Rodney Szarnek heeft de metadata gecontroleerd. Ja, hij was degene die we zochten. Toen heb ik het alarmnummer gebeld.'

'Maar, Rhyme, ik begrijp niet hoe Tweeëntwintig-vijf aan de dossiers kwam. Hij had toegang tot alle datahokken, maar iedereen werd gefouilleerd bij vertrek, ook hij. En hij kon niet via internet in innerCircle komen.'

'Dat was het grote struikelblok, ja, maar dat heeft Pam Willoughby opgelost. Dankzij haar heb ik het uitgeknobbeld.'

'Pam? Hoe dan?'

'Weet je nog dat ze zei dat niemand foto's kon downloaden van die netwerksite, OurWorld, maar dat iedereen gewoon foto's van het scherm maakte?'

Geeft niets, hoor, meneer Rhyme. Mensen zien zo vaak het voor de hand liggende over het hoofd...

'Ik begreep dat Tweeëntwintig-vijf op die manier aan zijn informatie kon komen. Hij hoefde geen duizenden bladzijdes uit dossiers te downloaden. Hij schreef gewoon op wat hij moest hebben over de slachtoffers en de zondebokken, waarschijnlijk 's avonds laat, wanneer er verder zo goed als niemand in de hokken was. Weet je nog, die flinters papier van gele kladblokken? En de röntgenpoortjes en metaaldetectors bij de bewakingspost reageren niet op papier. Geen mens zou zelfs maar op het idee komen.'

Sachs vertelde dat ze misschien wel duizend kladbokken rond zijn bureau in zijn geheime kamer had gezien.

Lon Sellitto kwam terug van het hoofdbureau. 'Die eikel is dood,' pruttelde hij, 'maar ik zit nog steeds als crackjunk in het systeem. Het enige wat ik uit ze kan krijgen is dat ze "eraan werken".'

Hij had ook goed nieuws. Het OM zou alle zaken heropenen waarvan werd vermoed dat Tweeëntwintig-vijf bewijsmateriaal had vervalst. Arthur Rhyme was meteen vrijgelaten en de zaken van zijn lotgenoten zouden met spoed opnieuw bekeken worden; de kans was groot dat ze binnen een maand vrij zouden komen.

'Ik heb ook dat herenhuis nagetrokken waar Tweeëntwintig-vijf woonde,' vervolgde Sellitto.

Het huis in de Upper West Side moest tientallen miljoenen waard zijn. Het was een raadsel hoe Peter Gordon dat met zijn baantje als bewaker had kunnen betalen.

Sellitto wist het. 'Het was niet van hem. De akte staat op naam van Fiona McMillan, een weduwe van achtennegentig zonder naaste familie. Ze betaalt de gemeentelijke belastingen en de energierekeningen nog steeds. Zonder mankeren. Het gekke is alleen dat geen mens haar de afgelopen vijf jaar heeft gezien.'

'Sinds de verhuizing van SSD naar New York, zo ongeveer.'

'Ik denk dat hij alle informatie heeft verzameld die hij nodig had om haar identiteit over te nemen en haar toen heeft vermoord. Morgen beginnen ze naar de stoffelijke resten te zoeken, eerst in de garage en dan in de kelder.' Hij zweeg even en zei toen: 'Ik organiseer de herdenkingsdienst voor Joe Malloy. Komende zaterdag, mochten jullie willen komen.'

'Natuurlijk,' zei Rhyme.

Sachs legde haar hand op de zijne en zei: 'Wijkagent of hoofdinspecteur, het is allemaal familie en wanneer je iemand verliest, voel je dezelfde pijn.'

'Je vader?' zei Rhyme. 'Het klinkt als iets wat hij had kunnen zeggen.'

Er drong een stem uit de gang binnen: 'Haha. Te laat. Sorry. Ik heb net gehoord dat de zaak rond is.' Rodney Szarnek drentelde het lab in, gevolgd door Thom. Hij had een stapel papier in zijn handen en praatte weer eens tegen Rhymes computer en omgevingscontrolesysteem, niet tegen de mensen.

'Te laat?' zei Rhyme.

'Het mainframe is klaar met het ordenen van de bestanden op de vrije ruimte die Ron had gejat. Nou ja, geléénd. Ik was al op weg hierheen om ze te laten zien toen ik hoorde dat jullie de dader te pakken hadden. Je zult ze wel niet meer nodig hebben.'

'Wat heb je gevonden? Ik vraag het gewoon uit nieuwsgierigheid.'

Rodney liep met een aantal papieren naar Rhyme toe en liet ze zien. Er was niets van te maken. Woorden, getallen en symbolen, van elkaar gescheiden door grote witte vlakken.

Rhyme begreep er niets van en vroeg: 'Waar komt het op neer?'

'Runnerboy, die nym die ik eerder had gevonden, heeft inderdaad stiekem veel informatie gedownload uit innerCircle en zijn sporen gewist, maar het waren niet de dossiers van de slachtoffers of iemand anders die betrokken was bij de zaak-225.'

'Weet je wie het is?' vroeg Sachs. 'Runnerboy?'

'Ja. Een zekere Sean Cassel.'

Sachs deed haar ogen dicht. 'Runnerboy... En hij had gezegd dat hij voor een triatlon trainde. Ik had er niet eens aan gedacht.'

Cassel, het hoofd Verkoop, was een van hun verdachten, herinnerde Rhyme zich. Hij zag hoe Pulaski op het nieuws reageerde: hij knipperde verbaasd met zijn ogen en keek met een opgetrokken wenkbrauw en een flauwe, maar onheilspellende glimlach van herkenning naar Sachs. Rhyme wist nog hoe onwillig Pulaski was geweest om terug te gaan naar SSD, en hoe gegeneerd hij zich voelde omdat hij niet bekend was met Excel. Een confrontatie tussen Pulaski en Cassel was een aannemelijke verklaring.

'Wat voerde Cassel in zijn schild?' vroeg Pulaski.

Szarnek bladerde in de uitdraaien. 'Ik zou het je niet precies kunnen zeggen.' Hij bood Pulaski schokschouderend een bladzij aan. 'Kijk zelf maar. Hier heb je een paar van de dossiers die hij heeft ingezien.'

Pulaski schudde zijn hoofd. 'Ik ken die lui niet.' Hij las een paar namen op.

'Ho,' blafte Rhyme. 'Wat zei je daar?'

'Dienko... Kijk, hier staat het weer. Vladimir Dienko. Kent u hem?'

'Shit,' zei Sellitto.

Dienko, de verdachte in het onderzoek naar de Russische georganiseerde misdaad die ze hadden moeten laten lopen wegens problemen met getuigen en bewijslast. 'En de naam daarvoor?' vroeg Rhyme.

'Alex Karakov.'

Karakov was een informant die een belastende verklaring over Dienko had afgelegd en was ondergedoken onder een valse naam. Hij was twee weken voor het proces verdwenen en werd voor dood gehouden, hoewel niemand begreep hoe Dienko's mensen hem hadden kunnen vinden. Sellitto nam de papieren van Pulaski over en bladerde erin. 'Jezus, Linc. Adressen, geldopnames, kentekens, telefoonlogboeken. Net wat een huurmoordenaar nodig heeft om in de buurt van zijn slachtoffer te komen... O, en moet je horen. Kevin McDonald.'

'Was dat niet de gedaagde in een bendezaak waar jij aan hebt gewerkt?' vroeg Rhyme.

'Klopt. Hell's Kitchen, wapenhandel, samenzwering. Drugs en afpersing. Hij is ook vrijuit gegaan.'

'Mel? Haal alle namen van die lijst door ons systeem.'

Van de acht namen die Rodney Szarnek had gevonden in de herstelde bestanden, waren er zes van mensen die de afgelopen drie maanden waren aangeklaagd. Ze waren alle zes vrijgesproken of de aanklachten waren op het laatste moment ingetrokken wegens onvoorziene problemen met getuigen en bewijzen.

Rhyme lachte. 'Als dat geen serendipiteit is...'

'Hè?' zei Pulaski.

'Koop eens een woordenboek, groentje.'

Pulaski zuchtte en zei lijdzaam: 'Wat het ook betekent, Lincoln, ik geloof niet dat ik het woord ooit in de mond zal nemen.'

Iedereen lachte, ook Rhyme. 'Touché. Wat ik bedoel, is dat we toevallig op iets bijzonder interessants zijn gestuit, om jouw lievelingswoord maar weer eens te gebruiken, Mel. De politie van New York heeft dossiers op de servers van ssd staan, via PublicSure. Goed, en Cassel heeft informatie over onderzoeken gedownload, aan de beschuldigden verkocht en al zijn sporen gewist.'

'O, ik acht hem er best toe in staat,' zei Sachs. 'Jij niet, Ron?'

'Zeker weten,' zei Pulaski. 'Wacht eens...' vervolgde hij. 'Cassel heeft ons de cd met de namen van de cliënten gegeven – hij is degene die Robert Carpenter verdacht heeft gemaakt.'

'Natuurlijk,' zei Rhyme knikkend. 'Hij heeft de data veranderd om Carpenter zwart te maken. Het onderzoek mocht niet in de richting van SSD wijzen. Niet vanwege de zaak-225, maar omdat niemand mocht merken dat hij politiegegevens had verkocht. En wie kun je beter voor de wolven gooien dan iemand die heeft geprobeerd je concurrent te worden?'

'Waren er meer mensen van SSD bij betrokken?' vroeg Sellitto aan Szarnek.

'Dat blijkt niet uit mijn gegevens. Alleen Cassel.'

Rhyme keek naar Pulaski, die naar de schema's keek. Zijn ogen hadden weer die hardheid die Rhyme eerder die dag had gezien.

'Hé, groentje. Hebben?'

'Wat?'

'De zaak tegen Cassel.'

De jonge agent dacht erover na. Toen zakten zijn schouders en zei hij met een lach: 'Nee, liever niet.'

'Je kunt het wel.'

'Dat weet ik wel, alleen... Ik bedoel, wanneer ik voor het eerst een zaak alleen opknap, wil ik er zeker van zijn dat ik de juiste motieven heb.'

'Mooi gezegd, groentje,' zei Sellitto, en hij hief zijn koffiebeker naar Pulaski. 'Misschien is er toch nog hoop voor je... Goed. Als ik dan toch geschorst ben, kan ik tenminste die klusjes thuis doen waar Rachel zo over zeurt.' De forse rechercheur pakte een oud koekje en drentelde weg. 'Welterusten, allemaal.'

Szarnek raapte zijn mappen en disks bij elkaar en legde ze op een tafel. Thom tekende voor het overnemen van de aanwijzingen in zijn hoedanigheid van zaakwaarnemer van Rhyme. Toen Szarnek wegging, zei hij vermanend tegen Rhyme: 'En wanneer u eraan toe bent om de eenentwintigste eeuw in te gaan, rechercheur, bel me dan.' Hij knikte naar de computers.

Rhymes telefoon ging. Het was voor Sachs, want haar gedemonteerde mobieltje zou het voorlopig niet doen. Rhyme leidde uit het gesprek af dat ze vanuit het politiebureau in Brooklyn werd gebeld en dat haar auto in een depot niet ver weg was getraceerd.

Ze maakte plannen om er de volgende ochtend met Pam naartoe te rijden in de Honda, die in een garage achter Peter Gordons huis was gevonden. Sachs ging naar de slaapkamer boven en Cooper en Pulaski vertrokken.

Rhyme schreef nog een memo aan Ron Scott, de locoburgemeester, met een beschrijving van Tweeëntwintig-vijfs werkwijze en het advies naar andere gevallen te zoeken van door hem gepleegde misdrijven waarvoor hij iemand anders had laten opdraaien. Er zouden natuurlijk nog aanwijzingen gevonden worden in het herenhuis van de hamsteraar, maar hij moest er niet aan denken hoeveel werk het onderzoeken van díé plaats delict zou gaan kosten.

Hij verstuurde de e-mail en net toen hij zich afvroeg hoe Andrew Sterling zou reageren als hij hoorde dat een van zijn slippendragers iets bijverdiende met de verkoop van data, ging zijn telefoon. Op het scherm stond een onbekend nummer.

'Opdracht, telefoon, opnemen.'

Klik.

'Hallo?'

'Lincoln? Met Judy Rhyme.'

'Hé, hallo, Judy.'

'Ik weet niet of je het al hebt gehoord. De aanklachten zijn ingetrokken. Hij is vrij.'

'Nu al? Ik wist dat ze ermee bezig waren, maar ik had gedacht dat het nog even zou duren.'

'Ik heb er geen woorden voor, Lincoln. Ik bedoel geloof ik: dank je wel.'

'Geen dank.'

'Wacht even,' zei Judy.

Ze hield een hand voor de hoorn. Rhyme hoorde gedempte stemmen en nam aan dat ze het tegen een van de kinderen had. Hoe heetten ze ook alweer?

Toen hoorde hij: 'Lincoln?'

Het was vreemd, maar de stem van zijn neef, die hij in geen jaren had gehoord, klonk hem meteen vertrouwd in de oren. 'Zo, Art. Hallo.'

'Ik ben in de stad. Ze hebben me net laten gaan. Alle aanklachten zijn ingetrokken.'

'Mooi zo.'

Kon het nog houteriger?

'Ik weet niet wat ik moet zeggen. Dank je wel. Ontzettend bedankt.'

'Graag gedaan.'

'Al die jaren... Ik had eerder moeten bellen. Ik...'

'Het geeft niet.' Wat moet dat in vredesnaam betekenen? vroeg Rhyme zich af. Het gaf wél dat Art al die jaren geen rol in zijn leven had gespeeld. Wat hij tegen zijn neef zei, was alleen maar vulmateriaal. Hij wilde ophangen.

'Je had het niet hoeven doen.'

'Er waren een paar onregelmatigheden. Het was een vreemde situatie.'

Wat ook helemaal niets betekende. En Lincoln Rhyme vroeg zich af waarom hij het gesprek ontleedde. Het zou wel een afweermechanisme zijn, nam hij aan – en die gedachte was al net zo vervelend als de andere. Hij wilde echt ophangen. 'Gaat het weer, na je detentie?'

'Het was niet ernstig. Griezelig, maar die jongen was op tijd bij me. Hij heeft me van de muur geholpen.'

'Gelukkig.'

Stilte.

'Nou, nogmaals bedankt, Lincoln. Maar weinig mensen hadden dit voor me willen doen.'

'Ik ben blij dat het goed is gekomen.'

'We moeten eens afspreken. Jij en Judy en ik. En je vriendin. Hoe heet ze?'

'Amelia.'

'We maken een afspraak.' Een lange stilte. 'Laat ik maar ophangen. We moeten naar huis, naar de kinderen. Oké, hou je taai.'

'Jij ook... Opdracht, telefoon, verbinding verbreken.'

Rhymes ogen vonden het ssd-dossier van zijn neef.

De andere zoon...

Hij wist dat ze nooit iets zouden 'afspreken'. Dat was het dan, dacht hij. Het zat hem dwars dat er met de klik van de verbroken verbinding iets wat had kunnen gebeuren, onmogelijk was gemaakt, maar toen stelde hij vast dat dit het enige logische besluit was van de gebeurtenissen van de voorgaande drie dagen.

Hij dacht aan het logo van ssd. Ja, dacht hij, onze paden hebben elkaar na al die jaren weer gekruist, maar het lijkt alsof we van elkaar gescheiden zijn gebleven door een dicht raam. We hebben elkaar gezien en een paar woorden gewisseld, maar verder ging ons contact niet. Het is nu tijd dat we elk onze eigen wereld weer opzoeken.

51

De volgende ochtend om elf uur stond Amelia Sachs op een sjofel terrein in Brooklyn haar tranen weg te slikken terwijl ze naar het lijk keek.

De vrouw die was beschoten, die anderen had gedood tijdens de uitoefening van haar functie en het altijd zo wist te draaien dat ze mee mocht doen aan dynamische reddingsoperaties met gijzelaars, was nu verlamd van verdriet.

Ze deinde heen en weer en wroette met de nagel van haar wijsvinger onder die van haar duim tot er een stipje bloed verscheen. Ze keek naar haar vingers en zag het rood, maar bedwong zich niet. Ze was er niet toe in staat.

Ja, ze hadden haar geliefde Chevrolet Camaro SS, model 1969, gevonden.

Maar wat de politie kennelijk niet had geweten, was dat de auto niet alleen in beslag was genomen wegens het niet aflossen van een lening, maar dat hij ook voor het schroot was verkocht. Sachs stond met Pam op het terrein van het depot, dat een decor had kunnen zijn in een film van Scorsese of een aflevering van *The Sopranos*, een autokerkhof dat stonk naar afgewerkte olie en de rook van een afvalverbranding. Krijsende, valse meeuwen zweefden als witte gieren boven hen. Sachs wilde haar wapen trekken en het hele magazijn in de lucht afvuren om ze te verjagen.

Een rechthoekig pakketje geperst metaal, meer was er niet over van de auto die ze sinds haar tienerjaren had gehad. Het was een van de drie belangrijkste dingen die ze van haar vader had geërfd, naast zijn sterke karakter en zijn liefde voor het politievak.

'Ik heb de papieren. Het is allemaal in orde, zeg maar.' De beheerder van het depot zwaaide opgelaten met de slappe formulieren die haar auto in een onherkenbaar brok staal hadden veranderd.

De auto was verkocht als wrak, wat inhield dat de onderdelen werden gestript en de rest als schroot verwerkt. Wat natuurlijk belachelijk was; je verdient echt niets aan het verkopen van veertig jaar oude Chevroletonderdelen vanuit een louche sloperij in de South Bronx, maar in de loop van de zaak-225 had ze maar al te goed geleerd dat wanneer een gezaghebbende computer een opdracht geeft, je doet wat hij zegt.

'Het spijt me, dame.'

'Ze is van de politie,' zei Pam bits. 'Rechercheur.'

'O,' zei de man. Hij dacht na over de consequenties die de situatie kon hebben en besloot dat ze hem niet aanstonden. 'Het spijt me, rechercheur.'

Toch had hij zijn administratieve schild nog, en zoveel spijt had hij niet. Hij bleef nog even bij hen staan, van de ene voet op de andere wippend, en drentelde toen weg.

De pijn in Sachs' ziel was veel erger dan die van de groenige kneuzing van de 9mm-kogel die haar de vorige avond in haar maag had gestompt.

'Gaat het?' vroeg Pam.

'Niet echt, nee.'

'Je raakt anders niet zo snel van streek.'

Nee, dacht Sachs. Maar nu wel.

Pam wikkelde haar rood gestreepte haar om haar vingers, misschien als een tamme versie van Sachs' eigen nerveuze gepulk. Sachs keek nog eens naar het lelijke blok metaal van ongeveer een meter bij een meter twintig tussen de andere blokken.

Ze werd bestormd door herinneringen. Hoe ze als tiener op zaterdagmiddag altijd met haar vader in de kleine garage aan de carburateur of de koppeling werkte. Ze trokken zich er om twee redenen terug: vanwege het plezier dat ze hadden in het mechanische werk in elkaars gezelschap en om te ontsnappen aan het humeurige derde gezinslid: Sachs' moeder.

'Bougies?' kon hij haar speels op de proef stellen.

'De elektrodeafstand,' antwoordde de tiener Amelia dan, 'is 0,8 millimeter. Contacthoek tussen de dertig en tweeëndertig graden.'

'Goed zo, Amie.'

Sachs herinnerde zich een andere keer – een afspraakje tijdens haar eerste jaar aan de universiteit. Ze had de jongen, die CT werd genoemd, ontmoet bij een hamburgertent in Brooklyn. Ze waren verbaasd over elkaars vervoermiddel. Sachs had de Camaro, die toen geel was, met dikke zwarte strepen als accenten, en hij reed op een Honda 850.

De burgers en frisdrank waren zo op, en aangezien ze vlak bij een afgedankte landingsbaan zaten, was een race onvermijdelijk.

Hij was eerder weg, want haar auto was loodzwaar, maar haar zware motor haalde hem in voordat hij een kilometer had gereden (hij was voorzichtig, zij niet) en ze stuurde met de bochten mee en bleef hem vóór tot aan de finish.

Toen dacht ze terug aan de mooiste rit die ze ooit had gemaakt: nadat Lincoln Rhyme en zij hun eerste zaak samen hadden afgesloten, had hij, invalide als hij was, naast haar in de gordel gehangen. De ramen waren open en de wind gierde. Zijn hand rustte onder de hare wanneer ze schakelde en hij had boven de schroefwind uit geschreeuwd: 'Volgens mij voel ik het! Ik geloof dat ik het voel!'

En nu was de auto weg.

Het spijt me, dame...

Pam klom de helling af, naar het schroot toe.

'Waar ga je heen?'

'Niet doen, jongedame.' De beheerder, die bij zijn keet stond, zwaaide met zijn formulieren alsof hij waarschuwingssignalen gaf.

'Pam!'

Ze liet zich niet tegenhouden, liep naar het brok metaal en wroette erin. Ze trok uit alle macht, wrikte iets los en liep ermee terug naar Sachs.

'Alsjeblieft, Amelia.' Het was het claxonembleem met het Chevroletlogo.

Sachs voelde de tranen weer opwellen, maar bleef ze wegslikken. 'Dank je wel, lieverd. Kom op, laten we maken dat we hier wegkomen.'

Ze reden terug naar de Upper West Side, waar ze eerst een ijsje gingen eten om bij te komen; Sachs had gezorgd dat Pam die dag niet naar school hoefde. Ze wilde haar niet in de buurt van Stuart Everett hebben en Pam was haar graag ter wille.

Sachs vroeg zich af of de docent zich zo makkelijk zou laten afschepen. Dankzij de slechte films van het type *Scream* en *Friday the Thirteenth* die Pam en zij soms laat op de avond bekeken, opgepept door Doritos en pindakaas, wist Sachs dat ex-vriendjes net als de moordenaars uit horrorfilms soms uit het graf kunnen herrijzen.

De liefde doet rare dingen met ons...

Pam slikte de laatste hap ijs door en klopte op haar buik. 'Daar was ik echt aan toe.' Toen zuchtte ze. 'Hoe heb ik zo stom kunnen zijn?'

In de griezelig volwassen lach die erop volgde dacht Amelia Sachs de laatste schep aarde op het graf van de moordenaar met het hockeymasker te horen vallen.

Terwijl ze van de ijssalon naar Rhymes herenhuis een paar straten verderop liepen, maakten ze plannen voor een meidenavondje met nog een vriendin van Sachs, een politievrouw die ze al jaren kende. 'Film of toneelstuk?' vroeg Sachs aan Pam.

'O, een toneelstuk... Amelia, wanneer wordt een off-Broadway-toneelstuk een off-off-Broadway-toneelstuk?'

'Goeie vraag. We kunnen het googelen.'

'En waarom hebben ze het over Broadway-stukken terwijl er helemaal geen theaters aan Broadway zitten?'

'Wat je zegt. Ze zouden het "dicht-bij-Broadway-stukken" moeten noemen. Of "om-de-hoek-van-Broadway-stukken".'

Toen ze vlak bij Central Park West waren, werd Sachs zich plotseling bewust van een andere voetganger. Iemand stak achter hen de straat over en liep dezelfde kant op, alsof hij hen volgde.

Ze schreef haar lichte ongerustheid toe aan de paranoia van de zaak-225 en raakte niet in paniek.

Relax. De dader is dood en begraven.

Ze nam niet de moeite om te kijken.

Pam wel, en ze gilde schel: 'Amelia, dat is 'm!'

'Wie?'

'Die vent die bij je heeft ingebroken. Hij is het!'

Sachs draaide zich als door een wesp gestoken om en zag de man in de blauwgeruite blazer met het honkbalpetje, die snel op hen af liep.

Ze sloeg op haar heup, tastend naar haar wapen.

Dat er niet was.

Nee, nee...

Peter Gordon had de Glock afgevuurd, die nu dus bewijsmateriaal was, net als haar mes, en ze lagen allebei bij het forensisch lab in Queens. Ze had nog geen kans gezien om een aanvraag voor een vervangend wapen in te dienen op het hoofdbureau.

Sachs herkende de man en verstijfde. Het was Calvin Geddes van Privacy Now. Ze begreep het niet. Hadden ze zich vergist en was Geddes Tweeëntwintig-vijfs handlanger geweest?

Hij was vlakbij. Sachs kon alleen maar tussen hem en Pam in gaan staan. Geddes zette nog een stap en tastte in zijn blazer, en Sachs balde haar vuisten.

52

Er werd aan de deur gebeld en Thom ging opendoen.

Rhyme hoorde boze woorden uit de gang komen. Een kwade mannenstem. Een kreet.

Hij keek vragend naar Ron Pulaski, die zijn wapen uit zijn hoge holster had getrokken en het omhoog richtte, klaar om te vuren. Hij hield het deskundig vast. Amelia Sachs was een goede leermeester.

'Thom?' riep Rhyme.

Er kwam geen antwoord.

Even later verscheen er een man in de deuropening. Hij droeg een spijkerbroek, een lelijke geruite blazer en een honkbalpetje. Hij knipperde geschrokken met zijn ogen toen Pulaski zijn wapen op hem richtte.

'Nee! Wacht!' riep hij terwijl hij wegdook en een hand opstak.

Toen kwamen Thom, Sachs en Pam binnen. Sachs zag het wapen en zei: 'Nee, nee, Ron. Het is goed... Dit is Calvin Geddes.'

Rhyme moest even nadenken. O ja, hij werkte bij Privacy Now, en hij had hen op het spoor van Peter Gordon gezet. 'Wat moet dit voorstellen?'

'Hij is degene die bij me heeft ingebroken,' zei Sachs. 'Niet Tweeëntwintig-vijf.'

Pam knikte beamend.

Geddes liep naar Rhyme toe; stak zijn hand in zijn zak en haalde er wat blauwe papieren uit. 'Conform de wetten aangaande civiele procedures van de staat New York overhandig ik u deze dagvaarding in verband met de zaak Geddes contra Strategic Systems Datacorp, Inc.' Hij hield ze Rhyme voor.

'Ik heb er ook een, Rhyme.' Sachs liet haar eigen dagvaarding zien.

'En wat word ik geacht hiermee te doen?' vroeg Rhyme aan Geddes, die hem de papieren nog steeds voorhield.

Geddes fronste zijn voorhoofd en keek naar de rolstoel. Rhymes toestand drong nu pas tot hem door. 'Ik, eh...'

'Hij is mijn zaakwaarnemer.' Rhyme knikte naar Thom, die de papieren aannam.

'Ik...' begon Geddes.

'Mogen we dit eerst even lezen?' onderbrak Rhyme hem bits, en hij knikte naar zijn assistent.

Thom las de dagvaarding hardop voor. Het was een verzoek om alle papieren, computerbestanden, aantekeningen en andere informatie over te dragen die Rhyme in bezit had in verband met ssd, de afdeling Compliance en aanwijzingen dat ssd connecties had met overheidsinstanties.

'Ze vertelde me over Compliance,' zei Geddes met een knikje naar Sachs. 'Het sloeg nergens op, maar er zat een luchtje aan. Andrew Sterling zou nooit vrijwillig met de overheid samenwerken aan privacykwesties, tenzij hij er zelf een stuk beter van werd. Hij zou zich met hand en tand verzetten. Dat maakte me wantrouwig. Compliance gaat over iets anders. Ik weet niet wat, maar daar komen we wel achter.'

Hij vertelde dat hij procedeerde wegens schending van wetten op de privacy, zowel op federaal als op staatsniveau, en wegens diverse schendingen van het gewoonterecht en grondwettelijk vastgelegde rechten op privacy.

Rhyme vermoedde dat Geddes en zijn advocaten aangenaam verrast zouden zijn wanneer ze de compliancedossiers zagen, waarvan hij er eentje toevallig in een computer op een paar passen afstand van Geddes had zitten dat hij met alle genoegen wilde afstaan, gezien Andrew Sterlings weigering hem te helpen Sachs te zoeken na haar verdwijning.

Hij vroeg zich af wie er dieper in de nesten zou zitten, Washington of ssd, als de pers lucht kreeg van de Compliance-operatie.

Het zou een nek-aan-nekrace worden, dacht hij.

Toen wierp Sachs Geddes een onheilspellende blik toe en zei: 'Meneer Geddes zal de zaak natuurlijk moeten combineren met zijn eigen proces.' Ze doelde op de inbraak in haar huis in Brooklyn, die Geddes vermoedelijk had gepleegd om informatie over ssd te vinden. Ze vertelde dat het gek genoeg Geddes was geweest, niet Tweeëntwintig-vijf, die het bonnetje had laten vallen dat haar naar ssd had geleid. Hij kwam regelmatig in de koffietent in Midtown, van waaruit hij de Grijze Rots in de gaten hield om te zien wat Sterling, zijn personeel en zijn cliënten uitvoerden.

'Ik zal al het nodige doen om ssd een halt toe te roepen,' zei Geddes vurig. 'Het maakt me niet uit wat er met mij gebeurt. Ik wil me met alle plezier opofferen als we daar onze individuele rechten mee terugkrijgen.'

Rhyme had respect voor zijn morele moed, maar vond dat hij pakkender citaten nodig had.

De activist begon aan een verhandeling (met veel herhalingen van wat

Sachs al had verteld) over het spinnenweb van SSD en andere data-miners, de ondergang van de privacy in het land en het gevaar voor de democratie.

'Oké, we hebben de informatie,' onderbrak Rhyme de langdradige tirade. 'We bespreken het met onze eigen advocaten en als die zeggen dat alles in orde is, krijg je ruim op tijd een pakketje van ons.'

Er werd gebeld. Nog een keer. Toen werd er hard op de deur gebonsd.

'O, man. Het lijkt hier wel een station, verdomme... Wat nou weer?'

Thom ging naar de deur en kwam even later terug met een kleine, zelfbewust uitziende man in een zwart pak met een wit overhemd. 'Hoofdinspecteur Rhyme?'

Rhyme zwenkte zijn rolstoel naar Andrew Sterling, wiens kalme groene ogen geen enkele verbazing verrieden aangaande de toestand van de criminalist. Rhyme vermoedde dat het ongeluk en zijn leven erna gedetailleerd werden vermeld in zijn eigen compliancedossier en dat Sterling zich had ingelezen voordat hij hem kwam opzoeken.

'Rechercheur Sachs, agent Pulaski,' zei hij met een knikje voordat hij zich weer tot Rhyme wendde.

Na Sterling kwam Sam Brockton binnen, het hoofd Compliance van SSD, met nog twee mannen in conservatieve kleding met nette kapsels. Het konden assistenten van het Congres zijn of managers van het middenkader, al keek Rhyme er niet van op toen ze werden voorgesteld als advocaten.

'Hallo, Cal,' zei Brockton met een matte blik op Geddes, die dreigend terugkeek.

'We hebben ontdekt wat Mark Whitcomb heeft gedaan,' zei Sterling zacht. Hij mocht dan klein zijn, hij maakte indruk door zijn indringende ogen, kaarsrechte houding en onverstoorbare stem. 'Ik vrees dat hij op straat staat. Om te beginnen.'

'Omdat hij de juiste keus heeft gemaakt?' beet Pulaski hem toe.

Sterlings gezicht bleef emotieloos. 'En ik vrees dat de zaak nog niet is afgedaan.' Hij knikte naar Brockton.

'Geef ze de dagvaarding,' snauwde Brockton naar een van de advocaten, die zijn eigen stapel blauwe documenten uitdeelde.

'Nog meer?' merkte Rhyme op. Hij knikte naar de tweede verzameling paperassen. 'Al dat leesvoer. Wie heeft daar nou tijd voor?' Hij was in een goede bui; hij genoot nog na van het feit dat ze Tweeëntwintigvijf hadden gepakt en dat Amelia Sachs veilig was.

De nieuwe dagvaarding bleek een gerechtelijk bevel te zijn waarin hun werd verboden Geddes computers, schijven, documenten of enig ander materiaal te geven dat betrekking had op Compliance. Als ze dergelijk materiaal in hun bezit hadden, dienden ze dat over te dragen aan de overheid.

Een van de huurlingen zei: 'Een weigering komt u op civiele en strafrechtelijke aanklachten te staan.'

'En neem maar van mij aan dat we gebruik zullen maken van alle middelen waarover we kunnen beschikken,' voegde Sam Brockton eraan toe.

'Dit kunnen jullie niet maken,' zei Geddes verontwaardigd. Zijn ogen vonkten en het zweet parelde op zijn boze gezicht.

Sterling telde de computers in Rhymes lab. Het waren er twaalf. 'Op welke staat het compliancedossier dat Mark u heeft gestuurd, hoofdinspecteur?'

'Weet ik niet meer.'

'Hebt u kopieën gemaakt?'

Rhyme glimlachte. 'Maak altijd reservekopieën van je gegevens. En berg die ergens anders op, op een veilige plek. *Off-site*, zoals jullie dat noemen. Is dat niet de boodschap van het nieuwe millennium?'

'We regelen gewoon nog een bevel om alles te confisqueren en alle servers te doorzoeken waarnaar jullie gegevens hebben geüpload,' zei Brockton.

'Maar dat kost tijd en geld. En wie weet wat er in de tussentijd kan gebeuren? Er zouden e-mails of enveloppen naar de pers kunnen worden gestuurd, bijvoorbeeld. Onopzettelijk, uiteraard, maar het kán.'

'Het is voor iedereen een tijd vol beproevingen geweest, hoofdinspecteur Rhyme,' zei Sterling. 'We zijn niet in de stemming voor spelletjes.'

'We spelen geen spelletjes,' zei Rhyme vlak. 'We onderhandelen.'

Sterling leek voor het eerst gemeend te glimlachen. Hij was nu op zijn eigen terrein; hij trok een stoel bij en ging naast Rhymes rolstoel zitten. 'Wat wilt u?'

'Ik geef alles aan jullie. Geen strijd voor de rechter, geen pers.'

'Nee!' riep Geddes woedend. 'Hoe kun je toegeven?'

Rhyme negeerde de activist net zo doelmatig als Sterling en vervolgde: 'Mits jullie de dossiers van mijn medewerkers zuiveren.' Hij vertelde over Sellitto's drugstest en de vrouw van Pulaski.

'Dat lukt wel,' zei Sterling op een toon alsof het niet meer werk was dan het volume van een tv hoger zetten.

'En jullie moeten Robert Jorgensens leven ook weer in orde maken,' zei Sachs. Ze vertelde hoe Tweeëntwintig-vijf hem te gronde had gericht.

'Geef me de gegevens maar, dan regel ik het. Hij kan weer met een schone lei beginnen.'

'Mooi zo. Zodra alles is opgelost, krijgen jullie wat jullie willen hebben, en niemand krijgt ook maar iets te zien van jullie Compliance-operatie. Ik geef jullie mijn woord.'

'Nee, je moet je verzetten!' zei Geddes op venijnige toon tegen Rhyme. 'Telkens wanneer je ze hun gang laat gaan, zijn er alleen maar verliezers.'

Sterling keek hem aan en zei net niet fluisterend: 'Calvin, ik zal je iets vertellen. Ik ben op 11 september drie goede vrienden in de Twin Towers kwijtgeraakt. Vier andere vrienden liepen ernstige brandwonden op. Hun leven zal nooit meer hetzelfde zijn. En ons land heeft duizenden onschuldige burgers verloren. Mijn bedrijf had de technologie om een paar van de kapers te vinden, en de voorspellende software om uit te vinden wat ze van plan waren. Wij, nee, ík had de hele tragedie kunnen voorkomen. En ik heb er nog elke dag spijt van dat ik het niet heb gedaan.'

Hij schudde zijn hoofd. 'O, Cal. Jij met je zwart-witpolitiek... Snap je het dan niet? Dát is SSD. Geen gedachtepolitie die midden in de nacht je deur intrapt omdat het ze niet aanstaat wat je vriendin en jij in bed doen of je arresteert omdat je een boek over Stalin of de Koran hebt gekocht of omdat je kritiek had op de president. De missie van SSD is garanderen dat je in alle vrijheid en veilig kunt genieten van de privacy van je eigen huis en dat je mag kopen, lezen en zeggen wat je wilt. Als je op Times Square wordt opgeblazen door een zelfmoordterrorist, heb je helemaal geen identiteit meer om te beschermen.'

'Bespaar me je preken, Andrew,' riep Geddes ziedend.

'Cal, als je nu niet kalmeert, kom je in de problemen,' zei Brockton.

Geddes lachte kil. 'We zitten al in de problemen. Welkom in de heerlijke nieuwe wereld...' Hij draaide zich op zijn hakken om en stormde het lab uit. De voordeur sloeg achter hem dicht.

'Ik ben blij dat je het begrijpt, Lincoln,' zei Brockton. 'Andrew Sterling doet geweldige dingen. Dankzij hem zijn we allemaal een stuk veiliger.'

'Ik ben blij dat te horen.'

De ironie ontging Brockton volledig, maar Andrew Sterling hoorde het wel. Hij was tenslotte de man die alles wist. Zijn reactie was echter een geamuseerde, zelfverzekerde glimlach, alsof hij wist dat zijn preken uiteindelijk tot de mensen zouden doordringen, ook al konden ze de boodschap nog niet naar waarde schatten. 'Tot ziens, rechercheur Sachs, hoofdinspecteur. O, u ook, agent Pulaski.' Hij keek de jonge agent cynisch aan. 'Ik zal uw aanwezigheid in onze gangen missen, maar als u uw computervaardigheden wilt aanscherpen, staat onze vergaderzaal altijd tot uw beschikking.'

'Nou, ik...'

Andrew Sterling gaf hem een knipoog, draaide zich om en vertrok met zijn gevolg.

'Zou hij het weten?' vroeg het groentje. 'Van die harddisk?'

Rhyme kon alleen maar schokschouderen.

'Godver, Rhyme,' zei Sachs. 'Ik neem aan dat dat bevel wel klopt, maar moest je echt zo snel toegeven na alles wat we met ssd hebben doorstaan? Allemachtig, dat compliancedossier... Ik vind het niet leuk dat ze al die informatie hebben.'

'Een gerechtelijk bevel is een gerechtelijk beval, Sachs. We kunnen er weinig aan doen.'

Ze keek hem nog eens goed aan en zag de twinkeling in zijn ogen. 'Oké, zeg op.'

Rhyme richtte zich tot Thom. 'Wil je me dat bevelschrift nog eens voorlezen met die verrukkelijke tenor van je? Dat van onze vrienden van ssd.'

Thom deed het.

Rhyme knikte. 'Mooi... Ik denk nu aan een Latijnse uitdrukking, Thom. Weet je welke?'

'O, ik weet dat ik het wel zou móéten weten, Lincoln, gezien alle uren die ik hier rustig in de salon aan de klassieken kan besteden, maar ik vrees dat ik het antwoord schuldig moet blijven.'

'Latijn... Wat een taal is dat toch. Een bewonderenswaardige precisie. Waar vind je anders zelfstandige naamwoorden met vijf naamvallen, en die verbijsterende werkwoordsvervoegingen...? Goed, de uitdrukking die ik bedoel, is *inclusis unis, exclusit alterius*. Dat betekent dat je door het opnemen van de ene categorie automatisch andere, verwante categorieën uitsluit. Verwar ik je?'

'Niet echt. Om in de war te raken moet je opletten.'

'Gevatte repliek, Thom, maar ik zal je een voorbeeld geven. Stel dat je congreslid bent en een wet maakt die zegt dat er geen rauw vlees geïmporteerd mag worden. Door die woorden te gebruiken, geef je automatisch toestemming voor de import van ingeblikt of gebraden vlees. Snap je?'

'*Mirabile dictu,*' zei Ron Pulaski.

'Mijn god,' zei Rhyme oprecht verbaasd, 'hij spreekt Latijn.'

Pulaski lachte. 'Ik heb het een paar jaar gehad op de middelbare school. En als koorknaap pik je het een en ander op.'

'Waar wil je nou naartoe, Rhyme?' vroeg Sachs.

'Brocktons bevel verbiedt ons alleen informatie aan Privacy Now te geven over de afdeling Compliance, maar Geddes heeft ons gevraagd of we alles wilden geven wat we over ssd hadden. Derhalve – ergo – mogen we alles geven wat we verder over ssd hebben. De bestanden die Cassel aan Dienko heeft verkocht, maakten deel uit van PublicSure, niet van Compliance.'

Pulaski schoot in de lach, maar Sachs' gezicht betrok. 'Dan halen ze gewoon een nieuw bevelschrift.'

'Ik betwijfel het. Wat zullen de politie van New York en de FBI zeggen als ze erachter komen dat iemand die bij hun eigen dataleverancier werkt, gegevens van geruchtmakende zaken heeft verkocht? Ik heb zo'n gevoel dat de hoge pieten ons deze keer zullen steunen.' De ene gedachte leidde naar de andere, en de conclusie was schrikwekkend. 'Wacht, wacht. In het detentiecentrum – die man die mijn neef wilde vermoorden. Antwon Johnson?'

'Wat is daarmee?' vroeg Sachs.

'Het raakte kant noch wal dat hij Arthur zou willen vermoorden. Zelfs Judy Rhyme zei er iets over. Lon zei dat hij een federale gedetineerde was die tijdelijk door de staat werd ondergebracht. Ik vraag me af of iemand van Compliance het met hem op een akkoordje had gegooid. Misschien moest hij uitvissen of Arthur dacht dat iemand informatie over hem verzamelde om bij de misdrijven te gebruiken. In dat geval moest Johnson hem vermoorden. Misschien in ruil voor strafvermindering.'

'De regering, Rhyme? Die probeert een getuige te elimineren? Vind je dat zelf niet een beetje paranoïde?'

'We hebben het over dossiers van vijfhonderd pagina's, chips in boeken en bewakingscamera's op elke straathoek van de stad, Sachs... Maar goed, ik zal ze het voordeel van de twijfel gunnen. Misschien is Johnson benaderd door iemand van ssd. Laten we die informatie in elk geval ook aan Calvin Geddes geven. Laat die pitbull zijn tanden er maar in zetten, als hij wil. Maar laten we wachten tot iedereen weer een schoon dossier heeft. Een week.'

Ron Pulaski nam afscheid en vertrok naar zijn vrouw en dochtertje.

Sachs liep naar Rhyme toe en leunde naar voren om hem op zijn mond te kussen. Ze vertrok haar gezicht en voelde aan haar buik.

'Gaat het?'

'Ik zal het je vanavond laten zien, Rhyme,' fluisterde ze verleidelijk. '9mm-kogels maken boeiende blauwe plekken.'

'Sexy?' vroeg hij.

'Alleen als je paarse rorschachs opwindend vindt.'

'Toevallig wel.'

Sachs wierp hem een subtiele glimlach toe, liep de hal in en riep Pam, die in de salon zat te lezen. 'Kom mee. We gaan shoppen.'

'Super. Wat gaan we kopen?'

'Een auto. Ik kan niet zonder wagen.'

'Gaaf, wat voor een? O, een Toyota Prius zou zó cool zijn.'

Rhyme en Sachs schaterden. Pam glimlachte onzeker en Sachs legde uit dat ze van alles voor het milieu wilde doen, maar dat haar liefde niet zo ver ging dat ze op haar benzine ging bezuinigen. 'We gaan een stoere auto kopen.'

'Wat is dat?'

'Dat zie je vanzelf.' Ze zwaaide met een lijst mogelijke auto's die ze van internet had gedownload.

'Ga je een nieuwe kopen?' vroeg Pam.

'Koop nooit, maar dan ook nooit een nieuwe auto,' zei Sachs belerend.

'Waarom niet?'

'Omdat die auto's van tegenwoordig gewoon computers op wielen zijn. We willen geen elektronica. We willen mechanica. Van een computer krijg je geen smeer aan je handen.'

'Smeer?'

'Je bent vast gek op smeer. Je bent echt een smeermeid.'

'Denk je?' Pam leek het een compliment te vinden.

'Zeker weten. Kom mee. Tot later, Rhyme.'

53

De telefoon tjirpte.

Lincoln Rhyme keek op naar het dichtstbijzijnde computerscherm en zag de eerste cijfers van het nummer: 44

Eindelijk. Het was zover.

'Opdracht, telefoon, opnemen.'

'Rechercheur Rhyme,' zei de onberispelijke Britse stem. Longhursts alt verried nooit iets.

'Zeg het maar.'

Een aarzeling. 'Het spijt me ontzettend,' zei ze toen.

Rhyme deed zijn ogen dicht. Nee, nee...

'We hebben het nog niet in de openbaarheid gebracht,' vervolgde Longhurst, 'maar ik wilde het u vertellen voordat de pers het meldde.'

De moordenaar was dus toch geslaagd. 'Dus dominee Goodlight is dood?'

'O, nee, hij maakt het goed.'

'Maar...'

'Maar Richard Logan heeft zijn beoogde doelwit te pakken gekregen, rechercheur.'

'Wat...?' De stukjes vielen op hun plaats. Het *beoogde* doelwit. 'O, nee... Op wie had hij het dan gemunt?'

'Danny Krüger, de wapenhandelaar. Hij is dood, en twee van zijn bewakers ook.'

'Juist. Ik begrijp het.'

'Toen Danny zijn leven had gebeterd,' legde Longhurst uit, 'vonden een paar syndicaten in Zuid-Afrika, Somalië en Syrië het een te groot risico om hem in leven te laten. Een wapenhandelaar met gewetenswroeging, daar werden ze zenuwachtig van. Ze huurden Logan in om hem te liquideren, maar Danny's beveiligingsnetwerk in Londen was te hecht, dus moest Logan hem uit zijn tent lokken.'

De dominee was dus maar een afleidingsmanoeuvre geweest. De moordenaar had zelf het gerucht verspreid dat er een prijs op Goodlights hoofd stond. En hij had de Britten en Amerikanen gedwongen zich tot Danny te wenden in hun pogingen de eerwaarde te redden.

'Het wordt nog erger,' vervolgde Longhurst. 'Hij heeft al Danny's dossiers te pakken gekregen. Al zijn contactpersonen, iedereen die voor hem werkte – informanten, machthebbers die corrupt kunnen zijn, huurlingen, bushpiloten, geldbronnen. Alle potentiële getuigen zullen nu ondergronds gaan. Degenen die niet meteen worden geliquideerd, bedoel ik. We zullen een stuk of tien zaken moeten seponeren.'

'Hoe heeft hij het voor elkaar gekregen?'

Longhurst zuchtte. 'Hij gaf zich uit voor onze Franse agent, d'Estourne.'

De vos had dus van meet af aan in het kippenhok gezeten.

'Ik denk dat hij de echte d'Estourne in Frankrijk op weg naar de Kanaaltunnel heeft onderschept en vermoord en zijn lijk heeft begraven of op zee heeft gedumpt. Het is geniaal, moet ik zeggen. Hij wist alles over d'Estournes leven en zijn organisatie. Hij sprak vloeiend Frans – en Engels met een volmaakt Frans accent. Zelfs het idioom klopte perfect.

Een paar uur geleden dook er iemand op bij een gebouw aan het plein dat we als schietzone hadden uitgekozen. Logan had hem ingehuurd om een pakje af te geven. Hij werkte bij Tottenham Parcel Express; hij droeg een grijs uniform. Weet u nog, die vezels die we hadden gevonden? En de moordenaar had om een bepaalde chauffeur gevraagd die hij vaker zou hebben gehad – hij was toevallig blond.'

'De haarverf.'

'Precies. Een betrouwbare vent, zei Logan. Daarom wilde hij juist hem. Iedereen werd zo in beslag genomen door de operatie, die man over de schietzone loodsen en uitkijken naar handlangers en bommen om ons af te leiden, dat de mensen in Birmingham niet op hun hoede waren. De moordenaar klopte gewoon op de deur van Danny's kamer in Hotel Du Vin toen het grootste deel van zijn bewakers beneden in de champagnebar een biertje dronk. Hij begon te schieten met van die kogels met holle punt. Gruwelijke verwondingen. Danny en twee van zijn mensen waren op slag dood.'

Rhyme deed zijn ogen dicht. 'Dus er waren geen valse reisdocumenten.'

'Allemaal afleidingstactieken... Het is een grote puinhoop, vrees ik. En de Fransen... Ze bellen niet eens terug... Ik moet er niet aan denken.'

Lincoln Rhyme vroeg zich tegen wil en dank af hoe het zou zijn gegaan als hij de zaak niet had laten vallen, maar de plaats delict buiten Manchester had onderzocht met het hd-videosysteem. Had hij iets ontdekt wat op het feitelijke plan van de moordenaar duidde? Had hij geconcludeerd dat de aanwijzingen in Birmingham ook vals waren? Of had hij ergens uit afgeleid dat degene die de kamer huurde, de man die hij zo wanhopig graag wilde pakken, zich uitgaf voor de Franse agent?

Had hij iets kunnen vinden na de inbraak bij de stichting in Londen?

'En de naam Richard Logan?' vroeg hij.

'Niet zijn echte naam, blijkbaar. Een schuilnaam. Hij had iemands identiteit gestolen. Dat schijnt verbazend makkelijk te zijn.'

'Dat heb ik gehoord, ja,' zei Rhyme wrang.

Longhurst vervolgde: 'Maar er was iets vreemds, rechercheur. Die tas die op het schietterrein moest worden afgegeven door die vent van Tottenham? Wat erin zat...'

'... was een pakje voor mij.'

'Ja, inderdaad.'

'Zat er toevallig een klok in, of een horloge?' vroeg Rhyme.

Longhurst lachte ongelovig. 'Een vrij dure pendule, victoriaans. Hoe weet u dat in vredesnaam?'

'Het was maar een idee.'

'Onze explosievendienst heeft hem nagekeken. Hij was veilig.'

'Nee, het zou geen bom zijn... Inspecteur, wilt u zo vriendelijk zijn de klok in plastic te verpakken en naar mij te sturen? Ik wil hem zo snel mogelijk hebben. En ik wil uw verslag van de zaak graag zien als het klaar is.'

'Uiteraard.'

'En mijn partner...'

'Rechercheur Sachs.'

'Ja. Ze wil alle betrokkenen een video-interview afnemen.'

'Ik zal een spelerslijst opstellen.'

In weerwil van zijn woede en ontzetting moest Rhyme glimlachen om haar woordkeus. Hij was gek op de Britten.

'Het was een voorrecht om met u te mogen werken, rechercheur.'

'Insgelijks, inspecteur.' Hij verbrak de verbinding en zuchtte.

Een victoriaanse klok.

Rhyme keek naar de schoorsteenmantel, waarop een Breguet-zakhorloge prijkte, oud en zeer waardevol, een geschenk van dezelfde moordenaar. Het horloge was op een koude, koude dag in december bij hem afgegeven, vlak nadat de man aan Rhymes klauwen was ontsnapt.

'Thom, een whisky alsjeblieft.'

'Wat is er?'

'Er is niets. We hebben al ontbeten en ik wil een whisky. Ik ben met vlag en wimpel door mijn lichamelijk onderzoek heen gekomen en toen ik voor het laatst keek, was je nog geen met de Bijbel zwaaiende, geheelonthoudende baptistendominee. Waarom zou er in jezusnaam iets zijn?'

'Omdat je alsjeblieft zei.'

'Haha. Wat zijn we lollig vandaag.'

'Ik doe mijn best.' Toen keek Thom naar Rhyme, zag iets op zijn gezicht en fronste zijn wenkbrauwen. 'Een dubbele, misschien?' zei hij zacht.

'Een dubbele zou zálig zijn,' zei Rhyme met zijn mooiste Britse accent.

De assistent schonk hem een groot glas Glenmorangie in en hield het rietje bij zijn mond.

'Doe je mee?'

Thom keek verbaasd op en schoot in de lach. 'Later, misschien.' Het was voor het eerst, dacht Rhyme, dat hij zijn assistent een drankje aanbood.

Hij zoog de rokerige drank naar binnen en keek naar het zakhorloge. Hij dacht aan de begeleidende brief van de moordenaar, die in zijn geheugen gegrift stond.

Het zakhorloge is een Breguet. Van alle uurwerken die ik heb gezien, is dit mijn favoriet. Het is begin negentiende eeuw vervaardigd en het is voorzien van robijnen echappement, eeuwigdurende kalender en antishockparachute. Ik hoop dat u het venster met maanfasen kunt waarderen, in het licht van onze recente avonturen. Er zijn maar weinig exemplaren zoals dit horloge op de wereld. Ik doe het u cadeau als blijk van respect. Geen mens heeft me er ooit van weerhouden een opdracht af te maken; u bent bijna de beste. (Ik zou kunnen zeggen dat u net zo goed bent als ik, maar dat is net niet waar. U hebt me tenslotte niet gepakt.) Houd de Breguet opgewonden (voorzichtig); hij telt de tijd af tot onze volgende ontmoeting.

Nog een raad: als ik u was, zou ik al die seconden laten tellen.

Je bent goed, zei Rhyme in gedachten tegen de moordenaar.

Maar ik ben ook goed. De volgende keer maken we het spel af.

Zijn gedachten werden onderbroken. Rhyme tuurde door zijn wimpers van het horloge naar het raam, waar iets zijn blik had getrokken.

Aan de overkant van de straat stond een man in vrijetijdskleding. Rhyme manoeuvreerde zijn TDX naar het raam en keek naar buiten. Hij zoog nog een slok whisky naar binnen. De man stond bij een donker overgeschilderde bank voor de stenen muur van Central Park naar het herenhuis te kijken, met zijn handen in zijn zakken. Kennelijk kon hij niet zien dat hij zelf werd bekeken.

Het was Arthur, Rhymes neef.

Hij deed een pas naar voren alsof hij wilde oversteken en bedacht zich. Hij liep terug naar de bank en ging erop zitten, naast een vrouw in trainingspak die water slurpte en wippend met haar voet naar haar iPod luisterde. Arthur haalde een vel papier uit zijn zak, keek ernaar en stopte het terug. Hij richtte zijn aandacht weer op het huis.

Merkwaardig. Hij lijkt op me, dacht Rhyme. In al die jaren van vriendschap en vervreemding had hij het nooit opgemerkt.

Opeens klonken de woorden die zijn neef tien jaar eerder tegen hem had gesproken in zijn hoofd:

Heb je je eigen vader wel een kans gegeven? Hoe moet hij zich hebben ge-voeld met een zoon als jij, die honderd keer slimmer was dan hij? Een zoon die nooit thuis was omdat hij liever bij zijn oom was. Heb je Teddy wel een kans gegeven?

'Thom!' riep hij.

Geen antwoord.

Hij riep nog luider.

'Wat?' zei Thom. 'Heb je je whisky nu al op?'

'Je moet iets voor me halen. Uit de kelder.'

'De kelder?'

'Dat zeg ik, ja. Er staan een paar dozen van vroeger. Er moet "Illinois" op staan.'

'O, die. Toevallig zijn het er een stuk of dertig, Lincoln.'

'Maakt niet uit.'

'Dat noem ik niet "een paar".'

'Je moet iets voor me zoeken.'

'Wat dan?'

'Een brokje beton in een plastic doosje. Ongeveer tien bij tien.'

'Beton?'

'Ik wil het aan iemand geven.'

'Goh, ik popel al om te zien wat je voor míj onder de kerstboom gaat leggen. Zou je...'

'Nu. Alsjeblieft.'

Thom zuchtte en liep naar beneden.

Rhyme keek weer naar zijn neef, die naar de voordeur van het heren-huis staarde, maar niet opstond.

Hij zoog lang aan zijn rietje.

Toen hij weer opkeek, zat er niemand meer op de bank.

Het plotselinge vertrek van zijn neef verontrustte en kwetste hem. Hij reed snel met zijn rolstoel naar het raam.

En zag Arthur tussen de auto's door zigzaggend naar het huis lopen.

Het bleef een lang ogenblik stil en toen werd er eindelijk aan de deur gebeld.

'Opdracht,' zei Rhyme snel tegen zijn gedienstige computer. 'Voordeur, open.'

Nawoord van de auteur

Calvin Geddes verwijst met zijn 'heerlijke nieuwe wereld' natuurlijk naar de titel van Aldous Huxleys toekomstroman uit 1932 over het verlies van identiteit in een zogenaamd utopische maatschappij. Het boek is nog net zo aangrijpend als toen, net als George Orwells *1984.*

Lezers die meer willen weten over de privacykwestie, kunnen informatie vinden op de websites van de volgende organisaties: Electronic Privacy Information Center (epic.org); Global Internet Liberty Campaign (gilc.org); In Defense of Freedom (indefenseoffreedom.org); Internet Free Expression Alliance (ifea.net); The Privacy Coalition (privacycoalition.org); Privacy International (privacyinternational.org); Privacy.org (privacy.org) en de Electronic Frontier Foundation (eff.org).

Misschien zult u ook genieten van (en u laten verontrusten door) het uitstekende boek waaruit ik een paar citaten heb geleend om als epigram te gebruiken: *No Place to Hide* van Robert O'Harrow Jr.

Wie precies wil weten hoe Amelia Sachs Pam Willoughby heeft leren kennen, zou *Tot op het bot* en het vervolgverhaal in *De koude maan* erop kunnen naslaan. In *De koude maan* wordt ook beschreven hoe Rhyme kennismaakt met de moordenaar die hij in dit boek samen met inspecteur Longhurst probeert te pakken.

O, en hou uw identiteit in de gaten. Als u het niet doet, zijn er genoeg anderen die het in uw plaats willen doen.

Lees ook van Jeffery Deaver

De slaappop

Fbi-agent en kinetisch expert Kathryn Dance moet de veroordeelde moordenaar Daniel Pell ondervragen. Pell zit een levenslange straf uit voor het vermoorden van de rijke familie Croyton. Maar Pell en zijn handlangers waren onzorgvuldig: niet alleen werden ze gepakt, ze lieten bovendien een overlevende achter – de jongste dochter van de Croytons, die over het hoofd werd gezien omdat ze lag te slapen, verstopt onder haar knuffels.

Noch het meisje, noch het kwade genius achter de moord heeft ooit nog gesproken over wat er gebeurde die nacht. Maar als Pell uit de zwaarbewaakte inrichting weet te ontsnappen, kan Katryn alleen uit het verleden opmaken wat Pell van plan is en gaat ze op zoek naar het inmiddels volwassen meisje. Want het is een kwestie van tijd voor Pell weer zal toeslaan...